Dacia Maraini

Gefrorene Träume

Dacia Maraini

Gefrorene Träume

Roman

Aus dem Italienischen
von Eva-Maria Wagner

Piper
München Zürich

Die italienische Originalausgabe erschien 2004 unter dem Titel »Colomba« bei RCS Libri S.p.A. in Mailand.

Von Dacia Maraini liegen im Piper Verlag vor:
Die stumme Herzogin
Bagheria
Stimmen
Kinder der Dunkelheit
Tage im August
Ein Schiff nach Kobe
Gefrorene Träume

ISBN-13: 978-3-492-04880-4
ISBN-10: 3-492-04880-3

Satz: Uwe Steffen, München
Druck und Bindung: GGP Media GmbH, Pößneck
Printed in Germany

www.piper.de

Ist es Wahrheit, was ich träume,
Himmel, nehmt mir das Gedächtnis!
Haben doch in einem Traume
Nicht so viele Dinge Raum.

Aus: Pedro Calderón de la Barca,
Das Leben ein Traum

Wenn die Frau mit den kurzen Haaren gefragt wird, wie nun eigentlich ein Roman bei ihr entsteht, dann antwortet sie, es fange immer alles damit an, daß jemand an ihre Tür klopft. Sie öffnet. Der Jemand tritt ein, setzt sich. Sie kocht Kaffee; manchmal gibt es sogar frisch gebackene Plätzchen dazu oder Brot mit Butter und etwas Salz, wenn einer lieber Salziges als Süßes mag. Der Besuch trinkt den angebotenen Kaffee, knabbert ein paar Kekse. Der eine oder andere erwähnt schüchtern, daß er nachmittags um diese Zeit einen Tee bevorzugen würde und furchtbar gern die Aprikosenmarmelade probieren möchte, für die sie bei ihren Freunden berühmt ist. Die Autorin bereitet dann entweder einen Pfefferminz- oder Jasmintee zu, mal mit Zitrone, mal mit Milch, ganz nach dem jeweiligen Geschmack. Sie macht ein Glas Aprikosenmarmelade auf und steckt einen Löffel hinein, damit der Besuch sich selbst bedienen kann. Während dieser seinen Tee trinkt, sieht er sich um, und dann erzählt er seine Geschichte. Manch einer muß sich dabei unbedingt eine Zigarette anzünden. Und um dem Gast gegenüber nicht unhöflich zu erscheinen, rückt die Frau mit den kurzen Haaren lediglich ihren Stuhl weiter weg oder öffnet das Fenster einen Spaltbreit.

Nachdem der Besuch getrunken, gegessen und seine Geschichte erzählt hat, verabschiedet er sich für gewöhnlich und geht wieder. Die Frau mit den kurzen Haaren betrachtet den entschwindenden Gast mit vorzeitiger Sehnsucht, weil dieser sich bereits von ihr entfernt hat. Aber irgend etwas an dieser Begegnung hat nicht gestimmt, und sie läßt es bei dem Gedanken bewenden: Schade, ich hätte ihn besser kennenlernen sollen. Doch zu tragisch will sie es auch wieder nicht nehmen.

Bittet der Besuch jedoch darum, noch etwas bleiben zu dürfen, nachdem er ihren Tee getrunken, ihr Brot mit Butter und Aprikosenmarmelade gegessen hat, verlangt er, wenn er sich, im Zimmer auf und ab laufend, die Beine vertreten hat, nach einem Sofa, auf dem er sich ausstrecken kann, und im Anschluß an eine halbstündige Ruhepause nach einem Glas Wasser und erzählt ihr dann weitere Einzelheiten seiner Geschichte, um gegen neun Uhr abends wie selbstverständlich zum Abendessen an ihrem Tisch Platz zu nehmen und mit ihr zusammen einen Teller Spaghetti mit Öl und Parmesankäse zu essen, ein Glas Rotwein zu trinken und einen geschälten Apfel zu teilen; und fragt er dann noch nach einem Bett zum Schlafen, nun, dann bedeutet das, daß er sich bereits häuslich in ihrem Phantasiegebäude niedergelassen hat und nicht beabsichtigt, wieder zu verschwinden. Und tatsächlich fordert er am nächsten Morgen eine Tasse Milchkaffee und ein Brot mit der Marmelade, die den Freunden vielleicht deshalb so gut schmeckt, weil sie nicht so süß ist und einen delikaten Aprikosen- und Wacholdergeschmack hat. Dann berichtet die Person noch mehr Einzelheiten einer immer komplizierter und ausführlicher werdenden Geschichte. Spätestens dann steht für sie fest, daß der Moment gekommen ist, einen neuen Roman zu schreiben.

Eine solche Person hat bei der Frau mit den kurzen Haaren angeklopft. Ganz sacht pochten die Fingerknöchel an die Tür, lautlos trat sie ein: eine bescheiden gekleidete Bergbewohnerin mit klobigen Schuhen an den Füßen. Sie setzte sich auf die Stuhlkante und schwieg, während der Kaffee vor ihr kalt wurde. Obwohl befangen und schüchtern, schien sie doch fest entschlossen zu bleiben. Gegen Abend, nach dem Genuß von Suppe und einem Glas Wein, hat sie sich dann allmählich zum Reden aufgerafft. Sie ist verlegen, weil sie denkt, ihre Geschichte wäre nicht interessant, und niemand hörte ihr gern zu.

Zaira – so heißt sie –, kurz Zà genannt, hält sich selbst für einen unscheinbaren, durchschnittlichen Menschen, und außerdem ist sie aus dem Alter von Romanheldinnen heraus. Was also treibt sie dazu, mit ihren alten Gewohnheiten, wie Zurückhaltung und Schweigen, zu brechen und an die Tür einer Romanschriftstellerin zu klopfen? So schüchtern und verunsichert sie auch sein mag – wenn es um ihre Enkelin Colomba, 'Mbina genannt, geht, wird sie resolut und aktiv. Wie eine Tochter habe sie sie aufgezogen, bricht es aus ihr heraus, und jetzt sei sie verschwunden. Als sie das Wort »verschwunden« ausspricht, verzieht sie ihr Gesicht wie ein Berberaffe. Wieso verschwunden? Verschwunden, einfach verschwunden, sie wisse weder, wohin, mit wem und warum ihre Enkelin fortgegangen ist, noch, ob sie tot oder lebendig ist. Aber ihre nicht besonders resigniert wirkende Miene läßt darauf schließen, daß sie durchaus hofft, sie lebend wiederzufinden. Und nachdem sie alles mögliche versucht hat, ist sie auf die Idee gekommen, eine Romanschriftstellerin zu bitten, ihr dabei behilflich zu sein, dic verlorene Enkelin aufzuspüren. In ihrem Dorf in den Abruzzen und in der ganzen Umgebung glauben alle, sie wäre tot. Aber sie nicht. Und sie ist sich sicher, daß die Autorin ihr bei ihrer Suche helfen wird.

Die Erzählerin gibt ihr höflich zu verstehen, daß sie sich außerstande sieht, über diese Colomba zu schreiben, die von zu Hause verschwunden ist – eine, offen gestanden, doch recht banale Geschichte. In ihrer Phantasie spielen sich ganz andere Geschichten ab. Zum Beispiel die einer Mutter, die versucht, die Erinnerung der Erwachsenen für die kleine Tochter attraktiv zu machen, indem sie ihr von Frauen und Männern aus früheren Zeiten erzählt. Darf eine Mutter sich hinter den zum Teil völlig zusammenhanglosen Märchen verschanzen, wenn sie mit der Tochter, deren leidenschaftliches Interesse üblen Machenschaften gilt, über die großen Themen des Lebens sprechen will?

Zaira solle doch nach Hause gehen und die Geschichte von Colomba oder 'Mbina, wie sie genannt wird, für sich behalten, sie interessiere sich jedenfalls nicht dafür, sagt die Frau mit den kurzen Haaren etwas unwirsch und schiebt die Besucherin zur Tür hinaus.

Noch in derselben Nacht träumt die Schriftstellerin davon, wie sie in die Bergschuhe schlüpft, die sie an der Besucherin gesehen hat, und in den Wald von Ermellina eindringt, um nach einem verschwundenen Mädchen zu suchen; am Wegesrand läßt sie ein weiß-blaues Fahrrad zurück. Selbst im Traum wundert sie sich: Hatte sie denn diese etwas farblose, unbeholfene und leicht zu durchschauende Person nicht weggeschickt? Und dennoch befindet sich dieselbe Frau jetzt hier in ihrem Traum und bewegt sich mit einer Sicherheit, die ihr eigentlich nicht zusteht. Woher nimmt sie nur diese Kühnheit?

Es ist schon seltsam, daß sich der Körper, ungeachtet seines eingefleischten Willens, einbildet, er nähme das Aussehen einer nach ihrer Meinung ziemlich uninteressanten Person an. Was für ein heilloses Durcheinander! Die Lage, in der sich Sigismund befunden hatte, war kaum schwieriger. Wie oft hatte sie in ihrer Jugend dieses zerfledderte Buch von Calderón de la Barca mit sich herumgeschleppt, im Zug, im Bus, in der Straßenbahn. Inmitten all der Menschen vergaß sie, daß sie nicht allein war. Dieser Prozeß scheinbarer Entrückung bedeutete, soviel sie wußte, völlig verzaubert zu sein. Aber war es überhaupt Sigismund, der Prinz mit dem Doppelleben, der ihre Neugier erregte, dieser blasse Höhlenbewohner, Gefangener eines Willens, der nicht der seine war? Und identifizierte sie sich auf irgendeine Weise mit dem in einem Loch eingesperrten jungen Polen, der im Geiste mit Wohlgefallen auf einen lichten Palast und einen Garten voller Blumen und Wasserläufe blickte? Um was handelt es sich bei dem Traum, den Sigismund träumt, während er noch einmal durch die einladenden großen Säle des väterlichen Palastes schreitet? Um

Erfahrung oder Wunschdenken? Der junge Mann wird von dem herzzerreißenden Gefühl eines unersetzlichen Verlustes ergriffen. Eines Verlustes, der mit der Erinnerung an ein Eigentum, das ihm niemals uneingeschränkt gehörte, verknüpft ist. Dennoch existiert dieses Eigentum, es ist die ganze Welt, etwas Sonnenhaftes und Berauschendes, das ihm von Rechts wegen zusteht. Alles scheint sich um sich selbst zu drehen wie die quälenden Gedanken einer Lebensphase, für die es kein Vor und kein Zurück gibt. Aber haben die Leidenschaften eines blassen, gepeinigten Prinzen, der die Realität der Gefangenschaft ständig mit einer recht unsicheren Erinnerung an einen paradiesischen Garten verwechselt, nicht große Ähnlichkeit mit dem Schicksal des Schriftstellers?

»Colomba Mitta ist am Morgen des 2. Juni von zu Hause verschwunden«, heißt es in einem Zeitungsausschnitt aus dem *Eco della Marsica*, den Zaira ihr auf den Tisch gelegt hat. »Die junge Frau, die bei ihrer Großmutter in Touta lebt, ist zweiundzwanzig Jahre alt. Ihr Zimmer wurde in tadellosem Zustand vorgefunden: das Bett gemacht, die Pantoffeln nebeneinander auf dem Teppich vor der Tür, die feuchten Handtücher auf dem Fensterbrett ausgebreitet, auf dem Nachttisch ein Buch über Pilzkunde. In der Küche eine noch volle Kaffeetasse, die Zuckerdose mit dem soeben aufgeschraubten Deckel und dem aufgehäuften Teelöffel, als wäre sie gerade im Begriff, ihren Kaffee zu süßen. Aber dieser Löffel hat die Tasse nie erreicht. Die Handtasche mit Geld, Papieren, Handy und Führerschein lag auf der Kommode im Flur. Sie trug eine braune Hose und einen rosafarbenen Pullover. Mit einem türkisfarbenen K-way um die Taille gebunden – so sah sie der Schäfer G'vannitt', der beobachtet hatte, wie sie in aller Eile auf ihr Fahrrad stieg und in Richtung Gebirge davonstrampelte.

Die Großmutter, Zaira Bigoncia, berichtete, sie sei um acht Uhr aufgestanden und habe die Küche betreten, wo sie die Tasse mit dem noch heißen Kaffee, den zur Seite geschobenen

Stuhl und auf dem Tisch ein paar zerkrümelte Kekse vorfand. Sie dachte, die Enkelin wäre wieder in ihr Zimmer gegangen, und stellte instinktiv einen Unterteller auf die Tasse, um den Kaffee warmzuhalten. Dann ging sie ins Bad. Als sie nach einer Viertelstunde wieder herauskam, bemerkte sie, daß die zugedeckte Kaffeetasse noch immer an derselben Stelle stand. Deshalb lief sie in das Zimmer der jungen Frau, aber es war leer. Sie glaubte, die Enkelin sei in Windeseile aufgebrochen, ohne vorher ihren Kaffee zu trinken. Es kam durchaus zuweilen vor, daß sie morgens zu spät dran war und, ohne sich zu verabschieden, auf ihrem Rad davonbrauste. Unverzüglich rief die Großmutter im Postamt an, wo man ihr mitteilte, daß sie dort nicht erschienen war. Sie wartete noch eine halbe Stunde, um dann erneut anzurufen. Aber von Colomba fehlte noch immer jede Spur. Und dabei sind es von ihrem Haus zum Postamt mit dem Fahrrad nur zehn Minuten.«

Die Hände auf der Tastatur, die Füße auf einem kleinen Schemel, stellt sich die Frau mit den kurzen Haaren die Frage, ob Schreiben ein Mittel ist, um Nachforschungen anzustellen, wie Zaira ihr einreden will. Oder Medizin, wie ihr einmal ein junges Mädchen erklärt hat, als es ihr einen Umschlag mit Gedichten überreichte: »Wenn ich schreibe, werde ich gesund.« Eine Jugendliche so um die Fünfzehn, Sechzehn. Wovon sie wohl geheilt werden will? Von Liebeskummer? Von Zerwürfnissen in der Familie? Von Schlafstörungen? Das Mädchen schien sie mit lüsterner Neugier zu betrachten: so als würde es ihr am liebsten das nußförmige Gehirn aufschneiden, um herauszufinden, was für ein Kern sich darin verbirgt.

Ein Pensionär stellte dagegen einmal fest – auch er mit einem zerknitterten Manuskript in der Hand, in das sie einen fachkundigen Blick werfen sollte –, daß man nur dann schreibt, wenn man wunschlos glücklich ist, »so als wäre man im Garten Eden eingeschlossen«, erklärte er schließlich frohgemut.

Die Losung vom Garten Eden überrascht sie ebenso wie der Wunsch zu fliehen angesichts der mächtigen Waldungen, die sich vor ihren Augen erstrecken: Wälder, in andere Wälder übergehend, mit abwechselnd blauen und grünen Wipfeln, die das Unergründliche einer Gebirgslandschaft ahnen lassen.

Der Garten als Inbegriff des Beruhigenden? Die Literatur hat ihn zu einem Hort der Sinnenfreuden und Geheimnisse gemacht. In *Tausendundeiner Nacht* gibt es viele von undurchdringlichen Mauern umschlossene Gärten, und diese werden zum Schauplatz der außergewöhnlichsten Abenteuer: Verwechslung von Personen, verkehrte Liebschaften, Vorahnungen, Enthüllungen, erwartete und unerwartete Begegnungen, unglückliche Liebe, erwiderte Liebe.

Dabei hat die Losung vom Garten Eden, nebenbei bemerkt, heutzutage eine unheilvolle Bedeutung bekommen: Junge muslimische Männer phantasieren von einer Oase des Glücks, in der die Flüsse aus Milch sind, wo einem duftende Früchte direkt in den Mund wachsen und siebenundsiebzig Jungfrauen zum feierlichen Klang einer Flöte tanzen; und dafür lassen sie sich mit einem Sprengstoffgürtel, den sie unter einem normalen, frisch gewaschenen und gebügelten Baumwollhemd verstecken, in die Luft jagen. Es kümmert sie nicht, daß ihr Körper zerfetzt und in Stücke gerissen wird, Hauptsache, sie können andere, Feinde ihrer Religion, zerfetzen und in Stücke reißen.

In letzter Zeit haben sich zunehmend auch junge Frauen in die Luft gesprengt. Die Hände einer liebenden Mutter binden einer von Gott ausersehenen Tochter den mit TNT gefüllten Gürtel um die Taille, und so gerüstet, die Haare und zum Teil auch die Stirn mit einem schwarzen Schleier bedeckt, wird sich die junge Frau sicher und entschlossen, optimistisch und feierlich aufmachen, um viele Unschuldige zu töten, während sie sich selbst auf dem Altar des religiösen Fanatismus opfert.

Aber wie diese heroischen Frauen wohl belohnt werden, wenn sie den Garten Eden betreten haben? Was ist mit den siebenundsiebzig Jungfrauen? Ob sie ihnen den Rücken kehren? Oder werden siebenundsiebzig verführerische junge Männer mit schmalen Hüften, langen Armen und sanften, verträumten Augen aus dem Innern eines Wäldchens auftauchen? Vielleicht werden sie aber auch als Tote noch einmal die Erfahrung machen müssen, daß es ihr Schicksal ist, zu schweigen und jeden Wunschtraum in ihrem Herzen zu begraben.

Wenn sie am wenigsten damit rechnet, schmuggelt die Figur der Zaira ihr ein Foto oder irgendeinen Brief unter die Papiere auf ihrem Arbeitstisch. Diesmal handelt es sich um das Schwarzweißporträt eines Paares. Er im Hochzeitsanzug mit einer eher unpassenden, tief ins Gesicht gezogenen Eisenbahnermütze auf dem Kopf, dichtem Schnurrbart und mit einem geschlossenen, auf den Fußboden gestemmten Regenschirm. Sie, bei ihrem Ehemann eingehakt, hat ein langes dunkles Kleid an mit einem bestickten Kragen, der einen kräftigen, kurzen Hals diskret und züchtig entblößt; dazu trägt sie zwei baumelnde goldene Ohrringe. Ihre Haare sind nach hinten gebunden. In der rechten Hand hält sie eine Rose, die sie unbeholfen an ihre Brust drückt. Hinter ihnen ist ein kunstvoll drapierter dunkler Vorhang zu erkennen. Man sieht, daß die beiden sich bei einem Fotografen befinden und es nicht gewohnt sind zu posieren. Er hat ein breites, ernstes Gesicht, sie wirkt erstaunt. Mit starrem Blick und leicht schmollendem Mund schaut sie in die Kamera. Man würde sie auf ungefähr sechzehn Jahre schätzen. Er sieht etwas älter aus, dürfte aber höchstens fünfundzwanzig sein.

»Von diesem Schäfer aus den Abruzzen stammt unsere Familie ab«, erklärt die Figur der Zaira mit schmeichelnder Stimme, »ich habe Dokumente, Briefe und Fotos zusammengesucht. So hatte Colombas Verschwinden wenigstens ein Gutes: Ich habe meine Familie, für die ich mich bisher kaum interessiert habe, besser kennengelernt. Wo liegen die Wurzeln, und wann hat alles angefangen? Wie zeigen sich die typischen Eigenschaften, die eine Familie von einer anderen unterscheiden? Erst nachdem ich 'Mbina verloren hatte, habe ich angefangen, in den Papieren zu kramen, die ein längst vergessenes Dasein im Keller fristeten. Es ist mir aber nicht gelungen, die Geschichte weiter als bis zu diesem Foto zurückzuverfolgen. Der Rest verliert sich im Nichts.«

Eine fleißige Figur, findet die Frau mit den kurzen Haaren, eine rührige Figur, hat sie doch schon gründlich recherchiert und nicht darauf gewartet, daß die Schriftstellerin dies für sie tut. In ihrer Stimme liegt etwas Weiches und Argloses, gleichzeitig schwingt aber auch ein Unterton mit, der Präzision und Gewissenhaftigkeit verrät und ihre Neugier weckt. Trotzdem sagt sie sich erneut: Zairas Geschichte und Colombas Verschwinden interessieren mich nicht. Aber dann lauscht ihr Ohr doch fast instinktiv dieser Stimme, dieser Geschichte, auch wenn ihre Gedanken sich widerspenstig im Kreise drehen.

»Der Mann mit der Eisenbahnermütze ist Mosè Del Signore, er wurde, wie es in den Dokumenten heißt, unmittelbar nach seiner Geburt im Jahre 1870 auf den Treppenstufen einer Kirche ausgesetzt. Deshalb nannten ihn die Nonnen vom Salesianerorden aus Avezzano Mosè Salvato Del Signore. Er war in ein kleines weißes Laken gehüllt, jauchzte vor sich hin und strampelte mit den Füßen, die aus dem Karton hervorlugten, in dem er lag. Liebevoll wurde er im Kloster aufgenommen und dort großgezogen. Zeitlebens war er den gastfreundlichen, großherzigen Nonnen dankbar – außer der einen, die ihre Hand gegen ihn erhob, ›eine Ohrfeige hat noch niemandem geschadet‹ – und nannte sie ›meine Mütter‹. Es waren fünf oder sechs, und als sie starben, hinterließ ihm die eine ein kleines silbernes Ei, eine andere einen Perlmuttrosenkranz und wieder eine andere eine Madonna aus Keramik.

Das hier ist seine Frau, Zaira Morrione. Sie stammte aus einer sizilianischen Bauernfamilie und ist im Madoniegebirge aufgewachsen. Eine schöne Stimme hatte sie, ansonsten war sie strohdumm. Am besten konnte sie Schafe melken: Sie preßte sie zwischen ihre Knie und zog die Milch aus ihren Eutern, wobei sie aus voller Kehle Lieder sang, die kein Mensch verstehen konnte. In dem winzigen Dorf in den sizilianischen Bergen war sie von klein auf daran gewöhnt, morgens um vier Uhr, wenn es noch dunkel war, aufzustehen. Ihr Vater war Carabiniere und beruflich dauernd unterwegs. Der Großvater, dessen Söhne in alle Winde zerstreut waren, lud die Kleine auf sein Maultier und nahm sie mit, damit sie ihm half, die Bohnen vom Unkraut zu befreien oder Grünspan auf die vier Olivenbäume zu stäuben, die der Familie alles in allem zehn Flaschen Öl im Jahr bescherten. Der Landbesitz San Giovanni Cuoruzzu an den Hängen des Monte Catuso in der Gegend um Palermo war zwar ausgedehnt, aber steinig und vor allem weit weg von zu Hause: Mit dem Maultier brauchte man drei Stunden dorthin. Der älteste Sohn des Großvaters, Onkel Calogero, war nach Kanada ausgewandert, der andere Sohn, Sasà, absolvierte seinen Militärdienst und sollte in Kürze als Carabiniere zurückkommen; der vorletzte, Antonino, war im Alter von zwölf Jahren an Typhus gestorben, eine Tochter, Maria Carmela, hatte mit fünfzehn geheiratet und war nach Messina gezogen. Nur die achtjährige Enkelin lebte noch im Haus, und so schleppte der Alte sie stets mit und ließ sie schuften wie einen Mann.

Zaira hing so sehr an ihm, daß sie gekränkt war, wenn er zu ihr sagte: Heute bleibst du mal bei Großmutter, ich habe auf dem Land zu tun. Sie genoß es, auf dem Esel zu sitzen und ihren Großvater neben sich zu wissen, auch wenn dieser wenig und ungern sprach. *Ich hatte mal ein Eselchen / das war so lieb und süß / dann wurd' es mir gestohlen / mein armes Eselfohlen,* sang sie leise vor sich hin, um ihn herauszufordern, und sofort stimmte er ein: *Wenn es sang, dann machte es / iah iah iah / wie könnt' ich dich vergessen / geliebtes Eselein.* So zogen sie in aller

Herrgottsfrühe singend durch die rauhe sizilianische Bergluft. Der Großvater zeigte ihr, wie man die Knoten macht, damit das Maultier, wenn es an einen Baum gebunden wird, sich nicht losreißen kann, er ermunterte sie, auch in halb ausgetrockneten Bachläufen nach Wasser zu graben, und brachte ihr bei, mit einer Schleuder eine Taube zu töten, sie dann zu rupfen, auszunehmen und auf Steinen zu garen, um sie anschließend zu verzehren. Im Laufe der Zeit erwarb sie sich große Geschicklichkeit im Unkrautjäten, im Aussäen von Zucchini und Tomaten, bei der Weinlese und beim Veredeln von Mandeln und Oliven. Sie ging barfuß, denn für Schuhe fehlte das nötige Geld. Mittags gab der Großvater ihr Johannisbrot zum Auslutschen und etwas Trinkwasser aus einer Feldflasche, für die er eigens ein Loch in die feuchte Erde gegraben hatte, um sie kühl zu halten. Schmutzig, müde und ausgehungert kehrten die beiden am Abend nach Hause zurück. Sie setzten sich an den Tisch, an dem die Großmutter eine Focaccia aus Mehl und Wasser zubereitet hatte, die sie, solange sie noch heiß war, mit einer großen Scheibe Speck belegte. Und wenn es Orangen gab, aßen sie einen Orangen-Zwiebel-Salat, mit einem Tropfen Öl angemacht.«

Woher ihre Figur wohl all diese Dinge weiß, die sich gegen Ende des neunzehnten, Anfang des zwanzigsten Jahrhunderts zugetragen haben, da sie selbst doch erst 1940 geboren ist, wie sie ihr mehrmals erzählt hat? Sie möchte sie danach fragen, aber Zaira kommt ihr zuvor, indem sie ihr erklärt, daß das einzige, was in dieser armen Familie von Analphabeten funktioniert, das Gedächtnis ist. Die alte Zaira – in deren Obhut ihre Mutter Antonina sie gegeben hatte, als sie selbst krank wurde, und die sie lediglich für eine Freundin des Hauses hielt – konnte zwar nicht lesen, aber sie erinnerte sich noch in allen Einzelheiten an ihre Kindheit im Madoniegebirge, an ihren Großvater Tanino Morrione, an das kurze Leben ihres Sohnes Pietr' i pelus', der im ersten Weltkrieg gefallen war, und an ihre Beinaheschwiegertochter Amanita sowie das Enkelchen Pitrucc' i pelus'. Sie hatte der kleinen Zà alles haargenau berichtet, und Zà hatte diese Erzählungen im Kopf behalten, auf die sie, wie sie später erfahren sollte, auch ein Anrecht hatte, gehörten sie doch zu ihrer eigenen Familiengeschichte.

Sobald nach dem Abendessen das Geschirr gespült, die Asche zusammengekehrt, der Fußboden gewischt und das Vieh für die Nacht versorgt war, zogen sich der Großvater und die Großmutter hinter den dicken wollenen Vorhang zurück, der das einzige Zimmer des Hauses in zwei Hälften teilte. Mit lauter Stimme beteten sie zur Jungfrau Maria und kletterten dann in ihr hohes Bett, das bei jeder Bewegung knarrte. Für gewöhnlich schliefen sie, müde und erschöpft, wie sie waren, sofort ein. Aber manchmal, wenn es stockfinster war, preßte der Großvater seine Frau an sich, und unter Ächzen und Keuchen bestieg er sie, als wäre sie ein Maultier. Das Knistern und Krachen der Maiskolbenblätter im Innern der ausgebeulten Matratze – einem nächtlichen Feuer gleich – kümmerte ihn dabei nicht im geringsten. Die Kleine hielt sich die Ohren zu. Um sich abzulenken, zog sie ein Säckchen mit Knöpfen unter einem Dachbalken hervor, setzte sich damit auf die Erde und leerte es in ihren Rock. Im schwachen Lichtschein, der durch das Fenster drang, betrachtete sie die wertvollen Knöpfe und kam aus dem Staunen nicht heraus: Vor ihren aufgerissenen Augen kullerten Sternchen aus Straß, Herzen aus Perlmutt, winzige Silberkugeln, kleine Lederwürfel, Samtplättchen, die mit versilberten Lamellen besetzt waren. Um das Jahr 1840 herum hatte sich die Großmutter eine Zeitlang als Schneiderin von Hochzeitskleidung verdingt, und das war alles, was von den Brautkleidern übriggeblieben war. Mit diesen Knöpfen sprach und spielte Zaira, bis sie völlig erschöpft war. Erst wenn ihr die Augen zufielen, erhob sie sich widerwillig und ging zu ihren Großeltern hinter den Vorhang. Dort legte sie sich auf eine Matratze, die auf dem nackten Boden an der

Wand lag, und schlief im Handumdrehen ein. Im Traum begegnete ihr Vizir, ein Pferd mit großen braunen Flügeln: Er führt sie und ihre Zauberknöpfe durch Wälder und Schluchten in ferne, wunderschöne Länder, wo sie fremde Menschen kennenlernt, die eine unverständliche Sprache sprechen, und wo sie mit dem Verkauf der Knopfjuwelen ihr Glück macht. Von dem Geld kauft sie dann ein riesiges Haus mit vielen Arkaden und Terrassen für sich und für ihre Großeltern.

»Das Säckchen mit den Knöpfen hat mein Großvater Pietr' i pelus' geerbt, von ihm ging es an meinen Vater Pitrucc' i pelus' über, und der wiederum hat es Antonina geschenkt, bevor er nach Australien ging. Antonina hat es dann mir vermacht. Auch ich habe damit gespielt. Irgendwo muß ich es noch haben. Wollen Sie es mal sehen?«

Die Erzählerin schüttelt den Kopf. Die Geschichte von den Knöpfen findet sie langweilig. Sie kann für diese Frau mit den kräftigen Zähnen und den rosigen Wangen, die sie herrisch und gleichzeitig unterwürfig anblickt, einfach kein echtes Interesse aufbringen. Eine ältere Frau mit großen braunen Augen und weich in die Stirn fallenden, leicht angegrauten rotbraunen Haaren. Ihr offenes Lächeln wirkt kindlich und stolz. Nein, das ist ganz bestimmt nicht eine Person, die sie gern näher ergründen möchte. Viel zu groß ist die Distanz zu ihr und ihren Erfahrungen. Was verbindet sie schon mit dieser Bergbewohnerin mit den strammen Waden und dem unbedarften Lächeln, die in den Wäldern nach ihrer Enkelin Colomba, 'Mbina genannt, sucht?

Und doch spürt sie, wie sich ein Lachen auf ihre Lippen drängt. Vielleicht deshalb, weil sie sich mit einer geballten Ladung Energie gerüstet hat, die sie dann nicht verbrauchen konnte. Diese Energie sollte eigentlich in eine Erzählung fließen, in der es um das Verschwinden eines Menschen in einem Konzentrationslager der Nazis geht. Aber die Geschichte geriet ins Stocken, sie sah sich im Leerlauf und von nun an bei jeder potentiellen Geschichte mit einer ungeheuren Bürde belastet. So wie man sich vorbereitet, wenn man eine Tür einrennen will: Man hält den Atem an, bringt die Beine in die richtige Stellung, wirft sich mit der Schulter, die gegen die Holztür prallen soll, nach vorn und geht zum Angriff über. Aber dann plötzlich die Überraschung: Die Tür, von der wir glaubten, sie wäre geschlossen, ist offen, und unser Körper, der zu einem Rammbock geworden war, befindet sich im Ungleichgewicht, weit vorgebeugt, verloren auf einer nicht vollendeten Flugbahn, was Heiterkeit und Erstaunen hervorruft. Der Ursprung des Humors liegt laut Bergson gerade in diesem Kraftüberschuß, mit dem wir nichts anzufangen wissen und der ein heilsames Lachen auslöst, das die vitalen Kräfte wieder in ihre natürlichen Bahnen lenkt. Lachen als Sozialtherapie? In der Tat, so Bergsons Kommentar, lacht niemand allein. Man lacht in Gesellschaft, um sich vor dem gefährlichen Einfall tödlicher Starre im eilig dahinfließenden Leben zu schützen.

Und es gibt ja auch wirklich etwas zu lachen. Man braucht sich nur seine Schulter anzusehen, lädiert, wie sie ist, von einer nicht vollzogenen Kraftanstrengung, einem Zusammenprall, der nur im Kopf stattgefunden hat. Durchaus vergleichbar mit den Phantomschmerzen eines amputierten Gliedes.

Der Roman im Computer hieß *Auschwitz*. Ein zu schwerwiegender und blutbefleckter Name, den die Frau mit den kurzen Haaren unbedingt ändern wollte. Die Titel bereiten ihr immer wieder Mühe, führen zu Zweifel und Kopfzerbrechen, meistens werden sie in letzter Minute noch zwei- oder dreimal ersetzt. Die endgültige Wahl erfolgt eher aus Verzweiflung als aus Überzeugung.

Der Roman erzählte die Geschichte einer Frau, die sich auf die Suche begibt nach einem Freund aus Kindertagen, einem Juden, der im Jahre 1944 im Alter von knapp acht Jahren verschwand und wahrscheinlich in einem Konzentrationslager der Nazis umgebracht wurde. War es Auschwitz oder Dachau?

Die Erzählung bricht bereits nach den ersten Kapiteln ab. In der Zwischenzeit hatte ihr Vater ihr die Tagebücher ihrer Mutter überlassen, und sie, die sie eigentlich nur vorstellen wollte, fing statt dessen an zu schreiben und schrieb und schrieb, sie konnte einfach nicht mehr damit aufhören. Am Ende ist ein Buch daraus geworden. Und dann das lange Gespräch mit einer großen Schauspielerin, die sie in den Abruzzen besucht hatte: Auch daraus entstand ein Buch. Es lag am Theater, das für sie so etwas ist wie die Sirenen für Odysseus. Sie muß sich an den Großmast binden, um sich nicht ins Meer ziehen zu lassen.

Bei alldem war ihre erzählerische Kraft ein wenig eingeschlummert, so als hätte sie sich in einem Spinnennetz verfangen, aus dem sie sich nicht befreien konnte. Sobald sie den Roman wieder zur Hand nahm, blickte er sie so feindselig an, wie Katzen es tun, wenn du sie einen Monat lang allein läßt: Kommst du schließlich von der Reise zurück, kehren sie dir den Rücken. Ihr Schmollen kann Wochen dauern. Manchmal treiben sie es sogar so weit, daß sie dir aufs Bett pinkeln, um dir ihr tiefes Mißfallen zu zeigen, wenn sie sich an die Angst erinnern, die sie ausgestanden haben, als sie aus ihnen unerfindlichen Gründen schmählich im Stich gelassen wurden.

Aber jetzt ist da völlig unerwartet diese neue Person aufgetaucht und drängt sich mit einer Dreistigkeit und Beharrlichkeit in den Vordergrund, daß sie beunruhigt ist. Zaira, Zà genannt, weist sie darauf hin: Auch ihre Geschichte handelt vom Verschwinden. Aber wie kann sie es wagen, Colomba mit den Opfern des Nazismus zu vergleichen? Die Sache mit der Enkelin interessiert mich nicht, sagt sie ihr mit Entschiedenheit, eine Geschichte, die sich nicht erzählen läßt, ausgesprochen banal. Außerdem hat sie viel zu viele Personen, noch dazu Bauern, aus längst vergangenen Zeiten im Schlepptau: Wer sind Mosè und Zaira, die beiden, die auf diesem seltsamen Foto abgebildet sind? Wer ist Pietr' i pelus'? Warum fängt die Geschichte der Familie im Jahre 1890 an und nicht früher oder später? Wir befinden uns im Jahre 2002, und die bäuerliche Welt, die sie ihr vor Augen führt, ist tot, begraben, im Laufe der Zeit entschwunden, und sie hat nicht die Absicht, davon zu erzählen.

Die Frau mit den kurzen Haaren geht immer wieder denselben Weg zurück und wird das unangenehme Gefühl nicht los, den Faden verloren zu haben, der sie aus dem Labyrinth herausführen könnte. Das Gehen, das dem Schreiben entspricht, verläuft wellenartig: Es gibt Scheidewege, vor denen sie unsicher stehenbleibt, alle scheinen in Richtung Erzählvermögen zu führen, verschwinden dann aber im Nichts. Wenn man sich verläuft, neigt man dazu, immer an den Punkt zurückzukehren, von dem man aufgebrochen ist. Das hat sie am eigenen Leib erfahren. Obwohl sie über einen guten Orientierungssinn verfügt, verirrte sie sich an einem nebligen Nachmittag in den dichten Wäldern der Abruzzen, am Fuße der Monti della Meta. Nachdem sie stundenlang quer durch die Wälder gelaufen war und alle Wege verlassen hatte, in der festen Überzeugung, sich nach Norden zu bewegen, mußte sie feststellen, daß sie immer wieder an ihren Ausgangspunkt zurückkehrte. Man sagt, so etwas passiere auch in der Wüste. Wer sich in den Dünen verläuft, orientiert sich tagsüber an der Sonne und nachts an den Sternen, und während man glaubt, man gehe vorwärts, dreht man sich nur im Kreis. Und das gleiche tut auch sie an diesem regnerischen Augusttag.

Weiße Steinchen auf den Weg streuen? Stehenbleiben und sich auf seinen jeweiligen Standort konzentrieren, damit einem klar wird, wo Norden und wo Süden ist? Der Himmel verändert sich radikal und nimmt eine säuregrüne Farbe an. Die umgestürzten Bäume sehen von unten zu ihr herauf, Kohlmeisen flattern dicht über dem Boden durch das Laub. Die

Abruzzen rufen ihr etwas zu, das sie nicht versteht. Sie scheinen sie daran erinnern zu wollen, daß die Berge für ihre Familie eine Art Schicksal sind. Ihre Großmutter erging sich in Schilderungen persischer Wälder und Gebirgsketten, ihr Vater meldete sich freiwillig zu den Alpini, nur um den bewaldeten Berghängen nahe zu sein. *Weißt du noch damals im April / dieser lange Zug / die Grenze war sein Ziel / und Tausende Alpini fuhren dahin …!* Ein rhythmischer, süßer Gesang. Von einem Mann, der trotz seiner zahlreichen Liebschaften und seiner großen Familie immer ein Einzelgänger blieb.

Wie lebendig sie noch sind, diese Erinnerungen an eingeschneite Berghütten, bei denen sie erschöpft ankamen, wenn die Gipfel der Berge sich bereits rot färbten. Ein eiskalter Ofen, nasses Brennholz, ein kleiner Topf, in dem sie eine Handvoll Schnee zum Schmelzen brachten, um darin eine Tütensuppe anzurühren. Nachts fuhr der Wind seine Krallen aus und kratzte an den vereisten Fenstern, der Ofen qualmte, und sie bibberte vor Kälte in ihrem Schlafsack. Aber ihr Vater war unerbittlich: »Morgen steigen wir auf den höchsten Gipfel. Da gibt es eine andere Hütte, die ist nach der Jungfrau Maria benannt. Wir müssen unbedingt vor Sonnenuntergang dort sein. Es reicht, wenn wir um sechs losgehen.« »Aber um sechs ist es doch noch dunkel, Papa.« »Na und, wenn schon! Wir haben noch Halbmond, und den Rest besorgt der reflektierende Schnee.«

Und tatsächlich waren sie schon um fünf Uhr wieder auf den Beinen und machten sich einen Pulverkaffee in dem Töpfchen mit Schnee. Kaffee, der nach Suppe schmeckte. Zu essen gab es nur knüppelharte Kekse. Und mittags ein Stückchen Käse und einen Apfel.

Ein strenger Mann, ihr Vater, wagemutig, mit einem unergründlichen Lächeln. Ob er wohl jemals begriffen hat, wie sehr sie ihn liebte, diese Tochter, die eisige Nächte, stundenlange Aufstiege, Hunger und selbst die nackte Erde zum Schlafen ertrug, nur um in seiner Nähe zu sein? Keine Spur von Mitgefühl zeigte dieser junge, energische Vater. »Los, Cina, du mußt schneller laufen, sonst wird es zu spät, heute abend ist kein Mond, und wenn wir in die Dunkelheit kommen, landen wir in einer Felsspalte.« Und dann lief sie mit tränenden Augen, halb erfrorener Nase, schmerzenden Füßen neben ihm her und verfluchte den Schnee und die Steine auf den Wegen.

»Jetzt, da wir in Sicherheit sind, wärm dich erst mal auf, trockne deine nassen Schuhe, trink einen Schluck Glühwein, und sing mit mir, dann geht's dir gleich besser! *Es war eine Nacht mit Regen / und es ging ein starker Wind / stellt euch mal vor, was für 'ne Qual / für 'nen Alpino auf Posten zumal!*« Eine gute Stimme hatte dieser Vater, der immer auf der Hut war und das Leben anpackte wie ein Bewohner Spartas im sechsten Jahrhundert vor Christus. Als sie noch nicht geboren war, hatte sich der junge Doktorand freiwillig zu den Alpini gemeldet, und seine noch jüngere sizilianische Ehefrau war ihm gefolgt, um bloß keinen einzigen Tag, nicht eine einzige Stunde von ihm getrennt zu sein. Man nannte sie »die Madam vom Herrn Oberleutnant«. Sie war schön, stets heiter und furchtlos und verzichtete mit überraschender Großmut auf ihre Malerei, um eine Tochter zu gebären, später dann eine zweite. Der erste Weltkrieg mit seinen unzähligen Toten war gerade erst zu Ende gegangen, und jetzt bahnte sich ein zweiter an. Aber als er sich mit seinem Vater zerstritt und ein internationales Stipendium für eine Forschungsreise in ein fernes Land annahm, folgte sie ihm, ohne zu zögern, mit der neugeborenen Tochter im Arm.

Dieser Vater, von dem sie tief in ihrem Innern glaubte, seine Liebe würde sie bis in alle Ewigkeit begleiten, dieser bis zu seinem neunzigsten Lebensjahr blond gebliebene Vater, der sie zärtlich, bisweilen vielleicht auch etwas zerstreut anlächelte, dieser Vater starb plötzlich und ließ sie verstummt zurück. *Nach drei Tagen Zugfahrt / und zwei Tagen Fußmarsch / kamen wir endlich zum Monte Canino* … Er verschmähte die Familiengruft, wo ein wenig geliebter Vater, eine heißgeliebte Mutter liegen, auch ein jüngerer Bruder, an dem er sehr gehangen hat. Vielmehr wollte er verbrannt und in den Bergen der Garfagnana begraben werden. Im Tod ebenso allein wie zu Lebzeiten, wenn er zu seinen Bergtouren aufbrach: allein, immer allein, mit einem Rucksack auf den Schultern, einem zusammengerollten Schlafsack darüber, einem Buch und einer Orange. Schwerelos ist er gegangen – ohne seine Bergschuhe, ohne die Schokolade, ohne das Büchlein mit dem schwarzen Einband, das ihn überallhin begleitete –, um, aller Dinge beraubt, sogar seines irdischen Körpers, in einer schrecklichen Nacktheit, die nur aus der Asche seiner Knochen bestand, auf einem taschentuchgroßen Friedhof inmitten der spärlichen Blumen und Bäume der Apuanischen Alpen begraben zu werden.

»Erzähl mir was, Mama!«

Es scheint so, als sei der Faden abgerissen. Mit einem Anflug von Mißmut blickt die junge Mutter auf ihre Tochter. Sie ist müde und möchte schlafen gehen. Außerdem wartet nebenan im Ehebett der Mann, den sie unter allen auserwählt hat, der Mann, den sie liebt. Sie schaut in den Spiegel und erkennt an ihrem Bild, wie Flaubert die Figur in dem Buch gesehen hat, das sie in diesen Tagen gerade liest. Die schöne Emma sitzt still am Bett ihrer Tochter Berta, nachdem sie diese kurz zuvor, als sie ihr entgegenlief, brüsk zurückgestoßen und verschuldet hat, daß die Kleine gegen eine scharfe Kante prallte und sich dabei eine Wunde zuzog, die ihr Mann, Doktor Charles Bovary, den das Schreien des Kindes alarmiert hatte, verarztete. Als die Kleine endlich mit einem Pflaster auf der blutigen Wange eingeschlafen ist, besitzt Emma die Unverfrorenheit, bei sich zu denken: Wie häßlich das Kind doch ist!

»Erzähl mir was, Mama!«

Die junge Mutter mit den im Nacken zusammengebundenen blonden Haaren betrachtet ihre schon fast eingeschlafene Tochter, deren liebliche Wange keine Pflasterspuren aufweist; sie denkt an Emma, die Flaubert zwischen den Zeilen durchweg als herzlos, dumm und eiskalt beschreibt, und fragt sich, welche Ähnlichkeit es zwischen ihr und der unglücklichen Ehebrecherin aus dem neunzehnten Jahrhundert noch geben könnte außer der momentanen Ablehnung der Rolle als erzählende Mutter. Sie begreift nicht, warum der Autor so rabiat und gnadenlos mit seiner Romanfigur umgeht, die er doch angeblich liebt. Man könnte sagen, Flaubert hege einen unbegründeten Groll gegen seine Heldin. So als wollte er eine zu starke, zuviel Raum einnehmende Protagonistin, die ihn an die Wand zu spielen droht, in ihre Schranken weisen. Können Romanfiguren so aufdringlich werden, daß man sie am Ende nicht länger erträgt? Bei der Frau mit den kurzen Haaren löst die Familie Morrione Del Signore, die sich ungebeten in ihrem Haus eingenistet hat, Unruhe und Ärger aus. Wie soll sie ihr bloß Einhalt gebieten?

Aber Zaira, Zà genannt, legt eine Entschlossenheit an den Tag, die sie überrascht und verwirrt. Jetzt ist sie schon wieder da und fährt mit ihrem Rad den Weg in den hochgelegenen Wald hinauf. Sie ist eine Frau in reiferem Alter, und dennoch hat sie eine Kraft in den Beinen, die eine echte Bergbewohnerin kennzeichnet. Bekleidet ist sie mit einer leichten hellblauen Baumwolljacke, die Hosenbeine sind hochgekrempelt, damit sie besser radeln kann, und geben den Blick auf zwei gebräunte, schlanke und flinke Fesseln frei. An den Füßen trägt sie weiße Turnschuhe. Ihr Kopf sitzt kerzengerade auf dem langen Hals, die kastanienbraunen Haare sind stramm nach hinten gebunden. Der Pferdeschwanz wippt auf ihrem hageren Rücken hin und her.

Heda! ruft sie ihr zu, he, du eingebildete, aufdringliche Person, wo fährst du hin? Sie hat das dunkle Gefühl, daß Zà im Begriff ist, sie an einen Ort zu führen, wo sie nicht hinwill: in die einsamen Buchenwälder, wo nichts passiert, außer daß einem gelegentlich Füchse, Hasen oder verängstigte kleine Wildschweine über den Weg laufen. Aber wo die Phantasie sich wie ein balzender Pfau aufplustert und Hexenhäuser, trügerische Pfade, nächtliche Visionen und versteckte Höhlen baut. Das ist das Reich der Tagträume und entschwindenden Visionen, das sie nie gemocht hat. Das Reich des Sigismund, des Gefangenen der Unterwelt, in der der menschliche Körper den eigenen Namen und die eigene Macht nicht kennt.

Getreu ihren anfänglichen Plänen, konzentriert sich die Frau mit den kurzen Haaren auf Sandra, die Hauptfigur in *Auschwitz*, aber prompt sieht sie aus dem Augenwinkel schon wieder diese Zaira auftauchen: Vom Nebenzimmer aus fixiert sie durch eine angelehnte Tür die Schriftstellerin, die sich am Computer zu schaffen macht. Ihr Ziel ist es, diese so weit zu bringen, daß sie über sie, Zaira, und ihre Enkelin Colomba, 'Mbina genannt, schreibt, aber sie traut sich nicht, noch mehr Druck auszuüben.

Ich will, ich muß sie vergessen, sagt sich die Frau mit den kurzen Haaren und heftet den Blick auf den Bildschirm. Aber sobald sie die Augen zum Fenster hebt, entdeckt sie, daß jede Einzelheit der Wälder ihr von Zaira und deren Enkelin Colomba erzählt: gleich gegenüber, der Monte Marsicano, der sich wie der Rücken eines Dinosauriers in die Höhe streckt. Von dort steigen in schneereichen Wintern, wenn sich auch die kleinsten Nagetiere in ihre Höhlen verzogen haben, die Wölfe hinab ins Tal. Und im Sommer dringen aus dem Dickicht der jahrhundertealten Buchenwälder die heiseren Brunftschreie der Hirsche. Daneben, etwas im Hintergrund, der Monte della Capra Morta, den ein Skilift verschandelt. In der Ferne dann die Malesi, deren Gletscher lautlos in einen Regenhimmel ragen. Links der Picco della Rocca, der Monte dell'Acqua Passa, der Monte Pietra Gentile und schließlich der Monte Tranquillo mit seiner schwarzen Madonna. Auf der anderen Seite die Monti della Sibilla mit dem Monte Amaro, Schauplatz blutiger Schlachten zwischen den Samniten und den Römern. Inmitten dieser geschichtsträchtigen und an archäologischen Funden reichen Bergwelt stellt Zaira, Zà genannt, ihre Nachforschungen an. Und zum ersten Mal ahnt die Frau mit den kurzen Haaren, daß diese Landschaft etwas hat, das ihr ans Herz gewachsen ist.

Lieber hätte sie von staubigen Wüsten erzählt, die sie vor nicht allzulanger Zeit kennengelernt hat; von kleinen, mageren Pferden, auf deren Rücken junge Leute in langen Kaftanen reiten, die Köpfe voller Gewaltphantasien. Aber die Landschaft der Abruzzen fällt wie eine Lawine über diese Zeitlupenaufnahmen und verdunkelt sie.

Um die rationalen Assoziationen des Gedankens zu verfolgen, richtet sie ihre Aufmerksamkeit auf das italienische Wort *foresta*: Woher kommt es? Warum birgt es Bilder von Heimlichkeit und Schrecken? Das lateinische Wort *foras* bedeutet draußen, *forasticus* heißt soviel wie fremd. Und *forestare* steht für verbannen. Also bezeichnet der Begriff *foresta*, der – wie sie annahm – auch verbal mit Dunkelheit, dem Geheimnis einer schattigen, unheimlichen Gegend zusammenhängt, nur ein Jenseits des Bewohnten, des häuslichen Herdes, der Stadt. Leere statt Fülle. Lag es am praktischen, vernünftigen Sinn der Römer oder an der notwendigen verbalen Einfachheit beim Entstehen der Begriffe, daß erst später, mit der Schaffung der Mythen, der Legenden, komplexere und ungeahnte andere Bedeutungen hinzukamen?

Da steht sie schon wieder und wartet. Zaira. Mittlerweile erkennt sie sie sogar schon an ihrem Schatten auf dem Fußboden. Am liebsten würde sie ihr aus dem Weg gehen. Aber daran hindert sie Zairas Entschlossenheit. Außerdem verfügt sie über eine Engelsgeduld. Ohne auch nur ein Wort zu sagen, stößt Zaira einen leichten Seufzer aus, der einen kleinen Gedankenstrudel bei ihr auslöst, und erzählt ihr von damals, als ihre Enkelin Colomba, 'Mbina genannt, in dem Bett, in dem sie jetzt schläft, von ihrer Tochter Angelica geboren wurde. Wie konnte aus einer so knochigen, schwächlichen Mutter ein so kräftiges, pausbackiges Geschöpf hervorgehen? Maria Menica, die Hebamme, hatte Zaira das Neugeborene, als es noch ganz blutbeschmiert war, in die Arme gedrückt. Zwar öffnete es seinen riesengroßen Mund, konnte sich aber nicht entschließen, auch nur einen Ton herauszubringen. Beunruhigt preßte sie die Kleine an ihre Brust, das Kleid besudelnd, während Menica sie anschrie: »Dreh sie um! Dreh sie um! Nimm sie an den Füßen und halt sie nach unten!« Aber wie sollte das gehen? Der zarte Körper drohte ihr aus den Fingern zu gleiten; sie hatte Angst, sie beim Herumfuchteln kopfüber fallen zu lassen. Aber dann wurde ihr klar, daß der Schleim nicht aus den Lungen weichen und das Kind ersticken würde, wenn sie es nicht auf der Stelle umdreht. »Halt sie mit dem Kopf nach unten, aber dalli!« forderte Menica sie auf, und sie nahm all ihren Mut zusammen, ergriff die beiden winzigen Füßchen, hielt die Kleine in die Luft und schüttelte sie, voller Panik, sie könnte sie fallen lassen. Aber sie schaffte es, und das Kind, blau angelaufen und halb erstickt, begann schließlich erst zu husten und dann zu schreien.

»Gut, das wäre geschafft!« jubelte Menica, während sie die Mutter versorgte, und lachte glücklich über diesen Triumphschrei. War der Schrei der Neugeborenen Ausdruck purer Lebensfreude? Oder handelte es sich um eine frühreife und intelligente Kapitulation vor den Argumenten für das Leben? Diese wunderschönen, noch blinden Augen, von einem so tiefen Blau, daß sie fast schwarz scheinen, der lockere weiße Haarflaum – eher ein Zeichen für das Ende eines Lebens als für seinen Anfang –, um die Ohren herum etwas dichter, spärlich hingegen auf dem weichen Schädel; die perfekt geschwungenen kleinen Lippen, blaßrosa mit der Tendenz zu Kirschrot, diese Händchen mit den schön geformten Nägeln, jeder einzelne mit einem winzigen weißen Halbmond versehen. Zaira fragte sich, wie es wohl kommt, daß sie, wenn sie schon im Mutterleib gewachsen sind, nicht den Bauch ihrer Tochter zerkratzt haben? Woher wissen die Fingernägel im beruhigenden Dunkel des Fruchtwassers, daß sie nur bis zu einem bestimmten Punkt wachsen dürfen und nicht weiter? Erwachsene müssen ihre Fingernägel schneiden, bei Neugeborenen sorgt dafür das Zusammenspiel im Mutterleib, das Wunder der Schwangerschaft.

All das erzählt ihr die Figur der Zaira, Zà genannt, ohne den Mund aufzumachen, in dem Versuch, sie zu überreden, die anderen Geschichten beiseite zu legen und sich nur ihre anzuhören: die Geschichte der Colomba, 'Mbina genannt, der ruhelosen Enkelin, die hier in den Bergen aufgewachsen ist und dann eines Morgens einfach den Kaffee auf dem Tisch stehenließ und verschwand.

»Erzähl mir was, Mama!«

Manchmal ertappt sie sich dabei, wie sie diese schöne junge Mutter mit den sanften, hellen Augen ansieht. Woher sie wohl so plötzlich aufgetaucht ist? Und wann?

»Erzählst du mir von deinem Mann, dem Alpino?«

Die Mutter runzelt leicht die Stirn. Der Alpino ist mittlerweile weit weg und mit einer anderen Frau verheiratet. Sie erinnert sich nicht gern an die Tage in Cadore, wenn sie früh um fünf aufstanden, um eine Lavaredowand zu bezwingen, wenn sie wie Zicklein die Felsen hinaufkletterten, sich abends mit den anderen Alpini auf einer Berghütte trafen, Wein tranken und sangen: *Auf der Brücke von Bassano / da werden wir uns die Hand geben / da werden wir uns die Hand geben / und einen Liebeskuß / und einen Liebeskuß / und einen Liebeskuß* ... Sie liebten sich so sehr, daß alles leicht und weit weg zu sein schien, selbst der drohende Krieg. Und in der Tat sangen sie den zweiten, sehr viel dunkleren Teil des Liedes eher selten: *Auf der Brücke von Bassano / schwarze Flaggen / es ist die Trauer der Alpini / die in den Krieg ziehen.*

Sie hat Fotos von jenem Glück gesehen, das ihr aus heutiger Sicht maßlos, übertrieben, ja, fast unanständig vorkommt: Der blutjunge Vater drückt mit einem frohlockenden Lächeln das ihm frisch angetraute junge Mädchen an sich. Der Jüngling in den Kniebundhosen, eine Mütze schräg auf dem Kopf, küßt die blauäugige Kindsbraut auf den Hals, mit einem Gesichtsausdruck, der besagt: Laßt mich bloß alle in Ruhe, denn im Moment wäre mir jeder nur im Wege. Jedes einzelne dieser Fotos zeugt von einer vor allem sinnlichen Liebe, einer Liebe, die sie beide entschuldigte, wenn sie so sehr mit sich beschäftigt waren, daß sie darüber die Freunde, die Verwandten und sogar die eigenen Kinder vergaßen. Einer Liebe, die sich in diesen Bildern kundtut und ihr das Herz ausdörrt wie eine in der Sonne getrocknete Feige: zu süß, zu aufdringlich duftend, zu intensiv und verführerisch. *Habt ihr Hunger, schaut in die Ferne / habt ihr Durst, nehmt eure Tassen zur Hand / habt ihr Durst, nehmt eure Tassen zur Hand / zum Erfrischen ha'm wir den Schnee …* Die Lieder der Alpini sind im Gedächtnis der Familie verwurzelt und erklingen immer wieder, sobald eine Erinnerung zu verblassen droht, auch wenn sie noch über schwebende Bögen verfügt wie die Loggien des väterlichen Hauses, durch das die florentinischen Winde ziehen. Auch ohne ihren Willen wiederholt sich durch das bloße Singen dieser Noten jedesmal das Ritual des Erinnerns – selbst in ihrer Großstadtküche.

»Erinnerst du dich noch? Eines Morgens warst du es so leid, mit den Robbenfellen weiter durch den frischen Schnee bergauf zu stapfen, daß du gesagt hast: ›Ich kann nicht mehr.‹ Und aus lauter Angst vor den Wölfen hat dein Vater dich auf einen Baum klettern lassen, und von dort oben hast du uns dann dabei zugeschaut, wie wir auf Skiern weiter hinauf zum Gipfel des Monte dell'Asino Nero gestiegen sind.«

Und wie gut sie sich daran erinnert. Als sie sich auf einmal so ganz allein inmitten der finsteren Wälder der verschneiten Sila sitzen sah und die Stille ihr allmählich in den Ohren weh tat, fing sie an zu singen, um sich abzulenken: *Der Hauptmann, der ist verwundet / er ist verwundet und wird sterben / und er läßt seinen Alpini melden / daß sie ihn sollen beehren … / Seine Alpini lassen ihm sagen / ohne Seil könnten sie den Weg nicht wagen. / Entweder mit Seil oder ohne Seil / meine Alpini will ich hier haben.* Und als die Alpini – mit der Feder auf dem Hut und die Waden ihrer an langes Marschieren gewöhnten armen Beine nur mit einem grünen Baumwollband umwickelt – schließlich bei ihm eintreffen, sagt der sterbende Hauptmann: *Ich befehle, daß mein Herz / in sieben Stücke geschnitten wird!* Es folgt eine beruhigende Aufzählung, in der das Vaterland, die Armee, die Mutter und sogar die erste Liebe erwähnt werden. *Das sechste Stück ist für die Berge / auf daß sie es mit Rosen und Blumen schmücken.* Aber es gibt da noch ein letztes Stück, das siebte. *Das siebte Stück ist für die Grenzen / damit sie der tapferen Alpini gedenken.* Wirklich seltsam, dieses Geschenk an die Grenzen. Als vermachte ein Sterbender ein Stück seines Herzens dem Zoll, den Zollämtern.

Dieser Hauptmann aus dem ersten Weltkrieg kam in den Liedern des Vaters häufig vor. Und jetzt sieht und erkennt sie ihn auf einem Foto, das die Zaira-Figur, Zà genannt, ihr soeben reicht. »Das hier ist mein Großvater Pietr' i pelus', als er jung war«, sagt sie nicht ohne Stolz. Ein hochgewachsener Bursche mit sarkastischem Lächeln, schmalem Oberlippenbart, kurz geschnittenem Haar und hellen, etwas arrogant dreinblickenden Augen. Auf dem Foto daneben liegt er in einem Schlafsack, und jemand leuchtet ihn in einer schlaflosen Nacht mit einer Taschenlampe an. Der junge Mann las viel: Pascal, Augustinus, Mallarmé, D'Annunzio. Und dabei war er der Sohn einer analphabetischen Bäuerin aus Sizilien, die ihrem Vater, einem Carabiniere, im Jahre 1889 in die Abruzzen gefolgt war und den jungen abruzzischen Schäfer Mosè Salvato Del Signore geheiratet hatte.

Mosè war ein sanftmütiger Vater und so eingeschüchtert von der Gelehrsamkeit seines Sohnes, daß er von Anfang an auf jede Form von Autorität verzichtete. Er, der nur mit Mühe und Not seine Unterschrift auf ein Blatt Papier setzen konnte, bewunderte die flüssige, elegante Handschrift seines Sohnes Pietro, Pietr' i pelus' genannt, und fragte sich voller Staunen, woher dessen Geschicklichkeit wohl komme. Er merkte, daß der Junge sich seiner niedrigen Herkunft schämte, zumal der Nachname verriet, daß es ein Findelkind in der Familie gab. Unschuldig wie ein Engel, aber dickköpfig wie ein Esel, so hieß es in der Familie über ihn. Las der Oberleutnant, Pietr' i pelus' genannt, deshalb so viel, weil er sich immer mehr von seinem Vater, von diesem grotesken Namen distanzieren wollte? Um zu zeigen, daß er wie Minerva direkt aus dem Haupt des Jupiter hervorgegangen war?

Noch in ganz jungen Jahren bestand er darauf, Touta den Rücken zu kehren und zu den Ordensbrüdern nach Turin zu gehen, die ihm, gegen Arbeiten im Archiv und in der Bibliothek, die Ausbildung finanzierten – zunächst an der Schule des Klosters, danach an der katholischen Universität, wo er sich wegen seiner außerordentlichen Lernfähigkeit, seiner grenzenlosen Neugier und seiner Liebe zu den Büchern Geltung verschaffte. Man hatte ihm auch angeboten, sich zum Priester ausbilden zu lassen, doch das lehnte er ab. Enthaltsamkeit war seine Sache nicht. Und das gab er unumwunden zu, obwohl er wußte, daß das den Verlust vieler Privilegien bedeutete, die er zuvor genossen hatte.

Mutig nahm er ein Leben in Einsamkeit auf sich, noch dazu in einer so schwierigen Stadt wie Turin: In einer billigen Pension hausend, lebte er nur von Wasser und Brot und verbrachte seine Nächte mit Lesen und Lernen. Sein einziger Luxus waren die Bücher. Er lieh sie in der Bibliothek aus und verschlang sie, wobei er sich in seiner Phantasie mal in die Person eines Kapitäns hineinversetzte, der sein Schiff in Richtung Südsee steuert, mal in einen großen Burgherrn, dann wieder in einen griechischen Krieger oder in einen englischen Jäger. Mit Wonne saugte er die Geschichte des jungen Dandys in sich auf, der gleichzeitig in zwei Frauen verliebt ist: Andrea Sperelli. Seine überhitzte Vorstellungskraft war ausgetrocknet und fieberte der unaufhörlichen detaillierten Darstellung von luxuriösen Kleidern, Blumen mit sophistischen Namen, bernsteinfarbenen Frauenkörpern entgegen, die das Leben des jungen Ästheten erfüllten. Der Alltag des Studenten Pietr' i pelus' war derart armselig, daß seine Phantasie nach üppigen Bildern hungerte. Und von diesen ernährte er sich morgens und abends, wenn er die abgestoßenen Treppenstufen eines baufälligen alten Hauses im Zentrum von Borgo San Paolo hinaufstieg, sich mit seinen Büchern und Heften an einen befleckten, vom Holzwurm zerfressenen Tisch setzte, wenn er sich einen dünnen Zichorienkaffee kochte oder an einem Viertelliter Wein nippte und ein Stück Niere in viele kleine Häppchen zerlegte, um mehrere Abende hintereinander davon essen zu können, und wenn er wie eine Maus an einem harten, ungesalzenen Laib Brot knabberte, mit dem er eine Woche lang auskommen mußte.

Er schloß sein Jurastudium ab und fand unter Mitwirkung der Ordensbrüder eine Stelle als Gehilfe in einer Kanzlei im Zentrum von Turin. Sobald er frühmorgens das Büro des Rechtsanwalts Orefice mit seinen wuchtigen unechten Renaissancemöbeln, harten Stühlen aus dunklem Holz, Tischen mit roten Damastdecken betrat, schlug ihm ein Geruch entgegen, der ihm die Kehle zuschnürte: eine Mischung aus kaltem Tabak, ungewaschenen Vorhängen, Tinte und Staub. Am liebsten hätte er sofort das Fenster aufgerissen, aber Rechtsanwalt Orefice litt an Rheuma, und wenn er auch nur den leisesten Luftzug verspürte, schimpfte er wie ein Rohrspatz. Pietro hatte sich damit abgefunden. Im Büro angekommen, streifte er sich als erstes die schwarzen, baumwollenen Ärmelschoner über, setzte sich an den Schreibtisch und tauchte die Feder in grüne Tinte, ein Markenzeichen der Kanzlei Orefice. Alle zwei Stunden erhob er sich und ging nach draußen, um frische Luft zu schnappen; anschließend arbeitete er weiter.

Unter der Fuchtel des alten Achille Orefice stand sein Sohn Giacinto, der aus seiner Verachtung für den Vater keinen Hehl machte. Er hielt ihn für einen Trottel und Versager, machte aber trotz allem gute Miene zum bösen Spiel, denn schließlich wollte er seinen Platz einnehmen und »diese muffige Kanzlei von Grund auf revolutionieren«. Außerdem gab es da noch eine junge Sekretärin mit hagerem Gesicht und dem Gebaren einer alten Frau. Wer weiß, warum sie so geworden ist, dachte Pietr' i pelus' bei sich, während er die dichten lockigen Härchen, die ihm immer wieder aus den Ärmeln und dem Hemdkragen krochen, unter seinen Manschetten versteckte. Dabei sah Signorina Emilia eigentlich gar nicht mal so übel aus, und obendrein war sie jung, jedenfalls jünger als er. Doch sie schien alles daranzusetzen, um sich häßlich zu machen und wie ein Tolpatsch zu wirken. Nichtsdestotrotz verliebte sich der neue Mitarbeiter, Pietro Del Signore, ein wenig in sie. Bei diesem farblosen Mädchen ahnte er eine zarte weibliche Wärme wie eine mit Asche bedeckte erstickte Glut, die durch Blasen durchaus wieder angefacht werden könnte, und er fragte sich, ob er den nötigen Atem hätte, um dieses Feuer wieder zum Lodern zu bringen. Unterdessen widmete er sich den undankbarsten Arbeiten: dem Abschreiben langweiliger Plädoyers, die mit effekthaschenden Sätzen gespickt waren, der Aktenablage oder der Zustellung von Briefen an die Mandanten. Signorina Emilia würdigte ihn keines Blickes, denn sie war insgeheim in den jungen Chef verliebt, in besagten Giacinto Orefice, der die Kanzlei auf den Kopf stellen und die Fenster zur neuen Welt aufreißen wollte.

Bald entdeckte der alte Orefice, daß der neue Anwaltsgehilfe, Pietro del Signore, nicht nur eine schöne Handschrift hatte, sondern sich obendrein auch gut mit den Gesetzestexten auskannte, über einen wachen, regen Verstand verfügte und, ohne sich in den Vordergrund zu spielen, Lösungen vorschlug, auf die weder er noch sein Sohn gekommen waren. Und so geschah es, daß er ihm statt des Abschreibens von Prozeßakten verantwortungsvolle Aufgaben übertrug, was wiederum Giacintos Eifersucht erregte.

Sogar Signorina Emilia fing an, ihm mit Sympathie zu begegnen, nachdem sie ihn monatelang entweder ganz ignoriert oder mit Argwohn beäugt hatte, auch wenn sie ihn weiterhin wie einen Untergebenen behandelte. Weil er aus den Abruzzen kam, weil er kein Geld hatte, weil er von Priestern erzogen worden war? Schwer zu sagen. Der junge Rechtsanwalt Orefice, der nach dem Tod seines Vaters Chef dieser gutgehenden Kanzlei werden würde, zog es jedenfalls vor, einige einvernehmliche hämische Blicke mit Signorina Emilia auszutauschen und dabei immer wieder auf die geflickten Schuhe und die durchgescheuerte Jacke des neuen Praktikanten zu schielen, anstatt direkt das Wort an ihn zu richten.

Ein ganzes Jahr lang ging das so. Gegen ein geringes Entgelt schuftete der Gehilfe Pietro zwölf Stunden am Tag, für Freundschaften blieb da keine Zeit. Signorina Emilia hatte sich dazu durchgerungen, ihm ihre Zuneigung zu dem jungen Chef anzuvertrauen; dieser beachtete sie aber überhaupt nicht, denn selbst für ein flüchtiges Abenteuer war sie ihm viel zu unattraktiv. Pietr' hatte ihr daraufhin das alte Lied von einer Schwalbe vorgesungen, die sich in den Jäger Cecchino verliebt. Immer wenn er das Haus verließ, um auf die Jagd zu gehen, kreiste die verliebte Schwalbe um ihn herum, in der Hoffnung, wenigstens einen Blick von ihm zu erhaschen. Aber der Jäger sah sie einfach nicht. Die Schwalbe war verzweifelt und ignorierte den schwarzen Mauersegler, der ihr von seinem Ast aus leidenschaftliche Lieder vortrug. Eines frühen Morgens, als der Jäger in den Wald zog, folgte ihm die verliebte Schwalbe, und da er sie wieder nicht beachtete, ließ sie sich fröhlich zwitschernd geradewegs auf der Mündung seines Gewehrs nieder. Jetzt endlich sah der Jäger sie: *Peng, da schoß er und tötete sie … Oh, ihr schönen, schönen, schönen Mädchen seid ihr da, dann hört mal die Geschichte von der Schwalbe aus Kanada …* Aber Signorina Emilia wollte nicht verstehen und endete wie die Schwalbe: getroffen von der Flinte eines arroganten jungen Schnösels, der sie aus purer Langeweile an einem regnerischen Sonntag auf einem Sofa der Kanzlei vernaschte, nicht im Traum daran dachte, das Kind, das sie erwartete, als seines anzuerkennen, und sie zu einer Abtreibung zwang, für die es eigentlich längst zu spät war. Einsam ging sie aus dieser Geschichte hervor: ohne Kind und ihrer Fruchtbarkeit beraubt.

Seine freien Tage verbrachte Pietr' i pelus' mit einem Buch vor der Nase im Bett. Sein Zimmer verließ er so gut wie nie, statt dessen las er bis zur Erschöpfung. Doch eines Sonntags klopfte es an seiner Tür: Ein Freund von Freunden aus den Abruzzen, aus Touta, der wie er in Turin lebte, lud ihn zu einem Ball im Hause einer jungen Frau aus Chieti ein. Ein Ball? Tatsächlich war Pietr' noch nie auf einem Ball gewesen und glaubte sich dort auch völlig fehl am Platze. Er kannte weder die Schritte der Mazurka noch die von Polka oder Walzer, Tänzen, die in jenen Jahren modern waren. Deshalb lehnte er ab. Aber Carlo Alberto Di Pirro, Penzaperté genannt, redete so lange auf ihn ein, bis er ihn schließlich umgestimmt hatte. Gegen sieben Uhr fing er an, sich für den Abend zurechtzumachen: Mit einer Schere entfernte er sich die Haare, die ihm aus Nase und Ohren sprossen, bügelte mit einem geliehenen Plätteisen sein einziges weißes Hemd, das an den Ellbogen schon zweimal geflickt war, und versuchte verzweifelt, mit einer angefeuchteten Bürste die dunkle Jacke mit den abgenutzten glänzenden Aufschlägen zu reinigen.

Um acht Uhr erschien Penzaperté, um ihn abzuholen. Er blieb an der Eingangstür stehen und rief nach ihm, und Pietr' kam aufgeregt die abgestoßenen Treppenstufen heruntergesaust und vergaß dabei einmal den strengen, ekligen Kohlgeruch im Hausflur. Sie sprangen in eine Straßenbahn, dann in eine andere, bis sie endlich in der Stadtmitte waren. Dort marschierten sie unter den Arkaden der Viale del Re hindurch. Und bald darauf standen sie auch schon im Salon der jungen Dame aus Chieti, Tochter eines Bankdirektors, deren schönes Heim mit wertvollen Wandteppichen verkleidet war. »Ich bin Filomena, und du?« »Carlo Alberto di Pirro, und das hier ist Pietro, Pietr' für die Freunde aus den Abruzzen.« Das Mädchen wandte sich sogleich wieder ab, um sich des Büfetts anzunehmen. Als Carlo Alberto sich eine Tanzpartnerin mit üppigem Busen schnappte, blieb Pietr' mit einem Glas Orangenlimonade in der Hand sitzen, linkisch und in Panik, ebenfalls tanzen zu müssen. Auf einmal bemerkte er, daß auf dem Stuhl neben ihm eine hochgewachsene junge Frau mit schönen langen, weißen Armen saß, die beobachtete, wie die anderen Pirouetten drehten, ohne selbst aufzustehen und mitzumachen.

»Ich bin Pietro.«

»Und ich Amanita.«

»Den Namen habe ich noch nie gehört.«

»So heißt ein Pilz.«

»Ach so!«

»Kommst du auch aus den Abruzzen?«

»Aus Touta.«

»Willst du tanzen?«

»Ich kann nicht tanzen.«

»Ich auch nicht.«

Vor lauter Erleichterung fingen sie an zu lachen. Von da an entstand eine Freundschaft zwischen ihnen, aus der innerhalb weniger Monate Liebe wurde oder zumindest etwas, das der Liebe sehr nahe kam. Penzaperté warnte ihn, Amanita sei die Tochter von Michele Sbarra, einem berühmten Professor, seines Zeichens Mykologe von internationalem Ruf. Der Professor wäre bestimmt außer sich, wenn er erführe, daß seine Tochter mit einem jungen Habenichts angebandelt habe. Aber er täuschte sich, denn der große Mykologe war auch ein herzensguter Mensch, der seine einzige Tochter Amanita über alles liebte und rührend für sie sorgte, nachdem seine Frau bei ihrer Geburt gestorben war. Er wünschte sich viel mehr einen intelligenten, tüchtigen Mann für sie als einen reichen. Er selbst hatte genug Geld, um ihnen bei der Gründung eines Hausstands behilflich zu sein. Und als Amanita den jungen Mann aus den Abruzzen nach Hause einlud, damit er ihren Vater kennenlerne, empfing Sbarra ihn dementsprechend herzlich. Er trug einen gezwirbelten langen Schnauzbart, in seinen großen kurzsichtigen Augen lag etwas Ruheloses und Trauriges. Pietr' war sich über eines im klaren: Der Mykologe erwartete von ihm, daß er um die Hand seiner Tochter anhielt. Und er, als Ehrenmann, handelte entsprechend, auch wenn er es eigentlich noch für verfrüht hielt. In aller Offenheit gestand er ihm, daß er der Sohn eines Findelkindes sei, ohne einen Pfennig Geld dastehe und erst in ein paar Jahren heiraten könne. Der Professor stellte ihm zahllose Fragen und willigte dann in eine Hochzeit ein. Jenem peinlich genauen Verhör hatte er entnommen, daß der junge Pietro Del Signore, obwohl er weder über Besitz noch über ein geregeltes Einkommen verfügte, ehrgeizig war, einen starken Willen hatte und methodisch vorzugehen wußte. Der Stolz und die Ehrlichkeit, die er bei der Beantwortung der Fragen hatte erkennen lassen, beeindruckten ihn zutiefst. Der Professor glaubte, Menschenkenntnis zu haben, und er war sich sicher, daß der junge Anwalt aus den Abruzzen seine Tochter Amanita achten, lieben und ein Leben lang für sie sorgen würde. Und er irrte sich nicht in seinem Urteil, auch wenn das Schicksal etwas anderes für die Zukunft der beiden bereithielt.

Die Verlobungsfeier dauerte drei Tage. Pietr' hatte sich von Penzaperté Geld geliehen, um einen zierlichen Silberring zu kaufen, der einen winzigen Brillanten trug, dessen geschickte Plazierung ihn funkelnder und größer wirken ließ, als er eigentlich war. Professor Sbarra besichtigte zusammen mit dem zukünftigen Ehepaar die Wohnung, die er eigens im Hinblick auf die Hochzeit seiner Tochter gekauft hatte. Es handelte sich um ein klassisches Domizil im ersten Stock der Via Principi d'Acaja mit ins Mauerwerk eingearbeiteten hohen Fenstern und mit Fresken bemalten Decken im Jugendstil. Das Wohnzimmer war so riesig, daß man darin sogar Konzerte hätte geben können, im geräumigen Schlafzimmer stand ein funkelnagelneues, soeben erst aufgestelltes Himmelbett. Pietr', ein Mensch mit Ehrgefühl, schämte sich dieses ganzen Luxus. Der eine oder andere hätte annehmen können, daß es sich um eine Geldheirat handelte. Aber der Professor, der sein Unbehagen spürte, fand herzliche Worte, um ihn zu beruhigen: »Der Anfang ist immer schwer, lieber Pietro, und man muß sich helfen lassen. Ich zähle auf dich, ich weiß, du wirst deinen Weg im Leben finden und zu deinen Entscheidungen stehen. Da bin ich mir ganz sicher. Deshalb mach dir mal keine Gedanken und arbeite in aller Ruhe. Das Geschwätz der anderen sollte uns nicht bekümmern. Ich will, daß ihr bald heiratet und ein Kind bekommt. Alles andere spielt keine Rolle. Ich bin überzeugt, daß du im Laufe der Zeit so viel verdienen wirst, daß du mir das Geld für die Wohnung zurückzahlen kannst, und, wer weiß, vielleicht kannst du sogar einmal für mich sorgen, wenn ich zum Arbeiten zu alt bin.«

Er hatte eine Art zu lachen, die den jungen zukünftigen Schwiegersohn leicht befremdete: mit geschlossenem Mund, ohne die Zähne zu zeigen, wobei sein merkwürdig rotgrauer Schnauzbart zitterte.

Von der Einberufung wurden sie regelrecht überrumpelt. Zwar befand sich Italien seit Mai des Vorjahres im Krieg, aber niemand glaubte, daß auch Familien betroffen wären, die nur einen einzigen Sohn hatten. Obendrein wurde der junge Anwalt Del Signore zu einer Zeit eingezogen, als er gerade die Unterlagen für einen Prozeß zusammenstellte, der ihn faszinierte. Es ging um die Verteidigung eines Wehrdienstverweigerers, der aus religiösen Gründen das Töten ablehnte. Der Oktober des Jahres 1916 war gerade vergangen. Auf dem Weg zur Musterung dachte Pietr', der wegen der vielen braunen Härchen, die sich auf seiner Brust, auf seinen Schultern, in den Ohren und sogar in der Nase kräuselten, i pelus' genannt wurde, über die Worte seines Mandanten nach. Er hätte nie geglaubt, daß man sich auch gegen das Kämpfen im Krieg entscheiden könnte. Für ihn war es eine Bürgerpflicht, und Pflichten hatte man bis ins letzte zu erfüllen. Und dennoch, irgend etwas in den Überlegungen des Jugendlichen, der kein Priester war, sich aber auf das christliche Gebot »Du sollst nicht töten« berief, trieb ihn um.

So nackt inmitten von Dutzenden unbekleideter junger Männer fühlte er sich schwach und verloren und war zum ersten Mal froh über seinen lockigen Pelz, der ihn ein wenig vor den Blicken der vielen Menschen schützte. Nach einer eingehenden Unterredung und der Durchsicht seiner Papiere wurde er zum Oberleutnant befördert. Und das erfüllte ihn mit Stolz. Geduldig beugte er sich über ein Blatt Papier und verfaßte in großen, deutlichen Lettern einen Brief an seine Eltern, den, das wußte er, der Dorfschreiber entziffern würde. In den Umschlag steckte er noch ein etwas unscharfes Foto, das ihn in Uniform und mit Kragenspiegeln an den Schultern zeigte. Dann zog er sich einen dunklen Anzug an und machte sich auf den Weg zum Hause Sbarra, wo er mit einer Flasche französischem Champagner gefeiert wurde.

In den vielen Monaten, die seit ihrer Verlobung vergangen waren, hatten Pietr' i pelus' und Amanita nicht einmal zusammen geschlafen. Ihre Beziehung beruhte weniger auf Leidenschaft als vielmehr auf dem dringenden Wunsch, eine Einsamkeit zu füllen, unter der sie beide allzusehr gelitten hatten: er, der jahrelang zum Lernen in ein armseliges Zimmer gesperrt war, und sie, die sich als Gefangene eines besorgten, besitzergreifenden Vaters sah.

Die Abende verbrachten sie damit, über die Möbel zu sprechen, die sie sich für ihre neue Wohnung anschaffen wollten. Wenn sie spazierengingen, hielten sie sich noch nicht einmal an den Händen, so vorsichtig und ängstlich waren sie. Es war eine keusche Liebe, so wie es sich für zwei zukünftige Eheleute in jenen mageren Jahren gehörte. Der Körper der Frau, die man sich für sein Leben auserwählt hatte, durfte vor der Hochzeit auf keinen Fall enthüllt werden. Das hatte Pietr' bereits bei den Ordensbrüdern im Internat gelernt, bei denen er – eingezwängt in eine Uniform aus grobem, schwerem Tuch – die Mittel- und Oberschule absolvierte hatte. Und Amanita dachte ganz genauso. Auch sie war auf ein Internat gegangen – zu den Nonnen vom Heiligen Herzen Jesu –, wo man ihr beigebracht hatte, daß für eine junge Frau die Jungfräulichkeit nach dem Vorbild der Muttergottes das Heiligste und Wertvollste sei. Man konnte sie nur dem rechtmäßigen Ehemann schenken, sofern die Absicht bestand, Kinder in die Welt zu setzen, und ganz gewiß nicht aus reiner Fleischeslust. Im Grunde galt der Körper der Frau als unrein und gefährlich. Das samstägliche Baden im Internat fand immer nur im Hemd statt.

Zur Befriedigung der fleischlichen Begierden, wie man damals zu sagen pflegte, besuchte der Hauptmann in spe zusammen mit seinem Freund Penzaperté ein Bordell im Stadtviertel Barriera di Lanzo. Amanita wußte zwar nichts davon, aber sie ahnte es. Und sie nahm es ihm auch nicht übel, handelte es sich doch um nichts weiter als um die Triebe des männlichen Körpers, der laut ihrer Tante Vittoria ungestümer und animalischer sei als der weibliche. Anständige junge Männer schliefen nicht mit ihren Verlobten, sondern gingen in der Regel ins Freudenhaus. Selbst der berühmte Pilzkundler Michele Sbarra, dem das Wohl seiner Tochter so sehr am Herzen lag, hätte nichts dagegen einzuwenden gehabt. Tatsächlich wurden Bordelle auch von jungen Ehemännern und Familienvätern frequentiert, die eigentlich kein Problem mit der Fleischeslust hatten. Aber es war ein so verwurzelter Brauch, daß er von allen als die vernünftigste Art angesehen wurde, die »exzessiven Turbulenzen der männlichen Sexualität« in Schach zu halten.

Das Bordell, das die beiden Freunde regelmäßig aufsuchten, trug den poetischen Namen »Freudenhaus Nachtschatten«. Pietr' i pelus' hatte sich von Anfang an von dem durchdringenden Duft nach Moschus und Veilchen einlullen lassen, mit dem die Puffmutter die Sofas im Empfangssalon einsprühte. Dort ließ er sich nur allzugern in einen Sessel sinken und träumte von einer erfolgreichen Karriere. Dort plauderte er mit seinem Freund Penzaperté über Politik und über die Zukunft. Dort saß er mit geschlossenen Augen und wartete, bis die Prostituierte Liù frei war. Wegen ihrer schüchternen, höflichen Art und ihrer spröden, in einem Bordell absolut unüblichen Zurückhaltung war die junge Frau sehr begehrt. Sie hatte nichts von der Frechheit und Schamlosigkeit der anderen Mädchen, die »die Vierzehntägigen« genannt wurden, weil sie alle vierzehn Tage wechselten. Dem Hauptmann in spe behagten auch die Gesellschaftsspiele nicht: auslosen, welches Mädchen man mit aufs Zimmer nimmt, wählen, wer die Schönste des Hauses ist, oder, nach unzähligen Gläsern minderwertigen Champagners aus vollem Halse singend, eine Polonaise veranstalten. Penzaperté hatte einen gewöhnlicheren Geschmack und nahm ihn wegen seiner Art von Verliebtheit auf den Arm. »Wer sich auf was versteift, bringt's nicht weit«, flüsterte er ihm gutgelaunt ins Ohr, »hier wollen wir doch lachen und uns amüsieren. Jedesmal eine andere, so kommt erst richtig Vergnügen auf … hast du die Braunhaarige da vorn gesehen, die mit den hellen Augen, die guckt schon die ganze Zeit zu uns rüber? Die hat einen Körper zum Küssen. Ich geh' mal zu ihr, und du, was machst du?«

»Ich warte auf Liù.«

»Tu, was du nicht lassen kannst.«

Am liebsten von allen mochte er das zurückhaltende Mädchen mit dem chinesischen Namen, das eigentlich aus Sizilien kam und Pina hieß, wie sie ihm selbst erzählt hatte. Sie war klein, brünett und nicht besonders üppig. Sie trug weder durchsichtige Kleider, noch zeigte sie ihre Brüste, die im übrigen so gut wie gar nicht existierten. Die Röcke reichten ihr bis an die Knöchel, darunter lugten ein Paar weiße Kniestrümpfe hervor, die oberhalb der Sandalen mit den flachen Absätzen aufgerollt waren. Sie sah aus wie ein Kind. War es das, was ihn an ihr reizte? Die Tatsache, daß er, wenn er in sie eindrang, meinte, der erste zu sein? Er wußte es nicht und wollte der Sache auch nicht auf den Grund gehen. Was ihn irritierte, gleichzeitig aber auch anzog, war der kaum wahrnehmbare Geruch von Talkumpuder, den die zierliche Frau an sich hatte. Die anderen rieben sich mit Kölnischwasser ein, mal mit Rosen-, mal mit Vanilleduft, sie nicht, sie benutzte nur den nach Anis und bitteren Kräutern riechenden billigen Puder. Die Dose war ihm noch in bester Erinnerung: klein, bauchig, himmelblau mit einem quer darauf abgebildeten weißen Farnzweig. Ihre kindlichen Finger umklammerten diese Dose, als wäre sie so etwas wie ihre Rettung; sie schüttelte sie heftig und verteilte dann den matten Puder auf ihrem Körper: unter den Achseln, auf dem Hals, zwischen den Beinen, zwischen den Brüsten, auf den Füßen.

Es war der Geruch der Liebe ohne Liebe, sagte sich der Hauptmann in spe. Wegen des gegebenen Eheversprechens klammerte sich sein Herz wie eine Muschel an den junonischen Körper seiner Verlobten. Nichts und niemand hätte ihn von der zukünftigen Frau und der Mutter seiner Kinder trennen können. Das war für ihn Ehrensache. Seine Gefühle hingegen sprangen wie Grashüpfer durch die Wiesen des Abenteuers, versteckten sich zwischen den Blättern unbekannter Pflanzen und sangen vor lauter Daseinsglück.

Aber so unabhängig und ausschließlich triebgesteuert diese Gefühle auch zu sein schienen, so waren sie in Wirklichkeit sehr wohl zielgerichtet und hätten sich niemals auf verbotenes Terrain gewagt. Oberleutnant Del Signore bewies große Geschicklichkeit im Verteilen seiner Zuneigung: Rosarot und traditionell wie die wertvollen Stoffe mit Blümchen und Schleifchenmotiven im Hause von Amanita war die, welche seiner zukünftigen Frau galt; weich, schmelzend, träge hingegen die, welche er dem Bordell und vor allem seiner Pina entgegenbrachte. Dabei wußte er sehr wohl, daß sie nicht nur ihm gehörte. Aber diese Vorstellung blendete er gewissenhaft aus. Sie gehörte zu den Komplikationen, die das Schicksal bereithielt, und Komplikationen mochte er nicht. Seine Stärke – dessen war er sich durchaus bewußt – bestand in der Fähigkeit, sich anzupassen, ein uneinnehmbares Fort um alle Zweifel herum zu errichten, um diese dann wie männliche Festigkeit aussehen zu lassen.

Amanita – warum zum Teufel trug sie bloß den Namen eines giftigen Pilzes? – würde auf immer und ewig seine Frau sein, daran zweifelte er keineswegs. Auch wenn ihm ihr Name unpassend erschien. Die Tatsache, daß es sich bei ihrem Vater um einen berühmten Mykologen handelte, war keine hinreichende Erklärung. Dann hätte er sie ja gleich Agarica oder Boleta nennen können. Die junge Frau hatte überhaupt nichts Giftiges an sich, sie war vielmehr von einer erhabenen, spröden Schönheit, die nichts Hinterlistiges oder Boshaftes vermuten ließ. Sie war die Frau, die sich jeder Mann gewünscht hätte: heiter, zuvorkommend, verfügbar, aber auch stolz und würdevoll, reich, gerade gebildet genug, um einen intelligenten Ehemann nicht bloßzustellen; schweigsam, danach strebend, viele Kinder zu gebären und diese in ehelicher Gemeinschaft großzuziehen. Was konnte man sich mehr wünschen? Ab und zu küßten sie sich verstohlen, während die Tante, die ihre Treffen beaufsichtigte, auf einem Stuhl saß und nähte. Tante Vittoria hörte schlecht, und das nutzten die beiden aus. Aber niemals umarmten sie sich auf unschickliche Weise. Ihre Körper berührten sich nicht, obwohl die Lippen sich streiften. Es waren keusche, spitze Küsse, die begleitet wurden von unterdrücktem Begehren und ermutigenden Versprechungen.

Der Hauptmann in spe stellte sich niemals die Frage, ob diese Unterscheidung nicht etwas künstlich und ungesund sei. Sie galt als selbstverständlich bei seinen Freunden, selbst bei den verheirateten. »Das erlaubte oder, besser gesagt, das gebotene Vergnügen ist eine Sache, Pietr', das heimliche, abenteuerliche Vergnügen eine andere«, erklärte ihm Penzaperté, während er ihn untergehakt durch die elegantesten Straßen von Turin führte. »Die beiden Vergnügen treffen niemals zusammen. Wozu sind denn Bordelle da? Sie schützen dich vor Krankheiten, sie halten dich davon ab, anständige Mädchen zu vergewaltigen. Man kann nicht ohne sie auskommen, sie sind eine feste Einrichtung, es gab sie immer, und es wird sie immer geben. Da drin darfst du nicht lieben, da sollst du nur genießen. Die Liebe gibst du am besten zusammen mit Hut und Mantel an der Garderobe im Eingang ab.«

In der Familie seiner zukünftigen Frau hielt man große Stücke auf den Oberleutnant Pietr' Del Signore. Der Mykologe, ein hochgewachsener, stets dunkel gekleideter Mann, nahm ihn so eingehend unter die Lupe, als untersuchte er einen Pilz: Konnte man sich auf diesen jungen Burschen verlassen, der ohne einen roten Heller, aber mit viel Ehrgeiz und ebensoviel Naivität aus den Abruzzen gekommen war? Und wenn er sich nun in ihm getäuscht hätte? Aber angenommen, er hätte ihn falsch eingeschätzt, seine Tochter wäre ganz bestimmt nicht auf ihn hereingefallen, da war er sich sicher, denn sie war nicht der Typ, der unter allen Umständen heiraten wollte. Außerdem war sie mit Intelligenz und Urteilsvermögen gesegnet. Und selbst Tante Vittoria, die gewissermaßen die verstorbene Mutter ersetzte, stimmte zu: Man konnte dem jungen Mann vertrauen. Das einzige, was ihr mißfiel, waren die vielen Härchen, die ihm aus den Ärmeln seiner Jacke und aus dem Hemdkragen krochen. Aber Pietr' war jemand, der sich dadurch Respekt verschaffte, daß er arbeitete, ohne sich zu schonen. Mit großer Sorgfalt bereitete er die Prozeßunterlagen für seinen Arbeitgeber vor und wagte es sogar, den einen oder anderen modernen Beweisgrund vorzuschlagen, den der Anwalt empört zurückwies, um ihn sich dann doch zu eigen zu machen. All das hatte Achille Orefice höchstpersönlich dem berühmten Mykologen berichtet, als dieser ihn hinter Pietros Rücken aufgesucht hatte, weil er etwas mehr über seinen zukünftigen Schwiegersohn in Erfahrung bringen wollte.

Schon recht früh bestritt Pietr' i pelus' seinen Lebensunterhalt ohne die Unterstützung seiner Eltern. Er war fleißig, sauber, achtete auf seine Kleidung, jedoch ohne Eitelkeit. Möglicherweise verwendete er mehr Zeit als erforderlich auf die morgendliche Rasur: Er hatte die Manie, wenigstens aus seinem Gesicht jedes überflüssige Haar zu entfernen, und daran arbeitete er mit Feuereifer unter Verwendung von drei oder vier unterschiedlich geformten Scheren, die er auf der Konsole im Bad aufbewahrte. Bevor er das Haus verließ, mußte er unbedingt die Borsten loswerden, die die schlechte Angewohnheit hatten, ihm aus der Nase zu sprießen. Außerdem waren da noch die wie Korkenzieher gelockten schwarzblauen Härchen, die ihm aus den Ohren wuchsen. Ganz zu schweigen von den Koteletten, die er zwar unter Kontrolle hielt, die aber immer wieder dazu neigten, sich dem Rasiermesser zu entziehen, indem sie sich quer zur Klinge stellten.

Kaum hielt er seine Einberufung in Händen, verwendete der Oberleutnant und angehende Hauptmann Del Signore noch größere Aufmerksamkeit und Sorgfalt auf seine Rasur. Es schien ihm, als wäre seine Körperbehaarung der wirre Ausdruck jener Angst, die er unbedingt bezwingen und kontrollieren wollte. Wenn er morgens die Kanzlei Orefice betrat, streifte er sich lässig die schwarzen baumwollenen Ärmelschoner über und tat ganz ungezwungen. Fröhlich pfiff er vor sich hin, so als gingen ihm nur erfreuliche Gedanken im Kopf herum. Er lachte und scherzte sowohl mit Signorina Emilia als auch mit dem jungen Orefice. Die Abende verbrachte er mit Penzaperté zunächst in einer Kneipe, wo sie schlechten Wein tranken, um dann später im Bordell zu landen. Mit ihm, seinem Komplizen, konnte er angeregte Gespräche über Frauen führen, wenn sie durch die Arkaden des abendlichen Turin flanierten, durch dessen Straßen schmutzig-klebrige Nebelschwaden zogen. Seine Pina erwähnte er nicht, denn diese hartnäckige Vorliebe war ihm doch eher peinlich, und so lauschte er hingerissen den Worten seines Freundes, der ihm die Neuen beschrieb, die alle vierzehn Tage ins Bordell kamen: die Rothaarige aus Bologna, ein Gedicht aus »Milch und Wein«, die Blonde aus Mailand, »die hat es schon verdammt bunt getrieben«, und die Kleine aus

Neapel, eine Mischung aus »Pfeffer und Safran«, mit der er schon Momente verbracht hat, »da kann man nur von träumen«.

Wenn Pietr' mit Amanita zusammen war, durfte sie sich an seiner Schulter ausweinen, woraufhin er sie mit ein paar klugen Worten tröstete. »Italien braucht mich«, sagte er, »ich kann mich nicht so einfach drücken, aber ich bin bestimmt bald zurück.« Er rauchte wie ein Schlot. Mindestens dreimal am Tag wusch er sich und fummelte mit den Scheren herum. Und er aß hauptsächlich gebratene Schnitzel. Alles andere ekelte ihn an.

Nur bei Pina ließ er sich ein bißchen gehen. Eine ganze Nacht lang lagen sie eng umschlungen zusammen, und er sagte zu ihr, daß er im Falle seines Todes als Geist zu ihr käme, um mit ihr zu schlafen. Ausdruckslose große Augen blickten ihn an. Mit den Lippen liebkoste er die Brustwarzen des Mädchens. Er wußte, diese Nacht kostete ihn zwölf Lire. Er würde wohl seinen Vater, der aus gegebenem Anlaß zusammen mit seiner Frau für ein paar Tage nach Turin gekommen war, bitten müssen, ihm das Geld zu leihen. Aber jetzt, so kurz vor seinem Abmarsch an die Front, zeigten sich alle großzügig und nachsichtig ihm gegenüber. Es dürfte ihm also nicht schwerfallen, das Geld aufzutreiben.

Pina streichelte ihm über die Haare, und er küßte ihren Bauch mit so viel Zartgefühl, als lauschte er dem Herzschlag eines Kindes. War es Vorahnung oder nur ein Wunschtraum? Er legte seine Wange auf ihren Bauchnabel, mit seiner Zunge zeichnete er konzentrische kleine Kreise und näherte sich so allmählich dem Zentrum allen Begehrens. Überrascht lächelte sie ihn an: Kein Freier sonst würde jemals den Bauch einer Prostituierten küssen, an dem, trotz häufigen Waschens und Desinfizierens, die Erinnerungen an andere Penetrationen, andere männliche Samen haften blieben. Aber er machte einfach weiter. Und sie ließ es geschehen, mit geschlossenen Augen und einem leichten, schüchternen Lächeln auf ihren kindlichen Lippen. Es war kein glückliches Lächeln, wie er erwartet hätte. Aber auch kein trauriges. Um den Mund des Mädchens lag etwas Schmerzliches und Rätselhaftes. Er hatte keine Ahnung, was in ihrem Kopf vor sich ging. Womöglich gar nichts, sagte er sich, während er sie an sich drückte. Aber ausgerechnet in diesem Moment vernahm er eine kindliche Stimme: »Wenn dir das Töten Spaß macht, wirst du keine Lust mehr auf Liebe haben.«

»Wie kommst du denn darauf?«

»Kommandieren ist doch viel besser als vögeln.«

»Es stimmt ja gar nicht, daß du an nichts denkst«, sagte er wie zu sich selbst.

»Mir kommen die Gedanken einfach so, ohne daß ich sie rufe.«

»Mit mir hast du noch nie richtig gesprochen.«

»Hast du mich denn schon mal was gefragt?«

Und so entdeckte der Hauptmann in spe in einer Nacht, die ihn satte zwölf Lire kostete, daß seine Pina Gedanken hatte, die zwar nicht unbedingt mit seinen übereinstimmten, aber auch nicht unvernünftig waren. Eine Prostituierte, die denken kann! Das kam ihm wie ein Widerspruch vor. Wie brachte sie es fertig, so viele fremde Körper zu erdulden, wenn sie über einen Verstand verfügte und damit über die Fähigkeit, Entscheidungen zu treffen? Aber an dieser Stelle bewegte er sich mit seinen Überlegungen auf zu dünnem Eis. Hatte er sich nicht stets selbst dazu ermahnt, sich vor Spitzfindigkeiten in acht zu nehmen? Sein Instinkt sagte ihm, daß Komplikationen zu Schmerzen führen und Schmerzen zu Unsicherheit und Zweifeln. Sollte ein Soldat, kurz bevor er in den Kampf zieht, sich noch mit solch beunruhigenden und problematischen Dingen abgeben? Wenn er sich nun schon eher die Frage gestellt hätte, wer diese Frau eigentlich ist, die er da zweimal in der Woche in völliger Unkenntnis in die Arme nimmt? Wenn er sich gefragt hätte, was ein so reizendes, intelligentes Mädchen in einem Bordell zu suchen hat, wo es Liebe gegen Bezahlung anbietet? Sofort hätten ihn moralische Bedenken und ein Gefühl von Verantwortung belastet und ihm jeden Spaß verdorben. Aus diesem Grund verschloß er ihr auch dieses Mal den Mund mit einem langen, gefühlvollen Kuß. »Selbst wenn ich töten sollte, werde ich die Freude am Küssen nicht verlieren«, sprach er, stieg aus dem breiten, hohen Bett und zog sich an. Er mußte nach Hause gehen und sich vor seiner Abreise noch einmal gründlich rasieren, denn er hatte den Eindruck, daß seine Haare in jener schlaflosen Nacht willkürlich und mit einer bisher ungeahnten Kraft gewachsen waren. Er spürte ein Stechen in der Nase und ein Kitzeln in den Ohren. Nun mußte er schnellstens die kleinen Scheren im Bad zur Hand nehmen.

Früh am Morgen vollzog sich seine Abreise in einem klapprigen, schnaufenden Zug, der alle paar Kilometer anhielt. Sein Freund Penzaperté hatte ihn zum Bahnhof begleitet und ihm unterwegs von einer neuen Vierzehntägigen aus Arezzo erzählt, die er für »eine echte Sensation« hielt. Als der Zugführer schon gepfiffen hatte, erschien sogar Amanita noch, elegant wie immer, in einem rotweißkarierten Organzakleid, in der Hand einen mit Kirschen aufgeputzten riesigen Hut. Sie weinte und drückte seine Hände, die er ihr aus dem Fenster entgegenstreckte, während Tante Vittoria ihr winzige bestickte Taschentücher reichte. Zum ersten Mal dachte Pietr', daß ihrer Verlobung eigentlich jegliche Basis fehle und diese Abschiedsszene einfach lächerlich sei. Nur die Kirschen auf Amanitas Hut erschienen ihm als gutes Omen, so leuchtend rot und lebensvoll, obwohl sie nur aus Pappmaché waren. Mehr als seiner Verlobten galt sein Gruß ihnen, als sich der Zug, eine stinkende schwarze Rauchwolke ausstoßend, langsam in Bewegung setzte. Die Sitze waren aus Holz und dementsprechend hart, im Netz über ihm wippte sein armseliges Gepäck auf und nieder: ein Sack, in den er Kniestrümpfe, ein sauberes Hemd, einen Satz kleiner Scheren, zwei Rasiermesser nebst Dachshaarpinsel gestopft hatte sowie den *Triumph des Todes* von D'Annunzio, die *Canzoniere* von Petrarca und einen lilafarbenen Pullover, den die treue Amanita eigenhändig für ihn gestrickt hatte.

Im Schützengraben stellte sich der Hauptmann in spe seinem Schicksal mit einem Mut, der ihn selbst mehr erstaunte als die anderen. Die Kugeln streiften seinen Helm, ohne daß er sich davon in Angst und Schrecken versetzen ließ. Der Anblick so vieler schlecht rasierter Nacken von jungen Männern seines Alters, die sich auf seinen Befehl hin gehorsam beugten, gab ihm ein erhebendes Gefühl. Das erleichterte ihm alles. Hatte Pina etwa doch recht gehabt? Auch einen Mangel an Liebe empfand er nicht. Amanitas Briefe kamen pünktlich und regelmäßig. Darin schilderte sie ihm in epischer Breite, was sich in jenen Tagen alles in ihrem väterlichen Haus abspielte: die Abendessen mit Verwandten, wie sie ehrenamtlich für die Armee Hemden nähte, welche Bücher sie las, daß sie zum Verdunkeln schwarze Pappe an den Fenstern anbrachte oder wie sie mit ihrem Fahrrad auf der Suche nach ein paar Eiern durch ein gottverlassenes Turin fuhr. Sie hatte eine gestochene, intelligente Handschrift und verstand es, jede Szene in allen Einzelheiten mit einer Anschaulichkeit darzustellen, die eines naturalistischen Schriftstellers würdig gewesen wäre, und das freute ihn. Er redete sich immer mehr ein, mit Amanita die richtige Wahl getroffen zu haben, sie würde ihm eine gute, kluge und treusorgende Ehefrau sein. Von Pina wußte er nichts. Ab und zu zog er ein verwackeltes Foto von ihr aus der Tasche, auf dem sie wie ein Gespenst aussah: die braunen Haare, das blasse Gesicht nach unten auf die schmale Brust gesenkt, erloschene große Augen. Wer weiß, warum diese Frau ihn so sehr anzog. Sie war nicht einmal hübsch.

Eines Morgens, an einem dunklen Oktobertag des Jahres 1917, erhielt der Oberleutnant den Befehl, mit seiner Abteilung den Hügel des Asino Morto einzunehmen: eine Ansammlung von Felsen, auf deren Spitze sich die Ruinen eines Hauses befanden. Was für einen Sinn es haben sollte, sich dieses Hügels zu bemächtigen, blieb ein Rätsel. Niemand hatte dem Oberleutnant Del Signore eine Erklärung dafür gegeben. Als Pietr' sich zusammen mit seinen Soldaten zwischen den Bäumen und Steinen hindurch den Weg nach oben bahnte, mußten sie sich plötzlich gegen einen unerwarteten Maschinengewehrangriff verteidigen. Wer hätte geahnt, daß die Österreicher so nah waren. Sie erwiderten das Feuer und kletterten im Schutz der Steine weiter hinauf zur Spitze. Vier Soldaten starben, zwei weitere wurden verwundet. Trotzdem gelang es Pietr' und seiner Kompanie gegen Abend, den Gipfel zu erreichen, den sein Vorgesetzter am Feldtelefon als strategisch äußerst wichtig bezeichnete. Und mit Stentorstimme fügte er hinzu: »Oberleutnant, Sie waren großartig. Der General hat beschlossen, Sie zu befördern. Also machen Sie weiter so, Hauptmann! Behalten Sie jetzt die andere Seite im Auge, und beobachten Sie, ob Panzer von Norden her anrücken.«

In dem verfallenen Haus desinfizierten und verbanden sie die Verwundeten und beteten für die Gefallenen. Die Nacht über lagerten sie zwischen herumliegenden Ziegelsteinen und Gräsern, die durch die Ritzen in den Mauern drangen. Mitten in dem, was ursprünglich einmal das Eßzimmer gewesen sein mußte, wuchs ein Sumach. An der geschwärzten Wand waren noch die Reste eines Kamins zu erkennen. Ein starker Wind kam auf und wehte ihnen die Mützen vom Kopf, die zu ihrer Alpini-Uniform gehörten. Es war nicht einmal mehr möglich, sich eine Zigarette anzuzünden. Währenddessen wurde auf dem gegenüberliegenden Hügel weiter geschossen. Auf allen vieren kriechend, suchten sie Schutz hinter den Ruinen des verfallenen Hauses.

Zu essen gab es nur zerkrümelten weichen Zwieback, das Wasser aus den Feldflaschen schmeckte nach Rost und Chlor. Der Hauptmann war ganz steif geworden in seinem Mantel, der ihn nur notdürftig vor der grimmigen Kälte schützte. Er zog sich die Mütze tief ins Gesicht und versuchte zu schlafen; gleichzeitig bemühte er sich, während die Waffen ruhten, das Jammern der Verletzten zu überhören. Aber gegen drei Uhr erreichte ihn ein weiterer Befehl über das Feldtelefon: Sie sollten ihre Stellung innerhalb der nächsten Stunde räumen und wieder ins Tal hinabsteigen. Und warum? Es kam keine Antwort. »Zum Teufel, sagt mir doch was!« Das Telefon schwieg, als wäre es plötzlich versteinert. Und dann brüllte er in die Nacht hinein: »Vier von uns haben ihr Leben gelassen, um diesen verdammten Gipfel zu erobern, und jetzt sagt ihr uns, daß wir ihn wieder aufgeben sollen. Gebt mir wenigstens eine Erklärung, verflucht noch mal!« Die Stimme versagte ihm. »Und was ist mit den Verwundeten, was soll ich mit denen machen, wir haben nicht mal Bahren?« murmelte er verzweifelt. Doch niemand antwortete ihm. Der Befehl war eindeutig, und das mußte genügen.

Er setzte sich, die Holzschachtel mit dem tragbaren Telefon im Arm, und fing an zu speien. Sein Mund war voller Speichel, und je mehr er ausspuckte, desto mehr strömte ihm aus der Kehle. Möglicherweise mußte er sich übergeben, aber es ging nicht. Wahrscheinlich wegen des spärlichen Essens, das sie am Vortag zu sich genommen hatten: einen Zwieback und ein Stückchen Speck. Er dachte an die Haare, die ihm mittlerweile in unkontrollierter Üppigkeit am ganzen Körper wuchsen. Die aus der Nase kamen, konnte er sich ja noch mit den Fingern ausreißen, aber die aus den Ohren sprießenden Haare waren zu dichten Büscheln geworden. Über Hals und Brust wagte er gar nicht ernsthaft nachzudenken, denn was er da im Geiste sah, war ein Brombeergestrüpp, in dem sich zischende Giftschlangen verbargen.

Er warf einen Blick auf seine Soldaten, die zusammengerollt unter Wachsfetzen schliefen. Was ihn am meisten rührte, waren ihre Nacken. Nacken sagen bisweilen mehr als Gesichter. Ihre nackten Hälse erzählten von Bauernhäusern, die in aller Eile verlassen worden waren, von verrußten Küchen, in denen Schinken und Caciocavalli von der Decke baumeln, von Müttern, denen schnell mal die Hand ausrutscht, und Vätern, die nebenan im Bett schnarchen, von Verlobten, mit denen man es hinter dem Heuschober getrieben hat, von Mahlzeiten, die vor allem aus Polenta und Heringen bestehen. Die Zeit verstrich, und er konnte sich nicht dazu entschließen, seine Jungs aufzuwecken. In zwei Stunden sollte er unten sein, jenseits des Flusses, inmitten der Reisfelder, von wo aus sie am Tag zuvor aufgebrochen waren.

»Aufwachen, verdammt noch mal, aufwachen, wir müssen wieder runter, zurück ins Tal, los, los, ihr Schwachköpfe, nehmt die Gewehre, eure Rucksäcke, rollt die Decken zusammen, packt euren Krempel, wir müssen runter!«

Er sah, wie sie ungläubig die Augen öffneten und sich schlaftrunken aufrappelten. Keineswegs wütend oder zornig, wie er erwartet hätte, sondern apathisch, völlig desinteressiert, mit ausgeschaltetem Verstand und bereit, jeden Befehl von oben auszuführen, und sei er noch so dumm. Fast so, als vertrüge sich Unterwerfung am besten mit Ruhe. Und Ruhe brauchten sie alle.

So setzten sich der frischgebackene Hauptmann und seine Soldaten kurz vor vier in Marsch. Beladen wie Packesel schleppten sie sich die felsigen Berge hinunter, vom Wind gebeutelt und wie gelähmt vor Kälte und Müdigkeit. Die Verwundeten hatten sie oben zwischen den Ruinen zurücklassen müssen, in der Hoffnung, sie später holen zu können.

Anfangs hörte niemand, wie sie abstiegen, obwohl der Lärm ihrer genagelten Bergschuhe und der Gewehre, die gegen die an den Rucksäcken hängenden Feldflaschen und Töpfe schlugen, durch die stille Nacht hallte. Doch dann wurden sie plötzlich von einem mächtigen Scheinwerfer geblendet, der sie nicht mehr losließ. Und kurz darauf setzte das Feuer ein. Sie suchten Deckung zwischen den Felsen, die aber an dieser Stelle sehr niedrig waren, und selbst flach auf der Erde liegend gelang es ihnen nicht, diesem dummen, erbarmungslosen Lichtauge zu entkommen. Zwei von ihnen wurden sofort verwundet und wimmerten leise vor sich hin wie ausgesetzte Katzen.

»Hauptmann, erschießen Sie mich!« Durch den Wind kamen die Worte nur abgehackt an. Der Hauptmann drehte sich um und entdeckte den verletzten Soldaten: Gekrümmt lag er hinter einem Strauch, der ihm nicht ausreichend Schutz bot. Es war Peppino, der Jüngste von allen; die Haare auf seinem Kopf ähnelten dem Flaum eines Ziegenböckchens. Er war von kräftiger Statur und stets heiter. Abends kramte er seine Flöte hervor und spielte – vollkommen falsch zwar, aber dafür mit einer solchen Begeisterung, daß alle davon angesteckt wurden. Obwohl er der Jüngste war, war er schon verheiratet, und er ließ keine Gelegenheit aus, der Kompanie das Foto eines kleinen Pummels zu zeigen, der in einem Bottich saß und zahnlos von einem Ohr zum anderen grinste. »Er heißt Peppino, genauso wie ich«, sagte er stolz, »guck doch mal, wie groß er schon ist, dabei ist er erst acht Monate alt, ist er nicht süß? Findest du ihn nicht süß?« Und alle gaben ihm gutmütig zu verstehen, er möge sich »verdünnisieren«. Jetzt lag er da mit einer zerschmetterten Schulter, eine Kugel hatte seine Stirn in zwei Hälften gespalten, ein Auge hing ihm auf der Wange. Das Licht des österreichischen Scheinwerfers war mitleidlos auf ihn gerichtet. Was tun? Der frischgebackene Hauptmann Del Signore erinnerte sich nicht mehr, was die Vorschriften für einen solchen Fall vorsahen. Er hatte noch nie einen Menschen getötet. Daß der erste nun ausgerechnet einer seiner Soldaten sein mußte, und dann noch der jüngste und fröhlichste von allen! Er konnte kaum schlucken, hatte plötzlich keinen Speichel mehr im Mund. »Erschießen Sie mich, Hauptmann!« Er sah, wie ein nackter Arm sich über das entstellte Gesicht legte, zwei Finger versuchten, nach etwas zu greifen, vielleicht nach dem Auge, das mittlerweile auf den Mund gerutscht war. Die Hand des Hauptmanns griff nach der Pistole. Aber noch bevor er sie aus dem Futteral ziehen konnte, verspürte er einen kräftigen Schlag, der ihn rücklings zu Boden riß. Sie hatten ihn ins Herz getroffen.

Der Hauptmann, der ist verwundet / er ist verwundet und wird sterben / und er läßt seinen Alpini melden / daß sie ihn sollen beehren. / Das erste Stück ist für Italiens König / auf daß er stets seiner Alpini gedenkt / das zweite Stück für die Kompanie / denn auch sie sollen ihren Soldaten vergessen nie / das dritte Stück bekommt das Bataillon / denn es soll seines Hauptmanns gedenken / das vierte Stück ist für meine Mama / damit sie immer weiß, ihr Sohn, der Alpino, war einmal da.

Die Mutter, Zaira Morrione Del Signore, erhob sich genau zu jener Stunde in dem kleinen Dorf Touta in den Abruzzen aus ihrem Bett, um die Kuh zu melken, die schon im Stall rumorte. Sie warf einen kurzen Blick auf ihren Mann Mosè Salvato, der mit offenem Mund dalag, in seinem dichten grauen Schnurrbart hingen Speicheltropfen. Sie würde noch ein paar Minuten mit dem Wecken warten, denn er schlief so schön. Als sie die Fensterläden öffnete und in die noch graue, feuchte Landschaft blickte, spürte sie ein Stechen in der Brust wie einen Messerstich. Sie bekam keine Luft und beugte sich keuchend über das Fensterbrett. Das Ganze dauerte nur einen Augenblick. Kurz darauf fing ihr Herz wieder an, regelmäßig zu schlagen, und das Blut floß mit gewohnter Kraft in die Venen zurück. Erst zehn Tage später erfuhr sie, daß an ebendiesem frühen Morgen, als sie den Messerstich in ihrem Körper spürte, ihr Sohn Pietr' i pelus' durch einen Gewehrschuß mitten ins Herz getötet worden war.

Das vierte Stück ist für meine Mama / damit sie immer weiß, ihr Sohn, der Alpino, war einmal da … Genau diese Worte kamen dem Soldaten Niccodemi über die Lippen, als er seinen Hauptmann an jenem tückischen Morgen des Jahres 1917 mit der Pistole in der Hand rücklings auf die vom Regen glitschigen Felsen stürzen sah. Und weil der Soldat Peppino Calò immer weiter bettelte, man solle ihn endlich erschießen, legte er sein Gewehr, Modell 91, an und schoß ihm in den Kopf. Und die gleichen Worte kommen der Figur Zaira, Zà genannt, in den Sinn, als sie der Schriftstellerin von dem Hauptmann erzählt, der ihr Großvater war und sterben mußte, nur weil er dazu verdonnert war, einen völlig nutzlosen Gipfel zu verteidigen.

»Und Pina?« fragt die Frau mit den kurzen Haaren neugierig.

»Die hat nie vom Tod ihres Pietr' erfahren, obwohl sie es geahnt hat. Eines Nachts hatte sie im Schlaf das Gefühl, daß etwas Kaltes, Weiches ihren Körper streifte: ›Ich bin gekommen, um dich zu lieben, so wie ich es dir versprochen habe …‹

Neun Monate später, im Januar 1918, brachte Pina einen kleinen Jungen zur Welt, und das ganze Freudenhaus Nachtschatten war außer sich vor Glück. Die Puffmutter hat eine Flasche französischen Champagner geköpft; mit dem Schaum hat sie das winzige Glied des Neugeborenen befeuchtet und gesagt, das bringe ihm Glück. Aber schon eine Woche später hat sie die junge Mutter gezwungen, das kleine Geschöpf aufs Land zu schaffen, zu Corradina, einer Bäuerin, die gerade erst ein Kind verloren hatte; man dachte, daß sie gute und gesunde Milch hat, die sie gegen eine geringe Bezahlung abgeben könnte.«

»Und welchen Namen hat das Kind bekommen?«

»Den seines Vaters, des Hauptmanns Pietro, vielmehr Pietrino, später wurde er dann Pitrucc' i pelus' genannt.«

»Und was ist aus Pitrucc' i pelus' geworden?«

»Ein paar Monate ist er bei Corradina geblieben, in einem ganz kleinen Dorf in der Nähe von Turin, inmitten von Schafen und Kühen. Aber Corradina, die junge Bäuerin, hatte ja gerade erst ein Kind verloren, und ihre Milch war sauer geworden, wie man bei ihr zu Hause sagte. Also packte sie sich den Kleinen auf den Schoß und hängte ihn direkt an den Euter einer Kuh. Und dann sang sie ihm was vor: *Der Hauptmann, der ist verwundet / und er läßt seinen Soldaten melden … / Das erste Stück ist für Italiens König / auf daß er stets seines Alpino gedenkt …*«

Die Frau mit den kurzen Haaren hat Fotos von ihren blutjungen, unvergleichlichen Eltern in der Hand: beide in Knickerbockern, einen schützenden Sonnenhut auf dem Kopf und mit Eispickeln bewaffnet, ihr Gesichtsausdruck ist verwegen und kühn. Sie sind unterwegs zu den fünf Gipfeln des Lavaredo, um in den glatten Wänden wieder einen neuen Pfad auszumachen, der noch steiler und gefährlicher ist als alle anderen, die sie schon kennen. Eine Herausforderung, was Höhe, Gefahr und ihre eigene Zukunft betrifft.

»Ich mag das Meer, fährst du mit mir ans Meer, Mama?«

»Als ich so klein war wie du, da war das Meer noch sauber und klar, da konnte man Schwärme von leuchtendblauen kleinen Fischen auf dem Grund erkennen. Jetzt ist es verdreckt, gefährlich und unerträglich laut. Der Meeresboden ist mit schmutzigem Papier und Plastikteilen übersät. Wenn du mal etwas weiter hinausschwimmen willst, so wie ich es früher gemacht habe, läufst du Gefahr, von einem mit Vollgas dahinbrausenden Motorboot überfahren zu werden. Oder ein Haufen brennender Quallen fällt über dich her. Das Meer ist tot, mein Schatz. Umgebracht von Pestiziden, durch blindwütigen Fischfang, von Bomben, Gift, Zement und Asphalt.«

»Und was ist mit den Bergen, Mama?«

»Ein paar Reste Wald sind schon noch übrig. Dahin gehen wir gleich, sobald ich mit meiner Arbeit fertig bin.«

Unerwartete Schatten, kleine Lichtfluchten. Die Frau mit den kurzen Haaren befindet sich mitten in einem Wald der Marsica und grübelt über die Bedeutungen von Begriffen wie Busch, Forst und Wald nach, die in letzter Zeit so wichtig für sie geworden sind. Es waren wohl die Deutschen, die als erste das Wort *busc* erfunden haben, das soviel bedeutet wie Busch, und daraus wurde dann in den skandinavischen Sprachen *busk*, im Lateinischen *buscus/boscus* und im Italienischen *bosco*. Und von dieser Basis muß sich das Wort über ganz Europa verbreitet haben. Aber es gibt auch den einen oder anderen, der dem nicht zustimmt, wie es oft der Fall ist, wenn es um etymologische Fragen geht. Für diejenigen ist der Ursprung das griechische *boschos*, das Weide bedeutet. Doch sind Weiden nicht definitionsgemäß Grasland und somit außerhalb des Waldes?

Wieder andere sind der Auffassung, das Wort stamme aus dem lateinischen *buxus*, das Buchsbaum bedeutet. Aber sie wußte auch, daß die Römer den Wald *lucus* nannten. Daher das berühmte *Lucus a non lucendo*: Er trägt den Namen Licht, obwohl er kein Licht gibt. Warum wird ein dunkler, schattiger Ort als licht bezeichnet? Geheimnisse der Sprache. Die jedoch immer einer Logik folgt, vielleicht auf verschlungenen Pfaden, aber trotzdem konsequent. Der Wald liefert Brennholz, das Holzfeuer erzeugt Wärme und Licht. Daher das *Lucus a non lucendo*. Ob man sich in den heutigen Wäldern überhaupt noch verlaufen, verirren kann, hat man sie doch weitgehend domestiziert, damit sie Vertrauen wecken und das Unheimliche verlieren? *Es war in unseres Lebensweges Mitte, / als ich mich fand in einem dunklen Walde.*

Sind die Wälder wohl noch immer von Geistern bewohnt? Und was erzählen sie? Wie verhalten sie sich? Im Wald ist man allein, aber niemals wirklich allein, wie ein japanischer Dichter sagt, überall gibt es ein Auge, das einen belauert. Aber wem gehört dieses Auge? Einem Wolf, einem Luchs, einer Eule, einem Dämon, einem Gespenst, einem namenlosen Gott? Die Wälder haben einen merkwürdigen Hang zur Metamorphose: Bei Shakespeare kann der Wald sogar gehen.

In ihren Erinnerungen an die Zeit, als sie ein junges Mädchen war und die Nächte am liebsten mit Lesen verbrachte, zählt dieses Rätsel zu den intensivsten Erlebnissen: Außer Atem erscheint der Bote vor Macbeth – aber auch vor ihr, der überraschten jungen Leserin – und sagt: *Als ich den Wachdienst auf dem Hügel tat, – / Ich schau nach Birnam zu, und sieh, mir deucht, / Der Wald fängt an zu gehen.* Macbeth sieht ihn finster an, nennt den Boten einen Lügner. Aber der bietet ihm die Stirn: *Laßt Euren Zorn mich fühlen, ist's nicht so: / Drei Meilen weit könnt Ihr ihn kommen sehn; / Ein gehnder Wald – wahrhaftig!* Macbeth begibt sich auf den höchsten Punkt des Schutzwalls, und als er mit den Augen den Horizont absucht, sieht er in der

Ferne, wie die Bäume des Waldes von Birnam geschlossen auf ihn zukommen. Die Prophezeiung bewahrheitet sich …

Der kleinen Leserin stockt der Atem. Kerzengerade steht sie direkt hinter Macbeth auf dem Schutzwall. Mit Schrecken und Verwunderung erblickt sie, was auch der kämpferische König sieht: Der hohe, dunkle, unergründliche Wald von Birnam bewegt sich dichtbelaubt und grünlich schimmernd auf das Schloß von Dunsinan zu. Es ist keine Halluzination, nicht das Trugbild eines wirren Geistes. Es ist die Realität eines Krieges, in dem Macbeth der Verlierer sein wird. Seltsamerweise widersetzt er sich nicht der Prophezeiung, er rüstet sich nicht zum Kampf, es ist, als nähme er, müde geworden, sein Ende an: *Wind blas! heran, Verderben!*

Heute vormittag hat die Frau mit den kurzen Haaren einen Brief zwischen ihren Papieren gefunden: Lieber Sohn, du bist weit weg, wir hier haben Hunger, mein Pietr', nicht mal Bohnen gibt es mehr, die hatten wir ja noch in den letzten Jahren, und jetzt essen wir Gras von den Bergen wie die Ziegen … Selbst für Salz fehle es am nötigen Geld, und die Schafe seien verhungert, als der Schnee so hoch war, daß er bis ans Fenster reichte, heißt es in dem Schreiben weiter. Du, mein Sohn, du hast es so gut in Turin, das kannst du dir gar nicht vorstellen. Ein richtiger Herr bist du jetzt, und mir, ja, mir gefällt das Foto so gut, das du mir geschickt hast, mit dem Käppchen auf und der Weste, ich schicke dir viele Küsse, Mama … Mit unsicherer Hand von einem Dorfschreiber verfaßt, der selbst ein halber Analphabet war und sich auch noch dafür bezahlen ließ, daß er Briefe an die in der Ferne weilenden Soldaten schickte. In letzter Zeit, seitdem Krieg herrschte, bestand er darauf, mit Naturalien entlohnt zu werden: ein Ei, ein Stück Brot, ein Säckchen Linsen.

Im Umschlag steckt ein Foto von Pietr' i pelus' mit hochmütig wirkendem Schnurrbart, die durchgescheuerte Jacke eng tailliert, so daß er was von einem Dandy hat, auf dem

Kopf eine Baskenmütze, wie Studenten sie tragen, die Hose bis an die Knie, dazu lange Strümpfe, Straßenschuhe und eine Krawatte, die so schief sitzt, daß man meint, der Wind hätte versucht, sie ihm vom Hals zu reißen.

Zaira beobachtet, wie die Schriftstellerin das Foto umdreht, um nach dem Datum zu suchen. Aber in diesem Fall gibt es keins. Es muß die Zeit vor dem ersten Weltkrieg sein, vielleicht um 1914 herum. Zaira lächelt, als sie feststellt, wie interessiert die Romanautorin ist. Dann gibt es also in ihrem Erzählen doch noch Platz für sie und Colomba?

Die Frau mit den kurzen Haaren erkundigt sich bei ihr nach diesem seltsamen Namen Colomba. Ein ungewöhnlicher Name. Und Zaira erzählt ihr, den habe Cignalitt' gewollt. Als ihre Tochter Angelica den Lehrer Valdo, einen Achtundsechziger, geheiratet hat und kurz darauf ein Töchterchen zur Welt brachte, da habe vor allem sie, Zaira, darauf bestanden, dieser den Namen Colomba zu geben. »Cignalitt' lag sehr viel daran, denn er verehrte die heilige Colomba, und anscheinend hatte er ihr das Versprechen gegeben, die Tochter nach ihr zu nennen, als sie ihm einmal die Gnade erwiesen hat, ihm einen Wunsch zu erfüllen. Jahr für Jahr, bei gutem wie bei schlechtem Wetter, pilgerte er zu der Heiligen, die im Jahre 1110 die Paläste der großen Familie der Grafen von Pagliara, zu der sie gehörte, verließ, um sich in die Berge zurückzuziehen. Es heißt, sie habe in einer Grotte auf dem Gran Sasso geschlafen, in der Nähe von Pretara, und sich von Kräutern und Beeren ernährt. Die Menschen gingen zu ihr, um sie um Rat zu fragen oder um Genesung zu bitten, denn ›sie verstand alles‹, sie war weise und hellsichtig und konnte ›in den Herzen derjenigen lesen, die vor ihr standen‹. Sie hat Gott weiß wie viele Krüppel geheilt und zwei Blinde sehend gemacht, sie hat einen wilden Wolf gezähmt und in einer Zeit, als Trockenheit herrschte, Wasser aus einem Fels sprudeln lassen. Deshalb wollte der Papst sie auch heiligsprechen, und noch heute wird sie vor allem in den Abruzzen verehrt.« Aber warum hört die Schriftstellerin ihr denn gar nicht zu?

Ungeheuer ineinander verschlungene, knorrige hohe Buchen bewohnen die Wälder der Abruzzen. Die Frau mit den kurzen Haaren ist von ihrem Anblick ganz bezaubert. Sie beherbergen Geister und Eichhörnchen, lehnen sich bisweilen müde an große himmelgraue Felsblöcke, um sich dann wieder aufzurichten und das Gewirr ihrer tiefgrünen Äste in die Höhe zu recken.

Der Mann mit dem etruskischen Gesicht besucht sie einmal in der Woche. Er hat blaue Augen und lockige braune Haare. Ängste quälen ihn. Alles macht ihm angst, selbst die eigenen wilden Träume. Aber vor allem hat er Angst vor Vergiftungen, vor Krankheiten, vor Blut, vor Verletzungen. Deswegen geht er so liebevoll mit den Blumen um: Ganz vorsichtig setzt er sie in die Erde, als versenkte er einen Schatz, und dabei achtet er darauf, daß die neuen Blätter sich frei um einen reichlich gegossenen, gereinigten Stiel herum entfalten können. Deswegen spült er schmutzige Gläser wieder und wieder. Darum sieht es in seinem Herzen ähnlich aus wie in seiner Wohnung, wo jedes Möbelstück abgestaubt ist und keine überflüssigen Gegenstände herumstehen, wo die Kleider ordentlich im Schrank hängen und nie über irgendwelchen Stühlen, wie es bei ihr schon mal vorkommt. Deshalb liegen seine Hemden säuberlich gestapelt auf der Konsole und riechen stets frisch gewaschen. Und deshalb sieht es auch in seinem Bad so aus, wie es aussieht: Die Zahnpastatube steckt wie eine Blume im Zahnputzbecher, das Fläschchen mit Kölnischwasser steht wie unberührt neben einem Stück Seife mit Maiglöckchenduft, und der makellose Kamm, in dessen Zähnen sich nicht ein einziges Haar verfangen hat, liegt direkt vor dem malvenfarbenen Mundwasser.

»Wir sprechen gar nicht mehr über Liebe … ich glaube, du hast genug.«

»Wovon?«

»Von uns.«

»Für mich bedeutet Liebe auch: zusammensein, ohne viel zu reden.«

Sie wärmen alte Geschichten auf, während sie auf einem weichen Teppich gefallener Blätter sitzen, der einen zarten, etwas herben Geruch hat. Dabei gilt es, auf die überall heraussprießenden, krumm gewachsenen Disteln und tückischen Brennesseln zu achten. Sie beobachtet ihn dabei, wie er seine Regenjacke ausbreitet, sich hinlegt und den Kopf auf seinen gebeugten Arm stützt.

Dabei ist eigentlich sie die Wortgewaltige, diejenige, die unerschütterlich an Gespräche glaubt. Aber in einer Liebesbeziehung gibt es Momente, wo die Worte versagen und ohne Leben zu sein scheinen. Sein angewinkelter nackter Arm und das unerwartete Auftauchen eines Marienkäfers, der sich auf seinem Ellbogen niederläßt, sagen viel mehr. Die Augen des geliebten Mannes wenden sich ihr zu und lächeln. Ein Esel schreit herzzerreißend, sie schaut sich nach ihm um, kann ihn aber nicht sehen, weil er von Bäumen verdeckt ist. Der anhaltende Schrei eines Esels hat etwas Qualvolles. Ist es die Qual, auf der Welt zu sein? *Oh, dieser furchtbare Schmerz, Mensch zu sein!* läßt Marlowe eine seiner Figuren sagen. Auch der Esel scheint diesen Schmerz zu kennen, vielleicht mehr als der Mensch.

Ein Kuß ist ein Kuß ist ein Kuß ist ein Kuß, nichts wirkt hypnotischer als ein mehrfach wiederholter Satz, wie der großen Sprachartistin Gertrude Stein sehr wohl bewußt war. Die Frau mit den kurzen Haaren kennt den Geschmack seines Speichels, und doch wird sie jedesmal von etwas Neuem überrascht: einem zarten Kitzel, einem Hauch bitterer Minze, einem schweren Atemzug. Die Liebe unter Bäumen hat etwas Mythisches. Die beiden Körper werden zu Blättern zwischen den Blättern, zu Erde auf der Erde. Sie bemerken weder die Ameisen noch die Grillen, die auf ihre nackten Beine kriechen. Sie hören nichts von dem eindringlichen Ruf des Wiedehopfes, der ihnen ins Ohr kreischt. Und sie nehmen auch nicht wahr, wie die Sonne auf seiner nackten Haut tanzt, während die schmutzigen Schuhe gegen das Laub am Boden treten, wegrutschen und schließlich Halt an einem Stein suchen, der dann durch das kräftige Stoßen talwärts rollt. Der schwache Geruch nach ersten hervorsprießenden Gräsern, von Pilzen, Buchenrinde und den Alpenveilchen, die blaß aus den Schichten abgestorbener Blätter hervorlugen, dringt ihr zusammen mit seinem scharfen Schweißgeruch in die Nase. So kann neues Leben entstehen: aus der Zufälligkeit einer schnellen Umarmung voller Unruhe, wenn die Ohren angespannt auf das Geräusch etwaiger Schritte horchen, aus der strategischen Weisheit zweier Körper, die sich in Liebe suchen.

Heute morgen hat Zaira ihr ein ganz sonderbares Schwarzweißfoto auf den Tisch gelegt: ein Karren mit aufgetürmten Möbelstücken, der von einem elenden, bis auf die Knochen abgemagerten Maultier gezogen wird. Oben auf dem Bock ein etwa zehnjähriges Kind in kurzen Hosen, mit einem breitkrempigen Hut auf dem Kopf. Unten, neben dem Karren, drei schwarzgekleidete Frauen. Elegant, gut frisiert, Glasperlenketten doppelt und dreifach um den Hals geschlungen. Zu ihren Füßen liegen mit Schnüren nur notdürftig zusammengehaltene riesige Bündel auf dem Boden; es hat den Anschein, als hätten sich die Frauen bis zu dem Moment, da der Fotograf auftauchte, damit abgeplagt, Gepäck aufzuladen, das die kärglichen Reste enthält, die von einer Katastrophe unversehrt übriggeblieben sind. Eine der Frauen hält ein weißgekleidetes kleines Mädchen mit einer großen Schleife auf dem Kopf an der Hand. Etwas abseits eine junge Dame mit einem wagenradgroßen Hut, einem langen Rock und in die Stirn fallenden Locken. Die Frauen lächeln. Unten auf dem Foto steht mit Tinte in krakeliger Schrift geschrieben: Touta. Erdbeben 1915. Bei genauerem Hinsehen erkennt man im Hintergrund des körnigen Fotos die Trümmer eines Hauses. Aber warum lächeln diese Frauen? Zaira ist gegangen und hat sie einfach mit ihrer Wißbegierde allein gelassen.

»Ich hab' gehört, wie's geblasen hat, wie wenn als würde einer in eine Flamme blasen, frrr, frrr, deshalb hab' ich hochgeguckt und hab' das Dach gesehen, wie es sich bewegt hat.«

Der Augenzeugenbericht ihrer Urgroßmutter Zaira sei nur schwer zu entschlüsseln, denn sie vermische das Sizilianische mit dem Abruzzischen, etwas, was für sie ganz typisch gewesen sei, rechtfertigt sich Zaira mit verschmitztem Lächeln. Sie weiß genau, daß die Autorin sich für alles interessiert, was mit Sprache zu tun hat, und versucht, sie mit dem offensichtlichen Leckerbissen zu ködern. Die Frau mit den kurzen Haaren erkennt zwar, daß es sich dabei um ein Lockmittel handelt, aber sie hat Lust anzubeißen. Die sprachlichen Tücken sind eine willkommene Herausforderung für sie. Und auch wenn sie an Grenzen stößt, läßt sie sich nicht entmutigen. »Erzähl weiter«, sagt sie zu ihrer Figur, und Zà fährt fort: »Ich bin betrunken, hab' ich mir gesagt, ich bin betrunken, aber wie kann ich betrunken sein, wo ich doch seit vier Tagen keinen Wein getrunken hab' ...«

Die Frau mit den kurzen Haaren schreibt alles eifrig mit, aber dann hält sie plötzlich inne, denn ihr kommen Zweifel: Der Leser wird nur Bahnhof verstehen. Soll sie ihm wirklich so eine sprachliche Anstrengung zumuten? Das würde ihn doch nur dazu verleiten, den Augenzeugenbericht von Zaira Morrione, die in ihrem ganzen Leben nie richtig Italienisch gelernt und immer nur den kantigen abruzzischen Dialekt mit dem sizilianischen Singsang vermischt hat, ganz schnell zu überspringen?

Zà sieht sie spöttisch an. Hat sie nicht gleich gesagt, daß ihr diese Mischung aus Sizilianisch und Abruzzisch gefallen würde? Sie war ganz typisch für die Redeweise ihrer Urgroßmutter Zaira Morrione Del Signore. Resigniert breitet die

Frau mit den kurzen Haaren die Arme aus. Die Gefahr, daß niemand etwas versteht, ist groß. Und nun? Wir müssen auf die indirekte Rede zurückgreifen und lassen – quasi als Spuren und Zeugen – von dieser antiken sizilianisch-abruzzischen Sprache nur ein paar Brocken, einige Rudimente stehen. Wäre das nicht das beste? Zà stimmt schmunzelnd zu, als wollte sie sagen: Ich hab's ja gewußt.

Die Urgroßmutter, die damals noch jung war, blickte auf und sah, wie ein Stuhl sich auf die Wand zu bewegte. »Was treiben denn die Geister da? Wollen die sich bereichern, während wir leiden müssen?« Aber in diesem Moment kam auch schon ein weißes Stück Putz von der Decke, das sofort zerbröckelte und eine dichte Staubwolke aufwirbelte, die das ganze Zimmer einhüllte. »Ein Erdbeben! Ein Erdbeben, heilige Jungfrau, steh uns bei!«

Mit einem Satz stürzt Zaira in das Zimmer ihres Sohnes, der sich gerade besuchsweise zu Hause aufhält, und zieht gleichzeitig an seiner Bettdecke und an seinen Füßen. »Was machst du da? Was soll das?« Der Junge hatte so tief geschlafen, daß er nicht verstand, was los war. Irgendwie gelingt es Zaira, ihn aus dem Bett zu zerren; sie packt ihn am Arm und schleift ihn aus dem Zimmer, gerade noch rechtzeitig, bevor auch dort die Decke einstürzt. Ein Blick hat genügt, um zu begreifen. An den Wänden bilden sich Risse wie Blitze an einem Gewitterhimmel. Plötzlich merkt sie, daß Mosè nicht da ist: »Wo bist du, Mosè, wo bist du?«

Mosè konnte sie nicht hören, denn er war in »ein Riesenloch« eingebrochen, das sich in der Mitte des Fußbodens aufgetan hatte. Aber sie wußten ja nicht, daß er da unten lag, und so suchten sie überall nach ihm. »Komm, laß uns gehen, Mama, hier stürzt alles ein!«

Es blieb gerade noch Zeit für ein Gebet, da brach das Haus in sich zusammen und zerfiel hinter ihnen in Trümmer, wobei es alles, Möbel, Betten, Küche, selbst die Senkgrube samt Inhalt unter sich begrub. Eine große Staubwolke stieg auf und zugleich ein unerträglicher Gestank. Draußen war alles weiß, es sah aus, als schneite es, dabei waren es kleine Putzbröckchen, die wie Hagelkörner in einem Frühlingsgewitter durch die Luft flogen und sie an Kopf, Augen und Schultern trafen. Die Straße vor ihnen war aufgerissen »wie eine Melone«.

Dieses Mal war Sohn Pietr' derjenige, der seine Mutter hinter sich her zog in Richtung Fluß, wohin alle schreiend und drängelnd strebten. Einer rief nach seinem Sohn, ein anderer nach dem Großvater und wieder ein anderer nach der Mutter, die in dem Chaos abhanden gekommen war. Die Hunde bellten jeden an, und die in ihren Ställen eingesperrten Kühe gaben klägliches Muhen von sich. Viele Häuser standen schon in Flammen, der Rauch brannte im Hals. Zaira rief nach ihrem Mann, weil sie dachte, er befände sich irgendwo inmitten der dahineilenden Menschen. Doch Mosè Salvato antwortete nicht. Wo konnte er bloß sein? »Heilige Mutter Gottes, Herr Jesus Christus, mach, daß ich ihn wiederfinde«, murmelte Zaira mit zitternden Lippen. In diesem Augenblick werden sie von einem aus der Erde schießenden schmutzigen Wasserstrahl erfaßt, der sich über die Menschen ergießt, als wollte er sie von dort verjagen. Zaira und ihr Sohn fingen an zu rennen: Eingehüllt in eine Wolke aus Staub und Rauch, weinend und hustend, kämpften sie sich durch den Schutt.

Das Ganze dauerte nur ein paar Minuten, dann herrschte Ruhe. Die Erde hatte aufgehört zu beben, zu dröhnen, zu ächzen. Die Trümmer brannten still vor sich hin, die größten Feuer waren gelöscht. Der Himmel öffnete sich, die Sonne trat blaß hervor und beschien die entsetzten Gesichter der Menschen. Viele kehrten zu ihren zerstörten Häusern zurück, um nach vermißten Familienangehörigen zu suchen. »Komm, laß uns gehen«, sagte Zaira zu ihrem Sohn, »laß uns gehen und deinen Vater Mosè suchen.«

Sie machten sich auf den Weg zu den Trümmern ihres Hauses. Der Staub war immer noch so dicht, daß man kaum atmen konnte, aber sie mußten Mosè finden. Plötzlich »ertönte die

Kirchenglocke, und alle begriffen: Wenigstens die Kirche hatte überlebt«. Das war für die Menschen eine große Erleichterung, daß die Kirche nicht auch noch eingestürzt war, und sie bekreuzigten sich. »Kommt, laßt uns sofort hingehen!« schrien sie, »laßt uns dahin gehen ...« Aber Zaira wollte sich nicht von den Trümmern ihres Hauses entfernen, solange sie ihren Mann nicht gefunden hatte, ob tot oder lebendig. Sie packte ihren Sohn am Arm und drängte ihn, nach dem Vater zu suchen. »Er ist tot, so hör doch, Mutter, er ist tot!« sagte Pietr' und schien dabei so erschöpft, daß ihm selbst das Sprechen Mühe bereitete. Aber Zaira rief weiter unbeirrt nach ihrem Mann, als ahnte sie, daß er noch lebend unter den Trümmern lag. »Mosè, Mosè, mein lieber Mann, wo bist du?« Doch es kam keine Antwort. Pietr' beschwor seine Mutter, sie solle mit ihm zur Kirche gehen, wo die Überlebenden sich versammelten und irgend jemand schon dabei war, Kaffee zu kochen. Doch Zaira wollte nichts davon wissen. »Wenn du gehn willst, geh, ich bleib' jedenfalls hier.« Aber der Sohn wollte seine Mutter nicht allein lassen, und so blieben sie alle beide und riefen immer und immer wieder nach Mosè. Bis sie schließlich so gegen elf Uhr eine ferne Stimme hörten: »Hier bin ich, Zà, hier!« »Wo denn, wo?« »Hier, hier!« Sie wußten nicht, woher die Geisterstimme kam. »Unter dem Haus, ich kann nicht raus!« rief die unterirdische Stimme. Und dann war Zaira mit einem Mal klar: Ihr Mann war unter den Trümmern des Hauses gefangen. Und sofort fing sie an zu graben.

»Geh und hol eine Hacke!« befahl sie ihrem Sohn, aber der sah sie nur verständnislos an: »Wo soll ich die denn hernehmen, wo hier kein Stein auf dem anderen geblieben ist?« Zaira war einen Moment ratlos, dann brach sie mit all der ihr noch verbliebenen Kraft eine Eisenstange aus einem Stück Mauer heraus, das wie durch ein Wunder stehengeblieben war, und begann erneut zu graben. Unterdessen rief sie ihren Sohn zu sich, er solle ihr helfen, »denn allein schaff' ich das nicht«. Der Sohn, der von einer Art Lethargie befallen war, hatte sich auf einem Stein niedergelassen und angefangen zu rauchen – er rauchte und blickte dabei in die Gegend wie ein großer Philosoph. »Was machst du denn da, schläfst du?« Zaira ging auf ihn zu und versetzte ihm einen solchen Stoß, daß die Zigarette durch die Luft flog. Und endlich schien Pietr' aufzuwachen. Er ergriff die Eisenstange, die seine Mutter ihm hinhielt, und fing an, wie besessen in den Trümmern zu stochern. Ab und zu hörten sie Mosè laut beten. »Schnell, schnell, beeilt euch, ich krieg' keine Luft mehr.« »Warte, wir kommen ja schon«, beruhigte ihn Zaira.

Nach dreistündigem Graben – mittlerweile hatte die Sonne an Kraft gewonnen und verhielt sich freundlicher gegenüber all den Menschen ohne Haus und Herd – kam endlich Mosès Hand zum Vorschein; sie schien zu einer hölzernen Marionette zu gehören, so schwarz und steif sah sie aus, und alle Finger waren dick geschwollen. »Mein Gott, Mutter, das schaffen wir nie, es dauert nicht mehr lange, dann liegen wir beide auch unter den Trümmern.« Pietr' war so erschöpft, daß er fast in Ohnmacht fiel. Aber Zaira hatte nicht die Absicht aufzugeben. Obwohl das unheimliche Knistern und das unterirdische Donnern nichts Gutes verhießen, war sie fest entschlossen, ihren Mann zu retten. Zum Glück wurden sie nicht vom Feuer behindert, auch wenn das Nachbarhaus immer noch brannte. Plötzlich entdeckte Zaira Ginett' C' puzzan' i baff', der halb blind von Staub und Rauch vorbeitaumelte, und zog ihn am Ärmel. »Komm doch mal her, Ginett', und hilf uns graben!« Und Ginett', der seine Mutter und seine Frau in den Flammen seines Hauses verloren hatte, machte sich still, ohne zu protestieren, an die Arbeit. Zaira beobachtete, wie das Loch größer und größer wurde, und außer der Hand waren jetzt schon der ganze mit Mörtel bedeckte Arm von Mosè zu sehen sowie ein Teil seiner linken Schulter.

Noch vor Mittag gelang es ihnen, Mosè unter den verbogenen Trägern des Hauses hervorzuziehen. Der Arm war gebrochen, und seine Hand wurde immer schwärzer und dicker, aber ansonsten war er unversehrt. Als er, ganz weiß von Staub, aus dem Loch kroch, sahen seine Ausgräber ihn verdutzt an.

Vor ihren Augen stand eine Salzsäule. »Du bist nicht der aus dem Wasser gerettete Moses, sondern der aus dem Staub gerettete«, stellte Ginett' C' puzzan' i baff' fest, und alle fingen an zu lachen. Zaira bemerkte nicht, daß sie eine Verletzung am Fuß hatte, die sie noch monatelang quälen sollte: Sie blutete und hinterließ bei jedem Schritt eine rote Spur, aber sie fühlte nichts. Das wichtigste war, daß sie Mosè wiedergefunden hatte.

Die Figur der Zaira, Zà genannt, setzt weiterhin auf ihre Verführungskünste. Der Augenzeugenbericht, den sie in Schönschrift in ein kleines Heft mit schwarzem Umschlag übertragen hat – wobei sie darauf achtete, alle Zusammenziehungen und Verdrehungen eines sizilianischen Dialekts, der nach jahrelanger Abwesenheit von der Insel vom abruzzischen beeinflußt ist, zu übernehmen –, stammt von ihrer Urgroßmutter Zaira Morrione, die das grauenhafte Erdbeben von Marsica im Jahre 1915 überlebt hat. Wie könnte man da widerstehen?

Bei einer Tasse Tee grübelt die Frau mit den kurzen Haaren über ihre Romanfiguren nach: Warum wirft Sandra – die Protagonistin des Romans, den sie mittendrin unterbrochen hat – ihr jetzt aus der Ferne so feindselige Blicke zu? Warum will sie partout nicht weitererzählen? Dabei war sie es doch schließlich, die irgendwann vor ihrer Tür stand. Sie hatte sich den bequemsten Sessel im Haus ausgesucht und eine Tasse duftenden Jasmintee getrunken, ohne Milch und ohne Zucker; sie wollte, daß sie ihr zuhörte, während sie ihre Geschichte erzählte. Auch diese kreiste um das Motiv: Verschwinden eines Menschen. Die Fragen stellten sich ganz automatisch ein: Warum verschwinden so viele? Wohin gehen sie, und gehen sie aus freien Stücken, oder zwingt sie jemand dazu? Wenn es stimmt, daß jeden Tag Tausende von Menschen verschwinden, ohne die geringste Spur zu hinterlassen, und wenn nur jeder dritte wiedergefunden wird, was bedeutet dann das Wort »verschwinden« für diese Personen? Sich verstecken oder unter Zwang »abtauchen«?

Sandra wird verfolgt von der Erinnerung an einen verschwundenen kleinen jüdischen Freund, einen Spielkameraden aus Kindertagen, der im weit zurückliegenden Jahr 1944 plötzlich weg war, nachdem die SS ihn mit seiner Familie abgeholt hatte. Jetzt will Sandra wissen, ob er tot ist, was sie für wahrscheinlich hält; wenn jedoch die geringste Möglichkeit besteht, daß er lebt, dann möchte sie ihn wiederfinden, weil sie ihn als Kind so liebte, wie sie nie wieder geliebt hat, und ab und zu träumt sie, er wäre noch immer an ihrer Seite. Eins zu tausend beträgt die Chance, daß dieser kleine Junge, mit dem sie sich so gut verstanden hat, mit dem sie auf Bäume geklettert ist oder nach einem Bad im Fluß Kaulquappen gesucht hat, gerettet wurde. Sie möchte wissen, ob er durch irgendeinen glücklichen Zufall zu den wenigen Überlebenden der Konzentrationslager gehört.

Um das herauszubekommen, fährt sie zuerst mit dem Zug nach Wien und von dort nach Krakau. Aber etwas lähmt sie bei ihrer Ankunft in Auschwitz. Zu groß, zu heftig, zu fern ist ihr dieses Lager, obwohl auch sie das Leben in einem Lager am eigenen Leib erfahren und erlitten hat. Es würde ihr also nicht schwerfallen, sich vorzustellen, wie es war. Aber als Sandra kurz nach ihrer Ankunft das Tor zur Hölle durchschritten und sich alles aus der Nähe angesehen hat – die Gesichter der Insassen auf den Fotos in den langen Gängen, die staubbedeckten Kofferberge mit den Namen der Toten, die Schuhe, die man den Gefangenen von den Füßen gerissen hat, die abgeschnittenen Haare inmitten eines leeren Raumes –, kurzum, nachdem sie die Orte der Verzweiflung, des Grauens und der Stille aufgesucht hat, fällt ihr nichts Besseres ein, als sich auf einen Stein zu setzen und sich jedes Wort, jede Geste zu versagen.

Sandra sitzt immer noch da und wartet. Und nichts und niemand bringt sie von dort weg. Sie wartet auf ihren kleinen Liebling, den sie vor vielen Jahren verloren hat. Ob ein Mann aus ihm geworden ist? Oder hat man ihn in die Gaskammer geschickt wie so viele Kinder seines Alters in jenen grauenhaften, erbarmungslosen Jahren? Sandra weiß es nicht. Und die Autorin auch nicht.

Erneut klopft es an ihrer Tür, aber es ist nicht Sandra. Durch den Türspalt erkennt die Frau mit den kurzen Haaren, daß wieder diese Zaira da steht und um jeden Preis Einlaß begehrt. Was willst du denn nun schon wieder hier? Die andere lächelt verlegen. Sie will sich hinsetzen und erzählen. Von sich, von ihrer Familie, von Mosè Salvato Del Signore, der als junger Spund einen prächtigen Lockenkopf hatte wie ein Schaf und sich die Zähne mit Basilikum einrieb, um immer einen frischen Atem zu haben. Nur ein einziges Mal hat er seine Frau betrogen, aber das wußte dann auch gleich das ganze Dorf.

Eine kuriose Geschichte, die sie erst nach vielen Jahren von Maria Menica erfahren hat. In der Familie war nie darüber gesprochen worden. Als der junge Mosè Salvato schon ein paar Jahre mit der noch jüngeren Zaira Morrione verheiratet war, die 1889 mit ihrem Vater Sizilien den Rücken gekehrt hatte, verliebte er sich in die Tochter eines Hirten: ein junges Mädchen von fünfzehn Jahren, das die Schafe auf die Weide trieb. Die Kleine lief barfuß, so groß war die Armut damals, mit einem Taschentuch auf dem Kopf, um sich vor Sonne und Regen zu schützen, in einem zigmal geflickten langen Rock, der um ihre gebräunten Knöchel tanzte. Sie war eine richtige Kratzbürste; er begegnete ihr jeden Morgen, wenn sie mit einem Stock in der Hand auf dem Weg zu den Pferchen war, und dabei machte sie jedesmal ein sehr mürrisches Gesicht, und zwar so mürrisch, daß er sie am liebsten gekitzelt hätte. Eines frühen Morgens, als sie ihm wieder mal entgegenkam, reichte er ihr eine frisch gepflückte Feige. Argwöhnisch blickte sie ihn an, doch er ließ sich nicht abweisen: »Sei doch nicht so scheu! Ich könnte ja dein Vater sein.« Aber sie blieb stur. Also bewegte er sich mit der reifen Feige auf der ausgestreckten Handfläche langsam auf sie zu, so wie man es mit Hunden macht, die hungrig sind, aber die Hand des Menschen fürchten.

Irgendwann griff sie blitzschnell zu und schob sich die ganze Feige auf einmal in den Mund. Daraufhin zog er ein Säckchen mit gezuckerten Kichererbsen aus der Tasche und bot ihr ebenfalls davon an. Sie warf ihm einen finsteren Blick zu, denn sie wußte: Würde sie es annehmen, müßte sie dafür bezahlen, und da sie kein Geld hatte, das sie ihm geben konnte, müßte sie sich wohl oder übel auf natürliche Weise erkenntlich zeigen. Deshalb preßte sie die Lippen zusammen und blieb mißtrauisch. Aber Mosè war ein gutaussehender Mann mit seinen kastanienbraunen Locken, die ihm in die Stirn fielen, dem schön geschwungenen Mund, den braungebrannten Armen eines Menschen, der ständig an der frischen Luft arbeitet, und den klaren blauen Augen. Giftig sah sie ihn an und fixierte dann gierig das Säckchen mit den gezuckerten Kichererbsen, die ihr das Wasser im Mund zusammenlaufen ließen: Seit mindestens einem Jahr hatte sie nichts Süßes mehr gegessen. Schließlich streckte sie mit kindlichem Ungestüm die Hand danach aus. Und dann mußte sie ihm, wie vorgesehen, die Freundlichkeit vergelten und ihm, der altbekannten stillschweigenden Vereinbarung gemäß, das geben, was er verlangte.

Aber in einem Dorf bleibt ein Geheimnis nicht lange verborgen, und nachdem sich der Vorfall in der ganzen Nachbarschaft herumgesprochen hatte, bekam auch die Ehefrau Wind davon. Ohne einen Augenblick zu zögern, griff sie sich den Stock, mit dem normalerweise die Kühe auf die Weide getrieben werden, begab sich schnurstracks zu der Stelle, an der, wie sie wußte, die Schafe von Nicola, Can' sicch' – elender Hund – genannt, grasen und verprügelte dessen Tochter nach Strich und Faden. Die Kleine hat sich nicht mal gewehrt. Sie versuchte nur den schlimmsten Hieben auszuweichen, indem sie sich auf der Erde wälzte. »Du bist die Tochter von Can' sicch', und du bist genau so eine elende Hündin, und heiraten kannst du jetzt auch nicht mehr, wo Mosè dir ja vielleicht ein Kind gemacht hat.«

Am Abend kippte sie ihrem Mann einen Topf mit siedendheißem Wasser über den Kopf. Aber auch von ihm kam keine Gegenwehr. Im Grunde seines Herzens gab er ihr sogar recht. Er rannte nur in den Hof, um in der Tränke Abkühlung zu suchen. Ein paar Narben behielt er zurück, eine auf der Wange, die anderen auf dem Hals.

Die Tochter von Nicola Can' sicch' fand tatsächlich keinen Mann. Niemand im Dorf konnte sie heiraten, ohne sich lächerlich zu machen: Für ein Säckchen gezuckerter Kichererbsen hatte sie sich mit Mosè eingelassen. Nach einer Zeit der Demütigungen ging sie nach Rom, wo sie als Prostituierte arbeitete. So verdiente sie wenigstens etwas und lebte mit einem Mann zusammen, der sie beschützte, auch wenn er ihr fast das ganze Geld abnahm. Hin und wieder machte Zaira ihrem Mann deswegen Vorwürfe: »Daß die in der Patsche sitzt, das ist alles nur deine Schuld.« Und er antwortete, sie sei eben »eine elende Hündin«, da könne man nichts machen.

In der Phantasie der Frau mit den kurzen Haaren dreht sich alles um den Akt des »Verschwindens«. Was beunruhigt sie so an diesem Sich-in-Luft-Auflösen, einem grundlosen, wortlosen Vorgang? Ein Mensch, der existiert, aber gleichzeitig nicht existiert. Er könnte überall sein, könnte alles sehen, alles verstehen. Ein nicht anwesender Körper, der gleichwohl anwesend ist, so wie der *Lucus a non lucendo* bei den alten Römern. Ein Körper, den die Fragen derer, die zurückgeblieben sind und warten, wie Insekten umschwirren. Wollte er weggehen? Oder wurde er gezwungen? Verschleppt? Am Bleiben gehindert? Lebt er noch, oder ist er tot? Schreckliche Fragen, die die Tage und die Nächte desjenigen bestimmen, der harrend zu Hause sitzt.

Es scheint ihre nächste Bestimmung zu sein, über das verschwundene Mädchen zu schreiben. Ist das zu einer Herausforderung für sie geworden? Wird sie den süßen Kern in der ganzen Bitterkeit aufspüren können? Wird sie imstande sein zu erkennen, ob das Verschwinden lediglich ein Verlust ist? Wird sie es schaffen, sich durch das Schreiben mit einem so vernachlässigten und dramatischen, aber durchaus nicht neuen Thema auseinanderzusetzen? Das alles sind langwierige, quälende Fragen, die sich wie Schlangen in ihrem Kopf winden. Schon seit einigen Jahren verfolgt sie das geheimnisumwitterte Wort, das die Auslöschung eines Körpers bezeichnet. Wie damals, als sie nach Argentinien reiste, um die

Mütter der Plaza de Mayo zu treffen, und ganz erschüttert war von den Fotos, die man ihr gezeigt hat, Tausende von Fotos der Desaparecidos. Von den meisten weiß man, daß sie tot sind, auch wenn ihre Körper nie gefunden wurden. Diese fast immer jungen Körper – das Militär hegte den begründeten Verdacht, daß diejenigen, die den Gebrauch von Vernunft und Zweifel gelernt haben, diejenigen, die für die Freiheit der kritischen Meinungsäußerung und der Justiz eintraten, in der Hauptsache junge Leute waren und zum größten Teil die Universität besuchten – brachten bisweilen andere Körper hervor. Wie viele Kinder kamen wohl zur Zeit der Militärdiktatur in den siebziger Jahren in den argentinischen Gefängnissen zur Welt, während ihre Mütter gefoltert und vergewaltigt wurden? Auch diese Kinder verschwanden, aber sie wurden nicht umgebracht, sondern Militärs zugesprochen, deren Ehe bis dahin kinderlos geblieben war. Noch heute gelten sie als Desaparecidos, Kinder, die still und heimlich in den Familien der Peiniger verschwanden, nachdem man ihnen neue Namen gegeben hatte. Wie soll man sie jemals wiederfinden? Und ist es überhaupt zulässig, sie denen zu entreißen, die sie für ihre leiblichen Eltern halten? Ist es gerecht, sie mit einer Wahrheit zu konfrontieren, die ihr Leben von heute auf morgen auf den Kopf stellen würde?

Einige dieser Kinder, die inzwischen erwachsen sind, konnten nach schwierigen und kostspieligen Recherchen ausfindig gemacht werden. Es war entsetzlich, ihnen erzählen zu müssen, daß der Vater, den sie lieben gelernt hatten, nicht ihr richtiger Vater war, sondern derjenige, der den richtigen Vater oder die richtige Mutter gefoltert und getötet hat. Schrecklich, ihnen eröffnen zu müssen, daß die Mutter, die sie so viele Jahre lang gepflegt, gestreichelt, gefüttert, gewaschen und in den Arm genommen hat, nicht die richtige Mutter war, sondern die stillschweigende Komplizin eines Folterknechts und Menschenschinders, egal, ob General, Oberleutnant oder Hauptmann. Diese Mörder sind im übrigen alle noch da, in ihren schönen Häusern, umgeben von ihren Lieben. Niemandem ist es gelungen, ihnen den Prozeß zu machen und sie hinter Gitter zu bringen.

Hartnäckig fängt Zaira jedesmal wieder von vorn an zu erzählen: von dem Schäfer Mosè Salvato Del Signore und von Zaira, der Sizilianerin, die an das Gesetz des Zahn um Zahn glaubte, so wie es in der *Bibel* steht. Deshalb hatte sie auch die Tochter von Can' sicch' verprügelt. Aber dann empfand sie doch Mitleid mit dem Mädchen, dessen Leben zerstört war.

Ein knappes Jahr nach besagtem Vorfall beschloß sie, »in die Stadt zu fahren«; also stieg sie in einen Bus und landete fünf Stunden später, nach einer kurvenreichen Berg-und-Tal-Fahrt, mitten in der Hauptstadt Rom. Die Adresse hatte sie sich gut eingeprägt, denn sie konnte ja nicht lesen. Stundenlang irrte sie umher und fragte nach einer Straße in der Gegend um die Engelsbrücke herum, die kein Mensch zu kennen schien. Erst spätnachmittags fand sie die Tochter von Can' sicch' in einer verwahrlosten kleinen Wohnung. Sie war – sehr elegant und nach der neuesten Mode frisiert – gerade im Begriff, das Haus zu verlassen und auf die Straße zu gehen. »Wie hübsch du geworden bist!« sagte sie zu ihr, um sie dann ohne Umschweife geradeheraus zu fragen, ob sie Geld brauche. Die andere zuckte nur die Achseln und sah sie dabei von der Seite an. »Ich brauch' kein Geld.« Und schon wollte sie sich an ihr vorbeidrücken. Doch ausgerechnet in diesem Moment war das Weinen eines Kindes zu hören, und das Mädchen wandte sich nach hinten, schob einen Vorhang beiseite und nahm ein wenige Monate altes Baby auf den Arm. Durch diese Geste war das Eis zwischen den beiden gebrochen. Zaira stellte ihre Tasche auf dem Fußboden ab und erbot sich, auf das Kind aufzupassen, solange die andere »arbeiten« ging. Und das Mädchen hatte nichts dagegen. Als die junge Mutter am Abend nach Hause zurückkam, wartete ein gedeckter Tisch auf sie. Zaira hatte eine Pasta mit wildem Spinat gekocht, anschließend gab es Kartoffelauflauf und Weißkohlsalat.

Fröhlich gestimmt aßen die beiden Frauen miteinander. Das Mädchen gestand ihr, daß es zum Arbeiten den Namen Enza angenommen habe. Alle nannten sie 'Nzina aus Touta. Sie hatte, wie sie fand, großes Glück gehabt, als sie einen anständigen jungen Mann kennenlernte, einen gewissen Sergio, der ebenfalls aus Touta stammte und sie gut behandelte; er zwang sie nicht, auch nachts auf die Straße zu gehen, sondern nur nachmittags, er erlaubte ihr, das Kind bei sich zu behalten, er schlug sie nicht, und er ließ ihr gut ein Fünftel von dem, was sie verdiente. Zaira nahm ein Foto von diesem Sergio in die Hand, das bei 'Nzina auf der Kommode stand: ein junger Typ mit dichten Koteletten und glitzernden Augen. »Von wem ist das denn der Sohn?« fragte sie. Aber das wollte die andere ihr nicht verraten. Und Zaira mußte sich eingestehen, daß sie sein Gesicht mit niemandem in Touta in Verbindung brachte. Aber viele junge Leute gingen ja noch als ganz junge Kerle in weit entfernte Städte und kamen nie mehr zurück, selbst dann nicht, wenn sie Geld gemacht hatten.

Am Ende waren die beiden Frauen Freundinnen geworden, und ab und zu packte Zaira eine Tasche mit Linsen, Kartoffeln und wildem Spinat, den sie im Sommer auf dem Monte Marsicano pflückte, und machte sich auf zu 'Nzina, die ihren kleinen Sohn allein großzog, trotz dieses Sergio, der sie beschützte; aber er scheute Scherereien und Verantwortung.

Was ist denn aus Enza geworden? will die Frau mit den kurzen Haaren von Zà wissen. Aber die antwortet, sie habe keine Ahnung. Enza sei im Nebel der Großstadt verlorengegangen, wo es ja oft schon genügt, das Viertel zu wechseln, um sich nie mehr wiederzusehen. Sie meinte, gehört zu haben, daß ihr Sohn später Carabiniere geworden sei; er habe die Mutter zu sich ins Haus geholt und sie wie eine Tochter verhätschelt.

»In Italien verschwinden Tag für Tag Dutzende von Menschen, und nur ein Teil von ihnen taucht wieder auf«, sagt ihr

Freund, »aber ich finde nicht, daß das ein sonderlich interessantes Thema ist.«

»Aber mich beunruhigt das, es macht mich neugierig, ich möchte mehr darüber wissen.«

»Das sind alles Leute, die die Nase voll haben von ihren Familien, von ihren Beziehungen, glaub mir, die gehen freiwillig. Warum läßt man sie nicht einfach in Frieden?«

»Einige ja, so wie Mattia Pascal, aber andere nicht, die werden entführt, ermordet, irgendwohin verschleppt, wo sie nicht hinwollen, oder gezwungen, Dinge zu tun, die gegen ihre Natur sind.«

»Vergiß es, Cina. Wer verschwindet, will nicht, daß man ihn findet, Punkt, aus, Feierabend.«

»Vielleicht will der eine oder andere tatsächlich nicht gefunden werden, aber andere wollen das, sie wollen, ja, sie verlangen geradezu, daß man sie aufspürt, selbst wenn sie schon tot sind, und sei es nur deshalb, damit man erfährt, wie sie gestorben sind.«

»Die Frau der hoffnungslosen Fälle! Die Geschichte dieser Colomba kommt mir unwahrscheinlich vor. Ich glaube eher, sie ist in die Stadt gegangen, lebt irgendwo glücklich und zufrieden und will nicht belästigt werden.«

Ihr Gefährte, mit dem sie gemeinsam alt wird, hat Augen wie ein unglückliches Kind. Er ist immer ehrlich, eigentlich viel zu ehrlich für einen scheuen, angsterfüllten Mann. Aber er kann einfach nicht lügen, er kann es nicht. Und sie liebt ihn für die Fähigkeit, so gutgläubig zu sein wie Monsieur Candide, der vom Mond kam, um die Welt kennenzulernen, und dabei gleichzeitig so praktisch wie ein Mechaniker, der es gewohnt ist, Verteiler zu reparieren und Zündkerzen zu wechseln.

Die Zeitungen veröffentlichen unscharfe Bilder von lächelnden Männern und Frauen, Jungen und Mädchen – Fotos aus dem Familienalbum. Wo bist du, mein Kind, meine Frau, Schwester, Mutter, Vater, Bruder? Wohin bist du gegangen und warum?

Sag mir ein Wort, nur ein einziges, sag mir, daß du lebst, das würde mir schon genügen, aber laß mich nicht im ungewissen, ich bitte dich, ich flehe dich an! Doch die Antwort bleibt aus. Die Stille ist erfüllt von unheilverkündenden Echos, von Spuren nicht zustande gekommener Telefonanrufe, von erstickten Schreien, Rauchsignalen, die der Wind vertrieben hat.

Ein unerklärliches Rätsel, das sie erschüttert! Nicht erst seit kurzem, sondern schon viele Jahre lang, seitdem sie ein kleines Mädchen war und die Zeitungen nach Fällen von Menschen durchforstete, die ganz plötzlich nichts mehr von sich hören ließen. Dieser schmale Grat zwischen Leben und Tod hat sie beunruhigt. Der geheimnisvolle Horizont, der den Schlaf vom Koma trennt. Ist nicht auch der erquickende Schlaf ein kleiner Tod in der Nacht, von der du nichts weißt, wenn dein Körper verlassen zwischen Laken liegt und nicht mehr zu dir gehört, wenn die Gedanken unbewußt sind und Speichel und unwillkürliche Tränen zu etwas Fremdem werden?

Wer war Colomba? Diese Frage stellt sich nicht nur die Polizei, sondern auch die Lokalzeitung, der *Eco della Marsica*, als er über das Verschwinden des jungen Mädchens berichtet: Colomba Mitta arbeitete seit ein paar Monaten im Postamt der Gemeinde von Touta. Zweiundzwanzig Jahre alt, groß, schlank, braune Haare; morgens um acht hat sie in aller Eile das Haus verlassen, ohne den Kaffee anzurühren, den sie selbst gekocht hatte. Sie trug keine Windjacke, obwohl es dort, wo sie wohnt, auf tausenddreihundert Meter Höhe, selbst im Juni kalt ist. Statt dessen hatte sie, als sie losfuhr, nur einen ganz leichten K-way um die Taille gebunden. Das Thermometer zeigte an diesem Morgen sechs Grad. Die junge Frau ist auf ihr Rad gestiegen, ein Mountainbike der Marke Bianchi, und in Richtung Post gefahren, im Postamt ist sie aber nie angekommen. Wohin wollte die schöne Colomba so eilig? Wir fügen ein Foto bei für den Fall, daß irgend jemand etwas über ihren Verbleib weiß. Ihre Großmutter, Signora Zaira Bigoncia, die aufgrund ihres jugendlichen Aussehens auch die Mutter sein könnte, ist in unsere Redaktion gekommen und hat uns angefleht, ihr bei der Suche nach der Enkelin behilflich zu sein, aber wir sind nicht die Polizei. Trotzdem haben wir ihr einige Fragen gestellt.

»Hatte Colomba einen festen Freund?«

»Nicht daß ich wüßte.«

»Hatte Colomba Freundinnen?«

»Nicht viele, sie war sehr still und zurückhaltend. Lärm mochte sie überhaupt nicht. Am liebsten ging sie allein im Wald spazieren.«

»Und was machte sie so allein im Wald?«

»Sie suchte Pilze. Für Pilze hat sie eine richtige Leidenschaft, damit kennt sie sich gut aus. Das hat sie von ihrem Vater. Sie sammelt sie und verkauft sie dann auf dem Markt, um ihr Gehalt aufzubessern, das weiß Gott nicht hoch ist.«

»Sie sprechen von ihr in der Gegenwart, so als wüßten Sie, daß sie noch lebt. Halten Sie es nicht für möglich, daß sie tot ist?«

»Ich glaube, daß sie lebt.«

»Wissen Sie vielleicht, ob sie in letzter Zeit irgendwelche unangenehmen Begegnungen hatte?«

»Davon hat sie mir nichts erzählt.«

»Schildern Sie uns, wie so ein ganz normaler Tag bei ihr abläuft.«

»Morgens um sieben steht sie auf. Sie wäscht sich, zieht sich an, macht sich Kaffee, ißt ein paar Kekse dazu und geht aus dem Haus. Sie holt ihr Fahrrad aus dem Schuppen und fährt zur Post. Auch am Morgen des 2. Juni ist sie auf ihr Rad gestiegen, aber dann wurde sie nicht mehr gesehen.«

»Wo sind die Eltern von Colomba?

»Ihr Vater, Valdo Mitta, Gymnasiallehrer von Beruf, hat sich nach Frankreich abgesetzt.«

»Ein Terrorist?«

»Ach was, er hatte nur ein paar Freunde, die politisch aktiv waren, bei sich zu Hause untergebracht; in Wirklichkeit liebte er Italien nicht. Alle seine Freunde waren in Paris, deshalb ist er weggegangen.«

»Und wo wohnt er jetzt?«

»Immer noch in Frankreich, in Lyon, glaube ich. Er ist wieder verheiratet und hat zwei Kinder aus dieser Ehe.«

»Und wovon lebt er?«

»Er arbeitet als Bildhauer und verdient sogar recht gut dabei; nach Italien ist er nie mehr zurückgekommen. Ab und zu schickt er seiner Tochter eine Karte, das ist alles.«

»Weiß er, daß seine Tochter verschwunden ist?«

»Ja, das weiß er. Ich habe ihm ein Telegramm geschickt. Daraufhin hat er zweimal angerufen, danach habe ich nichts mehr von ihm gehört. Auch er glaubt, daß sie tot ist.«

»Und die Mutter?«

»Meine Tochter Angelica ist 1995 tödlich verunglückt.«

»Könnten Sie uns ein wenig beschreiben, was für ein Mensch Colomba war?«

»Eine Einzelgängerin, nicht sehr gesprächig. Sie mag ihre Arbeit und ist froh, daß sie es geschafft hat, bei der Post unterzukommen; stellen Sie sich mal vor, über achtzig hatten sich beworben, und man hat sich für sie entschieden. Sie ist vernünftig, ruhig und fleißig. Manchmal ruft sie mich an: Großmutter, ich komme nicht zum Abendessen, ich mache bis neun Uhr Überstunden. Um fünf nach neun ist sie dann da. Kurz bevor sie um die Ecke biegt, höre ich ihre Fahrradklingel, dann weiß ich, ich kann das Essen aufwärmen.«

Die Zeitung beendet das Interview mit einer Aufforderung an die Leser: Wer immer etwas über die auf dem Foto abgebildete Colomba Mitta, 'Mbina genannt, weiß, wende sich bitte an die Redaktion unserer Zeitung.

In den folgenden Tagen ergeht eine Flut von Hinweisen an den *Eco della Marsica*. Die Polizei, die in engem Kontakt mit der Zeitungsredaktion steht, verfolgt die verschiedenen Spuren, die sich aber letztlich alle als unbrauchbar herausstellen. Einer behauptet, 'Mbina sei ihm in einem achtzig Kilometer entfernten Badeort an der adriatischen Küste über den Weg gelaufen. Andere wollen sie in Gesellschaft eines viel älteren Mannes in einem Restaurant auf dem Passo del Lupo in Gioia Vecchio gesehen haben. Aber weder in dem Badeort noch in dem Restaurant in Gioia Vecchio erinnert sich irgend jemand an sie.

Schließlich, nach dreimonatigen Ermittlungen, entdeckt ein Schäfer Colombas Fahrrad inmitten eines Brombeergestrüpps in der Ortschaft Poggio del Bove. Das Rad wird von Experten eingehend untersucht, aber man findet nur Fingerabdrücke, die aller Wahrscheinlichkeit nach von der Besitzerin des Gefährts stammen. Das Fahrrad ist weder verbeult, noch ist der Lack beschädigt. Mit anderen Worten: Es ist in tadellosem Zustand. An der Stelle, an der es gefunden wurde, zweigt ein schmaler, steiniger Weg ab, der in den Wald von Ermellina in der Ortschaft Marsicana führt.

Die Zeitung kommt hin und wieder auf den ungelösten Fall zurück. Mit großen, fettgedruckten Schlagzeilen MYSTERIÖSES VERSCHWINDEN VON COLOMBA MITTA MÖGLICHERWEISE AUFGEDECKT berichten sie über seltsame Prophezeiungen und hellseherische Fähigkeiten, die zur Auffindung des lebenden oder toten Körpers von Colomba Mitta führen könnten.

Einmal suchte Zaira eine dicke, schlampig gekleidete junge Frau auf, die behauptete, sie habe Colomba in der Nähe einer Forellenzuchtanlage in der Gegend von Pescara gesehen.

»Wieso sind Sie sich da so sicher?«

»Ich irre mich nie. Ich habe das Foto gesehen, und danach habe ich sie gesehen. Es war ein und dieselbe Person.«

»Wie war sie angezogen?«

»Ganz in Weiß, mit einem himmelblauen Schal.«

»Die Jungfrau Maria ist ja nichts dagegen!«

»Sie hatte lange schwarze Haare und lila lackierte Fingernägel.«

»Aber Colomba hatte braune, etwas ins Rötliche gehende Haare!«

»Die kann sie sich gefärbt haben.«

»Und außerdem hat sie sich nie die Fingernägel lackiert.«

»Signora, wenn Sie mir nicht glauben, dann gehen Sie, ich habe Ihnen die Wahrheit gesagt, und ich irre mich nie.«

»Wie können Sie sich so sicher sein, daß es Colomba war?«

»Ich geb's ja zu: Ich bin so eine Art Wahrsagerin. Als ich sie gesehen habe, bekam ich plötzlich Herzrasen. Wenn Sie wollen, daß ich Ihnen noch verrate, wo sie sich befindet, dann kann ich Ihnen das sagen, ich brauche dazu nur eine Schüssel mit Wasser und ein bißchen Öl. Und haben Sie vielleicht fünfzig Euro dabei?«

Am Ende verlangten sie immer alle Geld, und aus Mitleid gab Zaira ihnen auch etwas. Aber an ihrer Freude über ein Zehntel von dem, was sie zuvor verlangt hatten, merkte sie, daß sie sich doch nur alle wichtig machen wollten.

Im Laufe der Zeit kommen immer weniger Hinweise, bis sie dann irgendwann fast ganz ausbleiben. Und als die Polizei den Wald von Ermellina durchkämmt und den Grund des Flusses Sangro abgesucht hat, stellt auch sie die Nachforschungen ein. Der Fall wird zu den Akten gelegt.

Am Fenster ihres Arbeitszimmers – zwischen Fensterrahmen und Fensterladen – hat eine Kohlmeise ihr Nest gebaut. Sie hat sich dort häuslich eingerichtet, während die Frau mit den kurzen Haaren in der Stadt wohnte, und als sie nach monatelanger Abwesenheit zurückkam und die Fensterläden öffnete, flog die Kohlmeisenmutter erschrocken davon und ließ die ausgehungerten Jungen zurück. Sofort hat sie die Läden wieder geschlossen und versucht, die Brut nicht zu stören, aber die Mutter machte keinerlei Anstalten, sich wieder ihrer Jungen anzunehmen. Unterdessen schrien die fünf Geschöpfchen vor lauter Hunger von morgens bis abends. Also fing sie selbst damit an, sie zu füttern: mit ganz winzigen, in Wasser eingeweichten Bröckchen Fleisch und kleingeschnittenem Obst, das sie auf ein Stäbchen gespießt hatte. Es war eine wahre Freude zu beobachten, wie die Neugeborenen die Nahrung verschlangen und es sie nicht weiter kümmerte, daß diese nicht aus dem

Schnabel ihrer Mutter kam, sondern aus den etwas unsicheren und ungeschickten Händen einer vergleichsweise riesengroßen Person. Nach etwa zehn Tagen erschien die Kohlmeisenmutter, die offenbar eingesehen hatte, daß ihr niemand etwas Böses wollte und daß ihre Jungen prächtig gediehen, plötzlich wieder am Fenster, den Schnabel voller kleiner Grillen. Ohne sie damit zu füttern, legte sie diese einfach nur neben den Kleinen ab, denn sie wagte es nicht, sich länger als nötig auf dem Fensterbrett aufzuhalten, und dann flog sie auch schon wieder davon, wobei sie eine erstaunliche Akrobatik vollführte. Die Frau mit den kurzen Haaren stand minutenlang da und war fasziniert von dem, was sich vor ihren Augen abspielte: Durch heftiges Flügelschlagen hielt die Meisenmutter sich in der Luft, und wenn sie nicht mehr konnte, ließ sie sich kopfüber fallen, so daß es aussah, als würde sie gleich auf dem Boden aufschlagen, doch dann, im letzten Augenblick, drehte sie ab und schwang sich schneller als ein Pfeil wieder in die Höhe.

Viele Monate sind vergangen. Das Verschwinden von Colomba Mitta ist bei den meisten in Vergessenheit geraten. Wenn Zaira Bigoncia nicht wäre, die ab und zu in die Redaktion platzt und darauf besteht, daß mal wieder über ihre Enkelin berichtet wird, würde sich niemand mehr mit dem Fall beschäftigen.

»Die Leiche von Colomba Mitta wurde noch immer nicht gefunden«, stellt der *Eco della Marsica* gleichgültig fest, »die Polizei hat alle nur möglichen und erdenklichen Nachforschungen angestellt, doch ohne Ergebnis. Dennoch glaubt Signora Zaira Bigoncia gute Gründe zu der Annahme zu haben, daß sie noch am Leben ist. Falls jemand genaue und sachdienliche Hinweise zum Verschwinden der jungen Frau geben kann – alles, was Zeitverschwendung bedeutet, wird von vornherein aussortiert –, möge er sich bitte an die Redaktion dieser Zeitung wenden: Via Garibaldi 13, Pescara.«

Der eine oder andere Journalist der Klatschpresse macht sich obendrein über sie lustig: »Jeden Morgen schlüpft Signora Zaira, weiß Gott kein junges Mädchen mehr, in ihre Bergschuhe, schwingt sich auf das Fahrrad ihrer Enkelin und radelt die steinigen Pfade hinauf. Das muß man gesehen haben, wie sie strampelt, da würde selbst der erfahrenste Radrennfahrer vor Neid erblassen! Alle Berge im Umkreis hat sie inzwischen abgegrast. Nur ihre Enkelin, die hat sie noch nicht gefunden.«

In den umliegenden Dörfern ist Zaira inzwischen als eine Art Nervensäge verschrien, obwohl sich auch dort niemand mehr wundert, wenn sie auf dem weiß-blauen Fahrrad angeradelt kommt: mit ihren Bergschuhen, dem Radlerkäppi, den dicken Handschuhen, mit der gefütterten langen Winterjacke und dem sommerlichen Pferdeschwanz. »Gibt's was Neues von Colomba?« Manch einer hat Mitleid mit ihr und lädt sie auf ein Getränk in die nächste Kaffeebar ein; und dann muß er sich zum x-ten Mal die gleiche Geschichte anhören: von der noch vollen Kaffeetasse und dem Unterteller, den sie daraufgestellt hat, von dem Fahrrad, das an der Abzweigung des kleinen Weges gefunden wurde, der in den Wald von Ermellina führt. Man nennt sie »die Irre«, weil sie immer noch davon überzeugt ist, daß ihre Enkelin lebt. Zaira läßt sich nicht lange bitten. Für sie ist es eine Möglichkeit, das Interesse an ihrer verschwundenen Enkelin wachzuhalten.

»Ich war in Monteacido und habe die Nonnen vom Kloster Maria Addolorata besucht. Pfannkuchen mit Schlagsahne haben sie mir serviert. Sie sind sehr liebenswürdig und haben mir gesagt, daß sie für mich beten wollen.«

Eine Journalistin vom *Messaggero*, die ohne Ankündigung bei ihr zu Hause aufgekreuzt ist, befragt sie nach Colombas Mutter.

»Wie alt war die Kleine, als die Mutter verunglückt ist?«

»Fünfzehn. Es war ein Autounfall. Dann standen wir beide allein da, Colomba und ich.«

»Und der Vater?«

»Valdo? Der lebt nicht in Italien. Ich habe erfahren, daß er einen Sohn hat, vielmehr zwei Söhne, aber das weiß ich nur vom Hörensagen, mir gegenüber hat er nie etwas davon erwähnt, mit keiner Silbe. Weihnachten schickt er seiner Tochter immer Geld und eine Karte. Das ist alles.«

»Man wird sie ganz bestimmt finden, das wünsche ich Ihnen jedenfalls«, sagt die Journalistin, die eine sehr freundliche Art hat, aber Zaira weiß, daß sie das Gegenteil denkt. Sie erkennt es an ihrem Gesicht, das plötzlich einen gewollt zuversichtlichen Ausdruck bekommt, wie bei jemandem, der am Bett eines Sterbenden versucht, den Angehörigen Trost zuzusprechen, obwohl er sehr wohl weiß, daß nichts mehr zu machen ist.

»Erzähl mir was, Mama!«

Die junge Mutter hat aufgehört zu sprechen, ihre Augen starren ins Leere. Sie fragt sich, warum Märchen sich fast immer in Wäldern zutragen. »In den Wäldern ist man nie allein«, sagt sie vor sich hin, und es scheint etwas Wahres daran zu sein: In dem Moment, da man dieses Gewirr von Bäumen betritt, überläßt man es irgendeinem Schicksal, ob man einem Tier oder einem Menschen begegnet, man weiß es nicht, etwas könnte uns überraschen, an unserem Herzen zupfen oder uns die Seele mit einer geheimnisvollen schwarzen Flüssigkeit füllen. Der Wald ist eine Stadt mit Millionen von Bewohnern, die meisten jedoch sind unsichtbar und leben unter der Erde. Aus diesem Grund macht er uns angst.

Auch die Bäume sind niemals das, was wir uns mit Hilfe eines Namens und einer botanischen Zuordnung gemeinhin darunter vorstellen. Die Bäume sind häufig noch etwas anderes, wenn es nach den Märchen geht. Sie können eine menschliche Vorgeschichte gehabt haben und aus einer Verzauberung oder einem Wunsch nach Erlösung hervorgegangen sein. Die Bäume haben Wurzeln, die in den Boden der Erinnerung eindringen, und sie sind mit einem leichten, spitzigen Gedanken ausgestattet, der nicht mit unserem übereinstimmt, aber eine ganz eigene majestätische Kraft besitzt.

Die Tochter merkt, daß ihre Mutter mit den Gedanken woanders ist, und bittet sie, ihr eine Geschichte zu erzählen, in der Wesen verwandelt werden, Menschen in Bäume oder umgekehrt. Auf solche Metamorphosen ist sie ganz wild.

»Erzähl mir was, Mama!«

»Ich habe gedacht, du schläfst.«

Wie soll sie in einem so stillen Zimmer einschlafen? Nur in dieser Stimme, in dieser weichen Klangmulde findet das Kind Schlaf. Um kurz darauf aufzuwachen und nach mehr Worten, mehr Geschichten zu verlangen.

»Als Hera und Zeus heirateten, schenkte Gaia, die Göttin der Erde, den beiden einen Baum, der goldene Äpfel hervorbrachte. Hera ließ ihn im Garten der Götter in der Nähe des Berges Atlas einpflanzen, wo er sich sehr hübsch ausnahm. Doch viele betrachteten den Baum mit den goldenen Äpfeln voller Gier, und sobald die Früchte etwas größer geworden waren, passierte es mehr als einmal, daß sie gestohlen wurden. Also beschloß Hera, den wertvollen Baum bewachen zu lassen – des Nachts von drei Nymphen, den Hesperiden, die Aigle, Erytheia und Arethusa hießen, tagsüber von einem siebenköpfigen Drachen. Viele Jahre lang lief alles bestens, und es gab keine Diebstähle mehr, denn am Tage spazierte der siebenköpfige Drache mit seinen geöffneten Rachen um den Baum herum und vertrieb mögliche Diebe, und in der Nacht schwebten die Hesperiden durch den Garten und erzeugten derart eisige Winde, daß niemand sich zu nähern wagte. Nach vielen Jahren kam eines Tages Herakles des Weges, der sah die Äpfel an den Zweigen leuchten und fand sie so schön, so begehrenswert, daß er beschloß, ihrer habhaft zu werden. Man erzählte ihm, daß tagsüber ein Drache den Wunderbaum bewachte und des Nachts die Hesperiden eisige Winde bliesen. Aber Herakles wollte die

Äpfel unbedingt haben, und so wandte er eine List an: In der Nacht betrat er den Garten und brachte die Hesperiden mit einem schönen Märchen zum Einschlafen. Dann legte er sich ihre Schleier um, und als der Morgen dämmerte, tat er so, als wollte er mit dem Drachen scherzen, und versuchte dabei, ihn vom Baum wegzulocken. Aber da dieser sich nicht von der Stelle rührte, zückte er sein Schwert, das er stets bei sich trug, und schlug ihm nach und nach alle sieben Köpfe ab. Dann riß er die glänzenden Äpfel vom Baum und nahm sie mit nach Hause.

Als die Hesperiden am nächsten Morgen aufwachten und sahen, daß der Drache tot und die Äpfel verschwunden waren, fürchteten sie die Strafe des Zeus, die auch prompt erfolgte. Wegen ihrer Unachtsamkeit verwandelte er sie in drei Bäume: in eine Ulme, eine Pappel und eine Weide. Man sagt, daß die Argonauten sich nach ihren großen Fahrten unter diesen Bäumen niederließen, um sich auszuruhen, weil von ihren Blättern immer ein frisches, wohltuendes Lüftchen ausging. Der siebenköpfige Drache hingegen wurde, weil er Herakles widerstanden und mutig bis in den Tod gekämpft hatte, an den Himmel befördert und in das wunderschöne Sternbild der Schlange verwandelt.«

Eines Morgens, als Zaira wieder einmal mit dem Fahrrad unterwegs ist, wird sie von einem jungen Mann angehalten, der seine blasse, knochige Hand in die Höhe hält. »Ich weiß was über 'Mbina«, nuschelt er vor sich hin, ohne sie eines Blikkes zu würdigen.

Zaira legt eine riskante Vollbremsung hin und springt vom Rad. Ungläubig sieht sie ihn an. Der andere geht langsam weiter, sie folgt ihm.

»Was wissen Sie?«

»Wenn Sie morgen abend um sechs ins Rombo kommen, dann sag ich's Ihnen.«

Zaira schaut ihm nach, während er weitergeht: Der Junge

hält seinen Kopf so schief zwischen den Schultern, als hätte er Angst, jemand könnte ihn jeden Moment am Genick pakken. Spindeldürre, unsichere Beine zeichnen sich unter der vom Wind ausgebeulten Hose ab. Er trägt einen Irokesenschnitt mit vielen blauen Spitzen im gegelten Haar. Etwas hat sich verändert bei den jungen Leuten aus ihrem Städtchen, denkt Zaira bei sich. Die Generation ihrer Tochter Angelica war nachdenklicher, selbständiger und machte nicht soviel Theater. Die Altersgenossen von Colomba dagegen, nicht alle natürlich, aber viele, sind von einer düsteren Unruhe getrieben und haben einen Hang zum Theatralischen, sie machen ihren Körper zur Bühne, ihre Gesten zu einer Pantomime. Sie sind permanent auf der Suche nach Komplimenten und Applaus. Dabei wollen sie keine Anerkennung, alles, was sie brauchen, ist eine unmittelbare, demonstrative Bestätigung. Am liebsten schockieren und manipulieren sie: Sie manipulieren die Wirklichkeit, ihre Gefühle, den eigenen Körper, die Erinnerung. Sie sind unbezahlbar in ihrem Auftreten als Bürgerschreck. Das alles geht Zaira durch den Kopf, während sie dem jungen Mann nachblickt, einem Paradebeispiel für Verkleidung und Maskerade.

Zaira war noch nie im Rombo, obwohl sie schon häufig daran vorbeigekommen ist. Es befindet sich nur einen Katzensprung vom Delikatessenhändler Vito Pacere und vom Uhrmacher Gesuino Tolle entfernt, einem uralten Bekannten, und liegt direkt an der Straße, die zum Haus von Bernardin' i baffitt' führt, dem Besitzer des Kinos. Den Eingang des Lokals versperrt eine typische Saloontür, so wie man sie aus alten Western kennt. Innen ist es dunkel und verqualmt. In dem großen Raum, in dem nur Kerzenstummel für etwas Licht sorgen, sitzen junge Leute zusammen und trinken Bier. Aus den Lautsprecherboxen dudelt fortwährend amerikanische Musik: Folk, Spirituals, Hardrock und Punk. Solche Schallplatten hat auch 'Mbina ab und zu gehört, wenn sie allein in ihrem Zimmer war. Beim Herumstöbern sind Zaira viele davon in die Hände gefallen. Sie hat sich auf das Bett ihrer Enkelin gesetzt und sich sogar einige angehört, in der Hoffnung, die Noten oder die Texte der Lieder könnten ihr etwas mehr über ihr Verschwinden verraten.

Um nicht weiter durch den dunklen Raum tappen zu müssen, nimmt Zaira auf einem dunkelroten Plastikstuhl Platz, vor dem ein Tischchen aus künstlichem Marmor steht. Sie schaut sich um. Einige von diesen jungen Leuten kennt sie, denn sie sind im Dorf geboren. Da ist der Sohn des Schreiners, der den Ruf hat, ein Weiberheld zu sein, im Dorf nennen sie ihn Scipp'femm', was soviel bedeutet wie Frauenaufreißer. Angeblich hat er sogar eine verheiratete Frau aus dem Dorf Montefreddo geschwängert. Jeder weiß es, nur der Ehemann nicht. Dann ist da noch der Sohn von Maria Menica, der Hebamme, die Saponett' genannt wird, weil sie einen Putzfimmel hat und eimerweise Seifenwasser auf die Straße kippt. Auch ihren Sohn rufen sie Saponett'. Obwohl die arme Menica so viele Frauen aus dem Dorf entbunden hat, manche sogar drei- oder viermal, hat sie selbst nur diesen einen Sohn zur Welt gebracht, der obendrein noch ein ausgemachter Trottel ist: Mit dreißig hat er immer noch keine feste Arbeit gefunden. Mal jobbt er in einer Kneipe, mal hilft er in einer Metzgerei aus, dann betätigt er sich als Elektriker, ohne einen blassen Schimmer von elektrischen Dingen zu haben; er findet keine Freundin, treibt sich bis spät in der Nacht herum, und wenn er endlich nach Hause geht, schleppt er alle herrenlosen Hunde des Dorfes mit.

Ein Kellner mit Rastazöpfen kommt an ihren Tisch und fragt, was sie bestellen möchte. Zaira fühlt sich deplaziert, und in der Dunkelheit kann sie nicht erkennen, ob Saponett' oder Scipp'femm' vor ihr steht; sie bemüht sich um eine würdevolle Haltung, aber als sie in das hämische Gesicht blickt, weiß sie nicht, was sie antworten soll. Was kann eine Frau in fortgeschrittenem Alter in einem Lokal für junge Leute trinken? Wenn sie ein Glas Wasser bestellt, wird man sie für geizig halten. Wenn sie nach einer Milch mit Minze verlangt, wird man sie entweder auslachen oder darauf hinweisen, daß dort, wo sie sich aufhält, selbstverständlich keine Milch ausgeschenkt wird. Vielleicht ist ein Kaffee am unverfänglichsten, denkt Zaira bei sich, auch wenn sie keine große Lust auf Kaffee hat.

Der Kellner, in dessen Gesicht ein kleiner Stecker am rechten Nasenloch aufblitzt, entfernt sich grinsend. Bestimmt fragt er sich, was eine wie sie in einem Lokal zu suchen hat, in dem ausschließlich junge Leute verkehren. Es kommt ihr sogar so vor, als hätte er die Musik noch lauter gedreht, um ihr zu verstehen zu geben, wie fehl am Platze sie ist. Vielleicht handelt es sich ja auch um den Sohn von Carmela, der Zeitungsverkäuferin, überlegt Zaira, während sie ihn aus der Ferne beobachtet. Das könnte sehr gut sein, aber in dieser Dunkelheit ist sie sich dann doch nicht sicher. Oder es ist Scarpune, der jüngere Sohn von Tiburzio, dem Schuster.

Minute um Minute vergeht. Mittlerweile hat sie ihren heißen Kaffee ausgetrunken, aber von dem Jungen, der sie auf der Straße angesprochen hat, ist nichts zu sehen. Warum hat er sich dann überhaupt zu dieser Zeit an diesem dunklen, verrauchten Ort mit ihr verabredet? Zaira will sich wieder aufmachen, aber plötzlich sieht sie das rätselhafte blasse Gesicht ihrer verschwundenen 'Mbina wieder vor sich und beschließt, doch noch zu warten. Wenn sie es recht bedenkt, muß sie zugeben, daß ihre Enkelin unmittelbar vor ihrem Verschwinden doch irgendwie verändert war. Wieso ist ihr das nicht früher aufgefallen? Erst jetzt, sozusagen im nachhinein, wird ihr bewußt, daß 'Mbina sich immer mehr in sich zurückgezogen hatte, daß sie bisweilen dasaß und ins Leere starrte, fast so, als schliefe sie mit offenen Augen. Daraus könnte man schließen, daß ihr Verschwinden nicht auf einen Unglücksfall zurückzuführen ist, sondern auf etwas, das im Kopf der hübschen, wortkargen jungen Frau heranreifte. Aber was kann das bloß gewesen sein?

Sie versucht, sich Colombas Gebaren vor dem Verschwinden in Erinnerung zu rufen, und dabei fällt ihr ein, daß sie die Angewohnheit hatte, eine Hand zur Faust zu ballen und sich diese an die Schläfe zu führen, so als würde ihr Kopf von einem plötzlich auftretenden Schmerz durchbohrt.

»Was darf ich Ihnen bestellen?« Eine höfliche Stimme, liebenswürdig und einschmeichelnd, dringt unvermittelt an ihr Ohr und reißt sie aus ihren Gedanken; sie wendet sich dem Jugendlichen zu, der aus dem Nichts aufgetaucht zu sein scheint.

Seine Haare mit den hochgekämmten Strähnen haben eine andere Farbe bekommen, heute sind sie zur Abwechslung karottenrot. Als sie ihm die Hand gibt, fällt ihr ein goldener Ring an seinem rechten Ohrläppchen auf.

»Ich nehme einen trockenen Weißwein. Und Sie?«

Zaira will den Kellner herbeiwinken, doch der steht bereits neben ihr; ein starker Geruch nach bitteren Mandeln steigt ihr in die Nase.

»Für mich einen trockenen Weißwein und für die Dame einen Kaffee«, sagt der junge Mann ganz locker.

Der Kellner beugt sich so weit zu ihm hinunter, daß seine Nase fast im Mund des anderen landet und fragt: »Was?«

»Einen Kaffee und einen trockenen Weißwein«, lautet die förmliche Antwort. Ob der Kerl taub ist? fragt sich Zaira, während sie seine wohlgeformte Nase betrachtet, die im schwachen Lichtschein noch feiner wirkt. Irgendwo hat sie mal gelesen, daß das Gehör erheblich darunter leidet, wenn man viele Stunden bei voll aufgedrehter Musik in einem geschlossenen Raum zubringt. Als sie den Blick hebt, bemerkt sie, daß die beiden sich Zeichen machen, so als wären sie sich über irgend etwas einig.

»Was wollten Sie mir über Colomba erzählen?« fragt sie, sobald der Kellner verschwunden ist.

»Ich hab' sie gekannt.«

»Viele hier im Dorf haben sie gekannt. Können Sie mir wenigstens sagen, ob sie noch lebt?«

»Das weiß ich nicht. Aber eines kann ich Ihnen sagen: Colomba war nicht so, wie Sie glauben.«

»Ich bin hierhergekommen, um etwas über ihr Verschwinden zu erfahren, nicht über ihren Charakter.«

»Aber vielleicht ist sie ja wegen irgendwas verschwunden, das Sie nicht wissen.«

»Und was könnte das sein?«

»Ich weiß nicht viel, aber was ich weiß, ist, daß Colomba …«

»Daß Colomba was?«

»Daß Colomba im Wald …«

»Im Wald hat Colomba immer Pilze gesucht.«

»Pilze, ja, das weiß ich, aber da ist noch was anderes.«

»Wenn du was weißt, dann sag es mir.« Der plötzliche Wechsel zum Du kam ganz spontan. Bei all den auf sie einstürmenden Gedanken beschäftigt sie vor allem eine Frage: Wessen Sohn ist dieser junge Kerl mit dem melancholisch-arroganten Ausdruck im Gesicht? Eigentlich kennt sie alle Jugendlichen aus dem Dorf mehr oder weniger gut. Aber aus welcher Familie stammt dieser hier, und was macht er überhaupt?

»Ich weiß nichts«, entgegnet er, aber seine Miene zeigt ihr, daß er mit allen Wassern gewaschen ist.

Unterdessen bringt Scarpune – jetzt ist sie sich sicher, daß er es ist, denn sie hat gehört, wie Saponett' ihn gerufen hat – den Weißwein und ein Schälchen ranzig riechender Kartoffelchips.

»Sagst du mir, wie du heißt?« fragt sie ihr Gegenüber.

»Sal.«

»Kommt das von Salvo?«

»Nein, einfach nur Sal.« Sagt's und lacht ausgelassen.

»Was für ein Name ist das denn? Den hab' ich hier in unserer Gegend noch nie gehört.«

»Das ist mein Name, und das muß dir genügen«, sagt er in einem Ton, der keinen Widerspruch duldet.

Zaira betrachtet seinen schönen geschwungenen Mund, in dem jedoch seitlich zwei Zähne fehlen. Sie sieht die langen, zarten Hände des Jungen mit den leicht geröteten Fingerknöcheln. Diese durchscheinenden, eleganten, fast weiblichen Hände greifen ganz brutal in das Schälchen und nehmen eine Ladung Kartoffelchips auf, die er sich achtlos in den Mund schiebt. Anschließend führt er mit seinen fettigen Fingern das Glas an die Lippen und leert es in wenigen Zügen. Sofort gibt er Scarpune per Handzeichen zu verstehen, er möge ihm noch ein Glas Weißwein bringen.

»Wenn du mir sonst nichts zu sagen hast, dann geh' ich jetzt.« Zaira versucht, Haltung zu bewahren, aber sie spürt, wie sie zittert. Ihr Instinkt sagt ihr, daß dieser Junge etwas weiß, das ihr Schmerzen bereiten wird.

»Wenn du mehr wissen willst, dann mußt du schon noch etwas Weißwein springen lassen.« Er lacht, als hätte er soeben etwas Urkomisches geäußert.

»Noch ein Glas? Klar, sicher, ich bezahl' das schon, bestell nur!«

»Nein, ein paar Kisten.«

»Wie, ein paar Kisten?«

»Wärst du mit tausend Euro einverstanden?«

»Zwei Millionen Lire?«

Inzwischen ist Scarpune mit einem weiteren Glas Weißwein und einem zweiten Schälchen Kartoffelchips an ihren Tisch zurückgekehrt. Der junge Mann, der sich Sal nennt, erhebt sich und geht, ohne ein Wort zu sagen, in Richtung Ausgang. Sie will ihn zurückrufen, aber da hat er das Lokal längst verlassen, nur die beiden Pendeltüren schwingen noch beharrlich hin und her – die eine nach innen, die andere nach außen – und geben ächzende, dumpfe Geräusche von sich.

Zaira steht auf, bezahlt und tritt auf die Straße hinaus. Gerade noch rechtzeitig, um zu sehen, wie er ihr, kurz bevor er um die Ecke biegt, ein Zeichen macht. Zwei erhobene Finger, sozusagen als Bestätigung der zwei Millionen für jede weitere Information. Entweder Geld oder gar nichts.

Die Wälder haben etwas Unergründliches und Heimtückisches, stellt die Frau mit den kurzen Haaren fest, als ihre Augen vom Computer zum Fenster wandern, das den Blick auf einen jahrhundertealten dichten Buchenwald freigibt. Es ist kein Zufall, daß der imaginäre Reisende in den Märchen sich häufig dort verläuft, wo die meisten Bäume stehen, irgendwo in der Tiefe eines Waldes. Wie erschüttert war sie als Kind jedesmal, wenn sie die Geschichte von dem Wanderer hörte, der mitten im Wald von der Dunkelheit überrascht wird, verloren zwischen all den Bäumen umherirrt und immer nervöser und unruhiger reagiert. Überall knistert und knarrt es, ihm ist ganz unheimlich zumute, schließlich hört er langsame Schritte hinter sich, zunächst weit weg, doch sie kommen näher und näher, bis sie direkt hinter ihm sind; jeder Ast erscheint ihm wie ein ausgestreckter Arm, allzeit bereit zuzupacken. Der junge Mann läuft und läuft, er ist völlig außer Atem und hat entsetzliche Angst. Bis er in der Ferne, hinter einem Vorhang aus Pflanzen, jenseits einer kleinen Wiese, genau an der Stelle, wo ein anderer finsterer, furchteinflößender Wald beginnt, ein winziges bläuliches Licht entdeckt. Freudentränen schießen ihm in die Augen. Wenn es ein Licht gibt, dann muß es auch ein Haus geben, und wenn es ein Haus gibt, dann heißt das, da ist jemand, ein menschliches Wesen, das drinnen im Warmen noch wacht. Er sieht, wie das Licht größer wird und sich auftut wie eine einladende Tür, die ihm Zuflucht gewährt vor der nächtlichen Kälte, vor den ängstigenden Schatten, und bevor Hunger und Müdigkeit ihn übermannen. Wer mag in diesem Haus mitten im Wald wohnen? Ob man ihn wohl freundlich aufnehmen wird, wenn er anklopft? Womöglich wird er ausgeraubt und umgebracht? Die Angst verlangsamt seinen Schritt, hält ihn aber nicht davon ab, sich weiter zielstrebig auf das Licht, auf das Haus zuzubewegen. Er könnte auch plötzlich einem Werwolf gegenüberstehen, der nur auf einen verlorenen Wanderer wie ihn wartet, um über ihn herzufallen. Vielleicht wird er aber auch von einer geheimnisvollen, liebenswürdigen Frau empfangen, die ihm zu essen gibt und ihm ein Bett anbietet. Aber sobald er eingeschlafen ist, verwandelt sie ihn in einen Käfer wie den armen Gregor Samsa, der vor lauter Überraschung über seine Veränderung von der Matratze fällt, auf dem Rücken landet und, als es ihm nicht gelingt, sich wieder umzudrehen, auf der Erde liegenbleibt und mit den Beinchen zappelt.

»Denk mal an die Zeit, als ganz Italien ein einziger Urwald war. Wenn man reisen wollte, konnte man sich nur per Schiff an den Küsten entlang fortbewegen.«

Gern lauscht sie der Stimme ihres Freundes Berretta, seines Zeichens Botaniker und Ökologe. Ein liebenswerter Mensch, gebildet, nachdenklich und stets gutgelaunt. Sein massiger Oberkörper geht – einer archaischen Gottheit des Überflusses nicht unähnlich – in ein kolossartiges Hinterteil über, das in fast keine Hose paßt. Aber das scheint ihn nicht weiter zu kümmern. Er bewegt sich mit Anmut, ist flink wie ein Wiesel und stets bereit, sich dorthin zu begeben, wo Pflanzen bedroht sind oder sein Rat gefragt ist, egal, ob es um das Beschneiden eines Baumes geht oder um eine Krankheit, die diesen befallen hat.

»Erzählst du mir was darüber, wie die Wälder früher waren?«

»Du bist doch die Schriftstellerin. Ich kann nicht erzählen.«

»Du kannst wunderbar erzählen, wenn dich etwas begeistert. Und die Bäume sind deine ganze Sorge und deine Leidenschaft.«

Wenn er lacht, geben seine Lippen den Blick auf eine Reihe schneeweißer kleiner Zähne frei, wie Kinder sie haben.

»Erzähl mir was über die Wälder bei den alten Römern.«

»Die alten Römer haben die Wälder alles andere als geliebt. Und außerdem hatten sie die Marotte, jede Menge Brücken und Schiffe zu bauen. Dafür haben sie halb Italien abgeholzt.«

»Und die Wälder der Griechen?«

»Die hatten so gut wie keine. Der Parnaß war kahl.«

»Wo kann man heutzutage noch die dichtesten Wälder finden?«

»In Deutschland. Schließlich kommt der Weihnachtsbaum von dort, auch Hänsel und Gretel sind dort entstanden und all die anderen wunderschönen Geschichten über Wälder.«

»Und wie waren die Wälder im Mittelalter?«

»Das waren Orte der Begegnung. Zauberer, Hexen, Geister, Zwerge begegneten sich nicht in der Stadt oder irgendwo auf den Straßen, sondern in den Wäldern.«

»Sind viele Menschen durch die Wälder gezogen?«

»Gläubige, aber auch Diebe und Mörder. Denk mal an die Geschichte von Melinda: ein junges Mädchen, das von seinem Vater zur heiligen Wallfahrtsstätte Maria Pellegrina geschickt wird, um dort eine Gnade zu erbitten. Als Geschenk für die dort verehrte Madonna gibt der Mann seiner Tochter einen mit Goldfäden durchwirkten herrlichen Umhang aus hellblauem Samt mit. Außerdem stellt er ihr einen Esel und einen treuen Diener zur Seite, die sie zur Kirche Maria Pellegrina jenseits des Waldes begleiten sollen. So zieht die junge Melinda zusammen mit dem alten Diener durch den Wald. Als sie an einem Bach haltmacht, um sich zu erfrischen, zeigt sie dem Diener den prächtigen Umhang. Doch ausgerechnet in diesem Augenblick reiten zwei junge Männer vorbei, die behaupten, ebenfalls zu der Pilgerstätte unterwegs zu sein. Hingerissen bestaunen die beiden den Umhang und schlagen vor, man könne doch einen Teil des Weges gemeinsam zurücklegen. Melinda, die noch ganz naiv und unschuldig ist, nimmt das Angebot gern an, obwohl der Diener sie darauf hinweist, daß es besser wäre, nicht darauf einzugehen. Die beiden Männer lachen, scherzen und zeigen sich von ihrer charmantesten Seite. Aber kurz bevor die Gruppe den Wallfahrtsort erreicht, gibt der Ältere von beiden dem Jüngeren ein Zeichen, woraufhin dieser über den Diener herfällt und ihn erdolcht. Unterdessen vergeht sich der andere an der jungen Melinda, tötet sie anschließend und nimmt den golddurchwirkten Umhang an sich, an dem er seine blutverschmierten Finger abwischt. Danach machen sich die zwei auf den Weg in Richtung Süden.

Am selben Abend erreichen die beiden jungen Männer mit ihren Pferden den Gutshof von Melindas Vater und bitten um Unterkunft für eine Nacht. Der großherzige Mann weist ihnen ein Ruhelager im Stall zu, doch zuvor bewirtet er sie an seinem Tisch. Aber noch während sie essen, öffnet einer der beiden Strolche seinen Reisesack, aus dem ein Stück des golddurchwirkten hellblauen Samtumhangs herausschaut, der für die Pilgerstätte bestimmt war und nun voller Blutflecke ist. Der Vater erkennt den Umhang und begreift im Nu, was geschehen ist. Doch er sagt kein Wort. Statt dessen wartet er, bis die beiden sich zur Ruhe begeben. Dann legt er alle seine Kleider ab und taucht seinen Körper in heißes Wasser, als wollte er den Schmutz eines ganzen Tages von sich abwaschen. Danach kniet er nieder und betet zur Mutter Gottes. In dieser Position verharrt er eine Stunde lang, weinend ins Gebet vertieft. Erst bei Tagesanbruch bewaffnet er sich mit einem scharfen Schwert, dringt in den Stall ein und schlägt den beiden jugendlichen Mördern gnadenlos den Kopf ab.«

»Was für eine schaurige Geschichte.«

»Mitunter sind die Wälder nun mal schaurig. Ich glaube, ein berühmter skandinavischer Regisseur hat einen Film darüber gemacht. Darin ging es auch um nichts anderes als um die unbarmherzige Rache eines Vaters.«

»Da sind mir die Wälder von Ariost doch um einiges lieber. Wo Ritter und Krieger sich verfolgen, sich finden und sich wieder verlieren. Wo *in niedrigen Wacholdersträuchen* fliegende Drachen in Erscheinung treten und schöne Kriegerinnen mit eisernem Willen.«

»Leider werde ich immer nur dann gerufen, wenn die Bäume krank sind, sei es wegen des sauren Regens, wegen des Dioxins, das die Flüsse verseucht, oder wegen der Abgase in den Städten.«

»Und du machst sie fast immer wieder gesund.«

»Ich tue, was ich kann. Aber nicht immer gelingt es mir, vor allem dann nicht, wenn ich jemand anderen damit beauftrage. Kaum einer bringt noch die Zeit und die Geduld auf, eine Pflanze gesund zu pflegen. Lieber entledigt man sich ihrer, und damit hat es sich.«

Bei geöffnetem Fenster sitzt Zaira allein am Küchentisch und ißt zu Mittag. Ein Sonnenstrahl streift ihren Fuß, der unter dem Tisch hervorsieht, und wärmt ihn. Der Himmel ist klar, kein Wölkchen weit und breit. Die Sonne bescheint die kahlen Berggipfel rings um die Hochebene mit den schattigen Wäldern. Sie denkt an Sal und an seine halbherzigen Enthüllungen. Was macht ihn für sie so glaubwürdig im Vergleich zu den anderen, die ihr alles mögliche versprochen haben und denen sie trotzdem nie geglaubt hat?

Angestrengt denkt sie darüber nach, bis sie merkt, daß sie den Löffel mit der Suppe an ihre Wange anstatt an den Mund geführt hat. Ich verblöde allmählich, sagt sie lachend vor sich hin und wischt sich das Gesicht ab. Und dennoch hat dieser Sal irgend etwas, das ihr bekannt vorkommt. Aber wann und wo könnte sie ihm zuvor schon begegnet sein, wo er doch noch nicht einmal aus ihrem Dorf stammt? Die Geste, wie er die Faust an seine Schläfe legt, ja, das ist es, genau das hat auch ihre Colomba zuletzt gemacht. Und das traurig-schüchterne Kichern, eigentlich paßt es gar nicht zu dem überheblichen, selbstsicheren Typ, als der er auftreten möchte. Erinnert das nicht auch an Colomba? Selbst der leicht schleppende Unterton in der sonst flüssigen und melodiösen Stimme erinnert sie an die Gehemmtheit, die bei ihrer Enkelin anklang. Sollen das alles nur zufällige Übereinstimmungen sein? Um das herauszufinden, muß sie ihn wiedersehen und genauer unter die Lupe nehmen.

»Erzähl mir was, Mama!«

Die Mutter blickt sie an, ohne sie zu sehen. Ihre Augen sind von einem merkwürdigen schlammigen Grün. Ein Starren ins Leere. Die beiden Falten um die Lippen herum sind tief in die blasse Haut eingegraben. Die Tochter beugt sich zu ihr hinunter, um ihr einen Kuß zu geben. Bei der Berührung mit der eiskalten Haut ist sie augenblicklich überzeugt, daß sie tot ist. Ihre Mutter ist beim Geschichtenerzählen gestorben, und sie hat es nicht bemerkt. So wie sie daliegt, regungslos, den Kopf auf zwei schneeweiße Kopfkissen gebettet, erinnert sie an die Büste des Großvaters im Eingang zur Wohnung im alten Haus der Familie. Die gleiche große, strenge Nase. Die gleichen fleischigen, sinnlichen Lippen, umgeben von lauter kleinen, tiefen Falten. Eine Mutter kann doch nicht einfach so sterben! Man kann doch keinen Menschen beerdigen, der über die wunderbare Gabe verfügt, Geschichten zu erzählen!

»Erzähl mir was, Mama!« schreit sie voller Verzweiflung.

Wie durch ein Wunder funktioniert die Zauberformel: Dieser wütende kleine Ausbruch, nur ein Gedankenblitz, genügt, um sie ins Leben zurückzubefördern. Aber vielleicht nicht, vielleicht hat sie ein, zwei Jahre oder gar drei damit zugebracht, sie auf diesem Totenbett wachzurütteln, und jetzt, am dritten Tag des dritten Monats im dritten Jahr, erhebt sich der tote Körper der Mutter, bekommt wieder Farbe und gewinnt seine Beweglichkeit zurück. Die schöne junge Frau ist zu neuem Leben erwacht, und ihre Stimme fließt so liebevoll und zärtlich dahin wie eh und je, ohne ein einziges Mal zu stocken.

»Was soll ich dir denn noch erzählen? Ich weiß keine Geschichten mehr, und ich habe auch keine Stimme mehr«, sagt sie keuchend. In der letzten Zeit ist sie gealtert; ein leichter Quittengeruch umgibt sie.

Sie beobachtet, wie die Mutter mit der einen Hand die andere ergreift und langsam an ihren Fingern zieht, als wollte sie diese verlängern. Ein mütterlicher Finger nach dem anderen gibt ein leichtes Knacken von sich. Das ist der Beweis dafür, daß sie noch da ist, an ihrer Seite, und lebt.

Zaira hat die ganze Nacht nicht geschlafen, weil sie immer wieder an diesen Jungen denken mußte, der sich Sal nennt. Allein schon der Name kommt ihr wie eine Verhöhnung vor. Wie er wohl mit Nachnamen heißt? Und aus welcher Familie mag er stammen? Daß es eine aus dem Dorf ist, hält sie für ausgeschlossen, denn sie kennt alle Jugendlichen, die dort geboren sind. Vielleicht kommt er ja aus Avezzano oder aus Sulmona oder aus Lecce dei Marsi, möglicherweise sogar aus Pescara. Warum wird er Sal genannt? Ob es richtig ist, ihn für Informationen zu bezahlen, die alles andere als sicher sind? Und was ist, wenn das Ganze nur ein Trick ist, um ihr Geld abzuknöpfen? Wenn er ihr gar nichts über Colomba zu erzählen hat? Aber vielleicht weiß er doch etwas, das ihr hilft, sie wiederzufinden. Sie täte sicher gut daran, zunächst mit jemandem darüber zu sprechen, bevor sie ihm die Belohnung gibt. Aber mit wem? Soll sie ihn um eine Quittung bitten, wenn sie ihm die Summe ausgehändigt hat? Sie könnte natürlich auch versuchen, die tausend Euro herunterzuhandeln, indem sie ihm erklärt, daß sie allein lebt und mit einer kleinen Rente und schlecht bezahlten Übersetzungen über die Runden kommen muß. Kann man einen Erpresser eigentlich um eine Quittung bitten?

Drei Tage später, als sie wieder mal aufs Fahrrad steigt, um in den Wald zu fahren, sieht sie ihn schon von weitem: Er trägt dieselbe verblichene und verknitterte Hose, dazu ein sauberes weißes Hemd; seine Haare, diesmal strohgelb, stehen nicht mehr ab, sondern kleben ihm am Kopf. Am Ohrläppchen der übliche goldene Ring, der im Sonnenlicht aufblitzt.

»Haben Sie es sich überlegt?« Per Handzeichen hat er sie zum Anhalten aufgefordert.

»Warum verlangst du Geld von mir? Warum hast du nicht mit der Polizei gesprochen?«

Der Junge fängt an zu kichern. Er scheint die Gelassenheit in Person zu sein. Gelangweilt wippt er von einem Fuß auf den anderen. Irgendwie macht er einen ausgehungerten Eindruck. Seine Augen sind sanft und von überraschender Helligkeit; sie strahlen eine Unschuld aus, die gar nicht zu einem Erpresser passen will.

»Tausend Euro oder gar nichts.«

»Tausend Euro, einverstanden. Aber erst, wenn du mir alles gesagt hast, und nur, wenn ich merke, daß das, was du mir erzählst, wichtig ist und nicht irgendwelches Geschwätz.«

»Sal lügt nicht.«

»Wie soll ich das wissen?«

»Das wirst du schon merken.«

Sein Gesicht hat jetzt einen gierigen und bedrohlichen Ausdruck bekommen.

»Wann?«

»Montag«, schlägt sie ihm vor.

»Alles klar, Montag. Im Rombo.«

»Nein, im Rombo gefällt es mir nicht. Treffen wir uns im Cervo. Da ist wenigstens Licht.«

»Das bestimme ich. Im Rombo. Und bar auf die Hand. In Hundertern.«

»In Ordnung.«

Zaira macht einen großen Umweg, bevor sie endlich die kleine Bank ihres Dorfes betritt, um ihre Ersparnisse abzuheben. Der Kassierer, der sie kennt, lächelt sie zuvorkommend an.

»Wollen Sie sich etwa in Unkosten stürzen?«

»Eine meiner Nichten heiratet«, stottert sie.

»Das wird ja ein richtig tolles Hochzeitsgeschenk!« Der junge Mann, an dessen Nase ein kleiner Stein blinkt, so wie bei Scarpune, wird ernst, als er anfängt, die Geldscheine abzuzählen.

Was mischt sich dieser Lümmel in meine Angelegenheiten ein! Aber nicht doch, nein, sagt der mit den Flügeln hinter ihr, der Engel, der sich immer dann bemerkbar macht, wenn er ihr sein Mißfallen ins Ohr flüstert: Es ist gut, dann erinnert sich wenigstens jemand daran, daß du heute morgen tausend Euro abgehoben hast, falls Sal beabsichtigt, sich mit dem Geld aus dem Staub zu machen.

Der Kassierer schiebt ihr das Bündel Geldscheine zu. Während sie die Hand danach ausstreckt, hört sie, wie der junge Angestellte mit der Zunge schnalzt. Die Scheine sind neu, das glänzende Papier ist noch fest, der Silberfaden gut sichtbar. Zaira steckt sie in ihre Tasche und verläßt die Bank. Ihr Fahrrad hat sie, ohne es abzuschließen, einfach so stehenlassen. Aber im Dorf wird nichts gestohlen. Nicht weil die Menschen hier besonders ehrlich wären, sondern weil es überall neugierige Blicke gibt. Hier entgeht niemandem etwas. So besteht Tag für Tag eine Kontrolle, die zwar dem Zufallsprinzip unterliegt, dafür aber beharrlich ist, wenn auch zuweilen ärgerlich. Ein Automatismus, wie er in einer kleinen Gemeinschaft wie einer Familie üblich ist, wo man sich nicht gerade liebt, aber bis zum Überdruß kennt. Da stellt sich die Frage, wieso ausgerechnet Colombas Verschwinden offenbar so vielen wachsamen und scharfsichtigen Augen entgangen ist.

Wieder zu Hause angekommen, überlegt Zaira, wo sie das Geld am besten aufbewahren kann. Niemals zuvor hat sie so viele Scheine auf einmal in Händen gehalten. Ihr Blick fällt in den Spiegel. Fassungslos bleibt sie davor stehen. Ihr Gesicht sieht völlig verändert aus: eine Maske der Angst mit flackernden Augen und zerzausten Haaren. Warum hat sie sich nur von diesem Unbekannten erpressen lassen? Warum hat sie sich bloß in den Kopf gesetzt, eine verwickelte Angelegenheit entwirren zu wollen, die gar nicht entwirrt werden will? Man soll die Toten ruhen lassen, sagt ihr Schutzengel, der außerdem ihr Gewissen ist, zumindest das, was sie sich darunter vorstellt. Er hat zwei schwere, sperrige Flügel wie ein viel zu weites Hochzeitskleid, das von oben bis unten mit Spitzen und Rüschen besetzt ist. Als ihre Mutter Antonina geheiratet hat, trug sie ein ähnliches Kleid. Sie muß sich darin wie eine Gefangene vorgekommen sein. Zu ausladend, zu weiß, zuviel Stickerei und zusätzlich beschwert von Kaskaden unechter Perlen, die die liebevolle Hand von Tante Gerarda für sie aufgenäht hatte. Zaira kann sich noch gut an dieses Kleid erinnern, das jahrelang unter einer Plastikhülle im Schrank des alten Hauses ihrer Familie hing. Ab und zu hat sie es sich voller Bewunderung angesehen, aber nie hat sie sich getraut, es auch mal anzufassen. Insgeheim nannte sie es Annapurna, nach einem schneebedeckten Berg, den sie aus einem Erdkundebuch kannte. Als sie dann irgendwann einmal knapp bei Kasse waren, hat ihre Tochter Angelica es verkauft. Eigentlich muß ihr Gewissen mit seinen einengenden, gezackten Flügeln sich ebenso gefangen vorkommen wie seinerzeit wahrscheinlich ihre Mutter Antonina – damals im fünften Monat schwanger – in dem traumhaft schönen, wenn auch steifen Annapurna. Viel zu lange Flügel. Wenn der Engel aufrecht steht, schleifen sie über den Boden; eigentlich sind solche Flügel nur dazu geeignet, durch die kalten Lüfte zu fliegen, weit weg von allen menschlichen Wesen. Mürrisch, müde und kaum interessiert an den komplizierten ethischen Fragen der irdischen Bewohner – so stellt sie sich den Engel vor. Trotzdem ist er gezwungen, seine Arbeit zu tun, wie ein Polizist, dessen Vater und Großvater auch schon Polizisten waren.

Was hat der Gewissensengel gerade zu ihr gesagt? Bestimmt wieder etwas Kluges und Vernünftiges, das aber in völligem Gegensatz steht zu ihrem Bedürfnis, Colombas Schicksal zu ergründen. Es gibt zu viele offene Fragen, die sie quälen. Ihr ganzer angespannter Körper reckt und streckt sich nach der Wahrheit aus, die sie auch geraume Zeit nach dem Verschwinden noch immer nicht fassen kann.

Sie weiß, sie hat diesen Engel mit den zerrissenen Flügeln enttäuscht. Wartend steht er hinter ihr, doch ohne recht daran zu glauben, daß er sie mit seinen weisen Worten überzeugen kann. Wäre sie denn auch ins Rombo gegangen, um einen

Durst zu stillen, der ihr die Kehle austrocknete? Kann es sein, daß ihr Bedürfnis, mehr zu erfahren, nur auf Neugier beruht? Nein, Neugier ist ein viel zu armseliges Wort für sie. Ihr Drang, Colombas Schicksal zu ergründen, hängt auch damit zusammen, daß sie endlich ein Problem lösen muß, das ihr den Schlaf raubt und das Atmen schwermacht. Aber im wesentlichen ist es ihre Starrköpfigkeit, die sie – ungeachtet jeder Logik und jeder Vorahnung – dazu treibt, die Suche weiter fortzusetzen.

Wie viele Rechtfertigungen! sagt sie zu sich, als wäre ich die Erpresserin. Dabei bin ich die Leidtragende. Das ist ja das Schlimme. Immer noch spricht der mit den Flügeln hinter ihr. Sie dreht sich um, will ihn zum Schweigen bringen und sieht ein von tiefen Falten zerfurchtes Gesicht vor sich. Es ist ihre Mutter, die ihr komplizenhaft zulächelt. Wohin hat sich dieser Wille nur verzogen, der sie von allen unabhängig macht, so sicher in ihren Bewegungen, als würden diese von der Gottheit der Zeit selbst gelenkt?

Zaira steht vor den pendelnden Türen des Rombo. Im letzten Augenblick weigern sich ihre Füße, diese dunkle Spelunke zu betreten. Und wenn sie nun einfach wieder umkehrte? Das Geld steckt in einem Umschlag, der tief unten in ihrer Handtasche vergraben ist. Darauf hat sie zwei Päckchen Papiertaschentücher fallen lassen, einen Kamm aus unechtem Schildpatt, ein Haarband, eine rosenblütenfarbene Kakaobuttercreme und ein Portemonnaie mit ein paar Münzen.

Wenn sie zur Polizei gegangen wäre, wie die Stimme des Gewissens mit den zerfransten Flügeln ihr einreden wollte, hätte sie garantiert jemand gesehen. Im Dorf spricht sich alles herum. Was hat Zaira zur Polizei geführt? Die erste, die sie von ihrem kleinen Küchenfenster aus erspäht hätte, wäre wahrscheinlich Adelina gewesen, die Schwester des Inhabers vom Rombo, die genau gegenüber des Polizeireviers wohnt. Und in kurzer Zeit, vielleicht in weniger als zwei Stunden, hätte sie ihrem Bruder Marione davon berichtet – natürlich ohne böse Absicht, sondern nur um den Fluß der Informationen, die das tägliche Leben in einem kleinen Dorf bestimmen, am Laufen zu halten. Der hätte es dann vielleicht ganz nebenbei dem jungen Scarpune erzählt, dem Sohn von Elena, der Schuhmacherin, und die hätte es ganz gewiß ihrem Mann Tiburzio aufgetischt, mit dem sie das Geschäft betreibt.

»Was stehen Sie denn hier rum? Wollen Sie unbedingt auf sich aufmerksam machen?«

Da ist er. Sal. Was für ein idiotischer Name. Wir sind hier doch nicht in Amerika, hätte sie ihm am liebsten gesagt, sondern in den Abruzzen, und hier heißen die Leute Mario, Antonio, Gerardo und nicht Sal.

Der junge Mann hält die Pendeltür des Lokals auf, und mit einem sanften Stoß bugsiert er sie ins Innere. Widerwillig betritt Zaira den dunklen Raum, dicht hinter ihr der Jugendliche, dessen Haare erstmals ihre natürliche Farbe haben: Kastanienbraun; heute fallen sie ihm weich in die Stirn, hinten im Nakken sind sie ganz kurz geschnitten.

Der Junge deutet auf einen Plastikstuhl. Die Handtasche fest unter den Arm geklemmt, blickt sie ihn an. Ihr tun die Füße weh, als wäre sie stundenlang gelaufen. Dabei sind es nur zweihundert Meter von ihrem Haus bis zum Rombo.

»Haben Sie das Geld?«

Ja, sicher, das müßte der Kerl doch eigentlich wissen. Bestimmt hat der Bankangestellte es irgend jemandem erzählt, und schon ist das Gerücht im Umlauf, daß sie tausend Euro abgehoben hat, um ein Hochzeitsgeschenk zu kaufen. Aber wer sollte schon heiraten, ohne daß das Dorf darüber Bescheid weiß? »Eine Freundin von mir aus Pescara heiratet«, sagt Zaira leise. Aber der Typ kann sie nicht hören, denn die Musik ist voll aufgedreht.

Das Lokal ist fast leer. Marione, der Inhaber, ist da; trotz seines Umfangs bewegt er sich sehr behende zwischen all den

Flaschen und Gläsern. Im Halbdunkel entdeckt sie Scarpune mit den vielen dunklen Zöpfchen auf dem Kopf. Klein und krummbeinig, wie er ist, trägt er eine viel zu große Windjacke, die ihm bis halb über die Oberschenkel reicht und beinahe von der Schulter rutscht.

Auch der Sohn von Menica, der Hebamme, ist da, Saponett', der Freund aller streunenden Hunde im Umkreis. Jedes Jahr, so etwa im März, macht einer aus dem Dorf Tabula rasa. Man weiß weder, wer die Aktion beschließt, noch, wer sie durchführt. Tatsache ist, daß innerhalb weniger Stunden alle herrenlosen Hunde mit Unmengen von vergifteten Fleischbrocken getötet werden. Die Kadaver der Tiere bleiben unsichtbar. Jemand läßt sie blitzschnell verschwinden. Und das ganze Dorf atmet erleichtert auf. Zu viele streunende Hunde rotten sich zusammen, reißen Mülltonnen um und veranstalten untereinander lautstarke Kämpfe, was den Frieden im Dorf stört. Aber wie grauenhaft, wenn sie qualvoll mitten auf der Straße verenden! Sie hat das ein paarmal erlebt und für diese Tiere, die niemand vor dem Egoismus des Dorfes schützt, mit Zorn gepaartes tiefes Mitleid empfunden.

Saponett' ist der einzige, der sich um sie kümmert: Wenn es draußen heiß ist, stellt er ausrangierte Töpfe mit Wasser an den Straßenrand oder verstreut überall säckeweise trockenes Brot. Auf sein Pfeifen hin kommen sie angerannt. Wenn dann die Zeit des Abschlachtens kommt, wird er vor lauter Kummer fast verrückt. Er irrt durchs Dorf wie ein Vater, der dem Wahnsinn nahe ist, weil man seine Kinder umgebracht hat, und stößt die übelsten Schimpfwörter aus. Aber niemand hört ihm zu, nicht mal seine Mutter, die Hebamme. Und die anderen Dorfbewohner tun so, als sähen und hörten sie ihn nicht.

Zaira setzt sich, hat aber weiterhin ihre Strohtasche fest unter den Arm geklemmt. Lächelnd nimmt der junge Mann ihr gegenüber Platz. Der Frühling selbst scheint sein Gesicht zu erleuchten. Verwundert beobachtet sie ihn. In seinem Lächeln liegt eine Arglosigkeit, die sich nur schwer vortäuschen ließe. Sie hat den Eindruck, daß er ein wenig zittert, auch wenn er sich ansonsten ganz locker gibt. Vielleicht lächelt er sie nur an, um ihr Vertrauen zu gewinnen, denn womöglich errät er ja ihre Zweifel. Aber wie dem auch sei, seine schönen Lippen entblößen kaputte, fleckige Zähne.

»Sie kannten Colomba also?«

»Ja und nein.«

»Was soll das heißen: ja und nein?«

»Einerseits kenne ich sie, andererseits kenne ich sie nicht.«

»Sie sprechen in der Gegenwart von ihr, heißt das, sie lebt?«

»Zuerst das Geld, wie wir es vereinbart hatten.«

»Du gibst mir aber eine Quittung.«

Der Junge bricht in schallendes Gelächter aus. Seine Augen bekommen jetzt einen harten und grausamen Ausdruck. Wie viele Wandlungsmöglichkeiten ein Paar ganz normale runde, schwarze Augen haben können. In diesem Schwarz befinden sich jetzt glänzende metallische Pünktchen, die zur Mitte hin verlaufen. Und das liegt nicht nur am Widerschein einer kurzen roten Kerze, die jemand mitten auf den Tisch gestellt hat, als sie sich hinsetzten. Es muß Scarpune gewesen sein, der sich leichtfüßig und geräuschlos bewegt. Zaira schaut sich um, aber sie sieht nur Marione, der hinter dem Tresen steht und mit Geldzählen beschäftigt ist. Er macht ein finsteres Gesicht, seine dicken Finger wandern langsam zwischen Kasse und Theke hin und her.

Man hört das Schwingen der Tür. Jemand muß hereingekommen sein, aber sie sitzt mit dem Rücken zum Eingang. Als sie sich gerade umdrehen will, spürt sie, wie Sal ganz sacht ihre Hand berührt.

»Das Geld?«

»Ich hab' es bei mir. Aber ich kann nichts riskieren, es ist alles, was ich besitze.«

Der Jugendliche zieht seine Hand zurück und hebt sie ans Gesicht, auf dem die ersten rötlichen Barthärchen sprießen. An der Schläfe ballt er sie zur Faust.

»Ihre Enkelin kennt sich gut mit Pilzen aus. Die ganzen Pfifferlinge … nur sie weiß, wo man die finden kann. Hier in den Buchenwäldern gibt es keine Steinpilze. Aber viele Milchlinge und ab und zu ein paar Blutschwämme. Haben Sie schon mal versucht, einen Blutschwamm aufzuschneiden? Davon bekommt man ganz rote Finger, wie richtiges Blut sieht das aus.«

»Warum redest du mit mir über Pilze?«

»'Mbina versteht was davon. Sie hat sie im Wald gesucht und auf dem Markt verkauft. Sie kennt die richtigen Stellen, weiß, wo es die besten Pilze gibt, aber sie verrät es nicht. Ab und zu findet sie sogar Steinpilze. Und Riesenschirmlinge, besonders, wenn es geregnet hat, die stehen immer in Dreiergrüppchen zusammen, aber nur da, wo die Kühe vorher gedüngt haben, ich weiß das, aber ich sag' es nicht, sie hält ja schließlich auch dicht. Die Steinpilze werfen auf dem Markt einiges ab …«

»Gehst du auch öfter in den Wald?«

»Wer tut das nicht hier im Gebirge! Im Sommer gibt es dort jede Menge Erdbeeren, Himbeeren, Zichorie und wilde Äpfel, süß wie Honig, natürlich immer vorausgesetzt, daß die Pferde oder die Bären oder die Hirsche sie noch nicht weggefressen haben. Im Herbst kannst du allerlei Pilze finden, aber du mußt was davon verstehen, denn jeder Pilz hat einen giftigen Gegenspieler, der ihm ähnelt wie ein siamesischer Zwilling dem anderen, mit dem einzigen Unterschied, daß der eine eßbar und der andere tödlich ist. Komisch, oder?«

Zaira sieht ihn ein wenig überrascht an: Aus dem Mund des Jungen kommen fast die gleichen Worte, die Valdo benutzte, um seiner Tochter zu erklären, wie gefährlich die Doppelgänger unter den Pilzen sind. Noch etwas, das er mit Colomba gemeinsam hat.

»Weißt du was? Mich würde wirklich mal interessieren, wie deine Mutter eigentlich heißt.« Sie findet, so ein Geldgeschäft schafft automatisch eine neue, bedeutsame Vertrautheit zwischen ihnen.

»Ich bin nicht von hier, wenn du das meinst. Ich komme

von außerhalb. Selbst wenn ich dir meinen Namen nennen würde, würde er dir nichts sagen. Ich bin Sal und damit basta, ich hab' keine Mutter und keinen Vater.«

»Und wieso treibst du dich dann in dieser Gegend herum?«

»Ich hab' hier ein paar Geschäfte laufen.«

»Erzähl mir was über Colomba, aber ernsthaft!«

»Colomba ist noch am Leben.«

»Und woher willst du das wissen?«

Zaira spürt, wie ihr das Herz bis zum Halse schlägt, als wollte es aus ihrer Brust springen wie ein Frosch aus dem Teich.

Er muß ihre Aufregung bemerkt haben, denn plötzlich greift er mit seinen zarten Fingern nach ihrer Hand und zwingt sie, das Geld herauszurücken. Den Rest würde sie anschließend erfahren.

Zaira öffnet ihre Tasche und kramt zwischen ihren wenigen Sachen nach dem Umschlag, findet ihn aber nicht. Ihre Finger tasten den Boden des vom vielen Festhalten ganz warmen Strohgeflechts ab. Sie wird leichenblaß. Ihr Mund öffnet sich, sie verzieht das Gesicht zu einer ängstlichen Grimasse. Dann sieht sie, wie er lacht.

»Der Umschlag muß ja da sein«, sagt er. Zaira untersucht ein weiteres Mal den Inhalt ihrer Tasche, und dann endlich entdeckt sie ihn. Er liegt nicht, wie sie es in Erinnerung hatte, unter den Papiertaschentüchern, dem Kamm, den Papieren, sondern ist irgendwie auf die Seite gerutscht.

Geduldig wartet ihr Gegenüber, bis sie den Umschlag hervorholt und ihm diesen mit einer schüchternen, unbeholfenen Geste aushändigt. Sie beobachtet, wie er ihn sich ganz lässig in die Hosentasche stopft.

»Jetzt sag mir endlich, wo Colomba ist!«

»Ich weiß nicht, wo sie ist. Ich weiß nur, daß sie lebt und im Wald gefangengehalten wird.«

»Und du hast mir tausend Euro abgeknöpft, nur um mir zu sagen, daß sie lebt?«

»Unterschätzen Sie die Information nicht! Im Grunde hätte ich noch tausend Euro mehr verlangen können. Das ist eine wichtige Nachricht, nicht mal die Polizei weiß davon.«

»Aber wer garantiert mir denn, daß … wenn du mir nicht sagst, wo sie ist, werde ich alles dem Carabiniere Geraci berichten, den kenne ich nämlich persönlich.«

»Ich auch, nur nebenbei bemerkt. Aber wie wollen Sie beweisen, daß ich Geld von Ihnen genommen habe? Meinen Sie vielleicht, uns hätte jemand gesehen? Habe ich Ihnen etwa eine Quittung gegeben?«

»Aber ich hab' das Geld gestern in der Bank abgehoben, und alle wissen davon.«

»Von wem? Von Massimo, dem Piepenzähler? Noch so ein guter Freund von mir. Der sagt nichts. Du solltest auch besser die Klappe halten, andernfalls könnte es böse enden.«

»Sag mir nur noch eins: Wie kann ich sie finden? Schließlich hab' ich dir tausend Euro gegeben, du Schuft!«

Der Jugendliche schaut sie an, als sähe er sie gar nicht, und reißt den Mund zu einem herzhaften Gähnen auf. Dann erhebt er sich und geht in aller Seelenruhe, ohne den Schritt zu beschleunigen, zum Ausgang, denn er zählt ebenso auf den Überraschungseffekt wie auf ihre Feigheit und Angst.

Tatsächlich bleibt Zaira wie angewurzelt auf dem dunkelroten Plastikstuhl sitzen und starrt auf die Türen des Rombo, die ächzend hin und her schwingen. Was soll sie bloß tun? Bestimmt hat Marione alles beobachtet. Doch als sie sich zur Theke umdreht, ist weit und breit kein Marione zu sehen. Auch die beiden Gäste, die sie beim Hereinkommen nur ganz flüchtig wahrgenommen hat, sind verschwunden, und selbst vom Kellner mit dem runden Steinchen am Nasenloch und den vielen kleinen Zöpfen keine Spur. Ob sie alle unter einer Decke stecken?

Zaira erhebt sich, macht ihre Handtasche zu und legt das Geld für den Kaffee auf den Tisch. In Gedanken versunken, tritt sie langsam den Nachhauseweg an. Colomba ist also noch am Leben. Aber wo soll sie nach ihr suchen? Was Sal wohl mit der

Gefangenschaft gemeint hat? Sie wird im Wald gefangengehalten, hat er gesagt. Was bedeutet das? Vielleicht sollte sie sich mal bei den Gästen im Rombo umhören. Könnte ja sein, daß die was wissen. Zumindest das eine oder andere über diesen Sal, der ihr ein absolut unzuverlässiger Typ zu sein scheint.

Eine Schriftstellerin mit kurzgeschnittenen blonden Haaren sitzt vor dem Fenster und denkt über ihre Romanfiguren nach, die dazu neigen, ihr zu entgleiten. Pinocchio beförderte seinen Schöpfer Geppetto, kaum hatte dieser seine Füße fertig geschnitzt, sofort mit einem Tritt zu Boden. Ist Undankbarkeit prinzipiell eine Eigenschaft von Papier- und Holzfiguren? Papier und Holz haben denselben Ursprung: Bäume, das heißt auch Wälder. So schließt sich der Kreis. Romanfiguren sind Geschöpfe der Wälder. Und ihr Himmel ist der bewölkte Bildschirm eines Computers.

Pinocchio macht, was er will, nicht, was sein Schöpfer von ihm erwartet. So verkauft Geppetto seine Jacke, um seinem geliebten Schützling von dem Geld eine Fibel kaufen zu können. Und was macht sein geliebter Schützling? Der verkauft die Fibel und kauft sich von dem Geld eine Eintrittskarte für den Zirkus. Das ist die Psychologie der Figuren: Sie lassen sich von ihren eigenen Wünschen und Bedürfnissen leiten und ganz gewiß nicht von der weisen Stimme der Pflichten. Genau wie Pinocchio.

Zaira benimmt sich regelrecht töricht, aber wie alle Romanfiguren hat sie ihren eigenen Kopf. Es hat gar keinen Zweck, daß ihre Geppetta ihr zuruft: Paß auf, es ist gefährlich, alles für sich zu behalten, sprich mit jemandem darüber, vertrau dich jemandem an! Sie weiß schon, es wäre alles verlorene Liebesmüh.

Da ist sie schon wieder. In aller Herrgottsfrühe verläßt sie das Haus, das weiß-blaue Fahrrad am Lenker mit sich führend.

Ihre Haare sind hinten im Nacken zu einem Pferdeschwanz zusammengebunden. Ihre Augen blicken wild entschlossen. Wo will sie hin? Niemand weiß es, nicht einmal diejenige, die diese Geschichte erzählt.

Mit angstvollem Blick folgt die Schriftstellerin ihrer Romanfigur, die soeben eine kleine Bergstraße hinaufstrampelt. Bis vor einem Jahr konnte Zaira nur auf ebenen, asphaltierten Straßen radeln. Nach dem Verschwinden ihrer Enkelin hat sie das zurückgelassene weiß-blaue Fahrrad an sich genommen und gelernt, mit der Gangschaltung umzugehen. Jetzt bewältigt sie auch die Steigungen wie ein Profi, ohne auch nur einmal das Gleichgewicht zu verlieren. Ihre Beine haben richtig kräftige Muskeln entwickelt, und selbst im unwegsamsten Gelände kommt sie nicht so leicht aus der Puste. Und so fährt sie dahin, die Schultern über die Lenkstange gebeugt, den Blick starr auf den Weg gerichtet, der von Schlaglöchern übersät ist, wobei ihr kastanienbrauner Pferdeschwanz hin und her schwingt.

In der Tasche hat sie eine doppelt gefaltete Landkarte. Darauf hat sie mit Tinte die Gegenden eingezeichnet, die sie auskundschaften will. Sie hat sich vorgenommen, die Suche systematisch anzugehen: Stück für Stück möchte sie den Wald durchkämmen, jeden einzelnen Abschnitt numerieren und die bereits durchsuchten Gebiete kennzeichnen. Wenn Colomba wirklich gefangengehalten wird, dann muß sie irgendwo in einer Höhle sein. Und wenn Sal die Wahrheit gesagt hat, dann ist sie hier in den Bergen versteckt, denkt sie bei sich, und dabei klammert sie sich an seine Worte wie an eine letzte Hoffnung. Es ist sinnlos, daß das Gewissen oder vielmehr der bucklige Engel mit den zerfransten Flügeln und dem müden Gesichtsausdruck ihr andere Argumente entgegenhält: Wieso wird sie eigentlich gefangengehalten? Bestimmt nicht, um ein Lösegeld von ihr zu verlangen, da doch alle Welt weiß, daß sie kein Geld hat. Und wenn nun an dem, was Sal erzählt hat, kein Wort wahr wäre, wenn er sich alles nur ausgedacht hätte, um ihr die letzten Kröten aus der Tasche zu ziehen?

Zwei Millionen Lire, um bei der alten Währung zu bleiben, sind einfach zuviel für eine Lüge. Tief im Innern will Zaira glauben, daß Sal die Wahrheit gesagt und sich dieses Geld verdient hat. Aber wo ist die Garantie? Hat sie denn nicht gesehen, mit welcher Unverschämtheit er ihr den Umschlag mit den Hunderteuroscheinen aus der Hand gerissen hat? Der bucklige Engel läßt nicht locker, aber Zaira ist ein Dickkopf, sie will einfach nicht vergessen, daß sie in den Augen des Jungen einen Funken Wahrheit entdeckt hat. Genauer gesagt, sie ist sich sicher, daß er viel mehr weiß, es ihr aber nicht sagen will oder kann. Vielleicht verlangt er aber auch bei nächster Gelegenheit erneut Geld von ihr. Das ist nichts anderes als Erpressung, und du bist auch noch so blöd, dich darauf einzulassen! Zaira kann das Rascheln der ausgefransten, mit Erde beschmutzten Flügel hören. Sie hört das Aufstampfen der nackten Füße, die vom vielen Laufen über die Gebirgspfade Hornhaut bekommen haben. Du könntest dir wenigstens Schuhe anziehen. Wenn du willst, leih' ich dir ein Paar. Aber er schüttelt den Kopf. Seit wann tragen Engel Schuhe?

Heute ist jedenfalls Abschnitt Nummer zwei an der Reihe, den sie deutlich mit Rotstift auf der Karte mit dem Maßstab eins zu tausend gekennzeichnet hat. Dieser Abschnitt umfaßt die Wiesen, die hinunter ins Tal nach Vecchio Mulino führen, den östlichen Teil des Ermellinawalds, und läuft dann spitz auf die Hänge der Camosciara zu. Solange der steinige Pfad als solcher erkennbar ist, bleibt sie auf dem Fahrrad, danach geht sie zu Fuß weiter. Auf dem Rücken trägt sie einen Rucksack mit zwei Scheiben Brot, einem Stück mildem Pecorino, zwei Äpfeln und einer kleinen Flasche Wasser. Außerdem hat sie eine Taschenlampe, ein Federmesser sowie die Landkarte dabei.

Während sie durch die Wiesen radelt, trifft sie auf eine Schafherde. Der Schäfer sitzt auf einem Stein und beobachtet schon von weitem, wie sie sich nähert. Zwei riesige weiße Hunde mit dickem Fell kommen ihr bellend entgegengerannt, doch sie behält ihr Tempo bei. »Pssst, immer mit der Ruhe, immer mit der Ruhe, ihr beiden!« Sie weiß, wie man mit Hirtenhunden umgehen muß, schließlich begegnet sie ihnen andauernd. Wehe, wenn man ihnen zeigt, daß man Angst hat oder irgendwie unentschlossen ist. Man muß sie zum Schweigen bringen und seinen Weg fortsetzen, so als wäre alles in bester Ordnung. Der Schäfer, der seine Hunde mit keinem Wort zurückgehalten hat, wendet sich erst an sie, als sie zehn Meter von ihm entfernt ist.

»Sie gehen spazieren, Madame?«

»Weißt du, ob hier in der Gegend Höhlen sind?«

»Höhlen, nööö. Aber vielleicht ja, es gibt viele Höhlen. Du suchst Trüffel?«

Zaira hat angehalten und stützt sich mit einem Fuß auf der Erde ab. Sie lächelt den Schäfer an und fragt sich, ob er wohl aus Marokko oder aus Tunesien stammt. Er dürfte so um die fünfzehn Jahre alt sein. Seine Zähne sind ganz schwarz, die schmutzigen lockigen Haare reichen ihm bis auf die Schultern, und er hat wunderschöne lebhafte und tiefgründige Augen; das Mobiltelefon in der Tasche seiner Jeans ist nicht zu übersehen.

»Ich suche eine junge Frau. Meine Enkelin«, sagt sie und spürt, wie das Gewissen hinter ihr schnaubt und empört seine Flügel über den Boden schleifen läßt. Was erzählst du da einem Unbekannten? Wenn nun ausgerechnet er der Wächter dieser Höhle ist? Außerdem könnte er auch Böses im Schilde führen! Es ist immer besser, man sagt die Wahrheit, entgegnet Zaira, während sie versucht, sich mit einem sanften Tritt dieser lästigen Stimme zu entledigen; und außerdem bin ich kein junges Mädchen mehr, der einzige Vorteil des Alters ist nämlich, daß man nicht mehr zum Objekt plötzlicher wilder sexueller Begierden taugt.

Der Schäfer lächelt. Dann fängt er an, ihr von dem bitteren Verlust seiner Tasche zu erzählen, die ihm gestohlen wurde, als er schlief. »Nur wenig Lire, alles drin in meiner Tasche und zack, alles weg, ich bin sicher, es war ein Mann aus Neapel, ich kenne ihn, er heißt Tanine, du kennst ihn auch?«

»Das mit der Tasche tut mir leid, aber ich muß jetzt weiter. Auf Wiedersehen.«

»Warte! Ich begleite dich, wenig Geld, wenig Geld.«

Aber Zaira läßt ihn gar nicht ausreden. Sie setzt ihren Fuß wieder aufs Pedal und fährt los. Der Junge ruft ihr noch etwas hinterher, aber es verweht im Wind. Sie hätte ihm ruhig etwas Geld zustecken können, wirft sie sich vor, die Geschichte von der Tasche erscheint ihr nämlich glaubhaft; sie hat schon öfter von solchen Schuften gehört, die ausländische Arbeiter ausrauben, weil sie darauf bauen, daß die vor lauter Angst nicht zur Polizei gehen, besonders dann nicht, wenn sie keine Aufenthaltserlaubnis besitzen. Der Junge ist einer der vielen Neuankömmlinge in diesem Landstrich, der jahrhundertelang in sich geschlossen und isoliert lag und wo es an der Tagesordnung war, daß Ehen zwischen Cousins und Cousinen oder allenfalls zwischen Nachbarn geschlossen wurden. Und jetzt blicken alle überrascht auf die Ausländer mit ihren fremdartigen Ansichten, die viel arbeiten, ohne zu protestieren, die zu zwölft in einem Zimmer schlafen, im Kreis auf der Erde sitzen und essen und die fünfmal am Tag beten; und wenn sie dann ihre Ehefrauen nachkommen lassen, werden diese mit einem Schleier auf dem Kopf ins Haus verbannt. Viele im Dorf hassen sie, andere hingegen behandeln sie freundlich, nehmen sie auf wie verlorene Söhne und versuchen, ihnen zu helfen. Die Lehrerinnen wundern sich, wenn sie feststellen, daß in ihren Klassen die Kinder dieser Ausländer jedes Jahr zahlreicher werden. Aber das Seltsame ist, daß du sie bald nicht mehr unterscheiden kannst, weil sie denselben Dialekt sprechen wie die Einheimischen, über dieselben Dinge lachen, sich die gleichen modernen Schuhe kaufen und ebenso wie sie davon träumen, ein Fernsehstar zu werden. Aber »hier liegt unsere Zukunft, liebe Freundin«. In einigen Jahren werden sie völlig in die Gemeinschaft integriert sein.

Die Schriftstellerin mit den kurzen Haaren ist in demselben Wald einmal einem Schäfer aus Foggia begegnet, einem großen, kräftigen und intelligenten jungen Mann, der Bücher las – sogar einen Roman von ihr hatte er gelesen –, während er mit den Schafen umherzog. Er hatte ein abgeschlossenes Studium, verzichtete aber darauf, Lehrer zu werden, weil sein Vater mittlerweile gestorben war und ihm einige hundert Schafe hinterlassen hatte. »Ich habe alles mal überschlagen und dabei festgestellt, daß ich mit Wolle und Milch mehr verdiene. Also habe ich beschlossen, den Beruf meines Vaters zu ergreifen. Die Schafe gehören ja sowieso schon zur Familie.«

Hin und wieder machte sie sich auf und drang tief in den Wald von Ermellina ein. Sie wollte diesen Schäfer wiedertreffen, mit der geschliffenen Sprache und den lächelnden großen Augen, die daran gewöhnt waren, bei den Worten der Bücher zu verweilen. Auch er hatte ein Mobiltelefon in der Tasche, obwohl mitten im Wald von Ermellina kein Netz zum Telefonieren zur Verfügung steht. Außerdem besaß er ein großes blaues Auto mit Klimaanlage, das immer in der Nähe des Pferches geparkt war. Jetzt hat sie ihn schon eine ganze Weile nicht mehr gesehen, wer weiß, wo er sich aufhält! Ist er etwa auch verschwunden? Warum der Schäfer, dem Zaira begegnet, wohl so ganz anders ist als der, den sie selbst tatsächlich im Wald von Ermellina kennengelernt hat? Ein literarischer Kunstgriff? Der Wunsch, eine glaubwürdigere Figur zu schaffen? Wann trifft man schließlich schon mal auf einen Schäfer, der Bücher liest und die Universität besucht hat? Tatsache ist, daß der junge Mann aus Foggia, auf den sie gestoßen ist, der Besitzer seiner Herde war, während derjenige, der in der Erzählung plötzlich Zaira gegenübersteht, nur ein ausländischer Tagelöhner ist, einer, der dafür bezahlt wird, daß er die Tiere eines anderen hütet. Wie alle Figuren des Romans taucht auch der junge Marokkaner mit den schwärzlichen Zähnen ganz unvermittelt in Begleitung seiner Hunde und Schafe in der Landschaft der Marsica auf, ohne daß sie es vorausgesehen hat. Er ist genauso träge, neugierig und verschlagen wie alle Schäfer der Welt, die es gewohnt sind, viele Stunden allein unter freiem Himmel zuzubringen und auf die Herde achtzugeben.

Aus der Ferne sehen wir, wie Zaira entschlossen einen ansteigenden kleinen Weg hinaufradelt. Und plötzlich läuft da ein Hund an ihrer Seite, der sich sofort ihrer Geschwindigkeit anpaßt. Zaira wirft ihm einen Blick zu: ein Tier mit struppigem grauem Fell, das mit gelben Streifen durchzogen ist. Mit Sicherheit kein Hirtenhund und auch keiner der streunenden Hunde aus dem Dorf, die kennt sie nämlich alle. Er sieht aus wie eine Mischung aus Wolf und Schaf: eine längliche, abgeflachte Schnauze, die ihm ein etwas stumpfsinniges Aussehen gibt, lange Schlappohren, die ihm ständig ins Gesicht schlakkern, und ein Hinterteil, das höher ist als der restliche Körper. Als wäre es das Selbstverständlichste von der Welt, trabt er neben dem Fahrrad her. Aus welchem Versteck mag er wohl auf einmal gekrochen sein? Zaira hält an. Mit beruhigenden Worten versucht sie, sich dem Hund zu nähern. Der sieht sie mißtrauisch an. Er geht weder auf sie zu, noch weicht er zurück. Neugierig und ausgehungert blickt er zu ihr hoch, während sein Hecheln allmählich nachläßt und seine soeben noch heraushängende Zunge jetzt wieder in der Schnauze verschwindet.

Zaira quält sich mit ihrem Rad weiter bergauf. Dort, wo der Wald von Ermellina beginnt, muß sie endgültig absteigen. Der schmale Weg, der sie bis hierher geführt hat, verzweigt sich mit einem Mal in viele zwischen den Bäumen verlaufende schlammige Pfade, die man nur anhand der Spuren von Kühen oder der Schafexkremente erkennen kann. Herabgefallene Blätter bedecken den Boden. Der Sommer geht seinem Ende zu. Zum Glück ist der Hund verschwunden. Los jetzt, wer wagt, gewinnt, die Suche nach den Höhlen kann beginnen!

Sie versteckt das Fahrrad in einem Gewirr von niedrigen, dichten Wacholderbüschen. Inzwischen hat sie den Dreh raus:

Sie legt das Rad der Länge nach hin und drückt es ganz vorsichtig hinein, dann wird es von Tausenden kleiner, staubiger grüner Zweige verschluckt und ist nicht mehr zu sehen. In einer Schrecksekunde durchzuckt sie der Gedanke, daß auf diese Weise auch der Körper von Colomba verschwunden sein könnte. Aber das muß die lästige Stimme des Gewissens mit den zerrissenen Flügeln sein, das sie davon abbringen will, alle Wälder im Umkreis systematisch zu durchkämmen. Nein, Colomba lebt, das hat Sal schließlich gesagt, tausend Euro hat mich diese Information gekostet, jetzt weiß ich, daß sie lebt, sie wird hier irgendwo in diesen Wäldern festgehalten, wie er gesagt hat, und ich muß sie finden.

Nachdem sie die ersten hundert Meter mit großer Anstrengung zurückgelegt hat, hört sie ein Hecheln hinter sich. Erschrocken dreht sie sich um. Der graue Hund ist wieder da, und jetzt folgt er ihr nachdenklich und stumm. Er macht ihr keine angst. Im Gegenteil, seine Gesellschaft scheint sie sogar zu beruhigen. Zumindest hofft sie das. Im Laufe des Tages ist es heiß geworden, und unwillkürlich krempelt sie ihre Ärmel auf und rückt den Rucksack auf ihren Schultern zurecht. Beim Laufen hört sie nichts weiter als das Geräusch der eigenen Schritte auf dem glitschigen Blätterteppich: ein leichtes schmatzendes Rascheln. Aber wenn sie stehenbleibt, dringen tausend andere Geräusche an ihr Ohr: das geschäftige Treiben der Kohlmeisen hoch oben in den Ästen, das Rauschen des zwischen den Bäumen an- und abschwellenden Windes, der das Meer nachzuahmen scheint. Mit jedem Schritt scheuchen ihre Schuhe Hunderte von Grillen auf, die durch die wilden Gräser hüpfen. Wenn sie ihre kurzen Flügelchen öffnen, kommt ein kleiner, graziler Körper von leuchtendem Rostrot zum Vorschein; doch sobald sie sich auf dem Boden niederlassen, nehmen sie wieder den bräunlichgrauen Farbton des Erdreichs an. Ein Specht klopft mit seinem Schnabel an einen nahen Baumstamm. Im Hintergrund das Tröpfeln eines halbausgetrockneten Sturzbachs, dessen übriggebliebenes Rinnsal überall dort, wo es auf Steine trifft, eine Wasserlache bildet, in der sich Kaulquappen tummeln.

Plötzlich kommt es Zaira so vor, als hörte sie gleichmäßige Schritte hinter sich. Sie dreht sich um. Verharrt mucksmäuschenstill. Das Geräusch verschwindet. Als sie weiterläuft, sind auch die Schritte wieder da. Sie setzt sich auf einen moosbewachsenen Stein und wartet, denn sie will sehen, wer ihr folgt. Doch sosehr sie ihre Blicke auch schweifen läßt, sie kann niemanden entdecken. Wenn sie haltmacht, hockt sich der Hund auf die Erde und lauert, als ob er auf ein Wort von ihr wartete, auf einen Befehl. Er verhält sich ganz ruhig. Man könnte meinen, er kennte sie schon eine Ewigkeit.

Die Schritte sind nicht mehr zu hören. Unterwegs macht Zaira mit einem kleinen Stück weißer Kreide immer wieder Zeichen an die Baumstämme. Die Angst, sich zu verlaufen, schnürt ihr in gewissen Momenten die Kehle zu. Wie soll sie bloß das Fahrrad jemals wiederfinden? Auf einigen Baumstämmen hinterläßt die Kreide keine Spuren, also probiert sie es an einem anderen, kräftigeren Stamm mit trockener Rinde. Doch da sind die Schritte schon wieder. Abrupt hält sie inne. Die Schritte ebenfalls. Läuft sie weiter, laufen auch die Schritte weiter. Das Ganze hat etwas zu Automatisches, als daß man einen Menschen dahinter vermuten könnte. Und in der Tat, wenn sie es recht bedenkt, kann es sich eigentlich nur um das Echo ihrer eigenen Schritte handeln, denn ihr Weg verläuft hinter einer Felswand, die jedes Geräusch in perfekter Symmetrie wiedergibt. Diese kleine Begebenheit zeigt ihr, daß sie längst nicht mehr so ruhig ist wie am Morgen, als sie das Haus verließ. Angst breitet sich in ihr aus und überlagert das Hoffnungsfrohe, das noch bis vor kurzem ihr Denken bestimmte. Der Wald hat eben etwas Furchteinflößendes, da ist nicht dran zu rütteln. Auch am Tage, wenn die Sonne scheint, ist er von rätselhaften, verzerrten Schatten bewohnt und von Atemzügen bewegt, die rauh und unheimlich klingen und von denen man nicht weiß, woher sie kommen.

»Erzähl mir was, Mama!«

Das kleine Mädchen reckt den dünnen Hals zum Arm der Mutter, der in einem Ärmel aus rotem Samt steckt. Es möchte diesen Samt berühren, mit den Fingern darüber streichen, doch der Schlaf hat sich bereits der Muskeln bemächtigt, und jede Geste erscheint der Kleinen unmöglich, unvertraut. Trotzdem hat sie noch die Kraft, ihren Wunsch in Worte zu fassen. Kann man denn schlafen ohne eine weitere Geschichte aus dem Munde der Mutter? Und kann man wach bleiben, wenn die Luft sich über die geschlossenen Lider gelegt hat wie eine wunderbare Decke aus rotem Samt?

»Es war einmal ein König, der lebte im Wald von Nemi. Es war ein großer König, aber sein Volk erlaubte ihm nur so lange, es zu sein, wie es ihm gelang, sich dem Henkersbeil seiner Feinde zu entziehen, die dann auch wieder seine Freunde waren. Verstehe einer die Verwicklungen der Politik! Das berichtet Frazer in *Der goldene Zweig*, weißt du, ich hab' dir früher schon einmal davon erzählt, erinnerst du dich? Ich habe dir gesagt, daß ich es im Internat gelesen habe, heimlich unter der Schulbank. Dieser König war Nacht für Nacht gezwungen, zwei- oder dreimal das Versteck zu wechseln aus Angst, überfallen und getötet zu werden. Häufig flüchtete er sich in die hohlen Stämme jahrhundertealter Eichen. Einerseits bot der Wald ihm Schutz, er war seine Zuflucht, der König kannte ihn wie seine Westentasche und beherrschte ihn, doch andererseits war der Wald sein größter Feind, weil sich auch seine Gegner darin aufhielten, die ihm nach dem Leben trachteten. Die Bäume verbargen ihn, aber sie bargen auch seine Feinde. Man sagt, wenn er geschlafen habe, sei immer ein Auge offengeblieben, und jeder herabfallende Ast habe seinen Atem zum Stocken gebracht.«

Das kleine Mädchen ist jetzt tatsächlich eingeschlafen, und die Mutter entfernt sich, nachdem sie ihm die rotblau karierte Decke über die Schultern gezogen hat. Leichtfüßig geht die Frau die Treppe hinauf, die ins Schlafzimmer führt, wo ihr Mann auf sie wartet, aber die Geschichten verfolgen sie: Handlungsreste, Erzählstoff für den folgenden Tag. Wenn ich einmal aufhöre, Geschichten zu erzählen, werde ich wahrscheinlich tot sein, denkt sie, während der schwach beleuchtete Spiegel, vor dem sie sich abschminkt, Schatten auf ihr Gesicht wirft.

Zum Glück ist der Hund bei mir, sagt Zaira zu sich und will die Hand auf seinen Kopf legen. Doch sobald das Tier die Berührung spürt, weicht es verängstigt und vielleicht auch erschrokken zurück. »Wie heißt du eigentlich?« Träges Schwanzwedeln. Der Hund hat die Pfoten von sich gestreckt, eine Position, die sie an seine einbalsamierten Artgenossen in altägyptischen Gräbern erinnert. »Eine Schönheit bist du ja nicht gerade!« lacht Zaira, woraufhin der Hund eine Lefze hochzieht. Es sieht aus, als wollte er ihr eine Fratze schneiden. »Wenn du bei mir bleibst, dann nenne ich dich Fungo. Weil du aus dem Nichts aufgetaucht bist, so wie die Pilze im Herbst.« Erneutes Schwanzwedeln. Befreit von der Angst, jemand könnte ihr auf den Fersen sein, setzt sie ihren Weg fort.

Sobald man einmal ins Innere des Waldes von Ermellina vorgedrungen ist, erheben sich rechter Hand senkrechte hohe Felsblöcke, moosbewachsen und mit abgebrochenen Ästen bedeckt wie die Mauerreste einer gewaltigen verfallenen Burg. Zwischen diesen steilen Felsen ragen unerschütterlich die glatten, hohen Stämme zahlloser Buchen auf. Um sie herum niedrige Latschenkiefern und die stacheligen Äste der Ahornkirsche. In den Felsspalten sprießen eine Vielzahl weißer Pilze, deren glänzende Hüte sich ganz leicht zur Seite neigen. Im Dorf nennt man sie nur Bovin' vomitus', denn der Verzehr eines winzigen Stückchens genügt, um alles von sich zu geben, was man im Magen hat. Ängstliche Mütter verwenden diesen Pilz als Brechmittel, wenn ihr Kind etwas Gefährliches verschluckt hat.

Eichhörnchen und Hasen ergreifen Hals über Kopf die Flucht, als sich Zaira in Begleitung des Vierbeiners nähert. Um in dem felsigen Gelände besser voranzukommen, stützt Zaira sich auf einen Stock, den sie unterwegs aufgelesen hat. Es ist nicht leicht, auf den moosbewachsenen Steinen Halt zu finden, denn sobald du sie berührst, klebt dir das Moos an den Händen wie ein klatschnasser alter Teppich. Der Hund rennt und springt hin und her und ist ihr immer um einiges voraus. Doch wenn der Abstand zwischen ihnen mehr als zehn Meter beträgt, bleibt er stehen, setzt sich auf seinen zotteligen Schwanz wie auf ein Kissen und wartet auf sie.

»Moment, ich komm' ja schon, aber auf diesen Steinen rutscht man so leicht aus, hast du gesehen, wie sich das Moos ablöst, und dabei sieht es doch so aus, als wäre es am Felsen festgewachsen?« Zaira lächelt über sich und über die Art und Weise, wie sie mit dem Hund spricht. Der schaut sie mit schiefem Kopf an, als versuchte er, den Sinn ihrer Worte zu erfassen. »Du bist ein ganz intelligenter Hund, Fungo, wer weiß, wo du herkommst, ein Halsband hast du ja nicht. Entweder hat man dich ausgesetzt, oder du bist gleich auf der Straße zur Welt gekommen, vielleicht war deine Mutter ja eine streunende Hündin und dein Vater ein Mischling so wie du?« Zufriedenes Schwanzwedeln.

»Zwei Stunden sind wir schon unterwegs, hast du Lust auf einen kleinen Imbiß?« Anscheinend versteht der Hund sehr gut, was sie sagt, zumindest wird das Schwanzwedeln immer energischer. Doch da schaltet sich ärgerlich der mit den Flügeln ein und flüstert ihr seine Weisheiten ins Ohr: Bisher hast du so gut wie nichts zustande gebracht. Such weiter hier zwischen den Felsen. Bald wird es dunkel, und dann ist es vorbei mit der Spurenjagd. Wenn du wenigstens schon mal eine Höhle entdeckt hättest! Das hier ist kein Spaziergang, sondern eine Ermittlung. Kümmere dich nicht so viel um diesen Hund, konzentriere dich lieber darauf, die Gegend zu erforschen, du scheinst so abgelenkt und ausgelassen zu sein, als befändest du dich auf einem Ausflug.

Diesmal muß Zaira der lästigen Stimme recht geben, und sogleich setzt sie ihren Rucksack wieder auf, um die Suche fortzusetzen. Enttäuscht beobachtet der Hund sie dabei. Aber auch er ist bereit, dem Ruf der Pflicht zu folgen.

Und weiter geht die Kletterpartie zwischen riesigen Felsbrocken hindurch. Sie sehen aus, als hätte ein tobender Vulkan sie ausgespien und aufs Geratewohl in diesen Wald geschleudert, wo sie sich zunächst übereinandertürmten, dann mehr und mehr verteilten, bis sie schließlich auseinanderbrachen und Bäume und Sträucher niederrissen. Danach versank alles in einem Dämmerzustand: Die Tage und Nächte glitten langsam dahin, Wind und Regen wechselten einander ab und brachten allmählich Ordnung in diesen Wirrwarr, indem sie die Felsbrocken mit Flechten und Moos überzogen. Und die Buchen umfaßten mit den langen Greifarmen ihrer Wurzeln das Gestein und bewirkten auf diese Weise, daß es Fleisch von ihrem Fleisch wurde. Es ist also nichts anderes als ein Gebirge aus Wurzeln und Steinen, in dem die Frau und der Hund sich da so flink und behende bewegen. Das einzige Geräusch, das sie begleitet, kommt von dem Stock, mit dem Zaira gegen die Felsen schlägt, um die Vipern zu vertreiben, wie sie sagt, aber vielleicht auch, um sich lebendig und rege zu fühlen in einer düsteren Umgebung, die mit unheimlicher Gleichgültigkeit Totes mit Lebendem vermischt. Und zwischen den dumpfen Stockschlägen ist das Hecheln des Hundes undeutlich zu vernehmen.

Aus der Ferne böte sich einem neugierigen Betrachter folgendes Bild: Eine nicht mehr junge, schlanke, muskulöse Frauengestalt bewegt sich mit großer Sicherheit inmitten von Bäumen und riesigen Felsblöcken, versinkt zwischenzeitlich immer mal wieder im Laub, um kurz darauf wieder aufzutauchen und zügig weiter hinaufzuklettern; ihr zur Seite ein seltsamer Hund, der eher an eine Hyäne erinnert. Ab und zu dreht die Frau sich um und richtet das Wort an ihren Begleiter, woraufhin dieser den Kopf hebt, als hätte er sich mittlerweile dem Rhythmus ihrer Gedankengänge angepaßt. So steigen die beiden gemeinsam bergauf, umgeben von jahrhundertealten Buchen, Zwergahorn, Nußbäumen und Königskerzen, die gerade ihre schönen gelben Blüten verlieren.

Doch auf einmal gerät ihr Fuß ins Straucheln, Zaira verliert das Gleichgewicht und droht hinzufallen. Der Vorsprung, auf dem sie sich abstützen wollte, hat plötzlich nachgegeben, und nun hängt ihr rechter Fuß in der Luft, während der linke auf einem glitschigen Untergrund Halt sucht. Zum Glück ist ein Ast in der Nähe, an dem sie sich erschrocken festklammert, aber sie befindet sich immer noch in der Schwebe. Besorgt kommt der Hund angelaufen, als wollte er sagen: Ich bin ja auch noch da, steigt über sie hinweg und zeigt ihr, wie sie auf dem leichtesten Weg von dieser abschüssigen Stelle wegkommt. Zaira fragt sich, wie sie so einfach ausrutschen konnte, und stellt fest, daß sich im Boden eine schmale Öffnung verbirgt, eine Art Spalte, über die sie mit einem Fuß gestolpert sein muß. »Eine Höhle, Fungo, komm, laß uns mal gucken!«

Mit Mühe und unter Zuhilfenahme des beweglichen Astes gelingt es Zaira, sich hochzuziehen. Sie folgt dem Hund auf einer zwar längeren, dafür aber viel leichteren Strecke, und nachdem sie den rutschigen Fels einmal umrundet haben, stehen sie schließlich vor der Öffnung der Höhle.

»Gott sei Dank hab' ich eine Taschenlampe mitgenommen«, flüstert Zaira und winkt den Hund heran. »Was meinst du, wollen wir da mal reingehen?«

Der Hund beschnuppert die Luft, wobei er seine Nasenspitze bewegt, diese kleine, glänzende schwarze Kappe, die tatsächlich Ähnlichkeit hat mit einem Pilz, der über Nacht aus dem Boden geschossen ist.

»Riechst du was?«

Das Tier wedelt mit dem Schwanz, und auf ihre ermunternde Handbewegung hin kriecht er als erster durch den Spalt, der gerade breit genug ist, um einer schmalen Person Einlaß zu gewähren. Ihr bleibt nichts anderes übrig, als ihm zu folgen, aber vorher holt sie noch die Taschenlampe aus dem Rucksack. Im Inneren der Höhle macht sie sie an und tastet sich in dem schwachen künstlichen Lichtkegel ein paar Schritte vorwärts. Um sie herum helle Wände, an denen das Wasser heruntertropft. Der Hund geht langsam voraus, sie folgt ihm. Wenn da jemand wäre, würde er bestimmt bellen. Oder doch nicht? Sie kennt ihn nicht lange genug, um sein Verhalten genau voraussagen zu können. Kann ein Hund die Gefahr auch dann erkennen, wenn er keine Ahnung hat, um was es sich handelt?

Noch zehn Schritte weiter, und ihr Fuß trifft auf etwas Weiches. Sie richtet das Licht auf den Boden: ein schmutziger Lappen, daneben Reste eines Feuers. An der Decke schwarze Spuren und genau darunter ein paar bräunliche Steine, die davon zeugen, daß hier vor nicht allzulanger Zeit ein Feuerchen gemacht wurde, vielleicht um Wasser für einen Kaffee zu kochen. Mit der Spitze ihres Stockes hebt Zaira den Lappen an. Ein starker Geruch nach Ziege steigt ihr in die Nase. Etwas kullert aus dem Lappen und bildet einen hellen Fleck auf dem Boden. Sie beugt sich hinunter: Es ist ein Stück weißer Käse, mit grünlichem Schimmel durchsetzt. Wahrscheinlich von einem Schäfer, womöglich sogar von dem, den sie unterwegs getroffen hat. Die ruhen sich nämlich gelegentlich in den Höhlen aus, während die Schafe weiden. Oder sie suchen dort Schutz vor Regen. Dann machen sie Feuer, essen ein Stück Käse und legen sich ein Weilchen aufs Ohr.

Mit dem Strahl ihrer Taschenlampe leuchtet Zaira in den hinteren Teil der Höhle, doch die Wände rücken dort so eng zusammen, daß das Licht schließlich in einem schwarzen Loch verschwindet. Ein Zeichen dafür, daß der Hohlraum zwar immer schmaler wird, sich aber unter Umständen noch ewig fortsetzt. Mit unbeholfenen kleinen Schritten tastet sie sich weiter voran. Wieder stößt ihr Fuß gegen etwas: Diesmal ist es ein mit Wasser gefülltes Gefäß, das nun über den Boden rollt. Genauer gesagt, handelt es sich um eine der üblichen Dosen, in denen geschälte Tomaten konserviert sind und die sich, wenn der Deckel entfernt und der Inhalt verbraucht ist, gut als Becher verwenden lassen.

Jetzt scheint sich die Höhle zu schließen. Die Decke wird immer niedriger, und selbst auf allen vieren käme ein Mensch nicht mehr weiter voran. Zaira bleibt stehen und nimmt noch einmal den starken Ziegengeruch wahr. Kein Zweifel: Das hier dient den Schäfern als Unterschlupf, wenn draußen ein Gewitter tobt. Obwohl es feucht und schmutzig ist, kann man sich hier drinnen aufwärmen und ein Stück Brot verzehren. Da vorn, gleich neben dem Wassergefäß, liegen schon die trokkenen Zweige für das nächste Feuer bereit.

»Wollen wir gehen, Fungo? Ich hab' nicht den Eindruck, daß hier jemand ist. Aber vorher prüfen wir noch mal die Wände, einverstanden?« Sie kehrt zurück an die Stelle, wo sie die Spuren des Feuers entdeckt hat, und klopft mit den Fingerknöcheln den felsigen Stein ab. Er klingt massiv, und es scheinen sich keine weiteren Räume, Löcher, Gänge oder Verliese dahinter zu verbergen. Trotzdem klopft Zaira beharrlich weiter. Der Hund sieht sie verblüfft an, als fragte er sich, was sie da eigentlich treibt.

Die Frau wendet sich dem Eingangsspalt zu und sieht, daß es draußen ganz plötzlich angefangen hat zu regnen. »Aber wieso das denn, eben hat doch noch die Sonne geschienen, o je, mein lieber Fungo, und wir haben noch nicht mal einen Regenschirm dabei, wollen wir warten, bis es aufhört?« Zufriedenes Schwanzwedeln.

Zaira setzt sich im Schneidersitz auf die Erde, ihren halbleeren Rucksack benutzt sie als Kissen. In den Händen hält sie die zwei Scheiben Brot und den Pecorino. Der Hund läuft auf sie zu, schnappt sich mit einem Satz sowohl das Brot als auch den Pecorino und nimmt mit eingezogenem Schwanz Reißaus. »Wo willst du hin, du Lump? Komm her, komm sofort hierher, ich geb' dir ja das Brot, du bekommst die Hälfte ab, aber alles nur für dich ist ungerecht!«

Es hat keinen Zweck, sie spricht mit sich allein. Diesen Hund wird sie mit Sicherheit nie mehr wiedersehen. »Deshalb bist du mir wohl gefolgt, was, du alter Schlawiner, du! Und ich habe geglaubt, du wolltest mir Gesellschaft leisten.«

Was soll sie jetzt tun? Sie ist hungrig, durchgefroren, und die Luft in der Höhle kommt ihr immer stickiger vor. Es wird wohl das beste sein, sich trotz des Regens sofort auf den Heimweg zu machen, zumal auch ihre Taschenlampe von Minute zu Minute schwächer wird.

Sie kriecht durch den Spalt zurück ins Freie. Jemand, der auch nur ein bißchen dicker ist als sie, würde da nicht hindurchpassen. Sicher, ein ideales Versteck. Sie muß noch einmal mit mehr Ruhe hierher zurückkommen. Und mit einer stärkeren Taschenlampe. Jetzt ist es höchste Zeit, nach Hause zu gehen, bevor es dunkel wird.

Ängstlich beobachtet die Frau mit den kurzen Haaren, wie ihre Romanfigur mit klatschnassem Kopf und am Rücken klebender Baumwolljacke über die Ziegenpfade eilt. Zaira hält den Blick gesenkt, um den größten Schlaglöchern auszuweichen, doch ihre Schuhe versinken im Schlamm. Kurz vor den Wacholderbüschen, wo sie das Fahrrad versteckt hat, hat sie plötzlich das Gefühl, nicht allein zu sein. Das Herz klopft ihr bis zum Hals, als sie sich ruckartig umdreht. Vor ihr steht, völlig regungslos, Fungo: mit heraushängender Zunge, triefendem Fell, beschämt dreinblickenden Augen, den Schwanz zwischen die Beine geklemmt.

»Fungo! Bist du etwa schon wieder da? Nach dem, was du gemacht hast, hättest du eine gehörige Tracht Prügel verdient! Ich sollte dir einen Tritt geben und dich zum Teufel schicken. Du bist vielleicht ein Aas, hast mir nicht einen Krümel Brot übriggelassen, und jetzt sterb' ich fast vor Hunger. Aber wahrscheinlich hattest du ja noch viel größeren Hunger als ich, stimmt's, Fungo?«

Die Ohren ulkig gespitzt, den Kopf in der üblichen Schräglage, hört er ihr zu. Ihre Worte klingen zärtlich. Er hat verstanden, daß sie ihm verziehen hat. Langsam bewegt sich sein Schwanz hin und her, wird dann immer schneller, bis er schließlich fröhlich und zufrieden wie eine Fahne im Wind flattert.

Zaira zieht das tropfende Fahrrad aus dem Gebüsch, steigt auf und saust durch den glitschigen Schlamm den Berg hinunter, wobei der Schmutz nur so aufspritzt. Zwei- oder dreimal wäre sie beinahe gestürzt, weil das Vorderrad einen spitzen Stein erwischt hat und sie dadurch ins Schleudern geriet. Doch jedesmal konnte sie sich rechtzeitig abfangen, indem ihre kräftigen Beine noch etwas energischer in die Pedale traten und ihre Hände mit aller ihr zur Verfügung stehenden Kraft den Lenker umklammerten.

Wenn außer der Romanschriftstellerin noch jemand zuschauen würde, sähe er in der Ferne eine Frau auf einem Fahrrad einen Ziegenpfad hinunterrasen. Die triefnassen Haare, im Nacken zusammengebunden, klatschen ihr ins Gesicht, die schwarze Hose klebt ihr an den Beinen, aus den Ärmeln ihrer Jacke rinnt das Wasser, ihre Schuhe sind völlig aufgeweicht. Ihr folgt ein Hund – eine Promenadenmischung von undefinierbarer Farbe und bizarrer Gestalt –, der seinen langen, buschigen Schwanz wie eine Standarte aufrecht in die Luft hält.

Ist es das Gedächtnis, das die Splitter der Zeit aufsammelt und sie nach Lust und Laune neu mischt? Oder sind es vielmehr die Splitter der Zeit, die sich in die Falten eines ahnungslosen Gedächtnisses einschleichen, um Erinnerungen zu bilden oder wiederaufleben zu lassen, die über die Grenzen eines Lebens hinausreichen?

Jetzt stützt die Frau mit den kurzen Haaren ihr Kinn auf die Handfläche. Ihr Blick schweift hinüber zu den Buchen, die schon ganz zart die Farbe wechseln und damit den Herbst ankündigen. Aber halt, dort in der Ferne bewegt sich etwas: Gestalten, von denen sie nicht weiß, welcher verborgenen Erinnerung sie mit einem Mal entsprungen sind. Zwischen diesen gewaltigen Buchen, deren Blätter gerade von Türkisgrün in Dottergelb übergehen, wimmelt es plötzlich von kriechenden Schatten. Zunächst einer, dann drei, fünf, acht, zwölf: Es sind ziemlich viele, und sie bewegen sich mit äußerster Vorsicht. Ihr Gang ähnelt dem von Affen, sie sind flink und unbeholfen zugleich. Um wen mag es sich handeln?

Der Wald verfügt auch über diese Fähigkeit: Er vermag die Zeiten zu beschleunigen, Generationen zu mischen und aus einem schlafenden, niemals bestellten Erdreich, das scheinbar schicksalsergeben unter den toten Blättern ruht, etwas Lebendiges und Frisches hervorzubringen wie einen über Nacht aus der Erde geschossenen Pilz. Es ist die Frucht der vergrabenen Erinnerungen, deren Wurzeln sich in der Ferne verzweigen, tief unten im Gedächtnis. Sie ernähren sich von organischen Stoffen, wachsen in den unterirdischen Gewölben der Zeit heran und führen ein fadenförmiges, ruhiges Dasein. Und sie kommen nur einen Tag, nur eine Stunde lang ans Licht und rufen Überraschung und Gier hervor. Pilze mit saprophytischem Gedächtnis. Viele von ihnen sind giftig, in ihren verführerischen Farben und duftenden Hüten lauert die Versuchung zu Rausch und Tod. Nur das Wissen um ihre Gefährlichkeit bewahrt einen vor dem Schlimmsten. Doch niemand kann von sich behaupten, die Mykologie der Gedanken, sprich der Erinnerung, wirklich zu kennen.

Geschwind gleiten die Finger über die Tastatur des Computers, dessen leises, aber lästiges Summen als eine Art Lebenszeichen verstanden werden kann. Die Augen, und nur die Augen, haben Flügel, und im Gegensatz zum Körper, der untätig, fast wie angenäht auf dem Stuhl sitzt, fliegen sie durch das Fenster dem Wald entgegen, der von beunruhigenden Atemzügen bewegt wird. Buchen, die ewigen Buchen dieser abruzzischen Landschaft, einer Landschaft, die mit ihren reiferen Jahren und ihrer Lebensphilosophie zutiefst verbunden ist. Die Landschaft der mächtigen und geheimnisvollen Suggestionen, die mit listigen Bewegungen in das Bewußtsein dringen.

Doch wer sind diese affenähnlichen Wesen, die da in der Ferne zwischen den Bäumen vorbeiziehen? Zwanzig, dreißig an der Zahl, dann noch einmal zwanzig, es werden ständig mehr. Sie haben Beine und stehen aufrecht: Also handelt es sich um Menschen. Doch im Laufen beugen sie den Rücken nach vorn, so wie Bären es tun. Als Kopfbedeckung dient ihnen eine Kapuze aus Sackleinen, die sie vor den Herbstschauern schützt. Sie greift nach dem Fernglas auf dem Tisch, richtet es auf die wimmelnde Masse und sieht, daß sie merkwürdige Schuhe tragen, die bis hoch an die Waden mit dunklen Lederbändern geschnürt sind. Ihre Körper stecken in zusammengenähten Schafsfellen. Die nackten Beine sind teilweise mit verbandsartigen Lumpen umwickelt, metallene Knieschützer sind hinten am Oberschenkel befestigt. In der Faust halten sie eine lange Lanze mit grober Eisenspitze. Ihre Brust bedeckt ein rundes, dunkles Bronzeschild. Jetzt kann sie sie gut sehen, es sind so viele, bestimmt an die Tausend, und sie ziehen ganz ruhig in Richtung Fresilia. Die zwischen den Wolken hervorblinzelnde Sonne beleuchtet ihre lockigen weißen Wollrücken und die metallene Spitze ihrer Lanzen.

Ob es wohl marsische oder pälignische Soldaten sind? In ihren von der Sonne gezeichneten Gesichtern liegt Entschlossenheit, aber auch Angst. In Kürze werden sie den geordneten Reihen der römischen Armee gegenüberstehen, die von dem berühmten Valerio Massimo angeführt wird. Einerseits wissen sie, daß sie zahlreich vertreten sind, denn dieses eine Mal sind sie alle vereint, junge Männer aus Milonia, Visinio, Plestina, Fresilia, Yoje, doch andererseits werden sie es mit einer perfekt organisierten Armee zu tun bekommen, deren Waffen ihren primitiven Lanzen um ein Tausendfaches überlegen sind. Es wird von riesigen Katapulten gemunkelt, von immensen Steinen, die den Gegner genau zwischen Kopf und Hals treffen, die feindlichen Armeen auseinandertreiben und alles zerstören, was ihnen in die Quere kommt. Man sagt, die römischen Soldaten verfügten, abgesehen von ihrer warmen Kleidung und ihren bequemen Schuhen, über Schilde, die eine so starke Eisenlegierung aufwiesen, daß ihnen weder der Stich einer Lanze noch der eines Stiletts oder eines samnitischen Schwertes etwas anhaben könne. Außerdem seien ihre Pferde derart gut trainiert, gut genährt und gut dressiert, daß sie sich auf wenige, nur kurz angedeutete Befehle hin zuerst nach rechts, dann nach links ausrichteten und auf diese Weise ein perfektes Karree bildeten und ihre Gegner regelrecht in die Zange nähmen.

Deshalb bewegen sich die Füße des samnitischen Bergvolks nur mit äußerster Vorsicht voran. Deshalb sind die um die Lanzen geklammerten Finger schon ganz weiß geworden. Deshalb sind ihre Stirnen schweißgebadet. Deshalb sind ihre Münder ausgetrocknet und ihre Mägen schmerzhaft verkrampft. Die Führer wissen das und laufen ständig an den Reihen ihrer Männer entlang, um sie mal mit schmeichelnden, mal mit drohenden Worten anzustacheln: »Die Römer sind nicht den Schnürsenkel eurer Schuhe wert. Die Römer haben schon einen weiten Weg hinter sich, sie sind müde, sie kennen diese Gegend, diese Wälder nicht, laßt euch bloß nicht einschüchtern! Ihr seid die Stärkeren, auch wenn eure Waffen nicht so blinken wie ihre. Die Römer lieben es bequem, bei der ersten Kälte machen sie schlapp. Halten wir sie in Schach. Wir müssen sie ja gar nicht sofort nach Rom zurückjagen. Es reicht schon, wenn wir sie von diesen Bergen hier fernhalten. Am besten setzen wir sie unten im Tal fest, direkt am See. Und erst wenn es anfängt zu schneien, greifen wir an. Das wird ihnen das Genick brechen, diesen Schlappschwänzen, die nichts anderes können als Wein saufen und sich in heißen Bädern aalen, aber wir werden sie vernichten. Hier sind unsere Häuser, unsere Familien, wir dürfen uns nicht von diesen herausgeputzten Kriegern niedermetzeln lassen. Wir sind Brüder der Wölfe, der Bären, der Luchse. Sie sind Hasenfüße. Wir sind Freunde der Nacht, der Höhlen, der Schluchten. Bleibt zusammen, verhaltet euch mucksmäuschenstill, marschiert einfach weiter. Wir werden sie von hinten angreifen, und wir werden sie besiegen.«

Die Frau mit den kurzen Haaren schließt die Augen. Eigentlich hat sie keine Lust, einem nicht wiedergutzumachenden blutigen Nahkampf beizuwohnen, aber die Schlacht spielt sich direkt vor ihren Augen ab, mitten in den geheimnisvollen Buchenwäldern, deren Erinnerung offensichtlich weiter zurückreicht und kühner ist als die ihre. Bald vernimmt sie den metallischen Klang von Lanzen, die auf Schilde einschlagen, von Helmen, die zu Boden fallen, sie hört das Wiehern tödlich getroffener Pferde, sieht, wie Verwundete sich dahinschleppen und von einem Nacktbeinigen den Todesstoß versetzt bekommen. Selbst das Röcheln der Sterbenden, das verzweifelte Schreien der Maultiere aus dem Troß dringt an ihr Ohr. Wohin treibt sie ihre fiebrige Phantasie? Wohin führt sie ihre Sucht, in Geschichtsbücher einzudringen, ohne zu wissen, wie man wieder hinausfindet?

Als sie die Augen aufmacht, ist alles vorbei: Die samnitische Armee wurde vernichtend geschlagen. In der Ferne sieht sie Rauch aufsteigen, sie sieht die verlassenen Körper gefallener Soldaten, sie sieht das Blut und hört das Jammern der noch Lebenden, die sich auf der Erde wälzen, und sie weiß, man schreibt das Jahr 295 vor Christus.

»Trotz der anfeuernden Worte der marrukinischen Heerführer wurde die samnitische Armee von den damaligen Weltherrschern unterworfen«, erklärt ein Freund und häufiger Begleiter auf Spaziergängen, während er seine Kapuze hochzieht, um sich vor einem plötzlich einsetzenden Regen zu schützen.

Er ist ihr lieb und teuer, denn er war mit einer Schwester von ihr verheiratet, die viel zu früh gestorben ist und eine offene Wunde in ihr zurückgelassen hat. Sie hängt an ihm, weil er ihr und ihrer Mutter immer verbunden geblieben ist, weil er belesen ist, vor allem in Geschichte. Sie schätzt seine stille, ironische Art, mit Situationen umzugehen und Schwächeren zu helfen, ohne viel Aufhebens davon zu machen. Gern hört sie ihm zu, wenn er ihr auf ihren gemeinsamen Spaziergängen durch die uralten Buchenwälder etwas über die Samniten erzählt.

»Die Umbrer haben sich mit den Etruskern, den Samniten und den Galliern zusammengeschlossen, um die ›verdammten‹ Truppen aus Rom zu schlagen, der Stadt des Chaos und der Verderbnis, wo – sofern man den Gerüchten in der Provinz glauben durfte – die Mütter es mit den eigenen Söhnen und die Väter mit den Töchtern trieben, wo die Furcht vor den Göttern nicht mehr existierte und die Menschen auf die Altäre pinkelten, nur um sich zu amüsieren. Dieses Volk, von dem allgemein behauptet wurde, es sei verweichlicht und liebte nichts außer heißen Bädern und gutem Essen, verbreitete dennoch Angst und Schrecken. Wenn seine Soldaten den Gegnern entgegentraten, alle in Reih und Glied, die Knie gebeugt, die Schilde erhoben, um den Pfeilen der Feinde zu trotzen, kam man nicht umhin, sie zu bewundern. Die Römer, die von den alten italischen Volksstämmen gehaßt und gefürchtet wurden, bestimmten einfach alles: die Art, sich zu kleiden, und die Art, Krieg zu führen, wie man zu beten und wie man Verse zu deklamieren hatte, die Ernährungsweise, die Wahl der Würfelspiele, die Münzprägung, wie man eine Familie gründet, mit Sklaven umgeht und den Acker bestellt. Sie waren die Herren der Zeit, die Herren des Getreides, der Städte und des Meeres.

Während des Waffenstillstands, der einige Wochen lang andauerte, sprangen die mutigen kleinen marukkinischen Krieger wie die Eichhörnchen von den Bergen hinunter ins Tal und zogen als Partisanen umher: In mondlosen Nächten meuchelten sie römische Reiter und ihre Pferde; wenn alles schlief, montierten sie die Räder von den Wagen oder erbeuteten speziell für die Truppe gehaltene Hühner und Schweine. Solche schnellen, lautlosen Überfälle waren ihre Spezialität. Die Römer schäumten vor Wut, schworen Rache, bekamen die Übeltäter aber nie zu fassen. Bis auf ein einziges Mal, als drei junge Soldaten aus Yoje, die sich des Nachts durch das hohe Gras herangeschlichen hatten und unbemerkt ins Lager der römischen Armee gelangen konnten, so verwegen waren, in das Zelt der Prostituierten einzudringen. Sie wußten, daß sie unter diesen einige junge Mädchen aus ihrem Dorf finden würden, die als Sklavinnen gehalten wurden.

Eingemummt in Wolldecken, die Köpfe mit farbigen Lumpen umwickelt, lagen die jungen Frauen da und schliefen. Als die drei Burschen das Zelt betraten, sprang eine Katze fauchend davon. Aber die Frauen hatten viel Honigwein getrunken und wachten nicht auf. Zitternd verharrten die drei aus Yoje vor den provisorischen Betten und verloren eine Menge Zeit damit, die Gesichter der Schlafenden zu betrachten, die schon von der Gewalt der Soldaten gezeichnet waren. Schließlich erkannten sie eine alte Spielkameradin, packten sie so, wie sie war, mitsamt der Decke, und wollten sie gerade wegschaffen, als sie von zwei römischen Wachtposten überrascht wurden.

Sie kamen vor den obersten Zenturio, wo man sie verhörte. Doch weil sie vor lauter Angst keinen Ton herausbrachten und außerdem der lateinischen Sprache nicht mächtig waren, wurde ein alter Römer marrukinischer Herkunft hinzugezogen, der ihnen Fragen stellte. Als die jungen Männer aber auch ihm jede Antwort verweigerten und einfach nur reglos und mit offenen Mündern dastanden, riß ein Römer mit behaarten Armen ihrer frierenden Kameradin die Decke vom Leib und hielt ihr ein Messer an die Kehle: Wenn ihr auspackt, verschonen wir sie. Wo kommt ihr her? Wolltet ihr uns in eine Falle locken? Wer schickt euch? Wo sind die anderen? Wie viele seid ihr?

Und als die drei immer noch schwiegen, wurde ein weiterer Römer, ein Mann mit kräftigen Muskeln, herbeigerufen, der das machte, was normalerweise Hühnerverkäufer tun: Er packte sie am Hals und ließ sie so lange nicht los, bis er sie fast erwürgt hatte. Das Mädchen schaute entsetzt zu, ohne zu sehen. Ihre Augen waren völlig erloschen. Doch die drei aus Yoje redeten auch diesmal nicht. Vielleicht nur, weil man ihnen die Kehlen so sehr gequetscht hatte, daß sie einfach keinen Ton herausbringen konnten. Der Hühnerverkäufer fragte den Soldaten, was zu tun sei, woraufhin dieser eine Kopfbewegung andeutete und der andere mit wenigen schnellen Bewegungen zwei von ihnen erwürgte. Der dritte fiel in Ohnmacht. Mit Tritten und Faustschlägen versuchte der Hühnerverkäufer ihn wieder auf die Beine zu bringen, aber der Junge reagierte nicht. Daraufhin beugte sich der Soldat über ihn und stach ihm das Messer in die Brust.

Noch vor Tagesanbruch wurden die drei Leichen von zwei afrikanischen Sklaven begraben. Das Mädchen hingegen blieb verschont, denn schließlich brauchte man hübsche junge Frauen für die Truppe. Mit zehn Peitschenhieben auf den Rükken kam sie davon, anschließend wurde sie zu den anderen Frauen zurückgebracht.«

»Erzähl mir was, Mama!«

Heute morgen trägt die junge Mutter ein Paar rotweißgestreifte Kniestrümpfe, die unter ihrem wadenlangen Wollrock hervorgucken. Auch wenn sie älter wird, es gelingt ihr einfach nicht, das Aussehen eines vielbeschäftigten Mädchens loszuwerden, das seit jeher zu ihr gehört. Die Kleine schaut auf die roten Streifen der Kniestrümpfe und fragt sich, ob ihre Mutter als Kind auch schon so war. Wahrscheinlich wird sie nie aufhören, ein junges Mädchen zu sein, obwohl sie über die kluge Stimme einer Erwachsenen verfügt und sich ihrer besonderen erzählerischen Kraft sehr wohl bewußt ist.

»Erzähl mir was, Mama!«

»In der Familie wurde der Name Zaira von Generation zu Generation weitergegeben«, so die junge Mutter, und die Frau mit den kurzen Haaren zuckt zusammen. Wie konnte es passieren, daß zwei so völlig unterschiedliche Figuren plötzlich zusammentreffen? Wie kommt es, daß die Mutter mit den rotweißgestreiften Kniestrümpfen Zairas Geschichte kennt? Ob Zaira diejenige war, die hier vorgeprescht ist? Bestimmt. Mit der ihr eigenen Dreistigkeit hat sie sich in die andere Geschichte gedrängt und in die Gedanken einer Mutter eingeschlichen, damit die ihrer kleinen Tochter davon berichtet.

Die halslose junge Frau von dem Foto aus dem Jahre 1889 kehrt uns momentan den Rücken zu. Die Tradition will es, daß man die Gesichter der Bräute nicht sehen darf, andernfalls werden ihnen schwere Geburten prophezeit. Doch als die Trauzeugin mit ihrer eiskalten Hand Zairas Hals berührt, dreht diese sich blitzartig um; alle Frauen starren sie entsetzt an. Kein Zweifel, sie wird große Probleme mit ihren Schwangerschaften bekommen, aber das ist sie selbst schuld. Doch wie soll Zaira wissen, was in Touta Brauch ist? Bei ihr zu Hause im Madoniegebirge darf die Braut allen ins Gesicht sehen, sogar ihrem Ehemann, noch bevor er es geworden ist.

Mit beiden Händen packt die Trauzeugin ihren Kopf und rückt ihn ihr wieder so zurecht, daß sie mit dem Rükken zum Zimmer sitzt. Die Frauen hinter ihr neigen zustimmend den Kopf, während sie die Kichererbsen mit Zuckerguß überziehen – die einzige Süßigkeit, die es auf dem Hochzeitsfest geben soll. Ansonsten wird zur Feier des Tages ein Schaf geopfert, unter freiem Himmel mit Rosmarin und Salz zubereitet und anschließend gerecht unter den etwa fünfzehn Gästen verteilt. Den Musikanten, die mit ihren Schlangen aus Cocullo gekommen sind und auf dem Fest auftreten werden, stehen der Kopf und die Pfoten des Tieres zu. Aus dem Blut wird Blutwurst gemacht, aus dem Fell eine Jacke. Nichts wird umkommen, selbst die Gedärme nicht, die nach gründlicher Reinigung mit Fett, Innereien und Süßklee gefüllt werden.

Der Pfarrer hat ihnen seinen Segen erteilt, der Bräutigam der Braut den goldenen Ring an den Finger gesteckt, und der Ministrant Trott'l hat das Weihrauchgefäß feierlich geschwenkt. Jetzt liegt ein starker beißender Geruch in der Luft. Einen Moment lang schließt die Braut die Augen. Erinnerungen an eine andere Kirche steigen plötzlich in ihr auf: eine sizilianische Kirche, die dicklichen warmen Hände einer ängstlichen Mutter, eine Madonna mit einem tiefblauen, sternenübersäten Mantel. In dieser Kirche haben sie sich ineinander verliebt, von Angesicht zu Angesicht, sie und der ein Jahr jüngere Minuccio. Draußen vor der Kirche hat er auf sie gewartet, ihr kurz zugenickt. Den Mädchen im heiratsfähigen Alter war es nicht erlaubt, sich mit Gleichaltrigen zu unterhalten. Alles lief über Blickkontakt. Ganze Unterhaltungen, Fragen, Empfehlungen, Versprechungen – ausschließlich mit der Kraft der Augen, die als einzige die Regeln und Verbote zu umgehen wußten. Von weitem haben sie sich ihrer Liebe versichert und sich die Ehe versprochen. Das zumindest glaubte Zaira, die damals fünfzehn Jahre alt war und schön wie ein frisch gepflückter Pfirsich.

Eines Morgens verkündete ihr Vater, der Carabiniere, der verblüfften Tochter, daß er in der folgenden Woche in die fernen Abruzzen versetzt würde – und mit ihm die ganze Familie. Wohin? Wo sollte das sein? Zaira hatte nie eine Schule besucht und deshalb nur eine sehr vage Vorstellung von Geographie. Sie wußte zwar, daß Italien wie ein Stiefel aussah, an dessen Spitze sich Sizilien befand – ein sich über Wasser haltendes oder vielmehr von einem mythischen Schwimmer namens Colapesce gestütztes Trinakrien –, aber der Rest war ziemlich unklar. In der Mitte des Stiefels wohnt der Papst, sagte ihr Vater, der Carabiniere, aber sie hatte Mühe, sich vorzustellen, wo genau die Mitte eines stiefelförmigen Landes sein sollte: Am Knie? Oder mehr an der Wade? Es ist ein Dorf in den Bergen, erklärte ihr der Vater in aller Ruhe, so wie unseres hier, mitten im Apennin, dem höchsten Gebirge nach den Alpen, dahin schicken sie uns, und wir können nichts dagegen tun, verstehst du? Ihr verschlug es die Sprache. Sie dachte sofort an Minuccio. Was sollte sie ohne ihn tun?

Ungeduldig wartete sie darauf, daß der Sonntag kam und sie ihn in der Neunuhrmesse endlich wiedersah. Mit den Augen erzählte sie ihm die ganze Geschichte, und er schien auch alles verstanden zu haben. Aus seinem Gesicht war alles Blut gewichen. Noch am selben Abend ließ er ihr über eine Bekannte ihrer Mutter einen Zettel zukommen, auf dem geschrieben stand, daß er Samstag nacht um drei Uhr vorbeikommen würde, um sie abzuholen. Es sollte sozusagen eine Flucht aus Liebe werden, und wenn die Vereinigung einmal vollzogen war, würde sich sowieso niemand mehr einer Hochzeit widersetzen.

Aber Zaira konnte nicht lesen. Deshalb lief sie mit dem Zettel in der Hand aufgeregt hin und her, vom Schlafzimmer in die Küche, von der Küche in den Stall. Sollte sie ihn sich vorlesen lassen? Aber von wem? Ihre Mutter war wie sie Analphabetin. Und ihr Vater wäre bestimmt sehr wütend geworden, allein schon wegen der Tatsache, daß sie das Briefchen eines Mannes angenommen hatte. Die Bekannte ihrer Mutter tat ahnungslos und machte sich eilends wieder davon, nachdem sie ihr den Zettel in die Hand gedrückt hatte. Offenbar wollte sie keine Scherereien. Wie kam Minuccio bloß auf die Idee, sie könnte lesen? Es war zwar schön, daß er ihr das zutraute, aber er hätte sich doch weiß Gott denken können, daß ihr wie allen anderen Mädchen vom Lande der Schulbesuch verwehrt war. Auch ihr Vater sagte immer: »Wozu soll das gut sein, wenn Mädchen in die Schule gehen, etwa damit sie uns dazu bringen, noch mehr Kinder zu machen?«

Dann kam die Nacht zum Samstag. Als hätte Zaira den Inhalt des Briefchens irgendwie geahnt, rannte sie immer wieder ans Fenster. Daß der eigentliche Treffpunkt die Tür zum Schweinestall war, konnte sie ja nicht wissen. So hörte sie weder das anhaltende Pfeifen des Jungen noch den Lärm der Wagenräder auf dem vereisten Weg, der zum Stall führte. Das Schlafzimmer, das sie mit ihrer Tante Agatina und der hundertjährigen Großmutter teilte, lag auf der anderen Seite des Hauses. Außerdem hätte sie beim Aufstehen über das Bett ihrer Tante steigen müssen, wovon diese garantiert aufgewacht wäre.

Erschöpft und mit dem verfluchten Zettel in der Hand, schlief sie gegen fünf Uhr ein. Sie träumte, sie wäre mit Minuccio in der Kirche, eingehüllt in eine Wolke aus Weihrauch. Der Geruch war so intensiv, daß sie davon wach wurde. Es war Morgen, ihre Mutter kochte gerade Kaffee, von dem dieser eigenartige Weihrauchgeruch ausging. In kurzer Zeit hatten sie ihr ganzes Hab und Gut zusammengepackt und stiegen in einen Bus nach Palermo, wo sie eine Nacht in einer Pension in der Nähe des Bahnhofs verbrachten und prompt am nächsten Morgen voller Flöhe waren. Nachmittags schifften sie sich nach Neapel ein, dann ging es mit der Kutsche weiter nach Frosinone, und von dort brachte sie ein Eselskarren nach Touta.

Minuccios Zettel hütete sie wie einen Schatz, und nach einem Jahr gab sie ihn einem Jungen zu lesen, der als Hilfscarabiniere für ihren Vater arbeitete und die Grundschule besucht hatte. Von ihm erfuhr sie, daß Minuccio in jener Nacht vor der Tür des Schweinestalls auf sie gewartet hatte, um mit ihr zu fliehen. Wer weiß, wo sie jetzt wäre, wenn sie hätte lesen können.

Die Ehe mit Mosè Salvato beruhte nur auf einem Vertrag. Ihr Vater, der Carabiniere, hatte ihn kennengelernt, entschieden, daß er zu seiner Tochter passe, und sie ihm versprochen. Im Gegenzug besorgte der ihm ein Zimmer ohne Toilette, das auf einen kleinen Hof hinausging. In Touta gab es nämlich keine Kaserne, und die Militärs mußten selbst sehen, wo sie blieben. Mosè Salvato brauchte seinerseits eine kräftige junge Frau, die ihm mit dem Vieh und bei der Feldarbeit half. Er hatte sie zweimal in der Kirche gesehen und für geeignet befunden.

So heirateten die beiden und zogen in Mosès Haus, in dem sie mit den Tieren unter einem Dach lebten. Sie schliefen in einem großen Bett, das nur durch einen Vorhang vom Rest des Zimmers getrennt war, wo die Schafe und die Kuh, im Winter auch die Hühner, untergebracht waren. Die Toilette war draußen im Hof – ein stinkender Bretterverschlag mit einem Plumpsklo, das von sämtlichen Bewohnern im Umkreis benutzt wurde. Wenn die Grube voll war, kam ein junger Bursche, von allen nur das Stinktier genannt, und schöpfte mit einem Eimer die ganze Jauche in ein Faß; dieses hievte er dann auf seinen Karren und verkaufte das Ganze als Dünger für die umliegenden Felder.

Die Mutter beobachtet ihre schlafende Tochter, die mit der geballten Faust an der linken Schläfe daliegt. Sie will langsam aufstehen, doch dann sieht sie, daß die Kleine sich bewegt.

»Bitte, Mama, erzähl mir noch was über Zairas Familie!«

Der jungen Mutter ist es gar nicht so unwillkommen, daß sie mit der Erzählung fortfahren soll. Sie hat das Foto von Zaira und Mosè genau vor Augen, und ihr ist so, als wären ihr die beiden schon seit einer Ewigkeit vertraut.

»Zaira und Mosè haben sich im Laufe ihres Zusammenlebens lieben gelernt, wie das gelegentlich bei Paaren geschieht, deren Verbindung durch den Willen anderer zustande gekommen ist. Ein Zeichen dafür, daß der Carabiniere gar nicht so falsch lag. Mosè Salvato schätzte das stille, geschäftige Treiben seiner Frau, und Zaira mochte seine Zähigkeit und blinde Hingabe. Jahrelang lebten sie in Armut. Jeden Morgen, wenn es noch stockdunkel war, stand sie auf, melkte die Schafe, kochte in einem riesigen Topf Milch für Ricotta und fütterte die beiden Hühner, die sie in der Küche hielt. Und er zog mit den Schafen hinaus auf die Weide. Mit Hilfe zweier Hirtenhunde führte er sie auf die andere Seite der Buchenwälder, dorthin, wo noch ganz verborgene Wiesen lagen. Bisweilen stoben sie in alle Richtungen davon, als hätten die Bäume und Felsen sie verschluckt. Aber dann genügte ein kurzes Brrr, Brrr, um sie wieder anzulocken, und schon kamen sie von den Hügeln heruntergelaufen, über Steine und Abgründe springend.

Wenn der Winter nahte, machte Mosè Salvato sich mit einer größeren Herde auf den Weg nach Apulien. Neben seinen wenigen Tieren führte er auch die vielen Schafe zweier Männer aus Touta mit, die diese ihm bis zum Frühjahr anvertraut hatten. Das war die sogenannte Transhumanz, ich habe dir schon mal davon erzählt, alle kräftigen Männer aus dem Dorf beteiligten sich daran und waren fünf bis sechs Monate unterwegs. Sie lernten den apulischen Dialekt, schliefen mit den dortigen Frauen, und manchmal machten sie ihnen sogar ein Kind. Aber bei der ersten Hitze kehrten sie nach Hause zurück. Und sie kamen immer zurück, denn die Schafe brauchten kühles Wetter. In den langen Wintern mußten die Frauen allein in den Bergen zurechtkommen, oft waren sie monatelang durch Schnee und Eis von der Außenwelt abgeschnitten. Die einzigen Männer, die man hin und wieder auf der Straße sah, waren der Pfarrer, der Apotheker, ein paar Pferdehüter, der Hufschmied, der Schlosser und zwei oder drei Gutsbesitzer, die ihre Schafe von anderen hüten ließen. Es waren Jahre großer Armut: Man lebte von ein paar Kartoffeln, einem Häufchen Kichererbsen, Kräutern aus dem Wald – darunter der köstliche wilde Spinat, der nur auf einer Höhe von über eintausendfünfhundert Metern wächst –, getrockneten Pilzen und selbstgebackenem Brot aus Weizen- und Kartoffelmehl. Wilde Erdbeeren und Himbeeren gab es zwar in Hülle und Fülle, doch darauf hatten es auch die Bären abgesehen. Aus kleinen Erdbeeren und Wacholder wurde Likör gemacht. Aber das alles nur im Sommer. Im Winter gab es weder Obst noch Gemüse. Deshalb liefen im Dorf viele Kinder mit einem Kropf herum. Zaira, als Sizilianerin an Obst gewöhnt, beugte vor, indem sie im Sommer Feigen in der Gegend von Pescina pflückte und diese zum Trocknen unter das hohe Ehebett hängte. Das Ergebnis waren herrliche getrocknete Feigen, blaß, weich, mit dem leichten Geruch alter Wolle.

Die Pferde wurden nicht getötet, denn die brauchte man, um in die Stadt zu kommen, wenn Salz oder Seife fehlte, man brauchte sie, um ein Kind, das hohes Fieber hatte, zum Arzt zu bringen oder um Holz aus den Wäldern ins Dorf zu transportieren. Pferde zählten zu den Reichtümern einer Familie: So galt ein Familienoberhaupt mit zehn Pferden als wohlhabend, eines mit fünf Pferden als nahezu arm, und wer überhaupt keins hatte, war ein Hungerleider wie Mosè Salvato Del Signore, der nur einen Esel und an die zehn Schafe besaß, die ihm Milch und Wolle gaben. Mit diesen Tieren mußte er eine fünfköpfige Familie durchbringen: seine Ehefrau Zaira, deren blinde Großmutter, zwei achtzigjährige Tanten, die anläßlich der Hochzeit aus dem Madoniegebirge gekommen und nie mehr dorthin zurückgekehrt waren, und seinen Sohn Pietr' i pelus'. Während die beiden Tanten für die ganze Verwandtschaft nähten und strickten, kümmerte sich die Großmutter um die Hühner, die der Familie kostbare nahrhafte Eier lieferten; doch im Winter stellten sie das Eierlegen einfach ein und verkrochen sich fröstelnd in eine Ecke der mit Brennholz geheizten Küche, wo es immer einen Topf mit brodelndem Wasser gab.«

Gegen Ende des Jahres 1890, als eine Pockenepidemie das Dorf Touta heimsuchte, der vor allem Alte und Kinder zum Opfer fielen, und die Blauzungenkrankheit einen Großteil der Schafe dahinraffte, den ganzen Reichtum der Gemeinde, wurde Zaira schwanger. Im Frühling brachte sie einen Jungen zur Welt, der auf den Namen Pietro getauft wurde, aber den Spitznamen Pietr' i pelus' bekam, weil er am ganzen Körper behaart war wie ein kleines Schaf. Seine Mutter nannte sie Löckchen, sein Vater Borsten. Die Großmutter sagte über ihn: »Der hat ja ein richtiges Bärenfell.« Pietr' war ein sehr kluges Kind, das oft kränkelte. Zweimal wäre er beinahe gestorben, aber jedesmal hat seine Mutter ihn gerettet, teils durch die Wärme ihres Körpers, an den sie ihn drückte, teils mit

Hilfe eines Heiltranks aus Weidenrinde, den sie ihm alle halbe Stunde verabreichte. Pietr' wuchs heran und war so von Unruhe und Wißbegier getrieben daß sein Vater ihn eines Tages, entgegen dem Rat der Verwandtschaft und der Freunde aus Touta, auf eine Schule nach Avezzano schickte, die von Priestern geleitet wurde. Nachdem er dort einige Jahre lang gelernt hatte und immer Klassenbester gewesen war, kam er auf die höhere Schule nach Turin. Zaira wäre vor Kummer darüber fast gestorben. Doch irgendwann fand sie sich damit ab und richtete ihre ganze Liebe auf einen kleinen Ziegenbock namens Pelusinuzzu, der, als er größer wurde, zwei kräftige Hörner bekam, mit denen er die Türen des Hauses aufstieß. Aber er hing so sehr an Zaira, daß er ihr auf Schritt und Tritt folgte, und wann immer er konnte, legte er wie ein Kind seinen Kopf mitsamt den Hörnern in ihren Schoß.

Aber eines Tages, als das Böcklein, aus dem inzwischen ein ausgewachsener Bock geworden war, durch die Wälder hinter dem Friedhof streifte, wurde er von Wölfen angefallen und kehrte verletzt nach Hause zurück, wo er schließlich verblutete. Zaira weinte so sehr um ihn, bis sie keine Tränen mehr hatte. Mosè Salvato war mittlerweile in die Jahre gekommen und machte sich im Winter längst nicht mehr auf nach Apulien. Nunmehr verbrachte er die Tage zusammen mit seinen ebenso alten Kumpanen in einer verräucherten Kneipe namens Z' Marì und trank starken säuerlichen Wein, der in der Gegend um den Lago del Fucino heranreifte und in Eichenholzfässern auf dem Rücken zweier Pferde nach Touta gelangte.

In der Zwischenzeit schrieb Pietro aus Turin, er habe die Prüfungen bestanden und studiere nun an der Universität, um Rechtsanwalt zu werden. Den Priesterberuf werde er trotz verlockender Angebote nicht ergreifen. Im Gegenteil, er beabsichtige sogar zu heiraten, und zwar eine gewisse Amanita, Tochter eines berühmten Botanikers und Spezialisten auf dem Gebiet der Mykologie, die er über einen Freund aus den Abruzzen kennengelernt habe. Was ist denn Mykologie? fragte sich Zaira besorgt, fand aber keine weitere Erklärung. Pietr' hatte auch ein Foto von besagter Amanita mitgeschickt: eine große, üppige Frau mit im Nacken zusammengebundenen schwarzen Haaren, die sofort die Zustimmung seiner Mutter fand. »Könnte fast eine Sizilianerin sein«, lautete ihr Kommentar, und das war für sie das höchste aller Komplimente.

Die Monate vergingen, und das Hauptgesprächsthema im Dorf war die fünfte Schlacht am Isonzo, die von Erzherzog Karl angeordneten Strafexpeditionen gegen die Italiener und ein gewisser General Cadorna, der den österreichischen Truppen die Stirn bot. Als ein junger Bursche aus dem Dorf, P'gnatelle genannt, im Dezember 1916 verwundet von der Front heimkehrte, bestürmten ihn alle mit Fragen. Doch er war wie taub und sprach kein einziges Wort. Mit einem großen weißen Verband um den Kopf zog er durch die Gegend, und irgendwann landete auch er in der Kneipe Z' Marì, wo er von dem Rotwein trank, der so dickflüssig war und eine derart kräftige Farbe hatte, daß man ihn für Ziegenblut hätte halten können.

Ab und zu, wenn er mehr getrunken hatte als gewöhnlich, fing er an, wirres Zeug zu reden. So erzählte er von einer österreichischen Haubitze, die ihm dauernd nachjagte. Er berichtete von Cecco Beppe, dem Kaiser aller österreichischen Nationen, der starb, als er, P'gnatelle, im Krieg war, und dann hätten alle Kameraden eine pompöse Beerdigung für ihn inszeniert, mit einem Sarg aus getrockneter Kuhscheiße, und damit seien sie durch die Straßen von Asiago gezogen und hätten die ganze Nacht gesoffen, bis sie bewußtlos auf der Erde lagen. Dann faselte er noch etwas von einem gewissen Cesare Battisti, den die Österreicher in einem Schloß bei Trient aufgehängt hätten. Dieser Battisti war eigentlich österreichischer Untertan, wurde aber trotzdem hingerichtet, weil er sich freiwillig zur italienischen Armee gemeldet hatte, und bevor er aufgehängt wurde, zog er mit einem weißen Verband um den Kopf herum, so wie er, P'gnatelle, und sagte mit lauter Stimme ein Gedicht von Pascoli auf: *Was für eine finstere Nacht voller Schmerz! / Weinen und Schluchzen und irres, schauriges Gelächter / Schreie trug der Wind aus den Wüsten herüber.*

Im Dorf war man sich darüber einig, daß P'gnatelle den Verstand verloren hatte. Doch alles hing an seinen Lippen, wenn er seine Geschichten zum besten gab: von dem Schützengraben, in dem sie eingeschlossen waren, und wie die Flöhe, wenn einer starb, den Körper des Toten verließen und eine lange schwarze Kriechspur bildeten, die man mit bloßem Auge verfolgen konnte, und wie sich dann alle fluchend in Sicherheit zu bringen suchten; von dem Schlamm, der ihnen in den Wintermonaten in die Schuhe, in die Hosen, ja, sogar in die Ohren drang; von einem Oberleutnant, der sich in einen gutaussehenden Grenadier verliebt hatte, und als der Besuch von seiner jungen Frau bekam, die er in einem Dorf in der Nähe untergebracht hatte, ihn ganz allein losschickte, um ein Feld von Minen zu räumen, so daß dieser Grenadier dann an einem Donnerstagabend im Mai in die Luft geflogen war. Er erzählte auch vom Besuch eines Prinzen von Savoyen, der, mit einem Federbusch geschmückt, hoch zu Roß daherkam, ohne den Blick ein einziges Mal nach rechts oder nach links zu richten. Und dabei war aus Anlaß dieses Besuchs an alle Soldaten der Befehl ergangen, ein heißes Bad zu nehmen, frische Verbände anzulegen und Jacken aus grober Wolle anzuziehen; am Ende mußten sich alle kratzen, und keiner wußte, woran das lag: an den aufgescheuchten Flöhen oder an der stacheligen Wolle.

Eines Tages, im Juli des Jahres 1917, erhielt Zaira einen Brief, in dem ihr Sohn Pietr' i pelus' ankündigte, daß er nun auch in den Krieg ziehen müsse. Daraufhin knetete Zaira den ganzen Tag über Mehl und Wasser, bis am Ende ein riesiger Teigfladen vor ihr lag, der wie ein plattgedrückter Ball aussah. Bevor sie diesen zur Backstube brachte, ritzte sie ein tiefes Kreuz hinein. Noch an demselben Abend holte sie das fertige Brot ab und sah sofort, daß das Kreuz Risse bekommen hatte; daraus schloß sie, daß das Schicksal ihres Sohnes ein für allemal besiegelt war. Sie bat die Muttergottes um Schutz für ihn, doch es half nichts. Am 3. November desselben Jahres händigte ihr der Briefträger mit ernster Miene einen Brief des Kriegsministeriums aus, in dem ihr mitgeteilt wurde, daß der Hauptmann Pietro Del Signore sich für das Vaterland geopfert habe und daß er, eben wegen seines selbstlosen und heldenhaften Verhaltens, zuletzt noch vom Oberleutnant zum Hauptmann ernannt worden sei. Jetzt wollte die Armee ihn posthum für die Tapferkeitsmedaille in Silber vorschlagen. Man sprach dem Vater und der Mutter Beileid aus und erwähnte noch, daß der Leichnam des Hauptmanns auf dem Militärfriedhof von Arsiero beigesetzt worden sei.

Mosè Salvato verkraftete diese Nachricht so schlecht, daß er innerhalb weniger Monate bis auf die Knochen abmagerte. Er aß nicht mehr, trank nur noch, und wenn er fluchend nach Hause kam, die Armee, die Alpini und die ganze Welt verdammte, beschimpfte er obendrein seine Frau, schrie sie an, sie habe es ja nicht einmal fertiggebracht, ihm noch andere Kinder zu gebären, und jetzt sei auch noch ihr einziges Kind im Krieg gefallen. Dann wollte er handgreiflich werden, aber Zaira war stärker als er und hielt ihn fest, bis er sich beruhigt hatte. Wenn er wieder nüchtern war, aß er ein Stück trockenes Brot mit Knoblauch und weinte um seinen toten Sohn. Zum Schluß machte er sogar in die Hose, doch kein vorwurfsvolles Wort kam über Zairas Lippen. Im Gegenteil, sie behandelte ihn wie ein Kind, wusch ihn mit lauwarmem Wasser, puderte ihn und brachte ihn ins Bett, das immer frisch bezogen war.

Eines Tages, noch vor Morgengrauen, sie kam gerade aus dem Stall, wo sie die Kuh gemolken hatte, fand sie ihn tot im Bett. Im ersten Moment dachte sie, er sei noch zu betrunken, um wach zu werden. Doch als sie ihn schüttelte und sah, wie sein Kopf herunterhing, begriff sie, daß er für immer gegangen war.

Sie rief die Nachbarinnen und den Priester herbei, und alle versammelten sich im Schlafzimmer und hielten bei Kerzenschein die Totenwache. »Er hat es einfach nicht verkraftet, daß sein Sohn gefallen ist«, sagten die Nachbarn, während sie die Anisplätzchen, die Zaira kurz zuvor aus dem Backofen gezogen hatte, in große Tassen mit frischer, sahniger Milch tunkten.

So blieb die alte Zaira allein zurück und gab sich die Schuld daran, daß sie keine weiteren Kinder mehr bekommen hatte. Aber zwei waren gleich nach der Geburt gestorben, und zweimal hatte sie im dritten Monat eine Fehlgeburt. Daran war nun nichts mehr zu ändern. Der Herr hatte es so gewollt.

Ein paar Monate später – sie hängte gerade hinter dem Haus Wäsche auf, die Sonne wärmte ihren Rücken, die Vögel hatten nach einem eiskalten Winter soeben wieder angefangen zu singen, und die beiden Hunde von Mosè Salvato leckten ihre Wunden, die sie sich bei einer Rauferei unter ihresgleichen zugezogen hatten – hörte sie, wie jemand an die Tür klopfte. Sie wunderte sich, denn seit dem Tod der blinden Großmutter, der beiden achtzigjährigen Tanten und des ständig betrunkenen Ehemanns besuchte sie kaum noch jemand, und schon gar nicht so früh am Morgen. Sie trocknete sich die nassen Hände ab und ging, um zu öffnen. Vor ihr stand eine schmächtige junge Frau mit braunen Haaren und blasser Haut; im Arm hielt sie ein Kind, das in einem kleinen Anzug mit lauter Bändern und Rüschen steckte.

»Was willst du?« fuhr Zaira sie schroff an, denn sie glaubte, eine Zigeunerin vor sich zu haben.

Aber die junge Frau ließ sich nicht einschüchtern. Zuerst betrachtete sie Zaira ganz genau, als wollte sie an ihr die Züge des geliebten Mannes wiedererkennen, und dann sagte sie langsam und mit leiser Stimme: »Das hier ist der Sohn von Pietruzzu, Ihrem Sohn«, und dabei hielt sie den kleinen Jungen hoch, der aussah wie das Jesuskind in der Kirche, so weiß, so pausbackig und so freundlich.

Und Zaira, die doch von Natur aus eher zu Mißtrauen neigte, glaubte ihr. Dieses Kind hatte etwas, was sie sofort an Pietr' i pelus' erinnerte. Die blonden Härchen, die ganz zart aus seinem Rüschenkragen und aus dem Mützchen sprossen, das seine Ohren bedeckte. Und dann erst die Augen – flehend und ängstlich, aber gleichzeitig auch sanft und vertrauensvoll –, genau wie die Augen ihres Sohnes und vor allem wie die ihres Mannes, Mosè Salvato. Ohne ein Wort zu sagen, streckte sie die Arme aus und drückte den kräftigen kleinen Kerl, der überhaupt keine Ähnlichkeit mit seiner Mutter hatte, an ihre Brust.

Jetzt wird sie wohl Geld verlangen, dachte Zaira bei sich, was mach' ich bloß, wo ich doch keins hab'? Aber nein, die junge Frau erklärte ihr, sie leide an Syphilis, und weil sie sich nicht habe behandeln lassen, bleibe ihr nur noch wenig Zeit zum Leben. Jemand müsse sich um das Kind kümmern, und da Pietr' ihr von seiner Mutter und von dem Haus in den Bergen erzählt habe, sei sie gekommen, um ihr den Sohn zu bringen und Lebewohl zu sagen.

Sie wollte weder etwas essen noch trinken, stieg sogleich wieder auf einen Eselskarren, nahm die abgewetzten Zügel in die Hand und fuhr davon.

Von Pina hörten sie nie mehr etwas. Der Kleine bekam den Namen Pitrucc' i pelus' und wuchs von nun an bei seiner Großmutter Zaira auf. Er war gesund und kräftig. Vielleicht ein wenig langsam im Begreifen. In der Schule blieb er mehrmals sitzen. Die Lehrerinnen sagten, er sei apathisch, um nicht zugeben zu müssen, daß sie ihn für begriffsstutzig hielten. Und das schien dem Kleinen gehörig zuzusetzen, denn eines Tages beschloß er, die Schule ein für allemal sausen zu lassen, und es gelang Zaira auch nicht, ihn umzustimmen. Viel später bewies er, daß er Köpfchen hatte und große Lust, sich Wissen anzueignen, aber da hatte er auch andere Lehrer als damals in der Schule.

In der Zwischenzeit lernte er erst einmal, aus Ziegenmilch Käse zu machen. Den verkaufte er, und von dem Erlös legte er sich zwei Maultiere zu. Mit denen holte er Holz aus den Wäldern, das er an die Dorfbewohner verkaufte, die keine

Zeit hatten, Reisig für ihre Öfen zu sammeln. Und von diesem Geld kaufte er ein Paar neue Schuhe für seine Großmutter Zaira, denn ihre alten waren schon tausendmal geflickt und duldeten keinen weiteren Nagel oder Klebstoff mehr. In seinen Mußestunden saß er am Feuer und las, auch wenn das Licht kaum ausreichte. Er vertiefte sich in die *Bibel* wie in einen Roman, lernte die *Göttliche Komödie* auswendig und verschlang mit großem Interesse gewisse Büchlein, die von Freiheit und Gleichheit handelten.

Mit seinem Vater hat er keine große Ähnlichkeit, dachte Zaira bei sich, abgesehen von den Härchen, die ihm reichlich aus Ohren und Kragen sprossen. So blond sie anfangs waren, als er noch nicht laufen konnte, so dicht und schwarz wurden sie im Laufe der Zeit. Aber im Gegensatz zu ihrem Sohn Pietr', der sie sich jeden Morgen gewissenhaft schnitt, ließ ihr Enkel Pitrucc' sie einfach wild wachsen, und irgendwann hätte man ihn tatsächlich für eine Art Höhlenmensch halten können. Der Bart verdunkelte sein Gesicht, die geringelten Haare fielen ihm tief in Stirn und Nacken und gaben ihm ein finsteres Aussehen. Aber vom Charakter her war er alles andere als finster, nur schweigsam.

Was mag ihm so alles durch den Kopf gehen, dachte Zaira besorgt. Wenn sie sah, wie dieser dunkle, behaarte Junge, der hartnäckig jede Schule verweigert hatte, sich abends, nach einem langen Arbeitstag, über die Bücher beugte, fragte sie sich, was für eine Zukunft das Schicksal wohl für ihn bereithielt. Er war hochgewachsen, hatte zwei klare, unschuldige blaue Augen, einen schön geschnittenen Mund und die schwieligen Hände eines Menschen, der schon früh mit dem Arbeiten begonnen hat. Sein kräftiger Rücken schien wie ein Atlas bereit, die ganze Welt zu schultern. Mit seinem dunklen Vollbart und den dichten lockigen Haaren, die sein gebräuntes Gesicht einrahmten, sah er ausgesprochen gut aus, einem Propheten der Antike nicht unähnlich. Die jungen Frauen schauten ihn an, aber er schien sich nicht für sie zu interessieren. Von klein auf war er mit einem Mädchen namens Antonina befreundet, der Tochter des Dorfmetzgers. Sie hatten als Fünf- oder Sechsjährige zusammen gespielt, also bevor die Kinder nach Geschlecht und Aufgaben getrennt wurden: auf der einen Seite die Mädchen, die zu Hause blieben, um den Müttern zu helfen, auf der anderen Seite die Jungen, die mit ihren Vätern in die Berge zogen und ihre Schafe hüteten. Aber während die anderen Jungen jeden Herbst mit den Herden nach Apulien aufbrachen, blieb Pitrucc' i pelus', der ohne Eltern dastand, bei seiner Großmutter und kümmerte sich um die Maultiere, das Holz und die Milch für den Käse. Antonina traf er selten, aber sie hatten nie aufgehört, sich mit den Augen zu suchen, sowohl sonntags in der Kirche als auch bei Dorffesten, Prozessionen oder beim Kreuzweg. Sie warfen sich lange verliebte Blicke zu und versprachen sich eine gemeinsame Zukunft.

Eines Abends setzte sich Pitrucc' i pelus' vor den brennenden Kamin und sah seiner Großmutter Zaira direkt ins Gesicht, was er selten tat.

»Was ist los?« fragte sie ihn erschrocken.

»Ich hab' ein Mädchen geschwängert.«

»Und wen?«

»Die Tochter von Evelina, der Metzgersfrau.«

»Antonina? Die mußt du auf jeden Fall heiraten, sonst bringt ihr Vater dich um.«

»Ich hab' mir Papiere besorgt, ich geh' nach Australien, Großmutter. Die Genehmigung hab' ich schon. Ich wollte dir sagen, daß ich die Maultiere verkaufen muß, denn ich brauch' ja jetzt ein bißchen Geld.«

»Du willst einfach so gehen? Denkst du denn gar nicht an das arme Mädchen?«

»Ich würd' sie ja mitnehmen, Großmutter, aber wo soll ich so viel Geld auftreiben? Ihr Vater will von alldem nichts wissen, und sie übrigens auch nicht.«

»Zuerst heiratest du, und dann kannst du gehen, wohin du willst.«

»Aber wenn ich das Geld in die Hochzeit stecke, bleibt mir doch nichts mehr für die Schiffskarte.«

Tief enttäuscht sah Zaira ihren Enkel an. War es möglich, daß dieser höfliche, schweigsame Junge, mit dem sie so viele Abende und Nächte unter einem Dach verbracht hatte, dieser Junge, für den sie sich aufgeopfert hatte, der einzige Angehörige, den sie noch auf der Welt besaß, so mir nichts, dir nichts weggehen wollte, ohne ein Wort des Bedauerns für sie, die allein zurückblieb, für das Mädchen, das er geschwängert hatte, für das Kind, das auf die Welt kommen sollte?

Aber Pitrucc' i pelus' war fest entschlossen, sein Vorhaben in die Tat umzusetzen. Die Fahrkarte für die Überfahrt hatte er bereits in der Tasche, und es war abgemacht, daß ein Freund ihn in L'Aquila abholen würde, um ihn nach Neapel zu bringen, von wo aus das Schiff in See stach. Mit dem Geld, das die Maultiere ihm eingebracht hatten, hatte er sich einen neuen Anzug aus dunklem Tuch gekauft, dazu ein Baumwollhemd mit auswechselbarem Kragen und einen stabilen Koffer aus zweiter Hand. Der stand schon vollgepackt da, fest verschnürt mit dem Strick, mit dem er immer die Schafe zum Melken an einen Pfahl gebunden hatte.

Zaira dachte, sie müsse unbedingt etwas unternehmen, sie könne es nicht zulassen, daß Pitrucc' sich so einfach davonstahl. Deshalb ging sie noch an demselben Abend zu Evelina, der Metzgersfrau, und schlug ihr vor, Geld zusammenzulegen, damit die beiden Verliebten zunächst heiraten und dann die Reise gemeinsam antreten könnten. Doch sie traf auf eine barsche, abweisende Frau, die ihr fast die Tür vor der Nase zugeschlagen hätte, als sie sah, wer vor ihr stand. Tatsache war, daß man schon einen Ehemann für die schwangere Tochter gefunden hatte, und zwar einen, der im Gegensatz zu Pitrucc' Geld hatte. Einer, der seit Jahren hinter dem Mädchen her war und an die zehn Pferde, hundert Schafe und mindestens dreißig Hühner sein eigen nannte.

»Weiß der denn, daß eure Tochter schwanger ist?« insistierte Zaira.

»Er weiß es, er weiß es. Nur die andern wissen nichts davon.«

»Und meinst du, die kriegen das nicht raus?«

»Die ha'm doch alle ihre eigenen Sorgen. Die werden denken, daß das Kind von ihm ist. Es gibt doch so viele Mädchen, die heiraten, und vier, fünf Monate später ist ein Kind da.«

»Dann müßten die beiden das Kind ja gemacht haben, als deine Tochter noch mit meinem Enkel zusammen war? Alle werden sie für eine Hure halten!«

»So ein Quatsch, was redest du denn, das ha'm die erst gemacht, als Antonina wußte, daß dein Enkel nach Australien geht.«

»Aber das Kind ist von Pitrucc'.«

»Na und? Der will nach Australien abhauen, sie aber nicht. Cignalitt' nimmt sie auch mit Kind. Wir sind zufrieden so.«

»Im Dorf spricht sich alles rum ...«

»Wer sollte denn was verraten? Pitrucc' ist bald weg, Antonina wird nicht reden, und wenn man ihr das Maul mit einer Eisenstange aufbricht. Und dir vertrau' ich, so wie ich mir vertrau'. Du wirst das bestimmt nicht hinausposaunen. Und das ist auch das beste für alle.«

Zum Schluß drückte sie ihr sogar noch einen Kuß auf die Wange, doch bevor sie die Tür endgültig zumachte, mahnte sie nochmals Stillschweigen an, indem sie den Zeigefinger senkrecht auf die Lippen preßte.

Und so geschah es dann auch. Pitrucc' i pelus' ging fort, und die schöne Antonina verlobte sich mit Cignalitt', einem Mann, der im Dorf vor allem wegen seines Fleißes und seines Humors geachtet wurde. Eigens für sie hatte er ein schönes altes Haus gekauft und es innen völlig modernisieren lassen; die Wände hingen voll mit Bildern, die biblische Szenen darstellten, das Bett war riesengroß, die Schränke quollen über von bestickter Wäsche, und in der Küche konnte man sich vor kupfernem Kochgeschirr und von der Decke baumelnden Schinken kaum retten.

Zaira blieb nichts anderes übrig, als sich mit den Gegebenheiten abzufinden. Aber heimlich hatte sie damit begonnen, die Tochter der Metzgerin Evelina, die zierliche Antonina, ein wenig genauer unter die Lupe zu nehmen. Sie war klein, aber gut gewachsen, und mit ihrem süßen schwarzen Köpfchen sah sie aus wie eine Madonna. Und plötzlich verstand Zaira, warum der reiche Giovannantonio Bigoncia, Cignalitt' – Wildschwein – genannt, sie unbedingt heiraten wollte. Ihn – einen viel zu kurz geratenen Fettkloß mit einem Kopf, der direkt auf den Schultern zu sitzen schien, dunklen Augenbrauen, die seine Stirn wie ein struppiges schwarzes Band in zwei Hälften schnitten, borstigen Haaren, die seine abstehenden Ohren nicht zu verbergen vermochten, und kräftigen weißen Zähnen, spitz wie die eines Wildschweins – konnte man nur als häßlich und plump bezeichnen. Als Liebhaber stellte er sich auch nicht gerade geschickt an, doch es hieß, er habe ein butterweiches Herz. Antonina hatte er auf einer Prozession zur Grotte der heiligen Colomba auf dem Gran Sasso kennengelernt, und seitdem war er ihr immer auf den Fersen geblieben, auch als sie aus ihrer Liebe zu Pitrucc' i pelus' keinen Hehl machte.

Um sie heiraten zu können, erbat er die Hilfe der heiligen Colomba, die er von klein auf verehrte. Mehrmals suchte er die Grotte auf, in die Colomba Pagliara sich als junges Mädchen zum Meditieren zurückgezogen hatte, und mit Tränen in den Augen flehte er sie an, ihm diese Gnade zu erweisen. Zunächst lächelte die heilige Colomba ihn an, doch schließlich kam sie seiner Bitte nach. Dafür bat sie ihn um ein Herz aus purem Silber, groß wie ein Laib Brot, ein Wunsch, den er ihr nur allzugern erfüllte. Er war derart glücklich, seine Antonina bekommen zu haben, daß er sich barfuß und mit dem schweren silbernen Herzen im Arm hinauf zur Grotte begab. »Du, die du dein Schloß mit all den Dienern und Dienerinnen verlassen hast, du, die auf goldbestickte Brokatkleider, auf Halsketten mit Perlen, groß wie Haselnüsse, und auf Seidenpantöffelchen verzichtet hat, um als Eremitin in einer kalten und feuchten Grotte zu leben, mitten unter Fledermäusen und Wölfen«, betete der kleine Fettwanst mit lauter Stimme, um dann fortzufahren: »Du, die ihre Rosenholzgemächer gegen ein wenig feuchtes Stroh eingetauscht hat, du, die es gewohnt war, von Porzellantellern alle erdenklichen Köstlichkeiten zu speisen, hast beschlossen, dich nur noch von den bitteren Kräutern der Berge zu ernähren. Du, die du heute bereit warst, mich zu erhören, einen Mann, klein, ohne Hals und völlig unbedeutend, du bist wirklich eine Heilige, auf die Verlaß ist, und deshalb bin ich gekommen, um dir zum Dank das silberne Herz zu bringen, das ich dir versprochen habe, nicht etwa, weil dir an irgendwelchen Reichtümern läge, sondern um der ganzen Welt zu zeigen, daß du sogar noch als Tote Wunder vollbringen kannst. Ich danke dir, heilige Colomba, und ich verspreche dir, daß meine Tochter einmal deinen Namen tragen soll – Colomba.«

Doch die Tochter, die im übrigen nicht seine war, wurde Zaira genannt wie ihre Großmutter, die im weit zurückliegenden Jahr 1889 aus Sizilien gekommen war. Aber das Versprechen bestand weiterhin und wurde zwei Generationen später eingelöst, als Angelica, die Enkelin von Cignalitt', ihrer Tochter den Namen Colomba gab.

Solange er lebte, machte sich Cignalitt' Jahr für Jahr zusammen mit vielen anderen Gläubigen auf den Weg, um die heilige Colomba zu verehren. In Eselskarren fuhren sie des Nachts zur Grotte hinauf, hoch oben auf den Monte Infornica im Gran-Sasso-Gebirge. Dort, auf 1230 Meter Höhe, öffnete sich die niedrige, tiefe Höhle, in der die Heilige bis zu ihrem Tod lebte. Man sagt, ihre Haare seien so lang gewesen, daß sie, um sie zu kämmen, auf einen Felsen habe steigen müssen. Dieser wurde dann der Felsen des Kammes der heiligen Colomba genannt. Außerdem wird behauptet, daß die Heilige, die ein Eremitendasein führte, mitten im Winter die Kirschbäume zum Blühen brachte; und noch heute kann man die Bäume sehen, die normalerweise auf einer solchen Höhe nicht mehr wachsen. Dort oben kamen Gläubige aus allen Ecken und Enden der Abruzzen zusammen und baten um Heilung und Wunder. Der Legende nach soll die heilige Colomba, von der man sagt, sie sei ganz grün gewesen, weil sie sich nur von Kräutern und Blättern ernährte, ihre smaragdfarbene kleine Hand auf den erkrankten Körperteil gelegt haben, und zwei Tage später war die Wunde geheilt.

In der Familie Pagliara gab es jedoch noch einen Heiligen: ihren Bruder Berardo, der im Gegensatz zu Colomba in die Welt hinauszog, die Freuden und Leiden der Politik kennenlernte und Bischof von Teramo wurde. Als der heilige Berardo erfuhr, daß seine Schwester, die Eremitin, bald sterben würde, soll er sich in Begleitung seiner Knappen in seinen prächtigen Gewändern hinauf zur Grotte auf den Gran Sasso begeben haben. Aber sobald er der zu einem Skelett abgemagerten Colomba gegenüberstand und ihre runzligen grünen Hände berührte, schämte er sich so sehr, daß er nacheinander seinen Hut, seine Ringe, seinen Mantel und seine seidenen Schuhe ablegte und sich halbnackt neben ihr niederließ, um mit ihr gemeinsam zu beten.

Antonina und Cignalitt' heirateten am 6. Juli 1940 in der Marienkirche mit dem persönlichen Segen von Papst Pius XII., der ihnen in einer Papierrolle zuging – das Ganze auf Geheiß des Bischofs der Diözese, in deren Kathedrale Giovannantonio Bigoncia, Cignalitt' genannt, gerade erst alle Fenster kostenlos instand gesetzt hatte. Vier Monate später wurde ein Mädchen geboren, ein strammes, fröhliches Pummelchen, das den Namen Maria Beatrice Zaira bekam.

Kurz nachdem Pitrucc' i pelus' nach Australien aufgebrochen war, erschienen Soldaten der Faschisten und stellten das ganze Haus von oben bis unten auf den Kopf. Auf diese Weise entdeckte Zaira, daß ihr Enkel Kommunist geworden war. Nun suchten die Faschisten nach ihm, um ihn gehörig zu verprügeln. Einige wollten ihm wegen staatsfeindlicher Umtriebe den Prozeß machen und ihn so schnell wie möglich erschießen.

Im Haus fanden sie nichts außer den Büchern von Marx und Engels, die er als Jugendlicher gelesen hatte, und trotzdem schlugen die Schwarzhemden die armseligen Möbel kurz und klein, die Mosè Salvato aus selbst zusammengesuchtem Buchenholz gezimmert hatte. Der alten Zaira taten sie nichts. »Nur, weil du ein altes Weib bist und nach Ziege stinkst!« brüllte sie ein eleganter Typ in Uniform an, während er der armen Katze einen kräftigen Fußtritt verpaßte. Und dabei war Großmutter Zaira die reinlichste Person, die man sich vorstellen kann: Sie wusch sich andauernd, selbst wenn es eiskalt war und das auf Kohlen angewärmte Wasser sofort wieder abkühlte; jeden Tag, den Gott werden ließ, weichte sie ihre Leibwäsche in Seifenlauge ein, und ständig flatterte hinter ihrem Haus irgend etwas auf der Leine: Bettlaken, Unterröcke, Schlüpfer, Nachthemden, alles frisch gewaschen und nach Lavendel duftend.

Aber für diese Barbaren mußte eine alte Frau zwangsläufig stinken. »Wenn ihr bloß wüßtet, wie sehr eure Gehirne stinken!« schimpfte Pitrucc' i pelus', als er aus einem Brief seiner Großmutter erfuhr, was die Schwarzhemden so alles gesagt und getan hatten, als sie ihr Haus zertrümmerten. Bevor sie wieder verschwanden, banden sie die Schafe mit einem Strick aneinander, ließen die Formen mit dem Käse, der zum Reifen auf einem Regal in der Küche stand, in einem großen Sack verschwinden und nahmen sogar die Holzstühle mit den von Mosè Salvato geflochtenen Sitzen mit.

Die alte Zaira hat sich von diesem brutalen Übergriff nie mehr richtig erholt. Bis zu ihrem Tod, der sie viele Jahre später ereilte, war sie, die in Einsamkeit und völliger Armut lebte, ein gebrochener, verängstigter Mensch. Gefunden hat sie der Briefträger, als er ihr einen Brief ihres Enkels Pitrucc' i pelus' aus Australien aushändigen wollte. Sie saß in einem Schaukelstuhl und hielt ihre ausgehungerte, wimmernde Katze im Arm.

An dieser Stelle der Geschichte muß sich die Frau mit den kurzen Haaren eingestehen, daß sie die Familie Bigoncia Del Signore richtig liebgewonnen hat. Gespannt wartet sie auf Zairas Erzählung, denn sie will mehr erfahren, noch viel mehr, so wie damals als Kind, wenn sie ihre Mutter mit Fragen zu wahren und erfundenen Geschichten bestürmte, die diese ihr vor dem Einschlafen erzählte. Was ist aus Pitrucc' i pelus' geworden, der nach Australien ausgewandert ist? Und wie ist es der kleinen Zaira ergangen, dem Kind von Antonina, der Metzgerstocher?

Zaira wußte wenig über Pitrucc' i pelus' und sein Leben in Australien. Das Land war zu weit weg, und es kamen keine Briefe von dort. Doch über die kleine Zaira, Zà genannt, wußte sie einiges, und auch über ihre Mutter, die schöne Antonina mit dem Madonnengesicht, die Cignalitt' geheiratet hatte, als sie im fünften Monat schwanger war. Ihren Bauch sah man nicht, denn den hatte sie mit Verbänden und Lappen fest umwickelt. Aber das ganze Dorf wußte Bescheid, obwohl alle so taten, als hätten sie keine Ahnung; nur des Nachts in ihren Betten zerrissen sie sich die Mäuler oder im Waschhaus oder in der Kirche, während sie auf den Segen des Pfarrers warteten. Cignalitt' kümmerte das nicht im geringsten. Er liebte seine Madonna mit den Samtaugen und ging hocherhobenen Hauptes durch die Straßen, in Gedanken bei seinen Schafen und Pferden, seinen Geschäften mit Holz und Kichererbsenmehl.

Maria Beatrice Zaira, Zà genannt, hatte eine behütete Kindheit bei ihrem wohlhabenden Stiefvater, der sie abgöttisch liebte. Niemand sagte ihr, daß er nicht ihr richtiger Vater war, und sie nannte ihn Papa. Ihre Mutter Antonina, die als junges Mädchen einer wunderschönen duftenden Rose glich und von allen im Dorf begehrt wurde, verkümmerte nach der Geburt. Sie wurde immer dünner und immer kleiner, als wäre sie plötzlich wieder zum Kind geworden. Mit dreißig hatte sie bereits die Hälfte ihrer Zähne verloren, unter ihren Kleidern traten die knochigen Schultern spitz hervor, und da sie sich ihrer Magerkeit schämte, ging sie fast gar nicht mehr aus dem Haus. Doch ihr Mann liebte sie und behandelte sie mit Zärtlichkeit, was sie allerdings gar nicht richtig zu schätzen wußte. In ihrem Herzen dachte sie vielleicht immer noch an Pitrucc' i pelus', der 1940 nach Australien gegangen war. Er war Kommunist geworden, trug heimlich rote Taschentücher bei sich und bewahrte ein Porträt von Stalin unter seiner Matratze auf. Wer weiß, wer ihm die Politik nähergebracht hatte, ihm, der weder in der Kneipe Z' Marì verkehrte noch auf dem Dorfplatz anzutreffen war. Man sagt, es sei der neue Pfarrer gewesen, Don Pasqualino, der 1938, noch jung und unerfahren, aus Neapel gekommen war, um die Stelle des kurz zuvor gestorbenen Pfarrers anzutreten. Don Pasqualino war klein, hatte ein rotes Gesicht, eine Hakennase und durchdringende, aber freundliche Augen. Im Gegensatz zu seinem Vorgänger, der keine Gelegenheit ausließ, den Paraden und Versammlungen der Faschisten seinen Segen zu erteilen, hatte er sich in den Kopf gesetzt, eine Schule für die Kinder der Hirten einzurichten. Bakunin, Stuart Mill und Malatesta kannte er in- und auswendig, und ständig besuchte er die Ärmsten der Armen, um ihnen mal ein Säckchen Bohnen, mal einen Laib Pecorino vorbeizubringen. Die Mitglieder der Gemeinde beäugten ihn mit einer Mischung aus Bewunderung und Furcht. Welch göttlicher Zorn mochte diesen originellen Pfarrer aus Neapel wohl hierhergetrieben haben, dachten die Dorfbewohner, die sich am liebsten an ihre Berge drückten, damit die Zensoren in der Stadt nur ja nicht auf sie aufmerksam wurden. Einige meinten, er sei ein Heiliger, andere hielten ihn für einen gefährlichen Anarchisten und fragten sich, wie es eigentlich sein könne, daß ein Priester Anarchist ist. Zwecklos, ihnen zu erklären, daß er bloß ein ganz normaler Christ war. Wenn die alten Dorfbewohner allabendlich in ihren Radmänteln, den Hut tief ins Gesicht gezogenen, auf der Piazza ihr Schwätzchen hielten, stellten sie zahllose Vermutungen an. Auch in der Kneipe Z' Marì war er Gesprächsthema, es hieß, er wäre ein Staatsfeind, weil er die Paraden ignorierte und niemals von der Kanzel herab auf den »überaus siegreichen« Krieg der Italiener in Afrika hinwies; ganz im Gegenteil, mutig verkündete er, daß vor Gott alle Menschen gleich seien, daß man Afrikaner, Chinesen, Juden respektieren müsse, getreu der Botschaft Christi: Liebe deinen Nächsten wie dich selbst!

Einige Jugendliche, die ihre politische Lektion in der Schule gelernt hatten, hielten ihm entgegen, daß die Afrikaner nun wirklich keine Menschen wären, sondern viel eher den Tieren glichen: Sie liefen mit einem Ring durch die Nase herum, und anstatt zu sprechen, tanzten sie mit nackten Füßen und wirbelten dabei jede Menge Staub auf, solche Bilder würden doch in so vielen Zeitungen der Regierung veröffentlicht. Und was die Juden beträfe, die wären sowieso Kommunisten, wollten den Schäfern ihre Schafe wegnehmen und Christus zum zweiten Mal ans Kreuz schlagen; die Deutschen täten, weiß Gott, gut daran, sie allesamt zu verjagen und in Lager zu verbannen. Don Pasqualino verlor nie die Geduld. Lächelnd wiederholte er, daß Christus selbst am Kreuz noch verziehen habe. Für ihn seien die *Rassengesetze*, die die Juden von den Schulen ausschlossen, gegen das Wort des Herrn gerichtet. Daß sie ihn bis zu diesem Augenblick noch nicht verprügelt hatten, war einzig und allein dem Respekt vor seinem Gewand geschuldet, das ihnen immer noch heilig war.

Mitten im Dorf stand eine alte Villa mit Spitzbogenfenstern, Rundbögen, Balkons mit Säulen, Türmchen auf dem Dach und einem riesengroßen Blumengarten, der von einer hohen

Mauer umschlossen war. Während des Krieges hatten sich die Deutschen dieses Hauses bemächtigt. Der Garten wurde plattgewalzt, und durch das Tor brausten unentwegt Militärjeeps, die Menschen aus dem gesamten Umkreis ankarrten: aus Villetta Barrea, Opi, Castel di Sangro, Civitella Alfedena, Roccaraso. Die Jeeps waren mit braungrünen Planen verhängt, aber die Dorfbewohner wußten, daß sich dahinter Gefangene befanden, die man vor der eleganten Jugendstilvilla zum Aussteigen zwang und in die unteren Etagen führte, wo sie verhört und, wie es hieß, auch gefoltert wurden, falls sie nicht gewillt waren zu reden.

Die Einwohner von Touta machten einen großen Bogen um die Villa, aber selbst von weitem drang das Jammern der Gefangenen an ihr Ohr. Einmal waren sogar Schüsse zu hören, und kurz darauf raste ein Jeep hinunter ins Tal. Die Dorfbewohner sollten nicht wissen, was in diesem herrschaftlichen Haus vor sich ging, aus dem nach dem Krieg ein luxuriöses Viersternehotel geworden war mit dem poetischen Namen »Hotel delle Gardenie«.

Als Don Pasqualino eines Morgens unterwegs war, um einem Hirten am Rande des Dorfes die Letzte Ölung zu geben, wurde er von einer Gruppe junger Burschen umzingelt, die aus dem Tal heraufgekommen waren: Sie beschimpften ihn als Kommunisten, traktierten ihn mit Fußtritten und Faustschlägen und zwangen ihn zum Schluß, eine ganze Flasche Rizinusöl auf einmal zu leeren. Dann brausten sie auf einem olivfarbenen Motorrad mit Beiwagen davon. Niemand wußte, ob es sich um Soldaten handelte, die einen Befehl ausgeführt hatten, oder einfach nur um ein paar Jugendliche, denen der Sinn danach stand, politischen Abweichlern einen Denkzettel zu verpassen. Den ganzen Tag lang mußte Don Pasqualino sich übergeben. Als er dann noch anfing, andauernd zur Toilette zu rennen, konnten sich die Lausbuben, die in der Nähe der Sakristei herumlungerten, vor Lachen kaum halten. Ihm als Kommunisten hatte man eine Lektion erteilt, und das geschah ihm ganz recht! Mit allen Kommunisten sollte man so verfahren: zuerst total entleeren, dann aufhängen. So dachten die Fanatiker. Die anderen, die Klügeren und Sensibleren, senkten besorgt den Kopf und gingen ihrer Wege. Aus Angst enthielten sie sich jedes Kommentars.

Es waren schmerzliche Jahre, erklärt Zaira der Frau mit den kurzen Haaren, die Abruzzen waren geteilt, es herrschte Hunger, und die Deutschen, die durch die Niederlagen und den Vormarsch der Alliierten nervös geworden waren, reagierten völlig kopflos und schossen wie wild auf jeden, der ihnen vor die Flinte kam. Zwischen 1940 und 1944 errichteten sie sage und schreibe sechzehn Lager und neunundfünzig Internierungsstellen. Darin befanden sich Juden, italienische Antifaschisten sowie englische und französische Gefangene.

Die Kartoffelfresser waren vor allem deshalb so nervös, weil sich plötzlich und für sie unerwartet Widerstand in den Abruzzen erhob, der überall spürbar war und jeden Tag organisierter daherkam. Damit hatten sie nicht gerechnet. Die eleganten jungen Nazis, die in besagter Villa verkehrten, hatten es besonders auf diejenigen abgesehen, die sie als Hochverräter bezeichneten. Und sie setzten alles daran, diese auf frischer Tat zu ertappen, entweder indem sie bezahlte Spione einsetzten und sie beschatten ließen oder indem sie verdächtige Häuser stürmten. Sobald sie ihrer habhaft wurden, hängten sie sie ohne viel Federlesens auf. Doch wenn sie sahen, daß sie jung und kräftig waren, schickten sie sie kurzerhand in die Konzentrationslager jenseits der Grenze, wo sie in der Versenkung verschwanden – verschluckt von seltsamen Namen, die damals kaum jemand kannte: Buchenwald, Dachau, Auschwitz.

All diese Dinge hatte Zaira von Raffaele, der die Deutschen ebenfalls haßte und alles mögliche versuchte, um sie aus dem Dorf zu jagen. Die populärste Widerstandsgruppe hieß Brigata Maiella und wurde von einem gewissen Ettore Triolo angeführt; außerdem gab es den Verband Bosco Maltese, dessen Name an den blutigen Zusammenstoß von 1943 in Bosco Maltese erinnerte. Damals trafen Soldaten der Wehrmacht auf eine Schar abruzzischer Antifaschisten, denen es nach einer heftigen Schießerei gelang, die Deutschen zum Rückzug zu zwingen, worauf sie mächtig stolz waren. Im Dorf sprach man darüber, wenn auch nur hinter vorgehaltener Hand.

Am 21. November 1943 wurde Don Pasqualino in aller Eile nach Pietransieri in der Nähe von Roccaraso beordert, denn dort sei »was ganz Fürchterliches passiert«! Er lieh sich das Auto von Cignalitt', dem Vater von Zà, und machte sich unverzüglich auf den Weg.

»Was war denn los? Was war denn los?« fragten ihn die Gemeindemitglieder, als er am Abend blaß, müde und blutverschmiert zurückkam. Don Pasqualino schien zu verwirrt zum Reden, aber dann berichtete er doch nach und nach, daß er in der Ortschaft Limmari, gleich neben Pietransieri, die Körper von etwa hundert Personen gefunden habe, darunter Kinder und Alte, Männer und Frauen, niedergemetzelt von der Wehrmacht mit Handgranaten und Maschinengewehren. Und nur deshalb, weil sie dem Befehl, ihr Dorf innerhalb einer Stunde zu räumen, nicht nachgekommen waren. Zwar sind sie unter vorgehaltenen Waffen auf die nahen Felder hinausgezogen, dann aber dort geblieben, um sich nicht zu weit von ihren Tieren und Häusern zu entfernen. Und für diesen Ungehorsam wurden sie allesamt abgeschlachtet, ein ganzes Dorf. Er erzählte von den Hunden, die verzweifelt neben den Leichen ihrer Besitzer winselten, er erzählte von abgerissenen Gliedmaßen, die auf benachbarte Felder geflogen waren, und vom Brüllen der in den Ställen eingesperrten Kühe, während eine unwirkliche Stille die übereinanderliegenden toten Körper umgab. Da waren Mütter, die ihre wenige Monate alten Babys noch an sich drückten, Männer, die versucht hatten, ihre Frauen zu schützen, indem sie sich vor sie stellten, und deren Brust von Schüssen durchlöchert war, ihre Hemden voller geronnenem Blut. Die Nazis kannten kein Erbarmen: Wer die

Handgranaten und Maschinengewehrsalven überlebt hatte, wurde mit einem Kopfschuß niedergestreckt. Viele Kinder waren möglicherweise aufgrund ihrer Körpergröße von den ersten Maschinengewehrangriffen verschont geblieben und wurden dann mit einem Pistolenschuß aus nächster Nähe ermordet. Ein Bild ging dem Priester besonders nahe: ein kleines Mädchen, an den Hals seiner Mutter geklammert, die rücklings auf der Erde lag, während ihr das Blut aus dem Mund lief. Das Kind mußte schon längere Zeit an der Seite der toten Mutter zugebracht haben, denn seine Hände waren blutverschmiert, und auf Gesicht und Hals der Frau zeichneten sich Fingerabdrücke ab, die eindeutig von den blutigen kleinen Händen der Tochter stammten. Zeichen dafür, daß die Kleine ihre Mutter noch gestreichelt und angeredet hatte, bevor sie mit einem Schuß in den Rücken endgültig zum Schweigen gebracht wurde. Die feinen blonden Haare wehten im Wind und vermittelten den Eindruck, als ob der Kopf des Kindes sich bewegte.

Don Pasqualino konnte dieses Gemetzel nie vergessen, und noch viele Jahre später, als er schon alt und gebrechlich war, begleitete er denjenigen, der ihn nach den Deutschen und dem Krieg fragte, nach Pietransieri, wo es einen Gedenkstein gibt mit den Namen aller hundertachtundzwanzig Ermordeten mitsamt ihren Geburts- und Sterbedaten. Sein höckeriger Finger verweilte immer etwas länger bei den Namen der vierunddreißig Kinder, die damals noch keine zehn Jahre alt waren.

Seit dem Tag, als man ihm das Rizinusöl eingeflößt hatte, war Don Pasqualino zwar vorsichtiger geworden, aber an seiner Gesinnung hatte sich nichts geändert. In seinen sonntäglichen Predigten wimmelte es nun von Zitaten aus dem *Evangelium* und aus der *Bibel*, aus denen widersprüchliche Lehren gezogen wurden. Wer konnte schon etwas gegen die Erklärungen Christi sagen? Das Wort »Juden« erwähnte er nicht mehr, ließ aber keine Gelegenheit aus, darauf hinzuweisen, daß alle Menschen eine Seele haben, sei sie nun gut oder böse, und das dürfe man nicht geringschätzen. Sogar die Tiere, ereiferte er sich, sogar sie verfügten über eine Seele, und deshalb müsse man ihnen die nötige Achtung entgegenbringen. Mit dieser letzten Behauptung waren viele Dorfbewohner absolut nicht einverstanden, und sie nannten ihn einen verrückten Idealisten. »Der ist ja schlimmer als der heilige Franziskus!« sagten sie und machten sich über ihn lustig, weil er einen Sperling in seinem Haus hielt, den er frei herumfliegen ließ und mit dem er sprach wie mit einem Freund. Tiere sind dazu da, um gejagt, in Stücke geschnitten und gegessen zu werden, erklärten die Männer, und die Frauen nickten etwas eingeschüchtert, unschlüssig, ob sie auf den neapolitanischen Pfarrer hören sollten, der alle Traditionen über den Haufen warf, oder doch lieber auf ihre Männer und Söhne, die daran gewöhnt waren, auf die Jagd zu gehen, und sich nur dann um die Hunde kümmerten, wenn diese eine gute Spürnase hatten; stellte sich jedoch heraus, daß sie zum Schafehüten nicht taugten, wurden sie mit einem Gewehrschuß getötet. »Hat Christus nicht selbst gesagt, nehmet und esset?« hielten sie dem Priester schüchtern entgegen. Alle Bemühungen Don Pasqualinos, ihnen klarzumachen, daß Jesus seinen Leib sehr wohl als gebrochenes Brot zur Speise hingegeben habe, daß es sich dabei aber lediglich um einen symbolischen Akt handele, waren vergeblich. Sie schüttelten nur den Kopf, und sosehr sie ihn auch wegen seiner Güte und seiner Aufrichtigkeit schätzten, so hielten sie ihn dennoch für ein wenig plemplem. Noch mit achtzig fuhr Don Pasqualino Fahrrad, kletterte die Felsen hinauf und ließ seine noch immer kräftige Stimme erschallen, wenn er sonntags über Gerechtigkeit und Nächstenliebe predigte. Manch einer tippte sich mit dem Finger an die Schläfe und drehte ihn hin und her, was soviel heißen sollte wie: Am besten gar nicht hinhören, bei dem ist 'ne Schraube locker, aber sonst ist er ganz harmlos und tut niemandem etwas zuleide, er ist eben bloß ein bißchen plemplem.

Don Pasqualino hatte die kleine Maria Beatrice Zaira, Zà genannt, getauft, aus seiner Hand hatte sie ihre erste Kommunion empfangen, und als er sie in der Kirche auf die Firmung vorbereitete, stellte er fest, daß sie ein intelligentes und aufgewecktes Mädchen war. Er bat ihre Mutter Antonina um die Erlaubnis, sie in den Kinderchor aufzunehmen. Aber die sah ihn nur erschrocken an. Ohne ihren Mann konnte sie keine Entscheidungen treffen. »Ja, dann frag doch Cignalitt'!« hatte er lächelnd erwidert. Die Frau tat ihm leid, sie schien nur noch mit einem seidenen Faden am Leben zu hängen. Es hieß, sie leide an Liebeskummer, aber ihm gegenüber hatte sie nie etwas davon erwähnt, nicht einmal im Beichtstuhl. In der Sakristei war ihm allerhand Tratsch zu Ohren gekommen, und so wußte er, daß sie bereits im fünften Monat schwanger war, als sie Cignalitt' geheiratet hatte, er wußte, daß sie vorher mit einem zusammen war, der den Ruf eines Revoluzzers hatte und nach Australien gegangen war, nachdem er seine Maultiere und Schafe verkauft hatte, um sich eine Fahrkarte dritter Klasse für den Dampfer nach Sydney leisten zu können.

Aber auf solches Geschwätz gab er nichts. Alles, was er wollte, war, daß diese schreckhafte Mutter ihm ihre kleine Tochter anvertraute, damit er sie in Musik, Geographie und auch in italienischer Literatur unterrichten konnte. Laut ließ er sie Ariost lesen: *Nie hat die Hirtin, die im Grase gleiten / die Schlange sieht, so schnell den Fuß gewandt, / wie jetzt Angelica den Zügel wandte, / da sie den Ritter dort zu Fuß erkannte.* Er erzählte ihr von dieser Angelica und ihrer Liebe zu Roland, dem sie durch ganz Europa folgte, ganz allein zu Pferd durch Wälder mit fliegenden Drachen und hinterlistigen Zauberinnen; sie kämpfte gegen bewaffnete Ritter, machte sich mit einem Zauberring unsichtbar und schlief zwischen dunklen Felsen und in unheimlichen Grotten. Er erzählte ihr von Neapel und vom Meer, das sie noch nie gesehen hatte.

»Wie ist das Meer denn so?« fragte Zà und schaute mit ihren roten Apfelbäckchen zu Don Pasqualino auf. Dann breitete er die Arme aus und sagte: »Sooo groß ist es.«

»Größer als die Piazza San Giovanni Decollato?«
»Viel größer.«
»Größer als das Fuciner Tal?«
»Noch viel größer.«
»Und was macht man, damit man nicht ertrinkt?«
»Man nimmt ein Boot und setzt sich rein.«

Giovannantonio Bigoncia, Cignalitt' genannt, erlaubte seiner Tochter, beim neuen Pfarrer in die Schule zu gehen, und mit ihrem Eintritt in den Kirchenchor war er auch einverstanden, wußte er doch, daß seine Frau Antonina ein Auge auf sie haben würde, wenn sie sich hinter einer Säule verbarg, um ihr verzückt zu lauschen. Don Pasqualino schärfte seiner Schülerin ein, daß alle Menschen gleich sind, daß jede Diskriminierung dumm und sündhaft ist und es allemal notwendiger sei, den eigenen Kopf vernünftig zu gebrauchen, als einfach zu gehorchen. Auch wenn der vernünftige Gebrauch des eigenen Kopfes – das wollte er nicht verschweigen – durchaus Gefahren gesellschaftlicher Art mit sich bringen könne. War er nicht selbst Opfer von Gewalttätern geworden? Mit ihrem olivfarbenen Motorrad mit Beiwagen waren sie aus dem Tal heraufgekommen, hatten ihn verprügelt und gezwungen, Rizinusöl zu schlucken, so daß er eine Woche lang Bauchschmerzen hatte. Aber die Liebe zu Gott ist stärker als jeder politische Haß, erklärte er ihr und gab ihr das Matthäusevangelium zu lesen: »Selig die Friedfertigen, denn sie werden Kinder Gottes genannt werden.«

Maria Beatrice Zaira, Zà genannt, war noch ein kleines Mädchen, als der Krieg zu Ende war. Im Dorf hörte man ein Krachen und Knallen wie sonst nur in der Silvesternacht. Viele sagten, es sei das Ende einer Diktatur. Zum ersten Mal sprachen sie dieses Wort ganz offen aus, das einige Monate zuvor allenfalls heimlich im Schlafzimmer gefallen war. Über das, was außerhalb des Dorfes vor sich ging, war meistens sehr wenig bekannt geworden. Die Zeitungen hatten andauernd das gleiche geschrieben und immer berichtet, alles laufe bestens, die Faschisten würden den Krieg gewinnen, vereint mit Deutschland gegen »das Pack der Welt«. Gegen das niederträchtige Albion und die feigen Jünger Jeanne d'Arcs, einer doch wohl eher zweifelhaften Heldin: Wann hat man je eine Frau hoch zu Roß eine Armee anführen sehen? Unterdessen seien die Kommunisten, dieses schädliche, überall, selbst im eigenen Garten aus dem Boden schießende Unkraut, weltweit damit beschäftigt, »jede Kirche zu zerstören, den Bauern die Höfe und den Schäfern die Tiere wegzunehmen, die Töchter in Bordelle zu stecken und sich die Ehefrauen zu teilen«, Dinge, bei denen sich einem schon beim Zuhören der Magen umdrehe.

Doch trotz aller großen Reden über das Reich und die neuen Kolonien litten die Menschen Hunger, und viele gingen ins Ausland. Auch in Touta versprachen bettlakengroße Plakate Traumlöhne für die Arbeit in belgischen Bergwerken. Der Steinkohleverband des Staates Belgien rief die Abruzzesen, »starke, gutwillige Männer«, auf, in die dortigen Kohleminen zu kommen. Sie bekämen zwanzig Francs pro Tag, Unterkunft und Verpflegung gratis.

Viele verließen ihre Frauen und Bräute und machten sich auf den Weg. Einige kehrten später zurück, andere nie. Ab und zu kamen Postkartengrüße. Oder lange Briefe mit Geld, und manchmal lag ein Foto bei. Auch Zà hatte ein solches bekommen, von Gerardo, dem Cousin ihrer Mutter: Er saß mit einem Eßnapf in der Hand auf einem Stein, das Gesicht schwarz von Kohle, auf dem Kopf einen Schutzhelm mit einer kleinen Lampe und vor sich eine Hacke, die in der Erde steckte. Onkel Gerardo lächelte, als läge ihm die Welt zu Füßen. Doch so mager, wie er war, konnte es ihm unmöglich gutgehen. Trotzdem schickte er Monat für Monat die paar Francs, die seine Familie unbedingt zum Leben brauchte: eine schwangere Frau und vier kleine Kinder, die alle an Rachitis erkrankt waren und mit einem Kropf herumliefen.

Infolge der großen Hungersnot und der Kälte erkrankte Don Pasqualino an Schwindsucht, was er aber ignorierte. Er hustete derartig, daß die Menschen während der Messe Mitleid mit ihm hatten. Aber alle sagten: »Er wird schon wieder gesund, der Herr gibt auf ihn acht!« Ohne daran zu denken, daß es häufig diejenigen trifft, die der Herr besonders im Auge behält; vielleicht deshalb, so eine kühne Behauptung, weil er sie so sehr liebt, daß er sie vorzeitig bei sich im Paradies haben will.

Trotzdem ließ Don Pasqualino seine sonntägliche Predigt niemals ausfallen, und die Gemeindemitglieder – auch die, die seine Auffassungen nicht teilten – hörten ihm ehrfürchtig zu. Denn dieser Mann verfügte über echte Würde. Man wußte von ihm, daß er sofort alles weiterverschenkte, was er bekam, und sich wie kein anderer Pfarrer vor ihm um die Armen kümmerte. Er versuchte, die jungen Männer davon abzubringen, in die Kohlegruben nach Belgien oder nach Frankreich zu gehen, weil er meinte, dort müßten sie zuviel Bitteres schlukken, und dann kämen sie mit kaputten Lungen und wenig Geld in der Tasche nach Hause zurück. Aber der Hunger war groß, und die jungen Leute gingen trotzdem, denn in einer Familie mit acht, zehn Kindern und nur wenigen Schafen gab es einfach kein Überleben.

Als Don Pasqualino nach einer Kur in einem Sanatorium in Sondrio 1955 geheilt zurückkehrte, hielten die Gemeindemitglieder das für ein Wunder und schenkten ihm einen Sack mit dreißig Kilo Kartoffeln, einer ganz speziellen Sorte aus der Fuciner Ebene: goldgelb und so süß und nahrhaft wie Kastanien.

Eine Zeitlang hatte man ihn nach Lecce dei Marsi versetzt. Wo er andere Freunde und Bewunderer fand. Aber auch dort hieß es, er sei ein bißchen eigenartig: Hatte er sich nicht gegen die Jäger gestellt, indem er sich weigerte, am Tag des heiligen Antonius Abate ihre Gewehre zu segnen?

Aufgrund einer Bittschrift der Einwohner von Touta kehrte er schließlich zu ihnen zurück und nahm seine leidenschaftlichen Sonntagspredigten wieder auf. Jetzt prangerte er vor allem die sozialen Ungerechtigkeiten, die weltweiten Kriege und den illegalen Hausbau an. Manchmal erschien der Bürgermeister bei ihm in der Sakristei und tadelte ihn augenzwinkernd: »Don Pasqualino, Sie bringen mir ja die Gemüter gegen die christdemokratische Lehre auf.«

»Kümmern Sie sich nur um die christdemokratische Lehre, ich kümmere mich weiter um die christliche Lehre.« Wie ein Lauffeuer verbreitete sich seine Antwort im Dorf, die Menschen erzählten sich immer wieder davon. Auch wenn sie weiterhin die *Democrazia Cristiana* wählten.

Mit achtzehn Jahren war Zaira schon groß und kräftig, wenn auch noch recht scheu. Doch mit der Keckheit der Schüchternen erklärte sie ihrem Vater, daß sie nicht beabsichtige, im Dorf zu bleiben. Sie wollte in die Stadt, um zu studieren. Also schickte Cignalitt', der ihr vor allem nach Antoninas Tod nichts abschlagen konnte, sie nach Florenz. Und sie machte ihm in jeder Hinsicht Freude, bekam nur gute Noten, war bescheiden und vernünftig. Sie trank nicht wie so viele ihrer Studienkollegen, verbrachte ihre Nächte nicht mit Tanzen und Flirten. Sie hatte sich die typische Zurückhaltung der Bergbewohner bewahrt, was sie bei den Kommilitonen, die gern feierten, nicht besonders beliebt machte; andere dagegen schlossen gerade wegen ihrer ungeschliffenen Sprödigkeit Freundschaft mit ihr.

In Florenz wohnte sie im Arbeiterviertel San Frediano in einer Pension mit dem romantischen Namen Rêverie, das französische Wort für Träumerei. Aber die Hausordnung war alles andere als traumhaft. Die Wirtin, Signora Buccini, hatte einen Sparfimmel: Nach elf Uhr abends mußten alle Lichter gelöscht sein, sonst setzte sie einem die Kosten für den Stromverbrauch am Monatsende auf die Rechnung. Warmes Wasser gab es nur einmal in der Woche, und die Dusche durfte nie länger als drei Minuten dauern, andernfalls drehte sie einem zur

Strafe das Gas ab. Cignalitt' gegenüber erwähnte Zaira nichts von alldem, denn sie wollte ihn nicht beunruhigen, aber wohl fühlte sie sich natürlich nicht. Um Toilettenpapier zu sparen, schnitt die Pensionswirtin alte Zeitungen in viele kleine Quadrate und stapelte diese vor dem Klo. Im Treppenhaus war ein Gerät angebracht, das dafür sorgte, daß die Beleuchtung sich nach wenigen Sekunden wieder ausschaltete, und jedesmal lief man Gefahr, die Treppe hinunterzufallen. Zu essen gab es beinahe täglich Bohnensuppe, niemals Fleisch oder Fisch, und die Süppchen am Abend waren so dünn, als bestünden sie nur aus Wasser mit »Meeresfischeinlage«, wie die Mieter bemerkten, wenn sie denn tatsächlich mal eine Gräte fanden. Die Zimmer waren hauptsächlich an Studenten vermietet, und alle beklagten sich, daß sie nicht anständig satt wurden. »Ich hab' keinen Pfennig Geld, keinen Pfennig Geld, und ihr bezahlt auch so gut wie nichts«, jammerte Signora Buccini immer wieder, wobei sie sich die Hände rieb. Und wenn sich ein Mieter nicht an ihre Hausordnung hielt, dann war irgendwann sein Bett abgezogen, die Matratze zusammengerollt, und obendrauf lag sein Koffer.

Deshalb wurden die Würste aus den Bergen, der Pecorino und die Kekse mit Most, all das, was Cignalitt' mindestens einmal im Monat nach Florenz mitbrachte, sehnlich erwartet. Zaira teilte diese Köstlichkeiten mit den anderen Studenten, die ihr zum Dank Romane und Gedichtbände schenkten. Eines Tages starb die Wirtin der Pension auf ganz groteske Weise: Sie wollte eine Spinne unschädlich machen, die oben an der Decke ihr Netz gespannt hatte. Also holte sie eine wakkelige Leiter aus der Abstellkammer, stieg hinauf und fuchtelte mit den Armen. Da die Leiter von keiner einzigen Schraube mehr zusammengehalten wurde – aus Sparsamkeitsgründen waren die fehlenden nie ersetzt worden –, öffnete sie sich wie ein Heft, und die Wirtin knallte mit dem Kopf auf die Kante einer Fußleiste. Man könnte sagen, sie ist an Geiz gestorben. Sie hätte bloß die fehlenden Schrauben ersetzen müssen, dann wäre sie am Leben geblieben. Ein paar Tage später kam Cignalitt' aus Touta und quartierte seine Tochter bei einer Verwandten namens Cesidia in Santa Croce ein.

Im Hause dieser Cesidia, die ihren Lebensunterhalt damit verdiente, daß sie für die Nachbarschaft Bettlaken und Kleider flickte, lernte Zaira von morgens bis abends in einem winzigen Zimmer, dessen Fenster auf die Dächer hinausging. Die Hausherrin sah sie nur zu den Mahlzeiten, und auch dann immer nur kurz, denn die eine wie die andere wollte sich so schnell wie möglich wieder an die Arbeit machen. Das Zimmer über den Dächern war ruhig und gemütlich, wenn auch sehr klein. Es gab dort nicht einmal einen Schrank, und Zaira war gezwungen, ihre Sachen unter dem Bett zu stapeln. Ihre ganze Freude war das vom Holzwurm zerfressene kleine Tischchen am Fenster: Hier vertiefte sie sich in ihre Bücher. Und von hier aus konnte sie, wenn sie aufblickte, die Turteltauben beobachten, die gurrend in Reih und Glied auf dem gegenüberliegenden Dach kauerten oder geschäftig hin und her liefen.

Ab und zu wurde sie von den Klängen eines Klaviers abgelenkt, die aus einer nahen Wohnung drangen. Anfangs achtete sie nicht sonderlich darauf, aber irgendwann im Laufe der Zeit konnte sie nicht mehr umhin, die Geschicklichkeit der Finger zu bewundern, die da in einem nicht allzu weit entfernten Zimmer über die Tasten eilten. Die Neugier auf den Besitzer dieser sensiblen, sicheren Hände wurde zur fixen Idee. Wer mochte das sein? Das fragte sie sich, während sie aus ihrem Buch aufschaute und mit wachsendem Entzücken den klaren, vollen Tönen lauschte, die sie aus ihrem Studium rissen.

Bisweilen mußte sie sich die Ohren zuhalten, um sich auf ihre Lektüre konzentrieren zu können, doch die Neugier trieb sie um. Und so fing sie an, mit gerecktem Hals aus dem Fenster zu spähen und in alle Richtungen zu lauschen. Bis sie schließlich herausfand, daß diese leichten und zugleich kraftvollen Klänge aus einer Wohnung im vierten Stock kamen.

Noch an demselben Abend stieg sie ins obere Stockwerk hinauf und blieb vor der Tür stehen, auf der in goldenen Lettern geschrieben stand: Pension Paffudi. Doch sie hatte nicht den Mut anzuklopfen. Sie wollte sehen, wer der Pianist oder die Pianistin war, dem oder der sie da von ihrem Arbeitszimmer aus lauschte. Es schien, als würde sich diese Tür niemals öffnen. Nur frühmorgens hörte Zaira im Halbschlaf, wie sie ins Schloß fiel und Schritte die Treppe hinuntereilten. Aber es war nicht der Klavierspieler, der um diese Zeit das Haus verließ. Denn pünktlich kurz nach neun erklangen die Sonatinen von Czerny, die Fingerübungen des Pianisten. Sobald er sich eingespielt hatte, nahm er dann die anspruchsvolleren Stücke in Angriff.

Eines Morgens, nachdem sie eine Sonate von Brahms gehört hatte, vernahm sie Schritte im Treppenhaus und schoß aus ihrem Zimmer, in der Hoffnung, der Person zu begegnen, die sie suchte. Um ein Haar wäre sie mit einem jungen Mann zusammengeprallt. Sie entschuldigte sich. Er sah sie erstaunt an. Dann faßte sie sich ein Herz und fragte ihn, ob er der Klavierspieler aus dem vierten Stock sei.

»Der bin ich, warum?«

»Ah!« flüsterte Zaira erfreut, aber ihre Schüchternheit hielt sie davon ab weiterzureden. Sie wußte nicht, was sie noch sagen sollte. Er war inzwischen nach unten gegangen und hatte die Haustür hinter sich zugeschlagen.

Der junge Mann gefiel ihr genauso gut wie die Musik, die er spielte. Er war groß, schlank, hatte einen hellblonden Schopf und große, unruhige Augen; seine Bewegungen wirkten zerstreut, hatten aber zugleich auch etwas Ungestümes an sich.

Eines schönen Vormittags begegnete sie ihm wieder, als er, in eine Partitur vertieft, langsam die Treppe hinaufstieg. Zaira blieb stehen, um ihm zu sagen, wie sehr ihr seine Musik gefalle. Für diesen Zweck hatte sie sich bereits einen etwas umständlichen Satz zurechtgelegt. Doch er kam ihr zuvor. Mit einer raschen Geste umschlang er ihre Schultern, drückte sie an sich und küßte sie. Einfach so, ohne ein Wort zu sagen. Verärgert über diese stürmische Annäherung, riß sie sich los. Nicht einmal ihren vorbereiteten Satz konnte sie anbringen, denn auch diesmal verschwand er wortlos.

Von jenem Tag an richtete Zà es so ein, daß sie immer zu der Zeit die Treppe hinunterging, wenn er heraufkam, und war niemand in der Nähe, tauschten sie schnell einen Kuß, andernfalls grüßten sie sich nur, und jeder ging seiner Wege. Während sie in ihrem Zimmer lernte, lauschte sie seinem Klavierspiel, und von Tag zu Tag verliebte sie sich mehr: sowohl in ihn als auch in die Musik von Bach, Scarlatti und Chopin.

Eines Abends trafen sie sich zufällig vor der Haustür, und er fragte sie, ob sie nicht Lust habe auf Waffeln mit frischer Sahne und ihn zum Milchladen an der Ecke begleiten wolle. Sie stimmte zu, und kurz darauf saßen sie zwischen weißgekachelten Wänden beisammen, und Roberto fing an zu erzählen: daß er aus den Bergen Venetiens komme und am Konservatorium in Florenz studiere, weil dieses zu den renommiertesten in Italien gehöre. Er gestand ihr, daß seine Eltern ihm jeden Monat einen gewissen Geldbetrag schickten, der gerade ausreiche, um das Zimmer und ein paar Bücher zu bezahlen. Seit mittlerweile einem Jahr wohnte er in der Pension Paffudi, wo er sich sehr wohl fühlte. Die Wirtin verwöhnte ihn mit süßen Sachen, weil sie gern Torten backte, übrigens auch gegen Bezahlung für ihre Freundinnen und für die Hausbewohner, die bei der Pension anklopften, um einen Apfelkuchen, einen Rosinenfladen mit Rum oder eine Schokoladentorte in Auftrag zu geben. Deshalb roch es im Hause Paffudi auch immer so gut nach zerlassener Butter, Zimt und Zuckergebäck.

Zaira erzählte ihm, daß sie aus den Abruzzen komme, genauer gesagt aus Touta, einem kleinen Nest mitten im Apennin, daß ihre Mutter an einer rätselhaften Krankheit gestorben sei und ihr Vater mit Schafen und Wolle handele.

Seit dieser Zeit sahen sie sich häufig, doch ihre Begegnungen verliefen sittsam, entweder im Milchladen, wo die Waffeln mit der Sahne sieben Lire kosteten, oder im Park unter einer hundertjährigen Kiefer, in der so viele Vögel zwitscherten, daß man meinte, man wäre auf einem Wochenmarkt. Ab und zu fiel sogar ein weißliches Häufchen Vogeldreck auf ihre Mäntel, aber sie lachten nur darüber und küßten sich weiter.

Eines Tages eröffnete ihr Cesidia, von der Zaira bis dahin angenommen hatte, sie wäre lediglich eine flüchtige Bekannte ihres Vaters, daß sie in Wirklichkeit die Geliebte von Cignalitt' war. Sie trank ihren heißen Kaffee, blickte Zaira tief in die Augen und erklärte ihr ohne jegliches Schamgefühl, daß ihr Vater im Bett eine richtige Kanone sei. Zaira sprang mit einem Ruck auf und verschwand in ihrem Zimmer. Wie konnte diese Frau nur so taktlos sein? »Weißt du, Cignalitt' war immer schon häßlich, sogar als Kind«, fuhr Cesidia am selben Abend beim Essen fort, »aber er hat einen Körper wie ein Stier, und sein Herz ist weich wie Butter.« Und dann verriet sie ihr, daß sie und Cignalitt' sich im Grunde nie getrennt hätten, auch nicht nach seiner Hochzeit mit Antonina. Ab und zu sei er mit dem Zug von Touta nach Avezzano gefahren, von dort nach Rom und von Rom nach Florenz, immer unter dem Vorwand, er habe etwas Geschäftliches zu erledigen, müsse Wolle verkaufen oder neue Maschinen anschaffen. Sie trafen sich in ihrer Wohnung, wo in den Schränken stets Kleidung zum Wechseln für ihn bereitlag: frisch gebügelte Hemden, auf Hochglanz polierte Schuhe, nach Lavendel duftende Schlafanzüge.

Ohne Hemmungen berichtete sie ihr jede Einzelheit, und es war nicht klar, ob sie Zaira damit schockieren oder ihr Vertrauen gewinnen wollte. Vielleicht wollte sie ihr aber auch nur zeigen, daß im Grunde sie, Cesidia, die große Liebe von Cignalitt' war, trotz seiner Zuneigung zu Antonina und Zà.

In der Folgezeit, während Zà immer noch bei Cesidia wohnte, kam Cignalitt' zu Besuch. Wie selbstverständlich quartierte er sich im Schlafzimmer der Frau ein, und am Abend trug er einen jener Schlafanzüge, die, wie Cesidia ihr gezeigt hatte, frisch gewaschen und zweimal gefaltet im Schrank lagen. Gemeinsam zogen sich die beiden dann in das große Zimmer zurück, nachdem sie zuvor einen Teller Spaghetti mit Steinpilzen verzehrt und dazu einen kräftigen, fast schwarzen Chianti getrunken hatten.

Am nächsten Morgen ging Zà zeitig aus dem Haus und kam den ganzen Tag nicht zurück. Cignalitt' machte sich Sorgen und suchte nach ihr, zunächst in der Universität, später sogar in den Krankenhäusern der Stadt. Dabei saß Zaira auf einer Parkbank und starrte ins Leere, in Gedanken bei ihrer Mutter Antonina, die jahrelang betrogen worden war. Vielleicht war sie deshalb so blaß und hatte so wenig Freude am Leben. Bis sie schließlich jung starb. Oder könnte es sein, daß sie alles gewußt und toleriert hat? In der Familie erzählte man sich, Antonina habe einen Verlobten gehabt, der nach Australien ausgewandert sei. Angeblich soll sie ihren Eltern nie verziehen haben, daß die sie daran hinderten, mit ihm zu gehen, und sie statt dessen zwangen, diesen Cignalitt' mit den kurzen Beinen, dem Stiernacken und den Armen eines Ringkämpfers zu heiraten, auch wenn er sich dann als treusorgender Ehemann und guter Vater erwies.

All das ging ihr durch den Kopf, als sie plötzlich hörte, wie jemand ihren Namen rief. Sie blickte auf und sah ihn auf sich zukommen: klein, beleibt, in einen weißen Regenmantel gezwängt, der ihm um die krummen Beine flatterte. Ohne es zu wollen, dachte sie einerseits verwundert, andererseits mit einem gewissen Gefühl der Erleichterung, daß dieser Mann unmöglich ihr richtiger Vater sein konnte: Wahrscheinlich war sie die Tochter des anderen, der nach Australien ausgewandert war.

Später, als sie an Cesidias Küchentisch saßen, fragte Cignalitt', warum sie davongelaufen sei, und sie gab ihm zur Antwort, sie habe sich gekränkt gefühlt wegen ihrer Mutter Antonina, die ihm immer treu gewesen und vor Kummer gestorben sei. Und dann redete Cignalitt' zum ersten Mal ganz offen mit Zaira. Er erzählte ihr, daß ihre Mutter Antonina zum Zeitpunkt ihrer Hochzeit bereits von einem anderen schwanger war, und zwar von ihrem Verlobten, einem gewissen Pitrucc' i pelus', der nach Australien ausgewandert war. Und obwohl er, Cignalitt', wußte, daß Antonina und Pitrucc' sich liebten, hat er sie geheiratet, weil er schon lange in sie verliebt war und sie seit der Zeit begehrte, als sie zufällig zusammen in einem Eselskarren zur Grotte der heiligen Colomba auf den Gran Sasso hinaufgefahren waren. Das seien die schönsten drei Tage seines Lebens gewesen, immer an der Seite der hübschen Antonina, die nichts sagte, sondern ihn nur mit ihren madonnengleichen Augen anblickte. Von diesen drei herrlichen Tagen war ihm besonders das allabendliche Beisammensein am Lagerfeuer in Erinnerung geblieben, wenn sie über brennenden Kohlen Würste brieten oder Weißbrot rösteten, das sie mit frischen Tomaten belegten; er erinnerte sich noch an die riesigen Scheiben Wassermelone, die sie zu Ehren der heiligen Eremitin vertilgten, an die laut gesprochenen Gebete und die Loblieder, die sie alle miteinander sangen, Jung und Alt, auf dem Akkordeon begleitet von einem gewissen Gn'cchitt', dessen wunderbares Spiel selbst die Krähen rührte. Dort hat seine Liebe zu ihr angefangen, und dort hat er sich geschworen, auf sie zu warten, und sei es ein Leben lang.

»Deine Mutter Antonina war eine gute Ehefrau, das kann ich dir versichern, Zà, sie war nachgiebig, arbeitete hart und schonte sich nie. Aber die Liebe, die ließ sie mit geschlossenen Augen über sich ergehen, dabei verhielt sie sich, als bekäme sie einen Einlauf, nicht ein Wort, kein einziger Blick, keine Geste, nichts, was mir gezeigt hätte, daß sie mich mag.« Deshalb habe er sich Cesidia zugewandt, die er schon als kleines Mädchen kannte. Die erste Frau, die er jemals in den Arm genommen habe, sei sie gewesen, Cesidia. Und sie habe Spaß an der Liebe gehabt, »ein richtiges Weib, Zà, deine Mutter war wie ein Besenstiel, und deshalb hab' ich mir 'ne andere genommen.« Aber er habe sie nie vernachlässigt und immer gern gehabt.

Das alles erzählte ihr Cignalitt', und am Ende fühlte Zaira sich so erleichtert, daß sie weinen mußte. Zum ersten Mal hatte sie einem Erwachsenen zugehört, der offen und ehrlich mit ihr redete, und dieser Erwachsene war Cignalitt', jemand, den alle für einen häßlichen Zwerg hielten, einen primitiven, verständnislosen Tölpel. Jemand, den, wie alle meinten, die

Frauen verachteten. Doch siehe da, er hatte eine Ehefrau, in die er verliebt war, und gleichzeitig eine Geliebte, die von fern über ihn wachte und zu der er eilte, sooft er konnte. Das war die Wahrheit, aber darin lag auch etwas Merkwürdiges. Merkwürdig, daß er nicht ihr Vater war und daß sie es, noch bevor er es ihr gestand, ausgerechnet in jenem Moment erahnte, als sie ihn im Park auf sich zukommen sah, merkwürdig, daß ihre Mutter ihr nie etwas davon gesagt hatte, nicht einmal als sie im Sterben lag, und merkwürdig auch, daß ihr anderer Vater, derjenige, der nach Australien entschwunden war, nie ein Lebenszeichen von sich gegeben hatte.

Zaira beschloß, diesen unbekannten Vater früher oder später aufzusuchen. Sie wollte ihn unbedingt von Angesicht zu Angesicht sehen, wollte seine Stimme hören. Deshalb fing sie an, Geld für die Reise auf die hohe Kante zu legen. Dann schrieb sie ihm einen Brief: »Lieber unbekannter Vater ...«, und sie erzählte ihm vom Tod ihrer Mutter, von Cignalitt', der sie mit so viel Großherzigkeit aufgezogen hatte, und von ihrem Wunsch, ihn kennenzulernen, denn schließlich trage sie, Maria Beatrice Zaira, Zà genannt, den Namen seiner Großmutter, die Ende des neunzehnten Jahrhunderts aus Sizilien gekommen war. Sobald sie das Geld aufgetrieben habe, würde sie ihn besuchen, denn sie wünsche sich so sehr, ihn zu sehen und mit ihm zu sprechen. Aber um nach Sydney zu kommen, darüber habe sie sich bereits informiert, brauche sie sage und schreibe einhunderttausend Lire, und woher sollte sie so viel Geld nehmen?

Auf diesen Brief bekam sie nie eine Antwort. Erst viele, viele Jahre später erfuhr sie, daß Pitrucc' i pelus' ihn bekommen und mit Rührung gelesen hatte. Und er hatte den Brief immer aufbewahrt, bis er irgendwann nur noch ein durchsichtiger Fetzen Papier war.

Cignalitt' fuhr in die Abruzzen zurück, nicht ohne ihr einen Umschlag mit Geld dazulassen. Davon kaufte Zà sich ein Paar hochhackige Schuhe und Nylonstrümpfe mit Naht. Seitdem sie mit dem jungen Pianisten befreundet war, kleidete sie sich koketter, trug enganliegende Pullover, Glockenröcke und Bänder im Haar. Sie hatte sich nie schön gefunden, im Gegenteil, sie hielt sich eher für nichtssagend – mit den Sommersprossen, die auf ihrem runden Gesicht wie Fliegenschiß aussahen, den braunen Haaren, die nie richtig lagen, und den Augen mit der undefinierbaren Farbe: Hund auf der Flucht, wie Don Pasqualino lachend sagte, oder doch eher Buchenblätter, die vom Oktober träumen, wie Cignalitt' meinte? Jetzt, nach Robertos Umarmungen, korrigierte sie erstmals ein wenig ihre Meinung über sich: Vielleicht war sie ja gar nicht so häßlich, wie sie glaubte, vielleicht hatte sie doch etwas Hübsches an sich, und Roberto wußte es zu schätzen.

Eines Sonntags morgens – alle waren außer Haus, Signora Paffudi in der Kirche, Cesidia bei einer Freundin – schliefen sie miteinander. Als sie sich im Treppenhaus trafen, hatte er sie einfach am Handgelenk bis in sein Zimmer gezogen. Dort küßten sie sich so leidenschaftlich, daß sie, fast ohne es zu wollen, auf dem Boden landeten, und ausgerechnet auf dem Teppich von Signora Paffudi kamen sie stillschweigend zusammen. Dabei hatten sie sich nicht einmal richtig ausgezogen: Zwar nestelte er an den Haken ihres Büstenhalters, während sie sich am Reißverschluß seiner Hose zu schaffen machte, doch die Angst, die Signora könnte jeden Moment vor ihnen stehen, war zu groß.

Für keinen von beiden war es ein großes Erlebnis. Trotzdem nahmen sie sich vor, es bei nächster Gelegenheit noch einmal zu probieren, aber dann richtig, mit Ruhe und auf einem Bett. Doch die Gelegenheit bot sich nicht, und so mußten sie sich mit verstohlenen Küssen auf der Treppe und hinter den Türen zufriedengeben, während Signora Paffudi in der Küche ihre Torten backte, oder bei schönem Wetter auf einer Bank unten im Park.

Nach einem Monat bemerkte Zà, daß ihre Regel ausblieb. Sie achtete jedoch nicht weiter darauf, weil das öfter mal vorkam. Doch nach dem dritten Monat war sie beunruhigt. Sie ging zu einer Hebamme, die hundertzwanzigtausend Lire für einen Eingriff verlangte. Wo sollte sie jemals so viel Geld auftreiben? Nicht einmal der Betrag, den sie bereits für die Rückfahrkarte nach Australien auf die Seite gelegt hatte, wäre ausreichend gewesen. Sie fing an, hier und da ein paar Lire zusammenzukratzen, indem sie an allen Ecken und Enden sparte, aber inzwischen ging ein weiterer Monat ins Land. Nachdem dann auch der vierte fast verstrichen war, verschaffte Roberto ihr einen Termin bei einem über zig Ecken befreundeten Arzt, der Abtreibungen zu einem günstigen Preis vornahm. Doch nachdem der sie untersucht hatte, kam er zu dem Schluß, daß es mittlerweile zu spät sei und zu gefährlich für ihn und für sie.

Als Roberto davon erfuhr, drückte er ihre Hände, herzte und küßte sie, sagte ihr, daß er sie schrecklich liebe, bestand aber darauf, daß sie unter allen Umständen abtreiben sollte, weil er kein Geld habe, um für ein Kind zu sorgen. Seine Eltern, einfache Bauern, schickten ihm jeden Monat einen gewissen Betrag, damit er seinen Abschluß als Pianist mache, und er könne ihnen nie und nimmer sagen, er werde heiraten und ein Kind großziehen. Ob sie denn wolle, daß er auf seine Karriere als Pianist verzichte, für die seine ganze Familie so viele Opfer gebracht habe? Nein, natürlich nicht; Zà spürte die Last einer großen Verantwortung. Deshalb ließ sie sich von ihm überreden und schluckte unter Würgen neunzig Gramm Bittersalz, was laut einer Möchtegern-Hebamme zu einer spontanen Abtreibung führen sollte.

Drei Tage lang glaubte sie, sie müsse sterben. Sie litt an Ruhr, und wenn sie auf der Toilette saß, hatte sie das Gefühl, sie verlöre ganze Stücke ihres Darms. Sie mußte sich übergeben, hatte Magenkrämpfe und konnte sich nicht auf den Beinen halten. Aber das Kind ging nicht ab. Händeringend suchte Roberto nach einer Lösung. Er küßte sie, versicherte ihr, er würde ein Mittel finden. Sie weinte, erwiderte zärtlich seine Küsse. Ihm zuliebe ging sie zu einem anderen Arzt, aber auch der weigerte sich, den Eingriff vorzunehmen. Inzwischen war sie im fünften Monat.

Also beschloß Zà, das Kind zu behalten. Roberto machte in aller Eile und mit guten Noten sein Examen am Konservatorium, und nachdem er ihr weitere Küsse gegeben und ewige Liebe geschworen hatte, ging er fort. Er hinterließ ihr einen Umschlag mit Geld. »Das ist alles, was ich habe. Laß es abtreiben, Zà, denk an Deine Zukunft. Ich werde Dich suchen.« Letzteres hatte er auf einen Zettel geschrieben, den sie bis heute aufbewahrt hat.

Noch geschwächt von dem ganzen Bittersalz, das sie geschluckt hatte, machte sie sich auf die Suche nach ihm, und erst da wurde ihr bewußt, daß er ihr nie den Namen des kleinen Dorfes in Venetien genannt hatte, wo er zu Hause war. Sie schlug im Telefonbuch nach, aber der Name Roberto Valdez tauchte nirgendwo auf. Um ein paar Informationen zu bekommen, ging sie zum Konservatorium, aber auch dort erfuhr sie nichts – sei es, weil man sofort ahnte, wie die Dinge standen, sei es, weil man ihn einfach nur schützen wollte –, es hieß lediglich, man wisse weder, wohin er gegangen sei, noch habe man irgendeine Adresse. Sogar Signora Paffudi gegenüber erniedrigte sie sich, indem sie ihr half, die Toiletten zu putzen und die verkrusteten Herdplatten zu reinigen, und nebenbei versuchte, ihr die Adresse von Roberto zu entlocken, der noch bis vor einer Woche in ihrer Pension Dauergast gewesen war. Aber auch sie blieb hart, und plötzlich ging Zaira ein Licht auf: Roberto hatte alle zum Schweigen verpflichtet. Zeichen dafür, daß er von dem Kind nichts wissen wollte, aber ebensowenig von dem plumpen, unbeholfenen Mädchen, das nicht in der Lage war abzutreiben, das keinen Pfennig Geld hatte und sich noch nicht einmal elegant zu kleiden verstand.

Zà faßte all ihren Mut zusammen und fuhr nach Touta, um mit ihrem Stiefvater Cignalitt' zu sprechen. Der zeigte sich großherzig und verständnisvoll, auch wenn er im ersten Moment loswetterte und ihr mit seiner kräftigen dicklichen Hand drohte. Doch die Hand schlug nicht zu. »Verdammt noch mal! Verflixt und zugenäht! Zum Teufel mit dem Kerl, der dir den Kopf verdreht hat!« brüllte er. Aber nachdem er einige Zeit fluchend in der Küche hin und her gelaufen war, setzten sie sich einander gegenüber, und dann redete er ihr mit ruhiger, besonnener Stimme gut zu. Er riet ihr, im Dorf kein Wort verlauten zu lassen, nach Florenz zurückzufahren, das Kind dort zur Welt zu bringen und erst, wenn alles überstanden sei, wieder nach Touta zu kommen. In der Zwischenzeit werde er die Nachricht verbreiten, sie habe geheiratet, ihr Mann müsse aber wegen seiner Arbeit in Florenz bleiben. Mit der Zeit würden sich die Leute dann schon an den Zustand gewöhnen, und die Sache sei ein für allemal erledigt. »Genau wie deine Mutter Antonina, mein Kind, genau wie sie«, fügte er traurig hinzu, »mir bleibt auch nichts erspart, das Schicksal hat ein zweites Mal zugeschlagen, ich hätte es mir ja denken können. Hat Cesidia denn gar nichts gemerkt?« »Es war doch nur ein einziges Mal, Papa.« »Du bist wirklich ein Pechvogel, Zà!« bemerkte er abschließend und umarmte sie. »Nein, ich bin kein Pechvogel, Pa, ich bin ein Glückskind, solange ich einen Vater wie dich habe!« Niemand im Dorf hätte sich so verhalten wie er. Sie schlang ihre Arme um seinen Hals und küßte ihn auf beide Wangen. »Du bist der gütigste Mensch, den ich kenne, Cignalitt'«, sagte sie zu ihm. Er wandte sich mürrisch ab, doch tief in seinem Innern frohlockte er.

Vier Monate später brachte sie ein mageres kleines Mädchen zur Welt, dem sie den Namen Angelica gab, in Erinnerung an die Geschichten von Ariost, die sie zusammen mit Don Pasqualino im Hof der Kirche Santa Severa laut gelesen hatte. Mit einem Korb voll Schinken, Eiern und frischem Ricotta kam Cignalitt' in Florenz an. Die Tränen standen ihm in den Augen, als er zusah, wie sie ihr Kind stillte. Dann fuhren sie gemeinsam zurück nach Touta, wo er für das Neugeborene ein ruhiges Zimmer eingerichtet hatte. Die Kleine wurde sofort in eine Wiege aus geflochtener Weide gelegt, auf eine Gänsefedermatratze mit handgewebtem Leintuch, auf dem in Großbuchstaben ihr Name eingestickt war: Angelica Bigoncia. *Die Schöne kam indes an eine Quelle, / die sehr erfreulich durch die Schatten glitt, / in ihre Kühlung jeden schien zu winken, / und keinen fortließ, ohn' einmal zu trinken.* Angelica war ein fröhliches Kind, das keineswegs den Eindruck erweckte, ohne Vater und in einer fremden Stadt auf die Welt gekommen zu sein. Es genügte ihr, den weichen Körper ihrer Mutter in der Nähe zu wissen, um sich stundenlang, die Füßchen in die Luft gestreckt, mit sich allein zu beschäftigen. Es genügte ihr, fünfmal am Tag an der braunen Brustwarze zu saugen, die Zaira verschämt, mit scheuen Gesten unter ihrer Kleidung hervorholte, und dann schlief sie ruhig ein und weinte so gut wie nie.

Mit Angelica im Arm kehrte Zaira nach Florenz zurück, um ihr Examen in Literatur zu machen. Cesidia half ihr, wo sie konnte, auch wenn sie stöhnte und über die Unruhe klagte, wenn Zaira alle zwei Stunden in der Nacht aufstand, um die Kleine zu stillen. »Und wo ist der Vater?« wurde Zaira häufig gefragt. »Der ist nicht mehr da«, antwortete sie dann mit leiser Stimme, fast wie zu sich selbst. Doch dann hob sie den Kopf und lächelte. Die Kleine sollte nicht das Gefühl bekommen, verwaist zu sein. »Sie hat eine Mama und einen Opa«, fügte sie stolz hinzu.

Erwerbsarbeit kam für sie leider nicht in Frage. Mit Kind wollte sie einfach niemand. Zwar versuchte sie es stundenweise als Zugehfrau in einer Anwaltskanzlei, wußte aber nicht, wohin mit ihrer Tochter, wenn Cesidia nicht zu Hause war. Also setzte sie sie in einen Korb und nahm sie mit, und während sie abstaubte und die Böden wischte, ließ sie sie am Eingang stehen. Aber eines Tages, als die Kleine weinte, weil sie zahnte, sagte ihr der Chef, daß es so nicht weitergehen könne: Entweder suche sie eine andere Unterbringungsmöglichkeit für ihre Tochter, oder sie müsse gehen. Eine Woche später erhielt sie die Kündigung. Zaira machte sich erneut auf die Suche und fand eine andere Arbeit: als Telefonistin in einem Hotel. Und da sich die Telefonzentrale im Untergeschoß befand, merkte niemand, daß sie ihr Kind in einem Korb mitbrachte, und selbst wenn es einmal weinte, hörte es niemand. Aber nach ein paar Monaten feuerte man sie unter dem Vorwand, sie vergeude zuviel Zeit mit dem Stillen.

Das brachte sie zu dem Entschluß, in ihr Dorf zurückzukehren. Sie legte sich Antworten für Freunde und Verwandte zurecht, packte ihre Sachen zusammen, steckte ihr eingerahmtes Universitätsdiplom in den Koffer und stieg mit ihrem Kind auf dem Arm in den Bus nach Touta. Doch niemand stellte ihr Fragen. Cignalitt' hatte das Terrain bereitet und überall von Zairas Hochzeit mit dem großen Pianisten Roberto Valdez erzählt, der gebürtiger Veneter sei, aber in Florenz wohne. Der junge Vater werde seiner Frau und seiner Tochter bald folgen, in der Zwischenzeit schreibe er ihnen lange liebevolle Briefe und schicke auch Geld. Doch niemand bekam diese Briefe je zu Gesicht: Der Briefträger Calzaroscia antwortete auf neugierige Fragen, daß im Hause Bigoncia gar keine Briefe aus Florenz einträfen. Recht bald ahnten die Dorfbewohner die Wahrheit, reagierten jedoch nicht mit Verachtung. Schließlich befand man sich am Anfang der sechziger Jahre, als die Vorurteile gegen ledige Mütter bereits zum größten Teil der Vergangenheit angehörten. Da so viele junge Männer in die Kohleminen nach Frankreich oder Belgien gingen oder noch weiter weg, nach New York oder Baltimore oder auch nach Sydney, war es ganz normal, daß man im Dorf alleinstehende Frauen mit ein oder zwei Kindern am Rockzipfel erlebte. Sie wurden die weißen Witwen genannt, und Don Pasqualino begegnete ihnen herzlich und mit besonderem Respekt. Manchmal kehrten ihre Männer mit einem hübschen Sümmchen zurück, das sie gespart hatten, um sich davon ein Haus, zwei oder drei Pferde, an die hundert Schafe zu kaufen. Häufig kamen sie jedoch gar nicht wieder, und nach Jahren erfuhr man, daß sie sich eine andere Frau genommen und andere Kinder in die Welt gesetzt hatten. Die Dorfbewohner kamen erst gar nicht darauf, Nachforschungen anzustellen, um herauszufinden, ob Zaira Bigoncia tatsächlich in Florenz den Vater von Angelicucc' geheiratet hatte oder ob sie nur geschwängert und sitzengelassen worden war, wie das bei »leichten Mädchen« vorkam. In früheren Zeiten hätten sie das gemacht.

Solange Cignalitt' lebte, zog Zaira ihre kleine Tochter mit hingebungsvoller Liebe in seinem Haus auf. Doch eines Morgens, als er gerade zwei Eimer mit frischer Milch schleppte, starb er plötzlich an Herzversagen, woraufhin sie in ein kleineres Haus am Rande des Dorfes zog, nachdem sie das große in der Ortsmitte verkauft hatte.

Sie weinte sehr um Cignalitt', der sich immer so großzügig und fürsorglich ihr gegenüber verhalten hatte, als wäre sie seine eigene Tochter. Zuletzt hatte er auch seine kleine Enkelin Angelica fest ins Herz geschlossen. Für sie flocht er Weidenkörbchen, die er dann mit frischem Ricotta füllte. Mit ihr an der Hand ging er in den Wald, um Erdbeeren zu pflücken. Und wenn das ganze Dorf unter einer dicken Schneedecke lag, begab er sich mit ihr auf der Schulter hinunter zum Markt, um dort für ein Heidengeld die herrlichsten Orangen aus Sizilien zu kaufen.

Ein Jahr zuvor war Cesidia aus Florenz gekommen, um mit ihnen zusammenzuleben, und Cignalitt' bestand darauf, sie mit allem Drum und Dran in der großen Dorfkirche zu heiraten. Niemand nahm Anstoß an der Hochzeit: Er war seit vielen Jahren Witwer, sie hatte in einem Haus dieses Dorfes das Licht der Welt erblickt. Auch wenn sie weggegangen war – ihre Rückkehr genügte als Beweis dafür, daß eine richtige Toutanerin nur in Touta leben kann, dem Nabel der Welt. Die kleine Angelica nannte die beiden Oma und Opa.

Nur wenige Monate nach dem Tod von Cignalitt' starb auch Cesidia, und Don Pasqualino zelebrierte eine Messe unter Beteiligung des Kinderchors. Dazu reiste extra ein mit ihm befreundeter Organist aus Gioia dei Marsi an, ein hagerer Typ mit streng zurückgekämmtem Haar und Brillengläsern wie Flaschenböden. Er spielte sehr, sehr langsam, weil er Mühe hatte, die Noten zu lesen, aber er spielte gut, zumindest kam es allen Kirchenbesuchern so vor, und sie waren ergriffen von der Musik, die geradewegs vom Himmel zu kommen schien. Auch Zaira war bewegt und drückte die eiskalte Hand der kleinen Angelica. Ich muß ihr Handschuhe kaufen, dachte sie bei sich, doch dann vergaß sie es wieder, und Angelica lief den ganzen Winter über mit Frostbeulen an den Händen herum. Um ihre Mutter nicht zu beschämen, sagte sie nichts und versteckte die Finger unter ihrem Pullover. Bis Zaira eines Tages sah, wie sie sich mit einem Küchenlappen Blut abwischte, und da bekam sie es mit der Angst zu tun.

»Was hast du denn da gemacht?«

»Nix ...«

»Zeig mal her!« Und dann entdeckte sie die Frostbeulen. Noch an demselben Abend machte sie sich daran, Handschuhe für ihre Tochter zu stricken, die mittlerweile zehn Jahre alt war und immer größer und hübscher wurde. Auf fünf Paar brachte sie es schließlich: rote, grüne, schwarze, violette und hellblaue. Dafür schlug sie sich ein paar Nächte um die Ohren, so stark war das Schuldgefühl, das sie angesichts der Frostbeulen bekommen hatte. Außerdem strickte sie ihr noch eine Mütze aus weißer Angorawolle und einen breiten blauen Schal, der ihre hellen Augen betonte, die alle an ihr bewunderten.

Angelica hatte viel von ihrem Vater, dem Pianisten: hellbraune, leicht ins Rötliche gehende Haare und Sommersprossen im Gesicht, vor allem auf Wangen und Nase. Zwar hatte auch Zaira Sommersprossen, doch fand sie die immer häßlich, während Angelicas fröhlich aussahen wie viele kleine Farbtupfer. Das war zumindest der Eindruck der Mutter, die an ihrer Tochter die Anmut und die lässige Eleganz des Vaters wiedererkannte. Und ihre Augen hatten nicht diese undefinierbare »Hund-auf-der-Flucht-Farbe« wie Zairas, sondern waren von einem wunderschönen Blau wie die ihres Großvaters Pitrucc' i pelus' und ihres Urgroßvaters Mosè Salvato Del Signore. Ihr Gang war ungezwungen und leicht und brachte ihre langen, schlanken Beine zur Geltung. Außerdem hatte sie ein ausgeprägtes musikalisches Gehör, darum wählte Don Pasqualino sie ebenso für den Kirchenchor aus wie seinerzeit die kleine Zaira.

»Sie ist ein aufgeschlossenes, liebes und intelligentes Mädchen«, sagte Don Pasqualino über sie. »Ein ganz bezauberndes Geschöpf, das alle gern haben.«

Aber im Alter von etwa elf Jahren änderte das bezaubernde Geschöpf plötzlich sein Wesen. Angelica kriegte den Mund nicht mehr auf, wurde immer störrischer und verschlossener. Wenn ihre Mutter sie etwas fragte, bekam sie zur Antwort: »Geh mir nicht auf den Wecker!« Dann zog sie sich ihre roten Strümpfe an, schlüpfte in ihre weißen Plastikstiefel und machte sich auf den Weg zu ihren Freundinnen. »Mit denen redest du, mit mir nicht«, hielt Zaira ihr vor, doch sie erntete nur ein Schulterzucken. Wie alle Mütter versuchte sie, ihre Tochter mit Zuneigung und guter Küche zurückzugewinnen. Anläßlich Angelicas zwölftem Geburtstag stand Zaira eine ganze Nacht lang in der Küche, hantierte mit Teig und Nudelholz, verrührte Milch mit Eiern und Butter für die Cremefüllung. Sie hatte die Freundinnen ihrer Tochter eingeladen, hauptsächlich Schulkameradinnen, aber im letzten Moment verkündete Angelica, sie habe keine Lust zu feiern, und verzog sich, die Tür hinter sich zuknallend, in ihr Zimmer. Und so mußte Zaira die Gäste empfangen, mußte sagen, ihre Tochter wäre ganz plötzlich erkrankt, mußte den Kuchen servieren und den Himbeersaft, dessen Zubereitung immer sehr aufwendig war.

»Angè, was hast du? Was ist denn los? Willst du nicht ein Stück Kuchen probieren, ich hab' ihn extra für dich gebacken, du mochtest ihn doch immer so gern!« rief sie ihr durch die geschlossene Tür zu, als der Besuch weg war. Aber es kam keine Antwort. Das einzige, was sie hörte, war in voller Lautstärke aufgedrehte synkopische Musik: tun tun tun, turuntuntun.

So eilten die Jahre dahin. Geschwind wie rennende Hasen. Zaira meinte immer noch, die kleine Hand ihrer Tochter frühmorgens auf dem Weg zur Schule zu spüren. Aber neben ihr lebte längst eine junge Frau im heiratsfähigen Alter, deren lange, ruhelose Finger eine Zigarette nach der anderen anzündeten und die ihre Bluse immer so weit aufgeknöpft hatte, daß der Ansatz ihrer kleinen weißen Brüste auch ja zu sehen war.

Mit ihrer Mutter redete sie wenig, im Grunde so gut wie gar nicht, eigentlich nur, um Fragen zu stellen wie: »Hast du mir die Hose umgenäht? Ist meine blaue Bluse schon gebügelt?« Zaira machte ihr keine Vorwürfe. Sie wußte, es wäre zwecklos gewesen. Sie wird schon zur Besinnung kommen, dachte sie bei sich. In der Zwischenzeit verwandte sie immer mehr Zeit aufs Übersetzen und die Bücher, für die mittlerweile kaum noch Platz in ihren Regalen war. Sie hatte einen Vertrag mit einem kleinen Verlag in Pescara, der ihr ein Manuskript nach dem anderen zuschickte: in erster Linie Hochschulschriften zu Themen der Naturwissenschaften und Astronomie, auf die sich der Verlag spezialisiert hatte. Der Verleger aus Pescara hatte einen festen Kundenstamm von Studenten und interessierten Laien, die gerade so viele Bücher kauften, daß er auf dem Markt bestehen konnte. Doch bei diesem Verleger war immer alles brandeilig, und er bestürmte sie mit Telefonaten. Nur wenn es um ihre Honorierung ging, ließ er sich viel Zeit und klagte, er sitze völlig auf dem trockenen.

Eines Abends, als sich Regen ankündigte und ihre Tochter immer noch nicht nach Hause gekommen war, machte sich Zaira mit einem Schirm auf den Weg, um nach ihr zu suchen. Bei ihren Freundinnen war sie nicht. Die Kneipen im Dorf waren längst geschlossen. Das Rombo gab es zu jener Zeit noch nicht. Beunruhigt ging sie Richtung Landstraße, um es in einem wenige Kilometer von Touta entfernten neuen Hotel zu versuchen, wo abends getanzt wurde. Eingemummt in ihren Mantel, den Samtkragen hochgeschlagen, lief sie durch die

Dunkelheit diesem Ziel entgegen. Und dort fand sie sie – betrunken, mit einem Unbekannten tanzend. Als sie auf sie zuging, um sie mit nach Hause zu nehmen, geriet Angelica aus der Fassung und kippte ihr mit einer geradezu blindwütigen Handbewegung den Inhalt ihres Glases ins Gesicht. Zaira verließ den Saal und setzte sich auf die Treppenstufen am Eingang, um zu warten. Sie fühlte sich dermaßen gedemütigt, daß sie, ohne es zu merken, anfing zu weinen. Sie fragte sich, warum Angelica, ihre hübsche Tochter mit den rötlichen Haaren, einen solchen Groll gegen sie hegte. Ob es sich bloß um eine pubertäre Opposition handelte, wie Maria Menica meinte, oder ob etwas anderes dahintersteckte?

Vielleicht war es ein Zeichen von Hochmut, daß sie geglaubt hatte, sie könne ihre Tochter allein großziehen, ohne Vater. Wäre es vielleicht besser gewesen, wenn Roberto sie wenigstens immer ein paar Tage im Monat zu sich geholt hätte? Wenn er sie hin und wieder zu seinen Konzerten mitgenommen hätte, die er rund um den Globus gab? Wenn er sie mit seiner Musikbegeisterung angesteckt hätte? Wer weiß!

Während sie dort mit tränenüberströmtem Gesicht hockte, setzte sich jemand neben sie. Wortlos wurde ihr ein volles Glas gereicht, das sie in einem Zug leerte. Es war etwas Süßes, Starkes.

Sie wandte ihr Gesicht, um zu sehen, wer neben ihr saß. Da sie in einem Dorf lebte, drängte sich ihr instinktiv die Frage auf: Aus welcher Familie mag dieser Jugendliche sein? Doch dann stellte sie fest: Da saß gar kein Jugendlicher, sondern ein Mann in ihrem Alter, mit einem freundlichen Lächeln im gezeichneten Gesicht und sanften Augen, in denen sich Wertschätzung ausdrückte.

»Kann ich etwas für Sie tun?«

»Nein, danke, es geht mir gut.«

»Danach sieht es aber gar nicht aus.«

Er war nicht aus Touta, sonst hätte sie ihn gekannt, und auch sein Akzent war anders als der hiesige. Kam er vielleicht aus der Lombardei? Nein, aus Venetien, jetzt merkte sie, daß er die Vokale genauso verschluckte wie Roberto Valdez. Innerlich mußte sie lächeln.

»Das ist Ihre Tochter, die sich da drin so aufführt, stimmt's?«

Zaira nickte.

»Sie tanzt gut.«

»Ich weiß.«

»Was halten Sie von einem kleinen Spaziergang?«

»Wohin?«

»Nur hier ein bißchen.«

Sie schlenderten durch den Hotelgarten. Seit langem war kein Mann mehr an ihrer Seite gegangen. Er verströmte einen angenehmen Geruch nach Bergamotte, sein Gang war etwas unbeholfen, wie bei jemandem, der schüchtern ist und versucht, sich ganz locker zu geben.

»Sie hinken ja!«

»Das ist Ihnen aufgefallen? Ja, ich habe eine kaputte Hüfte. Eigentlich müßte ich mich operieren lassen, aber ich kann mich einfach nicht dazu durchringen.«

»Eine kaputte Hüfte?« Keine Ahnung, wieso sie plötzlich lachen mußte. Aber er war überhaupt nicht gekränkt, im Gegenteil, er stimmte in ihr Lachen ein. Und wie sie so lachten, hakten sie sich beieinander ein. Nach einer Viertelstunde hatte sie den Eindruck, ihn schon ewig zu kennen. Mit vergnügt klingender Stimme erzählte er ihr, daß er genau wie sie darauf wartete, seine Tochter, die sich ebenfalls im Gewimmel der Tanzenden befand, nach Hause zu bringen. »Die schlimmsten Unfälle passieren gegen drei, wenn sich alles auf den Heimweg macht. Deshalb bin ich hier. Die kann da drin machen, was sie will, aber der Fahrer, der sie nach Hause bringt, soll wenigstens nüchtern sein und nicht irgend so ein Typ, der sich wer weiß womit aufgeputscht hat.«

»Kommst du aus Touta?« fragte sie ihn – nachdem sie beschlossen hatten, sich zu duzen –, wohl wissend, daß das nicht der Fall sein konnte.

»Meine Mutter kam aus Touta, ist aber nach Belluno gegangen. Ich lebe in Venedig. Sie ist nie mehr hierher zurückgekommen, ich schon, zumindest komme ich, wann immer ich kann, denn ich fühle mich aus familiären Gründen mit diesem Dorf verbunden, auch wenn ich nie hier gelebt habe. Meine Tochter ist überhaupt nicht gern hier, deshalb fährt sie auch morgen wieder ab. Ich bleibe noch. Ich wohne in einem Apartmenthotel.«

»Du hast mir noch nicht gesagt, was du beruflich machst.«

»Ich spiele Klavier.«

Zaira hatte plötzlich heftiges Herzklopfen. Genau wie Roberto Valdez. Wer weiß, welches perverse Schicksal sie in die Arme von Pianisten trieb. War einer nicht genug?

»Du hast einen Liebhaber!« fuhr Angelica sie eines Morgens in der Küche mit vorwurfsvollem Gesicht an.

»Na und? Was ist denn so schlimm daran? Ich bin allein und niemandem Rechenschaft schuldig.«

»Doch, mir zum Beispiel. Es gefällt mir nicht, wenn meine Freundinnen zusammen tuscheln und zu mir sagen: Guck mal, da ist der Liebhaber von deiner Mutter!«

»Was kümmert es dich, laß sie doch reden!«

»In deinem Alter solltest du dir solche Sachen aus dem Kopf schlagen.«

»So alt bin ich nun auch wieder nicht, Angelica. Wir haben uns gleich gemocht, und so sind wir zusammengekommen, ganz einfach.«

»Willst du ihn heiraten?«

»Ach was, er hat doch schon eine Frau, da brauchst du dir keine Sorgen zu machen.«

»Was treibt der überhaupt hier in Touta, das würde mich wirklich mal interessieren.«

»Seine Mutter ist von hier. Er kommt aus Venedig. Und ist Musiker.«

»Noch so einer?«

»Was ist denn dabei?«

»Spielt der etwa auch Klavier?«

»Ja, wie dein Vater Roberto.«

»Das wird ein schönes Gehämmere sein!«

»Wie kannst du so was behaupten? Hast du ihn vielleicht schon mal spielen hören?«

»Ich weiß, wie der spielt, den brauch' ich mir doch bloß anzugucken: Er ist ein Schlappschwanz, Mama, und falsch obendrein, das sieht man ihm doch schon an. Der paßt nicht zu dir, vergiß ihn.«

»Soll das ein Befehl sein?«

Es war ein Befehl. Und weil Zaira sich ihm widersetzte, machte ihre Tochter ihr das Leben schwer. Morgens ging sie, ohne ein Wort zu sagen und hoch erhobenen Hauptes, ihre glänzenden langen Haare in den Nacken werfend, aus dem Haus. »Wo hast du bloß diese komische Tochter her?« wurde Zaira gefragt. »Wenn ich das wüßte.« »Mir scheint, die schlägt ganz nach dem Pianisten«, sagte ihre Nachbarin lachend.

Angelica kam nach Hause, wann sie wollte, ließ ihre Sachen überall herumliegen und amüsierte sich, wenn sie sah, wie ihre Mutter alles aufhob, wegräumte, saubermachte. Warum verpaßt du ihr nicht mal eine ordentliche Ohrfeige? So lautete die Empfehlung des Geflügelten. Aber sie wollte keinen Krieg mit ihrer Tochter. Sie hoffte, irgendwann käme sie schon zur Vernunft. Und so bückte Zaira sich unzählige Male, um Unterwäsche, Socken, Schuhe – der eine in dieser Ecke, der andere in jener –, Hosen oder schmutzige, zerknitterte Röcke vom Boden aufzulesen. Sie bügelte bis in die Nacht hinein, damit Angelica nur ja jedes einzelne Teil sauber und ordentlich an seinem Platz vorfand. »Man muß seinen Kindern mit gutem Beispiel vorangehen.« Das sagte Cignalitt' immer, und sie fand, daß er recht hatte.

Unterdessen traf sie sich weiterhin mit Vanni in einem Apartmenthotel an den Hängen des Monte Palumbo. Ihre Liebesbegegnungen waren wunderschön, voller Zärtlichkeiten und langer, spielerischer Küsse. Nachdem sie Stunden im Bett zugebracht hatten, setzte er sich ans Klavier, und während das Licht hinter dem Fenster sich zunächst in ein helles Blau wandelte und dann ins Violette überging, flogen seine Finger über die Tasten und spielten nur für sie ein Präludium von Bach.

»Wann fährst du wieder?« fragte sie ihn in dem Wissen, daß es nicht ewig so weitergehen könne.

»Ich will hier bei dir bleiben.«

»Ich habe eine eifersüchtige Tochter.«

»Das weiß ich. Wenn wir uns begegnen, spuckt sie verächtlich vor mir aus.«

»Sie macht mir das Leben schwer.«

»Schick sie doch nach Florenz, dann kann sie da studieren, so wie du damals.«

»Sie ist noch zu jung.«

»Aber sie tut, als wäre sie erwachsen.«

»Ist deine Tochter auch so?«

»Schlimmer. Sie nimmt irgend so ein Zeug ein, von dem sie dann die ganze Nacht über in Hochstimmung ist. Tagsüber schläft sie im Stehen ein, mehr tot als lebendig. Es ist ein Elend mit ihr. Zum Glück ist sie zur Zeit bei meiner Mutter in Belluno. Die läßt sie abends nicht mehr weggehen. Sie ist autoritärer als ich.«

»Was kann man denn da machen?«

»Nichts. Ich hab' inzwischen kapiert, daß es ihr Spaß macht, wenn es mir ihretwegen schlechtgeht. Es gefällt ihr einfach.«

»Und ihre Mutter?«

»Ihre Mutter hat sich mit meinem besten Freund davongemacht. Sie haben Kinder zusammen und leben glücklich und zufrieden in Mexiko.«

»Vielleicht sollten wir nicht versuchen, unsere Töchter um jeden Preis beschützen zu wollen. Sie haben das Bedürfnis, sich frei zu fühlen. Offenbar ersticken wir sie mit unserer Fürsorge.«

»Ich kann doch nicht zulassen, daß sie morgens um fünf gegen eine Mauer donnert, nur weil sie das Bedürfnis hat, sich frei zu fühlen. Frei, um zu sterben?«

»Auch das ist eine Form von Freiheit.«

»Mag sein, aber diese Freiheit wird sie von mir nicht bekommen.«

Immerhin ging Angelica zur Schule, und irgendwie schaffte sie es auch, am Ende jedes Schuljahrs versetzt zu werden. Morgens um sechs stand sie auf und nahm den Bus nach Avezzano, wo sie das Gymnasium besuchte. Nachmittags kam sie todmüde zurück, warf sich aufs Bett und drehte das Radio auf dem Nachttisch in voller Lautstärke auf. Sie war nicht dazu zu bewegen, im Haus auch nur einen Handschlag zu tun. In ihrem Zimmer herrschte ein heilloses Durcheinander: verstreut herumliegende Kleidungsstücke, Bücher, einfach unters Bett geschleudert, ein unübersichtlicher Haufen Decken, das Kissen platt an die Wand gedrückt, eine leere Kaffeetasse mit Lippenstiftspuren einsam auf der Fensterbank.

Als die Schüler ihre Schule besetzten, nahm sie einen Schlafsack mit, und bei ihrer Rückkehr nach Hause stank sie nach Schweiß und Schmutz, ihre Kleider waren voller Wachsflecke. »Mensch, Ma, wir hatten keinen Strom, da ha'm wir uns eben mit Kerzen beholfen.« Sie schien Gefallen daran gefunden zu haben, Dialekt zu sprechen, obwohl sie die italienische Hochsprache hervorragend beherrschte. Doch auch das war eine Art Opposition, genauso wie die ungekämmten und ungewaschenen Haare, die total verdreckten Schuhe. »Na los, putz sie doch.« Aber Zaira konnte noch so viele Fragen stellen, es war nichts aus ihrer Tochter herauszubekommen. Einmal erschien sie sogar mit blutüberströmtem Gesicht zu Hause. Und als sie das Entsetzen ihrer Mutter sah, fing sie an zu lachen: »Die sind mit Gummiknüppeln auf uns losgegangen, aber war nicht so schlimm.«

Eines Tages fuhr Zaira mit ihrer Tochter nach Avezzano, weil sie mit dem Direktor sprechen wollte. Im Bus tat Angelica so, als kennten sie sich nicht. Vor der Schule angekommen, stürmte sie davon und ward nicht mehr gesehen.

Zaira machte sich auf die Suche nach dem Direktor. In seinem Zimmer war er nicht: Der Raum – total verschmutzt und mit großen Schriftzügen an den Wänden – war von einer Gruppe junger Leute in Beschlag genommen, die lebhaft diskutierend auf dem Boden hockten. Sie ging von Klassenzimmer zu Klassenzimmer, bis sie ihn schließlich aufspürte: Schreckensbleich saß er in einem winzigen Zimmer.

»Sie wollen mir den Prozeß machen, liebe Signora, sie wollen mir den Prozeß machen.«

»Wer will Ihnen den Prozeß machen?«

»Na wer schon ... sie, die Schüler.«

Zà war sprachlos. Die Schüler? Ihrem Direktor den Prozeß machen?

»Wissen Sie denn nicht, was hier los ist? Die wollen die Welt auf den Kopf stellen. Revolution nennen sie das, verstehen Sie, Revolution, und der Anfang war, daß sie mich aus meinem Zimmer vertrieben haben. Ihre Tochter ist eine der Schlimmsten. Sie haben die Lehrer aus den Klassenräumen geworfen, haben einen aus ihren eigenen Reihen dazu bestimmt, die Tageszeitungen vorzulesen und zu kommentieren. In den Klassen wird gegessen und geschlafen. Alles ist schmutzig, klebrig von Coca-Cola und Kaugummi. Dabei frage ich mich, wenn sie Amerika wegen Vietnam so verabscheuen, warum trinken sie dann ausgerechnet Coca-Cola, das amerikanische Produkt schlechthin?«

Zaira wußte nicht, was sie tun sollte: Bleiben? Gehen? Der Direktor schien dermaßen verängstigt, daß er nur Augen für die Tür hatte. Er redete, ohne sie anzusehen, immer gewärtig, sein kleines Zimmer vor dem Zugriff der Schüler verteidigen zu müssen.

»Sie ahnen nicht, was sie sich letztens ausgedacht haben! Sie haben sämtliche Klassenbücher genommen und verbrannt, da unten, mitten auf dem Schulhof, sehen Sie, dort, man kann noch die Spuren erkennen.«

Zaira trat ans Fenster, um einen Blick in den Hof hinunter zu werfen, und sah ein Häufchen schwärzlicher Steine in der Mitte. Daneben saßen ein paar Schüler auf der Erde und aßen; Plastikteller mit Pasta in Tomatensoße wurden herumgereicht. Sie bewarfen sich gegenseitig mit Löffeln, lachten, schleuderten die leeren Teller von sich, streckten ihre Fäuste in die Luft und skandierten irgendeinen unverständlichen Slogan. Sie hatte zwar Verständnis für die Bestürzung des Direktors, doch konnte sie auch den Spaß der anderen nachvollziehen. Für einen kurzen Moment kam ihr der Gedanke, daß sie sich eigentlich gern unter die Schüler dort unten im Hof mischen würde. Ihre Fröhlichkeit wirkte ansteckend. Doch dann gewann der mütterliche Kummer wieder die Oberhand, und sie fragte den Direktor, was er zu tun gedenke.

»Was kann ich schon tun? Vermutlich gar nichts. Nehmen wir mal an, ich riefe die Carabinieri, dann wäre doch alles noch viel schlimmer; sie würden sich provoziert fühlen und mit Steinen und Stöcken auf die Ordnungshüter losgehen und auf sie eindreschen und dann womöglich im Gefängnis landen. Ich habe versucht, mit ihnen zu reden, habe eine Konferenz in der Aula einberufen, und wissen Sie, was passiert ist? Sie haben das Treffen in eine Propagandaveranstaltung umfunktioniert, Vorträge gehalten über die Stadtguerilla und Che Guevara und Ho Chi Minh zitiert. Das Mikrofon haben sie mir aus der Hand gerissen und mich von der Bühne gejagt. Ich hatte Angst, sie würden mich verprügeln. Ganz klein hab' ich mich gemacht und bin davongeschlichen. Jetzt hab' ich mich hier drin verbarrikadiert. Mein eigentliches Zimmer ist vom Agitationskomitee beschlagnahmt, das hier ist die Besenkammer, hier werden die Putzutensilien aufbewahrt. Es grenzt schon an ein Wunder, daß sie mich überhaupt in die Schule lassen. Wissen Sie, es gehört Mut dazu, jeden Morgen um acht Uhr hierherzukommen. Ich könnte es auch bleiben lassen, aber ich will ihnen klarmachen, daß ich nicht weichen werde. Ich habe es aufgegeben, mit ihnen zu reden, die Ordnung aufrechtzuerhalten, aber von hier bewege ich mich nicht weg, schließlich ist das auch meine Schule.«

Zaira geht noch einmal ans Fenster und schaut in den Hof hinunter. Ihre Tochter Angelica ist jetzt auch da, sie steht unter den Arkaden und knutscht mit einem knochigen jungen Typ, dessen Gesicht und Schultern unter einer braunen Mähne verschwinden. Sie küssen sich vor versammelter Mannschaft, und niemand achtet darauf. Jetzt nimmt Angelica seine Hand, und sie verziehen sich durch die Tür, die in die Kantine führt.

Zaira hat Mitleid mit dem in die Besenkammer verbannten Direktor. Aber gleichzeitig muß sie lachen. Daß er die Polizei nicht rufen will, um Schlimmeres zu verhindern, erscheint ihr vernünftig, doch sein ganzes Verhalten, das an einen Hamster im Käfig erinnert, macht die ganze Angelegenheit zu einer Farce.

»Und die anderen Lehrer?« fragt sie neugierig.

»Einige haben sich mit den Schülern zusammengetan. Sie haben sich von deren Enthusiasmus anstecken lassen, haben angefangen, mit erhobener Faust zu grüßen, und die jungen Leute lassen sie nun an ihren Versammlungen teilnehmen. Aber natürlich können sie keinen Unterricht geben, sie sagen zu allem bloß ja und amen. Andere, strengere Kollegen kommen, stempeln und gehen wieder. Die Klassenräume sind besetzt, und da hängt der Stundenplan, sehen Sie sich das an, sie haben mir eine Reißzwecke gegeben, damit ich ihn an der Tür befestige.«

Zaira tritt näher und liest. Montag, zehn Uhr: Vortrag über die Stadtguerilla. Von Kuba bis Kambodscha – Die Zerschlagung des kapitalistischen Systems. Dreizehn Uhr: Eros und Freiheit. Fünfzehn Uhr: Der große Schwindel multinationaler Unternehmen. Bewaffneter Kampf und Arbeiterstolz. Siebzehn Uhr: Generalversammlung. Zwanzig Uhr: Neue Ökologie. Wie erkennt man manipulierte Lebensmittel? Zweiundzwanzig Uhr: Flamenco-Kurs. Dreiundzwanzig Uhr: Gitarrenunterricht. Vierundzwanzig Uhr: Spaghettiessen und Tanz.

Zaira lächelt, als sie an die Schulen denkt, die sie besucht hat. Kaum war man angekommen, mußte man einen schwarzen Kittel mit weißem Kragen überziehen, und wenn der nicht sauber war, bekam man gleich ein Ungenügend in Betragen. In dem Moment, da der Lehrer an der Tür erschien, erhob sich die ganze Klasse schweigend. Und während der gefürchteten Anwesenheitskontrolle war allenfalls mal ein Seufzer der Erleichterung zu hören, wenn der eigene Name lediglich aufgerufen wurde und nicht von der Aufforderung »Vortreten!« begleitet war. Dann erfolgte das Abfragen der Hausaufgaben, und es hagelte Vieren und Fünfen ins Klassenbuch, und am Ende des Schuljahrs war der Kummer groß. Eine Schule wie diese hier hätte man sich niemals vorzustellen gewagt. Und es war auch des Guten zuviel! Man hatte den Eindruck, in einer verkehrten Welt zu leben, in der die Schüler alle Rechte hatten und die Erwachsenen keine. Eine Welt, in der die Schüler bestimmten, was unterrichtet, was gelesen, was gelernt wurde, und die Lehrer sich daran zu halten hatten. Eine Welt, in der jeder sich so kleidete, wie er wollte, in der jeder aß, wann es ihm paßte, jeder lachte, wenn ihm danach zumute war, jeder liebte, wenn er das Bedürfnis dazu verspürte; und die Direktoren, die einstmals mit wachsamen Ohren über die Flure schritten, verbarrikadierten sich in den Besenkammern und warteten auf ihren Prozeß.

Dennoch empfand sie keine Abneigung gegen diese jungen Leute, die schmutzige Teller durch die Luft warfen, wie die Landstreicher herumliefen und aus der Schule einen Ort der Begegnung und der Auseinandersetzung machten. Aber ein leise warnendes Gefühl, das sehr wohl! So als hörte man in der Ferne einen Sturm heraufziehen, der alles mit sich fortreißen würde. Durfte man Regeln einfach so über den Haufen werfen, ohne sie durch andere zu ersetzen? Konnte man eine Schule einfach stürzen, ohne damit der Bildungsinstitution an sich den Todesstoß zu versetzen? Und was sollte aus diesen jungen Leuten werden, die die Freiheit erprobt hatten in einer Welt, die Freiheiten nicht toleriert?

Eines Tages fand Zaira beim Aufräumen in Angelicas Zimmer zwischen den Unterhemden in der Wäscheschublade eine halbleere Flasche Likör. »Du trinkst!« sagte sie ihr am Abend auf den Kopf zu und wollte schon ausholen, um ihr eine Ohrfeige zu geben. Doch das gleichgültige, freche Achselzucken ihrer Tochter machte ihr klar, daß sie damit nichts erreichen würde. Offenbar haßte sie ihre Mutter, schien aber selbst nicht recht zu wissen, warum. Sie brachte Stunden damit zu, sich die Haare zu bürsten, und ertrug keinerlei Einschränkungen. Sie kam und ging, wann es ihr paßte, schleuderte ihre Schuhe von sich, sobald sie über die Hausschwelle trat, öffnete mit dem nackten Fuß die Kühlschranktür, um zu sehen, ob etwas zum Essen für sie bereitstand, und zündete sich gleichzeitig eine Zigarette an. Beim Lernen drehte sie die Musik auf volle Lautstärke, und zu den Mahlzeiten setzte sie sich nicht einmal mehr zu ihr an den Tisch, selbst am Abend nicht. Wenn Zaira auch nur ein Wort zu ihr sagte, bekam sie zur Antwort: »Ich hab' die Faxen dicke«, was soviel hieß wie: Ich habe dich und überhaupt alles satt.

Zaira wußte nicht, wie sie sich verhalten sollte. Einerseits war sie drauf und dran, zu härteren Maßnahmen zu greifen, andererseits hatte sie so etwas nie gemacht, und es entsprach auch nicht ihrem Charakter. Sie vertraute sich Don Pasqualino an, der ihr zusagte, mit ihrer Tochter zu reden, obwohl diese, wie Zaira nun nebenbei erfuhr, schon seit Monaten nicht mehr in der Kirche gewesen war, den Chor aufgegeben hatte und eine andere Richtung einschlug, sobald ihr der Priester auf der Straße entgegenkam.

»Was soll ich nur tun, Don Pasqualino, was soll ich tun?«

»Laß sie, das wird sich schon geben.«

»Ich glaube, sie ist so ungeheuer wütend auf mich, weil ich einen Freund habe.«

»Ich weiß Bescheid, das ganze Dorf weiß es. Aber was will man da machen? Wo die Liebe hinfällt …« Er lächelte väterlich. »Meint er es ernst, Zà?«

»Ich glaube, ja.«

»Wann wollt ihr heiraten?«

»Er ist schon verheiratet.«

»Du weißt doch, was man über den Kuckuck sagt? Daß er seine Eier in fremde Nester legt. Aber um seine eigenen Eier hineinlegen zu können, muß er zuallererst die hinauswerfen, die sich schon im fraglichen Nest befinden. Willst du es wirklich so machen wie der Kuckuck, Zà?«

»Sie leben doch schon seit Jahren getrennt.«

»Das sagen sie alle. Womöglich hat er dir auch erzählt, daß seine Frau mit seinem besten Freund nach Mexiko abgehauen ist.«

»Woher wissen Sie das?«

»Das ist die klassische Ausrede.«

»Aber nein, ich versichere Ihnen, er ist ein anständiger, respektvoller Mensch.«

»Er ist kein anständiger Mensch, Zà, vergiß ihn.«

»Ich werde darüber nachdenken, Don Pasqualino.«

Sie brauchte nicht darüber nachzudenken. Am Ende des Jahres kehrte Vanni, der zärtliche Klavierspieler, nach Venedig zurück. Von dort schrieb er ihr noch ein paar Briefe, doch nach Touta kam er nie wieder. Ob Don Pasqualino doch recht gehabt hatte?

Monatelang ging es ihr schlecht. Der Schmerz war erträglich, aber das Gefühl von Leere raubte ihr den Schlaf und die Lust, aufzustehen und zu arbeiten. Die Übersetzungen blieben liegen, sie konnte sich zu nichts aufraffen. In der Küche stapelte sich das fettige Geschirr. Schmutzige Blusen häuften sich in der Wäschekammer an, ohne daß eine Hand nach ihnen gegriffen und sie ins Seifenwasser getaucht hätte. Sind Gefühle vielleicht nicht von Dauer? Ist es möglich, daß auch die süßeste Liebe irgendwann vergeht und dich mit leeren, klebrigen Händen zurückläßt? Ob die Körper es irgendwann leid werden, sich zu riechen, zu küssen, zu streicheln? »Wir haben die Tempi der Vereinigung verlängert, aber die Fortpflanzung haben wir einfach ausgeklammert, also vom Rhythmus der Liebe getrennt, wir haben die Natur herausgefordert, Zà.« Es war Robertos weiche Stimme, die aus der Tiefe der Erinnerung drang. Aber warum ermüden die Körper noch vor den Gefühlen? »Die Liebe nutzt sich ab, schlimmer als Schuhsohlen im Gebirge«, pflegte Maria Menica zu sagen. Ganz zum Schluß, wenn sie und Vanni Arm in Arm dalagen, spürte sie, daß er geistesabwesend war. »War es schön für dich, Zà, war es schön?« fragte er stets besorgt, doch es schien, als richtete er diese Frage eher an sich selbst als an sie. Und die Antwort war ungewiß.

Angelica zeigte sich dagegen zufrieden. »Hast du diesen Mistkerl endlich auf den Mond geschossen, Ma?«

»Er ist gegangen.«

»Das ist wohl auch besser so.«

Eines Abends ließ sie sich sogar in der Küche blicken, um beim Geschirrspülen zu helfen.

»Was ist denn mit dir los?«

»Du siehst prima aus, Ma.«

»Aber mich will doch keiner mehr.«

»Du siehst trotzdem prima aus, besser denn je.«

Zaira nahm sie in den Arm. Dabei streifte ihr Gesicht die nassen Wangen ihrer Tochter.

»Was für ein dummes Mädchen ich doch habe. Ist jetzt alles wieder gut?«

»Jetzt ja.«

Aber es dauerte nicht lange. Eine Woche später war alles beim alten: Sie ging aus dem Haus, ohne einen Ton zu sagen, kam zurück, wann es ihr paßte, knallte die Türen, als hätte sie ihr etwas vorzuwerfen, strafte sie mit Verachtung und weigerte sich, das zu essen, was sie ihr gekocht hatte.

Inzwischen wandte Zaira eine neue Taktik an: Sie ignorierte sie einfach. Abends wartete sie nicht mehr auf sie, auch wenn es sehr schwierig war einzuschlafen, ohne den Schlüssel in der Tür gehört zu haben, doch sie gab sich alle Mühe. Und auf diese Weise gelang es ihr, sich wieder mit Leidenschaft dem Übersetzen zu widmen.

Dieses Mal überraschte der Verleger sie mit einer unvorhergesehenen Anfrage: ob sie *La vida es sueño* von Calderón de la Barca übersetzen könne, und zwar für eine Schauspielertruppe aus dem Molise? Bereits im Vorfeld war ihm die Abnahme von tausend Exemplaren garantiert worden, die im Laufe der Tournee mit diesem Stück verkauft werden sollten. Ihr Spanisch war ziemlich verkümmert, obwohl sie es wie Englisch viele Jahre lang gelernt hatte. Aber die Vorstellung, einen großen Dramatiker zu übersetzen anstatt der üblichen langweiligen Abhandlungen über Astronomie, reizte sie. Sie sagte zu und verhandelte nicht einmal über das Honorar, wußte sie doch von vornherein, daß es äußerst mager ausfallen würde.

Schon allein der Anfang mit dem Unwetter begeisterte sie, als Rosaura in Begleitung ihres Dieners Clarin bei Sigismunds Burg ankommt, wo sie Schutz suchen vor den Blitzen, die durch den Wald flackern: *Gewaltig-starkes Pferd, / Das mit dem Winde um die Wette fährt, / Rasch wie ein Blitz, doch ohne seine Helle, / Dem Vogel und dem Fische gleich an Schnelle, / Du Tier, das kein Instinkt zurück mehr hält – / Wohin im Labyrinth der Felsenwelt / Entläufst du in so wilder, jäher Flucht?*

Es kam ihr so vor, als wäre von ihr selbst die Rede, von ihren Wäldern und ihren abruzzischen Felsen. Sie arbeitete so viel, daß die Übersetzung innerhalb eines Monats fertig war. Der Verleger reagierte hocherfreut auf ihren Anruf und kam sogleich angereist. Nachdem er zwei Teller Spaghetti mit Thunfisch und Tomaten, ein Schweinekotelett und ein riesiges Stück Apfelkuchen verzehrt hatte, setzte er sich in den Schaukelstuhl in der Loggia und las, während er seinen Kaffee trank, die ganze Calderón-Übersetzung, wobei er bei jeder Seite zustimmend mit dem Kopf nickte.

»Ausgezeichnete Arbeit, Zà.«

»Wirklich, bist du zufrieden?«

»Die Fahnen schicke ich dir dann zu. Ich bin sicher, der Text wird auch dem Regisseur, Egidio Giorgini, sehr gut gefallen. Kennst du ihn?«

»Nein.«

»Du wirst ihn noch kennenlernen, und du wirst ihn mögen.

Er ist ein Genie. Jetzt muß ich aber los, ich hab' noch jede Menge zu tun. Ciao, meine Liebe, mach's gut.«

Der schmächtige grauhaarige Verleger mit dem Bürstenschnitt, dem graumelierten Schnurrbart und den mausgrauen Augen ging jedoch nicht eher, bis er noch eine Tasse Kaffee hinuntergekippt und sich eine Handvoll der von Zaira gebakkenen Schokoladenkekse in die Tasche geschoben hatte. »Die esse ich unterwegs.« Und fort war er.

»Und was ist mit dem Geld?« flüstert Zaira, wagt aber nicht, ihn laut zu fragen. Dabei hatte er ihr einen Vorschuß versprochen: »Wenn du mir die Übersetzung ablieferst, gebe ich dir einen Vorschuß, den Rest bekommst du dann, sobald das Buch erschienen ist, einverstanden?« So lautete seine ernsthafte, feste Zusage, doch das hatte er offenbar wieder vergessen.

Zehn Tage später stand er wieder vor der Tür, diesmal zusammen mit dem Regisseur Giorgini, einem bulligen Typ mit Glatze und Bart; unter dem Arm hatte er ihre Übersetzung, die über und über mit Bleistift- und Kugelschreiber-Anmerkungen versehen war.

»Stimmt was nicht?«

»Die Übersetzung ist sehr gut, Zà, aber wir müssen die Schauspieler zufriedenstellen, im Theater geben sie den Ton an. Der Part der Rosaura muß erweitert werden. Sie müssen ihr Sätze in den Mund legen, die ihre Lebensfreude erklären, aus dem Text geht das nicht hervor, verstehen Sie, das sonnige Gemüt dieser Frau kommt nicht klar zum Ausdruck ... und dann hier, im zweiten Akt, da muß Sigismund unbedingt etwas über Angst sagen, sonst scheint es, als ob dieser Mann ohne Angst wäre, das geht so nicht.«

»Aber ich kann doch nicht einfach Calderóns Text verfälschen, Giorgini, ich übersetze nur, ich erfinde nicht.«

»Die Hauptdarstellerin macht mir die Hölle heiß. Tu mir den Gefallen, Zà!« Die Stimme des Regisseurs klingt mit einem Mal ganz sanft und schmeichelnd, und er ist plötzlich zum Du übergegangen. »Und was den König betrifft, für den mußt du unbedingt noch einen kurzen Monolog schreiben, der jammert, weil ihm sein Part zu kurz ist.«

»Ich sage Ihnen doch, ich kann das nicht.«

»Aber das machen doch alle, Zà.«

»Das ist nicht seriös, Giorgini, ich kann den Text von Calderón de la Barca nicht verändern.«

»Stell dich doch nicht so an!«

»Das tu ich doch gar nicht, aber es ist eine Frage von ... von ...« Sie fand nicht das richtige Wort.

»Von ideologischem Terrorismus, das ist es, was anderes fällt mir dazu nicht ein: Aber so kann man nicht arbeiten, das ist unmöglich ... Du übersetzt gut, aber dann verhältst du dich plötzlich unflexibel, läßt nicht mit dir reden. Theater heißt Zusammenarbeit, meine Liebe, hat dir das noch niemand gesagt?«

»Es ist Ihre Aufgabe als Regisseur, dafür zu sorgen, daß Calderóns Worte, und nur die, im Munde der Schauspieler die Bedeutung bekommen, die Sie ihnen geben wollen, doch ohne daß man dafür den Text verändert.«

»Der Text ist heilig, diese Leier kenn' ich schon, aber das ist doch reine Rhetorik. Los, Zà, mach keine Zicken, tu, worum ich dich bitte.« Und mit aufmunternden Worten, die aber vielleicht doch eher als Befehl gemeint waren, pflichtete der Verleger ihm bei, um am Ende lächelnd hinzuzufügen: »Weißt du, diese Schokoladenkekse waren wirklich große Klasse, ich nehm' mir noch ein paar mit, die kann ich dann unterwegs im Auto naschen.«

Als sie gingen, ließen sie ihr ein mit Pfeilen und Streichungen durchsetztes Manuskript zurück. Es war eingerissen, voller fettiger Fingerabdrücke und mit eindeutigen Randbemerkungen versehen: »Rosauras Lebensgefühl!«, »Rolle des Königs verlängern!«, »Untertan streichen, überflüssig, da kein Schauspieler vorhanden!« »Beide Szenen zu einer zusammenfassen!«

Schweren Herzens macht Zaira sich an die Arbeit, denn ihr ist bewußt, daß der Regisseur am längeren Hebel sitzt; mittlerweile arbeitet man so willkürlich und eigenmächtig. Und wenn sie Geld verdienen will, muß sie sich seiner Tyrannei fügen. Beim Abschied hat er ihr einen Schmatz auf die Wange gedrückt und sich ebenfalls eine Handvoll Schokoladenkekse in die Tasche gesteckt. Dann sind sie ins Auto gestiegen und mit einem Hupkonzert die Straße hinuntergefahren, als wollten sie ihr mit diesem Gruß ihre Anerkennung ausdrücken und Mut machen.

Eines Abends, als sie gerade anfangen will, wie üblich allein zu essen, kommt Angelica unerwartet zur Tür herein, setzt sich lächelnd an den Tisch und fängt an, mit ihrer Gabel auf dem Teller herumzustochern.

»Was ist los, Angelica?«

»Ich muß dir was sagen.«

»Na, dann raus mit der Sprache.«

»Ich bin schwanger.«

Der Bissen bleibt ihr im Hals stecken, sie hustet, bis ihr die Tränen kommen, während ihre Tochter ihr mit der Hand auf den Rücken klopft.

»Das ist dir doch auch passiert, was ist also so komisch daran?«

»Eben weil es mir passiert ist, macht es mir angst. Und was willst du jetzt tun? Es behalten?«

»Natürlich.«

»Wer ist der Vater?«

»Den kennst du nicht. Er ist Lehrer. Vielleicht hast du ihn damals gesehen, als du in Avezzano warst. Aber es ist nicht der, mit dem ich geknutscht habe. Ein anderer. Ich liebe ihn, Ma, wir wollen heiraten.«

»Bist du sicher, daß er nicht schon verheiratet ist?«

»Er ist frei wie ein Vogel.«

»Und wann gedenkst du, diesen Vogel zu heiraten?«

»Keine Ahnung, Ma, aber wir müssen dem Kind ja einen Nachnamen geben.«

»Weißt du, was Cignalitt' sagen würde? Daß ein Fluch auf unserer Familie liegt, erst deine Großmutter Antonina, dann ich, jetzt du, die ledigen Mütter sind mittlerweile bei uns Tradition ...«

»Was war das doch für ein verdammter Kerl, Ma.«

»Wer?«

»Na, wer schon: dein über alles geliebter Vater.«

»Er hat dich so gern gehabt.«

»Du bist die Tochter von einem anderen, stimmt's? Ich hab's immer gewußt. Großvater Cignalitt' mochte ich nicht. Und außerdem hat er sich über mich hergemacht.«

»Was redest du denn da? Wann?«

Zaira meint zu fallen. Mit beiden Händen greift sie nach einer Stuhllehne, doch sie fällt und fällt. Würde sie denn niemals mehr Boden unter den Füßen bekommen, so wie im Traum?

»Wann ist das passiert, Angelica? Bitte, sag es mir, ich muß es wissen.« Sie schafft es gerade noch, die Worte zu formulieren, aber sie hat ihre Stimme nicht unter Kontrolle, es kommt ihr so vor, als spräche sie durch den Mund einer anderen.

»Als ich klein war. Einmal, als du nicht zu Hause warst.«

»Und er hat dich ... er hat dich?« Die Worte sind plötzlich so schwer geworden wie zwei Eimer voll mit schmutzigem Wasser.

»Mama, reden wir nicht mehr darüber. Das ist Schnee von gestern.«

»Aber ich muß es wissen, Angelica. Was hat er mit dir gemacht?«

»Alles, Mama, alles. Ich will nicht darüber reden. Laß uns aufhören!«

»Ausgerechnet Cignalitt', der so gut war zu deiner Großmutter Antonina, die von einem anderen Mann schwanger war, und zu mir, obwohl ich doch nicht mal seine Tochter war.«

»Cignalitt' war gut, aber er war auch ein Schwein. So, jetzt weißt du es. Und nun ist Schluß, ich will nicht mehr darüber sprechen.«

Sie sprachen nicht mehr darüber. Aber Zairas Gedanken waren verdüstert. Diese Gedanken, die immer mit so positiven Erinnerungen an den alten Cignalitt' verbunden waren, richteten sich jetzt gegen ihn, verfluchten ihn. Trotzdem gelang es ihr nicht, sich von den zärtlichen, dankbaren Gefühlen, die sie einst an ihn banden, völlig loszureißen. Sie sah ihn vor sich, wie er damals im Park auf sie zukam, in seinem weißen Regenmantel, der ihm um die krummen Beine flatterte. Sie sah ihn für seine neugeborene Enkelin Körbchen flechten. Sie sah, wie er still vor sich hin lächelte, als hätte er Angst zu stören. Er war ein selbstsicherer Mensch, bisweilen brutal, doch durchaus fähig, Hingabe und Zärtlichkeit zu zeigen. Sie hatte ihn wegen seines ungestümen Verhaltens geliebt, daß er sich mit gesenktem Kopf allen Widrigkeiten entgegenwarf, ohne Vorurteile und ohne Mißtrauen. Diese Liebe machte sie sich jetzt zum Vorwurf. Sie mußte sich Vorwürfe machen. Vor allem ihre Blindheit überraschte sie, mit der sie wie ein dummer, überheblicher Ödipus die Schuld außerhalb der Stadt suchte, während sich alles innen abspielte, in ihrer Stadt, in ihrem Haus, wo alle Verantwortung begann. Dennoch gelang es ihr nicht, einen Feind in ihm zu sehen, sie schaffte es nicht, ihn einfach wegzuschieben, so wie man es mit den Figuren auf dem Schachbrett macht: Der König wird belagert, die Pferde stampfen, die Läufer haben die Königin umzingelt, Tod dem König! Kann man einen Menschen, von dem man Gutes und Schlechtes erfahren hat, gleichzeitig lieben und hassen?

Wenn sie nun erlebte, wie Angelica in aufreizend kurzen Röcken und mit auffallenden, tief ausgeschnittenen Blusen, die Tür hinter sich zuknallend, aus dem Haus ging, glaubte sie, den Grund für dieses exaltierte Verhalten zu kennen. Aber die Schuld, wer trug die Schuld daran? Wieviel davon war ihr anzulasten, ihrer Verblendung? Sie hatte es weder erkannt noch erahnt, noch begriffen. War es möglich, daß sie nicht den geringsten Verdacht hegte? Jetzt, wenn sie darüber nachdachte, erinnerte sie sich plötzlich, daß die kleine Angelica sich kurz vor dem Tod ihres Großvaters geweigert hatte, mit ihm allein zu bleiben. Sie hatte ihr vorgeworfen, undankbar, ungezogen und verwöhnt zu sein. Warum sehen Mütter eigentlich niemals, was sich in ihren vier Wänden, vor ihren eigenen Augen abspielt? Wundergläubigen, blinden Augen einer liebenden Mutter, die mehr an gewohnte Familienmuster glauben als an Überraschungen, mehr an die liebevollen Gepflogenheiten als an die in einer allzu bekannten, vertrauten Umgebung lauernden Gefahren.

Eines Vormittags, als Zaira vom Einkaufen zurückkam, fragte sie ihre noch schläfrige Tochter ganz unvermittelt: »Angelica, schwörst du mir, daß es nur ein einziges Mal passiert ist?«

»Einmal, fünfmal, was macht das für einen Unterschied?« lautete die mehrdeutige Antwort. »Willst du wissen, ob man bei einem Mal ein Schwein ist oder bei fünf Malen?«

»Nein, ich möchte verstehen, Angelica, verstehen, mit wem ich es zu tun hatte. Denn ich habe Cignalitt' geschätzt, er war ein freundlicher, großherziger Mensch, ich habe ihn wie einen Vater geliebt.«

»So sind Väter nun mal: Die wollen alles und bilden sich ein, die Frauen im Haus wären nur für sie da.«

»Warum hast du nie mit mir darüber gesprochen?«

»Einmal wollte ich davon beginnen, aber du hast mich nicht ausreden lassen.«

»Wann war das? Ich kann mich nicht erinnern …«

»Hast du dich denn überhaupt nicht gewundert, daß ich nicht mit ihm allein bleiben wollte?«

»Ich wäre nie auf die Idee gekommen, daß er dir etwas antun könnte … er war so liebevoll zu dir.«

»Kann man so sagen!«

»Er hat deine Schule bezahlt, vergiß das nicht, und er hat dir ein Haus hinterlassen.«

»Da muß er sich ja verdammt schuldig gefühlt haben.«

»Bitte, erzähl mir alles von Anfang an! Wann ging das los?«

»Die Sache ist ein für allemal gegessen, ich erzähl' dir überhaupt nichts. Ich will nicht mehr darüber reden, klar?«

Die Tür hinter sich zuknallend, ging sie hinaus.

Es ist der 2. November, Allerseelen. Zaira hat einige Ahornkirschzweige abgeschnitten, um sie auf den Friedhof zu bringen. Sie verläßt das Haus und geht in Richtung Monte Santa Brigida. Dieser Friedhof mit der Treppe, die sich den Berg hinaufschlängelt, hat ihr seit jeher gefallen. Ihre Mutter Antonina sagte immer: »Eine Treppe, die direkt in den Himmel führt«, und sie selbst hatte sich als Kind vorgestellt, daß die Toten sich des Nachts auf dieser Treppe drängeln, um zu versuchen, ins Land des ewigen Frühlings zu gelangen. Aber »Gottvater hält die Toten auf und sagt zu ihnen: Du ja, du nicht … und die Toten geraten sich in die Haare«. Sie sah diese Toten, darunter auch etliche junge: Stundenlang hockten sie auf den Steinstufen und sangen leise vor sich hin, fast ohne Stimme, nur um einem zu erkennen zu geben: Du phantasierst nicht. Ihre Mutter Antonina hatte ihr das erzählt, wenn sie mit ihr an der Hand unterwegs war, um den Toten einen Besuch abzustatten. Das kam regelmäßig zweimal im Jahr vor: am 2. November, mit getrockneten Blumen, und am 1. August, dem Todestag von Großmutter Zaira; aber dann waren die Blumen frisch und dufteten.

Heute geht sie allein dorthin, den Kopf voller trüber Gedanken. Viele Jahre lang ist sie mit riesigen Gebinden die Stufen zum Friedhof hinaufgestiegen: Margeriten, Weißdorn, Leinkraut, Koriander, Stiefmütterchen, Zitronenkraut und Borretsch. Sie waren für ihre Mutter Antonina bestimmt, die in jungen Jahren an einer rätselhaften Krankheit gestorben war, und zuletzt waren sie auch für Cignalitt', der neben ihr lag. Man hatte die beiden nebeneinander begraben, obwohl

Cignalitt' in zweiter Ehe mit Cesidia verheiratet war, bei der es sich außerdem um seine Kusine zweiten Grades handelte. Gräber richten sich nicht nach den Komplikationen des Lebens. Jede zahlende Familie hatte ihr eigenes Grab, und es zählte, was vorrangig war: Cignalitt' mit seiner ersten Frau, Cesidia mit ihren Eltern, ehemaligen Pferdehirten, im Dorf nur »die Irren« genannt. Antonina und ihr Mann befanden sich also nun, nach ihrem Tod, auf diesem kleinen Stückchen Erde unterhalb des Gebirges zusammen in einem steinernen Häuschen mit spitzem Dach und einer schiefen, verrußten Lampe an der Regenrinne.

Halblaut spricht Zaira ein Totengebet, danach ein Ave-Maria.

»Die Blumen bringe ich meiner Mutter Antonina, und ich bedaure es, daß sie hier neben dir liegen muß, Cignalitt', neben so einem gemeinen Dreckskerl. Warum bist du über Angelica hergefallen? Ein ahnungsloses, unschuldiges kleines Mädchen. Du hast ihr gewaltsam die Kindheit genommen und sie zu einer aggressiven Frau gemacht, die allen nur feindlich begegnet. Mir warst du ein liebevoller Vater: Erinnerst du dich, wie du mir das Einmaleins beigebracht hast? ›Wieviel ist zwei mal zwei?‹, und mit den Fingern hast du mir die Vier gezeigt. ›Wie ist die Vier?‹ ›Schau mal, Zà, die Vier ist soviel, wie ein Bär Tatzen hat, wenn er einen Berg hinaufsteigt.‹ Erinnerst du dich? Deine dicken Finger, deine schweren Hände – zu mir waren sie stets sanft, keine einzige Ohrfeige, kein Fausthieb … ganz im Gegensatz zu meinen Freundinnen, die von ihren Vätern Schläge bekamen, aber du warst anders, du mit deinen Händen, die so überaus geschickt waren, egal, ob sie Würste machten, Zweige von der Weide abschnitten, Klee pflückten oder wilde Pflaumen, die dann an der Sonne getrocknet wurden; diese Hände konnten Dachpfannen reparieren, die der Frost geborsten hatte, kaputte Schuhe wieder zusammenflikken, die Ziegen im Rhythmus einer Tarantella melken und mit nassem Holz Feuer anzünden. Mit diesen Händen hast du uns das Leben erleichtert. Es gab nichts, was du nicht konntest, und ich habe dir vollkommen vertraut, Cignalitt'; mehr noch als den Vater habe ich in dir ein Naturwunder gesehen. Und wenn ich erlebte, wie Antonina dich verachtete, hab' ich gedacht: Das ist doch ihre Schuld. Tief im Innern habe ich dich bemitleidet, ich war überzeugt, daß meine Mutter zu hart mit dir umging, und war der Meinung, daß sie unrecht hatte. Dann bin ich zu dir gegangen und habe dich umarmt, um das, was sie dir angetan hatte, wiedergutzumachen. Ich habe dir wirklich vertraut, Cignalitt', voll und ganz. Warum ausgerechnet Angelicucc', warum das kleine Mädchen, das ohne Vater aufgewachsen ist? Warum hast du ihr Vertrauen so maßlos enttäuscht? Ich versteh' es nicht, ich kann es einfach nicht verstehen. Gab es denn keine anderen Frauen? Du hattest doch Cesidia, die du jeden Monat in Florenz besucht hast. Und es gab doch bestimmt genügend junge Dinger im Dorf, die du hättest betatschen und lieben können? Ich habe dir vertraut, Cignalitt', denn für mich warst du ein zärtlicher Vater, blind habe ich dir vertraut. Doch was habe ich erfahren müssen, jetzt, da du tot bist und ich dich nicht mal mehr ordentlich verprügeln kann. Und trotzdem, Cignalitt', kann ich einfach nicht umhin, auch den liebevollen Menschen in dir zu sehen, der sich zu mir herunterbeugt, während ich über meinen Büchern sitze. Der Schatten deines Kopfes tauchte plötzlich auf der Buchseite auf. Du hast nicht gesprochen, nur geguckt, es hat dir Freude gemacht, mir beim Lernen zuzuschauen ... Dein Schatten zeigte mir, daß du vergnügt lächelnd hinter mir standest. Am liebsten hätte ich mich umgedreht und dich umarmt, aber du wolltest mich nicht stören und hast dich zurückgezogen wie eine fürsorgliche Wildschweinmutter, die ihre Jungen beschützen will. Du hast mich immer im Auge behalten, aus Angst, ich könnte mir weh tun. Niemals hatte ich bei dir das Gefühl: diese Umarmung war zuviel des Guten, jene Geste zweideutig, der Kuß eklig, niemals. Deshalb hab' ich dir vertraut. Ich habe dir völlig vertraut, du verdammtes Aas. Warum bist du mit Angelica anders umgegangen als mit mir? Warum hattest du es auf sie abgesehen, Cignalitt', warum? Ich weiß, daß du zuletzt angefangen hast zu trinken, aber doch nicht so viel, um die Kontrolle zu verlieren. Ich weiß auch, warum du getrunken hast: Du konntest es nicht ertragen, die Kraft verloren zu haben, die dich von klein auf immer hat gewinnen lassen wie einen jungen Stier, der auf der Weide groß geworden ist. Hast du etwa nicht damit geprahlt, ein Schaf mit einem einzigen Schlag zwischen die Ohren töten zu können? Warst du nicht stolz darauf, einen Topf voller Bohnen mit einem Finger hochheben zu können? Doch dann bist du ärmer und einsamer geworden. Deshalb hast du dich auf den Weg zu Z' Marì gemacht. Trotzdem bist du immer aufrecht und auf beiden Beinen nach Hause zurückgekommen, du hast nicht geschrien wie andere Väter, du hast nicht alles kurz und klein geschlagen, sondern dich nur still und leise vor die Haustür gesetzt. Du hattest Rückenschmerzen, doch nicht einmal der Esel mochte dir noch zuhören. Jemand hatte deine Hunde vergiftet; du hast es nicht mehr geschafft, die Reisigbündel mit einer Schnur zusammenzubinden, und zum Holzhacken warst auch nicht mehr in der Lage. Hast du dich deshalb an die Kleinste, die Schwächste herangemacht? War es deshalb, Cignalitt'? Ich weiß nicht, ob ich dir jemals verzeihen kann, ich glaube nicht, daß ich es kann, nie und nimmer.«

Zairas Augen wandern zum Grabstein, in dessen Mitte ein gerahmtes Foto von ihm, Cignalitt', prangt: ein Mann, damals um die Vierzig, kraftstrotzend, mit beiden Beinen fest auf dem Boden, Selbstbewußtsein ausstrahlend. Trotz seines borstigen Haarschopfes, der an ein Wildschwein erinnert, trotz der kurzen, muskulösen Arme, der krummen Beine und seiner animalischen Gesichtszüge wirkt er lässig und geradezu verblüffend graziös.

»Du hast mir geholfen, als ich Hilfe brauchte, ich weiß, du hast keinen Anstoß daran genommen, als ich mit einem unehelichen Kind nach Hause kam, und sobald meine kleine Angelica aufrecht stehen konnte, hast du dich regelrecht in sie verliebt; aber wie ein Vater, Cignalitt', wie ein Vater, zumindest war ich in dem Glauben. Zum Spielen hast du ihr eine Korbflasche voller Kaulquappen mitgebracht, die habt ihr dann in einen Tümpel gekippt, den du ganz pompös ›Angelicas See‹ getauft hast. Du hattest das Loch hinter dem Haus gegraben, Steine hineingelegt, damit das Wasser nicht so schnell abfließen konnte, und um den See herum weiße, lilafarbene und blaue Petunien gepflanzt, du, mein geliebter Papa, Stiefvater, wie konnte ich mich nur so in dir täuschen? Du hast sogar kleine Goldfische gekauft, und ihr habt Stunden an ›Angelicas See‹ zugebracht, um ihnen beim Schwimmen zuzuschauen. Ich habe euch von der Küche aus beobachtet und dem Himmel gedankt, daß er dich ihr und mir geschickt hat. Einen liebevolleren Vater hätte ich nicht finden können. Und wenn ich über den anderen nachsann, meinen richtigen Vater, Pitrucc' i pelus', der nach Australien geflüchtet war, um seiner Erschießung zu entgehen, fragte ich mich, was für ein Vater er wohl gewesen wäre, und das frage ich mich heute noch. Doch dann sagte ich mir immer: Ich habe nun mal diesen Vater, und ich bin damit zufrieden, denn er hatte immer Verständnis für mich und hat mir immer geholfen. Zu gern hätte ich meinen anderen Vater kennengelernt, doch es ist mir nie gelungen, das Geld für eine so weite Reise aufzutreiben. Jetzt könnte ich es vielleicht, aber ich muß mich um die verschwundene Colomba kümmern. Colomba, Colombina oder 'Mbina, wie ihre Freunde sie nannten. Wir haben ihr den Namen zur Erinnerung an deine Heilige gegeben, Cignalitt', um das Versprechen einzulösen, das du einmal als junger Mann gegeben hast. Ich habe auf diesem Namen bestanden: Colomba, so wie du es dir gewünscht hast, weil Colomba deine bevorzugte, von dir besonders verehrte Heilige im Himmel war. Warum sagst du eigentlich nichts, wieso rechtfertigst du dich nicht? Es wird doch wohl einen Grund gegeben haben, den ich nicht verstehe. Aber was für ein Grund sollte das schon sein, Cignalitt', was soll es da zu verstehen geben? Wie hat Angelica als junges Mädchen so schön gesagt: Väter glauben, ihre Frauen, ihre Geliebten, ihre Töchter, ihre Schwestern sind allesamt Gemüse aus dem eigenen Garten.«

»He, Ma, das hier ist Valdo.«

»Ah ja, guten Tag«, sagte sie und ergriff die Hand, die sich ihr entgegenstreckte. Vor ihr stand ein hochgewachsener, braungebrannter Mann mit strohblonden Haaren. Er trug einen roten Schal, der sein Gesicht leuchten ließ, ausgefranste Jeans und einen schmutzigen, mit Flecken übersäten Parka. Ein schmaler, heller Bart umrahmte elegant sein Gesicht. Erstaunt bewunderte Zaira dieses Meisterwerk. Wie er das wohl hinbekam? Breit wuchsen die Koteletten aus den Schläfen heraus, zogen sich, etwas schmaler werdend, wie ein leuchtendes Band die Wangen hinunter, wo sie sich auf Kinnhöhe wieder etwas verbreiterten, einen Kreis um die Lippen herum bildeten und sich dann auf der anderen Seite weiter nach oben wanden, bis sie genau unterhalb seiner kleinen, spitzen Ohren in einem stolzen Haarbüschel endeten.

»Aus welcher Familie stammst du?«

»Aus keiner, Ma, er kommt aus Mantua«, antwortete Angelica gelangweilt. Woraufhin sie sich küßten und laut lachend das Haus verließen.

Zaira machte sich daran, den berühmten Kartoffelauflauf für diesen Valdo zuzubereiten, der ihr ein anständiger Mensch zu sein schien, auch wenn der schmale Bart sie etwas irritierte, denn damit der so glatt und ordentlich aussah, mußte dieser junge Kerl bestimmt jeden Morgen Gott weiß was für Verrenkungen machen!

»Arbeitet er?« fragte sie ihre Tochter, als diese spät abends nach Hause kam.

»Er ist Lehrer.«

»Und wo unterrichtet er?«

»Erst war er in Avezzano, jetzt in Bologna.«

»Und was macht er hier bei dir?«

»Er ist gekommen, um mich zu holen.«

»Wie heißt er eigentlich mit Nachnamen?«

»Mitta, er heißt Mitta.«

»Du bist noch viel zu jung, Angè, warte doch noch ein bißchen.«

»Ich weiß schon, was ich tu', Ma«, lautete die prompte Antwort. Dann verzog sie sich in ihr Zimmer und ließ ihre Mutter allein am Tisch sitzen. »Hast du keinen Appetit auf frischen Fisch? Ich habe ihn auf dem Markt gekauft, heute ist doch Freitag.« Diesmal war die Antwort ein Tritt gegen die Tür.

Zaira war aufgefallen, daß der junge Mann mit dem schmalen, irritierenden Bart kein Wort von sich gegeben hatte. Sie hätte nicht einmal sagen können, wie alt er war. Sein Gesicht war nicht mehr das jüngste, aber er hatte einen schlanken Körper und wirkte agil. Vom Aussehen her war er noch keine Vierzig. Was er wohl unterrichtete? Gern hätte sie ihn danach gefragt, doch als sie vom Einkaufen zurückkam, war niemand mehr da.

Da eine kirchliche Trauung für beide nicht in Frage kam, heirateten sie vor dem Bürgermeister auf dem Standesamt in Touta. Sie in Bonbonrosa, mit einem kleinen Hut nach Art einer Jokkeymütze auf dem Kopf, er in Jeans mit einer eng taillierten tiefblauen Jacke, einem weißen Hemd ohne Krawatte und einer roten Blume im Knopfloch. Doch aufs Reiswerfen wollten sie ebensowenig verzichten wie auf eine Feier samt zweistöckiger Hochzeitstorte mit einem Brautpaar aus Marzipan obendrauf.

Mit der Hochzeit wurde Zairas exzentrische Tochter etwas milder gestimmt. Die beiden richteten sich eine Wohnung in Touta ein, mit einem bemalten Kamin und auf Raten gekauften Möbeln. Als es um die Vorhänge fürs Schlafzimmer ging, fragten sie sogar Zaira um Rat: »Was meinst du, Ma, würden gestreifte passen?«

Angelica schien glücklich und verliebt zu sein, und das Glück machte sie noch hübscher. Valdo hatte sich für ein Jahr beurlauben lassen. Sie arbeitete halbtags für einen Hungerlohn in einer Bibliothek, aber inmitten all der Bücher fühlte sie sich wohl. Ab und zu kamen sie zum Abendessen vorbei und brachten Zaira eine Flasche Rotwein mit. Valdos Vater in Mantua machte ihn selbst und schickte ihn in wachsversiegelten Strohflaschen. Valdo entdeckte seine Liebe für die Bildhauerei und schnitzte kleine Figuren aus Buchenholz.

Dann wurde Colomba geboren. Sie kam zu früh auf die Welt, war ganz zart und hatte die rötlichen Haare ihrer Mutter, ein Erbe aus ferner Vergangenheit von dem Pianisten Roberto Valdez, der in den Nebeln Venetiens verlorengegangen war. Im Laufe der Zeit würde sie in die Höhe schießen, ein schlaksiges Mädchen mit langen Armen und spitzer Nase werden, aber anmutig, mit großen, verträumten Augen. Sie war ganz anders als ihre Mutter, sosehr sie dieser auch äußerlich ähnelte. Es schien, als wäre ihr kleines Leben von Geburt an von einem Gefühl des Erstaunens bestimmt: Sie war erstaunt, auf der Welt zu sein, eine Stimme zu haben, erstaunt, ringsum von Bergen umgeben zu sein, die sie stundenlang ganz still betrachtete. Die Eltern ließen sie immer öfter bei der Großmutter mit der Begründung: »Valdo kann nicht schlafen, das Kind weint die ganze Nacht.« Aber bei der Großmutter weinte es überhaupt nicht, ganz im Gegenteil, es schlief und hatte die Arme um den kleinen Kopf geschlungen, als hätte es Angst, unliebsame Geräusche könnten an sein Ohr dringen. Ob sie angefangen hatten, sich zu streiten?

»Erzähl mir was, Mama!«

»Ich dachte, du wärst eingeschlafen.«

»Was macht Zaira? Sucht sie immer noch ihre Enkelin Colomba?«

»Ich muß in die Küche gehen, da wartet ein Berg von schmutzigem Geschirr auf mich.«

»Ich will wissen, wie es weitergeht, du hast aufgehört, als sie im Wald war und es ganz doll geregnet hat.«

Die Stimme der Kleinen wird immer quengeliger. Sie ist gierig nach Geschichten. Bekommt nie genug davon, ist nie gelangweilt, sondern weiß die verworrensten Handlungen zu genießen, als wären es Bonbons, die sie langsam lutscht und zergehen läßt und alle paar Sekunden mit der Zunge vom Gaumen löst.

»Hast du denn keine Hausaufgaben?«

»Die hab' ich schon gemacht.«

»Ich hab' dir doch ein Buch zum Lesen gegeben.«

»Das hab' ich schon aus.«

Die junge Mutter mit den gestreiften Kniestrümpfen über den kräftigen Waden sieht ihre Tochter einen Moment lang ratlos an und versucht, sich die Geschichte von Colomba in Erinnerung zu rufen, die im Wald von Ermellina verschwunden ist, und von ihrer Großmutter Zaira, die kreuz und quer nach ihr sucht, ohne je ihre Geduld und Hoffnung zu verlieren. Irgend etwas an dieser Geschichte beunruhigt sie, aber wie geht sie bloß aus? Sie muß unbedingt die handelnden Personen nachdrücklicher befragen. Schließlich werden sie das Rätsel um das Verschwinden lösen, nicht sie. Und aus der Tiefe der erzählenden Vergangenheit steigt die Stimme auf und fährt fast wie von selbst fort.

Zaira ist pudelnaß, als sie zurückkommt. Sie stellt ihr Fahrrad in die Scheune und will ins Haus gehen. Doch wo hat sie ihren Schlüssel gelassen? In den Taschen ihrer Windjacke ist er nicht. Auch nicht in dem aufgesetzten Täschchen ihrer Bluse. Es regnet immer noch, und ein eisiger, stürmischer Wind peitscht ihr ins Gesicht und um die Beine. Sie zittert vor Kälte. Jetzt, da sie endlich heimgekommen ist, steht sie vor dem dunklen, verriegelten Haus und kann nicht rein. Wo hat sie bloß den Schlüssel gelassen? Während sie noch überlegt, hebt sie den Blick zum Horizont, der immer dunkler wird. Die Berge scheinen bedrohlich nah, ihr fahles Grün geht ganz schnell in ein Blauschwarz über. Dunkelheit verschlingt die Gebirgslandschaft um sie herum. Vielleicht hat sie den Schlüssel verloren, als sie sich ihre Regenjacke auszog und um die Taille band, weil sie vom ständigen Bergaufradeln ins Schwitzen gekommen war. Am besten, sie geht ums Haus herum und sieht nach, ob sie eventuell ein Fenster offengelassen hat. Es kommt öfter mal vor, daß ein Flügel halb offen bleibt. Selbst wenn es das Schlafzimmerfenster im ersten Stock wäre, wüßte sie, was sie tun könnte: Sie würde an der Dachrinne hochklettern und sich an den Ästen der Roßkastanie auf den Balkon hinüberhangeln. Doch die Fenster scheinen alle geschlossen zu sein. Sie rüttelt an der Kellertür, die nach hinten hinausgeht, aber auch die ist von innen abgesperrt. Es ist weder ein versehentlich angelassenes Licht zu erkennen noch eine Öffnung, durch die sie sich hineinzwängen könnte.

Betrübt setzt Zaira sich unter das Vordach der Scheune, während Fungo schwanzwedelnd und still in ihrer Nähe bleibt. Was soll ich jetzt bloß machen? fragt sie sich verzagt und vor Kälte zitternd. Inzwischen hat das Gewitter angefangen. Blitze durchzucken den schwarzen Himmel und schlagen im nahen Wald ein. Das Echo des Donners hallt im ganzen Tal wider. Plötzlich meint sie, im Schein eines Blitzes einen Schatten in der Küche zu erblicken. Jemand dort, wie ist das möglich? Mit angehaltenem Atem tritt sie ans Fenster und schaut hindurch, wobei sie das Gesicht seitlich mit den Händen abschirmt, aber sie kann nichts erkennen. Bestimmt war es nur Einbildung. Sie will sich schon wieder unter das Vordach flüchten, als ein mächtiger Blitzstrahl das Haus von neuem erhellt. Drinnen, am Küchentisch, macht sie jetzt deutlich eine Frauengestalt aus, die sich mit jemandem unterhält, der mit dem Rücken zum Fenster sitzt. Sie will schreien, hält sich dann aber zurück. Was treiben diese beiden da im Dunkeln in ihrer Küche?

Reglos bleibt Zaira im peitschenden Regen stehen, Kälte und Hunger sind längst vergessen; sie wartet darauf, daß ein weiterer Blitz noch einmal einen Moment lang die Küche für sie erhellt. Und tatsächlich, wenige Minuten später zerfetzt ein säbelartiger Lichtstrahl die Dunkelheit, der bis in ihr Haus dringt und es aufleuchten läßt. Jetzt sieht sie ganz deutlich: Es handelt sich um Colomba, ihre 'Mbina. Doch mit wem spricht sie da? Noch ein Blitz, eine weitere Entladung, und vor ihren Augen taucht Sal auf, der junge Typ mit der Irokesenfrisur. Im Gegenlicht sieht er aus wie ein riesiger Kaiman mit spitzen, glänzenden Stacheln auf dem Rücken.

Was tun? Klopfen oder nicht klopfen? Warum sitzen sie da im Dunkeln in der Küche? Vielleicht ist ja wegen des Gewitters der Strom ausgefallen? Es sieht so aus, als hätten sie sich Wichtiges mitzuteilen. Sie sind derart ins Gespräch vertieft, daß sie gar nicht bemerken, wie sie durch das geschlossene Fenster beobachtet werden. Und gewiß bekämen sie einen gehörigen Schrecken, wenn sie ein vor Kälte blau angelaufenes, triefnasses Gesicht sähen, das sie in der stürmischen Nacht belauert. Aber wenn sie bei mir zu Hause sind, dann werden sie ja wohl auf mich warten, denkt Zaira, um sich Mut zu machen. Wenn sie in meiner Küche sitzen, bedeutet das, daß sie nicht die Absicht haben, sich zu verstecken. Und freudig klopft sie ans Fenster und wartet, daß ihr geöffnet wird.

Aber wie durch Zauberei sind die Blitze auf einmal verschwunden. Das Haus liegt im Dunkeln, und niemand öffnet ihr. Sie versucht, noch mehrmals zu klopfen, bis jegliches Gefühl aus ihren Fingerknöcheln gewichen ist. Nichts tut sich. Jetzt nehme ich einen Stein und schlage die Scheibe ein, sagt sie zu sich. Doch in dem Moment, als sie sich bücken will, um ein besonders großes Exemplar aus dem Blumenbeet neben dem Eingang aufzuheben, sieht sie etwas neben ihren Schuhen glitzern. Sie schaut genauer hin. Es ist ihr Schlüssel. Hat sie den womöglich in dem Beet versteckt und kann sich nicht daran erinnern? Sie hätte ihn doch unter die Matte gelegt, wie sie es manchmal tut, wenn sie eine Freundin oder einen Lieferanten erwartet, der oder dem sie vertraut. Statt dessen liegt der Schlüssel jetzt gut sichtbar vor ihr auf der Erde: der große für den Keller, der kleine für das Haus und der lange für die Scheune, die aber immer offen bleibt. Wirklich merkwürdig das Ganze. Langsam und unschlüssig bückt sie sich, um ihn aufzuheben, nimmt ihn ganz fest in die Hand und geht in Richtung Tür. Aber als sie ihn ins Schloß stecken will, wird sie von einer plötzlichen Angst gepackt. Was mag sie da drin vorfinden? Warum haben die beiden nicht aufgemacht? Warum verstecken sie sich?

Geräuschlos gleitet der Schlüssel ins Schloß. Zaira spricht sich Mut zu und hält den Atem an, bevor sie ihn endgültig umdreht. Dann drückt sie gegen die Tür, die sich ächzend und quietschend – offenbar muß ein Scharnier geölt werden – vor ihr auftut. Absolute Dunkelheit und Stille. Nur ein dumpfer Schlag in der Ferne, als hätte jemand die Kellertür zugeschlagen. Als erstes macht Zaira das Licht an. Und sogleich wirkt das Haus gemütlicher und vertrauter. Ohne sich die Schuhe auszuziehen, geht sie direkt in Richtung Küche und drückt auf dem Weg dorthin auf alle Lichtschalter, die sie an den Wänden finden kann. Doch die Küche ist leer. Der Tisch ist sauber, nur die Stühle sind verschoben, so als wären sie in aller Eile beiseite gerückt worden. Aber alles andere ist so, wie sie es am frühen Nachmittag verlassen hat, um sich auf den Weg in den Wald zu machen.

Verstört blickt sie sich um. Wohin können die beiden gegangen sein? Die Angst schnürt ihr die Kehle zu. Sie möchte rufen, schafft es aber nicht. Und wenn sie sich versteckt haben? Aber warum? Wie ein Roboter läuft sie durchs Haus, knipst überall das Licht an, schaut hinter den Türen nach. Aber sie findet weder eine Spur von Colomba noch von dem Jungen. Ob sie das Haus durch den Keller verlassen haben? Sie geht hinunter, um nachzusehen, und tatsächlich ist die Tür nur angelehnt. Genau die Tür, an der sie kurz zuvor gerüttelt hat, als sie versuchte, ins Haus zu gelangen. Und Colomba soll einfach so gegangen sein, ohne ein Wort zu ihr zu sagen? Sorgfältig sperrt sie ab und geht wieder nach oben.

Erst als sie ihre nassen, schmutzigen Fußspuren entdeckt, merkt sie, daß sie immer noch ihre Schuhe anhat. Sie versucht, den ersten auszuziehen, aber er klebt ihr förmlich am Fuß. Also muß sie sie zuerst anwärmen. Sie entzündet ein Streichholz an einer feuchten Schachtel und macht das Gas an, um einen Topf mit Wasser zum Kochen zu bringen. Dann gibt sie einen Spritzer Alkohol auf das aufgeschichtete Holz im Kamin, wirft das Streichholz, kurz bevor es erlischt, hinein, und augenblicklich fängt der kleine Scheiterhaufen Feuer. Sie setzt sich und hält ihre Füße in Richtung Flammen. Ihre Bergschuhe fangen an zu qualmen, und sie muß unwillkürlich lachen, als sie sich klarmacht, in was für einem Zustand die mit Dreck und Dornen verkrusteten Sohlen sind. Jetzt bekommt sie einen richtigen Niesanfall. Ob sie Fieber hat? Die Socken kleben an den Schuhen und an den müden Füßen. Sie greift nach einem sauberen Tuch und rubbelt sich die Haare trocken. Die Kälte kriecht ihr bis in die Knochen. Und Fungo? Hat sie ihn etwa draußen im Regen gelassen? Aber nein, er ist mit ihr hereingekommen, und jetzt liegt er zusammengerollt unter dem Ausguß. Auch seine schmutzigen Fußabdrücke sind über den ganzen Fußboden verteilt. Zaira unternimmt eine letzte Anstrengung, holt eine alte Zeitung und trocknet ihm die Pfoten und das tropfende Fell ab. Glücklich und zufrieden läßt er sie gewähren, als wären sie wirklich Gefährten – die Frau mit ihrem treuen Hund –, die gerade von einem Spaziergang im Regen zurückgekommen sind. Sie reibt ihn ab und spricht dabei ganz liebevoll mit ihm, während er ab und zu ihren Handrücken leckt, um sich bei ihr zu bedanken.

Eine halbe Stunde später, als sie, inzwischen im Morgenmantel, einen heißen Tee mit Honig schlürft und sich die eisigen Füße am brennenden Kamin wärmt, wird ihr Blick vom Fenster geradezu angezogen. Ihr gefriert der Atem. Genau an der Stelle, wo sie vorher ihre Nase an die Scheibe gepreßt hat, um in die dunkle Küche zu spähen, ist jetzt das Gesicht eines Mannes zu erkennen, das sie neugierig anstarrt. Nur eine Sekunde lang, dann verschwindet es wieder. Sie meint, das grinsende Gesicht von Sal erkannt zu haben, genauso triefnaß wie ihres kurz zuvor. Aber der Hund? Warum schlägt der Hund nicht an?

Wäre es möglich, daß sie vor lauter Müdigkeit etwas sieht, das gar nicht existiert? Daß sie sich von Hirngespinsten täuschen läßt? Sie muß aufhören zu träumen und die Dinge so nehmen, wie sie sind. Ihre Freunde haben recht, wenn sie ihr vorwerfen, sie habe eine zu lebhafte Phantasie. Entschlossen steht sie auf und tritt ans Fenster. Betont energisch reißt sie es auf. Offenkundig ist dort draußen niemand, zumindest nicht in ihrem Blickfeld, so weit, wie der Schein des beleuchteten Zimmers reicht. Mit einem Seufzer der Erleichterung schließt sie das Fenster wieder. Anschließend verrammelt sie sämtliche Läden im Haus und geht schlafen, nachdem sie zuvor noch eine Portion Rühreier mit frischen Tomaten und Basilikum verschlungen und das Brot mit dem inzwischen auch wieder trocken gewordenen Fungo geteilt hat.

»Erzähl mir was, Mama!«

Sie weiß nicht mehr, ob es sich um ihre eigene Kinderstimme handelt oder um die Stimme ihrer Mutter, die sich ihrerseits als kleines Mädchen an die eigene Mutter wandte, wenn die sie ins Bett brachte, zudeckte, ihre Hand nahm und zerstreut ihre Finger streichelte, während sie nach Worten suchte, um die Phantasie ihrer Tochter zu entzünden.

»Erzähl mir was, Mama!«

Das Kind möchte sich an das Scheppern der Worte, an diese steinernen Kaskaden erinnern, aus denen das Haus der Geschichte entsteht. Aber um dieses Haus zu betreten, braucht man einen Zauberschlüssel. Nur die fast im Fieberwahn erzählende tiefe Stimme der jungen Mutter kann diesen Schlüssel wiederherstellen und ihn ihr an die Hand geben. Die purpurfarbenen Lippen öffnen sich sanft, ihre Augenbrauen gehen in die Höhe, wenn sie sich um Konzentration bemüht, um sich auf einen Namen, ein Ereignis zu besinnen.

Es ist etwa drei Uhr morgens. Zaira wird vom Geräusch einer quietschenden Tür geweckt. Sie hält den Atem an, hat aber keine Angst. Sie weiß mit Bestimmtheit, daß es sich nur um Colomba handeln kann. Und da ist sie tatsächlich, unverkennbar das geliebte Profil im Gegenlicht des schwach beleuchteten Korridors, und schon überschreitet sie die Schwelle zu ihrem Schlafzimmer, kommt näher und nimmt behutsam auf der Bettdecke Platz.

»Bist du es, Colomba?«

»Ich wollte mal nach dir sehen.«

»Es geht mir gut.«

»Du hast hohes Fieber, Zà. Aber mach dir keine Sorgen, das vergeht schon wieder.«

»Warum hast du dich vorhin versteckt?«

»Ich bin gekommen, um zu sehen, wie es dir geht.«

»Gib mir deine Hand, ich will sicher sein, daß du hier bist. Bleibst du jetzt bei mir?«

»Ich kann nicht. Ich muß wieder fort.«

»Sag mir nur eins: Hast du meinen Schlüssel genommen?«

»Ja, Großmutter.«

»Und warum hast du mir nicht aufgemacht, als ich geklopft habe?«

»Es ist zu kompliziert. Mach dir keine Gedanken.«

»Wirst du zurückkommen?«

»Warte nicht auf mich, Zà. Und such mich nicht. Es ist nicht gut, wenn du allein im Wald herumläufst.«

»Deine Stimme klingt ganz anders, Colomba. Was hast du gemacht?«

»Such mich nicht, hörst du?«

»Aber ich kann doch nicht ...«

»Es geht mir gut. Such mich nicht. Ciao.«

Zaira will aufstehen, doch sie kann ihren Körper nicht bewegen. Etwas hält sie im Bett fest. Wahrscheinlich schwächt mich das Fieber so, denkt sie bei sich. Nicht einmal die Augen bekommt sie auf. Sie hört, wie die Tür leise geschlossen wird und die Schritte ihrer Enkelin sich über den Korridor entfernen. Auch diesmal hat der Hund sich nicht gerührt, kein einziges Mal gebellt. Man könnte meinen, er kennte sie. Doch wann und wo hat er sie kennengelernt?

Heute morgen sieht es so aus, als wären die Wälder in Brand gesetzt. Weißblauer Dampf steigt von den Buchen auf und ballt sich über der Anhöhe zusammen, dort, wo am Vorabend der Hirsch seine Brunftschreie ausgestoßen hat. Es ist ganz still. Selbst die Vögel schweigen nach der stürmischen Nacht. Die Luft ist feucht und frisch und trägt noch die Erinnerung an eine schreckliche Finsternis in sich. Jetzt löst sich der Dampf auf und steigt schmutzigweiß in einen grauen, bewegten Himmel empor. Wie Theaterkulissen öffnen sich plötzlich die Berge und bringen die verschiedensten Schattierungen von Grün, Gelb und Rot zum Vorschein: ein schlammiges Grün, übergehend in Flechtengrün, Froschgrün, Schimmelgrün, die Gelbtöne von Polenta, Dotter, Mais neben einem Purpurrot, Lilarot, Feuerrot. Bis ihre spitzen Konturen an eine scharfe Linie bläulicher Räume stoßen, die den bewölkten Himmel ankündigen.

Es ist Freitag, und auf einem Privatkanal mit dem pompös klingenden Namen TV-Wahrheit läuft eine Sendung, in der es um vermißte Personen geht. Zaira, die seit kurzem wieder fieberfrei ist, sitzt im Sessel und überlegt, inwieweit ihre Geschichte mit den Erzählungen auf dem Bildschirm vergleichbar ist. »Jedes Jahr gehen bei der Polizei rund zweiundzwanzigtausend Vermißtenanzeigen ein, allein zweitausend davon betreffen Kinder«, sagt die Moderatorin mit schmeichelnder Stimme. »In den letzten Jahren hat die Sorge um verschwundene Minderjährige enorm zugenommen. Wenn wir die Anzeigen einmal etwas genauer analysieren und nach Geschlechtern trennen, stellen wir fest, daß die Zahl der nicht aufgefundenen Mädchen die der Jungen bei weitem übersteigt.«

Eine Mutter ist nur für einen Moment abgelenkt, während ihre Tochter im Hof spielt, und als sie das Kind holen will, findet sie es nicht mehr. Jungen mit verführerischen Schnurrbärten, die mit sehnsüchtigen Augen ein Ziel anpeilen – auch sie wie vom Erdboden verschluckt. Ja, ich habe ihn gegen Ende des Sommers gesehen, als er mit zwei Freunden aus einem Boot stieg. Und der Alte, der so viele Medikamente einnahm und eines Morgens im Unterhemd das Haus verlassen hat? Ja, dem bin ich begegnet, als er gerade in einen Optikerladen ging, ja, ich habe gesehen, wie er in Mergellina in eine Straßenbahn eingestiegen ist. Und jetzt? Wo sind sie geblieben? Der Jugendliche, das kleine Mädchen, der Alte? Niemand weiß etwas über ihren Verbleib.

Viele Familien weinen um jemanden, der da ist und doch nicht da ist, der existiert und doch nicht existiert, der Lebenszeichen von sich gibt, aber unauffindbar bleibt. Verzweiflung macht sich breit, manchmal auch Heiterkeit: Doch kann man über etwas lachen, was man nicht versteht? Bei verschwundenen Personen ist alles möglich, auch der Fall, daß ein Mensch endlich seine Unabhängigkeit und sein Glück findet. Aber wie? Um welchen Preis?

Vom ersten Moment des Verschwundenseins an beginnt die quälende Suche. Polizei, Nachbarn, Anrufe bei Krankenhäusern, bei Notaufnahmen, und wenn es so aussieht, als ob gar nichts mehr ginge, wird auch noch das mächtige Fernsehen um Hilfe gebeten. Die Sendung *Unsere Vermißten* auf TV-Wahrheit nimmt sich gern der Angehörigen an. Und diese treten dann in den wie Wohnzimmer eingerichteten Studios auf mit Unmengen von Fotos, Briefen, Kleidungsstücken, in der Hoffnung, diese könnten zur Aufklärung beitragen. Wenn möglich, bevorzugt die Kamera einen Besuch bei ihnen zu Hause. Und plötzlich dringt indiskretes Scheinwerferlicht in fremden Augen verschlossene kleine Wohnungen ein und richtet sich gnadenlos auf durchgesessene Sofas, Möbel aus Massenproduktion und Ratenkauf, falsche Perserteppiche, Schränkchen aus Spanplatten, auf denen ein überdimensionaler Fernseher thront.

Wie ein Häufchen Elend sitzen die Angehörigen vor der Kamera und erzählen stammelnd von ihren Vermißten. Zu diesem Anlaß haben sie ihr bestes Kleidungsstück angezogen. Schließlich treten sie vor mehreren hunderttausend Zuschauern auf und wollen auf keinen Fall einen schlechten Eindruck hinterlassen. Gleichzeitig nehmen sie eine den Umständen entsprechende Haltung an: Sie müssen zeigen, wie es sie betrübt, daß die geisteskranke Mutter verschwunden ist, der kokainsüchtige Sohn, die Tochter, die sich nichts vorschreiben ließ, das Kind, das den Bonbons eines dunkel gekleideten Herrn nicht widerstehen konnte.

Eine freundliche, eifrige Journalistin trägt die Fakten zusammen, zeigt die Fotos der Vermißten, beruhigt, schmeichelt, hilft, tröstet, tut alles in ihrer Macht Stehende angesichts des schrecklichen, unlösbaren Geheimnisses dieser Gestalten, die nicht zur rechten Zeit am rechten Ort sind, sich weder an die Regeln der Logik noch an Vereinbarungen oder Gewohnheiten halten. Doch wo sind sie? Wollten sie ihre Spuren aus eigenem Antrieb verwischen, oder wurden sie entführt? Sind sie verschwunden, weil sie das Leben, das sie führten, satt hatten oder weil das Unglück, das blinde Schicksal oder der Sadismus eines anderen Menschen sie mit Gewalt aus ihrem ruhigen Alltagstrott gerissen hat?

Zaira spürt, wie ihr die Augen brennen. Wahrscheinlich hat sie noch ein bißchen Fieber. Eigentlich möchte sie den Fernseher lieber ausschalten und weiterschlafen, doch irgend etwas hält sie vor diesen Fotos der Verschwundenen fest, vor diesen Familiengeschichten, die wie armselige, geflickte Wäschestücke auf der gespannten Leine der nationalen Geschichte aufgehängt werden. Vielleicht sollte sie ja auch mal ein Foto von

Colomba einschicken? Viele der Vermißten werden dank der Sendung wiedergefunden und auch dank der Zuschauer, die aus allen Teilen der Abruzzen anrufen und erklären, den einen oder anderen gesehen zu haben. Und häufig treffen sie ins Schwarze. Aber eine Art stolzer Eigensinn sagt ihr, daß sie ihren Fall allein lösen muß.

Träge schiebt sie sich das Thermometer in die Achselhöhle. Dann führt sie ihren mittlerweile kalten Tee an den Mund, richtet die Kissen in ihrem Rücken und widmet sich wieder der Journalistin, die unbekümmert eine Geschichte nach der anderen herunterleiert.

»Carmela S. verschwand am 22. August 1998 aus ihrer Wohnung am Stadtrand von Cuneo. Als ihr Sohn Giacomo am Abend von der Arbeit nach Hause kommt, ist die Wohnungstür von innen verschlossen. Er schaut in allen Zimmern nach, sogar im Keller, doch er findet seine Mutter nicht. Wie mag die Frau das Haus verlassen haben? Das Plätteisen auf dem Bügelbrett ist noch warm, und auf dem Tisch steht eine noch volle Tasse Kaffee. Die Handtasche mit den Papieren der Frau und das mit Kleingeld gefüllte Portemonnaie werden auf der Kommode im Flur gefunden. Der Ehemann von Carmela S., Angelo S., und Giacomo, das einzige Kind der beiden, sind die letzten, die sie am Nachmittag des 22. gesehen haben. Die Polizei stellt Nachforschungen an, alle Verwandten und Nachbarn werden befragt. Zum Zeitpunkt ihres Verschwindens war Carmela S. 48 Jahre alt. Größe: 1,68. Augenfarbe: braun. Haarfarbe: braun. Datum des Verschwindens: 22. August 1998. Sollte jemand sie gesehen haben, möge er sich bitte melden.«

Die gutaussehende Journalistin – trotz der winterlichen Jahreszeit mit nackten Armen und tiefem Ausschnitt – zeigt ein verblaßtes Foto von einer lächelnden Carmela S. Ein nicht überzeugendes erloschenes Lächeln, das ihrem Mann oder vielleicht auch ihrem Sohn gilt, der sie auf einer Wanderung im Gebirge fotografiert. Sie hat klobige Bergschuhe an den Füßen, einen Stock in der Hand, und an ihrem Gürtel hängt eine Tüte. Ob sie auch Pilze gesammelt hat?

Die Sache mit der zurückgelassenen Kaffeetasse auf dem Tisch macht Zaira betroffen. Auch Colomba hat ihren frisch aufgebrühten Kaffee auf dem Tisch stehenlassen und ist verschwunden. Auch sie hat ihre wattierte Jacke und die Handtasche mit dem Geld vergessen. Was treibt Frauen mit einem anscheinend liebevollen Zuhause und einer Familie dazu, sich einfach in Luft aufzulösen, so wie diese Carmela S.?

»Sie war tüchtig, konnte gut kochen, waschen, bügeln, bei ihr war immer alles tipptopp«, sagt jetzt ihr Mann, während er sich eine Träne abwischt. Er spricht von ihr wie von einer gewissenhaften, erfahrenen Hausangestellten.

»Was haben sie gedacht, als sie nach Hause kamen und das warme Bügeleisen und den nicht angerührten Kaffee vorgefunden haben?«

»Meine Mutter ging so gut wie nie aus dem Haus«, schaltet sich der Sohn ein. »Wenn es schwül war, setzte sie sich auf den Balkon, um ein wenig frische Luft zu schnappen. Oder sie ging in den Supermarkt gleich um die Ecke. Aber dann kam sie sofort wieder zurück. Meine Mutter wollte niemanden sehen. Sie war gern zu Hause.«

»Sie hätte gern noch weitere Kinder gehabt, aber daraus ist nichts geworden. Sie hatte fünf Fehlgeburten.«

»Ja, fünf Fehlgeburten, jedesmal im dritten Monat der Schwangerschaft.«

Vater und Sohn scheinen eine auswendig gelernte Komödie aufzuführen. Sie sind derart solidarisch, daß die Stimme des einen Mühe hat, sich von der des anderen zu befreien, und beim Sprechen verbinden sie sich, sie kommen sich in die Quere, trennen sich und verdoppeln sich, doch im Grunde sagen sie beide ein und dasselbe. Darüber hinaus ähneln sie sich auch äußerlich auf fast obszöne Weise: die gleiche niedrige, behaarte Stirn, die gleichen schläfrigen hellblauen Augen, der gleiche Mund mit fleischigen roten Lippen, die wie gefärbt aussehen, das gleiche Kinn mit dem Grübchen in der Mitte, der gleiche breite, aufgeblähte Hals. Ob Carmela S. deshalb von zu Hause weglaufen wollte? Doch wie ist es möglich, daß sie sich so blitzartig entschieden hat und in Pantoffeln und ohne einen Pfennig Geld fortgegangen ist? Eine Kurzschlußhandlung, wie die Zeitungen meinen? Oder der plötzliche Ruf einer beunruhigenden, verführerischen Stimme, der Stimme der Befreiung von jeder Bindung, von jedem Zwang, von den ganzen täglichen Demütigungen?

Zaira streichelt mit einer Hand den Kopf des Hundes, der sich in würdevoller Haltung neben ihrem Sessel niedergelassen hat. Sie ist ihm dankbar, daß er während ihrer viertägigen Krankheit nicht von ihrer Seite gewichen ist. Sie ist immer nur aufgestanden, um ihn kurz hinauszulassen, damit er sein Geschäft verrichten konnte; und sie machte ein paar Dosen mit Fleisch auf, das er gierig verschlang. Aber sonst rührte er sich nicht vom Fleck: den Kopf auf den ausgestreckten Vorderpfoten, in der Stellung eines müden Frosches – ein Anblick, bei dem man unwillkürlich lächeln mußte.

Maria Menica kam vorbei und brachte ihr Milch, die sie jedoch nicht trank, und ihr Freund Cesidio, der Pferdehüter, stattete ihr schon in aller Herrgottsfrühe einen Besuch ab und versorgte sie mit frischem Brot und Ricotta. Aber die Krankheit hatte ihr den Appetit genommen. Sie trank weiterhin nur schwarzen Tee mit Akazienhonig.

Als sie aufsteht, um sich ein Glas Wasser einzugießen, trottet Fungo hinter ihr her, als müßte er sie beschützen. »Du bist ja wie ein Vater zu mir!« sagt sie lächelnd, während sie zurückgeht und es sich wieder vor dem Fernseher bequem macht. Auch er nimmt hocherhobenen Hauptes Platz und fixiert ernst und neugierig die sich bewegenden Gestalten.

Auf dem Bildschirm erscheint jetzt ein Mensch, der auf geheimnisvolle Weise die ganze Schar der Vermißten verkörpert. Ein Mann, über den viele geschrieben haben und über den viel geredet und diskutiert wurde. Zaira kennt seine Geschichte schon, wird aber jedesmal aufs neue davon in Bann gezogen. »Der Wirtschaftswissenschaftler Federico Caffè verläßt seine Wohnung am Morgen des 15. April 1987«, säuselt die Moderatorin, »seine Papiere und seine Lesebrille bleiben auf dem Nachttisch liegen. Er macht sich auf den Weg zur Universität, aber seitdem hat ihn niemand mehr gesehen. Professor Caffè wurde 1914 in Pescara geboren, lebte aber seit dreißig Jahren in Rom, wo er an der Sapienza Wirtschafts- und Finanzpolitik lehrte.

In den letzten Jahren wurde er mit einer Reihe von Todesfällen konfrontiert: dem Tod seiner Mutter und seines Kindermädchens, das ihn aufgezogen hatte, dem Tod seiner Kollegen Ezio Tarantelli und Fausto Vicarelli – der eine wurde 1985 von den Roten Brigaden ermordet, der andere kam bei einem Verkehrsunfall ums Leben – und schließlich dem Tod von Franco Franciosi, einem seiner vielversprechendsten Studenten, der einem Tumor erlag. Caffè verkraftet den ganzen Schmerz einigermaßen, solange er seiner Lehrtätigkeit nachgeht und weiterhin Kontakt zu seinen Studenten hat. Doch als seine Emeritierung naht und er gezwungen ist, die Universität zu verlassen, fällt er in ein tiefes Loch. Freunden gesteht er, daß er nicht mehr schreiben kann und immer häufiger unter Amnesie leidet. Ich bin kein Mensch, sagt er, ich bin ein Kopf. Und wenn der rostet, bleibt von mir nichts übrig.«

»Das italienische Wort apparire kommt vom Lateinischen ad parere, zusammengesetzt aus ad (bei) und parere (erscheinen), das heißt: sich dem Leben präsentieren, augenfällig sein«, erklärt soeben ein Experte auf dem Bildschirm. »Das italienische Wort sparire geht auf denselben Ursprung zurück wie apparire, hat aber zusätzlich noch das verneinende s. So wie etwas ganz plötzlich erscheinen kann: eine Vision, ein Blitz, ein Traum, ein Schlag, eine Erinnerung, so schnell kann etwas oder jemand auch wieder aus unserem Blickfeld, aus unserem

Ohr, aus unserem Gedächtnis, aus unserem Bewußtsein verschwinden.«

Zaira schüttelt den Kopf. Die Worte des Experten sind in ihren Augen geradezu ein Beleidigung von Liebe und Treue. Die tiefgehenden Gründe für das Verschwinden eines Menschen lassen sich doch nicht einfach damit erklären, daß man Wörter auf ihren Ursprung hin untersucht. Jetzt werden einige Fotos von Professor Caffè eingeblendet: Er wirkt heiter und gelöst; in seinem weißen Trenchcoat à la Humphrey Bogart und mit dem eleganten Vierzigerjahrehut sieht er aus wie auf einem Filmplakat, sehr träumerisch und geheimnisvoll. Etwas Herzzerreißendes und gleichzeitig Poetisches umgibt einen Menschen, der verschwindet, sei es aus eigenem Antrieb oder auf Betreiben anderer. In der Erinnerung an das Leben dieses Menschen fehlt das schwere, entscheidende Bindeglied, das den Übergang von hier nach dort kennzeichnet. In unseren Vorstellungen bleibt sein Körper wie ein ruheloser Engel ohne leibliche Gestalt in der Schwebe. Deshalb denken wir immer an ihn wie an ein ursprüngliches Wesen, das weder Tod noch Veränderung unterworfen ist, fast so, als befände er sich in einem Zustand umwölkter Ewigkeit. Es sind Schicksale ohne Übergang, ohne Ende, wie eine Tür, die niemals verriegelt wurde und sich jeden Moment auftun könnte, und sie stünden lebendig wie eh und je vor uns.

»Erzähl mir was, Mama!«

Das kleine Mädchen fixiert den schmalen Ehering am Finger seiner Mutter. Er ist aus minderwertigem Gold und schon ganz abgenutzt. Wie viele Ringe braucht man wohl, um eine Kette zu machen? Und wie viele goldene Eheringe braucht man für zwei, drei Generationen von Müttern?

»Erzähl mir was, Mama!« fleht das Kind, und die junge Mutter dreht mit zwei Fingern an ihrem Goldreif, der vom vielen Seifenwasser ganz matt geworden ist. Dann fängt ihre

Stimme an zu erzählen, zuerst schwach und leise, dann immer sicherer, entschlossener, melodischer.

Das ächzende, dumpfe Schwingen der Türen im Rombo geht Zaira nicht aus dem Kopf. Sie verabscheut dieses dunkle, verrauchte Loch, doch irgendwie zieht es sie auch an. Und eines Nachmittags ist sie wieder da, stellt ihr Fahrrad an der Schulmauer ab und stößt vorsichtig die beiden Pendeltüren des Lokals auf. Einen Moment lang kann sie überhaupt nichts sehen. Scheinbar herrscht totale Finsternis. Zaira bleibt mit dem Rükken an der Wand stehen und versucht, sich zu orientieren. Klar dringen die Geräusche an ihr Ohr: das Laufen des Wasserhahns hinter der Theke, das Scheppern des mit Kaffeepulver gefüllten Metallsiebs, das auf die Scheibe geschraubt wird, durch die dann der heiße Dampf ausströmt. Sie hört Gelächter, könnte aber nicht sagen, ob es männlich oder weiblich ist. Und dazu noch der Gesang einer gequälten Stimme aus den Lautsprechern, die von Sex und Leid erzählt.

Allmählich gewöhnen sich ihre Augen an die Dunkelheit und erkennen nach und nach mehr: das Profil von Marione hinter der Theke, der den Kopf hebt und sagt: »Setz dich doch, Zaira, willst du einen Kaffee?« Scarpune, der Sohn von Elena, der Schuhmacherin, ist heute vormittag nicht da. Es sieht so aus, als wären überhaupt keine Gäste im Lokal. Und nicht einmal Saponett' ist zu sehen. Der Fußboden ist naß, als wäre er erst vor ein paar Minuten gewischt worden.

Marione kommt mit dem Kaffee. Er stellt ihn vor sie hin auf den kleinen Tisch aus künstlichem Marmor. Sie öffnet ein Tütchen mit Zucker und läßt diesen in die heiße Flüssigkeit rieseln. Der Löffel rührt in der Tasse, fast so, als hätte sie keine Hände.

»Danke, Marione«, murmelt sie automatisch.

»Darf ich mich setzen?«

Zaira nickt. Mit einem tiefen Seufzer läßt er sich nieder. Dann hebt er den Kaffeelöffel hoch, schaut ihn an, als hätte er ihn noch nie gesehen, und sagt mit leiser, müder Stimme: »Du kennst doch diesen Jungen, den sie alle Sal nennen?«

»Was ist mit dem?«

»Er ist zur Polizei gegangen und hat mich angezeigt, weil ich gegen die Bauordnung verstoßen haben soll. Weißt du, ich hab' nämlich hier gleich hinter der Küche ein Vorratslager gebaut, ohne Genehmigung. Aber bisher hat sich niemand daran gestört. Jetzt hat er mich angezeigt, und gestern sind die von der Gemeinde gekommen, und kurz darauf die Polizei.«

»Da gibt's bestimmt bald einen Straferlaß, mach dir mal keine Sorgen.«

»Eine gesalzene Geldstrafe haben sie mir schon aufgebrummt.«

»Er kommt also nicht mehr ins Rombo?«

»Ich hab' ihn in letzter Zeit nicht mehr gesehen.«

»Warum hat er dich denn angezeigt?«

»Vielleicht lief da noch ein Verfahren, und er wollte sich gut mit der Polizei stellen, ihr Vertrauen gewinnen. Oder man hat sich nur gegenseitig einen Gefallen getan.«

»Mir hat er tausend Euro abgeluchst mit dem Versprechen, mir Informationen über Colomba zu liefern.«

Aber Marione hört ihr gar nicht zu, er scheint mit seinen Gedanken ganz woanders zu sein. Dann steht er auf, greift nach der Tasse und dem Löffel und geht hinter die Theke zurück. Er hat sie nicht einmal gefragt, was Sal ihr für dieses Geld verraten hat. Vielleicht weiß er ja schon alles. Dennoch ist sie sich sicher, daß er genau zugehört hat, als sie das Geld erwähnte, das Sal ihr abgeknöpft hat.

»Wieviel kriegst du für den Kaffee, Marione?«

»Ist schon gut, du bist eingeladen.«

»Danke, und wie komm' ich zu der Ehre?«

»Es gibt nur wenige anständige Menschen in diesem Dorf, und diese wenigen verdienen allen Respekt.«

Hinter ihr schwingen ächzend die beiden Türen des Rombo, als sie sich in der lauwarmen Sonne eines milden Novembertags auf den Heimweg macht. Ich muß die Suche nach

Colomba unbedingt wiederaufnehmen, sagt sie zu sich. Die Einschüchterungsversuche ihrer Enkelin, der unheimliche Auftritt von Sal, ihre Krankheit, all das hat sie von den Wäldern ferngehalten. Sogar der müde Engel, der ihr auf nackten Füßen folgt und sich die Flügel mit neuem Schlamm beschmutzt, flüstert ihr zu: Los, geh, such weiter, es kann sein, daß sie dich braucht. Und selbst wenn sie dich nicht braucht, du mußt die Wahrheit erfahren, denn ohne Wahrheit leidet der Mensch.

Ist Wahrheit Freude, ein Vergnügen? Oder Leid? Jenes Leid, das, wie der verlauste Engel meint, von ihrer Abwesenheit herrührt? Ist Wahrheit eine soziale Pflicht, wenn sie die Allgemeinheit betrifft? Muß die Wahrheit auf jeden Fall offenbart werden, oder sollte man sie verschweigen mit Rücksicht auf denjenigen, dem sie schaden könnte?

Vor dem Computerbildschirm sitzend, stellt die Frau mit den kurzen Haaren fest, daß die Gedanken ihrer Romanfigur sich mit ihren eigenen verbinden. Dennoch hält sie Zaira für naiv, für kindisch. Von zu vielen Fragen getrieben, die sie zu einem Quälgeist machen wie ein aufdringliches Kind. Ist es nicht naiv, sich die Frage nach der Wahrheit zu stellen in einer Welt, die alles zerteilt, zerkleinert, vermischt hat, so daß das Glaubwürdige nicht mehr vom Unglaubwürdigen unterschieden werden kann? Was hat diese vielgerühmte, so oft gesuchte und so oft geschmähte Wahrheit für ihr Leben bedeutet? Wie häufig hat sie sie verraten, aus Angst, aus erzieherischen Gründen, aus Mitleid, aus Scham? Ihr scheint, Zaira ist ein bißchen zu blauäugig. Dennoch, einige der Fragen, die im Kopf dieser starrsinnigen Bergbewohnerin herumschwirren, beschäftigen auch sie: Ist die Anwendung der Wahrheit, und sei sie nur innerlich, wirklich eine unnütze Übung? Sollte die Freiheit der kritischen Meinungsäußerung nicht jeden Tag praktiziert werden? Und wenn man sich daran gewöhnt, seinen Nächsten zu belügen, belügt man dann am Ende nicht auch sich selbst? Fängt damit nicht das Vulgäre an, daß man sich selbst nicht eingestehen will, wie die Dinge wirklich sind?

Und wie vulgär ist sie geworden, sie, die in ihrem Gesicht die Spuren eines unvermeidbaren Betrugs trägt.

Sie denkt an die lange Schule der Lüge, durch die sie gegangen ist mit ihrer Liebe zu dem großartigen Maler, der männlichen Sphinx, dem Affenmenschen, zu dem Mann, der die Lüge so geschickt und raffiniert zu verpacken wußte wie ein wunderschönes königliches Geschenk. Der gutaussehende, elegante Mann konnte mit wundersamen alchimistischen Mitteln Täuschung in Authentizität, Wahrheit in Belanglosigkeit verwandeln. Bis er in ihrem vielleicht zu strengen Geist ernsthafte Zweifel auslöste.

»Wozu soll Wahrheit gut sein? Siehst du denn nicht, daß sie Entbehrungen, Unbehagen, ja, Schmerzen hervorruft? Die Wahrheit ist brutal und indiskret. Sie versucht zu mildern, zu erfinden, zu verändern, neu zu schaffen. Dagegen ist die reine Erfindung viel wirkungsvoller und glaubwürdiger, wenn sie in ihrem Umfeld knisternde Spannung, Zustimmung, Freude, Vertrauen erzeugt. Und außerdem, was ist schon Wahrheit? Ein frommer Wunsch, mein Kind, eine Illusion. In diesem Augenblick erscheint dir die Wahrheit so, aber du darfst nicht vergessen, daß sie sich dir schon morgen als ihr genaues Gegenteil präsentieren kann, und zwar genauso sicher und lächelnd.«

Das Kind, das sie nicht mehr ist, denkt jetzt an den Mann zurück, den es mit so viel Vertrauen und Hingabe geliebt hat, den es auf Reisen in die verschiedensten Teile der Welt begleitet hat, um an seinen Ausstellungen teilzunehmen, glücklich darüber, an seiner Seite zu sein, seine Lügen aufsaugend, die so schmackhaft gemacht, so weich und verführerisch waren.

Vielleicht besteht das Geheimnis der Lügen ja in ihrer inneren Wahrheit, in der Liebenswürdigkeit, die sie ausströmen, in der vollkommenen Aufrichtigkeit ihrer Verstellung. Sie braucht bloß daran zu denken, mit wieviel Zartgefühl der gutaussehende P. nicht nur sie, sondern auch seine Mutter, seine Schwester und seine Mitarbeiter belogen hat. Wieviel aufrichtige Zärtlichkeit er in die Täuschung legte! In einem Ausmaß, daß sie, selbst als sie mit Sicherheit wußte, daß es sich nur um

Flausen handelte, diese akzeptierte als den glücklichen Ausdruck von Lebensfreude und inniger Verbundenheit mit der Welt. Seine Lügen waren angenehm und entstanden aus dem Wunsch, denjenigen zufriedenzustellen, den er gerade vor sich hatte, sie entsprangen dem Willen, so zu sein, wie die anderen ihn sich wünschten: zustimmend und geschmeidig, immer verfügbar und immer sich entziehend. Ist so nicht auch die Figur aus Pirandellos *Wie du mich willst*, in ihrem schmerzlichen und selbstlosen Bestreben, sich dem anderen anzupassen?

P. hatte das Talent, die Kreativität, völlig überflüssige Unwahrheiten zu erzählen, als Selbstzweck, aus Freude, andere zu überraschen. Geistreiche Erfindungen, wie Goldoni sie nennt, fröhliche Häppchen, die auf der Zunge zergehen und dezente Süße am Gaumen und in der Kehle hinterlassen. Wie das eine Mal, als er sich als Frau mit Rock, Schleierhut und Spitzenhandschuhen verkleidet hat, damit er, wie er sagte, vom Portier nicht erkannt werde, wenn er ihr Haus betritt. In Wirklichkeit war es ihm ganz egal, ob der Portier ihn sah, schließlich sah er ihn ja ständig. Aber die Vorstellung, nicht erkannt zu werden, amüsierte ihn. Und natürlich wollte er sehen, was für ein Gesicht sie machte, wenn sie ihm die Tür öffnete.

Es gab auch gravierendere Lügen, die ihr Liebesverhältnis, die gemachten Versprechungen betrafen. Ein Jahr lang hatte er sich mit gewissenhafter Großmut zwischen zwei Frauen aufgeteilt: einer Graphikerin in Lissabon und ihr, der in Rom lebenden Schriftstellerin. Aber er konnte sich derart gut in zwei Personen spalten, daß er sich jedes Mal wieder mit Bravour in die Rolle des jeweiligen Verliebten stürzte. Keine der beiden Frauen ahnte etwas von der anderen, denn er war so liebevoll, leidenschaftlich begehrend, fröhlich und zärtlich wie immer. Sowohl zu der einen als auch zu der anderen.

Als der Liebesverrat dann per Zufall entdeckt wurde – weil auch das Perfekte mitunter einen winzigen Sprung bekommt, einen Riß, durch den unbemerkt das Licht dringt –, hat sie nicht so darunter gelitten, wie sie geglaubt hätte. Vielleicht weil er, barmherzig und bemüht wie immer, die alten Lügen mit neuen glänzenden Einfällen zudeckte, die ihn noch aufrichtiger, liebenswerter, näher und verfügbarer machten.

»Wieso ist das Betrug, Liebling? Bin ich denn nicht so zärtlich, aufmerksam und verliebt wie vorher? Gebe ich dir nicht das, was ich dir immer gegeben habe? Was willst du mehr?« Wieso sollte sie ihm nicht glauben? Er war doch bei ihr. Und unter der Decke drückte er sie an sich und versicherte ihr mit leiser Stimme, wie sehr sie ihm gefehlt habe und wie glücklich er sei, endlich wieder bei ihr zu sein.

Erst Jahre später und mit der entsprechenden Ruhe und Distanz begriff sie, wie sehr diese Lügen ihr Vertrauen in die Wahrheit beschädigt und dieses untergraben hatten, als hätten sie am Ende ihre Beziehung immer mehr erstarren lassen, bis sie schließlich tot war. Und dennoch war er, das konnte sie beschwören, aufrichtig in seiner grandiosen Unaufrichtigkeit. Zweimal er selbst, zweimal integer im treulosesten Verrat, zweimal begierig, Glück zu schenken, indem er ein Ich anbot, das sorgsam aufgeteilt, doch niemals halbiert war.

Sie hatte ihn sehr geliebt und ihm jedesmal die »geistreichen Erfindungen«, die verschobenen Abreisen, die enthusiastische Rückkehr verziehen, nicht ahnend, mit welcher chirurgischen Kälte er sich eine Liebe aus dem Herzen riß, um eine andere in die Arme zu schließen. Armer Geliebter, was für eine Anstrengung! Sie war ihm dankbar für die wunderbare Vorstellung, die er jedesmal zu ihren Gunsten gab, für die Großzügigkeit, mit der er sich herschenkte und dabei in sich die Wahrheit abtötete wie ein leichtes Fieber, das man mit ein paar Aspirin bekämpft.

Wahrheit und Lüge, Lüge und Wahrheit: was für ein Liebesduett! Zaira, ihre letzte Romanfigur mit dem klaren kindlichen Verstand, könnte dieser verdrehten Dialektik wohl nicht folgen. Oder vielleicht doch, denn obwohl Zaira aus einer Bauernfamilie stammt, hat sie studiert, viel gelesen, ihren

Geist ausgebildet, als wäre er ein kleiner Garten, den sie mit Heilkräutern, Gewürzen und duftenden Blumen bepflanzt hat. Es ist kein Zufall, daß sie sich dazu entschlossen hat, vom Übersetzen zu leben, obwohl sie wußte, daß sie mit den Übersetzungen nie genug verdienen könnte, um sich ein Auto anzuschaffen oder eine Reise nach Australien zu machen. Vielleicht hat auch sie entdeckt, daß Authentizität kompliziert ist und sich auf gefährliche Weise mit der Unwahrheit mischt.

Aber da ist sie ja selbst – rührend in ihrer Entschlossenheit, ihre Enkelin aufzuspüren, wobei sie Strategien anwendet, die einer ermittelnden Kommissarin würdig wären. Bereit, an diesem frühen Novembermorgen die Suche wiederaufzunehmen, eingemummt in ihre Winterkleidung: Wollhose, Bergschuhe mit dicken Profilsohlen, wattierte Jacke, Radlerkäppi, einen roten Schal um den Hals geschlungen, die Haare mit einem Gummiband im Nacken zusammengebunden. Sie schwingt sich auf das weiß-blaue Fahrrad, um noch einmal die Bergpfade abzufahren auf ihrer törichten, verzweifelten Jagd nach der Wahrheit. Genauso wie es *Roland* von Ariost machte, aus dem sie mit Don Pasqualino im hinteren Teil der Sakristei las: *Worauf ihm nichts am Glück zu fehlen schien, / als daß er sie auch find' in diesen Räumen, / die, Blitzen gleich, verschwand, wie sie erschien. / Gar lange sucht er zwischen Busch und Bäumen.*

Die Bäume haben ihre Blätter verloren, die Wege sind aufgeweicht, und rutschige, schillernde Teppiche bedecken den Boden und verbergen die darin lauernden Gefahren.

Zaira kümmert das nicht. Sie radelt mit dem leichten Gewicht des Rucksacks auf ihrem Rücken wild entschlossen über steinige Pfade, während Fungo neben ihr her spurtet. Mittlerweile haben die beiden Freundschaft geschlossen, lassen sich nicht aus den Augen, und er hat nichts mehr dagegen, wenn sie ihm mit energischer Hand das zerzauste borstige Fell bürstet. Zeichen dafür, daß die Freundschaft sehr eng und die gemeinsame Zukunft besiegelt ist.

Ab einer gewissen Stelle wird der Pfad unpassierbar, da einige spitze Steine wie jeden Moment zubeißende Zähne aus dem Boden herausragen. Zaira muß das Fahrrad stehenlassen und zu Fuß weiter hinaufsteigen. Sie wendet die übliche Methode an und legt das Gefährt in ein Gewirr aus Wacholderbüschen, die es augenblicklich verschlucken. Niemand käme auf die Idee, daß es sich dort befindet, es sei denn, man stieße zufällig mit dem Fuß dagegen, was unwahrscheinlich ist, weil die Büsche abseits des Weges stehen. Im übrigen handelt es sich eher um eine unnötige Vorsichtsmaßnahme, da man im November nie jemandem auf diesen Pfaden begegnet. Die Wälder sind verlassen, selbst die Hirten sind inzwischen mit ihren Schafen und ihren Kühen ins Tal hinabgestiegen. Man kann hier allenfalls auf wilde Pferde, streunende Hunde, Wildschweine, Füchse und Hasen stoßen.

Zaira erklimmt etwas, das man nicht einmal mehr als Pfad, sondern allenfalls noch als Ziegenspur bezeichnen könnte: Steine über Steine, eine Unmenge weißer Steine. Ab und zu behindert ein gewaltiger Felsblock ihre Kletterpartie. Zaira bleibt stehen, um das mit schwarzen Streifen durchsetzte Ungetüm mit den Augen abzuschätzen, ebenso wie die riesige Buche daneben, der nichts Besseres eingefallen ist, als sich den Felsen einzuverleiben, um ihre Wurzeln ausstrecken zu können. Die dicken hölzernen Arme sind angespannt und winden sich mit einer besitzergreifenden, strategischen Geste um ihn herum. Ein bewegender Anblick. Jetzt wird der Fels mit den langen braunen Rillen, in denen das Regenwasser fließt, völlig von den Windungen der Buche verborgen, die ihn nicht zermalmen will, sondern ihn lediglich als Stütze gegen die ständigen Lawinen benutzt. Wenn man von der Seite schaut, sieht es so aus, als wüchse der Baum direkt aus dem Inneren des Felsblocks heraus, der seinerseits, stark und granitartig, wie er ist, das zarte Mark und die duftende Rinde bildet.

Zaira beschließt, den Fels zu umrunden, und setzt einen

Fuß in das Gewirr aus Ästen und stacheligen Zweigen: ein Busch wilder Röschen, der sich an den knorrigen Stamm der Buche lehnt. Kaum hat sie ihren Schritt beschleunigt, schon wickelt sich eine lange Schlingpflanze um ihr Bein, zerrt an den Schnürsenkeln ihrer Schuhe und zieht an ihren Socken, als wollte sie sie auf ihrem Weg ins Unbekannte aufhalten. Doch sie läßt sich nicht entmutigen. Sie bleibt mitten im Gestrüpp stehen und bückt sich, um ihren gefangenen Fuß zu befreien und sich die Schuhe wieder zuzubinden, wobei sie sich die Finger blutig ritzt.

Der Engel, der mehrmals protestiert und angedroht hat, allein nach Hause zu gehen, ist immer noch da und humpelt murrend hinter ihr her. Seine zu langen und ausgefransten Flügel werden auf dieser Strecke durch den Wald arg strapaziert. Die Dornen bohren sich durch sie hindurch und zerreißen sie. Auf ihrem Weg bleiben kleine zerfetzte Federn zurück, als hätte die Frau ein plumpes, ungeschicktes Huhn an ihrer Seite. Fungo, der kein Verlangen hat, sich stechen zu lassen, jagt etwa dreißig Meter talwärts und kommt keuchend auf der anderen Seite wieder hoch, um Zaira mit heraushängender Zunge und freudigem Schwanzwedeln zu begrüßen.

Heute ist der Weg besonders steil und rutschig. Zu einer Seite öffnet sich ein tiefer Abgrund: Wie Menhire aufragende, mit Flechten überzogene Felsen halten eine Lawine aus kleinen grauen Steinen zurück, die talwärts rutschen und die Stämme abgestorbener Bäume und abgerissene Äste mit sich führen. Mittendrin erkennt Zaira glitzernde weiße Knochen. Sie gehören zum Gerippe eines Pferdes, das wahrscheinlich von Wölfen zerfleischt wurde. Diese Räuber wenden eine unfehlbare Technik an: Sie schicken einen noch jungen Kundschafter voraus, der unter Umständen fünfzig Kilometer bei Nacht zurücklegt, um die mögliche Beute ausfindig zu machen. Erst wenn er ein von seiner Herde zurückgelassenes geschwächtes Tier aufgespürt hat, eilt er zurück, um das Rudel zu verständigen. Gegen Morgen, doch noch vor Sonnenaufgang, bricht die Gruppe auf: geschlossen und entschieden, still und wachsam, angeführt von dem furchtlosen Kundschafter. Sobald sie das kranke Pferd oder das von seiner Mutter versehentlich allein gelassene kleine Kalb erreichen, erschrecken sie es und zwingen es zur Flucht. Panisch und atemlos stürzt das Beutetier davon und sie ganz ruhig und selbstsicher hinterher. Wenn nötig, rennen sie zwei Stunden am Stück, so lange, bis das Tier nicht mehr kann, weil sein Herz nicht länger mitmacht und ihm der Atem ausgeht. Dann treiben sie es zu einer Stelle, von wo es kein Entrinnen mehr gibt: zu einer Lawine, einer Schlucht, einer Felswand. Dort bleibt das Tier in Panik stehen, und das Rudel bringt seine Arbeit zu Ende. Sie packen es am Hals, lassen es ausbluten, und noch während es dampft, verschlingen sie es gierig Stück für Stück und lassen auch die Kleinen an dieser Orgie teilhaben. Wenn die Sonne am Horizont aufsteigt, wird von dem armen Tier nichts weiter übrig sein als ein blutiges Gerippe. Erst dann ziehen sich die Wölfe in ihre Höhlen zurück, und es kommen die Falken, die schon kreischend hoch oben in der Luft gewartet haben; es kommen die Raben und andere gefräßige Vögel, und es eilen die streunenden Hunde, die Ameisen, die Füchse herbei. Und sie alle erwartet ein Festmahl.

Zaira setzt sich auf einen moosbewachsenen Felsvorsprung und atmet die Luft ein, die nach nassen Blättern, Pilzen, freiliegenden Wurzeln, aufgelockerter Erde und bitteren Kräutern riecht. Man hört nichts als das heisere Krächzen der Raben, das Hämmern der Spechte, die entfernten Lockrufe der Kohlmeisen und das an einigen Stellen zwischen den Felsen hervorsprudelnde Wasser.

Ob ihre Colomba tatsächlich in diesen unwirtlichen Wäldern verschwunden ist? Gibt es denn in dieser Feuchtigkeit, dieser zunehmenden Kälte überhaupt noch ein Versteck, wo man Unterschlupf finden kann? Und wer hält sie gefangen, wie der junge Sal angedeutet hat? Trotzdem ist sie sich sicher, daß bei allem Geschwätz und allen Vermutungen nur er das einzig Richtige gesagt hat: Colomba lebt. Seine Worte klangen wahr, vielleicht nicht ehrlich, aber wahr. Er ist einer, der für Geld alles täte. Und bestimmt wird er das, was er weiß, verwenden, um ihr noch mehr abzuknöpfen. Ohne ihr möglicherweise jemals die ganze Wahrheit zu verraten. Doch diese Nachricht, nur diese eine Nachricht sagt ihr intuitiv, daß sie stimmt. Zaira weiß, daß Colomba in seinen Händen wie ein Juwel ist, das man nicht nur zu einem hohen Preis eintauschen, sondern an dem man sich auch erfreuen kann, denn soweit sie wahrgenommen hat, wünscht auch er sich, daß Colomba lebt.

Noch ein paar Schritte, los, Zaira, auf zum Gipfel dieses Berges, der nicht zufällig Amaro – bitter – heißt! Ihre Schuhe scheinen sicherer und flinker als sie. Wo die Augen noch unschlüssig verharren, schreiten die Sohlen schon entschlossen voran, klettern, ohne ins Rutschen zu geraten, auf felsige Spitzen, dringen, ohne Schaden zu nehmen, ins Brombeergestrüpp ein, springen über Gräben und heimtückische Mulden, hüpfen behende von einem Stein zum anderen.

Nachdem die letzte Felsstufe überwunden ist, hinter der sich nur noch der rosarote Himmel auftut, steht Zaira plötzlich mitten auf einer mit Gräsern bewachsenen kleinen Lichtung. Noch einmal kommen ihr die Worte Ariosts in den Sinn: *Und so, im Fliehen der und der im Jagen, / gelangen sie auf dunkler Wildesbahn, / die, wie sie weiter wird, beginnt zu tagen / zum Forst hinaus auf einen Wiesenplan.* Dort, zwischen magischen Fontänen und geflügelten Drachen, sucht Roland seine Angelica.

Gehört diese Erinnerung zu der Figur der Zaira, die im Schatten einer Sakristei an der Seite des phantasievollen Don Pasqualino aufgewachsen ist, der ihr stundenlang aus dem *Rasenden Roland* vorgelesen hat? Oder gehört sie zu der Schriftstellerin mit den kurzen Haaren, die grünen Tee trinkt, während ihr Blick sich in den Wäldern verliert, die ihr Haus in den Abruzzen umgeben? Auch sie hatte jemanden, der ihr aus dem *Rasenden Roland* vorlas: ihre Mutter, die schöne Marketenderin mit den goldblonden langen Haaren. Sie war diejenige, die sie mit ihrer Begeisterung für die Literatur wie mit einer Krankheit angesteckt hat und den Genuß an den Geist und Sinne berührenden Rhythmus der Verse auf sie übertrug: *Die Frau'n, die Ritter, Waffen, Liebesbande, / die Zartheit sing' ich, den verwegnen Mut*. Was kann köstlicher und zarter, verheißungsvoller und melodischer sein als dieser Anfang, der zu den schönsten der Weltliteratur gehört, von einem Dichter verfaßt, dessen Erzählton sich ihren Ohren wie eine glückliche, geheime, nie vergessene Klangspur eingeprägt hat?

Die vollkommene Stille auf dieser lieblichen Wiese wird jäh unterbrochen. Es raschelt in den Büschen, als bewegten sich irgendwelche Gestalten hindurch. Wer sucht sich einen so unzugänglichen Platz, weitab von jeder Ortschaft, zum Spazierengehen aus? Zaira fallen alle möglichen Märchen mit Wäldern ein, in denen sich gesichtslose Mörder herumtreiben. Sie versteckt sich hinter einem Felsblock und hält den Atem an. Aber es sind viele Schritte, und nach einigen Sekunden stellt sie fest, daß sie nicht von Menschen stammen. Mitten in den Kornelkirschsträuchern und den Wacholderbüschen erkennt sie zunächst viele zarte Hufpaare, dann die Stummelschwänze, die aussehen, als wären sie mit einer Schere gestutzt, schließlich die gelben Rücken, die Köpfe mit den an der Spitze gebogenen langen Hörnern und den zwei schwarzen Streifen, die das freundliche Gesicht der Länge nach durchziehen, die flinken, aufmerksamen Augen, die spitzen Ohren. Eine Familie von Gemsen zieht an ihr vorüber, ohne sie wahrzunehmen. Der Wind bläst in die entgegengesetzte Richtung, und der menschliche Geruch dringt nicht an ihre empfindlichen Nasen. Zaira lächelt über die Angst, die sie ausgestanden hat. Als die Gemsen sich entfernt haben, beginnt sie mit dem Abstieg, die Hänge des Monte Amaro hinunter, und während sie an den hohen, gewundenen Stämmen jahrhundertealter Buchen vorbeigeht, sinkt sie in das dichte Laub ein, treten ihre Schuhe auf herabgefallene Äste.

Nach einer weiteren Stunde Fußmarsch kommt sie plötzlich an eine Stelle mit aufgeworfenem Erdreich. Ein Schild verbietet den Zutritt: VORRÖMISCHER FRIEDHOF steht dort als Erklärung. Zaira schaut sich einmal kurz um und geht dann auf die mit Plastikplanen abgedeckten Gräber zu.

Die Frau mit den kurzen Haaren war dort, am Fuße des Monte Amaro, um die gerade erst freigelegten Gräber der Samniten zu besichtigen. »Ein uraltes Volk, dessen Ursprünge bis auf tausend Jahre vor Christus zurückgehen«, erklärte der Anthropologe, der die Ausgrabungen leitet. »Es wurde von den Römern verfolgt und nach vielen blutigen Kriegen, den sogenannten Samnitenkriegen, ausgerottet. Der endgültige Sieg erfolgte 290 vor Christus. Bereits im Jahre 1711 entdeckten Bauern die Gräber beim Pflügen des Bodens und fanden Degen, Panzerplatten, Kurzschwerter, Lanzen, Armbänder und Schnallen aus Bronze, die heute alle in Museen zu besichtigen sind.«

Es regnet. Unter ihren Schuhsohlen hat sich eine dicke Lehmkruste gebildet, so daß sie nur langsam vorankommt, darauf bedacht, bloß nicht auszurutschen, hier, zwischen den offenen Grabstätten, die jetzt verlassen daliegen, weil die Archäologen sich wegen des plötzlich einsetzenden heftigen und eisigen Regens zurückgezogen haben.

Zu viert bewegen sie sich mit aufgespannten Schirmen vorsichtig inmitten der nur mit einer Plastikplane abgedeckten wertvollen Gräber, bis sie vor einem stehenbleiben. Ihr Schwager hebt die wasserdichte dicke Plane an, und vor ihren Augen öffnet sich, klein und makellos, das Grab: ein in die Erde gegrabenes Parallelepipedon, die Wände mit Kalksteinplatten verkleidet – wie sie es wohl hinbekommen haben, den Stein so präzise und fein zu schneiden? –, und auf dem nackten Boden bietet sich ihren überraschten Augen der Anblick eines vollkommen erhaltenen Skeletts. Seit mehr als zweitausend Jahren liegt es da, und es scheint, als zitterte es beim plötzlichen Kontakt mit dem Licht nach so viel Ruhe und Dunkelheit. Es ist der trockene September des Jahres 2002, als endlich Regen fällt, um den Durst der von einem glühendheißen Sommer ausgedörrten Erde zu stillen.

Der Mann will das Grab wieder mit der Plane abdecken, aber sie hält ihn zurück: »Einen Moment, warte mal!« »Es wird doch naß.« »Laß mich noch mal schauen!« Der Archäologe erklärte ihnen, daß sich in diesem Grab das Skelett einer Frau befindet: »Sie muß so um die Dreißig gewesen sein, war 1,39 Meter groß, litt an einer schweren Arthritis an Schulter und Ellbogen und hat mindestens drei Kinder geboren. Neben ihr wurden eine Bronzeschale, drei eiserne Schnallen und ein Anhänger, eine Bernsteinkette und eine kleine Amphore für Parfum gefunden. Eine reiche Frau aus einer der vornehmen Familien des Dorfes.«

Zaira beugt sich über ein kleines Grab, das mit einer wasserdichten blaßblauen Plane bedeckt ist. Darin befindet sich der Länge nach das Skelett eines Kindes: Der kleine Schädel ist gut erhalten, die Rippen ragen aus dem frischen Schlamm hervor, die Ärmchen liegen ausgestreckt am Körper.

Der Eindruck ist derart überwältigend, daß ihre Augen sich von selbst schließen und durch den Nieselregen ein noch lebendiges Dorf erblicken: Hütten aus Erde und Stroh, Höfe, die von kleinen Mauern aus unregelmäßigen Steinen umgeben sind, Hühner, die ungehindert scharren, ein paar von Fliegen umschwirrte magere Hunde, ein Krug voll mit Weizen – war es nun Weizen oder doch eher Gerste? –, eine Axt, eine Feuerstelle aus Steinen, auf der ein Topf mit schwarzem Boden steht. Eine Frau bläst in das Feuer, hebt den Kopf und betrachtet die großen grauen Wolken, die sich über den Hütten zusammenballen, ein Kind kommt angekrabbelt, eine abgemagerte Katze hinter sich, und fängt an zu schreien, als ein Platzregen einsetzt. Die Katze rennt vorsichtshalber davon und versteckt sich hinter der Hütte. Ein dickbäuchiger Mann mit vor Dreck starrenden Haaren läuft vorbei und begibt sich in eine der Hütten, in der ein Sterbender liegt. Er beugt sich über den Kranken und zieht mit zwei schmutzigen Fingern dessen Augenlider hoch. Dann horcht er ihm das Herz ab, indem er sein Ohr auf dessen Brust legt, und wäscht ihm anschließend die Füße mit einer Wasserlösung aus Weide und Wacholder. Er beobachtet, wie er röchelt. In seiner Nähe kauert eine junge Frau auf der Erde – ob es die Ehefrau ist? – und versucht, ein schwaches Feuer in Gang zu halten, das nur aus wenigen Zweigen trockener Kräuter besteht. An der Tür sitzt ein Hund, der sich schamlos flöht. Eine alte Frau hockt im dunkelsten Teil der Hütte und wimmert leise vor sich hin. Gegen Abend wird man den Toten auf diesem Friedhof mit den akkurat ausgehobenen und mit einer Steinplatte bedeckten Gräbern beerdigen.

Zaira hebt mühsam den Kopf, der mit melonenschweren Visionen beladen ist, und plötzlich verschwinden wie durch Zauberhand all die Gestalten, die beweglichen Bilder. Ihr Blick findet die aufgeworfene Erde wieder, die mit blauen Planen abgedeckten Gräber, den langsam fallenden Regen.

Über dieses kleine Kindergrab beugte sich an einem Regentag auch die Frau mit den kurzen Haaren voller Rührung. Die grellfarbigen Schirme drängen sich um das unerwartete Bild. Diese Schirme zeugen von einem prunkhaft lebendigen Heute gegenüber einer Vergangenheit, die ihre Farben verloren hat und damit all ihren Lebenssaft und ihre Sehnsüchte. Die Zeit läßt alles grau und steif werden. Ihr Schwager steht da im Regen und achtet nicht auf die Tropfen, die ihm über Kopf und Wangen rinnen. Die Frau mit den kurzen Haaren weiß, woran dieser nicht mehr junge Mann denkt, der gern scherzt, gern den eiskalten Zyniker spielt, dem es aber trotzdem nicht gelingt, seinen weichen Kern mit dem Duft eines ofenfrischen Hörnchens zu verbergen. Da steht er nun im Regen inmitten der samnitischen Gräber in seiner Arbeitshose, den schweren, klobigen Schuhen, einem karierten Holzfällerhemd und einer Regenjacke. Ein nicht mehr junger Mann, der nach einem Infarkt wieder angefangen hat zu rauchen, ganz nach dem Motto: Ich fordere die Zukunft heraus, und wenn das falsch ist, hab' ich eben Pech gehabt! Heute, das weiß sie, denkt er an ein anderes Grab, das sich auf dem kleinen Friedhof von Rocca Regina befindet, wo er liebevoll den schwerelosen Körper ihrer Schwester bestattet hat, die drei Jahre zuvor gestorben ist. Sie weiß, daß ein stärkeres Band als das körperliche die beiden immer noch vereint, obwohl sie stumm und taub in der Erde des Reatino begraben liegt, während er spricht, ißt und lacht. Eine Treue, die über den Tod hinausgeht, ein stiller Dialog, der immer weitergeht, trotz der physischen Abwesenheit der impulsiven, klugen und melancholischen Frau, die ihre Schwester war. Sie sprechen weiterhin miteinander – er, der sich mit viel Kaffee wachhält, und sie, die keine Nase mehr hat, um den Duft des Kaffees einzuatmen –, durch tiefreichende Gedanken und Erinnerungen, die das geflickte Herz des Mannes füllen.

Zaira sitzt in ihrer Küche und hat die Augen auf eine blaubemalte kleine Keramiktasse gerichtet, in der sich heißer Kaffee befindet. Während sie bläst und wartet, daß er ein wenig abkühlt, betrachtet sie die blaue Abbildung auf der weißen Keramik, die einen Mann mit einem Bündel auf dem Rücken darstellt. Auf dem Kopf trägt er einen schäbigen Schlapphut, angezogen ist er wie ein Schäfer aus dem achtzehnten Jahrhundert: Kniehosen, lange Socken und Sandalen. Neben ihm ein Hund mit wedelndem blauem Schwanz, der zusammen mit seinem Herrchen auf einen blau-weißen Wald zugeht.

Diese Tasse ist wirklich schon sehr alt. Sie gehörte Zairas Großmutter, besagter Pina, von der es heißt, sie habe ein paar Jahre in einem Bordell gearbeitet, die Pina aus Sizilien, die einen Sohn hatte, Pitrucc' i pelus', und die in ferner Zeit, im Jahre 1920, an Syphilis starb. Pitrucc' schenkte die Tasse

Antonina, und die wiederum hat sie ihr hinterlassen. Als Kind brachte sie Stunden am Fenster zu und beobachtete fasziniert, wie die Schäfer zu Fuß oder auf dem Rücken ihrer Maultiere in die Wälder zogen. Sie fragte sich, wohin sie wohl gingen, obwohl sie es genau wußte, doch ihre Art, sich fortzubewegen, der Zukunft entgegenzutreten, beunruhigte sie. Die Tasse verrät nicht, wohin sich die Schritte des Mannes wenden, und sie erzählt auch nicht, was er in dem Sack trägt, der schwer auf seinem Rücken lastet.

Eine Plantage voller Apfelbäume mit Zweigen, die durch die Kälte schwarz und trocken geworden sind, ein schneebedecktes Feld mit Zichorien. Alle warteten darauf, daß das winterliche Eis endlich schmolz, doch der Frühling wollte einfach nicht kommen, und die Kühe rumorten verzweifelt in ihren Ställen, die Schafe schabten mit den Zähnen über den harten Boden auf der Suche nach Gräsern, die nicht wachsen konnten. Was der Schäfer wohl in dem Sack hatte? Stibitzte Nüsse aus irgendeinem Garten weit weg von zu Hause? Einen mit der Schlinge eingefangenen Hasen, dem er lange aufgelauert hatte? Kartoffeln, von dem Geld gekauft, das er für ein von seiner Frau besticktes Laken bekommen hatte? Das Haus sieht man nicht auf der Tasse, auch das Dorf nicht, aus dem der Bauer vermutlich kommt. Man sieht nur den Mann, dessen Gesicht von dem großen, dunklen Hut fast verdeckt wird. Das mit den Händen festgehaltene Bündel hängt auf seinem Rücken, ein Zweig mit hübschen hellblauen Blättern streckt sich zum Rand der Tasse hin. Das ist alles. Wohin geht der Mann, und woher kommt er? Was hat er in diesem Sack, unter dessen Last sich sein Rücken beugt? Was hatte sie sich als Kind nicht alles zusammenphantasiert über diese kurze Wegstrecke, die ganz in Blau auf die poröse weiße Außenseite der Tasse gezeichnet ist!

Ein Wunder, daß sie überlebt hat, wenn man bedenkt, wie oft sie auf den Boden gekollert ist. Colomba hat sie allerdings nie fallen lassen. Von klein auf war sie achtsam und ordentlich. Viel ordentlicher als sie. Häufig, wenn Zaira vom Einkaufen zurückkam, hatte Colomba, die in der Zwischenzeit aus der Schule heimgekehrt war, schon den Küchentisch abgewischt, die Tassen gespült, das Besteck ins Abtropfsieb gesteckt. Die Kleine neigte ganz spontan, von Natur aus zu Sauberkeit und Ordnung. Sie hatte um sich herum gern freie, reine Flächen, glänzende Fußböden, makellose Tischtücher, sauberes Geschirr und Blumen, die fröhlich aus den Vasen herausguckten. Auch wenn es Papier- oder Stoffblumen gewesen wären, hätte ihr das nichts ausgemacht, Hauptsache, sie belebten mit ihren Farben die schmucklosen großen Wohnräume. Ihr Schlafzimmer erinnerte an eine *Verkündigung* von Fra Angelico, wo jeder Gegenstand mit Sorge und Bangen auf eine Erwartung, eine Lücke hinzuweisen scheint, die in Kürze gefüllt würde. Das sorgfältig gemachte kleine Bett steht an der Wand. Auf dem Nachttisch lag immer das Buch, das sie gerade las, außerdem standen dort ein grüner Plastikwecker, eine einfache Lampe mit einem Metallgestänge, ein Glas Wasser und ein Sträußchen trockener Blumen in einer kleinen chinesischen Vase. Sonst nichts. Während sich die Bücher auf Zairas Nachttisch stapeln, einander verdecken, ins Wanken geraten und häufig hinunterfallen. Wenn Colomba einen Roman fertig gelesen hatte, stellte sie ihn ins Regal zurück. Ihr Kleiderschrank aus weißem Holz öffnete sich mit einem freundlichen Geräusch und zeigte nur wenige ordentlich aufgehängte Kleider, alle frisch gewaschen und gebügelt: einen dunklen Mantel, einen cremefarbenen Anorak, eine kastanienbraune Winterjacke. Ihre Schuhe standen aufgereiht im Schuhschrank, immer geputzt und glänzend. Ach, Colomba, wie groß ist die Sehnsucht nach diesen freundlichen, stets gepflegten Händen, die unentwegt aufräumten, putzten, ausbesserten!

Würde ein so fleißiges, diszipliniertes Mädchen sich nicht dazu verpflichtet fühlen, zumindest eine Nachricht zu hinterlassen, wenn es für eine gewisse Zeit verschwinden wollte? Zaira starrt immer noch auf den geheimnisvollen Mann mit dem

Bündel auf dem Rücken, der am Rand der Tasse auftaucht, und stellt sich die Frage, ob nicht auch Colomba ein zu schweres Bündel mit sich herumschleppte. Eine heimliche, unvermutete Bürde. Bedrückte sie der Verlust von Vater und Mutter? Belastete sie die Enge eines etwas zu wachsamen und klatschsüchtigen Dorfes? Litt sie unter dem Zusammensein mit einer Großmutter, die wenig sprach und Mühe hatte, so viel zu verdienen, um bis zum Monatsende einigermaßen über die Runden zu kommen? Unmöglich, das Geheimnis eines Mädchens zu enthüllen, das zu einer Sphinx des Schweigens und der Abwesenheit geworden ist. Wo bist du, 'Mbina? Warum antwortest du nicht?

Es ist kein Trost für sie, daß in Italien Jahr für Jahr Tausende von Personen verschwinden. Die oft nach einer Zeit der Orientierungslosigkeit und der Flucht wiedergefunden werden. Und wenn sie nun ermordet wurde? Schon taucht das beruhigende Gesicht von Sal vor ihr auf. Er hat das Geld angenommen, um sie wissen zu lassen, daß Colomba lebt. Das hätte er nicht getan, wenn sie tot wäre, versucht Zaira sich einzureden; der Junge ist geldgierig und skrupellos, aber eine Information, eine einzige, muß er haben, sonst hätte er sie nicht aufgesucht. Das sagt sie sich mit der leisen, gebrochenen Stimme gesprochener Gedanken, um sich Mut zu machen. Oder unterhält sie sich mit dem Gewissen, das zerfetzte Flügel hat und ihr auf den Fersen bleibt wie der Hund Fungo? Ein Hund ist ein Hund, er spricht eine andere Sprache. Ein Engel ist ein Engel, er hat eine ganz andere Mentalität und ganz andere Gedanken im Kopf.

Schon seit Tagen macht Zaira auf ihrem Weg ins Dorf einen Abstecher am Rombo vorbei, um zu erkunden, ob sie Sal vielleicht trifft. Doch sie sieht ihn nicht. Hat er ihr nicht selbst erzählt, daß er aus einem anderen Dorf kommt? Zaira erkundigte sich beim Vater von Scarpune nach ihm. Der wußte alles über seinen Sohn und dessen Freunde, aber seine Antwort war ausweichend und unbefriedigend: »Der Bengel ist dauernd auf Achse, aber ich hab' keinen Schimmer, was er treibt.« Für die

Dorfbewohner ist der Dialekt wie ein bequemer alter Schuh, an den der Fuß gewöhnt ist. Aber sobald sie hören, daß ihre Umgebung sich anpaßt, schlüpfen sie hurtig in ein Paar Straßenschuhe, um darin schnell und entschlossen zu laufen.

»Ich finde, das ist ein ganz übler Bursche«, fährt der Schuhmacher fort. »Und die Polizei läßt ihn einfach so laufen. Die kommen lieber in die Geschäfte, um zu prüfen, ob die Verordnungen auch ja alle eingehalten werden. Aber einen wie den, der aussieht wie ein Stachelschwein mit seiner komischen Frisur und ständig mit einer anderen Haarfarbe rumläuft und von dem man weder weiß, wovon er lebt, noch, wo er lebt, den kontrollieren sie nicht.« Eine Reaktion von ihr erwartete er nicht. Statt dessen fing er an, von seinen Hühnern zu erzählen: daß er fünf Stück hat, die er in einem kleinen Hof hinter seinem Haus hält, daß sie nur Gemüsereste zu fressen kriegen und Eier legen, aber nicht so viele, wie er gern hätte, weil sie oft nervös sind und dann keine Eier produzieren oder weil es regnet oder sehr kalt ist und dann von Eiern erst recht keine Rede sein kann. Ab und zu schlachtet er eins, und dann flattern die anderen drei Tage lang aufgeregt herum und gakkern in einer Tour; so lange, bis er sie, um sie zum Schweigen zu bringen, packt und zu seiner Schwiegermutter schafft, die einen Stall in den Bergen hat. Und da geben sie dann endlich Ruhe, nicht zuletzt, weil es dort eisig kalt ist, und so hocken sie die ganze Zeit im Futtertrog, eng aneinandergepreßt und mit geschlossenen Augen.

Zairas Blick fällt durch das benetzte Fenster. Es regnet. Von den Bäumen tropft Wasser. Die Wiesen sind aufgeweicht. Es hat gar keinen Zweck hinauszugehen. Sie wird zu Hause bleiben und einen Teig aus Mehl, Wasser und frischer Hefe anrühren. Hausgemachtes Brot hat einen Duft, den man bei keinem anderen Brot findet. Maria Menica, die nie Zeit zum Backen hat, bittet sie des öfteren mal um einen Laib. Und den bringt sie ihr gern. Sie mag es, wenn Menica ihr zum Dank dieses zärtliche Lächeln schenkt, das sie nur für wenige übrig hat, um ihr gleich darauf wieder den Rücken zuzukehren und Tücher, Permanganat oder Watte für eine neue Geburt bereitzulegen. Sie hat einen so guten Ruf als tüchtige Hebamme, daß ihre Dienste selbst von den Nachbardörfern in Anspruch genommen werden. Vor ihrer Zeit gingen viele Frauen aus Vorsicht zur Entbindung in die Stadt, aber weil fast alle mit einer Bauchnarbe von einem brutalen Kaiserschnitt zurückkamen, entschieden sie, daß es wohl besser wäre, den alten Methoden zu vertrauen. Außerdem ha'm wir 'ne gute Hebamme im Dorf mit kräftigen, geschickten Händen! In dreißig Jahren ist bei ihr nur ein einziges Kind tot auf die Welt gekommen. Auf die ist Verlaß! Und wenn tatsächlich Komplikationen auftreten sollten, kann man immer noch mit dem Auto in die Stadt fahren, das dauert nur eine knappe Stunde. Doch Maria Menica ist die erste, die darauf hinweist, wenn eine Geburt gefährlich werden könnte, und sie selbst rät der jungen Mutter, ins Krankenhaus zu gehen, bevor es zu einer Blutung kommt. Nur zwei Frauen sind ihr während der Geburt unter den Händen gestorben: die eine, weil sie zuckerkrank war, was sie ihr verschwiegen hatte, und die andere, weil sie, ohne es zu wissen, an einer schweren Herzinsuffizienz litt.

Die größte Befriedigung erlebt Maria Menica, wenn sie in Touta spazierengeht und von allen Müttern begrüßt wird, denen sie bei der Geburt beigestanden hat. Sie kommen auf sie zu, ergreifen ihre Hände und erzählen ihr von den Fortschritten ihrer Kinder, die viel zu schnell wachsen, »nicht mehr Zeit als für ein Ave-Maria, und schon müssen sie zum Militär«.

Die Hebamme ist die einzige, die sie nach Colomba fragt, so als wüßte sie, daß sie zurückkommt. Sie sagt nicht zu ihr: Vergiß es, denk an was anderes! Oder: Was soll das denn jetzt noch … was soviel heißt wie: Die muß ja inzwischen mausetot sein. Ganz im Gegenteil, sie ermutigt sie, weiter nach ihr zu suchen. »Gibt's Neuigkeiten?« fragt sie, sobald die beiden sich begegnen, und es ist klar, daß sie wirklich darauf wartet, welche zu erfahren.

Während Maria Menica mit Desinfektionsmitteln, sauberen Tüchern und Watterollen hantiert, erzählt Zaira ihr, was sich zuletzt zugetragen hat. Menica ist die einzige im Dorf, die von Sal und dem ergaunerten Geld weiß, vorausgesetzt, daß Sal selbst nicht mit anderen darüber gesprochen hat. Marione hat sie zwar auch davon erzählt, aber der hat so getan, als hörte er ihr nicht zu. Zaira ist jedesmal aufs neue überrascht, wie schnell sich Gerüchte im Dorf verbreiten. Nicht immer entsprechen sie der Wahrheit, aber jeder weiß über jeden Bescheid: wann sich einer verliebt, wann er oder sie sich heimlich mit seiner oder ihrem Geliebten trifft, wann jemand verreist, wann er zurückkommt, mit wem er Umgang hat, was er ißt, ob er raucht oder trinkt, ob er seinen Ehepartner betrügt, ob er krank ist, ob er einen Zahn verliert, ob er einen wichtigen Brief bekommt, ob er viel Geld verdient und womit. Unmöglich, ein Geheimnis zu bewahren. Zum Glück liegt ihr Haus etwas abseits von der Dorfmitte, und die Haustür ist der Bergseite zugewandt, was sie vor neugierigen Blicken schützt. Aber daß sie weiterhin nach ihrer Enkelin Colomba sucht, das wissen alle und schütteln den Kopf, als wollten sie sagen, daß sie ein bißchen verrückt ist, »die arme Zà, die läuft sich die Hacken ab, um was rauszukriegen, sucht und sucht und findet nichts«.

Auch heute sind Zaira und Maria Menica dort in dem Haus, in dem sich Handtücher und Waschtröge stapeln, und unterhalten sich mit leiser, fast verschwörerischer Stimme.

»Hast du was rausgekriegt über Colomba?«

»Sal beteuert, daß sie lebt, aber er hat keine Ahnung, wo sie ist.«

»Und woher will er das wissen?«

»Das frag' ich mich auch, und trotzdem glaub' ich, daß da was Wahres dran ist.«

»Hast du wieder angefangen, im Wald zu suchen?«

»Ja.«

»Du kennst dich wirklich gut aus hier in den Wäldern.«

»Das kann man wohl sagen.«

»Hast du dich noch nie verirrt?«

»Noch nie.«

»Ich schon, ein einziges Mal.« Und dann fängt sie an, auf ihre anschauliche, knappe Art zu erzählen, wie einmal ein Marokkaner aus den Bergen zu ihr kam, um sie zu holen, weil seine Frau unmittelbar vor der Entbindung stand. Der Hirte lebte in einer selbstgezimmerten Hütte in einer Gegend, wo er die Schafe eines Dorfbewohners hütete. »Zum Glück war Sommer. Ich hab' mir die Ärmel hochgekrempelt«, fährt Menica fort und gesteht ihr, daß sie »ein bißchen Schiß hatte«, weil das Kind mit den Füßen nach unten lag und die Nabelschnur um den Hals gewickelt war. »Warum habt ihr mich nicht eher gerufen?« fragte Menica die Marokkanerin, aber die sprach kein Italienisch und lag nur völlig verängstigt da mit dem ganzen Blut, das ihr zwischen den Beinen herauslief. Menica machte sich mit Eifer ans Werk, immer daran denkend, daß sie einen Ruf zu verteidigen hatte. Ewig lange hantierte sie mit ihren sensiblen, resoluten Händen, drehte die Beinchen des Kindes wie zwei Würste, damit es seinen Weg nach draußen fand, ohne die Mutter allzusehr zu quälen, und am Ende gelang es ihr, den Kleinen herauszuziehen und die Blutung zum Stillstand zu bringen. Dann mußte die Nabelschnur durchtrennt werden, die ihn würgte, und deshalb wandte sie sich an den Mann, der dabeistand, ohne zu wissen, was er tun sollte. »Jetzt schneiden«, sagte sie zu ihm und sah, wie er ein Messer, groß wie ein Schwert, holte und seinem neugeborenen Sohn die Nabelschnur durchschnitt. »Das war er von den Schafen so gewohnt«, lautete Menicas Kommentar, die immer noch glücklich darüber war, die schwierige Geburt erfolgreich hinter sich gebracht zu haben, weitab von jedem Krankenhaus und jedem anderen einigermaßen sterilen Ort. Zum Glück hatte sie eine Tasche mit Desinfektionsmitteln und allem möglichen Verbandszeug mitgebracht. »Das Kind hat die Geburt gut überstanden, die Mutter nicht zuviel Blut verloren.« Sie war wirklich stolz auf sich. Der marokkanische Hirte kam mit glückstrahlenden Augen auf sie zu und reichte ihr eine Tasse Pfefferminztee. Er murmelte irgend etwas auf arabisch vor sich hin, vielleicht ein Dankgebet. Die beiden sahen sich an, und einen Moment lang waren alle sprachlichen, religiösen und kulturellen Unterschiede verschwunden: Sie tranken den Tee und sahen sich dabei in die Augen. Die Wöchnerin stillte bereits ihr Kind und dachte an nichts anderes. Maria Menica gab ihr einen Kuß auf die Stirn, woraufhin diese sie mit ihren tieftraurigen, wunderschönen Augen anblickte und ihr mit einem Kopfnicken dankte. Der Mann begleitete sie zur Tür hinaus und ging dann noch ein Stück mit ihr durch den Wald, um ihr den Weg zu zeigen, doch dann mußte er wieder zurück. Und Maria Menica stand mit einer Taschenlampe in der Hand ganz allein inmitten all der Bäume. Es herrschte völlige Dunkelheit. Mit ihrem schwachen Licht konnte sie nur einen kleinen Kreis um ihre Schuhe herum beleuchten. Vorsichtig, um bloß nicht zu stolpern, tastete sie sich voran, in dem Glauben, in Richtung Dorf unterwegs zu sein, während sie, ohne es zu merken, in den tiefsten und finstersten Teil des Waldes eindrang. Und das, obwohl sie ihre Berge kannte. Aber es war dunkel, und die Bäume sahen alle gleich aus. Glücklicherweise war Sommer, und es war nicht so kalt. Nachdem sie eine Stunde gelaufen war, mußte sie feststellen, daß sie sich verirrt hatte.

»Und wie bist du nach Hause gekommen?«

»Ich hab' gemerkt, daß ich im Kreis herumlief.«

»Ja, und?«

»Ich hab' mich unter einen Baum gelegt und bis zum Morgen gewartet.«

Zaira hat Vertrauen zu Maria Menica, trotzdem hat sie ihr nie von jener stürmischen Nacht erzählt, als sie ihren Hausschlüssel verloren hatte und Colomba mit einem Mann in der Küche sitzen sah. Sie zweifelt noch, glaubt, es könnte auch die Vision eines müden, fiebrigen Geistes gewesen sein. Zumal das Ganze so schnell vorbeiging. Aber die Hintertür war offen, obwohl sie sie abgeschlossen hatte, und Fußspuren hat sie auch gefunden. Alles nur Träume?

»Erzähl mir was, Mama«, bittet das Kind und ruft sie zur Ordnung, während ihre Gedanken wandern, ausrutschen, stolpern – halbfertig und verloren. Die Kleine ähnelt ihr sehr, trägt sie doch als Zeichen familiärer Bestimmung die gleichen körperlichen Merkmale, die sie auch aufweist: ein Muttermal mitten auf der Stirn wie ein winziges dunkles, durchdringendes Auge und einen schräg stehenden Vorderzahn.

»Erzähl mir was, Mama!«

»Bist du denn gar nicht müde?«

»Vielleicht ja, aber ich will die Geschichte hören.«

Die Mutter umschließt mit ihren großen, weichen Händen die weiße Kinderhand ihrer Tochter und fängt an zu erzählen: »Eines Morgens wagt sich ein kleines Mädchen in den Wald. Es trägt einen Korb am Arm und hat ein rotes Mäntelchen an mit einer Kapuze auf dem Rücken.«

Wohin geht dieses Kind? fragt sich die Frau mit den kurzen Haaren. Die Großmutter besuchen, heißt es im Märchen. Aber sie hat keine Großmütter mehr, um die sie sich kümmern muß. Nur noch eine Mutter, die klein und zerbrechlich geworden ist. Der Blick der alternden Tochter ruht auf dem zarten, kindlichen Nacken der Mutter. Ob es stimmt, daß man im Alter wieder zum Kind wird? Wenn sie ihre Mutter beobachtet, kann sie in ihren fragenden Augen den Blick des kleinen Mädchens entdecken, das sie einmal gewesen ist. Ein unsicherer Ausdruck, der sich dennoch etwas Unbeugsames bewahrt hat. Ein wißbegieriger Blick, aber auch eingeschüchtert von dem, was er verstehen und sehen könnte. Jetzt ist sie diejenige, die wie eine Mutter zu ihr ist und ihr Geschichten erzählt, jetzt ist sie diejenige, die sie überrascht, sie in die burleske Welt der Familiengeschichten hineinzieht, in die bitteren Schmerzen der im Traum leidenden Kreaturen zwischen schwammigen Wänden und ungemachten Betten, zwischen dornigen Wegen und stürmischen Höhen.

»Erzähl mir was, Mama!«

Die Kleine insistiert mit schläfriger, aber beharrlicher Stimme.

Die Mutter schaut sie an, doch sie erkennt sie fast nicht. Es gibt Momente, in denen die beiden Leben – das der Mutter und das der Tochter – sich begegnen, sich miteinander verschränken und eine Einheit zu sein scheinen. Ein andermal trennen sie sich, gehen in entgegengesetzte Richtungen wie zwei Fremde.

»Los, Mama!«

»Was hat das Mädchen in seinem Korb, als es sich auf den Weg durch den Wald macht? Einen Laib Käse, gelbes Brot aus Maismehl, zwei salzige Heringe, eine Flasche Wein. Das sind die traditionellen Geschenke, ein paar bescheidene Mitbringsel für denjenigen, der krank im Bett liegt.«

»Wäre es nicht besser, den Korb mit Pilzen zu füllen?«

»Mit Pilzen, mein Schatz?«

»Ja, mit Pilzen.«

»›Sie sind hübsch anzusehen und verheißen wahre Gaumenfreuden‹, heißt es in dem Pilzbuch, das ich dir geschenkt habe. Soll ich dir mal was daraus vorlesen? ›Sie sprießen unter den aneinanderklebenden, trockenen Blättern hervor und passen sich mit ihren lieblich-angenehmen Farbtönen dem Unterholz an: kastanienbraun, milchkaffeebraun, zartrosa, sienafarben, perlweiß, meersalzweiß, eierschalfarben, schneeweiß, sandgelb, safrangelb, kanariengelb, orangenschalengelb.‹ In unserer Familie verstanden alle was von Pilzen. Streifzüge durch die Wälder haben sie zu Experten gemacht. ›Ein leichter Geruch nach Wurzeln, Mehl, Tinte, frisch ausgegrabenen Kartoffeln und gerösteten Haselnüssen haftet ihnen an.‹ Soll ich weiterlesen?«

»Das Schenken ist ein schicksalhafter Zug, der zutiefst zum Wesen des Menschen gehört«, sagt ihr Schwager, der Historiker. »Man überreicht sich Geschenke, um grausame Gottheiten zu besänftigen, um ihre Gier nach menschlichem Schmerz abzumildern. Vielleicht nicht einmal so sehr, um dafür im Gegenzug Nachsicht zu erfahren, sondern um sie in ihrem göttlichen Zorn zu beschwichtigen.«

»Sind die Götter deiner Ansicht nach immer cholerisch?«

»Ich meine ja, eitel und grausam, da braucht man bloß mal die *Ilias* zu lesen. Ihr einziger Genuß ist das Leid der Menschen. Ein köstlicher Anblick für sie, die Menschen weinen zu sehen: Was kann ihre Macht stärker hervorheben als das ständig wiederaufgerührte, wiederholte Leiden? Sie können gar nicht genug davon bekommen. Die menschlichen Tränen sind für sie wie Tropfen eines lang erwarteten Regens auf einem ausgedörrten, rissigen Boden. Salzige Tränen, so salzig wie das Meer, weich und glitschig und demjenigen, der von oben auf uns herabsieht, willkommener als ein trockenes, dummes Lachen. Ein Mensch, der weint, braucht jemanden, der ihm zuhört, er braucht Schutz, Trost, Liebe. Ein Mensch, der weint, ist den Richtern in den goldenen Gewändern lieb, weil die ausgewaschenen Augen sich zu den Wolken erheben, Bestätigungen suchen und Schutz erbitten werden. Diese Tränen wischen jede Überheblichkeit, jeden Dünkel weg. Leidenschaftlich lieben die Götter denjenigen, der weint und sich ihnen anempfiehlt. Trösten ist süß, vielleicht süßer als getröstet werden.«

Zaira kippt Mehl auf dem Tisch aus, drückt mit den Händen eine Kuhle hinein und gibt die in lauwarmem Wasser aufgelöste frische Hefe dazu. Dann vermischt sie das Ganze, walkt, preßt, rollt und zieht so lange, bis der Teig unter ihren Händen glatt und elastisch wird. Anschließend legt sie ihn auf die Fensterbank und bedeckt ihn mit einem Tuch. Zwei Stunden später hat sich seine Masse verdoppelt. Jetzt kann sie ihn weiterkneten. Mal fügt sie einen Eßlöffel Olivenöl hinzu, mal Rosinen oder gehackte Nüsse, ein wenig Salz und auch einen halben Teelöffel Zucker, damit er beim zweiten Ruhen noch besser aufgeht.

Um sieben ist der Teig bereit für den Backofen. Wenn sie keine Zeit hat, ihren eigenen anzuwerfen, weil das Aufheizen mit Holz ziemlich lange dauert, geht sie zu Fuß zum öffentlichen Backofen in der Nähe der Kirche und läßt ihn dort zusammen mit anderen Broten rösten. So ein warmes, knuspriges Brot mit etwas Tomate und Olivenöl ist für sie eine komplette Mahlzeit. Wenn sie das Gefühl hat, nicht ganz bei Kräften zu sein, ißt sie ein in Scheiben geschnittenes hartgekochtes Ei dazu oder einen in der Pfanne gebratenen kleinen Flußfisch mit Zichorie, die sie auf den Feldern findet. Auf den Markt geht sie sowenig wie möglich. Öl kauft sie einmal im Jahr von einem Apulier, der ihr die Korbflaschen mit einem Lastwagen vorbeibringt. Ein dickflüssiges grünes Öl mit würzigem Geschmack. Wein besorgt sie sich bei einem entfernten Cousin, der an der Küste wohnt und eigene Weinberge besitzt. Ein kaum behandelter, bekömmlicher Wein mit dem guten Geschmack gepreßter Trauben. Obendrein ist er auch noch billig. Im übrigen trinkt sie sowieso nur ein halbes Glas zu den Mahlzeiten. Seitdem Colomba nicht mehr da ist, sogar noch weniger. Gemüse holt sie sich von den Feldern: Zichorie, Sellerie, Sprossen und Brennesseln für den Salat; außerdem wilden Spinat, Pilze, Wurzeln, Zwiebeln, die sie kocht und dann für den Winter in Öl einlegt. Kastanien, Brombeeren und Zwetschgen verarbeitet sie zu Marmelade, Himbeeren und Erdbeeren konserviert sie in Alkohol.

Im Keller bewahrt sie Säcke mit Kichererbsen und Bohnen auf. Diese werden eingeweicht und auf kleiner Flamme gekocht und reichen ein ganzes Jahr. Fleisch ißt sie gar nicht. Fisch kauft sie bei Aidano, dem Busfahrer, der an seinen freien Tagen entweder im Sangro oder im Lago di Scanno angelt: glitschige kleine Fische, aber saftig und wohlschmeckend.

Draußen vor dem Fenster geht der Regen gerade in ein Schneegestöber über, die Wege, die in den Wald führen, haben sich in Morast verwandelt. Wie soll man bei diesem gräßlichen Wetter Lust haben, vor die Tür zu gehen? Doch die Entscheidung ist nun mal getroffen, es gibt kein Zurück. Zaira schlüpft in ein Paar Stiefel, zieht zwei Pullover übereinander und darüber noch eine gefütterte Regenjacke mit einer Kapuze, die ihr bis über die Augen reicht. Dann folgen die Handschuhe, ein Rucksack mit einer Taschenlampe, der Militärkarte, einem Apfel und einem Stück Schokolade. Auf geht's! sagt sie und holt tief Luft. Die Ankündigung gilt auch Fungo, der nur ungern aus seiner Höhle hinter dem Ofen hervorkriecht. Beim Öffnen der Tür werden Hund und Herrin von einer mit Schnee vermischten Windbö erfaßt. Die Kälte schneidet ihr ins Gesicht. Doch Zaira läßt sich nicht entmutigen. Sie holt das Fahrrad aus dem Schuppen, wischt den Sattel ab, kontrolliert die Reifen, zieht ihre Handschuhe an, steigt auf und radelt gegen den Wind auf den nassen, schlammigen Wald zu.

Gestern hat der Verleger sie wütend angerufen. »Ist die Übersetzung immer noch nicht fertig, Zà? Was treibst du eigentlich?« »Nein, sie ist noch nicht fertig, ich hab' zuviel zu tun.« »Was denn? Bei euch da oben in den Bergen ist doch nichts los.« Für das, was er ihr bezahlt, kann er ruhig noch ein paar Tage warten! Heute vormittag will sie die Suche nach Colomba fortsetzen. Am Nachmittag, wenn es dunkel wird, widmet sie sich dann der Übersetzung von *El burlador de Sevilla* für diesen Giorgini, der bestimmt wieder Gott weiß was für Ansprüche stellt. Jetzt sieht man sie aber zunächst einmal sicher den Berg hinaufstrampeln. Ihre Gedanken bewegen sich im Rhythmus der Pedale. Es sind strategische Gedanken, die auch einem Hauptmann durch den Kopf gehen könnten, der sich mit den Widrigkeiten und Gefahren eines Geländes herumschlagen muß, auf das er seine Soldaten schickt. Doch wo ist der Feind? Das ist der kritische Punkt. Den Feind sieht und erkennt man nicht. Wie eine Krankheit aus Legionen von ununterscheidbaren resistenten Bakterien, die in diesen Wäldern steckt, in diesen ansteigenden Wegen, die wer weiß wohin führen. Doch sie läßt sich nicht entmutigen. Sie wird beharrlich weiterradeln. Und wenn der Weg zu glitschig und schlammig wird, mit spitzen Steinen und Wasserlöchern übersät ist, dann steigt sie vom Rad, versteckt es in einem Gewirr aus niedrigen Wacholderbüschen und geht zu Fuß weiter.

Sie klettert steile Hänge hinauf, dringt in die Wälder des Lupo Grande ein, überquert, von einem Stein zum anderen springend, den Wildbach des Gambero Nero, des Schwarzen Krebses. Auch wenn sie noch keine schwarzen Krebse darin entdecken konnte. Wer weiß, ob es überhaupt jemals welche gegeben hat! Auf der Suche nach einem Loch, nach einer versteckten Höhle kämpft sie sich bis zu den von den Bergen herabgestürzten Felsmassen vor. Erst bei Dunkelheit wird sie im Schein ihrer Taschenlampe, über hervortretende Wurzeln holpernd, zurück nach Hause radeln.

Und wieder ist ein Tag vergangen, die Suche erneut fehlgeschlagen. Wie viele davon wird sie wohl noch auf der Suche nach ihrer Enkelin auf diesem wackeligen Stahlroß verbringen müssen? Gib's doch endlich auf, dumme Kuh, das ist alles nur vergeudete Zeit, raunt ihr die aufdringliche Stimme mit den schweren, schmutzstarrenden Flügeln zu. Was soll das denn noch? Du bist störrisch wie ein Esel. Wenn sie tot ist, ist sie tot, du kannst sie nicht wieder lebendig machen. Vergiß sie, denk einfach nicht mehr daran. Sal, dieser Teufelsbraten, hat dich an der Nase herumgeführt. Alles nur, weil du nicht zugeben willst, daß er dir Geld abgeluchst hat wie irgendeinem Schwachkopf. Er hat dich belogen, kapier das doch endlich, er hat dich belogen. Jetzt denk mal ein bißchen an dich, an dein Haus, stürz dich in deine Arbeit. In Kürze ist dein ganzes Geld verbraucht, und wer unterstützt dich dann?

Vor lauter Wut tritt Zaira mit ihrem Fuß nach hinten aus, als versuchte sie, eine Katze zu vertreiben, die ihr die Waden zerkratzen will. Au! macht eine heisere Stimme, und Zaira lächelt zufrieden vor sich hin. Sie hat das Gewissen mit den zu langen Flügeln am Schienbein erwischt.

Die Frau mit den kurzen Haaren ertappt sich dabei, daß sie genau solche Fragen stellt wie ihre Romanfigur Zà. Warum dieses ständige Bedürfnis, vom Thema abzuweichen? Warum ein Erzählstrang, der, anstatt straff gespannt zu sein, ständig nachgibt, um anderen Geschichten, anderen Begegnungen zu folgen? Läßt sie sich da nicht auf einen Roman ein, der sich wie ein Baumstamm direkt zu den Wolken strecken sollte, aber sich statt dessen in viele Richtungen verzweigt und den Leser zappeln läßt? Warum führt sie vor lauter Vergnügen am Abschweifen einen Freudentanz auf, warum diese sinnliche Fröhlichkeit? Ist es nicht ein Widerspruch, so entschlossen zu sein wie Zaira und so viele Fragen wie sie zu stellen? Es scheint fast unmöglich zu sein, die beiden Seelenzustände in Einklang zu bringen. Und trotzdem leben sie zusammen wie Geschwister.

Unterdessen beunruhigt sie ein bestimmtes Wort: Zufall. Gerade gestern morgen hat sie einen Brief von einer Frau aus Palermo bekommen, die als Kind ihre Großmutter gekannt hat. Ein langer, herzlicher Brief, der lustige Dinge einer wenig geliebten Großmutter in Erinnerung ruft. Aber in dem Briefumschlag steckt auch noch etwas anderes: zwei mit Straß besetzte sternförmige Metallknöpfe. »Diese Knöpfe hat mir Ihre Großmutter geschenkt, als ich ein kleines Mädchen war. Meine Mutter war Schneiderin und nahm mich mit zu ihren Kunden, und eine davon war die schöne Palermitanerin, die von allen bewundert wurde wegen ihrer langen schwarzen Haare und ihrer schmachtenden Augen. Während meine Mutter lange Samtröcke säumte, Ärmel absteckte, Falten an der Taille anbrachte, ließ sie mich wie eine Puppe auf dem Boden sitzen. Aber ich langweilte mich, war unruhig, und so zog Ihre Großmutter einmal diese beiden Knöpfe aus einer Schublade und gab sie mir zum Spielen. Seitdem sind viele Jahre vergangen, Ihre Großmutter ist gestorben, ebenso meine Mutter, und ich werde alt, aber diese beiden Knöpfe habe ich nie verloren, denn sie erinnern mich an einen glücklichen Abschnitt meines Lebens in Sizilien. Ich schicke sie Ihnen mit Freude. Damit auch Sie, wenn Sie sie berühren, an Ihr fernes Palermo zurückdenken.«

Jetzt liegen die zwei Straßknöpfe hier vor ihr, im Laufe der Zeit zwar etwas matt geworden, aber immer noch elegant in ihrer Einfachheit. Das Ganze kommt ihr vor wie ein brutaler Zufall, als hätten die Götter ihr einen Streich gespielt. Genau zu dem Zeitpunkt, als sie über Zaira Morrione schreibt, die 1889 mit einem Säckchen wertvoller Knöpfe aus Sizilien gekommen ist, als sie Zà erzählen hört, wie dieses Säckchen all die Jahre hindurch erhalten blieb, indem es von den Händen der Urgroßmutter in die der Großmutter überging und dann über die Mutter an die Enkelin weitergegeben wurde, ausgerechnet in dem Augenblick bekommt sie den Brief von der unbekannten Sizilianerin: Wie soll man diesen Synchronismus deuten?

Außer Maria Menica hat Zaira noch einen Freund im Dorf, und zwar den Pferdehüter Cesidio: Jeden Morgen kommt er an ihrem Haus vorbei, wenn er die Pferde zum Weiden in die Berge führt. Er läßt sie frei auf den Waldwiesen grasen, und abends holt er sie wieder ab. Jedes Pferd hat eine Glocke um den Hals gebunden, und wenn sie sich alle zusammen bewegen, ertönt ein kleines Konzert, das jedesmal anders klingt.

Wann immer Cesidio ein bißchen Zeit zur Verfügung hat, widmet er sich den Urkunden, die von seinem Dorf erzählen. Er führt eine Statistik über die Zahl der Verstorbenen und der Lebenden und weiß alles über die Geschichte der Gegend, in der er geboren und aufgewachsen ist. Sein Blick ist stets zurückgewandt, so als langweilte ihn die Gegenwart. Jedes noch so kleine Detail über das Leben in Touta fasziniert ihn und läßt seine Augen leuchten. Seine ganz auf die Vergangenheit gerichtete Neugier ist unersättlich.

Wenn Cesidio zwischen fünf und sechs Uhr morgens an ihrem Haus vorbeiläuft, hört Zaira im Schlaf seine leisen

Schritte, begleitet vom fröhlichen Hufklappern der Pferde, und ist beruhigt. Auf seinem Rückweg, gegen acht, schaut er manchmal auf eine Tasse Kaffee herein. Dann erzählt er ihr von seinen Entdeckungen oder von seinen Pferden. Niemals hat er sie nach Colomba gefragt. Wahrscheinlich denkt er wie viele andere, sie wäre tot. Seine Obsession sind die Pferde, die ständig von irgendeinem Zipperlein geplagt werden: von Würmern, Wunden, Husten, Krätze, dem grauen Star. Da er nicht an die Fähigkeiten der Veterinäre glaubt, hat er sich selbst zum Arzt seiner eigenen Tiere ernannt, wälzt Bücher und experimentiert mit Hausmittelchen herum, die sich auf dem Lande bewährt haben. Seine Behandlung schlägt im allgemeinen gut an, nicht so sehr aufgrund seiner medizinischen Kenntnisse, sondern weil er mit Liebe und Beharrlichkeit zu Werke geht. Solange eine Verletzung nicht ausgeheilt ist, behandelt er sie weiter; solange die Stute nicht geworfen hat, bleibt er bei ihr, auch mitten in der Nacht, auch bei einem Unwetter. Cesidio war nie verheiratet. Doch er hat zwei rundliche Nichten: Fröhlich und tatkräftig kümmern sich beide mit ihm zusammen um die Reitbahn samt den dort lebenden Hunden, Schafen und Katzen, wo sich ungeduldige Stadtmenschen einfinden, um den Rausch eines Ausritts zu erleben. Bisweilen erscheinen diese in Sandaletten mit hohen Absätzen, mit nackten Beinen, aber Cesidio weist sie nicht zurecht. Sie werden schon von allein merken, daß der Sattel an den nackten Beinen scheuert, daß die Steigbügel unter den bloßen Füßen drücken und schmerzen.

Seine Schüchternheit verbirgt Cesidio hinter einem langen Walroßschnauzbart. Grund dafür könnten auch seine schwarzen, kaputten Zähne sein. In seinem ganzen Leben war er noch kein einziges Mal bei einem Zahnarzt. Denen traut er ebensowenig wie den Tierärzten. Dennoch ist Cesidio ein gutaussehender Mann, und viele junge Mädchen aus dem Dorf fühlen sich zu ihm hingezogen. Nicht zuletzt die schöne Donata, die als erste Frau im Dorf in die Armee eingetreten ist und ihren Militärdienst abgeleistet hat. Heute arbeitet sie als

Polizistin, in Uniform, mit steifem Hut und stolzem Lächeln auf den korallenroten Lippen.

Cesidio kennt viele Märchen, komische oder absurde Geschichten, und wenn er an Zairas Küchentisch Platz nimmt, erzählt er ihr immer die eine oder andere. Er sammelt volkstümliche Chroniken aus den Abruzzen, Geschichten von Hirten aus dem vergangenen Jahrhundert. In diesen sieht er wie viele andere im Dorf nicht nur die Besitzer von Schafen, sondern alte Freigeister mit einer blühenden Phantasie, die die Fähigkeit hatten, die Vergangenheit zu erzählen und trotzdem die Zukunft im Auge zu behalten. Die großen Werke wie *Das befreite Jerusalem, Die göttliche Komödie*, die *Bibel, Die Geschichte von König Artus und den Rittern seiner Tafelrunde* sowie die Märchen von Giufà, Bertoldo, Bertoldino und Cacasenno kannten sie auswendig.

»Oft frage ich mich, wer unsere eigentlichen Vorfahren waren, abgesehen natürlich von den Römern, den Etruskern, den Griechen, aber davor? Hier in Touta lebten ursprünglich mal die Marser. Aber vor ihnen? Immerhin wissen wir einiges über die Marser: Das waren Krieger, durchtrieben, tapfer, gewissenhaft und unbeugsam. Sie teilten alles miteinander, und bei denen ging es demokratischer zu als bei uns. Die wichtigste Stadt der Marser, nach meiner Vorstellung ein kalkweißer Ort, hieß Marruvium und befand sich am Ufer des Lago del Fucino, der heute nicht mehr existiert, weil der Fürst Torlonia ihn Anfang des neunzehnten Jahrhunderts vollständig entwässern ließ. Und seitdem sitzen wir auf dem Trockenen, haben keine Oliven und keine Süßwasserfische mehr.«

»Wie waren die Marser deiner Meinung nach, hatten sie Ähnlichkeit mit den heutigen Bergbewohnern?«

»Man sagt, sie waren Söhne des Mars und konnten kämpfen wie Löwen, ließen sich sogar dafür bezahlen: Die Etrusker wollten sie, die Griechen wollten sie, und auch die Römer verlangten nach ihnen. Aber sie hatten schon vor den Römern existiert und verehrten andere Götter, die vor Jupiter geboren waren. Manche behaupten dagegen, sie hätten nichts mit Mars zu tun, sondern stammten ursprünglich von einem Sohn der Circe ab. Deshalb hielt man die Bewohner der Marsica auch für Zauberer und Heiler: Sie kannten die Gebirgspflanzen, mit denen man Schnittwunden heilte, wußten, wie man Schlangengift am besten entgegenwirkt. In Cocullo fangen sie noch heute Schlangen, wickeln sie sich um den Hals und hängen sie an die Statue des heiligen Dominikus. Das war aber früher die Statue der Göttin Angizia, die so alt ist wie der Lago del Fucino, vielleicht sogar noch älter.«

»Ich muß los, Cesidio, es ist spät.«

Doch Cesidio scheint das gar nicht mitzubekommen. Er hat so viel Freude am Erzählen, daß der Zuhörer am Ende davon angesteckt wird. Und darauf verläßt er sich.

»Hab' ich dir eigentlich schon mal die Geschichte von dem Benediktinermönch erzählt, der Cesidio hieß, genau wie ich?«

»Nein, die hast du mir noch nicht erzählt.« Sie möchte gehen, aber der Wunsch, die Geschichte des Mönchs Cesidio zu hören, hält sie davon ab. Was tun? Obwohl sie schon ihre dicken Schneeschuhe angezogen hat, setzt sie sich erst einmal wieder hin.

»Im neunten Jahrhundert herrschten hier die Franken Karls des Großen, hochgewachsene, kühne Menschen. Sie sprachen ein ganz kantiges Französisch, das längst nicht mehr existiert, aber die rechtschaffenen Menschen von damals, die Priester und die hohen Herren, sprachen ebenfalls so, mit diesen Ecken und Kanten. Die Barone baten Karl den Großen, eine Grafschaft in der Gegend der Marsica zu gründen, und so wurde die alte Provinz Valeria zu einer Grafschaft.«

»Wo stammt überhaupt der Name her?«

»Von der Via Valeria, glaube ich, von Valerio Massimo, dem großen römischen General, der sich die Berge und auch die Täler hier unter den Nagel gerissen hatte. Die Grafschaft Valeria war so mächtig, daß sie danach trachtete, mit ihren Kriegern alle Gebiete ringsum in Besitz zu nehmen. Mit großem Tamtam fielen sie ins Tal ein, beschlagnahmten den Grundbesitz, zäunten ihn ein und sagten: Das ist meins, und das ist auch meins, gehabt euch wohl, und vertrieben alle, die seit Jahrhunderten dort ansässig waren. Selbst die Benediktiner aus dem Kloster in Gioia di Marsi am Passo del Diavolo hatten Angst.«

»Wo war denn dieses Benediktinerkloster, ich hab' es nie gesehen.«

»Es lag oben auf dem Paß, dort, wo zu Zeiten der Marser ein antiker Tempel stand, und die Gegend heißt immer noch Temple. Der Paß war sehr umkämpft, er war ein wichtiger Punkt, eine Grenze und ein Übergang zwischen dem Süden und dem Zentrum, zwischen dem Herzogtum von Spoleto und dem von Benevent, zwischen den Abruzzen und der Markgrafschaft von Molise.«

Während Cesidio spricht, zwirbelt er mit seinen schwieligen, zerfurchten Händen seinen Schnurrbart. Zaira hat inzwischen vergessen, daß sie weggehen wollte, sie sitzt da und sieht ihn verzückt an.

»Magst du noch einen Kaffee, Cesidio?«

Er antwortet nicht einmal, denn er ist voll auf die Geschichte konzentriert, die noch lange nicht beendet ist, sondern ganz im Gegenteil viele Ereignisse andeutet, die es zu entwickeln gilt. »In diesem Kloster lebte ein Mönch, der hieß Cesidio, genau wie ich. Spindeldürr war er und kümmerte sich um die Hühner im Hühnerstall, jedes einzelne Huhn kannte er mit Namen. Er sammelte die Eier ein, wenn sie noch warm waren, und verteilte sie unter den Mönchen. Aber sobald seine Arbeit im Hühnerstall getan war, widmete er sich der Lektüre und der Abschrift heiliger Texte: Meisterhaft verstand er es, mit winzigen Pinseln, die er in goldene und lapislazuliblaue Tinte tauchte, auf Pergamentpapier zu malen.

Als dieser Mönch nun sah, daß das Kloster Tag für Tag beraubt und bedroht wurde, beschloß er, mit dem Papst persönlich zu sprechen, weil diese Situation nicht länger tragbar war.

Wie lange sollten sie denn noch tatenlos zuschauen, wie jeden Tag ihre Ziegen und Lämmer gestohlen, ihre Gärten geplündert wurden? Infolge der vielen Überfälle und Expansionen hatte sich die Grafschaft im Norden tatsächlich bis L'Aquila ausgedehnt, das damals Forcona hieß, im Süden reichte sie bis an die Stadt Sulmona; und dennoch ertrug sie es nicht, daß ein anderer einen so wichtigen Übergang wie den Passo del Diavolo kontrollierte. Also schulterte der Benediktinermönch namens Cesidio einen Sack mit Nüssen und machte sich auf nach Rom. Damals führte der Weg in die Hauptstadt durch undurchdringliche Wälder. Darin lebten Wölfe, die die Wanderer anfielen, und Hyänen, die nur darauf warteten, sich über die Reste der Kadaver herzumachen …«

»Hyänen? Hier in der Gegend? Cesidio, du willst mich wohl auf den Arm nehmen?«

»Nach dem, was der Mönch erzählt, gab es Hyänen. Tatsache ist jedenfalls, daß es wirklich gefährlich war, diese Wälder zu durchqueren. Trotzdem hatte Cesidio beschlossen, mit seinem Sack Nüsse auf dem Rücken zum Papst zu gehen.«

»Nur Nüsse? Was wollte er denn damit?«

»Die Nüsse aus den Bergen der Marsica waren von bester Qualität und sehr begehrt. Sie waren klein und äußerst schmackhaft, wohlriechend und gehaltvoll, hervorragend geeignet für Süßspeisen, aber auch nur mit Brot, sozusagen als Fleischersatz. Und für eine Handvoll Nüsse ließ er sich ein Stück Käse und manchmal auch einen kleinen Fisch aus dem See geben. So zog er dahin. Tagsüber war er unterwegs, trank aus den Quellen, die er sehr gut kannte, da er in der Gegend aufgewachsen war, und nachts kauerte er sich unter einen Baum oder, besser gesagt, in einen Baum, weißt du, in diese großen, dicken Buchen, die wir hier in der Gegend haben, da paßte er gerade so eben hinein, denn er war ja klein und hatte kein Gramm Fett am Leib.«

»Und wie lange brauchte er bis nach Rom?«

»Lange brauchte er, Zaira, lange. Seine Füße waren vom vielen Laufen dick geschwollen, ständig begegnete er Vipern und Rudeln ausgehungerter Wölfe. Luchse und Wildschweine kreuzten seinen Weg, doch er wußte, wie er mit ihnen umzugehen hatte. Er machte sich einfach stocksteif, als wäre er aus Stein, und schon zogen sie sich zurück. Eines Tages kamen ihm sogar zwei Bären entgegen, ein Männchen und ein Weibchen, offenbar auf der Suche nach Honigwaben. Sie sahen ihn schräg von der Seite an, und während sie noch überlegten, ob es sich überhaupt lohnt, sich diesen Happen zu genehmigen, ließ der Mönch Cesidio, pfiffig, wie er war, einen übelriechenden kleinen Wind fahren, woraufhin die beiden Bären sich angewidert zurückzogen, in dem Glauben, ein Stinktier vor sich zu haben, das alles andere als eine Delikatesse war. Im übrigen hätte wohl selbst ein Menschenfresser diesen kleinen Mönch verschmäht, der dünn wie ein Hering war und braun wie ein Sarazene. Aber seine Entschlossenheit war größer als jede Gefahr. Ein Fischer vom Lago del Fucino beherbergte ihn für zwei Handvoll Nüsse in seinem Kuhstall. Ein anderer gab ihm einen ganzen Ricotta für vier Handvoll Nüsse. Aber eines Nachts, während er unter einem Apfelbaum lag und wie ein Murmeltier schlief, schlich sich jemand an ihn heran, ohne daß er es bemerkte, und nahm ihm den ganzen fast noch vollen Sack weg. Als Cesidio die Bescherung sah, fing er vor lauter Verzweiflung an zu weinen. Die Nüsse waren sein ganzer Reichtum. Wie sollte er nun ohne einen Heller in der Tasche nach Rom kommen?«

Zaira, die zwischendurch Bohnen schnippelte und sie dann in einen Topf mit kochendem Wasser warf, folgte ihm ganz verzaubert. Mit der Kraft seiner Worte vermochte Cesidio die Figuren der Vergangenheit lebendig werden zu lassen: Sie sah den wandernden Mönch vor sich, der im Jahre 980 beschlossen hatte, zu Fuß bis nach Rom zu gehen, um bei Papst Benedikt VII. gegen die Ungerechtigkeiten der Krieger aus der Grafschaft von Valeria zu protestieren. Durch das Fenster konnte sie ihn beobachten, dort draußen auf dem Waldweg, mit dem Sack über der Schulter und selbstgeschusterten Sandalen aus Damhirschleder, Wolle und Lammgedärm an den Füßen.

»Ist er denn tatsächlich bis nach Rom gekommen?«

Vor lauter Anstrengung, den Mönch im Auge zu behalten und ihn sicher bis nach Rom zu geleiten, hatten sich Cesidios Pupillen geweitet. Er mußte ihn die Berge hinunterführen, über abschüssige Pfade, durch reißende Flüsse, heimtückische Wälder und abgrundtiefe Seen. Doch wie schaffte er es, ohne seine Nüsse bis nach Rom zu kommen?

»Er mußte sich Arbeit suchen, Zà. Deshalb verlor er viel Zeit. Einmal kämmte er Wolle für eine Bauernfamilie aus der Gegend von Celano, ein andermal melkte er die Kühe für einen Hirten, der seine Schafe in Lecce dei Marsi hatte, oder er half der Haushälterin eines Priesters beim Wäschewaschen im Wasser des Sangro. Dafür bekam er ein Ei, eine Tasse Milch, ein gekochtes Hühnerbein, etwas trockenes Brot.

Schließlich kam er in Rom an, aber inzwischen war es Herbst geworden, und seine mit Lammgedärm zusammengehaltenen Schuhe waren abgenutzt und kaputt. Jetzt lief er auf zerschundenen bloßen Füßen herum. Seine Haare waren so gewachsen, daß er aussah wie ein Eremit in einer Höhle, ein paar Zähne hatte er auch verloren. Doch nichts und niemand konnte ihn von seinem Entschluß abbringen, zum Papst zu gehen und mit ihm zu sprechen, auch wenn er sich darüber im klaren war, daß er wirklich übel aussah.«

»Ist das eine wahre Geschichte, Cesidio? Wo hast du sie her?«

»Aus kirchlichen Unterlagen.« Aber das sagte er mit niedergeschlagenen Augen, so als ließe er seine Phantasie genüßlich in die Dokumente einfließen.

»Und was haben die im Vatikan gemacht, haben sie ihn reingelassen?« Im Grunde war es ihr völlig einerlei, ob die Geschichte des Mönchs der Wahrheit entsprach oder ob er sie von A bis Z erfunden hatte.

»Klein, dünn und mutig war er, der Mönch Cesidio aus Pescasseroli, aber als er an die Türen des Vatikans klopfte, hielt man ihn für einen Bettler und jagte ihn davon. Die Menschen hatten Angst vor ihm, so schwarz, so schmutzig und struppig sah er aus. Aber er hatte einen Brief vom Prior des Klosters von Gioia dei Marsi, Giovanbattista Armidio Ratafià Peletti, der den Papst aus Kindertagen kannte: Sie waren zusammen im Internat gewesen. Bevor Cesidio sich auf den Weg gemacht hatte, hatte der Prior ihn in die Sakristei gerufen und ihn gesegnet: ›Geh, Cesidio, und sei vorsichtig‹, riet er ihm, ›dein Vorhaben ist sehr mutig. Geh zum Papst und sag ihm, daß wir, wenn es so weitergeht, am Ende noch aus unserem Kloster vertrieben werden. Die Weinberge haben sie uns schon genommen und sich unserer Olivenbäume und unserer Ziegen bemächtigt. Geh, Cesidio, bete zu Gott und geh. Und wenn sie dich im Vatikan nicht hereinlassen wollen, zeig ihnen diesen Brief, aber nur für den Fall, daß sie dich nicht einlassen.‹ Dann überreichte er ihm ein Pergament, auf dem in hellblauer Tinte geschrieben stand, daß er, Giovanbattista Armidio Ratafià Peletti, Benediktinermönch im Marsicagebirge, sich an seinen alten Schulkameraden, den heutigen Papst Benedikt VII., wende und ihn inständig bitte, den Übergriffen der Grafschaft von Valeria Einhalt zu gebieten.

Der Mönch Cesidio hatte das Blatt direkt am Leibe getragen, und als er es hervorholte, um es den Wachen zu zeigen, stellte er fest, daß die Tinte vollkommen verschwunden war, abgewaschen vom Schweiß und verwischt von dem langen Kontakt mit seinem Körper. Er wollte es den Wachen des Papstes reichen, doch in seiner Hand waren nur noch unleserliche Pergamentfetzen.

Die Wachen musterten ihn von oben bis unten und lachten: Sie glaubten ihm kein Wort von dem, was er zur Erklärung vorbrachte. ›Ich kann doch nicht nach fast zweijähriger Reise mit leeren Händen zurückkommen!‹ sagte Cesidio aus Pescasseroli immer wieder verzweifelt. Als die Wachen nun auch noch anfingen, ihn mit ihrem Schwert zu provozieren, drehte er völlig durch und schrie los: ›Mich schickt der Benediktinermönch Giovanbattista Armidio Ratafià Peletti vom Kloster in Gioia im Marsicagebirge, laßt mich rein, ich muß mit dem Papst reden!‹ Daraufhin versetzte einer der Wachleute ihm einen solchen Schlag mit der Flachseite des Schwertes, daß er besinnungslos zu Boden fiel.

Doch so einfach ließ sich der Benediktinermönch Cesidio aus Pescasseroli nicht abwimmeln. Und tatsächlich rappelte er sich wieder auf, angeschlagen, wie er war, zitternd und taumelnd, und rief noch einmal, daß ihn der Benediktinermönch Giovanbattista Armidio Ratafià Peletti aus dem Kloster in Gioia dei Marsi schicke und daß er einen Brief für den Papst habe, der sein Schulfreund gewesen sei.

Die Wachen wollten ihm gerade das Schwert in die Brust stoßen, als sich oben über dem Portikus ein kleines Fenster öffnete und eine weiße Hand zum Vorschein kam, die sich wie ein Schmetterling bewegte. Dann ertönte ein kreischendes Kinderstimmchen: ›Laßt ihn, laßt ihn!‹ Es war der Papst höchstpersönlich, Benedikt VII. Überrascht blickten die Wachen hinauf. Als sie sahen, daß es sich wirklich um den Papst handelte, gehorchten sie, wenn auch nur widerwillig. Zuerst jedoch beharrten sie darauf, daß es nicht vernünftig sei, einem so schmutzigen, stinkenden Subjekt, das noch nicht einmal Schuhe an den Füßen hatte, Einlaß in den Vatikan zu gewähren. Aber der Papst gestikulierte weiter mit seinen kleinen weißen Händen, die wütend herumflatterten, und schließlich mußten die beiden nachgeben. Sie öffneten die Tore und ließen den barfüßigen Mönch mit dem langen schwarzen Bart und der zerrissenen Kutte passieren.

Der Papst, der den Namen seines Freundes aus Kindertagen gehört hatte, wollte, daß man ihn unverzüglich zu ihm bringe. Doch zuerst packten ihn zwei Kammerherren am Genick, zerrten ihn einen langen Korridor entlang, rissen ihm mit raschen Bewegungen die Kleider vom Leib, steckten ihn in eine Wanne mit warmem Wasser, schrubbten ihn von oben bis unten mit Salz und groben Schwämmen, trockneten ihn mit

Baumwolltüchern ab, rasierten ihm mehr schlecht als recht sowohl die Haare als auch den Bart, zogen ihm eine nach Lavendel duftende neue Kutte und ein Paar Pantoffeln aus rotem Leder an und führten ihn zum Papst.

Der Pontifex maximus ließ ihn auf einem Korbstuhl Platz nehmen, bot ihm süßen Weißwein und mit Birnenkompott gefüllte Pfannkuchen an und erkundigte sich nach seinem Freund aus Kindertagen, den er seit nunmehr fünfzig Jahren nicht mehr gesehen hatte. Am Anfang war Cesidio so aufgeregt, daß er keinen Ton herausbrachte. Doch dann erholte er sich allmählich und sagte, er überbringe ihm die Grüße des Priors Giovanbattista Armidio Ratafià Peletti, und jedesmal, wenn er diesen Namen aussprach, verbeugte er sich wie vor einem Christusbild. Der Pontifex streichelte ihn mit seinen zarten, leichten, schneeweißen Händen. Dann stellte er ihm noch viele Fragen über die Familie seines Freundes, auf die Cesidio keine Antwort wußte. Verzweifelt kramte er in seinem Gedächtnis, versuchte sich an den einen oder anderen Satz zu erinnern, den er bei seinen Mitbrüdern im Kloster aufgeschnappt hatte, und am Ende dachte er sich einfach etwas aus, um den Papst zufriedenzustellen, der so freundlich war, ihn bei sich zu Hause zu empfangen. Nebenbei verspeiste er einen Pfannkuchen nach dem anderen, ein wahrer Hochgenuß, so köstlich und süß, wie sie schmeckten. Amüsiert sah der Papst ihm zu. Doch beim sechsten Pfannkuchen reichte es ihm, und er ließ die restlichen von einem Diener abräumen, um endlich noch mehr über seinen ehemaligen Internatsfreund zu erfahren.

So erzählte der Mönch Cesidio – in seinem Innern die Jungfrau Maria für seine Flunkerei um Vergebung bittend –, die uralte Mutter des Priors Giovanbattista Armidio Ratafià Peletti käme immer ins Kloster mit Brotlaiben, die nach Zimt dufteten, und mit Süßigkeiten aus getrockneten Feigen und Mandeln, der Vater wäre im Krieg gefallen.

›In welchem Krieg?‹ fragte der Papst mit aufgerissenen Augen, die so blau waren wie zwei Bergseen. Cesidio wußte nicht, was er antworten sollte, aber dann fiel ihm ein, daß in Italien ja viele Kriege tobten, und so dachte er sich aus, daß der Vater in Valva gefallen sei, in einem Krieg zwischen den Grafen von Alba und denen von Celano, über die er im Kloster hatte reden hören. Und der Papst glaubte ihm.

Daraufhin bot der Pontifex ihm noch etwas süßen Weißwein an, den er ihm höchstpersönlich einschenkte, was Cesidio derart rührte, daß er später, als er ins Kloster von Gioia im Marsicagebirge zurückgekehrt war, wieder und wieder davon erzählte. Am Ende waren seine Mitbrüder so genervt, daß sie ihn verspotteten und ihn nur noch den ›Vinsantin‹ – den süßen Weißwein – des Papstes nannten.

Plötzlich fragte ihn der Pontifex nach einer gewissen Berta. Und mit einem Mal fühlte Cesidio sich verloren, denn er hatte niemals von dieser Berta gehört. Der Papst sagte ihm, sie sei die jüngere Schwester von Giovanni Ratafià, ein Mädchen, das so hübsch und freundlich war, daß er sich noch gut an sie erinnerte. Jetzt mußte Cesidio ganze Arbeit leisten: Er erzählte, Berta hätte einen großen Baron geheiratet, den Baron der Monti Tiburtini. Der hätte jedoch, nachdem seine Frau vier Schwangerschaften und ebenso viele Fehlgeburten hinter sich hatte, die Geduld verloren und sie aus dem Schloß gejagt. Woraufhin sie mit einem Sack Nüsse auf dem Rücken durch die Wälder zog. Mit solchen Wanderungen kannte Cesidio sich wenigstens aus und berichtete in allen Einzelheiten von den Begegnungen mit Wölfen, Schlangen und Hyänen, ja, selbst von dem Diebstahl der Nüsse. ›Das arme Geschöpf!‹ seufzte der Papst, und Cesidio triumphierte. Ihm wurde die ganze Aufmerksamkeit des schwächlichen alten Mannes mit den Kinderaugen zuteil.

›Und dann, und dann?‹ fragte der Papst, mit seinen Schmetterlingshänden gestikulierend. Und Cesidio schmückte das Ganze noch mehr aus, erzählte von dem im Wald umherirrenden armen Mädchen, das in den riesigen Buchen schlief und an Hunger und Kälte zu sterben drohte.

›Konnte sie sich am Ende denn retten?‹ fragte der Papst ungeduldig, während er vor lauter Sorge vom Stuhl zu kippen drohte.

›Als sie durch den Schnee stapfte, der ihr beinahe die Füße abgefroren hätte, begegnete sie einem Wolf mit klugen Augen. Und wenn er mich nun frißt? dachte das Mädchen erschrokken. Aber der Blick des Wolfes hatte etwas Menschliches, und sie sprach zu ihm wie zu einer Person, fragte ihn nach dem Weg, und der Wolf lief stillschweigend voraus und führte sie bis an die Tore eines abgeschiedenen Nonnenklosters hoch oben auf dem Gipfel des Monte Palumbo.‹

›Ach, da bin ich aber wirklich froh‹, der Papst atmete erleichtert auf und verschränkte seine unruhigen Hände. Wer weiß, ob er ihm wirklich geglaubt oder nur mitgespielt hat. Aus seinen lachenden Augen blitzte der Schalk. ›Lebt sie denn noch?‹ erkundigte er sich dann zögernd. Was sollte Cesidio sagen? Ja oder nein? Und wenn er mich dann fragt, ob er sie wiedersehen könnte? Der Mönch wollte sich nicht festlegen: ›Eine Frau, die bei allen wegen ihrer Großherzigkeit und ihrer Bescheidenheit beliebt ist.‹

Der Papst pflichtete ihm zufrieden bei und verkündete, er werde nach ihr suchen lassen, denn er wolle sie unbedingt wiedersehen. Als er ihn dann noch nach dem Namen des Klosters fragte, wurde Cesidio schlagartig klar, daß seine Phantasie mit ihm durchgegangen war. Er sagte, daß er sich überhaupt nicht mehr an den Namen des Klosters erinnern könne und daß vielmehr zuletzt das Gerücht die Runde gemacht hätte, die Soldaten von Valeria hätten es zerstört, und Berta wäre tot, was sein könne, aber auch nicht sein könne … auf jeden Fall wisse er derzeit nichts Genaues. Und eben aus diesem Grund, sagte er, sei er auch gekommen, nämlich weil das Benediktinerkloster unter der Leitung von Giovanbattista Armidio Ratafià Peletti, dem früheren Freund Seiner Heiligkeit, fortwährend von den Kriegern der Grafschaft bedroht werde. Deshalb bitte er ihn um eine päpstliche Bulle, die ihrem Treiben in Zukunft ein Ende setzen würde.«

»Und hat der Papst sie ihm gewährt?« fragte Zaira, ebenfalls besorgt um das Schicksal des Mönchs Cesidio.

»Ja, angetan von den Erzählungen des Mönchs und auch eingedenk der kleinen Berta, verfaßte der Papst eine Bulle, in der er den Herren der Grafschaft von Valeria auferlegte, die Benediktiner aus Gioia dei Marsi in Frieden zu lassen; andernfalls drohte er mit der Entsendung einer päpstlichen Armee, um den Regeln des Zusammenlebens Geltung zu verschaffen.

Unser Mönch Cesidio war überglücklich. Der Papst lud ihn ein, doch noch einige Zeit im Vatikan zu verbringen, aber er wollte sofort aufbrechen. Er wickelte die Bulle in einen kleinen Jutesack und steckte diesen wiederum in einen Brotbeutel aus Leder, den er sich um den Hals hängte. Und dann, nachdem er den Segen des Papstes empfangen und drei Silbermünzen als Geschenk entgegengenommen hatte, machte er sich in seiner neuen Kutte mit den roten Pantoffeln an den Füßen, frisch rasiert und sauber wie ein Jüngling, der gerade dem Bad entstiegen ist, auf den Rückweg in die Abruzzen. Wo er nach nur zehntägigem Fußmarsch ankam und wo ihm ein feierlicher Empfang bereitet wurde von den Benediktinern des Klosters und von dem Prior Giovanbattista Armidio Ratafià Peletti, der sich hundertmal nacheinander erzählen ließ, was der Papst gesagt hatte. Das päpstliche Edikt wurde berühmt und konnte die gewalttätigen Herren so lange aufhalten, bis es zu einem neuerlichen Wechsel der Machtverhältnisse kam.«

Die Frau mit den kurzen Haaren hört liebend gern Geschichten, Märchen, Sagen und Legenden, Fabeln, Wahres und Erfundenes. Sie ist eine gute Zuhörerin, und während sie dem Schicksal einer Figur Gehör schenkt, dringt sie in die Ereignisse ein und findet am Ende nur schwer wieder hinaus. Wo hat sie gelesen, daß man sich in eine gut erzählte Geschichte »einlebt und dann nur mit Mühe wieder auslebt«? Ach ja, bei diesem

»Verrückten mit dem engelhaften Lächeln«, bei Ortega y Gasset. Der große spanische Literat schreibt, daß man aus einem geliebten Buch mit »geweiteten Pupillen« herauskommt und von einer wohligen Wärme eingehüllt wie von einem Mantel an einem windigen Tag. Ein »Landschaftsmantel«, in dem wir Zuflucht suchen und den wir uns zu eigen machen, indem wir ihn den Formen unseres Körpers anpassen. Das Leben, das uns zugefallen ist, kennen wir nur zu gut, es hält keine Überraschungen mehr bereit. Und außerdem, was soll so reizvoll daran sein, immer man selbst zu bleiben? Die Langeweile beeinträchtigt unsere Freude am Leben. Und dann erscheint plötzlich ein anderer, jemand, der du sein könnte und es doch nicht ist: ein Unbekannter, der ganz schnell sehr bekannt wird, bis er wie ein Bruder, ein Geliebter für dich ist. Eine Gestalt, die dich hineinzieht in ein nie gesehenes, nie erfahrenes Leben, das aber merkwürdigerweise immer vertrauter wird, bis es zu deinem eigenen wird und dich in überraschende Abenteuer verwickelt, in Vergnügen, die du dir niemals hättest vorstellen können. Wenn das kein Glücksfall ist?

»Erzähl mir was, Mama!«

Die junge Mutter ist gerade erst von einem Fest zurückgekehrt. Sie trägt ein enganliegendes Kleid, das für das Kind der Traum aller Träume bleiben wird. Ein Kleid aus nachtschwarzem Samt mit Zweigen aus glitzerndem Straß, die sich von den Füßen nach oben über den ganzen Körper winden wie Triebe einer phosphoreszierenden Kletterpflanze: Unmengen von Sternschuppen, die zum Trocknen an einem Baum hängen.

Der Atem der schönen jungen Mutter riecht nach Alkohol. Wahrscheinlich hat sie Champagner getrunken. Es ist nach Mitternacht, und ihre weißen Arme sind zwei Schwanenhälse, die sich neugierig vorbeugen. Die Hände und die Handgelenke werden von schneeweißen langen Handschuhen umschlossen. Ihre Mutter ist ein seltsames Wesen, ein bißchen Schwan, ein bißchen Ziege, bereit, die steilsten Felsen hinaufzuklettern.

Sie setzt sich auf die Bettkante, als sie sieht, daß ihre Tochter noch nicht schläft, und lächelt sie müde an.

»Meine Kleine ist ja immer noch wach?«

»Erzählst du mir die Geschichte von dem Mädchen Miseria, das keiner haben wollte?«

»Nein, mein Schatz, es ist zu spät. Und dein Vater wartet schon im Schlafzimmer auf mich. Er ist müde, morgen muß er früh raus. Gute Nacht.«

Tatsächlich hört sie ihn rufen, ihren gutaussehenden, verführerischen Vater. Der Mann, in den alle Freundinnen ihrer Mutter sich verlieben. Und er? Er läßt sich hofieren, aber »er ist mir von Grund auf treu«, sagt ihre Mutter. Das Kind wäre sich da nicht so sicher. Aber die Mutter braucht diese Gewißheit. Sie will ihn nicht kontrollieren. Aus der Ferne folgt sie ihm mit verliebten Augen, während er flüchtet, wegfliegt, jenseits des Fensters verschwindet, um dann, wie und wann es ihm paßt, zurückzukehren. Ein Peter Pan mit lässigem Gebaren, unwiderstehlichem Lächeln, den Fuß zum Sprung bereit: mitten hinein ins Leben, in die Gefahren, in die schwierigsten Unternehmungen, in die Rolle des liebenden Vaters. Wie oft hat ihr schöner Vater die Maske gewechselt! Vielleicht ist das der Grund, warum sie das Theater so sehr liebt. Diesen geheimnisvollen Ort, an dem jedes Wort, und mag es noch so falsch sein, Wirklichkeit wird, die Wirklichkeit, die uns um so mehr gefällt, je ferner sie uns ist, die uns begeistert, aber nicht am Hals packt. Deshalb schmolz sie dahin, wenn er nach ihr rief, sobald er von einer langen Reise zurückkam. »Wo ist denn meine Kleine?« Und schon kam sie angelaufen und fiel ihm um den Hals. Sie drückte ihn an sich und fragte sich ängstlich, was sie täte, wenn ihr geliebter Vater, der Mann, der immer flüchtete, wieder fortginge. Wie lange würde er diesmal bei ihr bleiben, bevor er den nächsten Zug nimmt?

»Wo bist du?«

»Ich bin hier, Papa.«

»Wo?«

»Hier.«

»Was haben sie denn mit dir gemacht? Du siehst ja ganz mitgenommen aus!«

»Tatsache ist, Papa, daß du tot bist und so bleibst, wie du warst, während ich alt werde und mich verändere.«

»Wo ist mein kleines Mädchen geblieben?«

»Aber hier bin ich doch, hier.«

»Ich erkenne dich nicht mehr, mir scheint, eine andere hat sich auf rätselhafte Weise in deinen Körper eingeschlichen und gibt sich für dich aus.«

»Nein, Papa, ich bin es wirklich, deine Tochter.« Aber er schüttelt den Kopf und kneift die Augen zusammen, als schaute er an den Horizont und fände ihn unbegreiflich und fern.

»Meine Tochter ist tot«, sagt er zu sich und macht sich mit enttäuschter Miene auf den Weg in die Zukunft. Oder in die Vergangenheit. Wer weiß, wohin sich die Toten wenden! Von hinten sieht er noch immer aus wie ein junger Mann: mit kurzgeschnittenen Haaren, einem geraden Rücken und gelenkigen Beinen.

Zaira schaut Cesidio nach, wie er mit seinen Pferden davonzieht, und hebt zum Abschied noch einmal die Hand. Sie bleibt auf der Türschwelle stehen und wirft einen forschenden Blick in den Himmel: Es sieht so aus, als hätte er sich aufgeklärt. Die Wolken, leichte Butterflöckchen, entschwinden am Horizont. Zwei Falken kreisen über dem Monte Marsicano. Dort in der Gegend muß irgendwo ein totes Tier sein. Während sie hoch oben durch die Lüfte segeln, geben sie ein lautes Kreischen von sich. Eine Stimme, die gar nicht zu ihrem ruhigen Fliegen paßt. Ihre kurzen, klagenden Rufe erinnern eher an andere geschwätzige, launische Vögel. Der Falke gleitet, und er hat so scharfe Augen, daß er einen Wurm aus einhundert Meter Entfernung erkennen kann. Wieso kreischt er nur so, anstatt die Beute still und ruhig anzupeilen?

Zaira schließt die Tür und steckt den Schlüssel ein. Dann holt sie das Fahrrad aus dem Schuppen und bricht in Begleitung von Fungo in Richtung Berge auf. Sie kennt alle Straßen, auf denen die Traktoren einmal im Jahr zum Holzholen hinausfahren, sie kennt sämtliche Maultierpfade und weiß genau, auf welchen Wegen die Pferde und Ziegen in die unwegsamsten Gebiete des Waldes vordringen.

Das Fahrrad wird sie nur bis zur Hälfte des Berges benutzen, bis dorthin, wo der Waldboden in steiles, steiniges Gelände übergeht, das selbst zu Fuß schwer zu bewältigen ist: Pfade, die auftauchen und wieder verschwinden, ohne Ziel, entstanden durch das Auf und Ab der Tiere auf ihrer Suche nach Nahrung. Gestern hat es geschneit. Man muß vorsichtig sein, unter der dünnen weißen Schneedecke könnte sich Eis verbergen, und bevor man sich versieht, liegt man schon auf der Erde.

Zaira radelt zügig und nutzt das bißchen Sonne, das ihr durch die eisige Luft hindurch Gesicht und Hände wärmt. Als der Berg zu steil wird und der Maultierpfad nur noch aus Löchern und hervortretenden Wurzeln besteht, läßt sie das Fahrrad in eine Macchia aus niedrigen Sträuchern gleiten. Daneben deponiert sie einen weißen Stein so, daß nur sie ihn wiedererkennen kann. Entschlossenen und festen Schrittes läuft sie voraus. Der Hund folgt ihr lautlos. Sie hat immer noch den Stock bei sich, auch wenn die Vipern sich mittlerweile zum Winterschlaf in eine unter den Steinen versteckte Höhle zurückgezogen haben.

Einmal hat die Frau mit den kurzen Haaren zwei eng umschlungene Vipern beim Liebesakt entdeckt. Eigentlich waren sie eher ineinander verknotet. Glücklich rollten die beiden einen kleinen Abhang hinunter und achteten dabei weder auf sie noch auf ihren Hund, noch auf irgend etwas sonst. Offenbar waren sie so sehr mit sich selbst beschäftigt, daß sie die Gefahr nicht erkannten. Hastig packte sie den Hund am Halsband, damit er nicht neugierig herumschnüffelte. Sie beobachtete, wie sich die beiden, so ineinander verknotet, wie sie waren, hin und her wälzten, eine Bewegung, aus der die Macht der Liebe sprach. Eine Liebe, die sie aneinander fesselte, sie erregte, sie sättigte und sie taub und blind machte. Ein paar Minuten dauerte diese Umarmung, und sie stand dabei und sah fasziniert zu, ohne daß es ihr gelang, den Blick abzuwenden. Schließlich schlüpften die beiden, immer noch ineinander verknotet und hin und her rollend, in ein Loch und waren nicht mehr gesehen.

Es ist Mittag. Die Sonne steht senkrecht und wärmt ihr den Rücken. Zaira beschließt, sich einen Moment hinzusetzen. Nachdem sie bereits tief in den feuchten Wald eingedrungen ist, befindet sie sich nun auf einer dieser trockenen runden Lichtungen, die sich wie ein Gärtchen inmitten eines Meeres von Bäumen ausnehmen. Sie hat sich auf einem mit weichen Kräutern bedeckten Erdhügel niedergelassen, der von einer kleinen Armee holzfarbener Winterpilze umzingelt ist. Diese haben die Tendenz, sich immer kreisförmig anzuordnen, wobei sie das graphische Bild eines geheimen O beschreiben.

Aus ihrem Rucksack zieht sie eine Tüte mit einer großen Scheibe Brot und einem Stück Pecorino, einer Treibhaustomate und etwas Salz, das sie in einem zweimal gefalteten Papiertaschentuch aufbewahrt. Sofort ist Fungos Schnauze zur Stelle und reckt sich vor, bis sie ihre Hände berührt. Doch dieses Mal läßt sie sich das Brot nicht wegreißen. »Nein, Fungo, für dich hab' ich auch was dabei, warte.« Aus einem Glasgefäß gibt sie ihm etwas Fleisch mit Reis. Fungo verschlingt alles in wenigen Sekunden, und dann ist er auch schon wieder an ihrer Seite, preßt seine Schnauze an ihren Arm und bettelt um mehr.

»Du bist ja richtig gierig«, sagt sie zu ihm und hält ihm ein Stückchen Käse hin.

Aber genau in diesem Moment spitzt der Hund alarmiert die Ohren und schaut sich unruhig um. »Was ist los, Fungo?« Vielleicht ein Fuchs oder ein Hase. Doch Fungo beginnt wütend zu bellen, mit entblößten Zähnen und aufgestellten

Nackenhaaren. Wer kann das sein? Zaira starrt in die Richtung, die auch der Hund anvisiert, aber es ist nichts zu sehen. Dann plötzlich Schritte. Zaira erstarrt. Sie ruft den Hund zur Ordnung, der aber will nicht gehorchen.

Aus dem Dunkel des Waldes taucht ein junger Mann mit einem Gewehr in der Hand auf. Sein Gesicht ist alles andere als freundlich. Und mehr als auf der Jagd nach wilden Tieren scheint er auf der Jagd nach neugierigen Menschen zu sein.

»Was machen Sie hier?«

»Warum, tu' ich was Verbotenes?

»Wissen Sie nicht, daß es gefährlich ist, allein in den Bergen herumzulaufen?«

»Sie sind doch auch allein!«

»Aber ich hab' das Gewehr.«

»Und ich hab' den Hund.«

»Am besten, Sie gehen wieder nach Hause.«

»Das mache ich, wann es mir paßt.«

Aber dann lächelt sie ihn an und denkt, daß er wahrscheinlich doch nur ein harmloser Jäger ist und sie ihn nicht so unhöflich behandeln sollte.

Er erwidert das Lächeln nicht. Das Gewehr fest in den Händen, blickt er sie finster an.

»Vielleicht haben Sie nicht gemerkt, daß Sie auf das Gebiet des Nationalparks vorgedrungen sind. Hier ist Jagen verboten«, sagt sie etwas schulmeisterlich.

»Ich rate Ihnen, sich um Ihre eigenen Angelegenheiten zu kümmern.«

»Das sind meine Angelegenheiten, schließlich wohne ich in diesem Park.«

»Eine Frau sollte nicht allein im Wald herumspazieren.«

»Ist das ein Rat oder eine Drohung?«

»Ich meine es nur gut mit Ihnen.«

»Und was ist gut für mich?«

»Gemütlich zu Hause bleiben, im Wald laufen bloß gefährliche Tiere herum.«

»Ich finde Männer mit Gewehren gefährlicher.«

»Wenn ich Sie jetzt hier auf der Stelle erschießen würde, würde das kein Mensch jemals erfahren. Ist das etwa keine Gefahr?«

»Also, die Zeit der Briganten ist doch wohl ein für allemal vorbei. Warum sollten Sie mich erschießen?«

»Einfach so, nur um …«

Zaira sieht, wie der junge Mann das Gewehr auf sie richtet. Die Angst schnürt ihr die Kehle zu. Ob er sie wirklich erschießen will? Könnte es sein, daß sie an einen Irren geraten ist?

»Hören Sie, Sie haben absolut keinen Grund, mich zu erschießen. Und außerdem gibt es hier ganz in der Nähe einen Schäfer, der alles sehen kann. Ich bin ihm soeben noch begegnet, da führte er gerade seine Schafe in den Wald«, sagt Zaira hastig, in der Hoffnung, daß er ihr nicht entgegenhält, daß kein Schäfer seine Schafe über ein schneebedecktes Gelände führen würde. Entweder sind sie im Stall oder in wärmere Gefilde gezogen.

Der junge Mann scheint ihren Worten nicht viel Gewicht beizumessen. Er grinst sie an, wobei er seine Mundwinkel zu einer komischen Grimasse verzieht.

»Ich hab' Spaß gemacht, warum sollte ich Sie töten?« sagt er mit veränderter Stimme. »Aber gehen Sie jetzt nach Hause! Es ist unvernünftig, allein im Wald herumzuspazieren, haben Sie denn noch nie von Rotkäppchen gehört?«

Zaira sieht ihn aufmerksam an und fragt sich, ob sie einen Verrückten oder einen Witzbold vor sich hat. Geduldig und ohne jede Hektik sammelt sie die Landkarte, die Wasserflasche und das kleine Messer ein, mit dem sie die Tomate geschnitten hat, und steckt alles in ihren Rucksack. Dann steht sie auf und geht an der dem Jäger gegenüberliegenden Seite in den Wald hinein. Als sie sich noch einmal umdreht, ist er schon zwischen den Buchen verschwunden. *Ei, Großmutter, was hast du für große Ohren? – Daß ich dich besser hören kann.* Jetzt folgt Zaira seinen Schritten, die sich, über tote Blätter und abgefallene Äste tretend, im Wald entfernen.

Was hat ihn bloß so daran gestört, daß sie dort war? Je länger sie darüber nachdenkt, desto weniger glaubt sie, daß es sich um einen Verrückten gehandelt hat. Bei näherer Überlegung erscheint ihr sein Verhalten eher wie das eines Menschen, der ein Gebiet verteidigt. Aber was für ein Gebiet, wo die Wälder doch alle in Staatsbesitz sind? Als hätte sie eine gefährliche Grenze überschritten, hinter der sich ein Geheimnis verbirgt, das nicht enthüllt werden darf. Dieser Mann bewacht etwas, das sich im verborgenen abspielt, so wird es wohl sein. Vielleicht ein Wilderer, der sich ertappt fühlte auf seiner Jagd nach einer verbotenen Beute. Einem Bären? Einem Hirsch? Ganz gewiß ist er nicht jemand, der, ohne es zu wissen, in den Nationalpark eingedrungen ist.

Sobald Zaira das Haus betritt, stellt sie fest, daß jemand in ihren Sachen gestöbert hat. Die Schubladen sind durchwühlt, die Papiere völlig durcheinander. Was mögen sie gesucht haben? Und wer? Und wie sind sie überhaupt hereingekommen? Die Tür war nicht aufgebrochen. Es wurde mit einem Schlüssel aufgeschlossen und wieder zugeschlossen. Könnte es einen Zusammenhang geben mit der Begegnung im Wald? Doch das kommt ihr unwahrscheinlich vor. Schließlich ist jemand genau zu der Zeit in ihr Haus eingedrungen, als sie unterwegs war und auf den jungen Jäger gestoßen ist. Und wenn es Colomba war? Hatte sie nicht auch in jener stürmischen Nacht zusammen mit Sal in der Küche gesessen?

Am nächsten Morgen, als sie Cesidio vorbeiziehen hört, springt sie aus dem Bett, um mit ihm zu reden.

»Einen Kaffee?«

»Warum so früh? Ich wollte später vorbeikommen.«

»Ich hab' schlecht geschlafen.«

Cesidio befiehlt den Pferden stehenzubleiben und geht ins Haus, um einen Kaffee zu trinken.

»Weißt du, gestern bin ich einem Jäger begegnet, ich vermute, einem Wilderer. Er hat mich quasi bedroht und mir geraten, mich vom Wald fernzuhalten. Was soll ich tun?«

»Merkwürdig. Wilderer machen sich normalerweise aus dem Staub. Sie drohen niemandem, lassen sich nicht ins Gesicht sehen. Es sei denn, sie wollten einen Zeugen aus dem Weg schaffen, aber so was ist noch nie vorgekommen.«

»Und dann ist außerdem noch jemand in mein Haus eingedrungen und hat meine Schubladen durchwühlt.«

»Wer?«

»Wenn ich das bloß wüßte.«

»Diebe hab' ich hier bei uns in der Gegend noch nie erlebt.«

»Es waren keine Diebe, sie hatten einen Schlüssel.«

»Dann kann es nur jemand aus der Familie gewesen sein.« Ein ironisches Lächeln. Sein klarer Blick wirkt mit einemmal wie von ein paar Wolken getrübt. Ob er auch an Colomba denkt?

»Was soll ich tun?«

»Nichts. Die Zeiten der Briganten sind eindeutig vorüber. Mein Großvater hat mir erzählt, daß damals, als sein Großvater noch jung war, in den Häusern auf dem Land Zettel eintrafen mit Nachrichten wie: Zwanzig Schafe oder zehn Dukaten, sonst brennen wir dir das Haus ab. Und die Menschen haben gezahlt, aus Angst. Da war zum Beispiel Genco Venco, der hier in der Gegend sein Unwesen trieb, aber auch Domenico Cannone, Marco Sciarpa, die Scenna-Truppe – das war keine Schauspielertruppe, sondern eine Bande von Briganten –, da waren Ferdinando Cola Marini, Antonio Mancino, alles anständige junge Männer aus den Abruzzen, die mehr an das Messer als an den Löffel geglaubt haben, und es hat ein schlimmes Ende mit ihnen genommen, ein sehr schlimmes. Als sie dann tot waren, hat man sie fotografiert: im Sitzen, mit dem Gewehr im Arm, herunterhängendem Kopf und Einschußlöchern in der Brust. Diese jungen Leute glaubten an die Bourbonen, sie waren Hitzköpfe, Schurken, die keine Geduld kannten. Am besten konnten sie Carabinieri niedermetzeln und arme junge Soldaten der savoyischen Armee. Die in Wirklichkeit niemand mochte, weil sie im Namen eines vereinten Italiens kämpften. Aber was sollten unsere Hirten, die von der Hand in den Mund lebten, mit einem vereinten Italien? Man hatte ihnen sogar das Recht genommen, im Wald Holz zu machen, sie wurden zum Militär verpflichtet, und der Hunger war so groß, daß sehr viele gezwungen waren, wegzugehen und im Ausland zu arbeiten. Andere sind aus Verzweiflung, aus Stolz, aus Angst, vor Hunger untergetaucht. Wollen wir sie wirklich als Briganten bezeichnen?«

»Ja, ich weiß, die Briganten. Aber jetzt, Cesidio, heute, was soll ich tun?«

»Nichts. Das regelt sich schon alles von selbst. Ein Wilderer flüchtet. Den wirst du nie wiedersehen.«

»Und die Drohungen?«

»Alles Unsinn. Heutzutage ballert niemand mehr einfach so in der Gegend herum. Man würde ihn sofort schnappen, und er bekäme dreißig Jahre Gefängnis.«

»Und was glaubst du, wer könnte in mein Haus eingedrungen sein und meine Schubladen durchstöbert haben?«

»Ich weiß es nicht. Aber das ist nicht so schlimm. Hattest du Geld im Haus?«

»Ich hab' immer was in einer Dose in der Küche, aber das haben sie nicht angerührt.«

»Komisch. Aber da siehst du ja, es ist nicht so schlimm.«

»Bitte gebt uns vierzig Dukaten, denn wir sind zwanzig Briganten, andernfalls werdet ihr entweder am Tag oder in der Nacht umgebracht und zerstückelt, gezeichnet Genco Venco.«

Die Frau mit den kurzen Haaren denkt über Cesidios Worte nach, während sie eines der vielen Bücher in der Hand hat, die das Brigantentum in Italien in den ersten Jahren nach der Vereinigung zum Thema haben. Man kann sich gut das Gesicht des begüterten Bauern vorstellen, der ein Leben lang gespart hat und jetzt ein ordentliches Gehöft vorweisen kann, mit ein paar Kühen auf der Weide, dreißig Schafen, die ihm Milch und Wolle liefern, mit einer Tochter, die kurz vor der Hochzeit steht. Und obendrein ist er noch im Begriff, ein neues Haus zu bauen und das Dach des alten zu erneuern. Der Zettel zittert in seinen verkrampften Händen. Was tun? Stillschweigend bezahlen oder zu den Carabinieri gehen und die Erpressung anzeigen? Die Carabinieri würden kommen, den ganzen Hof auf den Kopf stellen, selbst die Schweine im Schweinestall befragen, doch sie würden absolut nichts herausfinden. Die Briganten hingegen würden ihm ohne viel Tamtam das Haus abfackeln und anschließend zuerst seinen Tieren und dann ihm die Kehle durchschneiden.

»Der Waldhüter Giovanni Marcucci, der sich am 20. März 1866 im Wald von Tornareccio befand, wurde von der Bande Cannone gefangengenommen, und nachdem man ihn auf barbarische Weise getötet hatte, wurden ihm, genau wie im vorherigen Fall von Pescocostanzo, die Eingeweide entnommen und gleichsam als Schmuck an die Stirn geheftet.«

Die Frau mit den kurzen Haaren liest in den von Orsognese B. Costantini zusammengetragenen Dokumenten, in denen hundertneununddreißig Gerichtsverfahren aufgeführt werden, die Briganten aus den Abruzzen betreffen. Domenico Valerio di Casoli, Cannone genannt, galt als einer der grausamsten.

In dem Büchlein des mutigen kleinen abruzzischen Verlags Adelmo Polla *Drei Carabinieri auf der Jagd nach Briganten* erklärt Luigi Torres: »Hauptgründe für die Entwicklung und Beständigkeit des Brigantentums in den Abruzzen waren der topographische Aspekt und dann der nicht weniger wichtige der finanziellen Ressourcen der Banden, die aus der reichen wollverarbeitenden Industrie der dortigen Gegend stammten, vor allem der Bezirke von Sulmona, Alba Fucense, Castel di Sangro und Lanciano …«

»Mit dem topographischen Aspekt ist vor allem die unebene und zerklüftete Beschaffenheit der Gegend gemeint, die unzugänglichen Anhöhen, die großen Waldflächen – mal aufgelockert, mal dicht, mal mit Macchia, mal mit Bäumen –, durchzogen von abschüssigen Wegen und Triften; dazu die natürlichen Höhlen und die dichte Vegetation, das alles ganz gewiß ein idealer Unterschlupf für die Horden der Briganten.«

»Ich warne euch zum drittenmal: Ihr wollt sie tot dann machen wir sie tot ihr wollt das ohr dann schicken wir euch das ohr das sag ich euch wir sind nämlich echte Briganten und ich schwör euch das hier ist die letzte Nachricht wenn ihr bis heute abend nicht das geld schickt schicke ich euch die ohren finger hände ... euer freund der bandenchef Felice Taddeo.«

Zu Recht empört sich Luigi Torres über diese Methoden, aber die savoyischen Soldaten gehen nicht minder grausam vor, wenn einer von ihnen angegriffen wird. Mit Feuer und Schwert rotten sie ganze Dörfer aus, foltern die Gefangenen, töten kaltblütig selbst Kinder, wenn sie sie verdächtigen, Helfershelfer der Banditen zu sein, stecken Mütter und Töchter ins Gefängnis, um die Männer in den Wäldern auszuhungern.

»Erzähl mir was, Mama!«

Die Kleine ist ganz versessen auf Geschichten von Briganten.

»Ich weiß gar nichts über Briganten, was soll ich dir da erzählen?«

Die kräftigen Hände der Mutter kneten das Mehl auf dem marmornen Küchentisch. Sie hat immer geglaubt, dieser Tisch hätte Augen, weil er die runden Abdrücke von Weingläsern trägt. Rot umrandete Augen, die an die Decke starren. Doch ab und zu blicken sie auch in ihre Richtung, blind und gleichzeitig aufmerksam wie Augen, die keine Pupillen haben, sondern den weißen Augapfel vorwölben, um besser sehen zu können. Von diesem milchigen Ball geht ein scharfer Blick aus, verborgen und hinterlistig.

»Erzähl mir was, Mama!«

Das Kind sitzt auf einem kleinen geflochtenen Korbstuhl, die Beine geschlossen, die Ellbogen auf die Knie gestützt, wobei die nach innen gestülpten Hände das nachdenkliche Kinn halten. Kann ein Kinn nachdenklich sein? fragt sich das kleine Mädchen, die zarten und entschlossenen Hände der Mutter beobachtend, die das Mehl mit Wasser und einem Ei vermengen.

»Erzähl mir was, Mama!«

Und die Mutter erzählt, während der Teig unter ihren energischen Händen aufgeht.

Gestern hat es geschneit und vorgestern auch. Schnee bedeckt die Landschaft. Die Stiefel sinken bis zu den Waden ein. Aber heute scheint die Sonne, der Schnee glitzert und blendet. Genco Venco ist gerade dabei, mit einem kleinen Messer, das einen beinernen Griff hat, eine angebrannte Kartoffel zu schneiden. Dazu mußte er zuerst seine Arme aus dem mit Flecken und Löchern übersäten weiten Umhang befreien, der ihn von Kopf bis Fuß einhüllt. Die Kälte schneidet ihm in Hände und Handgelenke. Er spürt einen anhaltenden Schmerz im linken Fuß: Zeichen dafür, daß die Verletzung an der Ferse noch immer nicht ausgeheilt ist. Und dabei muß er heute noch wer weiß wie viele Kilometer zurücklegen, immer bergauf. Die anderen Männer schlafen noch. Was gäbe er für eine Tasse heißen Kaffee! Aber in diesen Tagen können sie unmöglich Feuer machen, zu groß ist die Gefahr, entdeckt zu werden. Zu viele Wachen in der Umgebung, und alle starren nur auf die Berge. Der Rauch würde ihnen sofort verraten, daß sich dort oben ein Lager befindet. Die Kartoffel ist kalt und schmeckt verbrannt. Doch um seinen Hunger zu stillen, schiebt er sie in den Mund.

Die Frau mit den kurzen Haaren beobachtet das eigensinnige, neugierige Mädchen, das vielleicht eine etwas zu große Ähnlichkeit mit ihr hat. Was mag es aus den vielen Erzählungen seiner Mutter gelernt haben? fragt sie sich und lächelt über den leichten Ausdruck von Allmacht, der die gesprächigen Lippen der jungen Mutter kräuselt. Liebe nimmt bisweilen ganz unvorhergesehene Gesichter an, als ahnte sie eine Zukunft voraus, die nicht glücklich sein wird, und dehnt mit ihrer reichen Phantasie die Gegenwart aus.

»Das Brigantentum wird zum wilden, brutalen Protest der Armen gegen jahrhundertealte Ungerechtigkeiten. Das Elend allein hätte vielleicht nicht derart unheilvolle Wirkungen hervorgebracht, wenn es nicht mit anderen Übeln verknüpft gewesen wäre, die die unglückselige Herrschaft der Bourbonen geschaffen und in den neapolitanischen Provinzen hinterlassen hatte. Diese Übel sind die sorgsam erhaltene und erweiterte Ignoranz, der verbreitete und angesehene Aberglaube und vor allem das fehlende Vertrauen in die Gesetze und in die Justiz.« Worte von Giuseppe Massati, Mitglied einer der parlamentarischen Untersuchungskommissionen, die im Jahre 1863 eingesetzt wurden.

Während Genco Venco die verbrannte Kartoffel ißt, denkt er an Maria Lucia, die in den Wäldern oberhalb von Sora von Soldaten erschossen wurde. Wie ein tapferer Soldat hatte sie sich an der Schießerei beteiligt und sich dabei hinter den Felsen des Pigneto di Macchiarvana geduckt, bis ihr Gewehr plötzlich eine Ladehemmung hatte. In ihrem hektischen Bemühen, den Schaden zu beheben, blieb sie einen Moment lang ohne Deckung. Ein Soldat zielte auf sie und feuerte drei Schüsse ab. Lucia fiel, ihren Hut verlierend, rücklings zu Boden, als hätte irgendein Spaßvogel sie mitten in einem Spiel umgestoßen. Auch ihr Gewehr flog in hohem Bogen davon und lag jetzt zwei Meter von ihr entfernt in einer Pfütze aus Eis und Schlamm. Genco, fünfzig Meter weiter in einem Versteck, zitterte, doch er wagte sich nicht vor, um bloß nicht auf sich aufmerksam zu machen. Statt dessen wartete er, bis die Soldaten sich verzogen, und näherte sich dann, um ihr zu helfen. Aber nachdem er ihre eiskalte Hand berührt hatte, machte er sich schnell wieder davon. Was für einen Sinn sollte es haben, sein Leben für eine Leiche zu riskieren?

Etwa einhundert Meter weiter blieb er auf einer Anhöhe stehen und beobachtete durch das Fernglas, wie sie den Körper aufhoben, ohne ihn zu mißhandeln oder ihre Wut an ihm auszulassen, sondern im Gegenteil, man hätte sagen können, mit einer gewissen schamhaften Behutsamkeit. Aus dem Nichts tauchte plötzlich ein Fotograf auf und hantierte mit einem mit Kurbeln ausgestatteten riesigen Apparat herum. Zu zweit schleppten sie die Leiche von Maria Lucia bis unter eine Ulme, wo sie sie aufrecht, gegen den Stamm gelehnt, hinsetzten. Der Mund der Frau stand offen, Blut rann ihr über das Kinn. So wurde sie fotografiert, im Sitzen und mit geöffneten Lippen. Die immer noch lebendigen lockigen Haare umrahmten heiter ihr blutleeres Gesicht.

Von weitem sah er, wie ein Soldat sich näherte, ihr pietätvoll den Mund schloß und ihr dann mit frischem Schnee das Blut abwischte, das ihr zwischen den Lippen hervorquoll. Die saubere, kindliche Hand eines neunzehnjährigen Soldaten. Aber war es tatsächlich Pietät oder einfach notwendig für den Fotografen? Der schwarze Filzhut, der weggeflogen war, als die Kugeln sie trafen, hing jetzt über einem Brombeerstrauch. Das weiße Hemd, auf das sie so stolz war – selbst im Wald war es ihr gelungen, es sauberzuhalten, indem sie es jeden Tag mit Wasser und Seife oder mit Wasser und Asche wusch und an der Sonne trocknen ließ –, war von den Kugeln durchlöchert und von ihrem Blut rot gefärbt.

Die schöne Maria Lucia mit den ernsten Augen und dem sinnlichen Mund. Aus Liebe zu ihm war sie von zu Hause weggelaufen. Er hatte ihr weder Gewalt angetan noch sie auf irgendeine Weise gezwungen, wie es bei vielen anderen Briganten durchaus üblich war, wenn sie eine Frau an ihrer Seite haben wollten. Obwohl er ihren Vater mit dem Gewehr bedroht hatte, weil der nicht zahlte, was er hätte zahlen sollen, obwohl er ihm den Stall mit allen Kühen darin angezündet hatte, war ihre Wahl auf ihn gefallen. Ein Blick hatte genügt. Sie sagte einfach nur: »Ich bleib' bei dir«, und folgte ihm. Sie konnte nicht gut kochen, das überließ sie lieber Menichella, der Frau von Nicola, die, gerade achtzehnjährig, als eine der letzten zu ihnen gestoßen war. Maria Lucia wusch am liebsten. Sobald sie irgendwo ein bißchen Wasser fand, sei es einen kleinen Bach oder einen Tümpel mit Regenwasser, stieg sie aus den großen Männerschuhen, riß sich die groben Wollkniestrümpfe herunter und wusch ihre Füße. Wenn sie sah, daß niemand in der Nähe war, zog sie auch noch die Baumwollunterhosen aus, die ihr bis zu den Knien reichten, und wusch sich den »Satanas«, wie die Männer das weibliche Geschlechtsteil nannten. Mit Eleganz bewegte sie ihre kleinen, kräftigen Hände, die sommers wie winters sonnengebräunt waren, und verzichtete nie darauf, sich Gesicht, Hals und Arme zu waschen, selbst wenn sie dafür Eisschollen aufbrechen mußte, um an ein bißchen sauberes Wasser zu gelangen. Deshalb roch sie immer so frisch, während die anderen Männer und Frauen, die in den Bergen herumzogen, nach Schaf, Rauch und nach altem Schweiß stanken.

Es war schwierig, sich im Freien zu lieben, denn sie waren immer unter Beobachtung. Einmal zog Genco sie in ein Dikkicht aus Brombeersträuchern, wo sie mit so viel Leidenschaft übereinander herfielen, daß sie gar nicht merkten, wie die harten Dornen nicht nur ihre Kleider, sondern auch ihre Haut aufrissen. Als sie ganz zerkratzt wieder herauskamen, machten sich die Soldaten Ihrer Majestät, wie sie sich gern nannten, über sie lustig, denn sie wußten, daß diese Hautabschürfungen darauf zurückzuführen waren, daß zwei die Lust verspürt hatten, sich auf Katzenart in die Büsche zu schlagen. Wie könnte er jemals den kräftigen Druck ihrer kurzen Arme vergessen und die Hände, die seinen Nacken streichelten, den für ihn empfindlichsten Körperteil? Es hatte ihm immer gefallen, wenn man seinen Nacken berührte. Normalerweise versteckt er ihn als ein Zeichen männlicher Schwäche. Als er ein Junge war, stahl er Geld, um zum Friseur zu gehen. Er machte die Augen zu und genoß die Berührung der leichten Finger, den Seifenschaum, den Haarpinsel. Beim Kontakt mit dem metallenen Rasiermesser erschauderte er ein wenig und seufzte, wenn der Friseur ihm Eau de Cologne mit einem Hauch Verbene in den Nacken sprühte und ihm Puder an den Haaransatz stäubte.

Ihr, nur ihr, hatte er diese Schwäche anvertraut, und wann immer sie konnte, legte Maria Lucia ihre warme Hand an seinen Hinterkopf, schob mit einem Finger den Hemdkragen zurück und streichelte zärtlich seinen Nacken. Er wich ihr aus, weil immer die Möglichkeit bestand, daß von irgendwoher jemand auftauchte, und er wollte sich auf keinen Fall schwach zeigen, schon gar nicht in den Händen einer Frau. Doch wenn sie allein waren, im Dunkel einer notdürftig für die Nacht gebauten Hütte, kam er zu ihr, und sie streichelte ihm unermüdlich den Nacken wie einer schnurrenden Katze.

In der Nacht, in jener schrecklichen Nacht, stieg er gleich nach Abzug der Soldaten allein zu der Lichtung hinunter, wo die Erschießung stattgefunden hatte, und grub und grub bis zum Morgengrauen, um seine Maria Lucia zu bestatten. Als er sie hochhob, kam sie ihm so schwer vor, zehnmal schwerer als zu Lebzeiten, so als hätte sie alle Sünden der Bande auf sich geladen.

Er riskierte es, geschnappt zu werden, als ein Hund in der Nähe der Zelte, in denen die Soldaten schliefen, anfing zu bellen. Eine Stimme drang an sein Ohr: Wer da? Schnell versteckte er sich, den Atem anhaltend, im Gebüsch. Seine Gefährten waren nicht mit ihm gekommen, denn sie fürchteten einen Hinterhalt, und als sie ihn allein ins Tal hinabsteigen sahen, nannten sie ihn einen Irren. Doch die Soldaten hatten nicht weiter kontrolliert, denn sie hielten es für ausgeschlossen, daß die Briganten es wagten, an den Ort zurückzukehren, wo man zehn ihrer Bandenmitglieder hingerichtet, dann fotografiert und ohne Bestattung einfach hatte liegen lassen.

»Um dem Brigantentum ein Ende zu setzen, haben wir das Blut in Strömen fließen lassen … Die Notwendigkeit repressiver Maßnahmen hat uns Präventivmaßnahmen vergessen lassen, die als einzige die Reproduktion eines Übels verhindern können, das gewiß nicht ausgelöscht ist. In der Politik waren wir hervorragende Chirurgen und sehr schlechte Ärzte. Viele Amputationen haben wir mit dem Schwert durchgeführt und selten daran gedacht, das Blut zu reinigen. Wer könnte bezweifeln, daß die Regierung eine große Anzahl von Schulen eröffnet, viele Straßen gebaut und öffentliche Gebäude errichtet hat? Aber die sozialen Bedingungen der Bauern waren weder Gegenstand irgendeiner Untersuchung noch irgendeiner Maßnahme, die unmittelbar dazu beigetragen hätte, ihre Situation zu verbessern. Nur eine einzige der anfänglichen Vorkehrungen zielte darauf ab, und das waren der in kleinen Schritten vor sich gehende Verkauf von Kirchengütern sowie die Verteilung einiger Staatsgüter. Damit konnte und sollte eine Klasse vermögender Bauern geschaffen werden, was ein großer Nutzen für jene Landstriche gewesen wäre. Statt dessen wurden durch diese Gebiete die weiten Länderein der Großgrundbesitzer noch vermehrt, und die neue Klasse der Bauern formierte sich nicht.« (Pasquale Villari, *Lettere meridionali*, 1875)

Die gewaschenen Haare unter einem roten Handtuchturban, die nackten Füße in gefütterten Pantoffeln, sitzt Zaira in einem Morgenrock aus blaugestreiftem Flanell, der in der Taille mit dem flaschengrünen Gürtel eines anderen Morgenrocks zusammengehalten wird, am Küchentisch und schreibt oben auf ein Blatt Papier: TESTAMENT. Sie beginnt mit einem »Ich, im Vollbesitz meiner geistigen Kräfte, beschließe …«, doch dann hält sie inne, streicht. Schreibt weiter. Stockt erneut. Wie setzt man ein Testament auf? So etwas hat sie noch nie gemacht. Sie schiebt den Stuhl zurück, steht auf. Füllt Wasser in einen kleinen Topf, macht eine der Herdplatten an und setzt ihn auf. In der Zwischenzeit nimmt sie einen Teebeutel aus der Schachtel, läßt ihn in die Teekanne mit der kaputten Tülle fallen, wickelt das Bändchen mit dem kleinen Markenschild um den Griff der Kanne und wartet, bis das Wasser kocht. In Gedanken ist sie bei den Briganten, die einstmals, wie es in den Büchern heißt, diese Wälder verwüsteten.

»Es waren nicht die Gewehre oder die Handschellen, die ihrem Treiben ein Ende setzten, sondern vielmehr der Wohlstand, der Tourismus, die asphaltierten Straßen, die Schneepflüge, die ersten Hotels, der aufkommende Skisport, die Tankstellen, die Obst- und Gemüsegeschäfte, die Pensionszimmer, die Schule mitten im Dorf, der Bus, der die Berge mit dem Tal verbindet.« So spricht die kluge Stimme ihres Freundes, der die Wälder liebt.

Aber wer sind die Briganten von heute? Wer kann ein Interesse daran haben, ihre, Zairas, armseligen Papiere zu durchwühlen? Wer könnte auf die Idee kommen, sie zu bedrohen, damit sie nicht weiter in den Buchenwäldern nach ihrer Colomba forscht? Mit einer Tasse duftendem schwarzem Tee, in den sie noch ein Scheibchen Zitrone und einen kleinen Löffel Honig gegeben hat, setzt sie sich wieder vor das Blatt Papier und beginnt, langsam zu schreiben.

»Für den Fall meines Todes – sei es, daß dieser infolge einer Krankheit eintritt oder durch die Hand eines Menschen, der mir Böses will – verfüge ich, daß das Haus, das sich in meinem Besitz befindet, an meine Enkelin Colomba geht, und für den Fall ihres Todes (der jedoch durch das Auffinden der Leiche nachzuweisen ist) vermache ich es der Dorfschule, die ein paar zusätzliche Klassenräume gebrauchen kann in Anbetracht der Tatsache, daß immer noch in engen, kleinen Räumen unterrichtet wird, mit dreißig Schülern pro Klasse (ich selbst habe als kleines Mädchen diese Schule besucht und Colomba ebenfalls), und wo es weder Labors noch Bücherregale gibt.

Hochachtungsvoll

Zaira Bigoncia Del Signore.«

Als sie die noch volle Tasse an ihre Lippen führt, ist der Tee kalt geworden, und draußen hat es angefangen zu schneien. Obwohl sie nicht aufgeschaut hat und ihr Blick immer noch auf dem Blatt ruht, hat sie die Veränderung der Lichtverhältnisse bemerkt: Das Grau ist in Weiß übergegangen. Ein diffuses Licht, das Fenster und Küche anstrahlt. Und dann die Stille, diese Stille, die weich in der Luft schwebt und typisch ist für Schnee.

Nicht einmal die Hühner von Vinicio sind zu hören, der dreihundert Meter von ihr entfernt wohnt, ebensowenig die Hunde des Metzgers, die sonst jede Katze anbellen, die vorübergeht. Und selbst die Maschinen der illegalen Firma Malanfama schweigen, die, obwohl die Gesetze die Präsenz einer Fabrik in einem bewohnten Zentrum innerhalb eines Nationalparks verbieten, unerschütterlich Ziegelsteine produziert und dabei tonnenweise Staub aufwirbelt und den Anwohnern auf die Nerven geht.

Zaira liest ihr Testament noch einmal durch, faltet es dann zweimal und steckt es in einen quadratischen Umschlag, den sie akkurat verschließt, wobei sie mit der Zunge den Klebstoff befeuchtet. Wo soll sie ihn am besten verstecken, daß er auch ja von den richtigen Menschen gefunden wird? Zuerst legt sie ihn in die Schublade, in der sie auch die Hausschlüssel aufbewahrt, doch dann überlegt sie es sich noch einmal und stopft ihn schließlich ins Medizinschränkchen, nachdem sie zuvor ganz groß das Wort TESTAMENT darauf geschrieben hat.

Jetzt fühlt sie sich beruhigter. Sie kann die Suche wiederaufnehmen, ohne an das Danach zu denken. Wenn ihr etwas zustoßen sollte, wird man wissen, wie mit ihren wenigen Habseligkeiten zu verfahren ist. In den letzten Tagen hat sie die Gefahr als etwas wahrgenommen, mit dem zu leben sie in Zukunft lernen muß. Den Grund dafür kennt sie nicht. Sie vermutet, daß es mit Colombas Verschwinden zusammenhängt.

Inzwischen hat sie beschlossen, sich nicht einschüchtern zu lassen. Trotz der Drohung wird sie sich wieder auf die Suche machen und die Berge ringsum Stück für Stück durchforsten.

Aber jetzt werden ihr die noch nassen, mit einem feuchten Handtuch umwickelten Haare auf einmal schwer. Sie nimmt den Fön vom Haken und stellt ihn auf die höchste Stufe. Die warme Luft auf ihrem Hals stimmt sie heiter. Sie hält sich die Düse des Föns an die Ohren, an die Nase und an den Nakken, bevor sie sie entschlossen auf ihre soeben gewaschenen Haare richtet.

»Erzähl mir was, Mama!«

Die Kleine liegt noch im Bett. Nur ihre Nase lugt unter der Decke hervor und ist rot. Gestern hat sie den ganzen Vormittag im Schnee verbracht, und die Sonne hat ihr Gesicht mit Sommersprossen übersät und ihr die Nasenspitze verbrannt.

Ist die Frau, die neben ihrem Bett steht, wirklich ihre Mutter? Sie hat sie nie so jung und so verführerisch gesehen. Wie alt sie wohl ist? Kann es sein, daß es ihr gestattet ist, in die Vergangenheit zurückzukehren, so wie Menschen in Phantasieromanen? Sie ist angezogen wie eine Bergsteigerin, mit genagelten Schuhen, Kniestrümpfen, Knickerbockern und einem roten T-Shirt, das ihren gebräunten schmalen Hals entblößt.

»Du bist soooo schön, du machst mir fast angst.«

»Warum Angst?«

»Ich weiß es nicht.«

»Angst wovor?«

Das Kind wiederholt noch einmal, daß es nicht weiß, wovor. In seinem wirren Kopf sprießt die Angst wie ein Feldblümchen im Morgentau. Angst vielleicht, daß diese Vollkommenheit in irgendeiner Weise beschädigt wird durch ein falsches Wort, ein unerwartetes Licht, eine unbesonnene Bewegung. Die Vollkommenheit dieser harmonischen Formen läßt ihr den Atem stocken, treibt ihr Tränen in die Augen. In der Perfektion liegt immer das Vorgefühl vom drohenden Ende: Es wird einen Verlust geben, einen Schaden, der jener Freude, auf der Welt zu sein, einen Stoß versetzt, und das kann sie nicht ertragen. Sie möchte, wie in den Märchen, die Zeit mit einem

Zauberwort anhalten, die Vollkommenheit festhalten: eine schöne junge Mutter, die sich, nach Kiefer und Freesie duftend, über eine zarte Tochter beugt. Ist dort die ganze Welt? Warum ist es erlaubt, daß die Körper verwesen? Warum ist es zugelassen, daß die Zeit dahinfließt wie ein törichter Fluß, dessen Ziel man nicht kennt? Das einzige, was sie an diesem gewaltsamen, unverständlichen Dahinfließen tröstet, sind die Häfen: Sie vermitteln eine Vorstellung von Ordnung, von Stabilität. Wo Häfen sind, gibt es eine Ankunft, und wo es eine Ankunft gibt, gibt es eine Unterkunft, eine Begegnung, eine Umarmung, eine Versöhnung. Die Häfen sind in diesem idiotischen Dahinfließen der Zeit die Geschichten ihrer Mutter. Deshalb bittet sie diese auch immer so beharrlich: »Erzähl mir was, Mama!« Wird sie auch dieses Mal antworten? Sie weiß es noch nicht. Doch sie freut sich schon auf den Augenblick, in dem die junge Frau, strahlend vor Glück und Anmut, sich auf ihre Bettkante setzt, ihr mit einer Hand leicht die Stirn berührt und dann mit fließender, heiterer Stimme anfängt: Es war einmal ein kleines Mädchen, das hatte blonde Haare, die waren so blond, daß sie weiß erschienen.

»Ein altes Mädchen?«

»Ein Mädchen mit einem ganz faltigen Gesicht, wie ein verlaustes Äffchen.«

»Hieß das Mädchen vielleicht Colomba?«

Heute will Zaira mit der Romanautorin über Colombas Vater sprechen, Valdo Mitta, einen gebürtigen Mantovaner, der im Jahre 1975 nach Avezzano ging, um am dortigen Gymnasium »Benedetto Croce« als Lehrer für Latein und Griechisch zu arbeiten. »Wenn man nicht alle Figuren dieser großen Familie kennt, kann man die Ereignisse auch nicht verstehen und vor allem das Hauptereignis nicht: das Verschwinden von Colomba.« Das flüstert ihr Zaira ins Ohr, kaum, daß sie aufgestanden ist.

»Sie haben uns hier in Touta besucht, und dann gingen sie zusammen in den Wald, er und seine Tochter. Was für ein großer, gutaussehender Mann er war! Die Schülerinnen verschlangen ihn mit den Augen. Das war ihm bewußt, denn er verstand es, mit Blicken zu spielen. Zwar hätte er niemals eine Schülerin verführt, aber er verzauberte sie, schmeichelte ihnen. Sie waren alle verrückt nach ihm. Nur wenn er mit seiner Tochter im Wald unterwegs war, schien er sie zu vergessen. Er kannte sich gut mit Pilzen aus. Man hätte ihn mal sehen müssen, wenn er in gammeligen Jeans, einem hellblauen Hemd und einem roten Halstuch auf der Suche nach Steinpilzen durch die Buchenwälder streifte. Angelica liebte ihren Mann über alles und wich nur ungern von seiner Seite. Aber er zog es vor, allein mit seiner Tochter Colombina loszuziehen. Jeden Pilz, den sie sahen, untersuchten sie, auf dem mit Blättern bedeckten Waldboden kniend, eingehend auf seine Eigenschaften. ›Guck mal‹, sagte der junge Vater, ›den Steinpilz, der mit seinem wissenschaftlichen Namen Boletus heißt, gibt es in vielen Ausführungen, auch in gefährlichen. Das hier ist ein Boletus purpureus, der ist eßbar, wenn auch nicht einer der besten. Auf jeden Fall muß man ihn kochen, denn roh ist er giftig. Sein Fleisch wird violett, sobald du es anfaßt, siehst du, so als würde dir jemand einen blauen Fleck machen.‹

›Dann will er also nicht angefaßt werden?‹

›Es würde doch niemandem gefallen, aus der Erde herausgezogen und gegessen zu werden, meinst du nicht? Aber wenn du aufpaßt und die Wurzel unversehrt läßt, also wenn du ihn nicht brutal herausreißt, sondern wie eine Blume behandelst, dann ist das wie bei Haaren, die wachsen nach dem Schneiden ja auch wieder nach. Der Boletus regius, der beste Steinpilz überhaupt, hat einen kräftigen braunen Kopf mit ein paar roten Tupfern, sein Stiel ist kurz und hell, irgendwo zwischen Gelb und Weiß. Unter seinem Hut sind keine Lamellen, sondern kompaktes Fleisch, das wie ein strohfarbener Schwamm aussieht.‹

Den ganzen Tag zogen sie umher, am Arm einen mit Packpapier ausgeschlagenen Korb. Auf dieses tabakbraune Papier legten sie ganz vorsichtig die Pilze, die sie gesammelt hatten. Der Kleinen machte es Spaß, zwischen den Kiefern und Haselnußsträuchern herumzutollen und mit den Schuhen in dem weichen Teppich aus Blättern und trockenen Nadeln zu versinken. Von diesem Teppich stieg ein starker Duft nach Harz auf. ›Die Kiefern kommen ursprünglich nicht aus dieser Gegend‹, erklärte der junge Vater, ›aber jetzt sind sie nun mal hier, und wir müssen sie schützen.‹ Unter den Kiefern wuchsen Pilze mit runden Hüten, deren glänzendes Haselnußbraun so aussah, als wären sie lackiert.

›Ich hab' einen Riesenschirmling gefunden, Papa!‹

›Nein, du irrst dich, das ist ein Zwerglepiota, der ist giftig, faß ihn nicht an! Sieh mal, die etwas größere Version des Lepiota, der Procera, den man gemeinhin Riesenschirmling oder, hier bei uns, Trommelstock nennt, der schmeckt ganz wunderbar, paniert und fritiert zum Beispiel oder auch gegrillt, aber diese Zwergart, die dem anderen so ähnlich sieht wie ein Ei dem anderen, die ist giftig, sie heißt Lepiota helveola; ihre Vergiftung kann sich auch noch zwei Wochen nach dem Verzehr bemerkbar machen und ist tödlich.‹

›Hast du denn gar keine Angst, daß du dich mal irrst, Papa?‹

›Was glaubst du denn, wo ich meine Achtsamkeit und meine Geduld herhabe? Beides braucht man, wenn man sich mit Pilzen beschäftigt. Mein Großvater, Pino Mitta, also dein Urgroßvater, der wußte alles über Pilze, obwohl er kein Mykologe war; als ich klein war, hat er mich mit seinen Geschichten genervt, ich fand sie sehr langweilig. Jetzt, da er tot ist, fallen mir seine Worte wieder ein, und ich erinnere mich noch sehr genau daran: Jeder Pilz hat seinen Doppelgänger, kapiert, mein kleiner Dickschädel? Alle haben einen täuschend echt aussehenden Zwilling, und sobald du den in den Mund steckst, tötet er dich. Sie unterscheiden zu können ist nicht nur eine Wissenschaft, sondern auch eine Kunst. Der Lepiota procera, also der eßbare – hier guck mal –, der hat immer so ein dünnes, fransiges Bändchen oben um den Stiel, merk dir das, aber der kleine Lepiota, der Helveola, der hat das nicht, und sein Fleisch ist tödlich.‹

Vater und Tochter unterhielten sich stundenlang über Pilze, beobachteten und fachsimpelten, während sie mal auf Blättern knieten, mal am Fuße eines Baumes oder mitten auf einer Wiese saßen. Die Kleine glaubte, das Wissen an sich wäre identisch mit den Körperformen des jungen Mannes, der straffe, bewegliche Muskeln hatte und dessen Atem nach Anis und getrockneten Feigen roch. Sie vertraute ihm blind, denn ihr war sehr wohl bewußt, daß er sie mit langsamem Schritt in die Welt des Wissens einführen würde; und so blieb sie in seiner Nähe, heftete sich an seine Fersen, begierig, immer Neues zu lernen. Sie war stolz, wenn ihr junger Vater, der Lehrer, in den sich alle Schülerinnen verguckten, sich nur ihr widmete. Er war derjenige, der damit angefangen hatte, sie Colombina zu nennen: ein Name, den ihre kleinen Freunde dann zu 'Mbina verstümmelten. Aber für Valdo war der Name Colombina nicht nur die Verkleinerungsform von Colomba, der Heiligen vom Gran Sasso, sondern er verband andere Erinnerungen damit: Als Jugendlicher hatte er mit den Masken der Commedia dell'arte Theater gespielt. ›Nur auf Drängen deiner Großmutter Zaira haben wir dir diesen Namen gegeben, mir persönlich klang er viel zu programmatisch: Ich wollte kein Friedensprojekt zur Tochter, sondern ein lebhaftes Kind, das Lust am Spielen und Lust am Lernen hat. Statt dessen wurden wir durch die Erinnerung an Cignalitt' und seine Verehrung für die heilige Colomba gezwungen, dich so zu nennen. Doch für mich bist du Colombina, die mit der Schürze und dem weißen Häubchen auf dem Kopf, die hüpfen und lachen kann, die Freundin von Pulcinella und Harlekin.‹

So redete der junge Lehrer mit der weichen Stimme, die der Kleinen so sehr gefiel, der Stimme, die im Unterricht die Schülerinnen betörte. Und zwar so sehr, daß sie ihn sogar zu Hause aufsuchten. Ihre Mutter Angelica riß unwirsch die Haustür auf und fragte: ›Was wollt ihr?‹ ›Ist Herr Mitta da?‹ Aber sie merkte sofort, daß der Grund für den Besuch eher in ihrer Verliebtheit als in ihrem Lerneifer zu suchen war. Sie sah es daran, wie sie sich frisiert hatten, mit bunten Spangen in den lockigen langen Haaren, sie merkte es an den glänzenden Augen, den Lippen, die die kindlichen Zähne entblößten. Sie blickten sie an, als wäre sie ein Hindernis auf dem Weg der Verführung. ›Und wann kommt er zurück?‹ fragten sie, nicht locker lassend. ›Mein Mann ist nicht da, er ist mit seiner Tochter Colomba unterwegs‹, wimmelte sie sie kurz ab. Dann knallte sie ihnen die Tür vor der Nase zu, die stolze Angelica, bevor sie mit ihrem feuerroten Auto auf dem Weg von Rom nach Pescara im Graben landete.«

»Erzähl mir was, Mama!«

»Auch dein Vater ist mit mir durch die Wälder gestreift.«

»Aber mit Pilzen kannte er sich nicht aus.«

»Nein, davon verstand er nichts, und gegessen hat er auch keine. Über Mathematik und Astronomie hat er sich mit mir unterhalten. Er sagte, daß die Zahlen das Unendliche ausdrükken, daß man sie sprechen lassen muß. Die Zahlen wissen bereits alles über das Universum, weißt du, über die Stellung der Gestirne, über die Beziehung der Sterne zueinander, über schwarze Löcher, über die Eiszeit und über Meteoriten. Aber wir sind nicht fähig, sie zu interpretieren, das sagte dein Großvater immer.« Die Väter vermittelten also naturwissenschaftliche Erkenntnisse. Und die Mütter?

Die tiefe, geheimnisvolle Erfahrung des Geschichtenerzählens hatte sie durch ihre Mutter gemacht, die nächtliche Schönheit. Mit dieser Stimme, die sich den Erfordernissen des jeweiligen Märchens anpassen konnte: mal dunkel und grausam wie ein ausgehungertes Ungeheuer, mal dünn und sanft wie eine kleine Ameise, die Körner für den Winter sammelt, oder rauh und liebenswürdig wie ein altes Mütterchen, das die Zukunft voraussagt. Aber gern nahm sie auch den zarten, weichen Klang einer Fee an, die mit verbundenem Kopf und nacktem Fuß aus dem Wald heraustritt.

Ihre Mutter war diejenige, die sie für immer in die zauberhafte Welt des mündlichen Erzählens einführte. Die sie dazu brachte, ihre Aufmerksamkeit dorthin zu richten, zwischen Mund und Nase, wo die Stimme Kapriolen schlägt, leichte Atemzüge ausstößt und heimliche Pausen einlegt. Dort, wo die Kraft der Worte Fleisch wird, dort, wo man den schrecklichen Schmerz der Einsamkeit entdeckt und die Freude, wenn es einem gelingt, die Aufmerksamkeit des anderen auf sich zu ziehen.

»Erzähl mir was, Mama!«

Zaira steht vor der Kommode im Schlafzimmer ihres Hauses in Touta. Sie hört Radio Vatikan, wo gerade eine der *Vier Jahreszeiten* von Vivaldi, und zwar der *Winter*, übertragen wird. Niemals ist ihr Musik anschaulicher vorgekommen, fast wie eine

Erzählung. Vivaldi macht gewissermaßen das Ohr zum Auge und läßt es verfolgen, wie sich allmählich eine kahle Landschaft enthüllt: entlaubte Bäume, ein leuchtender Himmel mit aufgetürmten Wolken, zitternde Gräser, die vom prasselnden Regen künden. In der Ferne ist schon das Grollen des Donners zu vernehmen, der sich in Kürze in einem Gewitter über dem Land entlädt.

Ihr Blick fällt auf das Foto eines Paares: ein Mann und eine Frau, die Seite an Seite auf einem Waldweg gehen. Die Äste werfen dunkle Schatten auf das von der Sonne beschienene helle Foto. Die beiden sind jung, ihre Gesichter heiter, und sie scheinen wirklich ineinander verliebt zu sein.

»Also, das hier sind Valdo und Angelica kurz nach ihrer Hochzeit. Colomba war noch nicht da«, erklärt Zaira mit sanfter Stimme. »Meine Tochter Angelica scheint sich da in einer Aufwallung von Zärtlichkeit und Angst mehr an die Hand ihres Mannes zu klammern, als sie zu halten. Doch Angst wovor? Die Frauen in unserer Familie waren immer stark. Aber Angelica hatte Angst, das kann man sogar an ihren Augen ablesen. Die blicken zwar heiter, aber in ihrem Glück liegt eine Spur von heimlichem Argwohn. Als schleppte sie einen Sack voller harter, schwerer Steine mit sich herum. So wie der Sack des Mannes auf der Tasse, die ihr Großvater Pitrucc' i pelus' uns hinterlassen hat. Angelicas Geburt verlief ganz natürlich, völlig problemlos, ohne Komplikationen. Sie hatte nicht die Nabelschnur um den Hals gewickelt, so wie es bei mir der Fall war, als meine Mutter Antonina mich auf die Welt brachte. Sie präsentierte sich weder in Steißlage, noch war sie halb erstickt und blau angelaufen, wie ihr Mann Valdo, den Schilderungen ihrer Schwiegermutter Giorgia Mitta zufolge.

Sie kam so leicht auf die Welt wie Wasser aus der Quelle … Ein ruhiges, friedliches Kind mit einer Leidenschaft für Knöpfe. Sie stöberte das rote Samtsäckchen überall auf, egal, wo ich es versteckt hatte, setzte sich auf den Boden, leerte den Inhalt in ihr buntes Kleidchen und beschäftigte sich stundenlang damit. Sterne aus Straß, durchsichtige Kügelchen, kleine Hornzylinder, Plättchen aus rosafarbenem und violettem Plastik, Herzen aus schillerndem Perlmutt. Genau wie ihre Vorfahrin Zaira Morrione, die im fernen Jahr 1889 mit ihrem Vater, dem Carabiniere, aus Sizilien in die Abruzzen gekommen war.«

»Aber wann hat das Elend angefangen?« fragt Zaira und spricht mehr zu sich selbst als zu der Romanautorin. Wann ist die Krankheit ausgebrochen, die ihr den Blick trübte? Schwer zu sagen. Mit etwa zehn Jahren fing Angelica an, das Essen zu verweigern. Warum ißt du nicht? Doch sie blieb ihr die Antwort schuldig, schüttelte nur den Kopf, egal, was sie ihr vorsetzte. Und wenn sie sie zwang, wie einmal aus lauter Verzweiflung, dann spuckte sie alles wutentbrannt auf den Boden. Zaira ging in ihre Schule, um mit dem Lehrer zu sprechen, und mußte sich anhören, daß das Mädchen sich in der Tat seit einigen Monaten merkwürdig verhielt. Aber die Beziehung zu ihren Schulkameraden war gut, auch wenn sie sich nicht an deren Spielen beteiligte. Sie magerte immer mehr ab, bis irgendwann sogar ihre Rippen zu sehen waren. Reden wollte sie um nichts in der Welt. Und Zaira wagte nicht, sie allzusehr zu bedrängen, denn es war offensichtlich, daß sie sich eingeigelt hatte. Es mußte etwas geben, das sie belastete und über das sie nicht reden konnte, aber was bloß?

Nach Jahren der Mißstimmung und des Schweigens fing Angelica im Alter von etwa siebzehn Jahren wieder an zu lachen. Es schien, als wäre der Schmerz zusammen mit der Kindheit begraben worden und als hätte ihr Körper das Vertrauen und die Freude am Leben zurückerlangt. Sie verliebte sich in den schlaksigen Lehrer mit der streitbaren Gesinnung, der in Avezzano unterrichtete. Mit ihrem Körper war sie wieder im reinen und gebar ein kleines Mädchen: Colomba, die ganz anders war als sie, auch wenn sie sich äußerlich ähnelten. Colomba war genauso zart und hochsensibel wie ihre Mutter. Aber sie hatte nicht diese Ruhelosigkeit, war schweigsam und ernst, gewissenhaft, sanft und nachgiebig. Sie sprach wenig, spielte gern für sich allein und liebte die Knöpfe. Zaira hatte ihr noch andere besorgt: aus Email, aus Keramik, aus Glas, weiße, rote, blaue, goldene, durchsichtige, opalisierende, und 'Mbina brachte Stunden damit zu, sie zu sortieren, als handelte es sich um Juwelen oder vielleicht um verzauberte Speisen, magische Gegenstände, die sie zu unzähligen Geschichten von Menschen aus einer vergangenen Welt inspirierten.

Aber in dem Augenblick, als alles für eine normale Familie sprach, verliebte Valdo sich in eine Achtzehnjährige. Sie war weder besonders hübsch noch besonders intelligent, aber begehrlich und lebenslustig. Ein Mädchen aus Castel di Sangro, das »ihn sich einfach so geschnappt hatte, ohne groß nachzudenken«, wie Angelica sagte. Daß der Lehrer verheiratet war und eine kleine Tochter hatte, schien für sie nicht von Bedeutung, oder vielleicht doch, schließlich machte das die ganze Sache schwieriger, die Herausforderung größer und somit reizvoller.

Valdo war in die Falle der Verführung getappt, was ihn selbst am meisten erschütterte. Und dann erzählte er auch noch seiner Frau davon, ehrlich, wie er war, und schlug ihr die Scheidung vor. In der Absicht, mit dem jungen Mädchen zusammenzuleben, das auf den modischen Namen Debora hörte. Ohne einen Gedanken daran, daß »seine« Debora es vielleicht ablehnen könnte, mit ihm in eine gemeinsame Wohnung zu ziehen, nachdem sie in Stundenhotels, im Auto, und wo immer sich sonst noch die Gelegenheit bot, miteinander geschlafen hatten. Sie schien wahnsinnig in ihn verliebt zu sein. Und wahrscheinlich war sie das auch ein paar Monate lang. Doch dann hatte sie genug. Und so reiste sie, ohne ein Wort oder einen Brief, mit einem anderen Mann – ebenfalls einem Lehrer – auf die Galapagosinseln. Das erfuhr Valdo aber erst später. Zunächst stellte er nur fest, daß sie einfach verschwunden war. Und er machte sich erbittert auf die Suche nach ihr, überall in den Abruzzen. Im Haus ihrer Mutter in Castel di Sangro war sie nicht, ebensowenig im Haus ihrer Tante in Villetta Barrea, wohin sie sich öfter einmal flüchtete. Und im Haus ihrer Großeltern in Pescara hatte sie sich auch nicht blikken lassen. Er verbrachte die Nächte im Auto und wartete auf sie in der Hoffnung, sie käme zurück. »Ich will doch nur, daß sie mir sagt: Ich will dich nicht mehr«, gestand er seiner Frau, die er jeden Abend anrief, um seinen Liebeskummer in allen Einzelheiten grausam vor ihr auszubreiten.

»Das braucht sie dir nicht zu sagen, die Tatsachen sprechen doch für sich«, antwortete Angelica. Doch er beharrte darauf, sie sehen zu wollen, wenn auch nur für einen Moment, aber er wollte es unbedingt. »Sie muß mir sagen, daß sie mich nicht mehr liebt.«

Angelica machte sich gut in der Rolle der Vertrauten. Mit geschlossenen Augen sah sie sich selbst gern als riesengroße Muschel, die, wenn man sie ans Ohr preßt, ein Meeresrauschen von sich gibt. Sie war somit zur rezeptiven Muschel für die Geständnisse ihres Mannes geworden und wollte, daß er im Gegenzug diesem Rauschen der Wellen lauschte, das eine Wohltat für die Ohren war. Im Überschwang der neuen Freiheitsideen und weil jede Art von Eifersucht eine häufig diskutierte Horrorvision war, als »vulgäre Bürgerlichkeit« verschrien, hörte sie sich stoisch alle Bekenntnisse an, die ihr Mann bei ihr ablud, als wäre es sein gutes Recht. Sie litt still vor sich hin und schämte sich gleichzeitig dieses Leidens, das sie zurückwarf auf die »vorhersehbaren Gefühle einer mittlerweile überholten alten Welt«. In einem geheimen Winkel ihres Herzens hoffte sie, daß Valdo nach diesem »Seitensprung« – ein spießbürgerliches Wort, das sie lieber für sich behielt – zu ihr zurückkäme, vielleicht etwas demütiger und zugewandter als vorher. Er würde sie für ihr Verständnis und ihre Großmut belohnen. Und so kam es. Auch wenn die Scherben nicht mehr zu kitten waren.

Mit erloschenen Augen kehrte Valdo nach Hause zurück. Er habe sich geirrt, sagte er fortwährend, habe alles falsch gemacht: Dieses Mädchen habe ihn ganz brutal hinters Licht geführt, habe ihn wie einen eroberten Gegenstand behandelt, als nichts anderes. Eine Trophäe sei er für sie gewesen, nur eine Trophäe, wiederholte er gedemütigt, passend zu den Pokalen auf ihrem Schrank, die sie ständig bei irgendwelchen Schwimmwettkämpfen errang. Außerdem fuchste es ihn, daß sie mit einem älteren und weniger attraktiven Kollegen von ihm in Urlaub gefahren war. Er zuckte mit den Schultern, quälte sich ein Lächeln ab, doch es gelang ihm nicht, das Gefühl der Demütigung zu überwinden, das ihn nachtragend und schwermütig machte.

Anlaß zur Sorge gab auch, daß seine Frau, nachdem er nach Hause zurückgekehrt war und sich ihr erneut genähert hatte, nicht mehr mit ihm schlafen konnte. Während sie sich in dem Jahr ihrer Trennung, als Angelica seine engste Vertraute war, zwischendurch hinter Deboras Rücken ab und zu lustvoll im Bett wiedergefunden hatten, wurde sie, sobald er wieder bei ihr war, abweisend und streitsüchtig. Sie vertraute ihm nicht mehr und kontrollierte ihn, was ihren Mann zur Weißglut brachte. Sie fingen an, sich zu streiten wie niemals zuvor. Und so kam zu ihrer Aggressivität seine hinzu, die aber noch härter und schärfer war.

Die einzige, der diese Streitereien nichts auszumachen schienen, war Colomba, die ihren Papa vergötterte und der jede Gelegenheit willkommen war, allein mit ihm loszuziehen; sie küßte ihn ständig ab, gab ihm immer recht. Das brachte Angelica noch mehr zur Verzweiflung, denn schließlich hatte sie sich um Colomba gekümmert, als er nicht da war, hatte sie geliebt, getröstet, beschützt und gehätschelt, und jetzt fühlte sie sich wie eine Feindin behandelt.

Zaira erlebte den Verfall dieser kleinen Familie, deren einstmals intaktes und glückliches Leben unglücklich und turbulent geworden war, hautnah mit. Wie sollte sie ihnen helfen? Es sah so aus, als ob sie nichts für sie tun könnte, außer ihnen wohlwollend und geduldig zuzuhören, wenn sie zu ihr kamen und sich bei ihr ausweinten. Sie schienen einander zu brauchen, doch unfähig, zueinander zu finden.

Nachdem ein paar Monate vergangen waren, in denen Valdo jede Zärtlichkeit versagt blieb, fing er wieder an, sich umzuschauen. Permanent sandte er heimliche Blicke aus. Vermutlich hatte auch der legendäre Don Giovanni diese Art von Blick: feucht, verführerisch, ständig auf der Suche nach Abenteuern. Und obwohl Angelica seine Berührungen nicht ertrug, erfaßte sie intuitiv die Unruhe dieser Augen und wurde eifersüchtig. Ohne es zu wollen, befand sie sich plötzlich in der Situation, daß sie jedes Telefonat von ihm mithörte, sie ertappte sich dabei, wie sie heimlich an den Türen lauschte.

Zaira versuchte, ihr klarzumachen, daß sie ihn auf diese Weise endgültig vergraulen würde. Aber sie wollte nicht auf die Ratschläge ihrer Mutter hören. Sie war quälenden Zweifeln ausgeliefert, die sie im Grunde ihres Herzens für dumm und zwanghaft hielt, für die sie sich selbst verachtete und tadelte, von denen sie sich aber nicht befreien konnte. Gleichzeitig wurde sie von einer besitzergreifenden Liebe getrieben, die sie blind machte und immer stärker an ihn band. Das ging so weit, daß sie sich erniedrigte und mit Schmerzen erduldete, von oben herab und geringschätzig behandelt zu werden. Als Zaira das bemerkte, schüttelte sie den Kopf: »Wenn du dich so vor ihm erniedrigst, verlierst du deine Selbstachtung, und wenn du die Selbstachtung verlierst, verlierst du auch ihn.«

Und so geschah es. Valdo beschloß, daß sie, wenn sie ihm schon als Ehefrau nicht mehr zur Verfügung stand, eben nur noch Mutter sein konnte, eine lästige und penetrante obendrein. Er ging und kam, wann er wollte, aß, wenn er Lust hatte, verschwand, ohne sich zu verabschieden. Er verlangte, daß seine Hemden ordentlich gebügelt waren, und meckerte, wenn sie nicht fein säuberlich in der Kommode lagen. Zwar spielte er gern mit seiner Tochter, aber nur, wenn es ihm paßte, er aß nie zusammen mit ihnen am Tisch, weil er immer in Eile war. Sein Bett hatte er im Wohnzimmer aufgeschlagen, und dort schloß er sich mit seiner Musik und seinen Büchern ein.

Obwohl Angelica gekränkt war, wagte sie nicht aufzubegehren, aus Angst, ihn zu verlieren.

Doch dann kam der Tag, an dem Valdos Augen wieder mit neuem Glanz erfüllt waren. Angelica konnte das unmöglich entgehen: Sie sah, wie er vor allen Spiegeln stehenblieb, um seinen Hemdkragen zu überprüfen oder den Schnitt seiner Haare. Beim morgendlichen Rasieren pfiff er, und er brauchte eine Ewigkeit, um zu entscheiden, welche Hose oder welche Schuhe er anzog. Zum Telefonieren schloß er sich im Badezimmer ein. Er kam spät nach Hause und erfand jede Menge Ausreden. Es war klar: Er hatte eine andere Frau gefunden, mit der er ins Bett ging, aber wen? Diesmal handelte es sich nicht um eine Schülerin, das merkte Angelica daran, daß er nicht mehr gern in die Schule ging und die Mädchen, die ihn anriefen, abblitzen ließ.

Eines Morgens, als Angelica gerade das Mittagessen kochte, klopfte es an der Tür. Sie öffnete, und vor ihr stand Laura, die Frau von Giulio, einem Freund von Valdo, der auch an seiner Schule unterrichtete. Sie begrüßte sie eher gleichgültig und fragte sich, was Laura um diese frühe Stunde, während sie beim Kochen war, zu ihr führte. Die Besucherin überschüttete sie mit Komplimenten: »Was für eine schöne Wohnung! Wie ordentlich hier alles ist! Und dann diese Blumen, und wie der Kuchen im Ofen duftet, hast du den selbst gebacken?«

Irgendwann verlor Angelica die Geduld. Sie verstand nicht, was diese Frau, die sie nur von der Hausarbeit abhielt, von ihr wollte. Doch dann ahnte sie auf einmal, daß es irgend etwas mit Valdo zu tun haben mußte, aber sie wußte nicht, was. Deshalb wurde sie hellhörig. Und plötzlich sagte die andere, während sie ihr beim Tischdecken half, ganz ernsthaft zu ihr: »Wenn du nicht mit deinem Mann schläfst, Angelica, kannst du auch nicht verlangen, daß er dir treu ist.«

Sie erstarrte förmlich mit dem Teller in der Hand. Es konnte doch wohl nicht möglich sein, daß Laura gekommen war, um sich für ihr Techtelmechtel mit Valdo zu rechtfertigen und sie um Erlaubnis zu bitten? Nein, sagte sie sich immer wieder, das war unmöglich. Es konnte sich nur um die Worte einer Freundin handeln, die eben ein bißchen geschwätzig war und ihre Nase in alles reinsteckte. Aber woher wußte sie, daß sie nicht mehr mit Valdo schlief?

»Er sollte mir Zeit geben, Laura, aber Valdo hat ja nie Zeit«, sprudelte sie hervor, als wollte sie sich rechtfertigen, während sie sich wieder dem Topf mit der Soße zuwandte.

»Man kann einen so attraktiven Mann wie ihn nicht allein lassen und ihm sein Recht auf Sex verweigern.«

»Nur ein bißchen Zeit, verdammt noch mal!« war ihre wütende Antwort, aber innerlich haßte sie sich für die feige Unterwürfigkeit, die sie zeigte: Am liebsten hätte sie ihr entgegengeschleudert, sie solle sich gefälligst um ihre eigenen Angelegenheiten kümmern. Aber es gelang ihr nicht, sie war eingeschüchtert und befangen gegenüber der hübschen, redegewandten Freundin. Noch nie hatte sie sich als Hausfrau so unterlegen gefühlt im Vergleich zu einer Frau, die einen Beruf hatte und Geld verdiente, wie in diesem Moment. Schließlich mußte sie für jedes Paar Strümpfe, das sie sich kaufen wollte, zuerst ihren Mann um Geld bitten.

»Die Männer haben keine Zeit, Angelica, sie wollen alles, und das sofort.«

Angelica hatte das Gefühl, sie würde jeden Moment umkippen. Sie setzte sich auf einen Stuhl, den Kochlöffel in der Hand, von dem es auf ihren Rock tropfte. Also stimmte das, was sie vermutet hatte.

»Willst du mir damit sagen, daß du die Gelegenheit wahrgenommen hast und an meiner Stelle mit Valdo ins Bett gegangen bist?«

»Mehr oder weniger.«

»Und du kommst hierher, um mir das zu sagen?«

»Warum sollte ich nicht? Mir scheint, es ist ein Akt von Ehrlichkeit gegenüber einer Freundin.«

»Ich wußte nicht, daß wir so gute Freundinnen sind.«

»Vielleicht erinnerst du dich nicht, aber du hast dich mir gegenüber mehrmals wütend über Valdo ausgelassen. Du selbst hast mir gesagt, daß ihr nicht mehr zusammen schlaft.«

»Das weiß ich nicht mehr, Laura, aber ich werde den Eindruck nicht los, daß du mich hintergehst.«

»Ich hintergehe dich nicht. Sonst wäre ich nicht hierhergekommen, um mit dir zu reden.«

»Also, was willst du von mir, soll ich mich vielleicht noch bei dir bedanken?«

»Ich möchte ein bißchen Aufmerksamkeit von dir, Angelica. Du wirkst immer so abwesend. Und überhaupt, warum sprichst du nicht anständig Italienisch, sondern dieses schreckliche Kauderwelsch von Dialekt? Du warst doch schließlich in der Schule, sogar auf der Universität. Auch das ist ein Teil deiner Nachlässigkeit, Angelica, los, ein bißchen mehr Ehrgeiz, ein bißchen mehr Eleganz!«

»Ich rede, wie es mir paßt. Und was gedenkst du nun mit meinem Mann zu tun? Ihn für dich behalten, mit meiner Erlaubnis?«

»Es mag dir seltsam vorkommen, aber ich habe das Gefühl, daß er dich immer noch sehr liebt. Warum versuchst du nicht einfach, mit ihm zu schlafen?«

»Was soll das heißen? Daß du die Nase voll hast und ihn mir zurückgeben willst?«

»Warum gehst du immer von der Annahme aus, daß jeder dir nur Böses will? Ich meine es ehrlich mit dir. Ich liebe deinen Mann nicht, auch wenn ich mit ihm schlafe, und ich glaube, er könnte es besser mit dir. Aber vielleicht, und hier will ich nun wirklich ganz ehrlich sein, vielleicht bist du diejenige von euch beiden, an der mir was liegt, Angelica.«

Überraschenderweise wurden die beiden Frauen Freundinnen. Dank Lauras vielleicht etwas abartiger Lebensklugheit und Angelicas großer Naivität. Laura, die die Unternehmungslustigere war, hatte damit angefangen, gemeinsame Abendessen zu organisieren. Zu viert zogen sie los: Valdo und Angelica, Laura und Giulio. Sie gingen ins Kino, ins Restaurant, tauschten Gedanken aus, lachten übereinander und schienen sich sehr wohl zu fühlen. Valdo schlief mit Laura, die dann Angelica alles weitererzählte. Giulio tat so, als wüßte er von nichts, aber bestimmt ahnte er, wie die Dinge standen. Doch offenbar machte es ihm nichts aus. Vielleicht war er ja heimlich in Valdo verliebt? Nichts war so richtig klar. Tatsache war nur, daß die vier sich nie aus den Augen ließen.

Sie fuhren sogar zusammen in Urlaub: nach Marokko, in die Türkei, nach Irland. Mit Stapeln von Fotos kehrten sie zurück, die sie in allen möglichen Situationen zeigten: beim Fahrradfahren auf den grasbewachsenen Wegen von Galway, beim Picknick am Strand von Agadir oder in den Ruinen eines alten türkischen Dorfes. Angelica glaubte, ihren Mann durch Laura zu besitzen, da diese ihre beiderseitige Vertrautheit über die mit dem Liebhaber stellte. Jeden Tag erzählte sie Angelica, daß Valdo über sie spreche, während sie im Bett seien, und ihr immer wieder zu verstehen gebe, daß er zu ihr zurückkehren würde, wenn sie ihn nicht abwiese. Aber wollte er sie wirklich? Die vier schienen sich einer gefühlsmäßigen und erotischen Symmetrie feiner, fast unsichtbarer Verästelungen zu überlassen. Durch diese wurden sie zusammengehalten in einem Netz aus ungesagten Worten, offenen und geheimen Gedanken, trügerisch lächelnden Augen und Lippen, versteckt und offen ausgetauschten Zärtlichkeiten, geraubter und geschenkter Lust.

Aber wie lange konnte so ein instabiles, prekäres Gleichgewicht andauern? Solch ein Geflecht aus schwebenden, trügerischen Gefühlen? Laura schien sowohl in Angelica als auch in Valdo verliebt zu sein. Und sie war beiden gegenüber aufrichtig, indem sie einerseits mit ihm schlief und sich andererseits auf die Seite der anderen schlug und ihr permanent verriet, was sie und Valdo sich insgeheim erzählten. Auf diese Weise gab sie ihr zu verstehen, daß im Grunde sie, Angelica, und nur sie, die Person war, die im Zentrum dieser ganzen

Intrige stand. Giulio weidete sich ganz offensichtlich an der Lebensfreude seiner Frau und an Valdos Schönheit. Angelica war ihrerseits erfüllt von der Beziehung zu Laura, die aus einvernehmlichen Blicken, zärtlichem Lächeln, nächtlichen Bekenntnissen bestand. Sie vertraute der Freundin, wenn diese beteuerte, sie liebe sie mehr als ihren Mann, wenn sie ihr gestand, daß sie in seinen Armen nur an sie denke. Wie Giulio hatte auch Angelica eine Vorliebe für Worte und Blicke, während es ihr Schwierigkeiten bereitete, sich den Freuden der Sexualität hinzugeben. Ein unsichtbares Gewebe hatte alle vier eingehüllt und isoliert. Dieses hinderte sie daran, kleinliche oder aggressive Gefühle zuzulassen. Es verstand sich von selbst, daß sie sich suchten, mochten, schätzten, sich unterhielten und gegenseitig verwöhnten.

Zaira hatte sie oft zusammen erlebt. Sie kamen zu ihr nach Hause, schliefen in den beiden oberen Schlafzimmern: Ihres überließ sie Valdo und Angelica, im Gästezimmer übernachteten Laura und Giulio. Nachts war ein reges Hin und Her im Gange, das Knarren der Holzstufen nicht zu überhören: Schritte nackter Füße auf der Treppe, die aufs Dach hinaufführt. Zaira vermutete, daß Laura zusammen mit Valdo auf die kleine Terrasse stieg, während die anderen beiden schliefen. Beim ersten Mal war sie ziemlich schockiert. Sie dachte daran, wie schmerzhaft es für ihre Tochter sein müßte, von ihrem Mann betrogen zu werden. Aber die Sache wiederholte sich dann noch einige Male, und sie sah an Angelicas Gesicht, daß sie, sofern sie diese Liebe nicht sogar begünstigte, sich dieser zumindest bewußt war und sie tolerierte. Gut für sie! sagte sie sich und dachte, daß sie vielleicht zu alt war, um diese neuen Akrobatenstücke in Sachen Liebe verstehen zu können: Die jungen Leute von heute sind anders, freier, experimenteller in ihrem Gefühls- und Liebesleben. Außerdem wollte sie nicht die Rolle der moralisierenden Mutter spielen. Deshalb schloß sie sich, wenn sie sie besuchten, in ihrem Arbeitszimmer ein und vertiefte sich in ihre Übersetzungen. Sie unterdrückte ihre mütterlichen Ängste und erlaubte sogar, daß Angelica ihren Platz in der Küche einnahm und ihre Töpfe und Vorräte durcheinanderbrachte.

Eines Morgens gegen elf hörte sie, wie sie zusammen in die Küche hinuntergingen. Am Abend vorher war es spät geworden, und wahrscheinlich hatten sie auch mehr getrunken als gewöhnlich. Sie lachten, während sie sich ihren Milchkaffee zubereiteten. In heiterer Stimmung konzentrierte sie sich auf die zu übersetzenden Seiten und achtete nicht weiter auf sie. Doch als sie eine halbe Stunde später in die Küche gehen wollte, um sich ein Glas Wasser zu holen, blieb sie wie angewurzelt an der einen Spaltbreit offenen Tür stehen, verlegen und staunend über das, was sie sah: Drinnen saßen die vier immer noch um den Tisch herum, der eine im Schlafanzug, die andere im Nachthemd, die Gesichter vom Schlaf gezeichnet, mit nackten Schultern, ohne Strümpfe an den Füßen, die Münder vollgestopft. Sie fütterten sich gegenseitig und lachten dabei ganz ausgelassen: Ein Löffel Marmelade landete auf Valdos Zunge, während Laura einen Würfel Butter aus dem Kühlschrank zwischen ihren Brüsten zergehen ließ, um ihn dann zärtlich auf Angelicas Hals tropfen zu lassen, die ihrerseits einen in Honig getauchten Grissino in Giulios Mund schob, der gerade eine Orange abschälte, aus der Schale eine Locke zurechtschnitt und sie Laura in die offenen Haare hängte.

Zaira wagte nicht einzutreten und ging mit dem leeren Glas in ihr Zimmer zurück. Sie hätte nicht erklären können, was sie gesehen hatte: ein Spiel übermütiger Kinder? Ein raffiniertes erotisches Vergnügen? Aber eines war sicher: Sie wirkten glücklich, und dieses Glück durfte nicht gestört werden.

Sie war so froh, ihre Tochter fröhlich und zufrieden zu erleben, daß sie es ablehnte, der Ursache dieser Freude auf den Grund zu gehen. Sie sah sie lachen wie seit Jahren nicht mehr, sie beobachtete ihren Elan, und ihr schien, daß sie sich mit neuer Liebe Colomba zuwandte, einer Liebe, die nicht mehr nur beschützend und besitzergreifend war, sondern vor allem auch heiter. Deshalb forschte sie nicht weiter nach, sondern hielt sich diskret zurück und gönnte ihnen ihre Lebenslust.

Colomba allerdings war gar nicht glücklich über die Viererbeziehung. Sie fühlte sich ausgestoßen, abgeschoben, vergessen. Sosehr die anderen sie auch verhätschelten und ihr ihre Zuneigung zeigten, so wußte sie doch – und sie wußten es im übrigen auch –, daß sie von diesem so intensiven und exklusiven Spiel ausgeschlossen war. Und vielleicht lag diesem Ausgeschlossensein ja auch eine schwerwiegende Vernachlässigung zugrunde. Wie bei den über alles geliebten Hunden, die man eines Tages, man weiß nicht genau warum, in einem geparkten Auto vergißt, ohne zu bedenken, daß die Sonne den Wagen in einen tödlichen Backofen verwandelt.

Um diese Ablehnung nicht miterleben zu müssen, flüchtete 'Mbina immer öfter zu ihrer Großmutter Zaira nach Touta und verbrachte ganze Tage und häufig auch Wochen bei ihr. Zaira erinnerte sich noch daran, wie die Kleine hinter ihr herging – wie ein Gänschen, sagte sie – und jede Geste von ihr imitierte, jedes Wort von ihr nachplapperte. Sie hatte sich sogar einen kleinen Tisch aus einem Tablett und zwei Böcken zusammengebaut und mit dem »Bücherübersetzen« angefangen, wie sie ganz ernst verkündete, während sie ein vollgeschriebenes Heft durchblätterte.

»Was übersetzt du denn?« fragte Zaira sie.

»*Der Prinz der Höhlen.*«

»Wer hat das denn geschrieben?«

»Ich.«

»Und wovon handelt das?«

»Das ist die Geschichte von einem Königssohn, der in eine Höhle eingesperrt wird, wo er von den wunderschönen Zimmern in dem Schloß träumt, das er verlassen mußte. Aber dann weiß er irgendwann nicht mehr, ob er nur davon geträumt hat oder ob sie wirklich existieren und darauf warten, daß er zurückkommt.«

»Aber diese Geschichte hat doch Calderón de la Barca schon erzählt, die kannst du doch nicht einfach noch einmal schreiben.«

»Warum nicht?«

»Ja, warum eigentlich nicht? Du hast recht, schreib sie auf, und dann lesen wir sie zusammen.«

In der Nacht spürte Zaira im Schlaf, wie sich die kalten Füße des Kindes an ihre Beine legten, um sich zu wärmen.

»Wo warst du denn, daß du so kalte Füße hast?«

»Ich hab' aus dem Fenster geguckt. Ich konnte nicht schlafen.«

»Und was hast du da gesehen?«

»Nichts.«

Etwa zwei Jahre bestand das labile Gleichgewicht dieser Viererbeziehung, die so viel Vergnügen und so viel amouröse Verwirrung brachte. Solide in ihrer Unsicherheit, absolut konkret in ihrer Irrealität. Dann brach alles jämmerlich in sich zusammen, als die Natur sich unerwartet einmischte und die Traulichkeit zu viert zerstörte.

Eines Tages bekannte Laura ganz treuherzig, daß sie schwanger sei. Aber von wem? Das wußte sie nicht. Zuerst hatte sie es nur Valdo gesagt, der sich jedoch stur stellte: Er wollte keine Kinder mehr, vor allem nicht in einer so unklaren Situation. Giulio hingegen war glücklich darüber, was dazu führte, daß die Waage einseitig belastet wurde und jetzt die Richtung zurück zur Familie und ehelichen Ausschließlichkeit anzeigte. In aller Aufrichtigkeit erklärte Laura auch den anderen, sie wisse nicht, von wem das Kind sei, ob von Giulio oder von Valdo. Woraufhin Giulio entgegnete, daß ihm das völlig schnuppe sei: Er wollte dieses Kind, würde es wie sein eigenes aufziehen, selbst wenn es das nicht sein sollte, und es ein Leben lang hegen und pflegen.

Angelica fühlte sich verletzt. Die Untreue von Valdo und Laura, die sie nie als solche empfunden hatte, wurde mit der

Ankündigung des Kindes plötzlich greifbar und real. Die Großzügigkeit, die sich wie weicher, reinigender Schnee über die besitzergreifenden Gefühle gelegt hatte, brach unter dem Gewicht eines noch nicht geborenen Kindes zusammen. Ein Gespenst, das die Zukunft bestimmte und sie glanzlos und schwer erscheinen ließ, voller Verpflichtungen und Verantwortlichkeiten, die es zu respektieren galt. Ein neues Bedürfnis nach Regeln, nach Eigenem, nach Vereinbarungen tauchte auf und beunruhigte das Gewissen der vier unzertrennlichen Freunde.

Mit dieser unerwarteten Schwangerschaft schwand die Leichtigkeit einer mit ungezwungener Entschlossenheit aufrechterhaltenen Beziehung. Laura versank in der Betrachtung ihres anschwellenden Bauches, der jeden Tag mehr über seinen Inhalt verriet: Mit welcher Geschwindigkeit sich das Skelett des Kindes bildete, von dem sie sich noch keine richtige Vorstellung machte, das sie aber schon zärtlich liebte! Mit welcher Schnelligkeit sich die Ärmchen, der birnenförmige Kopf und die kleinen Beine entwickelten, die noch nicht in der Lage waren, sich in der nahrhaften Flüssigkeit der Fruchtblase auszustrecken! Stunden brachte sie damit zu, sich vorzustellen, wie es gekrümmt und durchsichtig, einer Garnele nicht unähnlich, im Fruchtwasser ihres Bauches schwamm. Giulio schien derart angetan, daß er darüber die Kunst des Betrachtens und Bewunderns begehrenswerter und erträumter Körper vergaß. Jetzt handelte es sich um ein Kind, und diese Konkretheit ersetzte seinen Hang zur Träumerei. Er würde die Ärmel hochkrempeln und ihm das Beste von sich geben, ihm beibringen, sich im Leben zurechtzufinden, und ihm ein Freund und Gefährte sein. Das sagte er und meinte es ernst. Als das Kind dann auch noch kurz nach der Geburt große Ähnlichkeit mit ihm aufwies – was seine Gesichtszüge wie auch den Teint betraf, glichen sie sich verblüffend –, konnte das die Richtigkeit seiner Entscheidung nur bestätigen.

Valdo und Angelica blieb nichts anderes übrig, als das Familienleben wiederaufzunehmen und sich auf Colomba zu konzentrieren, die endlich das Gefühl hatte, daß ihr die nötige Aufmerksamkeit zuteil wurde. Sie zogen nach Rom, wo sie eine Wohnung auf dem Gianicolo kauften, von deren herrlicher Terrasse aus man die ganze Stadt überblicken konnte. Valdo hängte seinen Beruf als Lehrer an den Nagel – monierend, daß alles sich zum Schlechten verändert habe und die Schule ihn anwidere – und versuchte sich in der Bildhauerkunst. Dabei entdeckte er sein Talent für die Holzschnitzerei und fertigte kleine Miniaturszenerien an: einen Bahnhof mit Zügen und Reisenden, die wartend auf ihren Koffern sitzen; ein Kino, in dem die Zuschauer, tief in ihren Sesseln versunken, auf die Leinwand starren; einen Markt mit Fisch- und Gemüseständen, wo die Menschen geschäftig mit ihren Einkaufstaschen hin und her laufen, alles aus Oliven- und Zirbelholz mit Nußbaum- oder Eichenholzintarsien.

Wider Erwarten fand er Käufer, und es hagelte Anfragen nach Ausstellungen, darunter auch einige wichtige. Bald begann er, gut zu verdienen und in der ganzen Welt herumzureisen. Zu Hause war er selten anzutreffen, er verkehrte in der Gesellschaft von Malern und Galeristen, aber immer allein, fast so, als schämte er sich für seine vorzeitig gealterte Frau, die zu Nervenzusammenbrüchen neigte und nichts mit sich anzufangen wußte. Mit der Ausrede, daß er in dem ganzen Durcheinander nicht schnitzen könne und ohne seine Skulpturen natürlich kein Pfennig Geld hereinkomme, mietete er sich ein großes Atelier am Stadtrand von Rom. Und so saß Angelica wieder allein zu Hause, hatte die Tochter zu versorgen und mußte ganz von vorn anfangen. Es war klar, daß Valdo anderen Gedanken nachhing, obwohl er ihr versicherte, daß er »bis zu seinem Tod« bei ihr bliebe. Manchmal sah sie ihn von weitem kommen: elegant in seiner Nachlässigkeit, eine Art Hirtenhut in die Stirn gezogen, den weißen Trenchcoat offen über einem roten Kaschmirpullover, Wildlederschuhe und weiße Wollsokken, die ihm lässig auf die Knöchel gerutscht waren. Und ihr wurde bewußt, daß sie ihn um so schmerzlicher liebte, mit der Verzweiflung derjenigen, die spürt, daß sie im Begriff ist, den Menschen zu verlieren, auf den sie alles gesetzt hat. Während sie ihm ungekämmt, in einer ausgeleierten alten Strickjacke, mit nach Knoblauch und Putzmitteln riechenden Händen entgegenlief, erkannte sie, daß sie die Rollen getauscht hatten. Aus dem Lehrer von einst, der sich als Schüler verkleidete, um sich anzupassen, der sich den Jargon der Pennäler aneignete, um jeden Unterschied, auch den sprachlichen, zu beseitigen, der die Schülerinnen mit übertriebener Höflichkeit behandelte, um sie glauben zu machen, daß er ein echter Revolutionär sei, war jetzt ein Mann mit graumelierten Haaren und dem Lächeln eines alten Verführers geworden. Er behandelte die jungen Leute mit väterlicher Nachgiebigkeit, erteilte nach allen Seiten Ratschläge und schwang sich zum großmütigen Richter bei jeder Streitigkeit auf. Während sie, die schlanke Schönheit von damals, die wegen ihrer unerwarteten Kapriolen und ihrer Jungmädchenlaunen so begehrt war, sich in eine schlampige, eifersüchtige, mit sich selbst unzufriedene Hausfrau verwandelt hatte und als solche für einen Mann wie ihn völlig uninteressant war.

Nachdem sie zwei Jahre lang dieses Leben geführt hatten, mußte sie zugeben, daß sie, auch wenn sie die Wohnung teilten, wie zwei Fremde lebten: sie mit dem Kind ans Haus gefesselt und er ständig unterwegs, man wußte nie, wo er sich gerade aufhielt. Selbst das Atelier in Tiburtino war meist verwaist wegen mysteriöser Auslandsreisen, von denen er immer braungebrannt und mit immer mehr Geld zurückkehrte. Sie dagegen ließ sich gehen: Von morgens bis abends lief sie in Trainingsanzug und Pantoffeln herum und kämpfte gegen die Einschränkungen eines Lebens, das dem einer ledigen Mutter glich, auch weil es ihr der Stolz verbot, mehr Geld zu verlangen, als er ihr gab.

Als Valdo sie in diesem erbärmlichen Zustand sah, machte er sich ernsthaft Sorgen: »Brauchst du was, Angelica? Sag es mir, deshalb bin ich schließlich hier.« Er umarmte sie herzlich, doch ohne sie zu begehren, so wie man eben eine unglückliche Schwester umarmt. Sofort stellte er ihr einen Scheck aus: »Kauf dir ein Kleid und ein neues Bett für Colomba, hörst du!« Aber dann verschwand er wieder, ließ sich monatelang nicht blicken, und Geld schickte er auch keins. Das Kind muß jeden Tag essen, nicht nur, wenn du da bist, Valdo, hätte sie ihm am liebsten entgegengeschleudert. Die Kleine geht in die Schule, sie braucht Bücher, sie braucht neue Schuhe, neue Pullover, es ist doch alles so teuer geworden, wie soll ich das denn bezahlen? Aber die Angst, auch noch diese mickrigen Zuwendungen zu verlieren, die Angst, er könnte ganz verschwinden mitsamt seinen Büchern und Papieren, hielt sie davon ab.

»Erzähl mir was, Mama!«

Dieses Kind wird ja niemals groß, denkt die Mutter, die mittlerweile die Fünfzig überschritten und so allmählich mit chronischen Schmerzen zu kämpfen hat, die sich heimtükkisch in ihre Gelenke einschleichen, auf ihre Nerven drükken, sie kurzatmig machen, ihre Bewegungen verlangsamen. Soll eine Mutter ihren Blick auf die Tochter heften, die sich verändert, aber die Metamorphose nicht akzeptieren will? Ist der Blick der Mutter vielleicht erstarrt, oder weigert sich die Kleine wirklich zu wachsen und riskiert, auf ewig Kind zu bleiben, wie eine Närrin nicht mit der Zeit zu gehen, weise wie ein alter Affe und dennoch auf zauberhafte Weise naiv, ohne eine Ahnung von dem zu haben, was auf der Welt vor sich geht?

Zarte Lider bedecken die klaren Augen wie Schmetterlingsflügel. Vielleicht schläft sie. Aber nein, die Stimme hüpft aus ihrem halbgeschlossenen Mund wie ein munterer kleiner Frosch: »Erzähl mir was, Mama!«

Die Mutter streckt ihre Hand nach der verlassen daliegenden Hand der Tochter aus. Sie drückt sie. »Der kleine Finger, erinnerst du dich noch, als ich dir gesagt habe, daß dein kleiner Finger im Vergleich zu den anderen Fingern so winzig ist, daß er zu einer anderen Familie zu gehören scheint?«

Das Kind lächelt, ohne die Augen aufzumachen. »Und erinnerst du dich noch, wie ich dir gesagt habe, daß dieser kleine Finger dir Glück bringen wird wie ein Zwerg im Garten der Riesen? Der kleinste Finger lädt sich die schwersten Gewichte auf, so wie die jungen Frauen in Afrika die Körbe und Vasen und Reisigbündel auf ihrem Kopf balancieren. Aber was trägt der kleine Finger? Einen Sack voll ... einen Sack voll ... Schlaf. Und wenn du deinen kleinen Finger an die Nase hältst und den Sack auf die Augen kippst, dann kullert der Schlaf auf deine Lider, und du schlummerst ein, erinnerst du dich?«

Wann genau kam es zu der Katastrophe? Zaira vermag es nicht mit Bestimmtheit zu sagen. Irgendwann fing Angelica wieder damit an, das Essen zu verweigern, so wie damals als Kind. Valdos Gesicht zeigte Verbitterung, wenn er sie besuchte. Er umarmte Frau und Tochter, aber mit einer Miene, als vollbrächte er eine gute Tat; und kurz darauf verschwand er wieder. Angelica machte ihm keine Vorwürfe, aber ihr Unglück trat immer deutlicher zutage. Sie vergaß, für ihre Tochter zu kochen, rauchte eine Zigarette nach der anderen und ließ die brennenden Stummel häufig auf der Tischkante oder auf den Armlehnen der Stühle liegen, ja, sogar auf dem Bett. Einmal fing die Decke Feuer, und Colomba war diejenige, die herbeieilte, weil sie den Rauch gerochen hatte. Zum Glück war das Bett leer und der Brand mit ein paar Eimern Wasser gelöscht. Aber der Gestank nach verbranntem Stoff hing tagelang in der Luft. Damals lachte Angelica und drückte ihre Tochter an sich, als wären sie einem schrecklichen Unglück entronnen. »Wir sind gerettet, mein Schatz, du bist mein Mädchen, das beste Mädchen der Welt«, brüllte sie ihr ins Ohr, während aus dem Radio mit voller Lautstärke eine Tarantella schallte. Und dann fing sie wie eine Besessene an zu tanzen und zerrte ihre Tochter barfuß über den nassen Boden hinter sich her. Colomba sah sie halb besorgt, halb mitleidig an. Vielleicht war ihre Mutter ja wahnsinnig geworden? Einer Schulkameradin war das passiert. Eines Tages fing die Frau an zu schreien, warf Möbel und Hausrat aus dem Fenster und sprang ganz zum Schluß selbst hinterher. Aber sie fiel auf Brombeersträucher und überlebte. Die Angehörigen brachten sie in eine Klinik, wo man sie mit Psychopharmaka vollstopfte, so daß sie wie eine lebende Tote herumschlich.

»Bitte, Mama, laß das sein!« flehte Colomba und versuchte, sie festzuhalten. Aber Angelica befreite sich wieder und tanzte allein weiter, die langen, zarten Arme hin und her schwingend. Wie schön ihre Mutter war, wenn sie sich so bewegte und ihr die Haare weich und glänzend über Augen, Hals und Schulter fielen! Ihr Gesicht, das von vorzeitigen Falten gezeichnet war, drückte jedoch so etwas wie Wut und Unberechenbarkeit aus. Was konnte man tun, um sie zurückzugewinnen? Diesen Ausbrüchen von Fröhlichkeit folgten häufig lange, trübsinnige Tage des Schweigens, an denen Angelica nicht einmal ihre Tochter wahrzunehmen schien, die sich selbst um ihr Mittag- und Abendessen kümmern, ihr Bett machen und ihre Schularbeiten vorbereiten mußte. Im Innern nannte Colomba sie: die Liebeskranke. Womit gemeint war, daß sie immer nur dasaß und auf den schönen Valdo wartete, der ewig auf der Flucht war. Doch offenbar gab es noch etwas Tiefergehendes, das nicht nur mit Valdo zu tun hatte: eine unheilbare, vollkommene Unzufriedenheit mit sich selbst.

Mittlerweile ließ Valdo sich nur noch selten blicken. Geld kam auch nicht mehr, doch Angelica dachte nicht daran, einen Anwalt einzuschalten. Aus Verzweiflung verkaufte sie die Wohnung auf dem Gianicolo, und sie bezogen ein kleines Apartment am Stadtrand, ohne Terrasse und ohne Aufzug. Colomba wurde nervös und reizbar. Sie mied Freundschaften. Die Nächte verbrachte sie mit Lesen. Sie lernte wenig und schlecht.

Eines Morgens erhielt Zaira einen Anruf von ihrer Enkelin, sie solle schnell kommen, denn »der Mama geht's schlecht«. »Ich bin gleich da, was hat sie denn?« »Ich weiß es nicht, Zà, sie liegt im Bett und muß sich dauernd übergeben.« Sie eilte zu ihnen und fand Angelica blaß und bewußtlos in einer Lache aus Erbrochenem. Sie war so erschrocken, daß sie den Arzt rief, der ihr sagte, daß ihre Tochter schlicht und einfach betrunken sei.

»Aber sie trinkt doch gar nicht?«

Und sie trank doch, allerdings heimlich, und sie trank scharfe Sachen: Grappa, Cognac. Die Flaschen versteckte sie im Schlafzimmerschrank hinter den aufgehängten Kleidern.

Valdo tat, als wüßte er nichts davon. Inzwischen besuchte er sie immer seltener und widerwilliger. Er hielt sich auch nie länger auf: Ein Gruß, und schon war er wieder weg. Immer öfter überließ Angelica die Tochter ihrer Mutter Zaira, die das Haus in Touta abgeschlossen und sich ein Zimmer in Rom genommen hatte, ganz in der Nähe von ihnen. Angelica schlief bis mittags, steckte sich in den Mund, was sie gerade im Kühlschrank fand, kochte nicht mehr. Nachmittags war sie unterwegs, wo, wußte niemand: Sie fuhr mit dem Auto los und war bis zum Abend verschwunden. Wenn Zaira kam, um ihr die Enkelin zurückzubringen, herrschte Unordnung in der Wohnung, im Schlafzimmer stank es nach Alkohol, der Fußboden war mit Zigarettenkippen übersät. Sie versuchte, mit ihrer Tochter zu reden, doch die zog das Mädchen nur schnell zu sich herein und schlug ihr dann die Tür vor der Nase zu.

Am 13. Mai kam Valdo zu Besuch, in einem funkelnagelneuen Auto, mit einem Blumenstrauß und einer Perlenkette für seine Colombina. Als er die Hand zur Klingel ausstreckte, bemerkte er, daß die Tür offenstand, sah das Drunter und Drüber in der Wohnung. Angelica war nicht da, nur seine Tochter stolzierte halbnackt und betrunken auf den hochhackigen Schuhen ihrer Mutter herum, den Mund mit Lippenstift verschmiert. Obwohl er ein sanftmütiger und toleranter Mensch war, verlor er augenblicklich die Kontrolle und fing an, die Möbel kurz und klein zu schlagen, die sie mühsam auf Raten gekauft hatten, damals, als sie zusammenzogen. Er zertrümmerte den wertvollen Spiegel seiner Frau, der auf der Kommode stand, schmetterte Flaschen und Schminktiegel auf den Boden. Dann schloß er sich weinend ins Badezimmer ein, nachdem er zuvor seine Tochter geohrfeigt hatte. Colomba besaß noch so viel gesunden Menschenverstand, Zaira anzurufen, die herbeieilte und sie mitnahm.

Als Angelica spät in der Nacht zurückkam, entdeckte sie das Chaos in der Wohnung, doch weit und breit keine Spur von ihrer Tochter. Zunächst tappte sie wie eine Schlafwandlerin umher, doch dann stieg sie ins Auto und jagte in betrunkenem Zustand Richtung Pescara. Auf der Höhe von Avezzano kam sie von der Straße ab. Am nächsten Morgen wurde sie tot aufgefunden, eingeklemmt in den Trümmern ihres Fiat 1100. In ihrer Handtasche fand man, neben einer Räumungsklage und einer halben Flasche Cognac, einen kleinen Gedichtband, der mit vielen roten Anmerkungen versehen war. *Siebenhundert Jahre war ich fort, / doch nichts hat sich geändert / ...* lautete eine viermal unterstrichene Zeile. Zaira hatte das Büchlein behalten, und ab und zu öffnete sie es, um diese Zeilen zu lesen.

»Erzähl mir was, Mama!«

Der Mund ist geschlossen, aber diese Aufforderung steht im Raum, packt die mütterliche Phantasie, zieht sie an sich und macht sie sich zur Gefangenen.

»Alle Geschichten sind schon erzählt, mein Kind, es gibt nichts mehr zu sagen.«

Aber das Kind gibt nicht nach. Beide, Tochter wie Mutter, wissen, daß Erzählen ein Mittel ist, die Wünsche im Rhythmus der Gedanken zu bewegen. Hat das Wünschen kein Ende, hat auch das Erzählen kein Ende.

»Was ist, Mama?«

Die Mutter beobachtet sie mit verliebtem Blick. Wer weiß, warum ihre Worte an jenem Abend so skandiert werden wie ein musikalischer Refrain, Worte, die in einem verbalen Körper gefangen waren, der zu einer anderen Zeit bekannt war: *Siebenhundert Jahre war ich fort, / doch nichts hat sich geändert, / noch immer kommt die Barmherzigkeit Gottes / aus unanfechtbaren Höhen. / Noch immer dieselben Sternenchöre und Gewässer, / noch immer ist das Gewölbe des Himmels so schwarz, / und derselbe Wind verstreut die Samen, / und die Mutter singt dasselbe Lied.* »Das ist von Anna Achmatowa, weißt du noch, daß ich dir von ihr erzählt habe? Ich hab' dir auch ihr Foto gezeigt. Eine Frau mit großen braunen Augen, die Haare ganz locker um das spitze Gesicht und mit einer Adlernase, erinnerst du dich noch an sie?«

Die Kleine scheint wirklich zu schlafen. Sie atmet tief ein und aus. Die Mutter versucht, ihre Hand zurückzuziehen, doch sogleich spürt sie den Druck der Finger auf ihrem Arm. Sie wird sich nicht so leicht davonmachen können: Auch im Schlaf will das Kind sie bei sich haben. Und hört nicht auf, ihren Worten zu lauschen.

»Das Porträtfoto, das Nathan Altman von Anna Achmatowa in Gelb und Blau gemacht hat, gefiel dir sehr. Sie trug die schwarzen Haare hinten im Nacken zusammengebunden, das dunkelblaue Kleid war vorn über der schmalen Brust leicht ausgeschnitten und entblößte zwei deutlich hervortretende Schlüsselbeine, die lange weiße Hand ruhte in ihrem Schoß, den gelben Schal hatte sie sich um beide Arme geschlungen.« Wo mag dieses schöne Porträt bloß hingeraten sein? In irgendeine Schublade, zwischen anderen Papieren? Es könnte aber auch bei einem der vielen Umzüge für immer verlorengegangen sein. Warum hatte sie es aufbewahrt? Nur weil dieses Foto einen Hauch russischer Eleganz verströmte? Einer Eleganz, die der Schreckensherrschaft des Stalinismus widerstanden hatte, die in den schlimmen Kriegszeiten ein Duft geblieben war, wenn auch nur ein verbaler, trotz der Angst vor Verfolgung durch das kommunistische Regime?

Jetzt, da sie darüber nachdenkt, fällt ihr ein, daß es zwei Porträts waren, das von Anna Achmatowa und das von Marina Zwetajewa, die eine älter, die andere jünger, die eine mit dunklem Haar, die andere mit hellbraunem, die eine ernst und königlich, die andere nachlässig und fröhlich. Das bittere Leben der beiden Frauen hatte sie etwas über die jüngere Geschichte gelehrt, was die Bücher ihr nicht vermitteln konnten. Ausgerechnet zu dem Zeitpunkt, als bei ihr der Gedanke einer neuen und gerechten Welt Gestalt annahm, wie das aufregende Versprechen einer Zukunft, die für alle gleich ist, weckten sie die persönlichen Tragödien der beiden russischen Dichterinnen vorzeitig aus einem geistigen Schlaf, in dem sich viele ihrer Freunde und Bekannten befanden. Es war das Rußland der längst vergangenen politischen Mythen der Erlösung: *Auf, auf ins fruchtbare Land, / wo selbst Nägel Wurzeln und Blätter bekommen, / dort, wo uns die Zukunft empfängt und ihre Fahnen der Gleichheit und Freiheit schwingt.* Sie erinnert sich noch, mit welchem Enthusiasmus ihre jungen Freunde die zur Faust geballte Hand hoben in den Jahren, in denen Stalin als Retter angesehen wurde und Religion als eine jämmerliche Illusion.

»Der Mensch ist von Natur aus gut, liebe Genossin, sobald er einmal der verhaßten Maschinerie der kapitalistischen Ausbeutung entkommen ist, wird er großherzig und weise. Es wird keine Kriege und keine Morde mehr geben. Das Elend macht das Individuum zur Bestie. Der Besitz der Produktionsmittel teilt die Bürger in Klassen ein, macht die einen zu immer reicheren und mächtigeren Herren, die anderen zu immer ärmeren Sklaven. Glaub mir, die neue Welt ist nicht mehr fern, sie wartet schon hinter der nächsten Ecke, und sie wird uns reich beschenken. Jeden nach seinen Bedürfnissen; spürst du nicht die Größe dieses Gedankens? Jenseits der Logik der Ausbeutung ist der Mensch rein, unschuldig. Das sagt selbst die Wissenschaft: Der Mehrwert tendiert zur Selbstbereicherung, er ist ein wachsendes Ungeheuer, das seine eigenen Kinder frißt. Wir müssen dafür sorgen, daß wieder Gleichheit unter den Menschen herrscht.«

»Aber wie?«

»Zuallererst gilt es, den Privatpersonen die Produktionsmittel zu entziehen. Dann die Diktatur des Proletariats zu festigen, weil die Arbeiter der gesunde Teil der Gesellschaft sind, sie sind die einzigen, die den ausbeuterischen reichen Klassen Regeln auferlegen können. Erst später, wenn die ökonomische Gleichheit einmal erreicht ist, wird sich auch die soziale und politische Gleichheit einstellen, und die kulturelle wird folgen.«

»Und was ist mit der Gleichheit zwischen den Geschlechtern, zwischen Mann und Frau?«

»Auch die wird kommen, wenn die Gleichheit zwischen den Klassen erst einmal sanktioniert ist. Hab Vertrauen, du wirst sehen, der Mensch ist formbar, unverdorben, integer, es sind die Umstände, die ihn korrumpieren, deformieren und in ein Ungeheuer verwandeln.«

Wie verführerisch waren diese Pläne für eine Zukunft der großen Veränderungen! Die Verbrüderung aller Menschen würde sich der menschlichen Gedanken bemächtigen und sie mit weiser, großzügiger Hand formen: Das wäre das Ende des Betrugs, der sozialen Heucheleien, der Ausbeutung: Wohnung und Essen für alle, kostenlose medizinische Versorgung, Solidarität mit den Unterdrückten der ganzen Welt.

Eine Frage beunruhigte die damals noch sehr junge Frau: Welche Instrumente sind zulässig, um die Welt auf den Kopf zu stellen, ohne daß derjenige unterdrückt wird, der nicht genauso denkt? Und noch wichtiger: Kann man das Gute erzwingen? Über diese Themen diskutierte sie häufig mit ihren politischen Freunden. Manch einer vertrat die eher machiavellistische Auffassung, daß der Zweck die Mittel heilige und demzufolge Diktatur, Gewahrsam, Spionage auch geeignete Instrumente sein könnten, um eine neue Welt zu schaffen. Andere sahen das ganz und gar nicht so. Wenn wir akzeptieren, daß der Zweck die Mittel heiligt, meinten sie, verhalten wir uns genauso wie unsere Feinde.

»Aber unsere Ziele sind gut, edel, gesund.«

»Das glaube ich nicht. Kein Ziel, sei es gut oder schlecht, rechtfertigt Gewalt und Schikane.«

Es waren hitzige Diskussionen, die sich bis spät in die Nacht hinzogen, während sie, eingemummt in ihren Schlafsäcken, auf einem schmutzigen Fußboden lagen, zwischen Hunderten von stinkenden Zigarettenkippen und Gläsern mit spottbilligem Bier.

Was das junge Mädchen absolut nicht akzeptieren konnte, war die Idee von der Diktatur des Proletariats. »Haben wir nicht immer gesagt, daß Diktaturen faschistisch sind, daß sie einen von der Demokratie abbringen, daß sie die Macht in die Hand von wenigen oder, im schlimmsten Fall, in die eines einzelnen legen? Selbst wenn sie nur als Übergang gedacht ist, die Vorstellung einer Diktatur gefällt mir nicht.«

»Hast du kein Vertrauen in die Arbeiterklasse? Die Arbeiter sind die einzigen, die die Ethik der Arbeit kennen, die einzigen, die nicht von religiösem Pietismus verführt sind, die einzigen, die ein Bewußtsein für die zivile Verantwortung eines Volkes haben. Sie gehören zur Avantgarde dieses Jahrhunderts. Es sind keine Knechte, die sich von den Sirenen der Herren korrumpieren lassen, es sind Arbeiter, die ihre Rechte und ihre Pflichten kennen. Die Fabriken, Genossin, die Fabriken sind die Kirchen der neuen Religion, einer Religion der Rationalität.«

»Genau das ist es ja, was mich nicht so recht überzeugt: Warum eine Religion bekämpfen, um dann eine andere zu gründen?«

»Jedem nach seinen Bedürfnissen«, wiederholte der Mann mit dem langen Schnauzbart, auch wenn nicht klar war, wie das in die Tat umgesetzt werden sollte. Doch es lagen so viel Begeisterung und Leidenschaft in diesem Verlangen nach einer neuen Welt ohne Gewalttätigkeit, ohne Engstirnigkeit, ohne die Schrecken des Krieges, ohne die Herrschaft des Stärkeren über den Schwächeren, daß es schwer war, sich nicht darin zu verlieben.

Sich zu verlieben in eine Idee, die so rund war wie der Mond, so weich wie ein reifer Pfirsich, so saftig wie eine Traube, so stark wie die Wurzel einer Eiche: Davon waren die jungen Menschen von damals fasziniert, und sie krempelten die Ärmel hoch, um Teil dieser großen Welle von Freiwilligen zu werden, die mit der Kraft ihrer Leidenschaft alle Konventionen kippten, jede Ungerechtigkeit anprangerten und auf Ehrlichkeit und Solidarität mit Zärtlichkeit und Blumen reagierten.

Das Beispiel kam aus den fernen, kalten Weiten, in denen man die Strenge einer gelungenen Revolution kennengelernt hatte. Oder die sich zumindest so lange als gelungen darstellte, bis die Greuel des Stalinismus bekannt wurden. Es war das Leningrad des hartnäckigen Widerstands gegen die Invasion der Deutschen, die großzügige Stadt, die Tausende von Männern, Frauen, Kindern opferte, um die nationalsozialistischen Mörder vor den Toren der Stadt aufzuhalten. Es war das ferne, geheimnisvolle Moskau, in dem sich die sozialen Wunder verwirklichten, dem dann die ganze Welt hätte nacheifern sollen. Es war das Rußland des jungen Trotzki, der immer eilig von einem Zug in den nächsten sprang, um zu den Bauern in aller Welt zu sprechen: Mit erhobener Faust stand er grüßend auf dem Trittbrett, er, der mutige Revolutionär mit dem verlegenen Gesicht eines Gogolschen Beamten: eine blaue Kappe auf dem hellen Schopf, mit Brille und mit dem Schnurrbart eines furchtlosen Soldaten. Seine Worte, die von jungen Menschen in der ganzen Welt wiederholt wurden, stellten klar, daß die Revolution nicht institutionalisiert werden dürfe: Keine Hierarchie, keine von oben erlassenen Beschlüsse, in der Gesellschaft muß es fortwährend brodeln, und sie muß immer das Beste finden, indem sie dem bürgerlichen Gewissen folgt und nicht den Regeln einer vorgegebenen Ideologie.

Ein paar Jahre später war die Rede von Verrat, und der junge Mann mit dem üppigen Schnurrbart mußte auf den amerikanischen Kontinent fliehen. Man munkelt, die Agenten Stalins hätten ihre Hände im Spiel gehabt, als ein Hieb mit dem Eispickel seinem Leben ein Ende setzte. Diese Schande störte die strengen, kompromißlosen Verfechter eines radikalen Wandels nicht, der empörten jungen Frau erschien sie jedoch unvereinbar mit ihrer Vorstellung von Revolution, und das sagte sie auch klipp und klar. Aber die Genossen zogen es vor, den Worten Stalins zu glauben: Wenn der Große Vater den kleinen Trotzki des Verrats bezichtigte, dann mußte da etwas Wahres daran sein. Hatte er nicht den Tod des sowjetischen Agitators begrüßt, fast so, als wäre er die gerechte Strafe jenes strengen und allwissenden Gottes, den man mit dem schnauzbärtigen Diktator identifizierte?

»Sag mir noch ein Gedicht von Anna Achmatowa auf, Mama!«

»Hell und fröhlich / wird der Tag morgen sein. / Das Leben ist wunderschön, / also sei weise, Herz. / Du bist erschöpft, / schlag ruhiger, gemächlicher … / Weißt du, ich habe gelesen, / daß die Seelen unsterblich sind.«

Die Mutter bewegt ihre glänzenden korallenroten Lippen. Das Kind beobachtete sie aufmerksam durch die halbgeschlossenen Lider.

»Mach weiter, Mama!«

»Heute habe ich viel zu tun: / Die Erinnerung muß ausgelöscht werden, / die Seele muß zu Stein werden, / damit ich wieder neu zu leben lerne.«

»Die Seele zu Stein? Warum?«

»Es war eine schreckliche Zeit, mein Kind, es war in den dreißiger Jahren oder, genauer gesagt, Ende der dreißiger Jahre, 1939, und es herrschte Krieg, da regierte Stalin mit seinem Terror.«

Die Mutter sitzt auf der Bettkante und ist in Gedanken versunken. Oder träumt sie? Die Hand ihrer Tochter liegt in ihrer. Vielleicht kann sie jetzt ganz still und leise hinausgehen, doch sobald sie aufstehen will, spürt sie, wie die kurzen Finger der Kleinen ihre umklammern.

Zaira erhebt sich aus ihrem Bett und will die Fensterläden öffnen, doch sie sind festgefroren. Mehrmals muß sie mit der Faust dagegen schlagen, bis sie sich endlich nach außen aufdrücken lassen. Es hat die ganze Nacht geschneit. Und noch immer wirbeln leichte Flocken durch die neblige Luft. Die beiden Tannen vor ihrem Fenster sind weiß, auf den obersten Ästen türmt sich der Schnee. Eine Elster saust an ihrer Nase vorbei. Sie muß unbedingt daran denken, ein paar Brotkrumen auf die Fensterbank zu legen. Während des Tages kann sie sie beobachten: Sie suchen nach Futter, wohl wissend, daß sie immer etwas vor das Fenster streut, selbst wenn alles schneebedeckt ist. Sie kommen angeflogen, und ohne sich niederzulassen, schnappen sie sich durch einmaliges Zupicken die Brotkruste, ein Weizenkorn oder ein Apfelstückchen, und weg sind sie.

Wer weiß, ob sie überhaupt hinauskann. Vor dem Haus liegt ein Meter Schnee. Den wird sie wohl fortschaufeln müssen. Mit dem Fahrrad klappt es heute bestimmt nicht. Aber irgendwo muß sie Gummistiefel haben, die ihr bis an die Knie reichen, und mit denen kann sie laufen.

Sie schaltet das Radio ein, verschwindet unter die Dusche und macht sich, wieder unten in der Küche, einen Cappuccino. Ein Mann berichtet mit schriller Stimme von der Virusepidemie, die das Federvieh in Asien befallen hat. Die Vögel haben bereits Kinder, Frauen und Männer angesteckt, die jetzt im fernen Thailand sterben. Bei uns »besteht keine Gefahr«, versichert der Mann, »es sei denn, das Virus würde sich verändern und von Mensch zu Mensch übertragen werden, dann hätten wir Millionen Tote«. Aufgeregt beschreibt er, wie Tausende verängstigter Legehennen und Hühner lebend in riesige Müllsäcke gesteckt und dann unter Zentnern von Kalk begraben werden. Sie verschluckt sich beinahe an ihrem Cappuccino: Wie bitte, lebend? Man begräbt sie lebend, ohne sich die Mühe zu machen, sie vorher zu töten? Hustend steht sie auf und fängt an, in der Küche herumzuwirtschaften, wobei sie weiterhin gegen ihren Willen der Radiostimme lauscht. Es handelt sich um Tiere aus Käfighaltung, erklärt der Sprecher, die sich gegenseitig anstecken, deshalb müssen sie vernichtet werden. Plötzlich tauchen sie vor ihrem geistigen Auge auf: unzählige in Gefangenschaft geborene Hühner, eingepfercht in winzige Käfige, in denen sie nicht einen Schritt tun können und gezwungen sind, sich von den Gerippen anderer toter Tiere zu ernähren, vollgestopft mit Hormonen und Antibiotika, weil sie unter diesen ungesunden Bedingungen fast alle Tuberkulose oder Lungenentzündung bekommen. Das Mitleid schnürt ihr die Kehle zu.

Nachdem Zaira Fungo eine Tasse Milch mit etwas Brot vorgesetzt hat, öffnet sie, von oben bis unten eingemummt, die Haustür: Gummistiefel, zwei Paar Wollsocken übereinander, zwei Pullover, eine dick gefütterte Jacke, auf dem Kopf eine Art russischer Fliegermütze. Ein Schwall feuchtkalter Luft, mit kleinen Hagelkörnern durchsetzt, weht ihr entgegen. Aber sie läßt sich nicht entmutigen. Sie schließt die Tür hinter sich, rückt die Mütze mit den Ohrenschützern aus Webpelz zurecht und marschiert in Begleitung von Fungo los.

Auf dem Weg in den Wald von Ermellina sind keine menschlichen Fußspuren zu erkennen. Die Gummistiefel versinken in der frisch gefallenen weißen Masse. Nach etwa einhundert Metern muß sie gezwungenermaßen stehenbleiben, der Schnee ist einfach zu hoch: An gewissen Stellen reicht er ihr bis zur Taille. Soweit sie sich erinnern kann, hat es seit Jahren keinen so strengen Februar mehr gegeben. Vielleicht sollte sie sich ein Paar Schneeschuhe bei Paparozz' besorgen?

Als sie immer tiefer einsinkt und hinter ihr ein übelgelaunter Fungo die reinsten Känguruhsprünge hinlegen muß, um nicht im Neuschnee zu ertrinken, kehrt sie nach Hause zurück, holt ihre Langlaufskier hervor und begibt sich ins Dorf. Paparozz' zeigt ihr ein Paar gebrauchte Schneeschuhe, an denen nur einige Bänder abgerissen sind, aber ansonsten »funktionieren sie ausgezeichnet, ich geb' sie dir für drei Euro am Tag«, meint er scheinheilig.

Zaira ist einverstanden. Auf ihren Skiern geht sie nach Hause, stellt diese in den Schuppen neben das weiß-blaue Fahrrad, schnallt sich die Schneeschuhe unter und geht langsamen Schrittes auf den Wald zu. Es ist immer noch mühsam, aber wenigstens sinkt sie nicht mehr ein. Ihre Fußspuren mit dem runden, etwas erhöhten Rand ähneln denen eines riesigen Sohlengängers. Fungo hat vom vielen Herumspringen im Schnee lauter Eiskügelchen im Fell, die bei jeder Bewegung auf und ab hüpfen. Zaira bleibt stehen, ruft ihn zu sich, entfernt die eisigen Wucherungen, wobei sie darauf achtet, daß sie ihm ja nicht das Fell ausreißt, und weiter geht es bergauf an den verschneiten Buchen vorbei. Wohin geht ihr eigentlich bei dieser Kälte, ihr Leichtsinnigen, bei diesem Schnee, siehst du nicht, daß ich fast versinke? Da ist sie wieder, die Stimme ihres Begleiters, den sie bei sich das Gewissen oder den Quengelengel nennt, und ab und zu haucht er ihr seinen eisigen Atem in den Nacken. Laß mich in Ruhe! schnaubt sie. Jetzt beschlagen von der Wärme die Gläser ihrer Sonnenbrille, sie muß einen der Schals lösen, die sie um den Hals geschlungen hat. Schneeplacken stürzen von den Bäumen und kommen mit einem weichen, zarten Plumps unten auf dem Boden an. Manchmal landet so ein eisiger Placken geradewegs auf ihrer russischen Fliegermütze und zerfällt in Tausende kleiner Stücke, die ihr Schulter und Gesicht besprühen.

Als sie den Gipfel des Monte Triollo erreicht, bleibt sie stehen, um Atem zu schöpfen. Mittlerweile hat sich der Himmel geöffnet. Das Panorama breitet sich wie ein großes Theater um sie herum aus: Vorn die bemalte Leinwand mit dem Monte Marsicano und seinem geheimnisvollen breiten Rücken, silbrigweiß vor dem blauen Hintergrund des Horizonts. Links die Kulisse des Monte Palombo, der zum Teil den Gipfel des

Pietra Gentile verdeckt. Daneben, auf der rechten Seite, der Monte delle Vitelle, dort, wohin der Skilift die Jugendlichen in den grellfarbigen Skianzügen bringt, die dann die Pisten hinunterjagen. Hinter der vorderen Reihe bewaldeter Gipfel eine weitere Kulisse von leuchtenden Spitzen: der Monte della Gatta, der Picco della Rocca, der Monte Pietroso und, etwas schräg dahinter, der Monte Tranquillo. Ein glitzernder Ring umgibt eine Bühne mit schneeweißem Boden, auf dem sich jetzt gleich die Schauspieler bewegen. Doch wer wird das sein? Vom langen Warten hat sie schon einen ganz trockenen Mund. Vielleicht werden Hänsel und Gretel von ihrer Mutter in den tiefen Wald mit seinen Buchen, Ahornen und Eichen geführt und dann allein gelassen.

Unter einer riesigen Buche mit vielen kahlen Ästen trifft Zaira auf eine Gruppe Esel. Sie recken die Hälse, blicken ihr stumm entgegen, während ihre Hufe in einem wäßrigen Morast aus geschmolzenem Schnee stecken. Sie geht auf sie zu, streckt ihre Hand aus, um eines der weichen Mäuler zu streicheln, zieht sie aber gleich wieder zurück, als sie bemerkt, daß der arme Esel ein geschwollenes, eitriges Auge hat. Unter dem geröteten Lid kullern unentwegt Tränen hervor und laufen über sein gestreiftes Gesicht. »Guck mal, dieser Esel«, sagt sie zu Fungo, der nicht einmal bellt, so müde hat ihn das Herumspringen im Schnee gemacht, »er hat ein krankes Auge, und niemand wird ihn behandeln. Entweder heilt es von selbst, oder er wird mit der Zeit blind.« Die Esel haben mittlerweile aufgehört, sie staunend anzuglotzen, und kratzen jetzt mit ihren schmutzigen Mäulern den Boden ab, auf der Suche nach ein paar Beeren, die von den kahlen Sträuchern der Heckenrose abgefallen sind.

Zaira muß zunächst ins Capro-Giallo-Tal hinabsteigen, um von dort auf den Picco della Rocca zu gelangen. Es ist schon Mittag, die wärmste Stunde des Tages. Der Schneesturm hat sich genauso schnell wieder gelegt, wie er aufgekommen und durch Bäume und Sträucher gepeitscht ist. Der Horizont ist hell und klar, der Schnee reflektiert das Licht, so daß es kristallen blendet.

Zaira setzt ihren Weg fort, und Fungo folgt ihr. Ihre Schritte sind langsam, aber entschieden. Sie läuft keineswegs wie eine Touristin, sondern eher wie eine Ermittlerin, die Erklärungen für ein Rätsel sucht. Das Gefühl von Freiheit kreuzt sich unauflöslich mit einem Gefühl des Schreckens: zuviel Luft um sie herum, zuviel Einsamkeit, zuviel Stille. Obwohl auch, wenn man sich nicht rührt, viele kleine Geräusche zu einem dringen: der Schnee, der mit dumpfem Schlag von den hohen Ästen fällt, das hektische Herumflattern einiger Raben oder Elstern, die auf Nahrungssuche sind, das regelmäßige Klopfen des Spechts, der sich in einem entfernten Baum seine Höhle baut, das herzzerreißende Schreien eines Esels, das Gezwitscher der Kohlmeisen, die die Ruhe und das Licht dieser Tageszeit nutzen, um inmitten der in Weiß getauchten Bäume und Büsche einen Wurm, eine Larve, eine Beere aufzuspüren.

Gegen zwei Uhr beschließt sie, sich auszuruhen und etwas zu essen. Fungo streift mit der Schnauze ihr Bein. Er hat Hunger, das weiß sie. Aber wo soll man sich bei diesen Schneemassen niederlassen? Dabei scheint jetzt die Sonne, und kalt ist es auch nicht mehr. Zaira hält Ausschau nach einem Felsen zum Anlehnen. Mit ihren Handschuhen wischt sie die Oberfläche eines großen Steins ab und setzt sich darauf, dann schnallt sie ihren Rucksack ab und stellt ihn in den Schnee. Fungo springt freudig hin und her. Er hat verstanden, daß es etwas zu fressen gibt, und bereitet sich darauf vor, aus ihrer Hand etwas Brot und Käse, ein Stückchen gekochtes Ei, ein wenig Banane entgegenzunehmen.

Der Gedanke an Colomba scheint während dieser wohltuenden Pause fast in den Hintergrund getreten zu sein. Schönheit kann über jeden Verlust hinwegtrösten, sagt sie sich und vergißt darüber, das Brot im Mund zu kauen. Die Berge mit ihrem geheimnisvollen schweren Blau, die Felsen, die in der soeben aus den Wolken hervorgekommenen Sonne schimmern, die Bäume mit ihren von Feuchtigkeit geschwärzten nackten Ästen, die mit lockerem, feinem Schnee überzogen sind, all das läßt ihr Herz hüpfen. Aber das griesgrämige Gewissen ist immer noch da, es steht hinter ihr und treibt sie an: Was ist los? Wieso sitzt du hier rum? Was soll das? Denkst du nicht an Colomba? Was machst du? Du ergehst dich in der Schönheit einer Berglandschaft? Diese Gipfel pfeifen auf dich, sie warten doch nur darauf, dich unter einer Lawine zu begraben, sobald die Temperatur um einen Grad steigt. Lauf weiter, such, sitz nicht da und starr in die Luft, sieh lieber nach, ob du Spuren im Schnee findest.

Von Schuldgefühlen geplagt, beendet Zaira rasch ihr frugales Mahl. Hastig nimmt sie noch ein paar Schlucke heißen Kaffee aus der Thermoskanne. Dann setzt sie sich ihren Rucksack auf die Schultern, erhebt sich und macht sich wieder auf den Weg. Genau wie der Mönch, der im Jahre 980 vom Kloster in Gioia dei Marsi nach Rom aufbrach, um Papst Benedikt VII. um Schutz zu bitten. Wer weiß, vielleicht war er ja ein ferner Vorfahr von ihr. Wäre gar nicht mal so unwahrscheinlich, wo hier im Umkreis alle über mehr oder weniger zahlreiche Ecken miteinander verschwägert sind.

Nachdem Zaira den Wald von Sant'Antonio abgegrast hat, ohne eine Spur oder einen Durchschlupf zu entdecken, der zu einer versteckten Höhle führen könnte, gibt sie sich geschlagen: Für heute ist ihre Suche gescheitert, wieder einmal hat sie einen Reinfall erlebt, und jetzt muß sie sich auf den Nachhauseweg machen, sonst kommt sie in die Dunkelheit. Fungo ist erschöpfter als sie, sein Schwanz hängt voller großer und kleiner Eisklumpen, die seinen Schritt verlangsamen. Sie hat wenigstens die Schneeschuhe, die es ihr erlauben, ohne einzusinken, durch den hohen Schnee zu stapfen. Trotz des Mißerfolgs hat die Erkundungstour ihr Auftrieb gegeben, und sie fühlt sich gut, am liebsten würde sie singen. Aber kann man so einfach allein singen? Ihre Beine sind schwer, ihr Gang nicht mehr so schnell und sicher. Bald ist sie da, nur noch ein paar Kilometer.

Kurz bevor sie den Weg erreicht, der zu ihrem Haus führt, bleibt sie unvermittelt vor etwas Dunklem stehen, das vom Ast einer großen Ulme herunterhängt. Was ist das? Ein Sack? Eine Decke? Sie tritt etwas näher heran und erstarrt. Vor ihr, an einem Ast, nicht allzuweit über dem Boden, baumelt ein schwarzer Hund – erhängt. Er ist groß, und man sieht, daß er schwer ist, weil der Ast sich biegt und der Hund mit seinem gefrorenen Schwanz fast den Boden berührt. Der Strick schneidet ihm in den Hals. Aus seiner aufgerissenen Schnauze ragt steif und violett die Zunge. Der Schnee hat ihn noch nicht zugedeckt; woraus sich schließen läßt, daß er dort gehängt wurde, nachdem sie heute vormittag zu ihrer Suche aufgebrochen ist. Und sie hat ihn ja auch tatsächlich nicht gesehen, als sie das Haus verließ. Jetzt baumelt er da, ein schauriger Anblick, wie eine drohende Warnung. Als sie ihn so plötzlich vor sich sah, stieß sie einen Schrei aus. Doch niemand hat sie gehört, nur Fungo fing aufgeregt an zu bellen.

Wer hängt einen Hund auf? Bei genauerem Hinsehen glaubt sie sogar, ihn zu kennen: Es ist einer der durchs Dorf streunenden Freunde von Saponett'. Was ist leichter, als sich an einem herrenlosen Hund zu vergreifen? Aber warum bloß?

Sobald Zaira zu Hause angekommen ist, schließt sie alle Türen ab. Sie verbarrikadiert sich in der Küche und setzt Wasser für eine Brühe auf, während Fungo sich mit seiner Zunge das noch immer von Eis verklumpte Fell säubert. Ob man sie wirklich davon abbringen will, die Suche fortzusetzen? Aber das würde ja nur zeigen, daß sie jemandem in die Quere kommt und demzufolge auf dem richtigen Weg ist. Wahrscheinlich hat Sal ihr die Wahrheit gesagt, wenn auch nur einen kleinen Teil von dem, was er weiß. Jetzt muß sie die Sache mehr denn je weiterverfolgen. Aber der Hund im Baum? Ob sie den Einschüchterungsversuch anzeigen sollte? Geh zur Polizei! ermuntert sie der Engel, dessen Flügel genauso steifgefroren und voller Eisklumpen sind wie das Fell an Fungos Schwanz. Jetzt geh' ich schlafen, morgen früh sehen wir weiter, antwortet sie, mittlerweile so müde, daß sie nicht einmal mehr richtig zu Abend ißt. Sie trinkt die heiße Brühe, stellt Fungo etwas zu fressen hin, kaut ein Stück bittere Schokolade mit Brot und geht ins Bett. Ich werde mich nicht entmutigen lassen, sagt Zaira fest entschlossen, während ihr vor Angst die Lippen zittern.

Der Warteraum des örtlichen Polizeireviers ist klein und selbst am Vormittag von Neonlicht erhellt. Er ist mit vier Holzstühlen und zwei Armstühlen aus braunem Plastik ausgestattet. Der Wachtmeister am Tisch sieht sie ungläubig an.

»Ein Hund, sagten Sie, ein erhängter Hund?«

»Ja, genau vor meinem Haus.«

»Und was meinen Sie, wer ...«

»Ich weiß es nicht. Ich möchte nur die Tatsache als solche anzeigen.«

»Wahrscheinlich handelt es sich um eine Streiterei zwischen den Hirten, irgendein kleiner Racheakt ohne jegliche Bedeutung, so was hab' ich durchaus schon erlebt.«

»Sie haben also schon mal einen erhängten Hund erlebt?«

»Nicht gerade einen erhängten Hund, aber andere kleine Bosheiten.«

»Aber warum in der Nähe meines Hauses?«

»Wohnen Sie nicht an dem Weg, der zu den Pferchen führt?«

»Das ja. Aber ausgerechnet an dem Baum, an dem ich jeden Tag vorbeikomme, wenn ich in den Wald gehe.«

»Und was machen Sie im Wald?«

»Ich suche nach meiner Enkelin Colomba, das weiß jeder.«

»Immer noch? Das ist doch mittlerweile fast ein Jahr her. Warum finden Sie sich nicht damit ab, Signora Zaira?«

Der Wachtmeister ist jung, er hat kurzgeschnittene Haare, ein offenes Gesicht und freundliche Augen. Er verhält sich ihr gegenüber nicht abweisend, sondern zeigt lediglich wenig Verständnis für die Hartnäckigkeit, mit der sie weiterhin in den Wäldern nach ihrer Enkelin sucht, und das mitten im Winter bei Kälte und Schnee.

»Sie wissen doch wohl, daß es gefährlich ist, so ganz allein im Wald herumzulaufen. Haben Sie denn gar keine Angst vor den Wölfen?«

»Nein, offen gestanden, habe ich nur Angst vor Männern mit Gewehren.«

Der Wachtmeister lächelt sie aufrichtig an. Er ist wirklich ein hübscher junger Kerl, denkt Zaira, während sie dem verborgenen Licht seiner klaren blauen Augen folgt. Aber sie sieht ein, daß es sinnlos war, hierherzukommen: Ihr Gesprächspartner glaubt nicht an eine Drohung. Für ihn ist die Suche nach Colomba nichts weiter als eine fixe Idee, und der erhängte Hund hat nichts mit ihr zu tun. Wurde der Fall denn nicht zu den Akten gelegt?

»Sie könnten sich verletzen, im Schnee steckenbleiben oder in eine Felsspalte fallen«, fährt der Wachtmeister fort, während er ein silbergerahmtes großes Foto mechanisch hin und her schiebt. Zaira reckt den Hals, um das Bild sehen zu können. Und im Laufe einer der Bewegungen, die er mit seinen zerstreuten Fingern macht, erkennt sie das Gesicht einer hübschen jungen Frau mit kastanienbraunen langen Haaren, die glücklich lächelnd ein zufriedenes pummeliges Kind im Arm hält.

»Ist das Ihre Frau?«

»Ja, und das ist mein Sohn.«

»Wie heißt er denn?«

»Massimo.«

»Wie der römische General, der die Samniten besiegt hat«, sagt Zaira mehr zu sich selbst, eingedenk der Erzählungen des Pferdehüters Cesidio. »Nach ihm hat man eine Straße benannt, wußten Sie das? Die Via Valeria, die dann später in Tiburtina umbenannt wurde. Und es gab sogar eine Stadt namens Valeria, doch die wurde irgendwann zerstört, und man weiß nicht einmal mehr, wo genau sie sich befand.«

Aber offenbar interessiert sich der Wachtmeister nicht für die römische Geschichte der hiesigen Berge. Er schaut durch das Fenster nach draußen, wo zwei Männer in dicken Winterjacken und mit dunklen Sonnenbrillen lebhaft diskutieren. Seine Finger sind jetzt ungeduldig, auch wenn er es aus Freundlichkeit nicht wagt, sie wegzuschicken.

»Also besteht Ihrer Meinung nach kein Grund zur Sorge.«

»Genau so ist es. Wer sollte Ihnen schon Böses wollen, da sie doch keiner Fliege etwas zuleide tun, zurückgezogen in Ihrem Haus leben, ein gewisses Alter erreicht haben und nicht in Rechtsstreitigkeiten oder sonstige Dorfquerelen verwickelt sind?«

»Ich bin froh, daß Sie das sagen. Aber dieser Hund da am Baum hat mich regelrecht schockiert. Vielleicht war er ja für jemand anderen bestimmt, aber ausgerechnet vor meinem Haus, Sie verstehen sicher, daß …«

»Wissen Sie, was wir machen? Ich gehe jetzt mit Ihnen und sehe mir die Sache mal an, dann kann ich mir ein genaueres Bild machen.«

Zaira traut ihren Ohren nicht. Rasch erhebt sie sich von ihrem Stuhl. Dann war dieses nervöse Herumgeschiebe des Fotos also doch kein Zeichen dafür, daß er sie loswerden wollte: Der Wachtmeister ist bereit, ihr eine halbe Stunde seiner kostbaren Zeit zu opfern, obwohl er glaubt, daß es sich um »eine Bagatelle« handelt. Sie folgt ihm, innerlich um Verzeihung bittend für das Mißtrauen, das sie ihm gegenüber gehegt hat. Dieser Wachtmeister ist offenbar doch ein gewissenhafter, pflichtbewußter Mensch.

Draußen angekommen, besteht ihr Begleiter darauf, den Polizeijeep zu nehmen, obwohl sie ihn mehrmals darauf hinweist, daß es zu Fuß nur zehn Minuten sind. Er jagt über die verschneite Straße, nimmt jede Kurve mit routiniertem Geschick. Zaira klammert sich an den Türgriff und bereut, daß sie nicht zu Fuß gegangen ist. Der Wachtmeister hat es eilig und ist mit seinen Gedanken woanders, doch er steuert, kräftig Gas gebend und immer wieder ins Schleudern geratend, auf ihr Haus zu, das etwas außerhalb des Dorfes direkt am Waldrand liegt.

Der Jeep hält genau an der Rampe, die zu ihrem Haus hinaufführt. Der Wachtmeister schlägt die Tür zu und macht sich nicht die Mühe abzuschließen; es ist ja sowieso bekannt, daß alle im Dorf ihre Autos offen und sogar den Schlüssel stecken lassen, und passiert ist noch nie etwas. Behende läuft er ihr voraus und bleibt breitbeinig auf der Schwelle ihres Hauses vor der geschlossenen Tür stehen.

»Wollen Sie hereinkommen? Kann ich Ihnen einen Kaffee anbieten?«

»Nein, ich möchte so schnell wie möglich aufs Revier zurück, ich habe zu tun.«

Zaira geht mit ihm den Weg entlang, der in den Wald führt. Nach wenigen Minuten stehen sie vor der schneebedeckten Ulme. Aber der Hund ist nicht mehr da. Zaira hebt ihren Arm, um auf den Ast zu deuten, ihre Stimme droht zu versagen.

»Nun, wo ist dieser Hund?«

»Man hat ihn fortgeschafft. Hier hing er.«

»Und wer soll ihn fortgeschafft haben?«

»Was weiß ich, irgend jemand.«

Der Wachtmeister schaut sie zweifelnd an. Es ist klar, was er denkt: Diese Frau sieht Gespenster. Wie soll man sie am besten behandeln? Wie eine arme Irre, indem man auf ihre Hirngespinste eingeht? Oder ihr offen ins Gesicht sagen, daß sie ihn wegen nichts behelligt hat? Unschlüssig wippt er von einem Fuß auf den anderen.

Mittlerweile ist Zaira an den Baum herangetreten und untersucht ihn aus der Nähe. »Sehen Sie, der Ast ist abgebrochen, und hier hängt noch ein Stück Seil. Schauen Sie sich das mal an.«

Der Wachtmeister kommt zu ihr. Er betrachtet das scharf abgeschnittene Seil und den Knoten, mit dem es an dem abgebrochenen, aber noch nicht vom Stamm abgetrennten Ast befestigt ist. Jetzt glaubt er ihr vielleicht. Doch er mißt der Sache keine Bedeutung bei, wie man an seinem Gesicht ablesen kann.

Diesem schönen Gesicht, das Sicherheit, Höflichkeit und Vertrauen ausstrahlt, fehlt jegliche Vorstellungskraft.

Am nächsten Morgen, als Cesidio an ihrem Haus vorbeiläuft, springt Zaira aus dem Bett und reißt das Fenster auf, um ihn aufzuhalten. »Cesidio!«

»Was gibt's, Zaira, um diese Zeit schon aus den Federn?«

»Kommst du auf dem Rückweg auf einen Sprung herein?«

»Natürlich, so in einer Stunde. Krieg' ich dann eine Tasse von deinem vorzüglichen Kaffee?«

»Ja, sicher, und auch einen von meinen vorzüglichen Keksen.«

Sie sieht ihm nach, wie er sich entfernt, ganz eingemummt, hinter ihm seine Pferde, die wegen der Kälte ein langes, dichtes Fell bekommen haben, fast so wie Bären.

Heute scheint die Sonne, und der Schnee blendet die Augen mit seinem metallischen Glitzern. Zaira duscht, bereitet das Fressen für Fungo vor, zieht sich in aller Eile vor dem elektrischen Heizofen an, setzt den Kaffee auf. Cesidio erscheint pünktlich nach einer Stunde, die dicken Schuhe voller Schnee, der bei der Wärme in der Küche sofort schmilzt.

»Entschuldige, wenn ich dir den Boden schmutzig mache.«

»Ich wisch das gleich weg, mach dir keine Sorgen.«

Cesidio setzt sich an den Tisch mit der Marmorplatte. Zaira stellt ihm den heißen Kaffee hin; auf einem kleinen Holzteller liegen selbstgebackene Kekse mit einer Füllung aus Brombeermarmelade.

»Sind das Brombeeren aus dem Tal?«

»Nein, aus Gioia Vecchio. Es gibt nur ganz wenige, und mickrig sind sie obendrein, aber ich kenne die geheimen Plätze, die Wiesen mitten in den Wäldern, wo sie fast ganz versteckt wachsen.«

»Köstlich, diese Marmelade … wolltest du mir was erzählen?«

»Ja, Cesidio, gestern, als ich aus den Bergen zurückkam, habe ich hier in der Nähe auf dem Weg zu meinem Haus einen erhängten Hund gefunden.«

»Einen erhängten Hund? Was für einen Hund?«

»Schwarz, mit langem Schwanz und Stummelohren, ein Mischling, aber ich glaube, er hatte was von einer Dogge.«

»Verdammt! Und wo ist er?«

»Man hat ihn fortgeschafft. Am Ast ist nur noch ein Stück Seil zurückgeblieben, willst du es sehen?

»Es ist bestimmt einer von diesen Mischlingshunden, die herrenlos im Dorf herumstromern. Wenn sie ihn nicht aufgehängt hätten, wäre er vergiftet worden. Ab und zu macht eben mal einer Tabula rasa, zur großen Verzweiflung von Saponett'.«

»Ein Giftköder, das kenn' ich, aber daß man einen Hund erhängt, das versteh' ich nicht, was soll das?«

»Man hat es bestimmt nicht auf dich abgesehen, sondern auf den Hund selbst. Vielleicht hat er ein paar Schafe gerissen oder der Katze von irgend jemandem den Garaus gemacht. Du weißt doch, was Hunde machen, wenn sie eine Katze erwischen, sie schütteln sie so lange, bis sie ihr die Wirbelsäule gebrochen haben, besonders den Jungen.«

»Hast du so was schon mal gesehen?«

»Krieg ich noch einen Keks? Zà, wie machst du das eigentlich, daß du auch im Winter so braungebrannt bist? Weißt du, mit den Sommersprossen siehst du wirklich aus wie ein junges Mädchen!«

»Das kommt daher, weil ich immer draußen bin, und mit dem Schnee wirkt die Sonne noch stärker.«

»Stell dir vor, heute nacht hab' ich geträumt, ich lebte zur Zeit der Normannen. Es war Anfang des elften Jahrhunderts, und hier in Touta regierten die Borrello. Die Normannen hatten gerade Benevent eingenommen, und um sie zu vertreiben, wandte sich Papst Leo IX. an die Burgherren der Gegend. Und so kam es, daß ich Soldat in dieser kleinen Privatarmee wurde, die die Borrello mit Leuten aus dem Ort aufgestellt hatten. Genau an jenem Tag riefen sie die jungen Männer im

Hof der Burg von Mancina zusammen. Also fand ich mich dort ein. Im Traum sagte ich zu mir: Ja, aber die Burg ist doch völlig zerstört, sie sieht wie ein kariöser Zahn aus. Schau doch mal hin! sagt einer zu mir. Und als ich aufblicke, sehe ich eine intakte Burg vor mir, wunderbar mit ihrem grauen Stein, den über den Felsen aufragenden Schutzwällen, den Backsteintürmen, den zinnengekrönten Terrassen. Was mach' ich jetzt? Und ehe ich mich's versah, war ich auch schon zu Fuß auf dem Weg hinauf zur Burg: in weiten, groben Wollhosen, mit langen roten Strümpfen, einem Überrock und einem Umhang, in den ich mich so eingehüllt hatte, daß nur noch meine Nasenspitze herausguckte. Kalt war es, obwohl Frühling war. Es hatte noch nicht sieben geschlagen. Ich lief und war glücklich darüber, zu der Burg hinaufzusteigen. Dabei war ich keineswegs der Cesidio von heute, sondern ein viel jüngerer Cesidio, und der Krieg gegen die Normannen machte mir keine angst, sondern im Gegenteil, er reizte mich. Die Borrello würden mir ein Pferd geben und eine eiserne Rüstung und einen von diesen Helmen, die sich mit einem Ruck unten am Hals schließen lassen und bei denen man von außen nichts sieht, während du von innen durch die Spalte den Feind vor dir genau beobachten kannst. Schnellen Schrittes stieg ich hinauf in dem Glauben, sie würden uns vielleicht sogar Wein und ofenfrisches Brot anbieten. Oben auf der Burg gab es nämlich einen Bäcker, der es verstand, ein ganz ausgezeichnetes Brot zu backen.«

»Und im Traum wußtest du alle diese Dinge?«

»Es war ein sehr, sehr langer Traum und voller, voller … aber ich war so glücklich, überglücklich, zu dieser nagelneuen unversehrten Burg hinaufzusteigen … ich war glücklich darüber, in den Krieg gegen die Normannen zu ziehen, glücklich, eine eigene Rüstung zu tragen, glücklich, das frische Brot des Bäckers von Mancina essen zu können. Und ich lief und lief, während ich unten ganz dicht um die Kirche herum das Dorf liegen sah mit seinen grauen Dächern und den rauchenden Schornsteinen. Ich war richtig glücklich …«

Zaira schaut ihn an, während sie sich mit verträumten Augen den letzten Tropfen des mittlerweile kalten Kaffees einschenkt und sich noch einen Keks mit Brombeerfüllung in den Mund schiebt.

»Und dann?«

»Und dann, und dann, meine liebe Zaira, bin ich aufgewacht, und alles war verschwunden. Die Burg hab' ich mir vorhin noch mal einen Moment angesehen, als ich hierherkam, eine ganz erbärmliche Ruine, in ein oder zwei Jahren wird sie wohl völlig verfallen sein, die Bäume sind nicht mehr die von einst, das Dorf ist unheimlich gewachsen, es ist häßlich, voller schlecht erzogener Touristen, und alle denken nur an Geld, Geld ...«

»Du hast eine blühende Phantasie, Cesidio, du machst mir wirklich gute Laune. Für dich existiert die Zeit nicht. Deine Welt ist die Geschichte, darin schwelgst du und läßt auch mich darin schwelgen.«

»Ich, ein gebürtiger Toutaner, betrachte mich als Nachfahre der Pelasger. Das waren Menschen mit Phantasie, weißt du. Und das war auch das einzige, was sie hatten, ansonsten waren sie arm und wurden von allen besiegt, von den Griechen, den Etruskern, den Latinern, aber sie hatten Phantasie. Die Römer nannten sie Safin, die Safin, diese verflixten Safin!, diese verdammten Safin! Aber sie hatten Angst, weil wir kämpfen konnten. Meiner Meinung nach kommt auch unsere Sprache, so verstümmelt, wie sie ist, so ohne Vokale, von ihnen, von den Pelasgern.«

»Die Pelasger? Lebten die nicht in Griechenland, und zwar noch vor den Athenern und den Spartanern?«

»So ist es. Weißt du, wie den Pelasgern zufolge die Welt entstanden ist? Am Anfang, also ganz am Anfang, gab es ein großes Ei, und es gab Eurynome, die Meeresgöttin, die halb Frau, halb Fisch war. Eurynome wollte das Ei ausbrüten, aus dem die Welt schlüpfen sollte, doch dann kam Ophion, ihr Mann, und sagte zu ihr: Das ist meins, ich will es ausbrüten, ich kann das besser als du. Eurynome, die das Ei gelegt hatte und daran hing, jagte ihren Mann davon und machte sich mit so viel Hingabe und Geduld ans Ausbrüten, daß es sich vorzeitig öffnete, und aus der Schale kamen Erde, Flüsse und alle lebenden Kreaturen. Hochzufrieden erzählte Ophion überall herum, er sei derjenige gewesen, der all das Gute in die Welt gesetzt habe. Die beiden fingen an zu streiten. Aber der Streit führte zu nichts Gutem, denn in der Zwischenzeit erschienen Kronos und Rheia, der Gott der Zeit und die Göttin der Erde, die sich der ganzen Schöpfung bemächtigten und sowohl Ophion als auch Eurynome in den Tartaros sperrten.«

»Mit deinen Geschichten hast du alle meine düsteren Gedanken vertrieben, Cesidio. Den erhängten Hund verbanne ich aus meinem Kopf. Er wird wohl ein Schaf angefallen haben, so wie du sagst, und dafür wurde er bestraft.«

»Suchst du immer noch nach deiner Enkelin Colomba?«

»Hältst du mich auch für verrückt?«

»Ich halte dich für hartnäckig. Doch manchmal sind die Götter den Dickschädeln, wie du einer bist, gewogen. Viel Glück, Zà.«

Zaira schaut ihm nach, wie er langsam hinter der Fensterscheibe verschwindet, mit seinen langen Beinen, die vom vielen Reiten ganz krumm sind, den glatten braunen Haaren, die ihm locker in die hohe Stirn fallen, und dem Gang eines Träumers.

Sie räumt die Küche auf. Streift sich die Gummistiefel über und bereitet sich auf einen weiteren Tag der Suche vor.

»Erzähl mir was, Mama!«

Dieses Kind wird niemals in die weite Welt hinausgehen, denkt die Mutter, während sie die Füße betrachtet, die inzwischen groß geworden sind und auf Berge steigen könnten. Aber der Kopf ist immer noch der eines verträumten kleinen Mädchens, das nach Geschichten verlangt, immer nur nach Geschichten.

»Ich weiß nichts mehr. Schlaf jetzt!«

»Ich schlaf' nicht eher, bevor du mir nicht erzählt hast, wie die Geschichte von Zaira und ihrer Enkelin Colomba ausgeht.«

Die Mutter lächelt. Sie streckt ihre steif gewordenen Beine von sich. Dann räuspert sie sich, um die Geschichte weiterzuerzählen. Ihre silbrigen Haare winden sich schlangenähnlich aus den Spangen. Die Tochter sieht sie bekümmert an: Wann hat sie eigentlich diese grauen Haare bekommen? Bis gestern waren sie doch noch blond. Bitte, Mama, weck mich auf, ich träume, daß ich groß werde und daß du immer älter wirst. Ich flehe dich an, erzähl mir eine Geschichte! Nur Geschichten können die Zeit anhalten.

Zaira hat Schwierigkeiten mit den Schneeschuhen, weil ein paar Bänder gerissen sind. Bei jedem Schritt, den sie tut, hebt sie zwei Kilo Schnee mit hoch. Außerdem läuft es sich an diesem Tag schlecht, weil die Temperatur gestiegen und der Schnee pappig und schwer ist; immer wieder bilden sich Klumpen. Fungo sinkt mit seinen Vorderpfoten ein, und um sich zu befreien, ist er gezwungen, die reinsten Akrobatensprünge hinzulegen. Lachend sieht sie ihm dabei zu. Fungo gibt ein beleidigtes Schnaufen von sich. Er mag es nicht, wenn man sich über ihn lustig macht.

»Heute kommen wir nicht gut voran, Fungo, der Schnee ist wie Brei und trägt weder dein Gewicht noch meins.«

Und so war die Erkundungstour, die sie diesmal auf die Rückseite des Monte Marsicano führte, dort, wo sich die Wälder des Monte Ninna befinden, nicht so lang wie gewöhnlich, als Zaira mit Fungo nach Hause zurückkehrt.

Im Haus ist es kalt. Der Ofen ist ausgegangen, und sie hat nichts zu essen eingekauft. Sie zieht ihre Winterjacke aus, an der sich der Schnee festgesetzt hat, schlüpft aus den nassen Schuhen und macht ein Feuer an. Anschließend bereitet sie sich eine heiße Milch, gibt einen Schuß Cognac und etwas Honig hinein. Draußen ist es mittlerweile dunkel geworden.

Jetzt ist Fungo dran, er hat seit dem Vorabend nichts zu fressen bekommen: Für ihn hat sie eine Portion Fleisch mit Reis. Dann holt sie ihre Wörterbücher hervor und arbeitet an der Übersetzung von *El burlador de Sevilla.*

Iuro, ojos bellos / que mirando me matáis … So lauten die süßen Worte Don Juans, mit denen er sich an die gerade aktuelle Geliebte wendet, doch Zaira ist mit ihren Gedanken woanders. Sie kann das Bild des Hundes mit der heraushängenden Zunge, den verdrehten Augen und dem Schaum vor der Schnauze einfach nicht aus dem Kopf bekommen. Cesidios aufmunternde Worte sind verflogen, und geblieben ist der am Ast aufgehängte schwarze Hund. Wer kann so grausam sein, einen unschuldigen armen Hund aufzuhängen? Und wenn es hier in der Gegend jemanden gibt, der zu solch einer Greueltat fähig ist, auch wenn es sich nicht um eine Warnung an sie handelt, besteht gewiß kein Grund, beruhigt zu sein. Jemand, der es fertigbringt, einen Hund aufzuhängen, bringt es auch fertig, einen Menschen zu töten oder ein Haus auszurauben. Trotz Cesidios beschwichtigender Worte ist sie beunruhigt. Also steht sie auf und beschließt, Maria Menica zu besuchen – noch so ein Mensch, der ihr Vertrauen einflößt.

Maria Menica ist nicht zu Hause. »Wo ist sie hingegangen?« fragt Zaira Saponett', den Sohn, der mit nacktem Oberkörper und einer Dose Bier in der Hand durch die Wohnung läuft. Seine Nase ist gepierced, auf seinem weißen Arm prangt ein Falke mit auffälligen Flügeln, offenem Schnabel und wild dreinblickendem Auge.

»Guck mal, Zà!« sagt er und zeigt ihr, wie er durch die Bewegung seiner Armmuskeln bewirkt, daß der Falke die Flügel hebt und senkt.

»Ich hab' dich gefragt, wo deine Mutter hingegangen ist.«

»Sie verhilft einer weiteren unglücklichen Kreatur auf die Welt. Mit den Kindern ist das so wie mit den Hunden, alle streicheln sie, bejubeln sie, doch sobald sie groß sind, werden Giftköder ausgelegt, verstehst du, dann heißt es, sie wären zu viele und würden stören … Verdammt, was für ein Scheißdorf! Paß ja auf deinen Hund auf, denn hier wird keine Rücksicht genommen.«

»Kennst du Sal?«

»Wen?«

»Sal, der kommt doch oft ins Rombo, wo du arbeitest.«

»Ich geh' nicht mehr ins Rombo. Nur weil ich mal einen kleinen Kater, über den ein Lkw gebrettert war, reingeholt und mit den Servietten im Lokal saubergemacht habe, hat Marione mich rausgeschmissen.«

»Hast du ihn denn gekannt?«

»Den Kater?«

»Nein, Sal.«

»Das ist ein Arschloch.«

»Du kennst ihn also?«

»Nein. Aber wo der auftaucht, gibt's Zoff.«

»Was für Zoff?«

»Du hast mir noch nicht gesagt, wie du meinen Adler findest.«

»Ich dachte, das wär' ein Falke. Wo hast du dir den machen lassen?«

»In Pescara. Da ist einer, der das gut kann. Ich glaub', der kennt auch Sal.«

»Kommt Sal aus Pescara?«

»Weiß ich nicht. Aber einmal hab' ich ihn da in der Stadt gesehen, bei Ci'batt'.«

»Und wer ist Ci'batt'?«

»Der kommt eigentlich aus Touta, hatte aber irgendwann die Nase gestrichen voll, weil er sich hier zu Tode gelangweilt hat. Deshalb ist er nach Pescara gegangen, hat einen Tätowierkurs besucht und dann einen Laden aufgemacht. Nebenbei verkauft er aber noch einen Haufen anderes Zeug, das ist ein ganz durchgeknallter Typ, aber seine Arbeit beherrscht er super.«

»Kommt er schon mal nach Touta?«

»Ja, ab und zu besucht er sonntags seine Mutter.«

»Und wo kann ich Maria Menica finden?«

»Sie hat mir gesagt, daß sie nach der Geburt noch in die Messe gehen wollte.«

Zaira macht sich auf den Weg in Richtung Kirche. Es ist gleich sieben, die Zeit der Abendmesse. In der Kirche befinden sich fast ausschließlich Frauen. Einige sitzen schwarzgekleidet, mit Rock und dicken Halbstiefeln in den vorderen Reihen und warten auf Don Paolo, seit kurzem Nachfolger des beliebten Don Pasqualino, der im Alter von über neunzig Jahren an Lungenentzündung gestorben ist. Bald fängt die Messe an. Vorn am Altar macht sich Capp'litt' zu schaffen, der Sohn des Fischhändlers, er trägt kleine Gefäße herbei, zündet Kerzen an. Jedesmal, wenn er an der schwarzen Madonna vorbeikommt, macht er eine kurze Verbeugung und geht weiter. Ohne die Schultern einzuziehen, eilt er auf seinen kurzen, kräftigen Beinen flink hin und her.

Zaira nimmt in einer der leeren Reihen im hinteren Teil der Kirche Platz und sieht sich um. Der Altar wird überragt von der riesigen Statue der schwarzen Madonna, die vorübergehend aus der Wallfahrtskirche hierhergebracht wurde. Sie sieht merkwürdig aus: Obwohl sie die Hautfarbe der Schwarzafrikaner hat, weist sie die somatischen Züge einer von Giotto porträtierten Italienerin auf: ovale Augen, sehnsüchtig und bescheiden, ein Kindermund, den Kopf in Demut geneigt, im Arm ein Kind, das so weiß ist wie Milch. Eine amerikanische Freundin von Angelica, die eine wissenschaftliche Untersuchung über schwarze Madonnen durchgeführt hat, behauptet, daß die Kirche den Kult um die Göttin der Erde, die einst durch das Bildnis pechschwarzer Statuetten verehrt wurde, durch den der christlichen Madonna ersetzt habe. Damit sei die

Farbe übernommen worden und der Ort des Kultes erhalten geblieben. Es ist eine schöne Holzstatue aus der Zeit des Benediktinermönchs Cesidio, der im Jahre 980 loszog, um Papst Benedikt VII. um Schutz zu bitten.

Seit langem hat sie die Kirche nicht mehr betreten. Vielleicht seit Angelicas Tod nicht mehr. In jener schlaflosen Nacht an ihrem Bett im Krankenhaus von Pescina, als sie die Gesichtszüge betrachtete, die sich in der Kälte des Todes entspannten, hat sie gespürt, wie ihr der Glaube abhanden kam. Es fiel ihr schwer, an einen liebenden Gott zu glauben, der sich um die Welt kümmert und sich zärtlich über jedes Lebewesen beugt. Es kam ihr plötzlich so vor, als würde das Universum von Chaos, Grausamkeit und Gleichgültigkeit beherrscht. Sie konnte nicht einmal weinen. Ihre Kehle war ebenso ausgetrocknet wie ihre Augen. Die Tränen hatte sie alle schon vorher vergossen, als sie die Nachricht von ihrem Tod erreichte. Kalt und bürokratisch, aufgezeichnet auf ihrem Anrufbeantworter: »Frau Angelica Mitta hatte einen Verkehrsunfall an Kilometerstein fünfzehn auf der Staatsstraße nach Pescara. Sie wurde ins Krankhaus von Pescina verbracht, wo sie trotz sofortiger medizinischer Betreuung verstarb. Die Angehörigen werden gebeten, den Leichnam zu identifizieren.«

Aber was machte sie allein um zehn Uhr abends auf dieser verlassenen Straße? Vielleicht wollte sie ja nach Touta, wahrscheinlich war sie betrunken, die Straße vereist. Im Krankenhaus waren alle sehr freundlich. Ein junger Arzt mit geduldiger Stimme begleitete sie in das Zimmer, wo man versucht hatte, ihre Angelica zu reanimieren. Und dort sah sie sie durch ihre Tränen hindurch und bemerkte, daß sie völlig durchnäßt war, als hätte man eimerweise Wasser über ihr ausgegossen. Triefende Haare, ein zerschundenes Gesicht, die Arme voller blauer Flecke und Wunden. Sie werden sie wohl gewaschen haben, sagte sie zu sich, sie werden sie gewaschen haben, aber warum gewaschen? Wasser lief in Strömen aus ihren rötlichen

Haaren, Wasser bedeckte sie von oben bis unten, Wasser lief aus ihren weißen Ohren, Wasser perlte ihr aus der Kehle, aber warum, warum, fragte sie sich, wohl wissend, daß sie keine Antwort bekäme. Ihre Gedanken standen still wie ein störrisches Maultier und verharrten, gebannt und verloren, auf der Schwelle eines jeden Wortes. Die Hände zitterten ihr so sehr, daß sie es nicht einmal schaffte, ihren Mantel auszuziehen. Ich muß gehen, ich muß gehen, diesen Anblick ertrage ich nicht, ich kann sie nicht anschauen, ich werde sie niemals anschauen können, wiederholte sie mechanisch. Sie wollte ihre Tochter nicht in solch einem Zustand sehen. Doch gleichzeitig war es ihr unmöglich, einen Schritt zur Tür zu tun. Wie angenagelt blieb sie neben dem Bett stehen, während die Krankenschwestern Angelica anzogen und kämmten. Der junge Arzt brachte ihr einen Kaffee. »Möchten Sie?« fragte er höflich, wobei er sich zu ihr hinunterbeugte. Aber eine heftige Geste beförderte Tasse und Unterteller in hohem Bogen durch die Luft, bis sie in tausend Scherben auf dem Boden landeten. Der Arzt verzog keine Miene. Er beschränkte sich darauf, mit der Zunge zu schnalzen, als müßte er eine wütende Katze besänftigen, und ließ sie dann mit ihrer Tochter allein.

Sie glaubte, sie würde es nicht schaffen, in diesem anonymen Krankenhauszimmer vor Angelicas Leichnam stehen zu bleiben. Aber die Worte von Calderón halfen ihr: *Meine Augen, spüre ich, / wollen tiefer in dich dringen; / mag die Gier Verderben bringen, / nimmer lassen sie von dir: / sehend sterb ich vor Begier, / ganz dein Bildnis einzuschlingen!* Und tatsächlich blieb sie und sprach zu ihr, wie sie es im Leben nie getan hatte. Worte oder vielleicht auch nur Gedanken einer Schreckensnacht, aus der sie beschädigt hervorgehen würde, einen Schmerz annehmend, der eigentlich unannehmbar war.

Lange und mit viel Liebe betrachtete sie ihre schwierige tote Tochter, und es kam ihr so vor, als sähe sie sie lächeln. Sogar die Wimpern bewegten sich leicht, als unternähme sie eine enorme Kraftanstrengung, um die Augen zu öffnen. Aber das machte ihr keine angst, im Gegenteil, sie kniete sich vor das Bett und nahm eine Hand der Toten in ihre und versuchte, sie zu wärmen. Wie groß und hart deine Hände geworden sind, Angelica, deine ganze Qual steckt in diesen Händen, darin steckt die Hausfrau, die du geworden bist, nachdem du Zigeunerin, Rebellin, Revolutionärin warst. Obwohl du jetzt so eiskalt daliegst, mein Kind, so weiß ich doch, daß deine Ohren mich hören, auch wenn sie aus Marmor sind. Sie haben die graue Farbe des Marmors, den man auf Friedhöfen findet. Grau ist die Farbe des Todes, nicht wahr, das weißt du auch, es ist nicht das Weiß des Jesuskindes und auch nicht das Schwarz der Madonna vom Monte Tranquillo, es ist das Weißgrau eines widerspenstigen, starren, eleganten, aber erinnerungslosen Marmors. Wer weiß, warum dein Tod von so viel Wasser begleitet war, als wärst du im Meer ertrunken. Deine Haare sind immer noch naß, ist dir nicht kalt? Weißt du noch, wie wir mit Cignalitt' ans Meer gefahren sind, nach San Vito Chietino, wo wir das Boot von Musc'tt genommen haben, ich bin gerudert, und du hast mir die Geschichte von dem Fischer erzählt, der einen Fisch mit einem goldenen Ring im Leib findet, kannst du dich noch daran erinnern? Du hast dich kopfüber ins tiefe Wasser gestürzt und warst verschwunden. Voller Panik hab' ich mich über den Bootsrand gebeugt, und dann bist du an der anderen Seite wieder aufgetaucht wie ein fliegender Thunfisch, die langen Haare klatschnaß über Gesicht und Hals verteilt. Ma, gib mir die Schokolade! war dein Lieblingssatz, wenn du von der Kälte Gänsehaut bekamst. Ich habe nie ein Kind gesehen, daß so viel Schokolade gegessen hat wie du. Du hättest dich ausschließlich davon ernähren können. Ich wollte dir eigentlich nicht soviel geben, aber dann, die Tatsache, daß du ohne Vater, ohne richtiges Zuhause aufgewachsen bist und immer allein warst … vielleicht hab' ich dich verwöhnt, ich wäre gern strenger zu dir gewesen, aber dann hast du mich angeschaut wie ein Opferlamm, und ich hab' nachgegeben, immer hab' ich nachgegeben. Das war falsch, ich glaube wirklich, ich hab' alles falsch gemacht mit dir, von Anfang bis Ende.

Vielleicht hast du mir nicht verziehen, daß ich das mit Cignalitt' nicht verstanden habe. Das ist es, was du mir nicht verziehen hast, stimmt's? Aber Cignalitt' war ein großherziger Mensch, er hat uns immer geholfen, obwohl er nicht mein Vater war. Cignalitt' hatte dich gern, er betete deine Großmutter Antonina an, las ihr jeden Wunsch von den Augen ab und akzeptierte eine Tochter, die nicht von ihm war. Ich erinnere mich noch, wenn er mich huckepack nahm, und ich sagte »lauf, lauf, Cignalitt'« und verlangte, daß er mit mir auf der Schulter einen Abhang hinunterrannte, selbst wenn alles voller Eis war, und er gehorchte, nur um mich zufriedenzustellen. Er ist auch nie hingefallen, weil er trotz allem vorsichtig war und wußte, wie man sich, ohne auszurutschen, auf vereistem Boden bewegt, schließlich ist er ja auch hier in den Bergen geboren. Ich erinnere mich noch, daß er bei Antoninas Tod zwei Nächte lang bei ihr wachte und weinte, immerzu weinte er, Angelica, er hatte schon keine Tränen mehr und weinte trotzdem immer weiter, das Gesicht in seinen großen Händen vergraben, und dabei rief er: Meine Antonina, meine Antonina! Ich habe versucht, ihn zu trösten, habe ihm gesagt, daß es ihr jetzt besser geht, daß sie im Paradies ist, nachdem sie so viel gelitten hat, daß sie gut zu allen war und sich bestimmt in einem wunderbaren Wald im Himmel befindet, in einem schönen Haus, und daß sie ganz bestimmt ihre Mutter wiedertrifft, die stets elegant gekleidete Metzgersfrau, und ihren Vater Geremia mit der vom vielen Wurstmachen blutverschmierten Schürze. Doch der arme Cignalitt' hörte nicht auf zu weinen.

Die Geschichte unserer Familie hat dich begeistert. Und ich hab' erzählt, hin und her springend wie eine unruhige Katze, aber du konntest nie genug bekommen. Wie war Großvater Pitrucc' i pelus'? hast du mich gefragt. Schüchtern war er, kräftig, ein guter Waldarbeiter, der sich auf den Kommunismus kapriziert hatte. Und in seinem Herzen hegte und pflegte er einen blühenden Garten, wo die Menschen nackt herumliefen wie im Paradies, liebevoll miteinander sprachen, wo niemand einem anderen Böses zufügte und alle in Harmonie miteinander lebten. Für diesen Traum riskierte er, von den Faschisten getötet zu werden. Er wurde sowohl von den Deutschen gesucht, die ihn nach Deutschland schicken wollten, als auch von seinen eigenen Landsleuten, die ihn totschlagen wollten, um zu verhindern, daß er die Idee des Kommunismus verbreitete, der für sie eine um jeden Preis zu vermeidende Gefahr darstellte. Siehst du die Kosakenpferde, die am Brunnen auf der Piazza San Pietro Wasser trinken? Es hieß, mit der Ankunft der Russen würden die Kirchen zerstört, die Priester ins Gefängnis gesteckt und den Menschen, die beten wollten, die Zunge abgeschnitten. Wenn das der Kommunismus sein soll, meinten sie, müßte man alles daransetzen, um ihn zu verhindern, und sei es durch Spionieren, Denunzieren, Verleumden, Töten, jedes Mittel war recht. Nur wenige, darunter Pitrucc' i pelus' und einige seiner jungen Genossen, die Bücher lasen und die weisen alten Sozialisten reden hörten, nur sie wußten, wie viele Lügen die »Eia Eia Alalà«-Faschisten verbreiteten. Nur sie waren sich darüber im klaren, daß diesem nach außen drastisch erscheinenden Programm zur Egalität eine freundliche, sorgsam überlegte Idee zugrunde lag, eine Aufforderung, alle Unterschiede zu respektieren, eine besondere Achtsamkeit für die Bedürftigen, für die Elenden dieser Welt, für diejenigen, die Ungerechtigkeit erdulden mußten, für die, die für wenige Lire zwölf Stunden am Tag schufteten. Nur sie konnten erkennen, wieviel Zündstoff sich in dieser Utopie verbarg. Deshalb war Pitrucc' i pelus' gezwungen, nach Australien zu gehen und meine schwangere Mutter zu verlassen.

Jetzt gilt es, an Colomba zu denken, an das Kind, das du mir anvertraut hast, liebe Angelica. Wenn du sie nur ein bißchen mehr geliebt hättest, wärst du vielleicht nicht betrunken in dein Auto gestiegen. Aber ich will dir keinen Vorwurf machen, verzeih mir, ich will dir nur sagen, daß du unbesorgt sein kannst, ich werde mich um Colomba kümmern. Ich werde versuchen, ihr Mutter und Vater zu ersetzen, denn Valdo läßt sich ja auch nicht mehr blicken.

Zaira beugt sich über das schöne, noch immer feuchte Gesicht ihrer Tochter und drückt die Lippen auf ihre Stirn. Wo kommt bloß das ganze Wasser her? Stell keine Fragen, erzähl weiter, Ma, erzähl mir noch was von Großvater Pitrucc' i pelus'! Es schien ihr, als spräche eine Stimme ohne Stimme, und so fuhr sie fort.

Dein Großvater ertrug weder die Ungerechtigkeit noch den Rassismus, noch die Gewalttätigkeiten dieser Rechthaber, die ihm vorschrieben, wie er zu leben, was er zu lesen und wie er zu beten hatte. Deshalb ist er der im Untergrund agierenden Kommunistischen Partei der Abruzzen beigetreten. Heimlich ging er zu den Versammlungen, die in Ortona dei Marsi stattfanden, um die Geschichte besser zu begreifen. Manchmal machte er sich unter dem Vorwand, er müßte die Wolle seiner Schafe verkaufen, auf nach L'Aquila und war einen ganzen Tag lang auf dem Rücken eines Maultiers unterwegs, doch in Wirklichkeit wollte er nur Romolo di Giovannantonio hören. Als Kind habe ich häufig mitbekommen, daß man über ihn sprach, er kam aus Chieti, mußte aber bald nach Amerika flüchten, wo er sich an der Gründung der dortigen Kommunistischen Partei beteiligte. Er kam dann aber nach Italien zurück, um die vom Faschismus aufgelöste Gruppierung in den Abruzzen wieder neu aufzubauen. Im Jahre 1936 wurde er in Genua verhaftet. Ich war noch nicht geboren, aber ich erinnere mich, daß Jahre später im Dorf über ihn gesprochen wurde, es hieß, er hätte Schneid bewiesen, als er ein Jahr lang im Zuchthaus des Sondergerichts saß, ohne sich zu verkaufen, ohne einen der Seinen zu verraten. 1942 ist er im Zuchthaus von Pianosa an Tuberkulose gestorben.

Die Parteiversammlungen fanden in einem engen Keller zwischen Linsensäcken und Brennholzstapeln statt. Dort studierten ausgehungerte, fiebrige junge Menschen aus Opi, Pescasseroli oder Barrea den Kommunismus anhand der Texte von Marx und Lenin, analysierten die Wirtschaftsstrukturen und ihre Auswirkungen auf das Schicksal der Völker. Ein Lehrer, ein politischer Aktivist, erzählte ihnen die Geschichte ihres Landes, wie sie sich jenseits der Vereinfachungen und Vergröberungen der faschistischen Schule darstellte. Er erzählte ihnen Dinge, die nicht in den Zeitungen standen. Dinge, die man weder beschreiben noch denken durfte. Zum Beispiel über die Anfänge des Faschismus: Mussolini begann zu einer Zeit mit der Gründung der Kampfbünde, als er mit den Sozialisten liebäugelte und das allgemeine Wahlrecht, die Verstaatlichung der Fabriken und die Beschlagnahmung der kirchlichen Besitztümer forderte. Sein Programm entflammte die Herzen vieler Menschen, die ihn für einen Erneuerer hielten. Doch innerhalb weniger Jahre nahm er alles zurück und verbündete sich mit den Industriellen, mit der Kirche und mit König Viktor Emanuel III. Da mittlerweile die Wahlen näher rückten und die Industriellen Angst hatten vor dem, was in Rußland geschah, wo Grund und Boden konfisziert und die Reichen den anderen, sprich den Armen, gleichgestellt wurden, sagten sie ihm ihre Unterstützung für den Fall zu, daß er seine sozialismusfreundlichen Ideen aufgab und sich an die Spitze ihrer antikommunistischen Fraktionen stellte. Und so gründete er die faschistischen Bünde, die Schlägertrupps, die in die Häuser der Bevölkerung eindrangen, die Arbeiter niederknüppelten, die Bauern verprügelten und des Nachts durch die Straßen zogen, um diejenigen zu verfolgen, die im Verdacht standen, Sozialisten oder Anarchisten zu sein, und sie zu zwingen, eine ganze Flasche Rizinusöl zu schlucken.

Das hat dein Großvater am eigenen Leib erfahren. Anfangs hoffte er, die Arbeiter hätten eine angemessene Antwort darauf. Aber dem war nicht so. Die Menschen schienen nicht zu sehen, nicht zu begreifen. Es grassierte ein Fieber, ein unaufhaltsames Fieber, das Reiche und Arme, Intelligente und Dumme ansteckte; es war der nationalistische Rausch, der Allmachtswahn: »Die Kolonien sind unser!«, es war das Fieber des Angriffskriegs, des Hasses gegen alles Andersartige. Dieses Fieber half dem Regime, sich zu konsolidieren. Und tatsächlich wurde es nach und nach arroganter und selbstsicherer: Es erließ antisemitische Gesetze, erzwang die Einstellung aller Zeitungen, die sich nicht unterwarfen, setzte die Redefreiheit und das Streikrecht außer Kraft. Das Land saß in einer Falle, ohne sich dessen bewußt zu sein, mein Kind, und ich bedauere es, daß dir nie jemand diese Geschichte erzählt hat, nicht einmal dein Mann Valdo, der doch immerhin ein engagierter Achtundsechziger war. Aber vielleicht warst du ja auch diejenige, die ebenso wie die italienische Sprache auch die Geschichte unseres Landes ablehnte, fast so, als wäre es dein Feind. Eine Falle, sage ich dir, wir saßen regelrecht in einer Falle mit unserer Begeisterung für die neuen Kolonien, die Feuerkreise und die schmeichlerischen Reden des Vaters der Nation. Der kritischste Moment war der Mord an Matteotti, für den Mussolini mit einer an Gewissenlosigkeit grenzenden Selbstsicherheit öffentlich die Verantwortung übernahm. Was das Parlament und das gemeine Volk empörte. Aber nicht genug, um sich gegen die aufkeimende Diktatur zur Wehr zu setzen. Wohl oder übel paßten sich die Italiener an: aus Angst, aus Feigheit, aus Faulheit. Doch es gab auch diejenigen, die begeistert durch die Straßen marschierten, im Glauben, die Zeit des Römischen Reiches wäre wiedererstanden und man stünde kurz davor, die ganze Welt zu unterwerfen und zu beherrschen. Aber das war reines Wunschdenken, denn dazu gab es weder die nötigen finanziellen Mittel noch die militärische Macht, weder die Kultur noch die politische Fähigkeit des großen antiken Volkes, das es zu seiner Zeit verstand, die Welt zu erobern.

Beim ersten Mal haben sie meinem Vater Pitrucc' den Arm gebrochen, weil er beim Vorbeifahren der Patrouille mit Standarte nicht den Arm zum römischen Gruß ausstreckte. Von da an hatten sie ihn auf dem Kieker, und wann immer sie konnten, beleidigten sie ihn. Er machte einen großen Bogen um sie, reagierte nicht. Aber er ging weiterhin nach L'Aquila, um seine Wolle zu verkaufen, und kam zwei Tage später zurück, die Manteltaschen voller Flugblätter, die er heimlich auf dem Markt verteilte. Eines Tages wurde er dann denunziert. Zum

Glück verhaftete die Polizei ihn nicht sofort, sondern überwachte ihn zunächst, in der Hoffnung, er würde sie zu den Anführern des Widerstands bringen. Aber er kapierte und verkaufte in Windeseile und unter Preis seine Schafe für eine Schiffskarte nach Australien. In der Zwischenzeit tat er weiterhin so, als begäbe er sich mit seinem Maulesel nach L'Aquila, um dort seine Wolle zu verkaufen.

Zaira seufzt auf und stellt fest, daß das Schlimmste überstanden ist: Wenn es ihr gelänge, den Faden der Erinnerung weiterzuspinnen, brächte der Tod ihrer Tochter sie nicht um, sondern würde Teil einer Geschichte werden, an die man sich erinnert und die man weitererzählt. Deshalb fuhr sie fort und versuchte, sich alle Einzelheiten jener Vergangenheit ins Gedächtnis zurückzurufen, die ebenso zu ihr gehörte wie zu Angelica.

Weißt du noch, wie Cignalitt' immer zu uns nach Hause kam und regenbogenfarbene Bonbons aus Sulmona mitbrachte, um dir eine Freude zu machen, oder wie er sich auf allen vieren auf dem Fußboden niederließ und du auf seinen Rücken gestiegen bist, damit er dich huckepack trägt? Genauso wie ich das als Kind gemacht habe. Durchs ganze Haus hast du ihn gejagt und dabei immer gerufen: Hopp, hopp! Einmal hat er sich den Kopf an einer Tischkante gestoßen, weißt du das noch? Und sich dabei die Augenbraue aufgerissen. Du warst so erschrocken, als du das ganze Blut sahst, daß du nicht wußtest, was du tun solltest. Ich bin losgelaufen und hab Eis geholt, und als ich zurückkam, saßt du bei ihm und hast ihn auf die Wangen geküßt: »Cignalitt', Cignalitt', du darfst nicht sterben!« hast du gerufen und dabei geweint, erinnerst du dich?

Jedes Jahr hat er die Schulbücher für dich gekauft, und wie oft ist er eingesprungen, wenn ich kein Geld hatte, um die Miete zu bezahlen. Mit seinen dicken Wurstfingern zählte er ganz ernst die Zehntausendlirescheine ab. »So, Zà, jetzt habt ihr beide, du und Angelica, wieder eine Zeitlang Ruhe ...« Er war immer sehr gepflegt, roch gut nach Lavendel. Bis auf die letzten Jahre nach seiner Augenkrankheit, da wurde er griesgrämig und vernachlässigte sich. Dann fing er auch noch an, den Weg zu Z' Marì einzuschlagen, und manchmal mußten sie ihn nach Hause bringen, weil er sich nicht mehr auf den Beinen halten konnte. Wer hätte sich vorstellen können, daß er sich an dir vergreift! Aber reden wir nicht mehr von ihm, meine Angelica, du hast recht, dein Lächeln erstarrt. Sprechen wir lieber über uns beide, von damals, als wir drei Kätzchen von der Straße aufgelesen haben, weil die Katzenmutter von einem Auto überfahren worden war, und dann haben wir sie mit nach Hause genommen, weißt du noch? Und du warst Stunden damit beschäftigt, ihnen mit einer Pipette lauwarme Milch einzuflößen. Eins ist gestorben, aber die andern beiden haben überlebt, kannst du dich erinnern …? Wie schön du bist! Wenn du wüßtest, wie schön du bist, Angelica, ich habe dich nie so strahlend erlebt wie zu der Zeit, als du dich in Valdo verliebt hast und nach Hause kamst, die Tür mit einem Tritt aufgestoßen und gerufen hast: »He, Ma, bist du da?« Du hattest immer eine übertriebene Abneigung gegenüber der italienischen Hochsprache, da warst du ganz stur. »Sprich anständig!« hat man dir in der Schule eingeschärft, und du hast geantwortet, daß der Dialekt deiner Meinung nach nicht unanständig ist. Und du hast dich nie davon abbringen lassen und trotzdem immer eine Zwei in Italienisch bekommen und eifrig die Universität besucht. Selbst als du dich in einen Philosophielehrer verliebt hast, der ein druckreifes Italienisch sprach, hast du nicht aufgehört. Aber vielleicht war Valdo in seinem Achtundsechziger-Enthusiasmus ja gerade von deiner volkstümlichen Redeweise angetan: Warst du nicht eine Arbeiterin des Hauses? War deine Fabrik nicht eine Küche voller Töpfe? Dennoch gefällt mir der Gedanke, daß dein Sträuben nicht nur ideologisch begründet war. Ich stelle mir gern vor, daß du vielleicht bei all deinem hoffnungslosen Leid eine ganz elementare Freude an der Sprache hattest, auf die du einfach nicht verzichten wolltest.

Die Zeit, in der du am meisten mit mir geredet hast, war, als du dich in diesen burschikosen, intelligenten Lehrer verliebt hast, der dir von Zar Peter dem Großen erzählt hat. Geschichte hatte dich nie interessiert bis zu dem Augenblick, als du einem gebildeten Mann begegnet bist, der Geschichte mit dem alltäglichen Leben verband. »Weißt du was«, hast du enthusiastisch zu mir gesagt, »Valdo hat mir erzählt, daß Zar Peter von Rußland die Hauptstadt Moskau so sehr gehaßt hat, daß er anfing, in der sumpfigsten Gegend des Landes eine von Grund auf neue Stadt zu bauen.« Und fasziniert hast du mir berichtet, wie Peter der Große Tausende von Sklaven gezwungen hat, diese Moorlandschaft auszuheben, zu reinigen, zu entwässern, umgeben von Stechmücken und Blutegeln, Schlamm und Malaria, um aus dem Nichts die schönste Stadt der Welt entstehen zu lassen: Sankt Petersburg. »Er hat mir versprochen, daß er mit mir dahin fährt, hast du gehört, Ma, er will mit mir dahin fahren.« In Sankt Petersburg würdet ihr zusammen das Haus jener Dichterin besuchen, von der er, Valdino, sehr angetan war. So sehr, daß du Dutzende von Versen in Russisch und in Italienisch auswendig gelernt hast: *Bring mir einen Schluck Wasser / von unserer reinen, kühlen Newa, / und dann werde ich von deinem goldfarbenen Köpfchen / die Blutspuren abwaschen …* Durch dein ständiges Wiederholen hab' sogar ich es gelernt.

Du hast mich oft nach Roberto Valdez gefragt, deinen Vater. Ich weiß nicht, warum ich dir so wenig von ihm erzählt habe, vielleicht weil ich hoffte, dann würdest du nicht an ihn denken, ihn vergessen. Was bringt es schon, sich nach einem Vater zu sehnen, der nicht da ist? Ein weiterer Mensch, der aus meinem Leben verschwunden ist. Wie sich die Dinge durch die Generationen hindurch wiederholen, fast wie ein Schicksal, ein Verhängnis, das vom Vater an den Sohn, von der Mutter an die Tochter weitergegeben wird. Bei uns ist es mehrmals vorgekommen, daß die jungen Mädchen schwanger wurden, ohne es zu wollen, das ist eine Familiengeschichte, Angeliccuc', die sich von Generation zu Generation wiederholt. Ich weiß nicht einmal, ob es ein Fluch oder ein Segen ist. Auch mir, die dich trotz allem mit großer Freude erwartet hat, ist es nicht gelungen, deinen Vater festzuhalten und ihn zu heiraten. Als du geboren wurdest, hatte Roberto Valdez sich schon davongemacht. Er war ein hervorragender Musiker, weißt du, ich glaube, in den sechziger Jahren hab' ich sogar mal in der Zeitung gelesen, daß ein Konzert von ihm in Tunesien ein Riesenerfolg war. Lange weiße Hände hatte er und runde, ernst dreinblickende Augen, so wie ein Vogel, doch wenn er liebte, lachten sie zärtlich.

Pietr' i pelus' war vielleicht der einzige, der seine beiden Eltern kannte. Aber er ist jung gestorben. Sein Sohn, Pitrucc' i pelus', hatte Pech, er ist ohne Mutter und ohne Vater aufgewachsen, also gleich zwei Menschen, die aus seinem einsamen jungen Leben verschwunden sind. Warum verfliegt Liebe? Warum gehen die Mütter, die Väter, die Ehepartner? Auch Colomba hat ihren Vater Valdo flüchten, ihre Mutter sterben sehen. Jetzt ist auch sie verschwunden, und ich stehe da wie ein störrischer Esel und suche die Berge der Abruzzen nach ihr ab. Womöglich suche ich ja mit ihr, durch sie all die geliebten Menschen, die aus meinem Leben verschwunden sind, ohne eine Spur, eine Adresse zu hinterlassen. Wohin, Angelica, mag deine Tochter gegangen sein?

Die junge Mutter hat Falten bekommen. Sie geht gebückt, läuft mit kleinen Schritten und stützt sich auf einen Stock. Mama, was ist los mit dir? Sie legt eine Hand an ihr Ohr. Ihre Stimme ist jedoch kristallklar, im Ohr der Tochter klingt sie schallend und entschlossen.

»Erzähl mir was, Mama, ich bitte dich!«

Die Mutter antwortet, sie sei müde und müsse schlafen gehen. Aber die Tochter beharrt darauf. Ich weiß, daß du noch Geschichten zu erzählen hast. Colomba? Was ist aus Colomba geworden? Die Mutter lächelt scheinbar gleichgültig. Sie hat runde tiefblaue Augen und eine große Heiterkeit, die von innen kommt.

»Erzähl mir was, Mama!«

Die Mutter sagt, daß sie sich schon seit Jahrhunderten dort in diesem Zimmer aufhielten, die eine ausgestreckt auf dem Bett liegend, die andere auf der Bettkante sitzend und Geschichten erzählend. Inzwischen haben ihre Schuhe Wurzeln geschlagen. Die Kleine frohlockt, weil sie weiß, daß diese Wurzeln sie für weitere – wer weiß, wie viele – Jahrhunderte in dem Zimmer festhalten werden und sie immer leibhaftigere und artikuliertere Geschichten hören wird.

»Erzähl mir was, Mama!« Das Bettlaken hat schwer zu glättende Falten geworfen. Die Decke mit den zarten, freundlichen Farben rutscht vom Bett. Auf den kleinen gelben Blättern, mit denen der Stoff bedruckt ist, sind Pilze mit perlfarbenen Hüten gewachsen. Wie soll man die durstige Phantasie eines kleinen Mädchens stillen, das sich nicht entschließen kann, aus dem Nest zu fliegen?

Als Zaira um sieben Uhr morgens die Fensterläden öffnet, sieht sie, wie ein Mann langsam auf ihr Haus zugeht. Er ist mager, alt, in der Hand trägt er einen Koffer. Mit unsicheren Schritten, darauf bedacht, nicht auszurutschen, tastet er sich über das Eis, das den Weg zu ihrem Schuppen mit dicken, harten Krusten überzieht. Wer mag das so früh am Morgen sein? Rasch zieht sie sich an, immer wieder einen Blick durch die Scheibe werfend. Cesidio ist schon vorbeigezogen, das erkennt sie an den Hufspuren im Schnee. Der Unbekannte kommt vorsichtig näher. Ab und zu bleibt er stehen, stellt den Koffer ab und atmet tief durch, dann geht er bedächtig weiter, um bloß nicht hinzufallen. An den Füßen hat er leichte Halbschuhe aus schwarzem Leder. Jetzt kann sie sein Gesicht sehen, es hat etwas Vertrautes, doch sie vermag nicht zu sagen, was. Auf jeden Fall ist es niemand aus dem Dorf.

Kurz darauf klingelt er an ihrer Haustür. Hastig stürmt Zaira die Treppe hinunter. Vielleicht sollte sie vor dem Öffnen fragen, wer da ist. Aber merkwürdigerweise hat sie keine Angst. Instinktiv erscheint ihr dieser Mann vertrauenswürdig. Sie reißt die Tür auf, und vor ihr steht ein erschöpft aussehender älterer Herr mit zwei wunderschönen blauen Augen.

»Ich bin Pitrucc' i pelus', bist du Zà?«

»Kommst du aus Australien?«

»Ich komm' aus Australien.«

Verblüfft tritt Zaira zur Seite, um ihn hereinzulassen. Als sie sieht, daß er seinen Koffer auf der Türschwelle abgestellt hat, nimmt sie ihn und trägt ihn hinein.

»Der ist aber schwer, sind da Steine drin?«
»Hast du meinen Brief bekommen?«
»Welchen Brief?«
»Ich hab' dir geschrieben, daß ich zurückkomme.«
»Nein, den hab' ich nicht gekriegt.«
»Dann wird er wohl nach mir kommen.«
»Setz dich, Pitrucc', willst du einen Kaffee?«
»Ja, einen Kaffee, thank you.«

Während Zaira Kaffee kocht, beobachtet sie ihn verstohlen. Dieser Mann ist also ihr Vater, der berühmte Pitrucc' i pelus', von dem man ihr so viel erzählt hat, den ihre Mutter Antonina zeit ihres Lebens geliebt hat, der 1940 nach Australien geflüchtet ist, um den Nazifaschisten zu entgehen, die ihn erschießen wollten.

»Und warum bist du zurückgekommen?« Die Stimme, die aus ihrem Mund kommt, klingt inquisitorisch, nicht besonders freundlich. Sie möchte herzlich sein, möchte ihn in den Arm nehmen, aber irgend etwas hält sie davon ab. Woher taucht dieser Mann so plötzlich auf? Warum hat er sich nicht angekündigt? Wieso erscheint er so mir nichts, dir nichts bei einer Tochter, die er nie gesehen hat, die er verließ, noch bevor sie überhaupt geboren wurde? Wenn das keine Anmaßung ist!

»I want to die at home, Zà, ich will zu Hause sterben.«
»Bist du krank?«
»Nein, aber sehr alt.«

Zaira sieht ihn an, während sie mit zitternden Händen die Kaffeetasse ergreift und zum Mund führt. Ein Mann, der sehr gut ausgesehen haben muß, schlank und elegant, schenkt ihr jetzt ein liebevolles Lächeln aus seinen klaren, leicht zusammengekniffenen blauen Augen.

»Hast du vor, hier bei mir zu bleiben?«
»Where else? Wo sonst?«

»In all den Jahren hast du nicht einmal einen Brief oder eine Karte geschrieben. Es heißt, du hättest eine andere Frau gefunden und hättest auch Kinder. Antonina ist vor Kummer gestorben. Du hast dich ja noch nicht mal dafür interessiert, ob das Kind, das sie von dir erwartete, ein Junge oder ein Mädchen war.«

»Nonsense, Zà … jetzt bin ich hier, und ich bleib' auch hier. Das spielt doch alles keine Rolle mehr. Drück mich mal, mein Kind!«

Pitrucc' i pelus' steht auf, geht auf seine Tochter zu und umarmt sie gerührt. Zaira läßt ihn gewähren, aber sie empfindet nichts für diesen Mann, der wie ein Blitz aus heiterem Himmel bei ihr erschienen ist. Als sie von ihm abrückt, sieht sie, daß er weint.

»Ist ja gut, Pitrucc', willst du was essen?«

»Erzähl mir alles, Zà!«

»Weißt du denn überhaupt nichts?«

»No news, Zà, wann ist Antonina gestorben?«

»Nach dem Krieg.«

»Aber vorher war sie mit Cignalitt' verheiratet, das weiß ich.«

»Ja, sie hat Cignalitt' geheiratet, der ist auch vor ein paar Jahren gestorben.«

»Und du, warst du verheiratet, Zà, my child?«

»Nein, war ich nicht. Ich hab' eine Tochter bekommen – Angelica. Sie ist 1995 gestorben.«

»So viele Tote, so viele Tote, all dead. Meine Frau ist auch vor ein paar Jahren gestorben. Mein Sohn ist tödlich verunglückt, und meine Tochter ist nach Kanada gegangen. War Angelica verheiratet?«

»Ja, war sie, mit einem Lehrer, Valdo Mitta, sie haben eine Tochter bekommen, die heißt Colomba.«

»So wie die Heilige vom Gran Sasso, zu der wir gepilgert sind, als wir jung waren?«

»Ja, wie die Heilige vom Gran Sasso.«

»We used to go mit Eselskarren, einen ganzen Tag lang war'n wir unterwegs, bis wir zur Grotte kamen. Auf den Karren ha'm wir gesungen, gebetet … ein tolles Fest war das. Wo ist Angelicas Mann?«

»In Frankreich.«

»Und Colomba?«

»Colomba ist verschwunden, Pitrucc'.«

»Wie verschwunden? Wo ist sie denn?«

»Ich weiß es nicht, ich such' nach ihr. Sie ist verschwunden. Eines Morgens bin ich runtergekommen, da stand der Kaffee auf dem Tisch, die Jacke hing im Flur, und seitdem hab' ich sie nicht mehr gesehen.«

»Bad, bad news. Aber warum?«

»Ich weiß es nicht, Pitrucc', ich weiß es einfach nicht.«

»Und Großmutter Zaira?«

»Die ist 1975 gestorben, da war sie uralt. Sie hat immer von dir gesprochen, daß sie dich aufgezogen hat, nachdem dein Vater Pietr' i pelus' im Krieg gefallen war und dann auch noch deine Mutter Pina gestorben ist.«

»Ich hab' unter der Trennung gelitten, Zà, deshalb wollte ich nicht daran denken.«

»Warum bist du nach dem Krieg nicht zurückgekommen?«

»Und mein Job? Und das Haus? Und die Schulden? Und die Kinder?«

»Du wirst müde sein. Willst du dich ein wenig hinlegen? Du kannst Colombas Zimmer haben. Aber wenn sie zurückkommt, mußt du dir eine andere Unterkunft suchen.«

»Jetzt schlaf' ich erst mal, dann reden wir weiter, Zà, you go away? Oder bleibst du hier?«

»Ich geh' Colomba suchen.«

»Wo denn?«

»In den Bergen.«

»Ich geh' mit dir.«

»Nein, schlaf du! Ich muß noch einige Gebiete absuchen, guck mal, auf der Karte kannst du es sehen. Das, was markiert ist, hab' ich schon inspiziert. Ohne Ergebnis. Jetzt muß ich noch diese ganze Gegend hier genau unter die Lupe nehmen: die andere Seite vom Monte Ninna und den Wald hier, den Gran Lupo.«

»All right, I wait. Wo ist die Toilette?«

»Komm, ich zeig' dir das Zimmer. Das Bad ist im Flur.«

Seit Monaten hat Zaira Colombas Zimmer nicht mehr betreten. Als sie die Tür aufmacht, schlägt ihr der Geruch ihrer Enkelin entgegen, eine Mischung aus süßem Mandelöl und Eau de Cologne mit einem Hauch Verbene, den sie immer an sich hatte. Ihre Kleidungsstücke sind davon durchtränkt. Sie geht auf den kleinen Tisch am Fenster zu und nimmt ein Foto von einer lächelnden Colomba in die Hand: die Augen wegen der Sonne halbgeschlossen, in einem weißen T-Shirt mit dem Aufdruck *Snoopy*. »Sie hat ein bißchen Ähnlichkeit mit dir«, bemerkt ihr Vater, der ebenfalls guckt, »die gleichen Augen.« Als sie das Foto etwas genauer betrachtet, entdeckt sie im Hintergrund, mit dem Rücken zur Kamera und kaum sichtbar, die Gestalt eines Mannes, die ihr bisher nie aufgefallen ist. Sie hält das Foto etwas näher ans Licht. Der Mann auf dem Foto hat einen kahlgeschorenen Kopf und einen Ohrring im rechten Ohrläppchen. Ob das Sal ist? Aber was macht der auf einem Foto, das während Colombas Studienzeit in Florenz aufgenommen wurde?

Inzwischen hat sich Pitrucc' in Kleidern und Schuhen auf dem Bett ausgestreckt. Seine Augen sind geschlossen, er scheint zu schlafen. Auf Zehenspitzen geht Zaira zu ihm hinüber, zieht ihm die nassen Schuhe aus, breitet eine Decke über ihn und macht die Tür hinter sich zu.

Er ist mein Vater, mein richtiger Vater, wiederholt sie ständig, doch sie empfindet nichts dabei. Das ist der Mann, für den sie als Jugendliche Jahr für Jahr Geld zurückgelegt, jeden Groschen gespart hat, nur um ihn besuchen, ihn kennenlernen zu können. Das ist der Mann, von dem sie nachts geträumt hat, der Mann, für den sie alles aufgegeben hätte, nur um einen Moment mit ihm reden zu können. Jetzt ist er hier, müde, am Ende seiner Kraft, und weckt keinerlei Gefühle in ihr. Im Gegenteil, sie findet es eher lästig, wenn sie daran denkt, daß sie sich jetzt um ihn kümmern muß, daß sie bei ihrer Suche nach Colomba behindert wird, daß sie für zwei einkaufen, ihn trösten und versorgen muß.

Ihre Füße führen sie fast automatisch zu Maria Menica. Sie hofft, Saponett' anzutreffen, der Sal kennt. Was hat er noch mal von diesem Dorfbewohner mit dem Tätowierladen in Pescara erzählt?

Wie erwartet, ist Maria Menica nicht da. Saponett' hört in voller Lautstärke eine Schallplatte und schnitzt nebenbei eine Pfeife. Sein Atem riecht nach Wein.

»Wo ist deine Mutter?«

»Diesmal nicht bei einer normalen Geburt, sondern bei 'ner Fehlgeburt. Da hat sich's jemand kurz vorher noch mal anders überlegt.«

»Wo ist Menica?«

»Bei Aidano, dem Tischler. Seine Frau hatte eine Blutung und verliert das Kind vielleicht.«

»Wenn es nach dir ginge, käme das Kind wohl nicht auf die Welt, was?«

»Besser, wenn es dahin zurückgeht, wo es hergekommen ist. Was will es denn hier in diesem Scheißkaff?«

»Warum bist du so gegen unser Dorf eingenommen? Du bist hier geboren, aufgewachsen, und es ist doch auch schön hier.«

»In Touta kümmert sich niemand um seinen eigenen Kram, Zà, jeder spioniert dem anderen hinterher. Und den Mund aufmachen darfst du auch nicht. Außerdem hassen sie hier die Tiere. Wenn sie könnten, würden sie sie allesamt umbringen. Ständig werden Wildschweine abgeknallt, die Bären sind zwar geschützt, aber wen kümmert das schon, ab und zu wird trotzdem einer getötet, sie schießen Hirsche, um das Fleisch weiterverkaufen zu können, und vergiften Hunde, weil die sie stören. Mich würden sie am liebsten auch um die Ecke bringen, und dazu braucht es ja nicht viel: Ein bißchen Gift ins Fleisch, und weg bin ich. Aber sie haben Angst vor meiner Mutter, wer soll ihren Frauen denn sonst beim Kinderkriegen helfen?«

»Hast du Sal noch mal gesehen?«

»Nein.«

»Du hast mir erzählt, daß er oft in einen Tätowierladen in Pescara geht.«

»Zu Ci'batt', ja.«

»Und du hast mir auch gesagt, daß der manchmal nach Touta kommt.«

»Ab und zu mal besucht er seine Mutter.«

»Und wo wohnt seine Mutter?«

»In der Nähe vom Schlachthaus. Da, wo die neuen Häuser sind.«

»Ich werd' da mal hingehen.«

»Zà, komm doch mal einen Augenblick mit in die Küche, ich möchte dir eine Eule zeigen, die ich halbtot in einem Garten aufgelesen hab'; jemand hatte ihr die Flügel gestutzt. Ich hab' sie gepflegt, jetzt geht es ihr besser. Willst du sie mal sehen?«

»Na klar, zeig sie mir mal.«

Saponett' führt sie in die Küche, wo ein starker Kohlgeruch in der Luft hängt. Sofort entdeckt sie die Eule, die auf einem von Saponett' gebauten wackligen Ständer kauert.

Sie hat schöne goldgraue Federn und einen runden Kopf mit zwei weißen Streifen, die diesen der Länge nach durchziehen, einen winzigen Schnabel, zwei kreisförmige rötlichbraune Augen und Öhrchen, die wie zwei gerade Striche an ihrem Kopf sitzen.

»Sie ist hübsch, wo hast du sie gefunden?«

»Sie ist aus dem Nest gefallen, sie haben ihr die Flügel gestutzt, aber dann wollten sie sie nicht länger behalten und haben sie in den Garten von Don Filippo geworfen. Ich hab' ihr Würmer gegeben, du müßtest bloß mal sehen, wie die frißt!«

»Laß sie frei, sobald sie größer ist.«

»Meinst du vielleicht, ich würde sie hier in diesem beschissenen Kaff gefangenhalten? Ich behalt' sie nur so lange, bis ihr wieder Flügel gewachsen sind. Wenigstens sie soll ihre Freiheit haben!«

»Weißt du, Saponett', du bist wirklich ein merkwürdiger Typ. Du liebst die Tiere so sehr und sitzt doch immer nur zu

Hause rum und hörst Musik. Du magst Hunde, aber du läßt es zu, daß man sie vergiftet.«

»Ich kann nichts tun, Zà, für die Leute hier im Dorf ist ein Hund weniger wert als ein Wurm. Die Eulen haben sie mit ihren Waldbränden inzwischen alle vernichtet. Ich, als Freund der Tiere, bin auch weniger wert als ein Wurm.«

»Hat Sal dir schon mal was von Colomba erzählt?«

»Sal redet nie über irgendwas.«

»Aber weißt du was über sie?«

»Ich glaub', sie ist tot, es hat keinen Zweck, weiter nach ihr zu suchen. Alle halten dich für ein bißchen verrückt, weil du was suchst, was es nicht gibt.«

»Also zum einen haben wir es nicht mit einer Sache zu tun, sondern mit einem Menschen, und außerdem, wer sagt denn, daß sie tot ist? Bisher wurde doch noch keine Leiche gefunden, oder?«

»Wenn du mich bezahlst, geh' ich mit dir in den Wald und helf' dir beim Suchen.«

»Nein, laß mal. Ich mach' das schon allein.«

»Ist es wahr, daß dein Vater aus Australien zurückgekommen ist?«

»Woher weißt du das?«

»Das weiß doch das ganze Dorf. Er soll ins Rombo gegangen sein, seinen Koffer abgestellt und gesagt haben: Wo wohnt meine Tochter Zaira Del Signore? Daraufhin hat einer gerufen: Na hör mal, das ist doch die Tochter von Cignalitt'. Ist mir egal, aber ich bin ihr Vater im Geiste, hat er geantwortet, irre, was …? Dabei wußten ja alle im Dorf, daß Cignalitt' Antonina geheiratet hat, als sie von Pitrucc' i pelus' schwanger war.«

»Vergiß ja nicht, die Eule wieder freizulassen, hörst du!«

Im Weggehen hört Zaira das nervöse Hüsteln von Saponett'.

Ihre Füße führen sie direkt zum alten Schlachthaus. Gegenüber werden gerade neue Häuser gebaut. In einem der kleineren Gebäude wohnt eine Kusine ihrer Mutter. Zaira klingelt.

Mit Lockenwicklern auf dem Kopf erscheint die andere am Fenster.

»Ah, Zà, wir ha'm uns ja eine Ewigkeit nicht gesehen. Komm rein, das Tor ist offen.«

Zaira steigt den Treppenaufgang hoch bis in den ersten Stock. Die Wohnungstür steht sperrangelweit offen. Drinnen, auf den soeben gewischten Fliesen, wartet schon die magere, quirlige Niculì: klein, fröhlich, mit knallrot gefärbten Haaren und Pantoffeln an den Füßen. Es wird wohl schwierig werden, dem Geplapper der Frau zu entkommen, so viel steht fest.

»Was führt dich denn hierher? Dich sieht man ja gar nicht mehr.«

»Wohnt hier in der Gegend die Mutter von Ci'batt', der mit dem Tätowierladen in Pescara?«

»Ja, Jolanda Ci'batt'. Die wohnt hier ganz in der Nähe. Soll ich sie mal rüberrufen?«

»Nein, ich geh' schon selbst zu ihr.«

»Sag mal, stimmt das, daß Pitrucc' i pelus' aus Australien zurückgekommen ist?«

»Das ist also schon bis zu dir durchgedrungen?«

»Er ist alt geworden, aber immer noch ein gutaussehender Mann. Willst du ihn bei dir zu Hause aufnehmen?«

»Weiß ich noch nicht, Niculì, wie geht's deinen Kindern?«

»Gut. Die Älteste ist nach London gegangen, um Englisch zu lernen. Der zweite arbeitet als Skilehrer. Und der Jüngste studiert Architektur in Pescara.«

Erst nachdem Zaira eine zweite Tasse Kaffee getrunken und ein Stück Kuchen aus Kichererbsenmehl probiert hat, gelingt es ihr, sich loszureißen, nicht ohne zuvor wortreich verabschiedet worden zu sein und zahlreiche Ratschläge mit auf den Weg bekommen zu haben.

»Ja, bitte?« kreischt Jolanda Ci'batt' in die Sprechanlage.

»Hier ist Zaira. Kann ich dich kurz sprechen?«

»Komm hoch!«

Zaira steigt die hohen Steinstufen hinauf. Dann steht sie in einem blitzblanken Eßzimmer mit einem überdimensionalen Fernseher, der auf einem für zwei Personen gedeckten Tisch thront. Also muß der Sohn zu Hause sein. Oder gibt es noch ein weiteres Familienmitglied?

»Ich wollte mit deinem Sohn sprechen.«

»Du hast Glück, er ist da, wäscht sich nur gerade die Hände. Sonst besucht er seine Mutter nie, aber heute hat er mir mal die Ehre erwiesen.«

Genau in diesem Moment betritt Ci'batt' das von einem Holzofen geheizte Eßzimmer: ein stämmiger junger Mann mit Stiernacken, Bürstenschnitt, breitem Mund und funkelnden Augen.

»Ich wollte wissen, ob du Sal kennst?«

»Sal? Welchen Sal?«

»Warum? Gibt es mehr als einen Sal?«

»Ach, Sal, ja, den kenn' ich, was wollen Sie denn von dem?«

»Ich möchte mit ihm sprechen.«

»Der kommt und geht, ist ständig auf Achse. Jetzt hab' ich ihn schon eine ganze Zeitlang nicht mehr gesehen.«

»Falls er mal wieder bei dir auftaucht, sag ihm doch, daß ich ihn suche.«

»Du bist Zà, die Mutter von Angelica, die mit dem Auto verunglückt ist?«

»Hast du sie gekannt?«

»Sie war sehr hübsch. Ich hab' gehört, sie hätte sich umgebracht. Stimmt das?«

»Jetzt muß ich aber los. Danke für die Information. Auf Wiedersehen.«

Nachdenklich macht Zaira sich auf den Nachhauseweg. Wie gewöhnlich hat sie mal wieder nichts erreicht. Kein Mensch redet hier. Es scheint, als verlören die Worte etwas Wesentliches, sobald sie den Mund verlassen und sich in einen verständlichen Klang verwandeln.

Als sie nach Hause kommt, sitzt Pitrucc' am Tisch und ißt in Öl getunktes Brot. An seinen Gesten erkennt sie, daß er nicht die Absicht hat, wieder von hier fortzugehen. Jetzt wird er wohl bis zu seinem Tod bei ihr bleiben. Vielleicht hilft er ihr wenigstens, Colomba wiederzufinden!

»Warst du spazieren?«

»Ja, ich hab' einen Spaziergang gemacht, Pitrucc', um den Kopf freizubekommen.«

»Ich fühl' mich at home, Zà, als würd' ich dich schon immer kennen.«

»Wie viele Jahre ist das her, Pitrucc', sechzig? Du kannst ja nicht mal mehr richtig Italienisch.«

»Sechzig Jahre, too much, my girl«, mit langsamen Bewegungen zieht er eine abgewetzte Brieftasche hervor, nimmt ein kleines Schwarzweißfoto heraus und reicht es ihr. »Have a look, Zà.«

Zaira nimmt das Foto in die Hand. Es zeigt Antonina mit einem noch kindlichen Gesicht, sanften nachtschwarzen Mandelaugen, die Haare zu einem langen Zopf geflochten, der ihr über die Schulter fällt, der Mund schön geschwungen. Eine mittelalterliche Madonna, die dann austrocknete, ergraute und eine Haut wie Pappe bekam. Gut, daß er sie nicht gesehen hat, als sie krank war und wie ein Gespenst wirkte.

»Meine Mutter Antonina.«

»She was beautiful, Antonina, eine wunderschöne Frau.«

»Pitrucc', was hast du in Australien gemacht?«

»Ach, nichts ...wood wood, immer Holz gefällt. Dann war ich mal eine Zeitlang in Moskau, weil ich mein Idol sehen wollte, Lenin. Aber statt seiner hab' ich nur Gefängnismauern gesehen. Sie ha'm mich als Spion verhaftet, eine Riesenschweinerei war das!«

»Und wie bist du wieder zurückgekommen?«

»Zwei Jahre Gulag, und dann zack, weg, go away ...! Ich bin gelaufen und gelaufen, monatelang, hab' geschuftet bei den railroads, hab' Kohl gepflanzt, und dann hat mich ein großes Schiff wieder nach Melbourne gebracht.«

»Jetzt ruh dich erst mal aus. Soll ich dir den Koffer rauftragen?«

»Ich hab' ein bißchen Geld mitgebracht, Zà, zehntausend Dollar. Die kriegst du.«

»Nein, behalt du sie. Was ist, wenn ich sie verliere?«

»Warum? A daughter is a daughter, bist du meine Tochter oder nicht?«

»Also, Pitrucc', dieses dauernde Englisch zwischendurch geht mir auf den Wecker. Versuch, gescheit Italienisch zu lernen. Und dann möchte ich noch von dir wissen, wie lange du hier bleiben willst und ob du krank bist. Ich hab' nämlich keine Lust, Krankenschwester zu spielen, klar?«

»Ich hab' dir doch Geld mitgebracht.«

»Geld hilft mir nicht, Pitrucc', ich hab' zu tun, ich kann meine Zeit nicht damit verbringen, dich zu pflegen.«

»Mir geht's gut, Zà. Nur ein bißchen the heart, das Herz, aber nichts Schlimmes, ich will nichts, nur ein Dach über dem Kopf und dich.«

»In Ordnung, Pitrucc', aber du mußt mir helfen, Colomba zu finden.«

»Ich helf' dir, I'll do it. Versprochen!«

Daß er herzkrank war, merkte sie, als er bei einem kurzen Spaziergang auf dem kleinen Weg vor ihrem Haus schon nach wenigen Schritten wie eine Lokomotive zu schnaufen anfing und sich an die Brust griff.

»Warst du schon mal beim Arzt, Pitrucc'?«

»Ja, war ich.«

»Und was hat er gesagt?«

»Ich soll wenig essen und nicht rauchen.«

»Wollen wir mal ins Krankenhaus nach Pescina fahren? Ich kenn' da einen guten und geduldigen Arzt, er heißt Angelo.«

»Bloß kein Krankenhaus, Krankenhäuser kann ich nicht ausstehen. Ich will in Frieden sterben.«

»Dann ruh dich aus, während ich meine Suche fortsetze. Heute abend koch' ich dir ein leckeres Abendessen, einverstanden? Ich lass' dir den Hausschlüssel da.«

»Zà! Ich will dir nur sagen, daß ich so froh bin, hier bei dir zu sein.«

»Ich bin auch froh, Pitrucc'. So lange hab' ich auf dich gewartet. Jetzt bist du da. Vielleicht ein bißchen spät, aber es ist schon gut so, wie es ist. Schlaf jetzt. Wir sehen uns heute nachmittag.«

Es ist ein herrlicher Tag. Die Temperatur ist um einige Grad unter Null gefallen. Die Luft ist rein und klar, auf dem festen Schnee kommt man gut voran, Schneeschuhe sind nicht erforderlich. Fungo läuft mit erhobener Nase vor ihr her, auch er ist froh, keine Känguruhsprünge mehr machen zu müssen, um nicht einzusinken. Die größte Gefahr besteht darin, auszurutschen. Auf abschüssigen Wegen gibt es immer mal wieder Eisplatten, die, von Kieselsteinen oder einer vom Wind herbeigetragenen dünnen Erdschicht bedeckt, sich unter den Füßen als tückisch erweisen. Man riskiert, auszugleiten und abzurutschen.

Ihre Gedanken wandern zu ihrem alten Vater, der zurückgekehrt ist, um, wie er sagt, at home zu sterben. Dabei sieht er eigentlich ganz und gar nicht so aus, als würde er bald sterben. Doch was haben sich zwei Menschen zu sagen, die, obwohl sie Vater und Tochter sind, sich nie kennengelernt haben, geschweige denn, miteinander in Kontakt standen?

Die Füße schreiten entschlossen voran, klettern über steile Felsen, überqueren unerwartet auftauchende verschneite Wiesen, dringen in verlassene Wälder ein, deren Boden mit klumpigem Schnee und trockenen Ästen bedeckt ist, die unter den Schuhen zerbrechen. Der Himmel ist tiefblau, klar, ohne eine einzige Wolke. Es ist ein Vergnügen, sich an den Felswänden eines Gebirges zu bewegen, das einem die Vorstellung von Unsterblichkeit nahebringt. Die Unsterblichkeit des Steins wohlgemerkt, ganz gewiß nicht ihre eigene, die sie ständig von feindseligen Stürmen bedroht sieht. Den Stürmen der Erinnerung.

Die Frau mit den kurzen Haaren verfolgt etwas besorgt ihre unerschrockene Romanfigur, die auf die vereisten Hänge der abruzzischen Berge klettert. Es scheint kein großer Unterschied zu bestehen zwischen ihr und einem Reisenden aus dem achtzehnten Jahrhundert, wie etwa dem Schweizer Baron Karl Ulysses von Salis-Marschlins. Der Baron spricht von einem »unwegsamen, geheimnisvollen und unzugänglichen Gelände«. Nur um von Rom an den Lago del Fucino zu gelangen, brauchte man zu Pferd fünf Tage. Und weitere fünf, um bis in die Höhen vorzudringen, wo sich Zaira befindet, ihre Bergschuhe mit den dicken Profilsohlen aus Gummi an den Füßen. Sobald man die Straßen und Wege einmal verlassen hat, sind heute wie damals für den, der zu Fuß unterwegs ist, die Schwierigkeiten die gleichen.

Die Schriftstellerin beobachtet von weitem, wie ihre Romanfigur mit Entschlossenheit bergauf klettert, ausgerüstet mit einem Stock, der ihr als Stütze dient und mit dem sie gleichzeitig die Wege vom Schnee befreit. Sie sieht, wie sie stehenbleibt, die roten Beeren der Ahornkirsche abpflückt, sich eine in den Mund steckt und dann die Schale ausspuckt, die einen kleinen roten Fleck im unberührten Schnee hinterläßt. Aber diese Unterbrechungen dauern nie länger als wenige Minuten. Dann läuft sie entschlossener als vorher weiter, Schritt für Schritt, Schritt für Schritt. Eine solche Beharrlichkeit ist ihr nie zuvor begegnet. Sie selbst hätte die Suche längst aufgegeben. In diesen unwirtlichen Wäldern, immer allein, mit dem Risiko, zu stürzen und sich zu verletzen oder einem wilden Tier zu begegnen. Vor einigen Tagen hat sie im Morgengrauen beobachtet, wie Wölfe am Waldrand, nicht weit von ihrem Haus, ein armes Kälbchen, das noch ganz unsicher auf den Beinen war, gepackt und zerfleischt haben. Sie ist Rudeln ausgehungerter Hirsche begegnet. Aber Zaira scheint keine Angst zu haben und schreitet zügig und zielstrebig voran.

Die Frau mit den kurzen Haaren verfolgt aus der Ferne die kleine blaue Gestalt, die sich unterhalb der vorspringenden Felsen des Berges an jahrhundertealten Buchen vorbeischlängelt. Aber bald verlieren ihre Augen sie aus dem Blick. Wohin mag sie entschwunden sein? An diesem Punkt erscheint es ihr auch fast so, als wäre Zaira eine Mythomanin, eine, die Wasser im Mörser der Imagination zerstampft mit der anmaßenden Überzeugung, die ganze Welt herausfordern zu können. Wenn die Enkelin sie doch selbst gebeten hat, nicht weiter nach ihr zu suchen, warum tut sie es dann trotzdem? Warum hält sie so hartnäckig an dieser Suche in den verschneiten Wäldern fest?

Fungo springt mit wedelndem Schwanz um Zaira herum. Doch dann kauert er sich plötzlich auf die Erde und schnüffelt ganz aufgeregt. Ein Fußabdruck? Zaira bückt sich, drängt den Hund beiseite und stößt auf einen Blutfleck, von dem mittlerweile nur noch ein kleiner rosafarben umrandeter roter Punkt übriggeblieben ist. Daneben der Abdruck eines Hufes.

Zaira schaut sich um. Ein Stück weiter vorn rechts entdeckt sie noch einen Blutfleck. Außerdem immer mehr Hufabdrücke im Schnee. Also ist das verletzte Tier in diese Richtung gegangen.

Langsam läuft sie weiter, jedes Geräusch, so gut es geht, vermeidend, und folgt den Blutspuren, die allmählich immer zahlreicher werden. Plötzlich ist der Schnee ganz aufgewühlt, überall sind rote Spritzer, Abdrücke von Bergschuhen, die in alle Richtungen weisen, und Zeichen eines durch den frischen Schnee geschleiften Körpers. Offenbar haben Wilderer einen Hirsch geschossen und ihn mühsam Meter für Meter hinter sich hergezogen. Aber wo mögen sie ihn versteckt haben? Die Spuren scheinen hier zu enden, und es gibt keinen Weg, auf dem sie mit ihren Geländewagen hätten hinauffahren können. Fungo schnüffelt unentwegt still vor sich hin. Aber jetzt läuft er im Kreis herum, ebenfalls erstaunt darüber, daß die Spuren sich in nichts auflösen.

Zaira betrachtete das in sich geschlossene Gelände mit den immer dichter werdenden Buchen. Der Wald wird hier von wuchtigen Baumstämmen beherrscht, aber an einem gewissen Punkt steigt der Boden wie eine kurze Welle an; rundliche Steine schauen aus dem Schnee hervor und bilden eine Art kleiner Mauer. Sie nähert sich dieser Naturterrasse, und als sie seitlich daran entlangläuft, erblickt sie plötzlich eine schmale Öffnung mit steilen Steinstufen, die unter der Erde verschwinden. Es ist klar, daß das erlegte Tier dort hineingeschleppt wurde.

Einfach so hinabzusteigen, ohne zu wissen, was sie dort erwartet, erscheint selbst einer impulsiven Person wie ihr übertrieben leichtsinnig. Und während sie noch vor der dunklen Öffnung steht, dringt auch tatsächlich die wütende Stimme des Engels mit den Flügeln an ihr Ohr, der sie ermahnt: Sei bloß nicht so dumm und steig da runter, die haben Gewehre! Obwohl, wenn sie ganz vorsichtig ist, könnte sie ja doch mal nachsehen. Deshalb horcht sie vor den Treppenstufen und versucht, irgendeinen Laut, eine Stimme aufzufangen. Aber es herrscht absolute Stille. Sie streckt eine Hand aus und berührt einen geronnenen Blutfleck auf der obersten Treppenstufe. Dem Anfühlen nach zu urteilen, müßte das Abschlachten ein oder zwei Tage zuvor stattgefunden haben. Es ist kein frisches Blut.

Nachdem Zaira eine ganze Weile mit gespitzten Ohren gewartet hat, schickt sie sich an, die Treppe hinunterzusteigen. Doch bevor sie sich in das enge Loch hinabläßt, versucht sie es mit Rufen: »Ist da jemand?« Aus dem Dunkel kommt keine Antwort. Im übrigen würde Fungo bellen, wenn dort wirklich jemand wäre. Statt dessen ist der Hund absolut ruhig und genauso interessiert wie sie an diesem Spalt im Boden.

Zaira schlägt das Herz bis zum Halse, als sie sich, einen Fuß vor den anderen setzend, die steile Treppe hinunterzwängt. Bald verläßt sie das Licht, und die Stufen werden immer rutschiger. Im Rucksack hat sie eine Taschenlampe. Die schaltet sie jetzt an. Die Treppe führt immer tiefer hinunter. Die in den Fels gehauenen Wände werden enger. Schritt für Schritt tastet sie sich langsam vorwärts, auf die kleinsten Geräusche achtend. Plötzlich endet der Abstieg, und sie steht in einer Höhle mit glitschigem Boden, wo ihr ein unerträglicher Gestank entgegenschlägt.

Sie verstärkt das Licht der Taschenlampe, und vor sich sieht sie vier übereinanderliegende tote Hirsche, wunderschön und noch unversehrt, mit blutigen Köpfen und Hälsen. Seitlich und am Bauch weisen sie Spuren von Gewehrkugeln auf. Die Köpfe sind unangetastet, offensichtlich sollen sie einmal als Trophäen an der Wand hängen. Der Boden ist voller Blut.

Ein Vorratslager, genutzt von Wilddieben für das zum Verkauf bestimmte Fleisch? Ihr werden die Knie weich. Sie muß sich unbedingt hinsetzen. Deshalb lehnt sie sich an eine unebene Wand mit felsigen Vorsprüngen. Aus dieser Position blickt sie direkt in die Augen des zuoberst liegenden Hirsches, und es scheint, als starrte er sie an. Es sind lebendige Augen, auch wenn das verlassene Daliegen und die Unbeweglichkeit des Körpers den Tod bestätigen. Leuchtende Augen, aus denen die Überraschung über den Hinterhalt spricht, der Schmerz eines frühzeitigen Todes, die gewaltsame Trennung von der Partnerin.

Hau hier ab, mach, daß du wegkommst, hier sitzt du in der Falle, dumme Kuh, sei doch nicht so töricht! tadelt sie der lästige Engel über die Schulter hinweg, und endlich beschließt Zaira, die sich mittlerweile ein Taschentuch vor die Nase hält, den Rückzug anzutreten. Also quält sie sich wieder die Steinstufen hinauf. Sie kehrt zurück ans Licht, das sie mit seinen angenehmen lauwarmen Strahlen einhüllt. Es ist kurz vor drei an einem sonnigen Tag im Wald von Ermellina.

Zum Glück hat sie ein Stück Papier und einen Bleistift dabei. Sie lehnt sich an einen Baumstamm und macht eine grobe Skizze von dem Ort. Doch während sie noch Maß nimmt und abzuschätzen versucht, wie weit dieses Waldstück vom Gipfel des Capo Randagio entfernt ist, entdeckt sie in der Ferne zwischen den Bäumen etwas, das ihr ganz und gar nicht in diese Gegend zu passen scheint: einen Wohnwagen mit verrammelten Fenstern. So weiß lackiert, wie er dasteht, paßt er sich perfekt dem Weiß des Schnees an. Deshalb ist er ihr vorher nicht aufgefallen. Wie mag er wohl dorthin gekommen sein? Offenbar wurde er im letzten Sommer von einem Geländewagen an diesen Ort gezogen. Und jetzt dient er jemandem als Behausung.

Sie will schon auf den Wohnwagen zugehen, doch diesmal hält sie sich zurück. Das wäre zu unvorsichtig, auch wenn dieses bewegliche Heim ziemlich verlassen aussieht. Für heute hast du genug angestellt, tadelt sie der mit den Flügeln, in Kürze ist es stockdunkel. Du kannst morgen weitersuchen.

Als sie nach Hause kommt, hat der alte Pitrucc' ein schönes Feuer im Kamin gemacht, Nudeln mit Bohnen gekocht, und jetzt erwartet er sie mit einem Glas Wein in der Hand.

Zaira berichtet ihm von ihrer Entdeckung. Hastig kippt er den Wein hinunter und schaut sie besorgt an.

»Was willst du jetzt tun?«

»Das weiß ich nicht.«

»You ought to denounce them. Du solltest sie anzeigen.«

»Bei wem denn?«

»We are in a national park, Zà. Da ist es doch verboten, Tiere zu töten, oder nicht? Du mußt sie anzeigen.«

»Das mach' ich auch.«

Den Rest des Abends verbrachten sie damit, sich über Antonina zu unterhalten, wie hübsch sie als junges Mädchen war. »So schön, daß alle sie haben wollten.«

»Ich weiß, Pitrucc.«

»Aber weißt du auch das mit dem feinen Herrn auf dem Pferd?« Und dann erzählt er ihr in seinem schwer verständlichen, mit englischen Wörtern untermischten abruzzischen Dialekt, daß einmal, als Antonina an einer Quelle Wasser holte, ein Herr, eine wichtige Persönlichkeit, vorbeigeritten kam. Der Herr sagte zu ihr: »Du bist so schön, dich will ich heiraten.« Aber sie antwortete ihm, daß sie ihm nicht traue, weil die Herren bloß redeten, sich jedoch niemals mit einer aus dem Volk vermählen würden. Woraufhin er ihr sagte, er fühle sich gekränkt, wenn sie ihm nicht glaube, denn er wolle sie wirklich heiraten. Dann stieg er vom Pferd und versuchte sogleich, sie zu küssen, denn ich heirate dich ja, wie er zu ihr sagte. Um sich zu verteidigen, benutzte sie das Zauberwort, das normalerweise Wunder wirkte: »Mein Bräutigam.« Aber der andere schien der Tatsache, daß sie bereits versprochen war, keine Bedeutung beizumessen. »Ich nehme dich mit nach Rom, und dann wirst du eine richtige Dame«, soll er ihr ins Ohr geflüstert haben, »ich überschütte dich mit Juwelen«, doch währenddessen machte er sich an ihrem Rock zu schaffen, stieß sie zu Boden und stürzte sich auf sie. Und Antonina, die normalerweise zurückhaltend und unbeholfen war, wurde zur Löwin: Sie versetzte ihm einen so kräftigen Tritt in die Magengrube, daß er kreidebleich wurde und anfing zu kotzen. Was sie zum Anlaß nahm, schnell die Flucht zu ergreifen. Aber ein paar Tage später, sie kam gerade aus der Kirche, sah sie sich zwei Polizisten gegenüber, die sie festnahmen wegen »schwerer Körperverletzung und Beleidigung einer Amtsperson«. Der Mann auf dem Pferd soll Bürgermeister eines kleinen Dorfes in der Umgebung gewesen sein. In der Anklage war sogar von einem Messer die Rede, das das junge Mädchen angeblich unter seinem Rock verborgen bei sich trug, aber es hätte ein Papiermesser sein müssen, weil es weder Wunden noch Blut hinterlassen hatte. Niemand wollte glauben, daß ein so zartes und hübsches Mädchen wie die Tochter des Metzgers Geremia einen so großen und kräftigen Mann mit einem Tritt in die Magengrube außer Gefecht setzen konnte.

Jedenfalls wurde sie ins Gefängnis gesteckt, wo man sie drei Tage lang festhielt, ohne daß sie etwas zu essen bekommen hätte oder befragt worden wäre, einfach nur so, um ihr angst zu machen. In der Zwischenzeit begab sich ihre Mutter zum Polizeichef und flehte ihn an, er möge ihre Tochter freilassen. Doch der stellte sich taub. Also machte sie sich eines frühen Morgens auf den Weg zu seinem Haus, dem schönsten der Stadt, und brachte ihm einen Karren voller Eßwaren: eine gesalzene und gepfefferte Schweinekeule, ein soeben geschlachtetes Schaf, frische Würste, zwei Sack Linsen, ein Dutzend Flaschen guten Weins, zwei Gläser Akazienhonig sowie zwei Knoblauchzöpfe und eine feuerrote Paprikapflanze. Beim Anblick all dieser Geschenke konnte der Polizeichef nicht widerstehen und erteilte den Befehl, das Mädchen freizulassen.

Später erfuhr der Metzger, daß jener Mann verheiratet war: Mit seiner Frau und fünf Kindern lebte er in Neapel; er hatte die schlechte Angewohnheit, auf einem Pferd durch die Gegend zu reiten, und wann immer er außerhalb eines Dorfes ein junges Mädchen traf, versprach er ihm die Ehe.

»Diese Geschichte kannte ich noch nicht, Pitrucc', wer hat sie dir erzählt? Meine Mutter?«

»Deine Mutter hat wenig gesprochen. The butcher hat sie mir erzählt, der Metzger.«

»Wie habt ihr es eigentlich geschafft, heimlich zusammenzukommen, du und Mama, obwohl doch früher alles so streng kontrolliert war?«

»Wir haben uns im Wald in der Nähe vom Kloster Sant'Anna verabredet, dahin brachte sie immer Kerzen für die Toten.« Schnell zwei Kerzen anzünden, ein Ave-Maria sprechen, und dann rannte sie los zu ihm. »Deine Mutter war mutig, viel mutiger als ich.« Sie drückte ihn an sich und küßte ihn leidenschaftlich. Er zitterte, es kam ihm so vor, als beginge er ein Verbrechen, aber Antonina war völlig unbekümmert. Und sie war auch diejenige, die, versteckt hinter einem Dickicht aus Brombeersträuchern, den Schal auf der Erde ausbreitete. »Die schönste Erinnerung meines Lebens. Und du bist aus diesem Glücksmoment hervorgegangen, Zà. Deshalb bist du auch so gesund und stark. Du bist in der allergrößten Freude entstanden.«

»Hat Antonina sich denn gar nicht dabei geschämt?«

»Deine Mutter hatte einen Dickschädel und vor nichts Angst. Sie wollte mich und bekam mich. Was später kam, war ihr völlig egal.«

»Wußte sie, daß du weggehen würdest?«

»Nein. Aber ich glaube, das hätte nichts an ihrer Entscheidung geändert.«

»Warum glaubst du, daß sie nicht mit dir nach Australien gehen wollte?«

»Sie hat mich gern gehabt, Zà, aber in einem fremden Land hätte sie es nicht ausgehalten, ohne ein Wort von der Sprache zu verstehen.«

»Sprachen kann man lernen.«

»Sie nicht, sie hätte keine Sprachen lernen können. Vergiß nicht, sie ist nie in eine Schule gegangen.«

»Doch, zu den Nonnen. Cignalitt' hat mir gesagt, daß sie bei den Nonnen war. Hat sie denn nicht lesen und schreiben gelernt?«

»Vielleicht hat sie gelernt, ihren Namen zu schreiben, aber mehr nicht. Sie war eine Ziege, Zà, a beautiful goat, und ich war bis über beide Ohren in sie verliebt. Du hast studiert, bist zur Universität gegangen, hast Sprachen gelernt. Es ist, als lägen Jahrhunderte zwischen dir und ihr, Mutter und Tochter aus zwei verschiedenen Jahrhunderten.«

Zu Ehren von Pitrucc' i pelus', dem die mittlerweile weißen Härchen nach wie vor aus den Ärmeln und dem offenen Hemdkragen sprießen, hat Zaira den berühmten Kartoffelauflauf zubereitet, so wie ihn einst ihre Mutter Antonina machte.

»Was hast du da noch reingetan außer Kartoffeln? Diesen Geschmack hab' ich seit so vielen Jahren nicht auf der Zunge gehabt.«

»Eine Schicht Kartoffeln, eine Schicht Scamorza, eine Schicht Semmelbrösel, frisch gepreßtes Öl und dann das gleiche noch einmal: hauchdünne Kartoffelscheiben, Öl, Scamorza und Semmelbrösel … schmeckt's dir?«

»Genau wie der Kartoffelauflauf von Großmutter Zaira. In welchem Jahr ist sie gestorben?«

»Das war 1975. Sie saß mit der Katze im Arm auf einem Stuhl vor ihrem Haus, so hat man sie gefunden.«

»Als ich klein war, hab' ich mit Großmutters Knöpfen gespielt. Sie hatte ein ganzes Säckchen voll davon, das hat mir so viel Spaß gemacht.«

»Das Säckchen mit den Knöpfen hab' ich noch. Willst du es mal sehen?«

Wenn in der dunklen Nacht ein Neugieriger durch das beleuchtete Fenster geschaut hätte, hätte er zwei Köpfe gesehen: den eines Mannes mit kurzen weißen Haaren und den einer Frau, deren brauner Schopf mit ein paar grauen Fäden durchzogen war. Beide beugten sich über den Inhalt eines auf dem Küchentisch ausgeleerten Samtsäckchens. Verzaubert betrachteten die beiden Gesichter Sterne aus Straß, Goldkügelchen, Perlmuttplättchen, Hornzylinder, Glastropfen, Metalldreiecke, die alle vor ihren Augen funkelten und ferne Jahre in Erinnerung riefen, in denen die Knöpfe ihre Spielgefährten waren.

»Was für happiness! Zà, diese Knöpfe erinnern mich daran, wie ich Kind war und von den Schätzen geträumt habe, die in den Bergen vergraben waren.«

Zaira stellt fest, daß sie dieser mühsam zusammengestoppelte, mit englischen Wörtern durchmischte Dialekt im Grunde gar nicht so stört. Im Gegenteil, er bereitet ihr Vergnügen und rührt sie, wie eine sprachliche Welt, die ebenfalls im Exil war und jetzt zurückkommt und sich im Abseits befindet mit ihren verschluckten Vokalen, den ständigen Auslassungen. Die Dorfbewohner haben inzwischen alle die italienische Hochsprache in Reserve und wechseln ganz selbstverständlich von einer Redeweise in die andere. Er nicht. Und das macht ihn angreifbar, läßt ihn komisch wirken.

Während die faltigen Hände von Pitrucc' mit den Knöpfen seiner Kindheit spielen, legt Zaira den Kopf auf die verschränkten Arme und schläft ein. Im Traum erscheint ihr die Gestalt eines Jägers mit lebendigen, freundlichen Augen. Sie hat das Gefühl, ihn zu kennen, fragt sich, wer er ist, doch sie findet keine Antwort. Anscheinend hat er sie nicht bemerkt. Er trägt eine Hose, deren Grün mit den Gräsern verschwimmt, bis hoch über die Knöchel reichende Bergschuhe, ein zartgelbes Hemd und eine Baumwollweste mit prall gefüllten Taschen. Zwischen den Fichten hindurch steigt er in die Berge hinauf, und sie folgt ihm.

»Erzähl mir was, Mama.«

Heute ist die Mutter etwas seltsam gekleidet: ein langer, weiter Rock, eine Bluse mit Puffärmeln und einem bestickten Kragen, der den kurzen Hals entblößt. Ihre Haare sind streng zurückgekämmt, an ihren Ohrläppchen baumeln Ohrringe. Die Augen blicken erstaunt in die Kamera. Sie drückt eine Rose an ihre Brust.

»Mama, was hast du gemacht?«

Die junge Mutter räuspert sich und streckt ihre Beine aus, so daß unter ihrem weiten Rock zwei Bergschuhe aus schwarzem Leder zum Vorschein kommen. Vielleicht denkt sie an ihren geliebten Minuccio.

»Erzähl mir was, Mama«, quengelt die Kleine und mißt der Verkleidung nahezu keine Bedeutung bei. Eine Mutter von einhundertdreißig Jahren scheint ihr ein wunderbares Spiel zu sein. Aber sobald sie anfängt zu erzählen, stellt sie mit Erleichterung fest, daß es immer noch dieselbe ist, ihre einzige, über alles geliebte Mama, die so schön erzählen kann.

»Eines frühen Morgens trat ein Jäger aus seiner Hütte inmitten der Felder und machte sich auf den Weg zu den Wäldern des Monte Amaro. Die in den Bäumen hängenden Nebelschwaden verzogen sich gerade. Seine Schritte versanken im regenweichen Erdboden. Disteln zerkratzten ihm die Stiefel. Das Gewehr hing an seiner Schulter. Der Mann hob den Kopf und entdeckte, daß der Morgen ihn anlächelte. Und er zündete sich als erstes eine Zigarre an.«

Die Stimme der Mutter wird jetzt tief und bekommt einen verwegenen und ironischen Klang. »Wirklich ein herrlich sonniger Tag. Der Jäger war mit sich und der Welt im reinen. Langsam setzte er einen Schritt vor den anderen, Margeriten und Grashalme unter sich zertretend. Am liebsten wäre er den ganzen Tag so weitermarschiert, in der bleichen Sonne, die ihm, dem schönen Jägersmann, den Rücken wärmte. Aber er wußte, daß die richtige Jagd im Wald stattfand, dort, wo die Schatten ihn in einer erdrückenden Umarmung einhüllen würden, wo die Sicht niemals ganz klar ist, wo der Horizont fortwährend von Felsen, Bäumen und Bergrücken verdeckt wird. Mit einem gewissen Widerwillen verließ er den sonnigen Weg, um in den noch feuchten, dunklen Wald einzudringen. Die Tiere, die er suchte, bauen ihre Höhlen in riesigen alten Baumstämmen, in Felsen mit tiefen Einschnitten.«

»Warum hörst du auf, Mama?«

»Ich dachte, du wärst eingeschlafen.«

»Mach weiter!«

Der Jäger lief und lief und lief und merkte gar nicht, wie es irgendwann zehn Uhr wurde und dann zwölf und dann zwei. Auf der Suche nach der großen Beute hatte er einen Hasen und ein Bläßhuhn erlegt, die nun an seinem Gürtel hingen. Das Blut der getöteten Tiere befleckte seine Hosenbeine. Aber das kümmerte ihn nicht weiter. Er atmete den Geruch des großen Hirsches, auf dessen gewaltiges goldenes Geweih er ein Abendessen gewettet hatte.«

Jetzt wird die Stimme schwächer, und das Kind spürt, wie es vom Schlaf weggezogen wird zu fernen Seen. Doch sobald die Worte ausbleiben, öffnet es die Augen.

»Erzähl weiter, Mama!«

Die Mutter vollführt die üblichen liebevollen Rituale: Sie zieht die Bettdecke hoch, streichelt der Kleinen die Stirn, wobei sie ihr den blonden Pony aus dem Gesicht streicht, und dann erzählt sie weiter. Auch sie hat als Kind erfahren, was es heißt, den phantastischen Geschichten einer Mutter zu lauschen, die zudem Ausländerin war und ein holperiges Italienisch sprach. Es war nicht klar, wieviel sie erfand und wieviel davon Erinnerung an Gelesenes oder Gehörtes war. Aber ihr Erzählen war ausführlich und konzentriert und widmete jeder Einzelheit der Geschichte die größte Aufmerksamkeit.

»Bisher war es niemandem gelungen, den Hirsch zu stellen, und der Jäger wollte, daß er ihm gehörte. Er hielt sich nicht für einen besseren Schützen als die anderen, aber er wußte, daß er über Geduld, Entschlossenheit und List verfügte.

Um vier steckte er sich ein Eichhörnchen an den Jagdrock. Zwar werden Eichhörnchen nicht gegessen, aber der kleine, weiche Körper mit dem herunterhängenden Kopf hatte einen wunderschönen Schwanz, und er dachte, er könnte ihn seiner Frau schenken, damit sie eine Stola oder einen Kragen daraus machte oder vielleicht einen ihrer Hüte damit schmückte, als Kampftrophäe.

Um halb vier erhob er seinen Blick zur Sonne und sah, daß sie an Kraft verlor. Die Bäume verlängerten allmählich ihre Schatten auf dem mit Blättern bedeckten Boden. Die Schuhe mit der Gummisohle schritten geräuschlos voran wie auf einem Teppich.

Um ›cinco de la tarde‹, wie es bei García Lorca heißt, sah er ihn endlich. Achtsam, die Ohren gespitzt, bewegte er sich zwischen den Bäumen. Was den Jäger am meisten beeindruckte, waren die ungeheuer großen Geweihschaufeln. Sein Freund Pietro, der ihn einmal an einem frühen Morgen in der Nähe des Sees beobachten konnte, hatte recht: Es ist der schönste Hirsch, den ich je gesehen habe. Das Geweih ist bestimmt an die zwei Meter hoch, der Nacken breit und kräftig, auf der Brust prangt ein weißer Stern, und die flinken Beine erreichen die Geschwindigkeit eines Hasen. Bisher ist es niemandem gelungen, seiner habhaft zu werden.«

An dieser Stelle wird die Stimme der Mutter schleppend, sie droht zu versagen. Der Mund hat keinen Speichel mehr, wird trocken, und aus ihrer Kehle dringen nur noch heisere Wortfetzen.

»Erzähl weiter, Mama!« drängt die Tochter, die die Geschichte auf keinen Fall verpassen will, auch auf die Gefahr hin, die müde Stimme der Mutter zu strapazieren.

Die Mutter trinkt einen Schluck Wasser, räuspert sich und fährt fort.

»Der Jäger blieb stehen, ihm verschlug es die Sprache. Das wunderschöne Tier war nur wenige Meter von ihm entfernt, doch es schien seine Gegenwart nicht bemerkt zu haben. Blind und majestätisch schritt es dahin auf seinem Weg zu irgendeiner höher gelegenen Lichtung. Der Jäger rührte sich nicht von der Stelle. Er befürchtete, bei der kleinsten Bewegung könnte der Hirsch seine Anwesenheit wahrnehmen und flüchten. Er wollte diesen wundervollen Anblick noch etwas genießen, bevor er das Tier endgültig töten würde. Er wollte ihm folgen und seine Freude haben an diesem Gang, dieser Haltung, an diesem Geweih, an diesem prachtvollen goldenen Kopf, der am Ende unbeweglich zu seinen Füßen liegen würde.

Einen Moment lang war der Hirsch unsicher, nahm Witterung auf, doch dann lief er weiter, und der Jäger konnte sich gar nicht satt sehen an so viel Anmut und Eleganz. Erst als das Tier etwa zwanzig Meter von ihm entfernt war, tat der Mann die ersten Schritte und versuchte, dabei nicht das geringste Geräusch zu verursachen.

Als wäre sich der Hirsch seiner Unverletzlichkeit sicher, zog er ruhig seiner Wege, kletterte auf Felsen, überquerte Wiesen, drang in das Innere des Waldes ein, kam an den Ufern eines Sturzbachs wieder heraus, um dann immer weiter und weiter hinaufzusteigen.

Verschwitzt und mit schmerzenden Füßen blieb der Jäger ihm auf den Fersen, ohne ihn ein einziges Mal aus den Augen zu verlieren, obwohl er eine gewisse Entfernung einhielt, um nicht auf sich aufmerksam zu machen. Seine Augen, mittlerweile nur noch zwei Schlitze, taten ihm weh. Das Gewehr trug er jetzt nicht mehr auf dem Rücken, sondern hielt es fest in der Hand; durch den Kontakt mit den heißen Fingern war es ganz warm geworden. Wohin lief dieses verdammte Tier, das keine Anstalten machte stehenzubleiben?

Und wenn ich das Gewehr anlege und es auf der Stelle erschieße? sagte er zu sich. Es wäre ein leichtes: Der Körper des Tieres ist so gut sichtbar, daß er es mit ausgestreckter Hand fast berühren könnte. Zwar lief es schnell, doch es rannte nicht. Warum es also nicht auf der Stelle erlegen?

Aber etwas hielt ihn davon ab. Vielleicht die Vorstellung, daß der Hirsch ihn, ohne es zu wollen, zu seiner Höhle führt. Und wenn er dann dort auch auf die Hirschkuh und die Kälber träfe? Könnte er die beiden erwachsenen Tiere töten und die kleinen am Leben lassen, damit sie groß werden? Das waren die stillen Gedanken eines Jägers, der sich in dem Moment in seine Beute verliebt, in dem er zum Töten entschlossen ist. Geheimnisse der menschlichen Seele.«

Bedeutet besitzen zerstören? fragt sich die Kleine und beißt sich auf den Finger. Ein Faden hielt Mutter und Tochter zusammen: der Faden der Erzählung, und sie wußte, daß ihre Mutter wußte, daß sie nie und nimmer einschlafen würde, bevor sie nicht das Ende gehört hatte. Dabei kannte sie diese Geschichte schon, aber jedesmal gab es Abweichungen, Neuheiten, kleine Erfindungen, die die Phantasie der Mutter ebenso beflügelten wie die des Kindes.

»Erzähl weiter, Mama!«

»So liefen sie stundenlang dahin, der Hirsch mit dem goldenen Geweih voraus und der Mann mit dem Gürtel, an dem lauter kleine blutige Körper baumelten, hinterdrein. Der Jäger fragte sich nicht mehr, wo er sich befand: Ihm war klar, daß es ständig bergauf ging, doch wohin? Er hätte es nicht sagen können. Die umstehenden Bäume wurden immer dichter, und mittlerweile hatten sie die ihm vertrauten Gegenden längst hinter sich gelassen und waren in unbekanntes felsiges Gelände mit steilen Abgründen vorgedrungen. Die Schatten verdunkelten sich. Die Augen konnten nicht mehr klar unterscheiden. Aus Sorge, das Tier zu verlieren, schlich er sich, immer waghalsiger werdend, noch näher heran. Nur einmal sah er, wie es seinen Kopf wandte und sich umschaute, doch keineswegs furchtsam, sondern eher so, als wollte es sich vergewissern, daß der Mann ihm folgte.

Inzwischen war es stockfinster geworden. Zum Glück verbreitete ein bläulicher Halbmond, der sich plötzlich über den Baumwipfeln zeigte, ein leichtes phosphoreszierendes Licht. Dieser flimmernde Lichtschein fiel zwischen die Stämme, wo die Bäume nicht so dicht zusammenstanden, in den Wald, streifte kahle Wiesen, entblößte das weiße Fleisch der Felsen.

Der Jäger befand sich ganz nah bei dem Hirsch und versuchte, sich so leise wie möglich zu verhalten, aber ab und zu verriet ein knackender Ast oder ein wegrollender Stein seine Anwesenheit. Der Hirsch schien es nicht zu bemerken. Dabei müßte er doch eigentlich meinen Geruch wittern, dachte der Mann etwas irritiert. Vielleicht hat er ja seinen Geruchssinn verloren, oder vielleicht ist er taub, das passiert bei Tieren, wenn sie älter werden, genauso wie bei Menschen. Der Hirsch drehte sich nicht um, er schritt sicher voran, ohne sein Tempo zu beschleunigen, fast so, als fürchtete er, sein Verfolger könnte ermüden. Und tatsächlich war der Jäger jetzt völlig außer Atem, erschöpft und hungrig, und die an seinem Gürtel hängende Beute wurde ihm immer schwerer, doch er wagte nicht stehenzubleiben, um sich ihrer zu entledigen.

Nachdem er eine enge Schlucht passiert und sich etliche Kratzer zugezogen hatte, als er sich den Weg durch ein Spalier von Brombeersträuchern bahnte, die ihre Zweige ausstreckten wie ein Polyp seine Tentakel, sah der Jäger schließlich, wie der Hirsch in einer Höhle verschwand. Er ging bis an den Eingang, wo er atemlos stehenblieb, nicht wissend, was er tun sollte. Die Nacht war hereingebrochen und engte ihn von allen Seiten ein. Würde er jemals wieder nach Hause zurückfinden?«

Das war wirklich ein köstlicher Augenblick. Die Lider der Kleinen mochten zugefallen sein, aber alle ihre Muskeln waren angespannt. Sie spürte ihre Müdigkeit nicht mehr, nur den brennenden Wunsch, die Geschichte weiterzuhören. Was würde der Jäger tun? Hineingehen oder umkehren? Würde er den Hirsch erschießen oder ihn verschonen? Und wer befand sich wohl in der Höhle, und wohin führte sie? Die weiche Gestalt der jungen Mutter, so weiß und so blond, verkörperte die Antwort. Ihre Worte, denen der Geruch des Waldes anhaftete, weckten das Verlangen und die Gewohnheit zuzuhören, die das ganze Leben lang andauern sollten. Das Vergnügen, den Geschichten Aufmerksamkeit zu schenken und mit geschlossenen Augen der dunklen, geheimnisvollen Entschlüsselung der Ereignisse zu folgen, bevor man sich endgültig dem Schlaf hingibt.

»Was ist, Mama?«

»Du bist ja immer noch nicht eingeschlafen?«

»Was hat der Jäger gemacht?«

Die Mutter lächelt über die Neugier der Tochter und stellt fest, daß sie der ihren sehr ähnlich ist.

»Dem Jäger fiel ein, daß er in einer seiner Taschen neben einem Klappmesser auch noch eine kleine Taschenlampe verwahrte. Vorsichtig zog er sie heraus. Machte sie an und richtete den Lichtstrahl auf die Höhle. Doch es war nichts weiter zu erkennen als eine Öffnung, hoch wie eine Tür und ganz mit Moos bedeckt. Also blieb ihm nichts anderes übrig, als hineinzugehen. Und so machte er sich auf, in einer Hand die Taschenlampe, in der anderen das Gewehr.«

Eine Mutter und eine Tochter betreten gebückt die Höhle des Geheimnisses, bereit, dem Unbekannten entgegenzugehen.

»Aber wo hält sich der Hirsch versteckt?«

»Das Gewölbe der Höhle war so hoch wie eine Kirche. Der Jäger richtete seinen Blick hinauf und war überrascht von der Weite des Raumes: Eine Kuppel folgte auf die andere, alle in den Felsen gehauen. Unter den hohen Deckenbögen herrschte ein großes Gewimmel. Bei genauerem Hinsehen sah er, daß es sich um Tausende von Fledermäusen handelte, die kopfüber herunterhingen. Ein herber, süßlicher Modergeruch hing in der Luft. Flüchtig sah er auf die Tiere, die er an seinem Gürtel trug. Auch sie hingen mit dem Kopf nach unten und schienen zu schlafen. Einen Moment lang dachte der Jäger, daß es ihm eigentlich lieber wäre, wenn auch sie noch lebten. Aber dann schloß er die Augen und ging weiter.

›Komm!‹ sagte eine tiefe, freundliche Stimme.

›Wer spricht da?‹ fragte der Jäger verwirrt.

›Komm her!‹

›Wer bist du?‹

›Jetzt wende dich nach links, geh den Gang entlang, in den du gerade mit deiner Taschenlampe leuchtest, und komm her.‹«

Sind Mutter und Tochter wirklich bereit, sich weiter vorzutasten angesichts einer so konkreten Gefahr wie der Stimme eines Unbekannten, der sie auffordert, einen in den Fels gehauenen dunklen Gang entlangzugehen? Das Kind meint, ja.

Die Mutter zögert einen Moment lang. Mit den Fingern streicht sie sich eine Haarsträhne zurück, die ihr über die Augen gefallen ist. Sie richtet den Blick auf das geöffnete Fenster, durch das die tiefschwarze Nacht hereinfällt. Man hört die Grillen in den Büschen hinter dem Haus. Vielleicht sogar den Ruf eines Kuckucks in den Ästen. Der Duft der Linden dringt süß und gleichsam auf melodischem Wege zu der schläfrigen Frau. Als das Kind ihre Unaufmerksamkeit bemerkt, drückt es seine Fingerknöchel gegen ihren Arm wie gegen eine Tür, die sich nur mit Mühe öffnen läßt. Und sogleich klärt die Mutter ihre Stimme wie ein großer Schauspieler, bevor er die Bühne betritt.

»Der Jäger lief vorsichtig den steinernen Gang entlang. Er bemerkte, daß er sich im Zickzack durch den lebenden Felsen bewegte. Aber von irgendwoher drang ein matter, zitternder

Lichtschein. Ruhig tastete er sich weiter vor, wobei er instinktiv den Kopf einzog, so wie man es in Höhlen macht, obwohl diese so hohe Wölbungen hatte. Die Füße glitten über den kalten Stein eines langsam breiter werdenden Ganges. Das Licht wurde immer heller, je weiter er voranschritt, und legte sich über den kleinen Strahl seiner Taschenlampe.

›Bald hast du es geschafft. Achte auf die Stufen!‹ sagte die fürsorgliche Stimme.

Der Jäger schaute nach unten und sah, daß der Boden mit Stroh ausgelegt war. Er überwand die drei Stufen, bog um eine Ecke und hob den Kopf. Vor Überraschung blieb ihm der Mund offenstehen. Vor ihm, in einem in den lebenden Felsen gehauenen schönen Raum, stand auf einem mit weichem Heu bedeckten Boden, angestrahlt vom Licht des Mondes, das durch ein Loch in der Decke drang, der wunderschöne Hirsch mit dem goldenen Geweih und dem weißen Stern auf der Brust und war dabei, eine Frucht zu verspeisen.

›Willkommen bei mir zu Hause!‹ begrüßte er ihn höflich. ›Willst du einen Apfel?‹

›Offen gestanden, habe ich großen Durst‹, antwortete der Mann mit leiser Stimme und dachte bei sich: Ich träume, ich träume, warum gelingt es mir bloß nicht aufzuwachen?

›Hier ist Quellwasser für dich‹, entgegnete der Hirsch, während er ihm mit dem Huf einen Tonkrug zuschob. ›Setz dich doch‹, fuhr er fort, ›dort drüben steht ein Hocker. Oder willst du Stroh, um dich auszustrecken?‹

›Nein … nun … danke. Aber wo bin ich hier eigentlich?‹

Lange blickte der Hirsch ihn mit seinen großen, sanften Augen an, und dann lächelte er, so wie es nur Hunde manchmal tun, wobei er seine Lippen ein wenig nach oben über die schneeweißen Zähne zog.

›Du bist bei mir zu Hause. Und ich glaube, du wirst wohl die Nacht hier verbringen müssen, denn draußen ist es dunkel, und du würdest bestimmt den Rückweg nicht wiederfinden. Morgen früh zeige ich dir, wie du gehen mußt.‹

›Aber sag mal … Wieso sprichst du meine Sprache?‹

›Da du meine nicht sprichst, mußte ich deine lernen. Wundert dich das?‹

Der Jäger trank das Wasser, das ihm frisch und köstlich vorkam. Dann wischte er sich den Mund an seinem Ärmel ab und schlug sich mehrmals auf die Wangen, in der Absicht aufzuwachen.

›Du schläfst nicht, du bist ganz wach.‹

›Dabei ist mir wirklich, als schliefe ich.‹

›Wenn du schläfst, träumst du, und ich bin dein Traum.‹

›Vielleicht stimmt das, ich träume. Du bist mein Traum.‹

›Aber auch ich träume, schöner Jäger, und mir gefällt die Vorstellung, daß du Mensch mein abartigster Traum bist.‹

›Ich kann nicht dein Traum sein.‹

›Nur weil du ein Gewehr hast?‹

›Ausgerechnet an einen philosophierenden Hirsch mußte ich geraten! Ich bin ein Jäger und schieße. Würde ich jedesmal, wenn ich auf die Jagd gehe, anfangen zu philosophieren, käme ich keinen Schritt voran.‹

›Das ist kein Philosophieren, sondern vernünftiges Reden. Du hast ein Gehirn und Vernunft.‹

›Du hast kein Gehirn. Ich rede durch dich, das weiß ich. Du bist stumm und kannst nicht denken, weil das Denken zu den Menschen gehört.‹

›Vielleicht hast du recht. Der Traum ist der deinige, das Denken ist deins. Das Gewehr gehört dir. Die Nacht gehört dir. Es wäre interessant, einmal festzustellen, inwieweit Besitz zum Träumen berechtigt. Aber komm mal mit, ich will dir was zeigen, das wirklich mir gehört, nur mir, komm.‹

›Ich hasse die Philosophen, nur damit du Bescheid weißt.‹

›Und ich hasse Ignoranten.‹«

Die Stimme der Mutter verändert sich, wenn sie den philosophierenden Hirsch nachahmt. Ein ernster, nachdenklicher und tiefer Ton kommt hinein, aber auch ein Anklang von Fröhlichkeit und scheinbarer Gleichgültigkeit. Wohingegen sie für den

Jäger eine höhere Tonlage wählt. Sogar ihr Gesicht verwandelt sich. Wenn die Tochter ein Auge öffnet, sieht sie, wie sich die Emotionen der Geschichte im weichen Gesicht ihrer Mutter spiegeln: Die Stirn ist gerunzelt, die Lippen schürzen sich, wenn sie den überlisteten Jäger imitiert. Doch wenn sie den weisen, geduldigen Hirsch sprechen läßt, lächelt sie sogleich wieder beschwingt.

»Erzähl weiter, Mama!«

»Der Hirsch setzte sich in Bewegung und gab dem Mann ein Zeichen, er möge ihm folgen. Woraufhin der Jäger sich an seine Fersen heftete. Sie liefen lange felsige Gänge entlang, der Hirsch schnellen und sicheren Schrittes voraus, der Jäger mit der Beute um die Taille, der brennenden kleinen Taschenlampe und dem Gewehr unter dem Arm hinterher.

Schließlich gelangten sie an einen anderen Platz, der durch einen schräg im Fels verlaufenden Spalt beleuchtet wurde. Auf dem strohbedeckten Boden lagen vier kleine neugeborene Hirschkälber. Der Vater ging auf den jüngsten seiner Söhne zu, dessen Schwanz sich sofort hin und her bewegte, während die anderen sich auf ihren noch wackeligen Beinen aufrichteten und mit ihren Köpfen gegen den Bauch des Vaters stießen, um nach einer Zitze zu suchen, an der sie saugen konnten.

›Die Mutter dieser Kleinen hier wurde von einem Wilderer getötet‹, sagte der Hirsch, den Kopf eines seiner Söhne ablekkend. ›Ich ernähre sie mit wilden Äpfeln und Honig, deshalb habe ich mich, wie du gesehen hast, so weit hinunter in die Nähe des Dorfes begeben. Die besten Früchte finde ich nämlich in niedrigen Lagen.‹

›Wieso hast du mich hierhergeführt, du verfluchter Hirsch? Mitleid ist der ärgste Feind der Jäger.‹

›Ich will kein Mitleid von dir.‹

›Was willst du dann?‹

›Ich will, daß du siehst. Die Augen sind bisweilen intelligenter als das Gehirn.‹

›Das fehlte mir gerade noch, daß ich versuche, die Tiere zu verstehen! Töten muß ich sie, nicht verstehen. Ich bin doch keiner von diesen elenden Tierschützern oder so ein wahnsinniger Vegetarier.‹

›Schau dich doch mal um. Was siehst du?‹

›Ich sehe Hirschkälber, an denen ich als Jäger momentan kein Interesse habe, aber schon morgen werde ich die Berge nach ihnen absuchen und sie aufstöbern.‹

›Das ist das, was dein Gewehr sieht. Bist du nicht fähig, mit deinen eigenen Augen zu sehen?‹

›Ich sagte dir bereits, daß Mitleid mein Feind ist und mich auch nicht interessiert, für mich ist es ein altes Weib mit faltigem Gesicht, eitrigen Augen, das obendrein nach Friedhof stinkt. Nichts anderes ist Mitleid für einen Jäger. Das hab' ich von meinem Vater gelernt, und der hat niemals daneben geschossen.‹

›Du wirst dieses alte Weib umarmen, küssen und vor lauter Liebe weinen.‹

›Das wird nie passieren, du Schurke!‹

›Wenn du nach Hause kommst und deinen Sohn findest … aber ich sage nichts weiter. Geh jetzt! Ich zeige dir den Weg. Und beeil dich, denn deinem Haus droht Gefahr.‹

Heimlich zwickte sich der Jäger in den Oberschenkel. Er mußte aufwachen, mußte unbedingt aufwachen aus diesem dummen Traum.

›Es ist sinnlos, daß du dich zwickst, du schläfst nicht.‹

›Woher willst du das wissen? Wenn du Teil meines Traumes bist, kannst du das nicht wissen. Auch du glaubst, du seist ein sprechender Hirsch, und statt dessen träumst du.‹

›Also sind wir nun in deinem Traum oder in meinem?‹

›Ich träume, und du antwortest mir innerhalb meines Traumes, das ist doch klar.‹

›Wenn du der Träumende bist, warum sprichst du dann von einer Gefahr, die auf deinem Haus lastet? Woher diese Vorahnung?‹

Der Jäger schulterte sein Gewehr, um sich selbst zu beweisen, daß er Herr der Lage war. Er ließ sich doch nicht von einem dummen sprechenden Tier auf den Arm nehmen!

Dann richtete er die Mündung der Waffe auf den Hirsch und wollte abdrücken. Aber genau in diesem Moment kam eines der Hirschkälbchen auf ihn zu und stieß mit dem Maul gegen seine Brust, so als suchte es bei ihm die Milch, die es bei seinem Vater nicht fand. Und da glitt dem Jäger die Waffe aus der Hand und fiel auf den Boden.«

»Erzähl weiter, Mama!«

Aber die Mutter erzählte nicht weiter. Denn kaum hatte das Kind die Worte ausgesprochen, war es auch schon eingeschlafen.

»Bis morgen, mein Schatz«, sagte die Mutter, während sie der Tochter die Bettdecke über die Schultern zog.

Dennoch mußte die Geschichte eine Fortsetzung haben. Fiele sie wohl am nächsten Tag anders aus? Und welche Stimme würde sich die Mutter ausdenken, um zu erzählen, wie der Jäger bei der Heimkehr seine Frau erschossen vorfand, seinen Sohn im Sterben liegend und das Haus von einer Mörderbande durchwühlt? Ob er wohl über die Worte des philosophierenden Hirsches nachdächte? Würde er mit geladenem Gewehr und voller Rachedurst in die Berge zurückkehren? Oder hätte er das Bedürfnis, noch einmal mit ihm zu reden, um ihn nach dem Grund für so viel Unheil zu fragen? Wer weiß, ob er die Höhle in diesem tückischen dichten Wald überhaupt jemals wiederfände? Würde er dem Hirsch noch einmal begegnen? Und um wessen Traum handelte es sich, wenn jeder in seiner Wahnvorstellung einen Besitzanspruch auf den anderen erhob?

Mit blitzblanken Gummistiefeln, die wattierte Jacke von Fungos Haaren befreit und um den Hals einen schönen neuen Schal, so klingelt Zaira bei der staatlichen Forstaufsicht.

Ein frisch rasierter junger Mann, der den Geruch eines mentholhaltigen Rasierwassers verströmt, öffnet ihr die Tür.

Höflich begrüßt er sie und führt sie zum Zimmer seines Vorgesetzten, mit dem sie telefoniert hat und der sie erwartet.

»Guten Tag, Signora Zaira, nehmen Sie Platz!«

Hinter einem Schreibtisch mit Glasplatte sitzt ein Mann um die Fünfzig in Uniform und allem Anschein nach liebenswürdig und umgänglich.

»Also, was wollen Sie anzeigen? Worum geht es? Mittlerweile betätigen wir uns hier ja alle als Polizisten.«

»Nun, ich wollte einen Fall von Wilddieberei anzeigen. Auf einer meiner Erkundungstouren bin ich auf eine Höhle mit erschossenen Hirschen gestoßen. Wenn Sie wollen, mache ich Ihnen eine Zeichnung, wo genau sich die Höhle befindet.«

»Leider passiert auch so etwas manchmal. Und wenn wir hier mehr Personal hätten und besser ausgestattet wären, könnten wir der Sache Herr werden, aber wie sollen wir mit wenigen Leuten, wenig Geld und wenigen Fahrzeugen ein so riesiges Naturschutzgebiet kontrollieren?«

»Aber hier geht es um einen schwerwiegenden Fall. Mindestens vier erschossene Tiere. Stehen die Hirsche im Nationalpark denn nicht unter Schutz?«

»Doch, stehen sie, und wir tun alles dafür, daß ihnen nichts passiert. Aber egal, schauen Sie, das sind Leute von außerhalb. Niemand hier im Nationalpark würde geschützte Tiere töten.«

»Ich meine mich zu erinnern, daß der Tierarzt des Parks schon des öfteren auch auf Fälle von Wilddieberei bei Bären aufmerksam gemacht hat. Wenn das so weitergeht, wird es in ein paar Jahren nicht einmal mehr Hirsche in diesen Wäldern geben.«

»Der Tierarzt übertreibt: Bei uns ist Wilddieberei so gut wie nicht existent, unbedeutende Einzelfälle. Und sie geschehen jenseits der Grenzen des Parks.«

»Gut, aber das, wovon ich spreche, spielt sich innerhalb des Parks ab.«

»Wahrscheinlich hat man sie außerhalb getötet, denn sehen Sie, Hirsche wandern, sind auf der Suche nach wilden Äpfeln, dringen in Obstplantagen ein und stören die Haustiere. Und irgendein idiotischer Bauer tötet sie dann, und um den Verdacht nicht auf sich zu lenken, schafft er sie an einen anderen Ort, der unter Umständen innerhalb des Parks liegt.«

»Ihrer Meinung nach besteht also kein Grund zur Sorge.«

»Es ist alles unter Kontrolle, Signora.«

»Aber die Hirsche, die ich gesehen habe …«

»Lassen Sie uns unsere Arbeit tun, Signora. Und entschuldigen Sie, wenn ich Sie danach frage, aber was treibt Sie dazu, in diesen Wäldern herumzuschnüffeln?«

»Ich bin auf der Suche nach meiner Enkelin Colomba, das weiß doch jeder.«

»Nehmen Sie es mir nicht übel, liebe Signora, aber ich rate Ihnen, damit aufzuhören. Ist Ihnen klar, daß fast ein Jahr vergangen ist? Jetzt müssen Sie sich damit abfinden und in den Alltag zurückkehren, ohne durch die Wälder zu streifen wie ein wildes Tier. Mir tut es, offen gestanden, leid, daß eine sensible Frau wie Sie etwas so Unangenehmes erleben muß. Wilderer haben Gewehre, man muß vorsichtig sein.«

»Aber …«

»Haben Sie Vertrauen, Signora. Hier ist es unsere Aufgabe, die Wilderer in Schach zu halten. Und das tun wir. Natürlich kann es immer mal passieren, daß uns etwas entgeht, denn die Wilderer sind gewieft, wissen Sie, sogar sehr gewieft, aber das, worauf Sie da gestoßen sind, ist ein Einzelfall, ein bedauerlicher Einzelfall, das versichere ich Ihnen, und niemand hier aus dem Ort hat etwas damit zu tun. Diese verdammten Hirsche sind selbst schuld, sie sind einfach zu neugierig, und wenn sie sich dann außerhalb der geschützten Grenzen bewegen, ziehen sie eben den Zorn der Bauern auf sich, aber bestimmt haben Sie nicht richtig hingeschaut, es wird einer gewesen sein und nicht vier.«

»Also, ich habe vier gesehen und war nicht betrunken.«

»Na gut, sobald einer meiner Aufseher frei ist, schicke ich ihn zu Ihnen, und dann können Sie gemeinsam mit ihm die Gegend absuchen. Ich stelle Ihnen dafür einen Geländewagen zur Verfügung. Aber Sie werden sehen, daß es sich um einen Irrtum handelt. Auf Wiedersehen, Signora, und alles Gute.«

Der Mann macht eine galante Verbeugung und führt ihre Hand an seine Lippen, als wollte er damit unterstreichen, daß man Frauen gegenüber höflich sein muß, selbst wenn es sich um solche Nervensägen handelt wie sie.

»Ich hab' das Abschlachten angezeigt, Pitrucc'.«

»Gut gemacht. That's good. Und was haben sie dir gesagt?«

»Daß ich mir keine Sorgen zu machen brauche. Sie würden sich darum kümmern.«

»Und hast du sie dahin geführt?«

»Sie wollten noch nicht mal die Zeichnung sehen.«

»That's not good. Wo gehst du jetzt hin, Zà?«

»Ich such' weiter.«

»Heute nicht, warte. Draußen ist es schrecklich und iced, alles vereist, bleib doch hier bei mir.«

»Ich kann nicht, Pitrucc'.«

»Bist du zum Abendessen wieder da?«

»Weiß ich noch nicht. Warte nicht auf mich.«

»Ich hab' dir ein bißchen Brot und Käse gerichtet.«

»Danke, Papa … weißt du, es fällt mir schwer, dich als Vater zu sehen.«

Er freut sich. Sein Lächeln ist das eines alten Menschen, der das Kind in sich vollständig bewahrt hat. Dann sieht sie, wie er einen Hustenanfall bekommt und sich krümmt, wobei sein mageres Gesicht völlig entstellt ist.

»Rauchst du, Pitrucc'?«

»Ich hab' sehr viel geraucht. Meine Lunge ist hinüber.«

»Bitte, werd nicht krank, ich hab' so viel um die Ohren.«

Jetzt, da Pitrucc' i pelus' nach Hause zurückgekehrt ist, kommt Cesidio morgens nicht mehr auf einen Kaffee bei Zaira vorbei.

Und Menica bittet sie nicht mehr um ein frisches Brot. Auch Saponett' hat sie ewig nicht mehr gesehen, und von Sal weit und breit keine Spur.

Mit der Zeit hat Pitrucc' sich eingelebt. Als Gast ist er rücksichtsvoll, beteiligt sich an der Hausarbeit, kocht. Besonders gern steht er am Herd, außerdem macht er die Betten und geht einkaufen. Er hat sich sogar einen Gebrauchtwagen gekauft, um nicht soviel tragen zu müssen, und wenn Zaira mal weiter weg muß, lädt er ihr Fahrrad aufs Dach und bringt sie dorthin, wo sie hinwill.

»Also, du tust ja wirklich alles dafür, daß man dich liebt, Pitrucc'.«

»Ich war so viele Jahre lang allein, Zà. Ich hab' gelernt zurechtzukommen. Aber ich bin nicht gern allein.«

»Auch ich bin nicht gern allein.«

»*My woods, my beloved and light woods, meine Wälder, meine geliebten, leichten Wälder*, denk an diese Worte, wenn du durch den Wald läufst. *The exquisite smell of the earth at day break* ...«

»*Der angenehme Duft der Erde bei Tagesanbruch* ... es ist auch dunkel in den Wäldern, Pitrucc'.«

»Was willst du essen today? Hast du Lust auf eine turtlesoup without turtle?«

»Was soll das denn sein?«

»Eine Schildkrötensuppe ohne Schildkröte.«

»Du willst doch wohl keine Schildkröte in den Topf stecken!«

»Alles nur Schein. Das ist eine Mischung aus Nüssen und Auberginen, in der Brühe gekocht. Schmeckt dir das?«

»So wie Fischsuppe ohne Fisch?«

»Yes, my girl.«

»Darauf hab' ich keinen Appetit.«

»Zum Henker mit dir.«

Zaira schaut in den Himmel hinauf: Dicke Wolken, fransig und fahl, jagen vorüber, öffnen sich und schließen sich wieder, so daß sich Momente intensiver Sonne mit Momenten von Dunkelheit und Kälte abwechseln. Der Wind kommt schräg von der Seite, fährt durch die Äste und wirbelt die Blätter auf. Der Schnee ist fest und gefroren, es besteht keine Gefahr einzusinken. Man kann ganz leicht darauf laufen, auch wenn ab und zu ein unheimliches Knacken unter den Schuhen zu hören ist. Der Rucksack drückt nicht auf ihre Schultern.

Sie hat die Absicht, dorthin zurückzukehren, wo sie zwei Tage zuvor war, dort, wo sie das Lager der Wilderer entdeckt hat, dort, wo sie einen weißen Wohnwagen ausgemacht hat, den es näher zu erkunden gilt. Wenn die Forstaufsicht ihr nicht behilflich sein will, muß sie eben allein klarkommen. Mysteriöserweise ziehen das unterirdische Verlies und der Wohnwagen sie irgendwie an. Als gäbe es da einen Zusammenhang mit Colombas Verschwinden. Aber wieso? Sie weiß es nicht, doch Vorahnungen belasten sie wie dunkle, drohende kleine Wolken an einem klaren Himmel. Heute hat sie beschlossen, Fungo zu Hause zu lassen. Sie hat ihn Pitrucc' anvertraut und sich bereits in aller Frühe auf den Weg gemacht.

Die kräftigen Beine radeln über die Staatsstraße, die inzwischen, zumindest auf der Fahrbahnmitte, vom Schnee geräumt ist. Ein ausgehungerter Fuchs verzieht sich rasch in ein Gebüsch, als er sie kommen sieht. Sie begegnet dem Zwiebelverkäufer, der einen Platten an seinem kleinen Lieferwagen hat. »Brauchst du Hilfe, Scignapett'?« »Nein, danke, ich komm' schon zurecht.« Und weiter geht's. Etwas später muß sie anhalten, weil eine ganze Kuhherde die Straße überquert. Magere zahme Tiere blicken sie mit freundlichen Augen an.

Als sie ganz in der Ferne den See auftauchen sieht, versteckt sie das Fahrrad in einem Wacholdergebüsch am Hang des Monte Ninna. Und dann klettert sie, den Ziegenpfaden folgend, bergauf. Unter den Bäumen ist der Schnee geschmolzen und hat kreisrunde Eiskrusten zurückgelassen, die zerbröckeln, sobald man sie mit den Schuhen berührt.

Als sie sich der Stelle nähert, an der das Abschlachten stattgefunden hat, macht sie einen längeren Umweg, um sich das Ganze einmal von oben anzusehen. Sie steigt auf den Gipfel des Monte della Pecora Morta und von dort langsam hinunter, wobei sie darauf achtet, jeden Lärm im Wald von Ermellina zu vermeiden. Sobald sie den Wohnwagen im Blickfeld hat, bleibt sie stehen: Die Entfernung erlaubt es ihr einerseits, das ganze Gebiet zu überblicken, andererseits bleibt sie selbst unsichtbar, verborgen hinter niedrigen Ästen und dichten Büschen. Dort hockt sie sich auf einen moosbedeckten Stein und wartet. Ein idealer Beobachtungspunkt. Zwischen den Ästen hindurch kann sie sowohl den Eingang zu dem unterirdischen Verlies als auch den weißen Wohnwagen mit den verrammelten Fenstern im Auge behalten.

Die ersten Stunden wollen einfach nicht vergehen. Die Knochen tun ihr weh. Offenbar ist auch ihre Haltung etwas unglücklich. Sie setzt sich auf, streckt die Beine aus, massiert sich das Knie, immer darauf achtend, bloß nicht auf sich aufmerksam zu machen. Ihre Gedanken haben Mühe, dort bei dem völlig unbeweglichen verrammelten Wohnwagen zu verharren. Sie neigen dazu, in alle Richtungen davonzufliegen wie ein aufgeschreckter Vogelschwarm. Folgen dem faltigen Gesicht von Pitrucc' i pelus', der von weither gekommen ist, um ihr nach sechzig Jahren Abwesenheit Vater zu sein. Sofort hat er sich ihren Zeiten, ihren Gewohnheiten angepaßt und bewegt sich auf Zehenspitzen, als wollte er sie nicht stören. Ob er wirklich gekommen ist, um zu Hause zu sterben, so wie die Lachse in den Flüssen des Nordens? Dabei sieht er eigentlich gar nicht aus, als wollte er sterben. Abgesehen davon, daß sein Herz »ein paar Sperenzchen macht«, hat er Energie und ist bei klarem Verstand. Er hustet nicht mehr und ist viel sicherer auf den Beinen. Sie muß an ihre Mutter Antonina denken, die immer so unbeholfen, schüchtern und in sich gekehrt war. Zaira hat alles in allem nur wenige Worte aus ihrem Mund vernommen. Dabei konnte sie so zärtlich sein wie niemand sonst. Cignalitt' war das Gegenteil, der redete für zwei. Und er beugte sich mit angehaltenem Atem über sie wie ein richtiger

Vater, beschützte sie, ernährte sie, zog sie groß. Sie will immer noch nicht glauben, daß er der kleinen Angelica nachgestellt hat. Ob sie ihm das jemals verzeihen kann? Zaira weiß, daß sie ihn, wenn auch gegen ihren Willen, liebt und eine wohlwollende Erinnerung an ihn bewahrt. Sie denkt an das eine Mal zurück, als sie aus Cesidias Haus geflüchtet und in den Park gelaufen war, wie sie ihn sah, als er auf sie zukam in seinem Regenmantel, der ihm um die Beine flatterte, mit besorgtem Gesicht, die Augen vor Glück strahlend, sie endlich wiedergefunden zu haben, und mit einem liebevollen Lächeln. War das der Cignalitt' ihres Lebens, oder war es der andere, der alte, der mit den kaputten Zähnen, den kranken Augen, der abends zu Z' Marì ging, um den neuen Wein aus der Gegend zu trinken? Konnte der eine in dem anderen sein? War der eine die unvermeidliche Ergänzung des anderen? War der eine unschuldiger als der andere? Sie erinnerte sich, wie er einmal bei Regen in aller Eile fünf Kilometer zu Fuß zurücklegte, um ein Medikament für seine Frau Antonina zu besorgen. Und ein anderes Mal, als er eine ganz Nacht lang auf einem Stuhl am Bett seiner Frau zubrachte und sich andauernd über sie beugte, um ihr mit einem nassen Lappen den trockenen Mund abzuwischen. Oder als er auf allen vieren mit der kleinen Angelica auf dem Rücken durchs Haus jagte. Wieviel davon war reine Zuneigung und wieviel war heimliches Verlangen, sich dem zarten Körper zu nähern, um die eigenen Gefühle in Wallung zu bringen. Was unterscheidet und was trennt die Sinnlichkeit von der Zärtlichkeit, die Zuneigung von der Begierde? Und ohne es zu merken, nimmt Zaira, wie damals auf dem Friedhof, das stumme Gespräch mit Cignalitt' wieder auf: »Ein Erwachsener, der die Schwäche eines Kindes ausnutzt, ist auf ganz abscheuliche Weise schuldig, Papa.« »Manchmal sind die kleinen Dinger einfach so unheimlich süß zu dir, daß sie dich in Versuchung führen …« »Aber das tun sie doch in aller Unschuld, Papa, sie verstehen es nicht. Das ist wie mit den kleinen Geschenken, die sie den Großen machen, um sich gut mit ihnen zu stellen, das sind keine richtigen

Herausforderungen.« »Sie sind so unheimlich süß ...« »Was meinst du eigentlich mit unheimlich süß, Papa?« »Ich meine wie Sirup, wie Kirschsirup, wie kleine Kirschen.« »Aber ein erwachsener Mensch kennt doch seine Macht, er weiß doch, daß eine Liebkosung wie unter Erwachsenen an dem zarten Körper eines kleinen Mädchens einem Übergriff gleichkommt ... wenn man ein Gewissen hat, nutzt man das nicht aus, Papa, und selbst wenn das Kind sich mit seinem ganzen Körper an einen heranschmisse.« »Eine ganz frische Kirsche«, wiederholt er und hat sonst nichts zu sagen. »Wenn dir was an diesem Kind liegt, dann beherrschst du dich, Papa«, schleudert sie ihm weinend entgegen.

Zaira schließt die Augen, erschöpft von der dauernden Auseinandersetzung mit dem Gespenst ihres Stiefvaters. Sie muß ihn nur vergessen, sagt sie sich, ihn aus ihrem Kopf vertreiben. Doch statt dessen kommt er wie ein ungestümes junges Wildschwein im Garten ihrer Erinnerung immer wieder auf sie zu, während sie gepeinigt auf einer Bank sitzt. Der weiße Regenmantel flattert ihm immer noch um die krummen Beine, ein Lächeln von unbezwingbarer Freude liegt auf seinem groben Gesicht und weckt zärtliches Mitleid in ihr. Trotzdem war ausgerechnet das der Moment, in dem sie erriet, daß das großherzige, ungestüme Wildschwein, das mit gesenktem Kopf gegen die Schlechtigkeiten der Welt ankämpfte, nicht ihr Vater sein konnte. Mit Erleichterung hat sie das festgestellt, denn sie wußte, daß ihr eigener Körper anders war, schlanker und glücklicher, harmonischer und liebenswerter, vielleicht auch weniger gierig nach Vergnügungen und beherrschter. Sie ahnte, daß ihr richtiger Vater der andere war, dieser Pitrucc' i pelus', über den in der Familie Geschichten kursierten, der junge Mann mit den schwarzen Locken, der nach Australien gegangen war, weil er von einer Welt träumte, in der alle Menschen Brüder und solidarisch sind. Aber dieser Vater war verschwunden und hatte nie mehr etwas von sich hören lassen, während Cignalitt' sie mit Liebe, und ohne sich zu schonen, großzog. »Cignalitt', Cignalitt', mein armer Vater, wo bist du geblieben?«

Gegen drei Uhr überfällt Zaira ein plötzliches Hungergefühl. Mit leichter, ruhiger Hand öffnet sie den Rucksack, holt das Brötchen hervor, das Pitrucc' ihr gemacht hat, und ißt es in aller Ruhe, ohne den Eingang zu dem unterirdischen Verlies und den Wohnwagen aus den Augen zu lassen. Anschließend trinkt sie noch einen Schluck süßen Kaffee aus der Thermoskanne. Und wartet und wartet. Früher oder später muß ja jemand kommen. Sonst wird das Fleisch schlecht, nachdem mittlerweile zwei oder drei Tage seit dem Abschlachten vergangen sind.

Um vier geht die Sonne langsam unter. Die Kälte ist ihr in die Knochen gekrochen. Der Frost läßt ihr die Füße gefrieren. Sie bewegt sie ganz vorsichtig, um nicht gehört zu werden, so wie es Pantomimen machen, wenn sie so tun, als liefen sie, obwohl sie eigentlich stehen. Ihre Arme sind wie gelähmt. Die Lippen zittern. Was tun? Warte noch eine Stunde, nur noch eine Stunde, dann gehst du nach Hause, sagt eine dünne Stimme hinter ihr. Seltsam, daß der Geflügelte sich so mutig gibt. Normalerweise rät er ihr, sich aus dem Staub zu machen, sobald Gefahr droht. Doch heute scheint die Neugier über die Angst gesiegt zu haben. Sie steht auf und versucht sich zu wärmen, indem sie sich auf die Schenkel schlägt und ein wenig hin und her wippt.

Das Tageslicht nimmt immer mehr ab, doch Zaira kann sich einfach nicht dazu durchringen, nach Hause zu gehen. Etwas hält sie dort, steif vor Kälte, auf diesem unbequemen Stein. Vor ein paar Minuten hatte sie tatsächlich den Eindruck, ein Ruck sei durch den Wohnwagen gegangen, so als bewegte sich jemand darin. Es könnte natürlich auch Einbildung gewesen sein. Durch das ständige Anstarren der unbeweglichen weißen Wände, der verrammelten Fenster, der im Schnee eingesunkenen Reifen trügen sie ihre Augen vielleicht.

Jetzt ist es fast dunkel. Zaira weiß, daß es töricht ist, sich dort in der Kälte den Tod zu holen, nur um einen verriegelten und allem Anschein nach leeren Wohnwagen zu beobachten. Jetzt stehe ich auf, jetzt stehe ich auf, sagt sie zu sich, doch ausgerechnet in dem Moment, als sie sich erheben will, sieht sie zu ihrer eigenen Verblüffung, daß ein Licht in dem Anhänger angegangen ist und durch die Ritzen der undichten Fenster nach außen dringt. Also stimmte es doch: Da drin war jemand. Sie hatte sich nicht getäuscht, als sie meinte, gesehen zu haben, wie der Wohnwagen sich bewegte. Vor lauter Freude darüber, daß ihr stundenlanges Warten nicht umsonst war, stieße sie am liebsten einen Schrei aus. Was soll das denn nun wieder? Einen Schrei ausstoßen! Du glaubst wohl, wunder was entdeckt zu haben? Und wie willst du jetzt bei dieser Dunkelheit nach Hause kommen? Was ist, wenn du dich verläufst? Mach dich jetzt sofort auf den Weg, vergeude nicht noch mehr Zeit! Der mit den Flügeln keift und wettert. Ihm ist kalt, und er hat Hunger. Außerdem befürchtet er, sich mit ihr zusammen zu verlaufen. Aber ein Engel ohne Orientierungssinn, ist das überhaupt ein richtiger Engel?

Die Füße möchten sich Richtung Tal begeben, aber der Blick heftet sich krampfhaft auf den schmalen Lichtstreifen, der darauf hindeutet, daß sich jemand in dem Wohnwagen befindet. Du kannst nicht länger bleiben, die Temperatur sinkt immer weiter ab, man wird dich morgen erfroren auf diesem Stein finden, willst du das?

Schweren Herzens verläßt Zaira ihren Beobachtungsposten. Ein Teil von ihr verbrächte am liebsten die ganze Nacht auf diesem Stein, um zu sehen, wer sich dort in dem Wohnwagen befindet, aber sie weiß, daß sie das nicht aushielte. Sie kennt die Tücken der Berge. Irgendwann spürst du die Kälte nicht mehr, du bist nur noch müde, und wenn du einschläfst, ist es aus mit dir. Dann wachst du nicht mehr auf.

Langsam und mucksmäuschenstill, den kleinen Lichtkegel der Taschenlampe nur auf den Punkt gerichtet, auf den ihre Füße treten, macht Zaira sich auf den Rückweg. Und läßt ein nicht enthülltes Rätsel zurück.

»Erzähl weiter, Mama!«

»Ich bin müde ... Und du mußt doch auch morgen in die Schule!«

»Ich möchte wissen, wie das mit Zaira und dem Wohnwagen ausgeht.«

»Geschichten brauchen Zeit. Du kannst nicht alles auf einmal hinunterschlingen. Dann würdest du dir den Magen verderben. Morgen erzähl' ich es dir.«

Enttäuscht schließt das Kind die Augen. Warum können Geschichten nicht auf einen Rutsch erzählt werden? Es ist wie mit dem Panettone. Sobald sie einmal angefangen hat, äße sie ihn am liebsten ganz auf, aber ihre Mutter hindert sie daran. Dein Bauch würde platzen, du mußt warten. Man braucht eine gewisse Zeit, um den Panettone zu verdauen, so wie man eine gewisse Zeit braucht, um eine Geschichte zu verdauen.

Bisweilen wird die Kleine von einer Wut gepackt, die sie nirgendwo abreagieren kann. Dann meint sie, diese Mutter zu hassen, die ihr die Geschichten häppchenweise serviert, genauso wie den Panettone oder die Schokolade.

Als Zaira nach Hause kommt, trifft sie auf einen völlig aufgelösten Pitrucc', der, eine Hand an der Brust, in der Küche auf und ab läuft.

»Ich wollte gerade die police station anrufen, Zà, wo warst du denn?«

»Ich bin doch da.«

»Tu das nie wieder! Ich dachte schon, ich hätte dich für immer verloren.«

»Dich hab' ich total vergessen, Pitrucc'. Ich bin so daran gewöhnt, allein zu leben.«

»At least, you are sincere!«

»Stell dir vor, Pitrucc', ich hab' entdeckt, daß der Anhänger bewohnt ist. Da drin wohnt tatsächlich jemand.«

»Na und? Es gibt doch Millionen von Wohnwagen mit Leuten drin, das ist doch kein Grund, so spät nach Hause zu kommen und mich im Ungewissen zu lassen.«

»Entschuldige, das tut mit leid. Aber ich hab' gewartet und gewartet. Es ist mir so vorgekommen, als hätte der Wohnwagen sich bewegt, aber ich dachte, ich hätte mich geirrt, bis es dann dunkel wurde und ich trotz der verrammelten Fenster gesehen hab', wie da drin Licht anging.«

»Du hast deine Pflicht getan. Jetzt reicht's, laß es dabei bewenden. Warum mußt du unbedingt da herumspionieren?«

»Ich spüre, daß da was ist, das mir hilft, Colomba zu finden.«

»Ich spüre, ich spüre ... it's all so stupid, Zà. Ein Jahr lang hast du nichts Richtiges gespürt, warum soll das, was du jetzt spürst, die Wahrheit sein? Und was willst du dem Richter erzählen? Daß du dieses oder jenes gespürt hast? Die wollen Beweise, Tatsachen.«

»Danach such' ich ja ... Wo ist denn Fungo?«

»Der wollte nichts fressen. Das ganze Haus hat er nach dir abgesucht, zum Glück konnte ich ihn gerade noch aufhalten, er wollte nämlich abhauen, um dich zu suchen.«

Und tatsächlich jault Fungo hinter der Tür des Eßzimmers, in dem er ihn eingesperrt hat, und als sie ihm öffnet, springt er mit einer unbändigen Freude an ihr hoch.

Am nächsten Morgen, lange vor Sonnenaufgang, läßt sich Zaira von Pitrucc' im Auto in die Nähe des Sees fahren; das Fahrrad haben sie auf dem Wagendach befestigt. An den Hängen des Monte Ninna angekommen, radelt sie den Ziegenpfad hinauf, der in den Wald von Ermellina führt. Ein klarer, wenn auch kalter Tag kündigt sich an. Pitrucc' winkt noch einmal von der Straße aus. Sie nickt ihm zu. »Mach dir keine Sorgen, wenn ich mich verspäte«, schreit sie, »und nicht die Polizei holen, zumindest nicht vor zwei in der Nacht.« Sie weiß, daß sie es bei der Kälte sowieso nicht länger auf ihrem Beobachtungsposten aushalten könnte.

Heute morgen haben ihre Beine stählerne Muskeln und treten wütend und entschlossen in die Pedale, voller Ungeduld, an besagte Stelle zurückzukehren. Als der Anstieg zu steil und steinig wird, läßt Zaira das Fahrrad stehen und geht zu Fuß weiter. Auch heute mußte Fungo bei Pitrucc' im Auto bleiben. Sie will nicht riskieren, daß er anfängt zu bellen, während sie in ihrem Versteck hinter den Büschen hockt.

Zaira hat ihren Beobachtungsposten oberhalb der kleinen Anhöhe, auf der sich der Wohnwagen befindet, noch nicht erreicht, als mehrere männliche Stimmen sowie das laute Geräusch von Schritten auf dem vereisten Schnee an ihr Ohr dringen. Sie macht sich ganz klein, um bloß nicht gesehen zu werden. Die Sonne bricht aus einem Meer dicker grauer Wolken hervor. Als Zaira in Richtung der kleinen Mauer blickt, erspäht sie drei Männer, die die Hirschkadaver aus dem unterirdischen Loch herauszerren und auf einen Motorschlitten laden. Ihre Bewegungen sind schnell, hastig. Zwar hegen sie nicht den leisesten Verdacht, daß jemand sie beobachten könnte, aber sie haben es eilig. Ihre Stimmen klingen schroff und kehlig: Faß hier an!, Halt die Schnauze!, Laß das!, Mehr nach links, nach links, hab' ich gesagt!

Zaira versucht, die drei Stimmen zu unterscheiden und herauszufinden, ob sie vielleicht die eine oder andere erkennt, doch sie kommen ihr fremd vor. Außerdem tragen alle drei bis über die Nase gezogene Baumwollkapuzen, Brillen und Schals, die Kinn und Mund bedecken. Es ist schwierig, sie auseinanderzuhalten. Doch einer kommt ihr bekannt vor. Ob es sich um Sal handelt? Sie hält nach dem Funkeln des Ohrrings Ausschau, aber unter der Kopfbedeckung läßt sich nichts entdecken.

Die jungen Burschen schaffen es nicht, alle vier toten Hirsche auf einmal auf den Motorschlitten zu packen. Zwei müssen sie vorerst auf der Erde liegenlassen. Nachdem sie die auf den Motorschlitten gehievten Kadaver mit einer schwarzen Plastikplane abgedeckt und diese mit Haken befestigt haben, wischen sie ihre blutigen Handschuhe im Schnee ab und gehen dann zu dem Wohnwagen hinüber. Sie klopfen an die Tür, die von innen geöffnet wird, aufgestoßen von einem langen weißen Arm. Für Zaira gerade Zeit genug, um einen kleinen Tisch mit dampfenden Kaffeetassen erkennen zu können. Und mit dem Rücken zu ihr stehend, die Gestalt einer Frau, die, dem Anschein nach, obwohl sie es nicht zu glauben wagt, ihre Colomba sein könnte. Von hinten hat sie Ähnlichkeit mit ihr, auch wenn sie ihr viel dünner vorkommt. Aber was treibt sie da drin? Einer der jungen Männer huscht in den Wohnwagen und schließt mit einem leichten, dumpfen Schlag die Tür hinter sich. Die beiden anderen steigen auf den Motorschlitten und fahren hinunter ins Tal. Zaira hätte allergrößte Lust, loszustürmen und ebenfalls an die Tür zu klopfen. Doch sie beherrscht sich. Zunächst muß sie sich Klarheit verschaffen, was da vor sich geht. Also bleibt sie, wo sie ist, und nimmt geduldig die Observierung wieder auf.

Dunkel und regungslos steht der Wohnwagen jetzt wieder da, als ob sich niemand darin befände. Während Zaira auf der Lauer liegt, schwirren ihr alle möglichen Vermutungen durch den Kopf, zusätzlich zu den vielen Zweifeln und Fragen, auf die sie keine Antwort findet. Sie hat das Gesicht der Frau ja nicht einmal gesehen, wie kann sie da behaupten, es handele sich um Colomba? Schließlich könnte es doch auch schlicht und einfach die Ehefrau eines der drei Typen sein? Eine, die da drin Kaffee kocht, während die Männer arbeiten. Verzieh dich von diesem gefährlichen Ort, geh nach Hause, zeig sie an und fertig! Die Polizei wird sich der Sache annehmen und dir Colomba zurückbringen, immer vorausgesetzt, daß sie es wirklich ist, insistiert die Stimme des Geflügelten. Die Polizisten werden sich freuen, wenn du ihnen den Vortritt läßt und sie sich als diejenigen ausgeben können, die sie gefunden haben, nachdem sie den Fall doch längst zu den Akten gelegt hatten. Aber Zaira macht keine Anstalten, sich in Bewegung zu setzen. Statt dessen versucht sie, den Quälgeist in ihrem Rücken zum Schweigen zu bringen, und tatsächlich verstummt er eine Weile, doch dann fängt er wieder an: Wenn deine Enkelin in diesem Wohnwagen ist, falls es sich wirklich um sie handeln sollte, dann heißt das doch, daß sie das so beschlossen hat. Warum willst du ihr alles kaputtmachen? Zaira versucht, ihm mit einem Tritt den Mund zu verbieten.

Nach etwa zwanzig Minuten ist erneut das Geräusch des herannahenden Motorschlittens zu hören. Jetzt werden sie die anderen Hirsche aufladen, und vielleicht lassen sie sich ja dann noch einen Kaffee kochen, und wenn sie die Tür öffnen, muß ich sie sehen können, ich muß Gewißheit haben, bevor ich von hier verschwinde.

Schnell sind die beiden mit dem leeren Motorschlitten wieder da und parken ihn in der Nähe des Wohnwagens. Mit großer Anstrengung laden sie die Hirsche auf, die schätzungsweise jeder einen Doppelzentner wiegen; es sind erwachsene Tiere, eins könnte eine Hirschkuh sein, Zaira meint, geschwollene Zitzen zu erkennen. Nachdem die zwei die Tiere unter der Plane verstaut haben, setzen sie sich auf die unterste Stufe des Wohnwagens und zünden sich eine Zigarette an. Sie unterhalten sich leise.

Endlich geht die Tür auf. Aber jetzt ist es innen ganz dunkel. Sosehr Zaira auch den Hals reckt, sie kann einfach nichts sehen. Der Typ, der vorher hineingegangen ist, kommt heraus und zieht sich einen Pullover über. Er ist dünn und hat hängende Schultern. Sie glaubt nicht, daß es Sal ist.

Einer der drei, aber offenbar nicht der, der gerade herausgekommen ist, springt die Stufen zum Wohnwagen hoch und macht die Tür hinter sich zu. Die anderen beiden werfen ihre Kippen weg und veranstalten eine Schneeballschlacht, als wären sie irgendwo im Urlaub. Nach etwa zehn Minuten öffnet sich erneut die Tür des Wohnwagens. Der hochgewachsene Typ von eben kommt, seine Hose zumachend, wieder heraus. Er setzt sich ans Steuer des Motorschlittens, während der Fahrer der ersten Tour jetzt seinerseits die Stufen hochspringt. Bevor er hineingeht, macht er eine vielsagende Geste, die zeigt, wie er eine Frau an sich reißt und sie sich an den Unterleib preßt. Die anderen lachen. Und dann öffnet er mit herausfordernder Miene seine Hose und verschwindet, die Tür hinter sich zuziehend, im Inneren des Wohnwagens.

Die anderen beiden fahren los, nachdem sie zuvor die Plane mit langen Gummiriemen gesichert haben. Das laute Motorengeräusch des davonbrausenden Schlittens ist nicht zu überhören. Aus dem geschlossenen Wohnwagen dringt kein Ton. Zaira wartet. Ihre Gedanken verfinstern sich immer mehr. Ihr Körper ist vor Schmerzen ganz verkrampft. Jetzt ist klar, daß sie dort drin eine Frau versteckt halten, mit der sie schlafen. Innerlich betet sie, daß es nicht Colomba sein möge.

Nachdem einige Minuten vergangen sind, ertönt erneut das dumpfe Geräusch des sich nähernden Schlittens. Die beiden Männer fahren direkt bis vor den Wohnwagen. Stellen den Motor ab. Falten die blutverschmierte Plastikplane zusammen. Zünden sich noch eine Zigarette an. Einer könnte tatsächlich Sal sein, er bewegt sich wie er. Aber vielleicht doch nicht, er ist kräftiger und hat kurze Arme. Zaira läuft Gefahr, auf sich aufmerksam zu machen, als sie ihren Kopf durch die belaubten Zweige steckt und dabei mit der Schulter ein paar kleine Äste abbricht.

Angewidert spuckt sie auf die Erde. Ihre Augen fixieren weiterhin die Tür, die sich so selten und mit so viel Verschwiegenheit öffnet. Schließlich klopft einer der beiden ganz diskret. Woraufhin die Tür sich einen Spaltbreit auftut und ein nackter weißer Arm zum Vorschein kommt, der mit den Fingern ein Zeichen gibt, man möge sich noch zwei Minuten gedulden.

Die Freunde entfernen sich mit gesenktem Blick. Dann fangen sie an, sich wie in einem imaginären Boxkampf mit vorgetäuschten Fausthieben zu attackieren. Geschickt weichen sie einander aus, ein Schlag folgt auf den anderen, und dabei springen sie auf ihren Beinen hin und her, wie es echte Boxer im Ring tun. Von weitem sehen sie wie zwei behende, heitere Krieger aus, die für einen Kampf auf Leben und Tod trainieren.

Nach gut zwei Minuten tut sich die Tür des Wohnwagens auf, und heraus tritt, im Unterhemd, der Dritte im Bunde. An seinem Ohrläppchen blitzt ein Ring. Er scheint gut aufgelegt zu sein. Es ist Sal. Jetzt weiß sie es mit Bestimmtheit. Seinem kindlichen Mund entweichen kleine Dampfwolken. Er zieht sich Pullover und Jacke an und geht zu den beiden anderen hinüber, die ihm Geld in die Hand drücken. Also bezahlen sie ihn dafür, daß sie die Dienste der Frau in Anspruch genommen haben. Und er war der letzte. Jetzt steckt er sichtlich zufrieden das mit diesem Handel verdiente Geld ein. Dann schlägt er sich dreimal mit der Hand auf die Hosentasche und treibt die anderen an, auf den Motorschlitten zu steigen; und schon brausen sie in Zickzacklinien zwischen den Bäumen hindurch davon.

Was tun? Hingehen? Nach Hause zurückkehren und die Sache anzeigen? Warten, bis andere die junge Frau, bei der es sich möglicherweise um Colomba handelt, da rausholen? Aber ist darauf Verlaß? Und außerdem, warum warten? Die Gelegenheit ist günstig. Nur Mut, Zaira, jetzt ist dein Typ gefragt!

Es ist gar nicht so leicht aufzustehen, die Beine sind von der eisigen Kälte wie gelähmt, ihre Füße spürt sie schon fast nicht mehr. Hoffentlich kann ich das, hoffentlich kann ich das, murmelt Zaira vor sich hin, während sie ihren Rucksack aufsetzt und mit unsicheren, taumelnden Schritten zum Wohnwagen hinabsteigt. Bevor sie es sich noch anders überlegt, streckt sie die Hand aus und klopft. Die Tür öffnet sich fast wie von selbst, und eine magere weiße Hand kommt dahinter hervor. »Das Geld«, sagt eine matte Stimme im Innern.

Entschlossen drückt Zaira die Tür auf und tritt ein. Ein starker Geruch nach abgestandener Luft, nach Gas, nach menschlichen Ausdünstungen, nach Kaffee, nach Lokus schlägt ihr entgegen. Sie greift mit der Hand an die Wand und findet sofort den Lichtschalter. Angeekelt blickt sie auf Essensreste, überall herumliegende schmutzige Kleidungsstücke, auf Plastikteller und Kaffeetassen. Sie weiß, daß sich dort in unmittelbarer Nähe auch eine weibliche Person befindet, sie spürt förmlich ihre Anwesenheit, wagt aber nicht hinzuschauen, zu groß ist ihre Angst, sie zu kennen. Es herrscht eine drückende Hitze. Plötzlich hört sie ein Wimmern. Sie dreht sich um, und da sieht sie sie: ausgestreckt auf einem notdürftigen schmalen Bett, das mit einem imitierten Leopardenfell bezogen ist. Der magere weiße Körper steckt in einem mit violetten Schmetterlingen bedruckten kunstseidenen Morgenrock. Nur mit Mühe erkennt Zaira ihre Enkelin in diesem jungen Mädchen mit dem zerschundenen Gesicht, den erloschenen Augen, den spindeldürren Armen.

»Colomba, ich bin's.«

Sie will sie umarmen, wird jedoch mit einem Stoß zurückgewiesen. Das Mädchen wickelt sich ein fleckiges Laken um und sieht sie wütend an.

»Warum läßt du mich nicht in Ruhe?«

»Was haben sie mit dir gemacht, Colomba, was haben sie mit dir gemacht?«

»Mir geht's wunderbar.«

»Du bist leichenblaß und dünn wie ein Hering. Zitterst. Du siehst furchtbar aus.«

»Ich ess' und schlaf', Zà, hau ab.«

Es ist ganz eindeutig, daß ihr Schlaf nicht natürlich ist, weil sie wer weiß was für ein chemisches Zeug in sich hineingestopft hat, das sie zu einer Art Zombie macht.

»Du kommst jetzt mit mir.«

»Ich verdien' sogar, also laß mich in Ruhe.«

»Aber der Dreckskerl hat dir doch noch nicht mal das Geld gegeben!«

Colomba schaut sie an, als hörte sie eine schreckliche Wahrheit. Dann betrachtet sie ihre schneeweißen Hände, auf denen der Schmutz rötliche Krusten hinterlassen hat. Nur mit Mühe kann sie ihre Augen aufhalten. Der sich öffnende Mund verleiht ihrem Gesicht etwas Stumpfsinniges.

»Jetzt bring' ich dich hier weg, 'Mbina, ob du willst oder nicht. Du bist schmutzig, du phantasierst, bist abgemagert, daß man es kaum mit ansehen kann. Ich lass' dich nicht hier.«

Das Mädchen lächelt hochmütig. »Ich mag den Schmutz, Zà, ich mag ihn, hast du kapiert, verschwinde endlich, du blöde Kuh!« schreit sie. »Es geht mir gut hier.«

»Einer von den dreien war Sal, nicht wahr? Ich hab' ihn wiedererkannt.«

»Sal liebt mich, und ich liebe ihn.«

»Er liebt dich und bietet dich gegen Bezahlung seinen Freunden an, ist das seine Art zu lieben?«

»Halt endlich dein Maul!« Als sie sich von ihrem Bett erhebt und auf Zaira losgehen will, stürzt sie auf den Boden und bricht in Tränen aus.

»Du kannst dich ja gar nicht mehr auf den Beinen halten, 'Mbina. Komm, lehn dich an mich, zieh dir die Schuhe an, und dann gehen wir. An der Straße wartet schon Pitrucc' mit dem Auto auf dich.«

»Welcher Pitrucc'?«

»Der Pitrucc', der nach Australien geflüchtet ist, mein Vater, komm, laß uns gehen.«

Der Name Pitrucc' hat sie völlig verwirrt. Und wie ein willenloses Kind läßt sie sich, ohne zu protestieren, Hose, Schuhe und Jacke anziehen, während ihr Kopf nachdenklich herunterbaumelt und die Augen glasig und ausdruckslos in die Ferne blicken.

Erst als Zaira sie ins Freie hinauszieht, packt sie die Panik. Sie krallt sich an die Tür des Wohnwagens, stemmt die Füße gegen den Schnee und schüttelt verzweifelt den Kopf.

»Mir geht's gut hier«, wiederholt sie ohne Überzeugung mit kindlichem Starrsinn. »Das hier ist mein Haus, mein Haus!«

»Das ist nicht dein Haus, das ist dein Gefängnis, komm, laß uns gehen.«

»Sal, ich will Sal, Sal, Großmutter, ich kann nicht ohne das Zeug. Laß mich hier, bitte, nur er weiß, was ich brauch'.«

»Auf geht's, Colomba, versuch mal, gerade zu stehen, du schaffst das, los, komm!«

Die junge Frau hält sich an der Tür fest, aber es gelingt ihr nicht, sich Zairas kräftigen Armen zu widersetzen, die sie in den Wald zerren. Sie müssen laufen, und Zaira weiß nicht, ob ihre Enkelin das schafft. Sie ergreift ihren Arm und legt ihn sich um den Hals. Und so schleppt sie sie mit aller Kraft Richtung Tal, nur ab und zu bleibt sie stehen, um Atem zu holen. Schwer lastet der träge Körper an ihrem, und obwohl Colombas Beine sich automatisch bewegen, muß sie sie doch die meiste Zeit wie einen Sack hinter sich herschleifen.

»Nicht einschlafen, Colomba, laufen, los, beweg deine Beine, laß dich nicht ziehen, sonst kommen wir nie an. Ich will nicht, daß sie uns hier im Wald erwischen. Sobald wir einmal auf der Straße sind, bin ich stärker, aber hier zwischen den Bäumen könnten sie uns alle beide umbringen. Los, halt dich doch mal aufrecht und lauf, lauf, so hör doch, lauf!«

Strauchelnd, zitternd und humpelnd erreichen die beiden Frauen die asphaltierte Straße. Und dort haben sie endlich das nötige Netz zum Telefonieren. Zaira ruft Pitrucc' an, damit er sie mit dem Auto abholt. Um das Fahrrad wird sie sich morgen kümmern. Zum Glück ist es noch früh. Und weit und breit keine Neugierigen zu sehen.

Die Mutter sieht ihre Tochter an und hofft, daß sie wirklich eingeschlafen ist. Das Ende ist eigentlich zu hart für ein kleines Kind. Besser, wenn eine sanfte, schützende Taubheit seine Ohren verschließt. Sie beugt sich über die Kleine, um ihr einen Kuß zu geben, und fühlt, daß ihre Stirn heiß ist. Ob sie Fieber hat? Soll sie sie wecken, um ihr das Thermometer unter die Achseln zu schieben, oder sie lieber in Ruhe schlafen lassen?

Und wenn das Fieber in der Nacht steigt? Wäre es nicht das beste, sofort einen Arzt zu rufen? Die Fragen überschlagen sich in ihrem Kopf. Die Antworten darauf sind ganz verschieden, und alle haben etwas Kluges und etwas Törichtes an sich.

Nach einer Stunde ist sie immer noch da und fragt sich, was sie tun soll. Die Tendenz, nicht einzugreifen und die Dinge geschehen zu lassen, überwiegt. Sie beschränkt sich darauf, die Bettdecke hochzuziehen und ihrer Tochter das schweißnasse Haar aus der Stirn zu streichen. Endlich geht sie auf Zehenspitzen hinaus und schließt die Tür hinter sich. Bestimmt wird es ihr morgen besser gehen.

Die Frau mit den kurzen Haaren beobachtet Mutter und Tochter, die der Geschichten möglicherweise überdrüssig sind, die sich so den Bauch damit vollgeschlagen haben, daß sie krank werden. Und was bleibt jetzt? Nur mit Mühe kann sie den Blick von den zwei Gestalten lösen, von der Mutter und der Tochter, die gemeinsam die Kunst des Erzählens entdecken, während die Neugier einem anderen Erzählstrang folgt, einer Großmutter und einer Enkelin, die sich gemeinsam in der schwierigen Kunst des Zusammenlebens üben.

Am nächsten Morgen wacht das Kind mit Husten, verstopfter Nase und hohem Fieber auf. Die Mutter ruft den Arzt. Säfte werden verschrieben, Spritzen verabreicht. Die Kleine bittet sie nicht einmal darum, ihr eine Geschichte zu erzählen. Zeichen dafür, daß es ihr wirklich schlechtgeht. Die Mutter weicht nicht von ihrem Bett und hält die heißen kleinen Hände der Tochter in ihren. Selbst unter vier Decken zittert sie noch. Eine Grippe, sagt der Arzt. Aber warum will das Fieber nicht sinken? Man braucht Geduld, meint der Arzt. Das Kind scheint auf die Medikamente nicht anzusprechen: Es liegt tief eingesunken im Bett, blaß und stimmlos, mit fiebrigen Augen.

Die Frau mit den kurzen Haaren fragt sich, ob es nicht einen jenseits aller Logik liegenden Zusammenhang gibt zwischen der Krankheit des kleinen Mädchens, das immer Geschichten hören will, und der von Colomba, 'Mbina genannt, die sich mit hohem Fieber und von Nadeln malträtierten Venen in einem Krankenhausbett befindet. Als hätten alle beide mehr erfahren wollen, als zu erfahren erlaubt ist. Als hätten sie die Grenzen der Liebe und der Selbstbestrafung überschritten.

Tag und Nacht wacht Zaira bei Colomba. Ab und zu schickt das Pflegepersonal sie weg, aber sie wartet hinter irgendeiner Tür, und sobald der Fußboden gewischt oder die Patientinnen gewaschen sind, schleicht sie sich wieder ins Zimmer, um bei ihrer Colomba zu sein. Wenn es geht, drückt sie die Hand ihrer Enkelin und versucht, ihr Mut einzuflößen. Aber die junge Frau ist abwesend und stumm. Ihre Augen sind schwarz umrändert, das Gesicht blutleer, die dünnen Arme ausgestreckt und durchstochen wie die von Christus am Kreuz. »Sie bekommt Beruhigungsmittel, weil sie auf Entzug ist«, sagt der Arzt väterlich.

»Wie lange wird es dauern, bis sie wieder gesund ist?«

»Ich weiß es nicht. Ihr Körper ist durch und durch vergiftet. Sie hat eine Anämie. Eine beginnende Erfrierung an den Füßen. Und außerdem eine akute Lungenentzündung. Wir hoffen, daß wir sie durchbringen.«

Wie bitte, nachdem sie sie vor diesen Bestien gerettet hat, will man sie ihr schon wieder wegnehmen? Zaira ist außer sich über den Arzt, der geduldig auf sie einredet und dabei ganz ruhig bleibt, als wollte er sagen: Ich weiß, ich verstehe ja Ihren Schmerz, Ihre Empörung, aber mehr können wir einfach nicht tun. So steht er in seinem weißen Kittel vor ihr und zuckt fatalistisch mit den Schultern. Zaira weiß, daß es sich um die typischen Verteidigungsstrategien derjenigen handelt, die tagtäglich mit Leid und Tod konfrontiert sind. Unfreiwillige brennende Tränen laufen ihr über die Wangen.

Eine weitere Nacht des Wachens, ohne zu wissen, ob Colomba überleben wird. Das rauhe Atmen, fast wie ein Röcheln, läßt sie erschauern.

Warten ist eine Tugend, die sie üben mußte. Wenn sie nicht hätte warten können, wäre Colomba vielleicht niemals nach Hause zurückgekehrt. Warten, daß das Leben siegt, warten, daß wieder Träume feucht und leicht in einen trockenen, leeren Kopf einziehen. Warten, daß das Blut wieder unbelastet zirkuliert. Warten, daß das Wort von neuem erblüht.

Nach zehn Tagen, in denen Schweigen und Zweifel herrschten und der übernächtigte Körper sich nicht vom Stuhl rührte, schläft Zaira eines frühen Morgens ein, den Kopf auf das eiserne Gestell des Krankenhausbettes gestützt. Sie ist derart erschöpft, daß sie den Druck der Eisenstange an ihrer Stirn nicht spürt. Sie hört weder das Zischen und Pfeifen des Sauerstoffgeräts, das Tag und Nacht in Betrieb ist, noch stört sie das Jammern einer Kranken, die an jenem Morgen operiert worden ist, und selbst die Wagen mit den quietschenden Rädern, die von den Schwestern durch Zimmer und Gänge geschoben werden, nimmt sie nicht wahr. Ihr übermüdeter Kopf wird von einem dunklen Traum heimgesucht. In diesem deliriumähnlichen Zustand sieht sie sich selbst durch einen mit letzten Schneeresten bedeckten feuchten Wald laufen. Langsam und sicher wie immer streben die Schritte voran, ohne die Anstrengung des Aufstiegs zu spüren, vorbei an jahrhundertealten knorrigen Buchen, deren Äste mit Flechten überzogen sind. Jeder Baum sieht sie mitleidig an. Plötzlich sieht sie etwas Ungewöhnliches: ein Loch inmitten von Blättern auf einer vereisten Wiese. Sie nähert sich ganz vorsichtig und entdeckt ein perfekt ausgehobenes Grab – ähnlich wie die Gräber, die sie unterhalb des Monte Amaro gesehen hat –, in dem ein toter Körper liegt. Mit angehaltenem Atem tritt sie ganz nah heran. In diesem Grab liegt Colomba: weiß wie Schnee, das blutleere Gesicht von den schönen rötlichen Haaren umrahmt, Mund und Augen geschlossenen. Sie ist also wirklich tot. Da ist nichts zu machen. Sie will sich gerade über sie beugen, um sie zu berühren, als sie sieht, wie sie erstaunt die Augen öffnet.

»Du lebst ja!«

»Weiß ich nicht.«

»Hast du denn keine Lust zu leben, meine Colombina?«

»Weiß ich nicht.«

In diesem Moment merkt sie, daß Fungo neben ihr ist und kläglich winselt. Zerstreut streichelt sie ihn. Und sie sieht, wie Colomba lächelt.

»Kennst du ihn?«

»Ich hab' ihn dir auf den Hals geschickt.«

»Und warum?«

»Weiß ich nicht.«

»An dem Abend, als das Gewitter war, hast du mit Sal in der Küche gesessen, stimmt's?«

»Ich wollte zu dir zurückkommen, Zà, aber dann hat Sal mich überredet, wieder mit ihm in den Wohnwagen zu gehen. Er sagt, daß ich dort hingehöre wie eine Schnecke in ihr Haus.«

»Ein Jahr lang hat er dich in diesem Dreckloch festgehalten. Und dich an seine Freunde verkauft.«

»Sag das nicht. Er ist ein lieber Kerl. Er mag mich, bringt mir immer Kuscheltiere.«

»Was denn für Kuscheltiere?«

»Die, bei denen ich mich gut fühle, die gehen direkt in die Venen, verstehst du, Zà, Kuscheltiere aus Pulver, die machen so viel Freude, verbreiten so viel Ruhe, wenn ich sie in den Arm nehme.«

Noch während sie spricht, beobachtet Zaira, wie sie erneut die Augen schließt und einen Atemzug tut, als hauchte sie ihr Leben aus.

»Geh nicht, Colomba!« Zu ihrer Überraschung sieht sie, wie sie sich aus dem Grab erhebt, sich einen kleinen weißen Hut aufsetzt und an der Seite eines großen braunen Bären auf den Wald zumarschiert. Ihr Äußeres ist wieder das eines glücklichen kleinen Mädchens.

Zwei fürsorgliche Hände schütteln sie. Zaira fährt ruckartig aus dem Schlaf hoch.

»Weinen Sie doch nicht so. Ihrer Enkelin geht's besser. Der Arzt meint, sie schafft es.«

»Wirklich?«

»Heute morgen schien sie wie tot, doch dann fing sie unverhofft wieder an zu atmen. Jetzt ist ihr Puls schon viel regelmäßiger. Sie wird bestimmt gesund werden.«

Zaira geht ins Bad. Im Spiegel sieht sie ein von fehlendem Schlaf und Schmerz gezeichnetes Gesicht. Auf der Stirn ein länglicher roter Strich: der Abdruck von Colombas Bettgestell. Sie lächelt über sich. Was für ein blödsinniger Traum! Zuerst tot, dann lebendig, dann wieder tot und am Ende wirklich lebendig. Gern wüßte sie, was der Engel mit den Flügeln darüber denkt. Doch diesmal schweigt er, und sie fühlt sich verloren, so als fehlte ihr der Schatten der neben ihr herlaufenden Gestalt.

Seitdem der alte Pitrucc' in sein Dorf zurückgekehrt ist, wirkt er wie verjüngt. Jetzt hackt er Holz wie ein junger Mann. Kümmert sich um das Futter für die Hühner oder geht mit Fungo spazieren, während er darauf wartet, daß Zaira nach Hause kommt. Läuft mit Brettern und Nägeln durch die Gegend, ist dauernd beschäftigt, und Zaira, die ihn immer nur mal zwischen zwei Krankenhausbesuchen zu Gesicht bekommt, hat nicht die Zeit, ihn zu fragen, was er da eigentlich treibt.

Eines Abends, als sie nach Hause kommt, hämmert und sägt er im Stall nebenan und singt dabei aus vollem Halse: »Volare oh oh, Volare oh oh oh oh!«

»Pitrucc', was machst du denn da?«

»Wie geht's 'Mbina, besser?«

»Ein bißchen besser. Wenn sie nach Hause kommt, mußt du ihr Zimmer räumen.«

»I thought about it. Ich will mir einen Raum hier im Stall einrichten.«

»Deshalb hantierst du ständig mit Brettern und Nägeln herum. Brauchst du Hilfe?«

»Das schaff' ich allein. Ich hab' schon ein Fenster und einen Holzofen bestellt. Das hier reicht mir völlig aus. It will be all right.«

»Und wann ist das fertig?«

»Wenn 'Mbina aus dem Krankenhaus kommt.«

»Soll ich dir was zu Mittag machen?«

»Schon gemacht.«

In der Küche ist der Tisch für zwei Personen gedeckt, es gibt gekochte Kartoffeln mit Butter und Omelette mit Zucchini. Dazu aufgeschnittenes frisches Brot, Wein und Wasser.

»Wo hast du eigentlich kochen gelernt?«

»Ich war so viel allein, Zà. Als ich nach Australien kam, hab' ich als Hilfsarbeiter gearbeitet und in einer Baracke gehaust, jeden Tag mußte ich mein Bett reparieren, das waren nur zwei über Kreuz liegende Bretter, es hat immer gewackelt, und wie das gewackelt hat!«

Er lacht. Und sie lacht mit ihm. Es ist das erste Mal seit Monaten, daß sie das Lachen wie einen kleinen, fröhlichen Springbrunnen in sich spürt.

»Du warst doch auch in Rußland, Pitrucc'. Willst du mir nicht mal was davon erzählen?«

»Thrown in a gulag, Zà, einfach so reingeworfen. Deshalb wollte ich vergessen, aber manche Sachen kommen immer wieder zurück wie die Raben. Woran ich mich am meisten erinnere, ist der Hunger: Eine Sardine am Tag ha'm sie uns gegeben, morgens 'ne halbe und abends 'ne halbe. Die Brühe schmeckte ranzig, die Löffel rochen nach Ei, aber von Ei war keine Spur.«

Wenn Pitrucc' sich aufregt, bekommt er eine feste, junge Stimme. Es ist ein Vergnügen, ihm zuzuhören, wenn er erzählt, wie der Tauschhandel im Innern des Konzentrationslagers florierte … »Ich geb' dir'n Viertel Brot, wenn ich von dir 'nen Bleistift kriege.« Alle wollten nach Hause schreiben, obwohl es weder Briefumschläge noch Briefmarken gab, und außerdem, wer sollte ihnen diese Briefe jemals befördern? »Ich geb' dir 'ne halbe Zigarette, wenn du mir die Einlage von deiner Suppe gibst …« Diese Zigaretten waren ganz aus Papier, sogenannte Papirossy, man weiß nicht wie, aber sie waren im Umlauf. Ab und zu verschwand jemand. Die Wärter behaupteten, sie hätten ihn nach Hause geschickt, aber das stimmte nicht. »Sie wurden ins madhouse gesteckt, in die Irrenanstalt, und da kamen sie dann nie wieder raus.« Sie konnten sagen, was sie wollten: Sie galten als verrückt, und deshalb zählte es nicht.

Pitrucc' hatte einen Bettnachbarn namens Micha, der ein erklärter Trotzkist war. »Das war vielleicht ein kluger Kopf!« Er konnte die Zeitung verkehrt herum lesen, und manchmal »fand er sogar eine Nachricht heraus«. Dabei standen in Stalins Zeitungen eigentlich gar keine Nachrichten. Es war alles Propaganda. Deshalb gaben sie sie den Gefangenen zu lesen. Micha konnte sogar die zum Lachen bringen, die schon halb verhungert waren. Selbst die Wärter, die sich abwandten, um nicht zu zeigen, daß sie ganz Ohr waren, lachten sich über ihn krumm. Ab und zu bekam Micha für seine Späße ein Stück Käserinde, eine Brotkruste, aber »das teilte er alles mit mir. Wir waren unzertrennlich.«

»Aber warum haben sie dich überhaupt verhaftet, Pitrucc'?«

»Ich weiß es nicht, Zà. Vielleicht, weil ich so dumm war, an den Kommunismus zu glauben und an Freiheit und Brüderlichkeit.« Micha erzählte, daß Stalin zum Beweis, daß er seine Brüder liebte, vor allem die Brüder erschießen ließ. Zu Dutzenden wurden sie erschossen. Man sagte, es wären »Brüder, die auf dem Holzweg sind«. Das Problem war, zu verstehen, worin deren Irrtum bestand. Niemand wußte es. Man brauchte sich nur auf die Geheimpolizei zu verlassen, die schrieb, was sie wollte, »du mußtest nur deine Unterschrift druntersetzen«.

Micha liebte Trotzki, er glaubte, nur seine Ideen hätten den Kommunismus vor Stalin retten können, und wegen dieses Denkens, das viele teilten, wurde der arme Trotzki mit dem Bärtchen und der Brille mit einem Eispickel umgebracht. Und von wem? Von einem stalinistischen Bruder. Nicht von einem faschistischen oder nationalsozialistischen Feind, nein, von »einem stalinistischen Bruder, verstehst du?«. Und wegen dieser Verehrung für Trotzki wurde Micha als Verräter angeklagt und ins Zuchthaus gesteckt.

Zaira hört ihm fasziniert zu. Die Stimme ihres alten Vaters ist noch frisch und volltönend, als er berichtet, wie sie ihn eines Morgens, als er in aller Herrgottsfrühe das Haus verließ, festgenommen haben. Er fuhr mit dem Fahrrad zur Arbeit, genau wie Colomba. Damals gab es keine Autos in Moskau, nur Fahrräder, und eines zu besitzen galt schon als großer Reichtum. Deshalb mußte man es mit Ketten und Schlössern doppelt und dreifach sichern, »sonst wurde es bestimmt geklaut«. Während er also zu früher Stunde dahinradelte, merkte er, wie plötzlich ein Auto neben ihm anhielt. Er wunderte sich, weil man solche schwarzglänzenden Karossen mit getönten Scheiben sonst eigentlich nie sah. Zwei schwarzgekleidete Männer stiegen aus, und einer sagte zu ihm: »Bist du Pietro Del Signore, italienischer Staatsangehöriger?« »Und ich hab' gesagt, ja, der bin ich.« Daraufhin stießen sie ihn gewaltsam in den Wagen und fuhren, ohne ein Wort zu sagen, los.

»Aber warum, was hattest du denn getan, Pitrucc'?«

»Ich weiß es nicht, Zà.« Sie fingen an, ihn zu verhören, zunächst einen Tag lang, dann zwei, dann drei. Man fragte ihn, wer seine Freunde seien, wen er heimlich traf, was sie im Schilde führten. Aber er hatte nichts zu sagen. Sein Leben war ein aufgeschlagenes Buch, nichts als Arbeit und nochmals Arbeit, er war Holzfäller mit einer Leidenschaft für Bücher, und er glaubte nicht, etwas Schlimmes zu tun, wenn er Lenin auf russisch las. »Ich bin Kommunist und nach Moskau gekommen, um die Revolution zu unterstützen, ich bin ein italienischer Kommunist, der vor dem Faschismus geflüchtet ist, weil sie mich erschießen wollten.« Aber sie verstanden nichts oder taten zumindest so, als verstünden sie nichts.

Da er nicht so antwortete, wie sie wollten, folterten sie ihn: So wurde er gezwungen, Tag und Nacht auf den Füßen zu sein und immer im Kreis herumzulaufen. Sobald er stehenblieb, bekam er einen Stockschlag auf die Beine. Und das rund um die Uhr. Irgendwann schlief er sogar im Laufen ein und prallte gegen die Wand. Doch je öfter er einschlief, desto mehr prügelten sie auf ihn ein. »Weißt du, man fängt an zu phantasieren, wenn man vier Nächte hintereinander nicht schläft.« Er wußte nicht mehr, wo er war und wer er war, er sah Männer, die immer länger wurden, bis sie schließlich Knüppel waren, er sah, wie die Wände sich auftaten und Schlangen und Fledermäuse mit menschlichen Köpfen herauskamen, er hörte Eulen singen und sah »ein offenes Grab, in das wollte ich mich reinwerfen«. Als er total am Ende war, legten sie ihm ein Blatt Papier vor und sagten: »Unterschreib, Pitrucc', wenn dir dein Leben lieb ist.« »Was soll ich unterschreiben?« »Unterschreib, und halt den Mund!« »Und dann hab' ich unterschrieben, mir war alles so vollkommen egal, ich wollte nur schlafen.« Mit seiner Unterschrift erklärte er, daß er ein Verräter sei, ein Spion mit heimlichen Kontakten zu italienischen und australischen Trotzkisten, daß er den Kommunismus Stalins im Namen der permanenten Revolution niederschlagen wollte und eine ganze Menge anderer Dinge, die er nie gedacht oder gesagt hatte. Aber er hatte unterschrieben und mit dieser Unterschrift sein eigenes Urteil gefällt. »Ein ganzes Jahr hab' ich mit lauter Verbrechern aus den Kolchosen im Gefängnis zugebracht.« Dann wurde er auf einen Lkw geladen und in einen Gulag nach Sibirien gebracht. Dort war es so fürchterlich kalt, vor allem wenn der Wind blies, daß der Schnee fast wie eine wärmende Decke war. »Wir ha'm ein Loch in den Schnee gegraben und uns da reingeworfen.« Eine nahezu warme Höhle. Sie hatten keine Handschuhe, keine Wollstrümpfe, nichts. Nur einen Baumwollanzug und einen löchrigen Militärmantel. Um die Kälte ertragen zu können, stopften sie sich Zeitungspapier in die Kleider. Micha sagte, die stalinistischen Zeitungen gäben viel Wärme ab, und lachte ausgelassen. »Ich liebe die stalinistische Wärme«, rief er und boxte ihn zum Spaß gegen die Brust. »Geschenkt ha'm sie uns die Zeitungen. Aber niemand von uns hat sie gelesen, nur wenn wir unbedingt mußten.« Und so haben sie sie irgendwo gehortet, um dann ein Feuer damit zu machen.

Zaira schaut ihn an, während er sich etwas von dem Omelette in den Mund schiebt. In den Bewegungen ihres Vaters liegt etwas Gieriges, Verzweifeltes, als ob die Erinnerung an den Hunger ihn eifersüchtig über jeden Bissen wachen ließe. Pitrucc' i pelus' hat noch fast alle seine Zähne, auch wenn die meisten davon kariös und schwärzlich sind. Seine klaren, leuchtenden Augen schauen durch das Fenster in die Ferne, als sähe er dort irgendwo die verschneiten weiten Ebenen der sibirischen Landschaft.

»Wie lange haben sie dich da festgehalten, Pitrucc'?«

»Bis zu Stalins Tod, 1953, da ha'm sie mich freigelassen.« Eines Morgens wurden die Türen aufgerissen, und sie haben gebrüllt: »Jetzt könnt ihr einen guten Tausch machen!« Aber wohin sollte er gehen? Mit Wunden an den Füßen, mit Schuhen, die nur mit Jutebändern zusammengehalten waren? Wie sollte er da laufen? Die Wärter hatten sich längst aus dem Staub gemacht, und »ich hab' erst mal vier Tage am Stück geschlafen«. Glücklich streckte er sich auf einem der Feldbetten dort aus, und der ganze Schmutz, die Flöhe, der Gestank, das alles machte ihm gar nichts mehr aus, gar nichts. Er wollte nur schlafen. Bis Micha ihn aufweckte. Der hatte inzwischen zwei Kilo Kartoffeln gekocht, und »die ha'm wir so verdrückt, ohne was dazu«. Dann sind sie losgezogen, um nach einem Zug Ausschau zu halten, aber es gab keine Züge für sie. Um etwas zu verdienen, haben sie Eisenbahnschwellen gelegt, Kohl und

Kartoffeln angepflanzt. Die Menschen waren großzügig: Sie haben ihnen Bier und selbstgemachten Wodka angeboten, Alkohol war das einzige, was kursierte, zu essen gab es nichts. Das Brot war so knapp, daß es weder für sie noch für sonst jemanden reichte. Also waren sie immer stockbetrunken. Aber glücklich, das ja, glücklich, »the happiest days of my life, Zà«.

Dann kamen die vom Roten Kreuz und fragten, wer Australier sei, und da hob er die Hand, und sie verfrachteten ihn auf ein Schiff, und ab ging's nach Australien. »Micha, hab' ich noch gerufen, Micha …! Aber ich hab' ihn nicht mehr gesehen. Und weiß nicht, was aus ihm geworden ist.«

»Warum bist du nach Australien zurückgegangen und nicht hierhergekommen?«

»Was hatte ich denn in Italien? Antonina war verheiratet, und was mit dir war, wußte ich nicht. Also hab' ich mich mit einer Frau zusammengetan, die auch emigriert war, so wie ich, und wir haben zwei Kinder bekommen.«

»Deine Frau ist gestorben. Dein Sohn ebenfalls. Und was ist mit deiner Tochter?«

»Sie schreibt mir aus Kanada und schickt mir ab und zu Fotos von den Kindern.«

»Meinst du, daß wir es schaffen, hier zusammenzuleben, du, ich und Colomba?«

»Da bin ich ganz sicher. Hat man schon den Übeltäter gefunden?«

»Nein.«

»Sal, he has to go to jail, Zà.«

Die Frau mit den kurzen Haaren beobachtet ihre Romanfiguren, die eine unerwartete Lebensklugheit an den Tag legen. Sie hätte es nie für möglich gehalten, daß Pitrucc' i pelus' nach so vielen Jahren der Emigration in die Abruzzen zurückkehrt. Aber da ist er nun mit seinen langen, schnellen Beinen, die noch immer einen großen Bewegungsdrang verspüren, mit den Hosen, die ihm um die mageren Hüften schlottern, einem ausgeleierten kurzen Pullover, der seine behaarten Handgelenke entblößt, den großen, kräftigen Händen, die fähig sind, Holz zu hacken, zu sägen und zusammenzunageln, um sich eine Unterkunft für die Nacht zu zimmern.

Zaira macht den berühmten Kartoffelauflauf mit Speck, Schmalz und Semmelbröseln für ihn und für Colomba, die heute aus dem Krankenhaus entlassen wird. Sie kann sich nur soeben auf den Beinen halten und ist so dünn, daß man ihre Rippen zählen kann. Zaira hat einen Strauß gelber Rosen gekauft und sie in eine blaue Glasvase gestellt. Jetzt singt sie leise vor sich hin: »*Flieg, flieg, flieg, / kleiner Stieglitz, flieg …*«

Es ist der erste laue Tag des Jahres. Die Kohlmeisen sind mit dem Bau ihrer Nester beschäftigt, um ihre Eier darin abzulegen. Die Bären, die dem Gemetzel eines Wilderers entrinnen konnten, der drei ihrer Artgenossen erlegt hat, erwachen aus ihrem Winterschlaf. Zwischen dem zartgrünen gekräuselten Farnkraut und dem aus den Felsen sprudelnden Bächen steigt, leicht und scheu, eine Hirschkuh zu den tiefer gelegenen Wiesen hinab; an ihrer Seite ein Junges, das der Mutter bedächtig folgt.

Ein glückliches Ende? Das ist eine unerwartete Überraschung. Selbst für sie, die eher zu einer dramatischen Sicht der Dinge neigt. Aber sie sind es, die Romanfiguren, die das so bestimmt haben. Vor allem Zaira, Zà genannt. Sie hat sie in den Wald mitgenommen, um nach ihrer Enkelin zu suchen; und nun, nachdem sie sie gefunden, wochenlang im Krankenhaus bei ihr gewacht und sie schließlich – zumindest für das, was sie gelitten hat – gesund nach Hause geholt hat, gibt ihr jetzt, sichtlich zufrieden, auf liebenswürdige Weise zu verstehen, daß sie keine Romanschriftstellerin mehr braucht. Während sie singt, dreht sie ihr den Rücken zu und zeigt dabei die typische Undankbarkeit der Figuren, die eine Erzählung durchlaufen haben und sich nun in ihr glückliches Nest zurückziehen wollen. Jetzt heißt die Devise: Ich habe das Meinige gesagt, nun ist es an euch.

Die Mutter mit den rotgestreiften Kniestrümpfen erwacht aus einem kurzen, unruhigen Schlaf. Sie sitzt immer noch dort auf der Bettkante und hält die Hand ihrer Tochter fest in ihrer. Ihr Blick richtet sich auf das friedlich schlafende Kind. Es scheint fieberfrei zu sein. Die unnatürliche Röte ist einer Blässe der Erschöpfung gewichen. Aber das Schlimmste ist überstanden. Und jetzt ist die Kleine auf dem Weg der Besserung.

Die Frau steht auf, tritt ans Fenster, öffnet es und sieht auf eine völlig veränderte Landschaft hinaus. Wie lange ist es her, daß sie das Fenster das letzte Mal aufgemacht hat? Der Schnee ist verschwunden. Frische Grashalme sprießen zwischen den Steinen hervor, die Bäume sind voller Knospen. Eine diebische Elster läßt ihr freches Krächzen ertönen. Wie spät mag es sein?

Hinter sich hört sie die frische Stimme ihrer Tochter sagen: »Erzähl mir eine Geschichte, Mama!« Und die Mutter fährt sich einmal durchs Haar und beginnt von neuem zu erzählen.

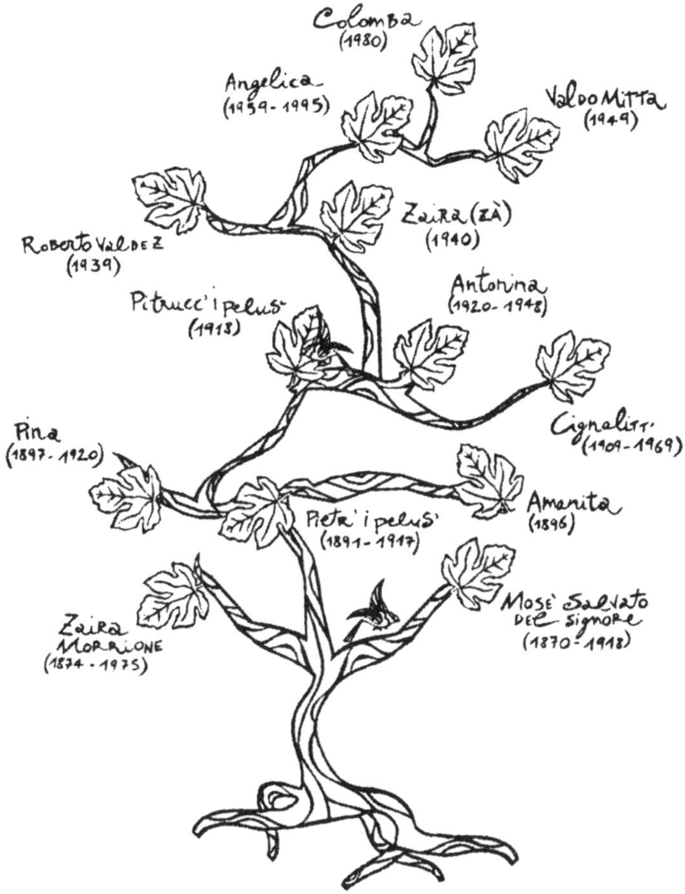

Zeichnung: Gianluca Costantini

PIPER

Elia Barceló

Das Rätsel der Masken

Roman. Aus dem Spanischen von Stefanie Gerhold.
528 Seiten. Gebunden

Was Amelia und Raúl verband, scheint unzerstörbar und von einer Mauer des Schweigens verborgen. Bis ein anderer Mann in Amelias Leben tritt und die Schatten der Vergangenheit heraufbeschwört – ein Roman wie ein tödlicher Maskenball mit wechselnden Verkleidungen und unvorhersehbarem Ausgang und die Geschichte eines diabolischen Spiels namens Liebe.

»In Spanien wird das Erbe der klassischen Avantgarde immer noch besonders hoch geschätzt, was etwa auch der Roman ›Der Schatten des Windes‹ von Carlos Ruiz Zafón beweist. Elia Barceló reiht sich mit ihren Werken in diese Strömung ein.«
Frankfurter Allgemeine Zeitung

01/1565/01/R